चार कन्या

तसलीमा नसरीन

जन्म : 25 अगस्त, सन् 1962 ई., बांग्लादेश के मैमनसिंह शहर में।

शिक्षा : विज्ञान की छात्रा। मैमनसिंह मेडिकल कॉलेज में एम.बी.बी.एस.।

लेखन की शुरुआत कविता से। प्रथमतः और मूलतः कवयित्री तसलीमा ने स्तम्भकार के तौर पर भी महत्त्वपूर्ण वैचारिक लेखन के जरिए पाठकों को गहराई से उद्वेलित किया और अपनी कथा-कृतियों, विशेषकर *लज्जा* उपन्यास के साथ आत्मालोचन की मज़बूत चुनौती के रूप में उपस्थित हुईं। अभिव्यक्ति की स्वाधीनता के लिए न सिर्फ ढाका मेडिकल कॉलेज एंड हॉस्पीटल के चिकित्सक पद से त्यागपत्र दिया बल्कि देश निकाले के कठिन मार्ग का भी वरण किया।

कृतियाँ : *शिकड़े बिपुल खुधा, निर्वासित बाहिरे अन्तरे, अतले अन्तरीण, बालिकार गोल्लाछूट, बेहुला एका भासिए छिलो भेला, आय कष्ट झेंपे-जीबन देबो मेपे, निर्वासित नारीर कविता* और *जल पद्य* (सभी कविता-संग्रह)। *प्रथम अपर पक्ष, लज्जा, फेरा* व *चार कन्या* (सभी उपन्यास), *निर्वाचित कलाम, नष्ट मेयेर नष्ट गद्य* (स्तम्भ लेख व टिप्पणियाँ), *आमार मेये बेला* (जीवनी)।

लज्जा हिन्दी समेत कई भारतीय व विदेशी भाषाओं में अनूदित व चर्चित।

सम्मान : *निर्वाचित कलाम* और *आमार मेये बेला* के लिए दो बार **आनन्द पुरस्कार** (1991 व 2000 में)। स्वीडिश पेन क्लब का **कुर्त तुखोलस्की पुरस्कार** : (1994), फ्रांस का **एडिट द नानत पुरस्कार** (1994), फ्रांस सरकार का मानवाधिकार पुरस्कार, **शाखारोव पुरस्कार,** : गोधेमबर्ग विश्वविद्यालय का **मनिसमियेन पुरस्कार** : (1995) और इंटरनेशनल ह्यूमनिस्ट एंड एथिकल यूनियन का **ह्यूमनिस्ट पुरस्कार** : (1996)। बेल्जियम के गेंट विश्वविद्यालय ने 1995 में **डॉक्टरेट** की उपाधि से सम्मानित किया।

कलकत्ता को अपना दूसरा घर माननेवाली तसलीमा नसरीन फ़िलहाल यूरोप में निर्वासित जीवन व्यतीत कर रही हैं।

आवरण-चित्र : डॉ. लाल रत्नाकर

12 अगस्त, 1957 को जौनपुर (उ.प्र.) में जन्म। कानपुर वि.वि. से 1978 में कला में स्नातकोत्तर एवं बनारस हिन्दू वि.वि. से डॉक्टरेट। प्रमुख शहरों में एकल व सामूहिक प्रदर्शनियाँ। विभिन्न पत्रिकाओं में रेखांकन प्रकाशित।

तसलीमा नसरीन

चार कन्या

अनुवाद

मुनमुन सरकार

पहला पुस्तकालय संस्करण
राधाकृष्ण प्रकाशन प्राइवेट लिमिटेड द्वारा
2001 में प्रकाशित

राधाकृष्ण पेपरबैक्स में
पहला संस्करण : 2004
पाँचवाँ संस्करण : 2016

राधाकृष्ण पेपरबैक्स : उत्कृष्ट साहित्य के जनसुलभ संस्करण

राधाकृष्ण प्रकाशन प्राइवेट लिमिटेड
7/31, अंसारी मार्ग, दरियागंज
नई दिल्ली-110 002
द्वारा प्रकाशित

शाखाएँ : अशोक राजपथ, साइंस कॉलेज के सामने, पटना-800 006
पहली मंजिल, दरबारी बिल्डिंग, महात्मा गांधी मार्ग, इलाहाबाद-211 001
36 ए, शेक्सपियर सरणी, कोलकाता-700 017

वेबसाइट : www.radhakrishnaprakashan.com
ई-मेल : info@radhakrishnaprakashan.com

बी.के. ऑफसेट
नवीन शाहदरा, दिल्ली-110 032
द्वारा मुद्रित

मूल्य : ₹ 250

CHAAR KANYA
Novel by Taslima Nasrin

ISBN : 978-81-7119-895-5

दूसरा पक्ष

ब्रह्मपल्ली,
मैमनसिंह

बुबू,

तुमने तो बिलकुल चुप्पी साध ली है। तो क्या मैं मान लूँ कि तुम मर चुकी हो ! मरकर हमारा उद्धार किया है !

तुम्हारे मर जाने से क्या किसी का उद्धार हो सकता है—मैं रह-रहकर इस बारे में सोचती हूँ। यदि उद्धार होता ही है तो किसका—पिताजी का, मेरा, या फिर भैया का ? क्या पता बुबू, मेरे तो कुछ भी समझ में नहीं आता !

तुम किस माटी की बनी हो। किस पर तुम्हारा इतना मान ? मुझे भी भूल चली हो, वही मैं, मैं नूपुर—जिसके साथ तुमने तेईस वर्ष बिताए हैं, एक कमरे में, एक बिस्तर पर, अचानक यदि मैं किसी दिन दूसरे कमरे में सो जाती तो तुम्हीं सारी रात एक पल भी न सोकर सुबह आँगन में बेचैन घूमती रहती थीं, वह तुम्हीं थीं न ? जो मुझे साढ़े तीन साल हो गए, भूलकर बैठी हो !

पिताजी ने तुम्हें कहीं मर-खप जाने को कहा, बस तुम मरने चली गईं। पिताजी की हमेशा की आज्ञाकारी बेटी, तुमने दो मिनट भी देर नहीं की। अगर रुक जाती तो देखती की साठ साल का बालक किस तरह फफक-फफककर रोता है। उस शख्स का सिर्फ दर्प देखा, गर्व देखा—आँसू नहीं देख सकी। उस दिन तुम्हारी जगह यदि मैं होती तो लौट आती। दुनिया की कोई ताकत मुझे रोक न पाती। तुम नहीं लौटीं, तुम ज्यादा प्रतिभाशाली हो इसलिए ! बूढ़े माँ-बाप के इस परिवार में तुम्हारा मन नहीं लगता।

अभी जरूर बड़े सुख में हो ! जिस सुख के लिए सारे बन्धन तोड़कर एक झटके से निकल गई बुद्धिमती लड़की।

—तुम्हारी,
नूपुर

शान्तिबाग,
ढाका

नूपुर,

तू इतने गुस्से में क्यों है। तुम्हीं लोगों के लिए तो जगह छोड़ आई। तू, तेरे भैया अब हाथ-पाँव फैलाकर मजे से बैठ सकोगे, सो सकोगे। दुनिया में खड़े होने-भर जमीन को लेकर ही जब इतनी छीनाझपटी है, वहाँ तो उतना बड़ा मैदान, उतना बड़ा आँगन, मुगलिया अन्दाज का मकान, लम्बी-चौड़ी छत, आम-जामुन-कटहल-अमरूद का विशाल बगीचा है—जब जैसी मर्जी हो, खेलते-कूदते-टहलते-घूमते बाकी जिन्दगी गुजार देना तुम और तुम्हारे भैया।

मेरा कुछ नहीं हुआ तो नहीं हुआ। नहीं जा सकी उस पार।

—यमुना

नूपुर,

कोपरनिकस के नाम पर इस दिल्ली में सड़क है, कितनी खुशी होती है न, नूपुर ? कोपरनिकस, गैलिलियो, ब्रुनो, जगदीश चन्द्र बसु, लेनिन, न्यूटन, आर्कमिडीज, आइनस्टीन, रवीन्द्रनाथ के नाम पर हमारे देश में भी सड़कें क्यों नहीं होतीं, भवन नहीं होता, बाग नहीं होता, म्यूजियम या गैलरी नहीं होती ? अचानक यहाँ पर रवीन्द्रनाथ का नाम कुछ बेमेल-सा प्रतीत होता है क्या ? रवीन्द्रनाथ भला कहीं भी बेमेल प्रतीत हैं नूपुर ? जीवन या जगत में, कहीं भी ? तुम कम-से-कम ऐसा नहीं मानोगी, जानती हूँ।

दो दिन आगरा में थी। लेकिन ताजमहल को दूर से इतना अधिक जानती हूँ कि पास जाकर उसके कीमती पत्थर, उसकी वास्तुकला, सौन्दर्य मुझे नए सिरे से विमुग्ध नहीं कर सके। आगरा शहर बड़ा ही सुनसान है। लड़कियाँ साइकिल से चलती-फिरती हैं, उनको देखकर तू बहुत याद आ रही थी। बचपन में साइकिल से तू सारे शहर का

चक्कर लगाती फिरती थी। जैसे ही बड़ी हुई, सब बन्द हो गया। लड़कियाँ जैसे-जैसे बड़ी होती जाती हैं, एक-एक कर तिलचट्टा होती जाती हैं ?

—यमुना

श्रीनगर,
कश्मीर

नूपुर,

खुद को बड़ा अपराधी महसूस कर रही हूँ, नूपुर। मैं एक स्वर्ग में बैठी हूँ, और तू मेरी ही बहन होकर, मेरी सबसे अजीज होकर—एक पिछड़े शहर की उतनी ही पिछड़ी ब्रह्मपल्ली के एक मकान में उदास बैठी दिन बिता रही हो। झेलम एक्सप्रेस ने हमें जम्मू स्टेशन पर उतार दिया। साथ में एक महीने का 'इंड-रेल पास' था। इस पास से भारत के किसी भी स्टेशन से किसी भी गाड़ी के वातानुकूलित डिब्बे में बैठकर पूरे एक महीने तक घूमा जा सकता है। कलकत्ता छोड़ने के बाद ही मेरे साथ भाषा की समस्या शुरू हो गई। बड़ा आत्मविश्वास था कि हिन्दी बोल लूँगी। लेकिन बोलते समय बांग्ला-हिन्दी-उर्दू को मिलाकर एक खिचड़ी हो जाती थी। अन्ततः अंग्रेजी से काम चलाना पड़ता है।

किसी नए शहर में जाने पर मैं उस शहर की शाम और रात देखती हूँ। एक्का पर सवार होकर जम्मू देखा। तुमको शायद गुस्सा आएगा या खुशी भी हो सकती है कि दूसरे दिन सुबह जब श्रीनगर के रास्ते से होकर हमारी बस गुजर रही थी तो मैं खिड़की के पास बैठी दोहरी नजर से बर्फ की चोटियाँ देख रही थी—एक बार अपनी आँखों से तो एक बार तुम्हारी आँखों से। बस में उस वक्त अचानक सारे लोग हैरान होकर मुझे देखने लगे, जब मैं तुम्हारा दोपहरवाला वह गीत गाने लगी—"ओ लो सई, आमार इच्छा करे तोदेर मतो मनेर कथा कोई !" (हे सखी, मेरी भी इच्छा होती है तुम्हारी तरह मन की बातें कहूँ !) उस वक्त मैं तुम्हारी हो गई थी, ठीक तुम्हारी तरह अपनी दाहिनी जाँघ पर हाथ से थाप दे रही थी और मन-ही-मन सारी खुशी तुम्हें दे रही थी।

श्रीनगर में उतरकर 'डल' झील पर एक खूबसूरत हाउसबोट भाड़े पर लिया। हमारी खातिरदारी का जिम्मा मैमुन पर था। मैमुन को देखोगी तो तुम जरूर उसे छूकर देखना

चाहोगी कि उसके गालों का गुलाबी रंग उँगलियों पर उतरकर आता है या नहीं। उतरेगा नहीं, वह उनका ओरिजिनल रंग है। सेब की तरह लाल गालोंवाली लड़की हिन्दी और अंग्रेजी मिलाकर खूब बोलती रहती है, हमें चाय पिलाई, सोने के कमरे के चूल्हे में दोनों हाथों से भरकर लकड़ियाँ ठूँस दीं। गरम पानी से नहाने के बाद पूरी शाम शिकारा से मैंडल लेक में घूमती रही। 'शिकारा' एक तरह की मयूरपंछी नाव का नाम है। उसमें मखमल की चादर बिछी हुई, जैसी इच्छा सोकर या बैठकर रह सकते हैं। हमारे साथ के लड़के का नाम हुमायूँ है। यह मत सोचना कि मैं शौकिया हनीमून पर आई हूँ। दरअसल, मैं इसलिए आ गई हूँ क्योंकि मेरे खाते में काफी पैसे जमा हो गए थे। तुम्हें याद है, माँ कहती थी, पैसा मुझे काटने लगता है ? वही पैसा दरअसल मुझे बहुत काट रहा था, इसलिए उसे खर्च करने के लिए यहाँ तक आ गई।

इसके पहले जितनी बार देश से बाहर निकली हूँ, हड़बड़ाकर काम खत्म करके लौट गई। एक बार पेरिस ल्यूमर म्यूजियम के दरवाजे से वापस आ गई थी—नहीं, अकेले नहीं, नूसुर को साथ लाकर देखूँगी। और अब देखो, अकेले-अकेले बड़े मजे से गुलमर्ग, खिलनमर्ग, पहलगाँव, शालीमार देख रही हूँ। गुलमर्ग में स्कइिंग करते हुए मैं करीब पच्चीस किलोमीटर दूर बर्फ के एक अन्य शहर में पहुँच गई थी। मेरा कश्मीर का मजा इतना ही है कि बर्फ की बारिश हो रही है, मेरे सिर पर पश्मीना की टोपी है और बदन पर मोटा ओवरकोट। कोई साथ नहीं, अकेली। पता नहीं क्यों, बहुत रुलाई आ रही थी। हुमायूँ तो हाउसबोट से लगभग निकला ही नहीं। उसका सिर बहुत दुख रहा था, सिर-दर्द कम होने की सारी दवाइयाँ दे चुकी। लेकिन वह ठीक होने का नाम ही नहीं लेता था। बगल में ही बैठी हुई थी, उसने लगभग जबरदस्ती करते हुए मुझे गुलमर्ग भेज दिया।

याद है, मुझसे गर्मी बिलकुल सहन नहीं होती थी इसलिए तुम मुझसे कहती थीं, नेपच्यून पर चली जा ! नेपच्यून ! वहाँ का तापमान हिमांक से 237° सेल्सियस नीचे है। आज गुलमर्ग में स्कीट्र करते हुए निर्जन बियावान में, कहीं कोई घर-बस्ती नहीं, आसमान की सफेदी और बर्फ की सफेदी जहाँ एकाकार है, ऐसी अद्‌भुत अनजानी जगह के धवल जीवन में पहुँच गई जहाँ अचानक लगा—मैं कहीं नेपच्यून पर ही तो नहीं पहुँच गई। कितनी हैरानी की बात है, देखो ! चारों ओर देखते-देखते मैं बर्फ पर अपने शरीर को निढाल करके बैठ गई, बैठ गई समूचे अवसाद और खुशी के साथ। अवसाद शरीर में और खुशी मन में थी। और ऐसे में यदि दिल को चीरती हुई रुलाई आती है तो तुम्हीं बताओ, कितना खराब लगता है न ?

दुनिया में भला कौन है मेरा जिसके लिए रोना आएगा ? तुम्हारे लिए ? तुम्हें सिर की बीमारी है, कश्मीर घूम नहीं पा रही हो—इसलिए ? या फिर खुद के लिए ही ? मतलबी लड़की, खुद के लिए नहीं तो और किसके लिए रोएगी ? हुमायूँ को कोई असुविधा नहीं हुई। मैमुन ने सुबह उसे चाय दे दी। दोपहर को 'गुस्तबा' बनाया था उसने, गुस्तबा एक तरह का कश्मीरी खाना है। शाम को सिर का दर्द थोड़ा कम होने

पर मैमुन उसे टहलाने के लिए नेहरू पार्क ले गई थी।

मैमुन इतनी सुन्दर लड़की है, उम्र कोई बीस-बाईस साल होगी, उससे कितनी बार कहा है कि चलो तुम्हें मैं अपने देश ले चलती हूँ। हुमायूँ कहता है, देश ले जाकर तुम्हें काँच के एक जार में सजाकर रखूँगा, चलो ! मैमुन सिर्फ हँसती है। पैसे खत्म हो गए। कल समय बर्बाद किए बिना सीधे दिल्ली। फिर दिल्ली से ढाका।

—बुबू

ब्रह्मपल्ली,
मैमनसिंह

बुबू,

अच्छा, उस शख्स का नाम यानी हुमायूँ है ! और उससे तुमने शादी की है ! इतने दिनों तक मैंने लोगों की बातों पर विश्वास नहीं किया ! तो तुम हुमायूँ के साथ घूम रही हो, यह अच्छी बात है। लेकिन उसके नशे-पेशे आदि के बारे में थोड़ा आभास तो दे सकती थीं ताकि मुझे समझने में सुविधा होती कि मेरी प्रिय बहन किसे दवा खिला रही है, उसके सिर-दर्द का रूप क्या है, सिर-दर्द का मकसद क्या है ?

नाराज मत होना ! तुमसे थोड़ा टेढ़ा नहीं बोलने से मन नहीं भरता। सीधी बात तो सभी करते हैं, जैसे तुम्हीं करती हो। जीवन-भर पेचीदा लोगों से सीधी-सादी बातें करती आई, ठगी भी गई हो उतना ही। लेकिन मैं वैसा नहीं कर सकती। मैं तो सीधे के साथ सीधा और टेढ़े के साथ टेढ़ी हूँ। मेरे लिए दुखी मत होना। कभी देश के बाहर नहीं गई, इसके लिए मैं खुद को कभी वंचित नहीं समझती। मेरी तरह कितने ही लोग होंगे, जो कहीं नहीं गए। इससे क्या ! मैं तो खाते-पीते, हँसते-खेलते जिन्दा हूँ, मेरी तरह और भी कितने लोग हैं।

तुम जो आज पेरिस, कल अमस्टरडम, परसों इटली कर रही हो—क्या सचमुच तुम बहुत सुखी हो बुबू ! बहुत सुख में ? मुझसे भी ज्यादा सुख में ? मुझे तो नहीं लगता !

मैं तुम्हारे दुखों का अनुभव करती हूँ। तुम न श्रीनगर, न पेरिस, न ज्यूरिख, न रोम में—मैं बहुत अच्छी तरह समझती हूँ कि ब्रह्मपल्ली की इस पुरानी चौकी पर मुझे अपनी छाती से लगाकर जब साधारण-से मकड़े या पालतू बिल्ली की कहानी सुनाती हो, उस समय तुम सबसे ज्यादा सुख का अनुभव करती हो।

इस हुमायूँ को मैं नहीं जानती। जानने की मेरी इच्छा भी नहीं है। तुम अच्छी हो

या नहीं, यह भी जानने के लिए मैं उत्सुक नहीं रहती। लेकिन माँ बहुत बीमार है। पिछले दो महीनों से काफी खून गिर रहा है। बादामी रंगतवाली वह इनसान बिलकुल सफेद-सी पड़ गई है। अस्पताल में भर्ती किया है। डाक्टर ने कहा है, बच्चेदानी निकाल देना होगा। यह सारी बीमारी तुम्हारे लिए तो आम बात है ! देखने के लिए आने को भी नहीं कहती। क्योंकि तुम उस स्थिति में नहीं हो। दूर से जितनी शुभकामनाएँ की जा सकती हैं, कर सकती हो। और यदि न भी करो तो कोई हर्ज नहीं है।

जीना होगा तो माँ जीएगी, और यदि जीना नहीं है तो भला किसी के वश में है जो जिला दे ?

—तुम्हारी,
नूपुर

शान्तिबाग,
ढाका

नूपुर,

मेरी जाने की कोई स्थिति नहीं है—यह तो तुमने बड़े स्पष्ट ढंग से समझाकर कह ही दिया। आऊँगी भी क्यों ? कुलक्षणी, अपशकुनी, कुलटा लड़कियों को तो किसी के जन्म-मृत्यु, विवाह आदि में रहना नहीं चाहिए। रहने से अमंगल होता है, मैं नहीं जाऊँगी। नहीं जाऊँगी तो तुम्हारे पिता के डर से नहीं बल्कि इसलिए कि आपरेशन टेबुल पर माँ मेरा नाम सुनकर तुरन्त मर न जाए। इससे अच्छा है कि वह बच्चेदानी, उस जन्म-चिह्न को शरीर से निकाल फेंके ताकि अस्वस्थ बच्चेदानी को शरीर में धारण किए हुए यह याद न करना पड़े कि कभी उस भ्रूण में से एक साबुत इनसान का जन्म हुआ था। बच्चेदानी नहीं, याद नहीं, दर्द नहीं—यह एक तरह से माँ के लिए अच्छा ही हुआ। है न ?

मैं तो स्वस्थ ही थी नूपुर। मेरे आसपास मेरे जैसा स्वस्थ और कौन था ? इस अलमस्त जीवन्त इनसान को बड़े शौक से शादी के पीढ़े पर तुम लोगों ने बैठाया था। राजकुमार लाए थे मेरे लिए। वाह, क्या राजकुमार था ! कहाँ है अभी तुम लोगों का राजकुमार ? मेरे माता-पिता का सोने का चाँद अभी कहाँ है ? कहाँ गया तुम लोगों की आँखों का तारा ? लाओ न, एक दिन उसे पकड़कर मेरी आँखों के सामने ! मैं उससे बात करूँ। दिल खोलकर बात करूँ, बात तो नहीं की कभी उससे, सिर्फ आँख-मुँह बन्द

किए पूरे डेढ़ साल बिताया है। डेढ़ साल का समय क्या कम होता है नूपुर ? अभी सोचती हूँ तो मैं काँप उठती हूँ।

यह जो हुमायूँ है, देखने में काला-कलूटा, निकले हुए दाँत। पाँच फुट सात इंच लम्बा। ऐसा एक भी दिन नहीं होता जब वह शराब न पीता हो, शराब में डूबकर गाली-गलौज न करता हो। मुझे क्या जरूरत थी इससे शादी करने की ? अब तक यह मेरी समझ में नहीं आता। इससे शादी करके मेरी दिनचर्या में कोई हेरफेर नहीं हुआ। न दिन में, न रात में। जो मैं थी, वही हूँ। इस बीच शहर ने जाना, ब्रह्मपुत्र ने जाना, तुमने जाना, तुम्हारे अपनों ने जाना कि मुझे शादी करने का बहुत शौक था। मर्द बगैर मैं रह नहीं सकती। अकेले-अकेले जीवन गुजारना मेरे लिए सम्भव नहीं।

दरअसल जानती हो नूपुर ? मैं अकेली ही थी, और फिर से अकेली हो गई। मेरे कानून-पंडित पिता अचानक मेरे फ्लैट पर आ धमकते थे। तुम्हें क्या लगता है, उनकी रग-रग में जो अविश्वास का साँप दौड़ता था उसे मैं समझती नहीं ! मेरे पिता मेरे कमरे में घुसते ही इधर-उधर ताक-झाँक करते थे। बरामदे की रस्सी पर एक दिन मेरा एक कुर्मा सूख रहा था। उसे देखकर पूरी दोपहर पिताजी बरामदे में कुर्सी पर बैठे रहे। रात में हम दोनों ने एक साथ खाना खाने के बाद सोफिया लारेन की एक पुरानी फिल्म 'कैसेन्ड्रा क्रासिंग' देखी। कितनी भयानक फिल्म थी, अन्तिम दृश्य में जब टूटे हुए पुल से रेलगाड़ी टुकड़ा-टुकड़ा होकर नीचे गिर रही थी—पिताजी उस उत्तेजनापूर्ण दृश्य को देखकर शान्त बैठे हुए थे, मेरे पिता, जिन्हें मैंने सैंडविच-सॉसेज खिलाई, ब्लेंडर में अंगूर का रस बनाकर दे आई। साग-सब्जी पसन्द करते हैं इसलिए भागकर शान्तिनगर बाजार से टोकरी भर सब्जी लाई और खाना पकाया।

पिताजी क्या खाएँगे ? पिताजी क्या पहनेंगे ? आप तो अर्नेस्ट हेमिंग्वे को बहुत पसन्द करते हैं, दूँ ? बोरिस पास्तरनाक ? गोर्की, गेटे, टामस मान, दोस्तोयेवस्की, टालस्टॉय, रवीन्द्रनाथ ? नहीं, पिताजी ने कुछ भी नहीं लिया। थोड़ी-थोड़ी देर बाद चाय देती रही। चाय लेकर बरामदे में टहल रहे थे। कितनी बार बोली—पिताजी, आपको क्या भूत ने पकड़ रखा है ? आपको अब ब्रह्मपल्ली के उस मकान में जाने की जरूरत नहीं। आप मेरे यहाँ रहिए। कल ही आपके लिए छह सेट पैंट-शर्ट खरीदकर ले आऊँगी। आपको कॉफी अच्छी लगती है न ? बाजार की सारी कॉफी उठा लाऊँगी, आप देखिएगा ! आपको आखिर हुआ क्या है ! इस तरह क्यों खामोश बने हुए हैं ?

पिताजी फिर भी कुछ नहीं बोले। दोनों दो कमरे में सोने चले गए। मेरी आँख बस लगी ही थी कि माथे पर एक हाथ के स्पर्श से मेरी नींद टूट गई। मैंने देखा, पिताजी खड़े हैं। पिताजी, कुछ चाहिए ? उस कमरे में पानी की बोतल नहीं थी क्या ? आपको नींद नहीं आ रही ? कुछ बात करेंगे ?

—यमुना, तुम कैसी हो ?

रात के डेढ़ बजे मेरे पिताजी मुझसे अकेले में पूछने आए हैं—कैसी हूँ !

—बहुत अच्छी तरह से हूँ, पिताजी !

—तुम्हें किसी चीज का अभाव नहीं ?

—क्या कहते हैं, महीना पूरा होते ही पन्द्रह हजार रुपए तनख्वाह मिलती है। घर-भाड़ा साढ़े पाँच हजार रुपए है। बाकी साढ़े नौ हजार रुपए बचते हैं। इससे मेरे अकेले का खर्च बहुत मजे में चल जाता है।

—इसके अलावा और किसी तरह की कमी महसूस नहीं होती ?

—नहीं, नहीं ! नहीं पिताजी, और कुछ नहीं !

—तुम्हारे घर कौन-कौन आता है, यमुना ?

—कौन-कौन, मतलब ?

—मेरा मतलब आने-जानेवालों से है !

—आते हैं, पुराने लोग। ऑफिस कुलिग, कोई-कोई परिचित भी।

—क्यों पिताजी ?

—सभी क्या लड़कियाँ हैं ?

—प्रायः सभी। कुछ लड़के भी हैं। इससे क्या ?

—इतना मेलजोल तो ठीक नहीं है, बेटी !

—क्यों पिताजी ! मैं लोगों से बातचीत नहीं करूँगी? और सामाजिकता भी तो है ?

—तुम तो समाज के औरों जैसी नहीं हो ?

—मतलब ?

—तुम्हारे जीवन में एक दुर्घटना घट चुकी है।

—कौन-सी दुर्घटना पिताजी ? आपने मेरी एक शादी की थी। वजह चाहे जो भी रही हो, मेरी शादी टिक नहीं पाई।

—हाँ, नहीं टिकी। सबकी टिकती है। तुम्हारी ही नहीं टिकी।

—मैं क्या कर सकती थी पिताजी ? आप तो सब कुछ जानते हैं। नहीं जानते क्या ?

—जानता हूँ, जानता हूँ। ! जानूँगा क्यों नहीं। लड़कियों में इतना घमंड रहने से नहीं चलता। अभी तुम जो अकेली रह रही हो, क्या समझती हो लोग तुम्हें बहुत अच्छा कहते हैं ? बहुत चरित्रवान मानते हैं ?

—क्या कह रहे हैं पिताजी आप ?

—यह यूरोप-अमेरिका नहीं है कि लड़की भाड़े पर घर लेकर अकेली रह सके।

—मैं तो रह रही हूँ। कहीं कोई दिक्कत नहीं है।

—दिक्कत है या नहीं, यह तुम क्या समझोगी ? तुम्हें कोई होश भी है ! तुम तो अंधी हो गई हो। कमरे में मर्द के साथ अय्याशी करती हो !

—क्या बोल रहे हैं आप ?

—ठीक ही बोल रहा हूँ। बरामदे में शर्ट किसकी है ? क्या सोचती हो, मैं कुछ समझता नहीं ? सोचती हो गँवार, अनकल्चर्ड बाप आया है। इसे थोड़ा-बहुत खिला-पिला देने से खुश होकर घर चला जाएगा। और खाली घर में मौज-मस्ती करूँगी।

नूपुर, विश्वास कर ! मेरे पिता, मेरे वह पिता जिन पर मैं गर्व करती हूँ—उस पिता को उस दिन मैंने अपमान-शर्म के मारे कोई सफाई न देते हुए, उनका वहम दूर नहीं किया कि बरामदे में सूखनेवाली शर्ट मेरी है। शर्ट धोकर सुखाने जैसा मेरे साथ किसी पुरुष का सम्बन्ध नहीं है। गिने-चुने दो-चार शुभाकांक्षी हैं, उनमें से किसी को भाई कहती हूँ, किसी को चाचा। उनमें से किसी ने कभी मेरी उँगली छूकर भी नहीं देखी। दूसरे दिन पिताजी चले गए। ऐसा अक्सर होता था। इस तरह अक्सर पिताजी आते थे। आते ही भौंहें सिकोड़कर चारों ओर देखते। घर पर एक धागा भी पा जाते तो उसे टटोलकर देखते। मेरे भीतर सब चूर-चूर हो जाता। रातभर महसूस करती थी कि पिताजी उस कमरे में सोये नहीं हैं, इस कमरे में मैं भी सो नहीं पाती थी। हमारा सम्बन्ध दिन-ब-दिन एक नजीब-से अविश्वास में बदलता गया। तुमने अपनी आँखों से नहीं देखा न, इसलिए जानती भी नहीं हो !

अब भी वह सारी बातें लिखते हुए मेरा शरीर थरथरा रहा है। पत्र लिखना।

—यमुना,

ब्रह्मपल्ली,
मैमनसिंह

बुबू,

एक-एक दिन कैसे बिता रही हूँ, क्या तुम इसका अन्दाजा लगा सकती हो ? सुबह से शाम तक टिफिन कैरियर हाथ में लिए अस्पताल और घर का चक्कर काटते हुए जीना दूभर हो गया है। ऊपर से माँ की इच्छानुसार दो लोगों को बुलाकर लोहबान (धूप) जलाकर उनसे कुरान पढ़वाया जा रहा है। केबिन में घुसते ही सबसे पहले माँ पूछती है—दोनों लोग दोपहर में खाना खाए या नहीं ?

मैंने एक दिन यूँ ही हँसते हुए पूछ लिया—मैंने खाया या नहीं, यह तो तुमने नहीं पूछा माँ, जरा भी चिन्तित नहीं हुईं। उलटे बड़ा जोर देकर बोलीं—ये लोग अल्लाह का कलमा पढ़ रहे हैं। उनकी मर्यादा का सबसे पहले खयाल रखना चाहिए।

उस दिन बातों ही बातों में तुम्हारा जिक्र होने लगा। घर पर कुरान पढ़ने का इन्तजाम कर रखा है। उनके लिए ड्राइंग रूम छोड़ दिया है। 'डी-वन' पर चटाई बिछाकर एक ठंडा-ठंडा-सा वातावरण बनाया हुआ है। मुमू घर पर थी। उसने कहा, यमुना होती

तो फूफू से कहती, माँ उधर तो आपका कुरान खत्म होनेवाला है।

अपनी नास्तिकता को लेकर तुम तो गर्व करती हो। लेकिन मैं और मेरे जैसे साधारण लोग, यह मत सोचो कि तुम्हें कुछ खास समझते हैं। बल्कि हम तो यह भी सोचते हैं कि एक दिन तुम ऐसी धर्मभीरु स्त्री में बदल जाओगी कि हममें से हर कोई तुम्हें 'अजू का पानी' (नमाज पढ़ने से पूर्व हाथ में लिया गया जल), कोई 'आयनमाज' (कपड़े का वह टुकड़ा जिसे नमाज पढ़ने से पहले बिछाया जाता है), 'तसबीह' (जपमाला), बुरका, कुरान, आदि देते-देते थक जाएगा। ऐसा बिलकुल नहीं होगा, क्या तुम दावे से कह सकती हो ?

माँ का आपरेशन और कुछ दिनों के लिए टल गया है। पास-पड़ोस के बहुत सारे लोग सोच रहे हैं कि शायद इस घर में किसी की मौत हो गई है। किसी भी मकान से बड़े सुर में दो दिन कुरान पढ़े जाने की आवाज आने से ही एक अजीब मुर्दा-मुर्दा-सी महक आती है। है न ?

एक बात का खयाल किया है, पिछले कई वर्षों से हम लोग इस मकान में रह रहे हैं। कितने लोग मर गए, कितनी ही रातों में मेरी और तुम्हारी नींद ''हरि-हरि बोल—बोल हरि'' की आवाज सुनकर टूटी थी। कितने पड़ोसियों की मृत्यु हुई—एक दिन प्रफुल्ल मर गई, एक दिन सिद्धेश्वरी की माँ। एक दिन निखिलेश बाबू तो एक दिन विभा दीदी नहीं रहीं।

'बोलो हरि—हरि बोल' सुनकर हम दोनों बिस्तर में सिकुड़ी रहती थीं। तुम सुरीली आवाज में कहती थीं—हमारे घर से कौन पहले निकलेगा, क्या पता ! तुम्हारे ऐसा कहते ही न जाने क्यों मेरी आँखों के सामने पिताजी का चेहरा उभर आता था ! लेकिन तुम तो अपनी ही बात सोचती थीं कि तुम मर जाओगी। मरने के मामले में भी तुम कम स्वार्थी नहीं थीं—पहले मरना चाहती थीं, सबसे पहले ताकि सबको रुलाकर जा सको। ताकि सब कुछ शून्य करके तुम निर्लिप्त हो सको। ऐसा ही जैसा अब हो गई हो। कहाँ। अभी लाख चाहने पर भी क्या तुम्हें छू सकती हूँ ? लाख चाहने पर भी क्या तुम्हारी छाती पर सिर रखकर रो सकती हूँ—तुम्हारे लिए, माँ के लिए ? और कभी-कभार थोड़ा-बहुत खुद के लिए भी ?

—तुम्हारी,
नूपुर

पुनः—बुबू, क्या तुम्हें बचपन या किशोरावस्था की कोई याद नहीं आती ? यादें क्या तुम्हें जरा भी नहीं रुलातीं ?

नूपुर,

बचपन-किशोरावस्था को लेकर बहुतेरे लोगों को भावावेग में बह जाते देखा है। मेरे साथ ऐसा कुछ भी नहीं होता। स्मृति मेरे पीछे-पीछे ज्यादा दूर जाना नहीं चाहती। वह एक लड़कपन था मेरा। लड़कपन भी क्यों कहूँ, मैं तो लड़का नहीं हूँ। लड़की हूँ तो लड़कीपन ही कहूँ— वह एक लड़कीपन था मेरा—सुबह मछली-भात खाकर स्कूल जाना पड़ता था, वापस लौटकर जल्दी से खाना खाकर लँगड़ी-कूद या फिर बौची (लड़कियों का एक खेल) खेलने में जुट जाती। शाम को धूल-कीचड़ में सने हाथ-पाँव धोकर पढ़ने बैठना, पढ़ते-पढ़ते सो जाना। इस बँधी-बँधाई रुटीन के बीच माँ सिर पर दुपट्टा ओढ़ाकर कुरान पढ़ने के लिए बैठाती। तुम्हें याद नहीं, अजीब-सी एक भाषा को सीखने के डर से हमेशा मैं भागती फिरती थी। बिस्तर पर खिड़की की ओर सिर रखकर सोती थी। माँ कहती थी—पश्चिम की ओर पैर करके मत सोना। रात में जब माँ सो जाती थी, तब मैं सिर का तकिया उठाकर उसी खिड़की की ओर रखकर सोती थी। सोऊँ भी क्यों नहीं, रात में खिड़की के पास की 'हाँसनाहाना' की सुगन्ध हमें सुलाती जो थी।

माँ कहती थी—बाँस की झाड़ के नीचे से मत जाना, शाम को बाल खोलकर आँगन में मत जाना क्योंकि जिन्न-विन्न पकड़ सकता है। मैंने कभी कुछ नहीं माना। बहुत अधिक ऊधम मचानेवाली लड़की जरूर नहीं थी लेकिन भीतर ही भीतर गुस्से को पालकर रखती थी। पिताजी ने मुझे राहत दे दी नूपुर ! दिनभर पढ़ाई-पढ़ाई करके मेरा 'छात्रानाम् अध्ययनम् तपः' पूरा कराके मुझे आदमी बनाकर छोड़ा।

मैं जैसे-जैसे बड़ी हो रही थी मेरी माँ मेरा मार्ग उतना ही निर्दिष्ट किए दे रही थी। छत पर जाना, दोस्तों के घर जाना, बाहर के लोगों के पास आना-जाना सब कुछ मेरे 'शारीरिक दोष' के कारण बन्द हो गया। मैं उस वक्त दिगन्त को छूता हुआ मैदान, खुला आसमान, उस वक्त मैं न खत्म होनेवाले जंगल, उत्ताल समुद्र सबकुछ को अपने भीतर ही ढूँढ़ने लगी। बाहर कहने को तो अपना कुछ था नहीं, इसलिए ढूँढ़ा है अपने अन्तर में ही। दिनभर किताबों में डूबे न रहने पर आज मैं इतनी दूर न पहुँच पाती, फिर भी बीच में कितना कुछ घट गया। वैसे माँ हमेशा इसके लिए भाग्य को कोसती थी। कहती थी—क्या तो मैंने खुद ही अपने नसीब को बिगाड़ा है।

मैं किसी को दोष नहीं देती, जीवन खुद के अपने नियम से चलता है। एग्रीवर्सिटी के किनारे से बहती ब्रह्मपुत्र के तट पर बैठकर मैंने अपनी किशोरावस्था काटी है। उस वक्त चाहकर भी माँ मुझ पर अपना असर नहीं डाल पाई। मैं तो हमेशा ही बन्धन तोड़-फोड़कर जीना चाहती थी। मैं हमेशा जंजीर खोलकर भागती रही हूँ। भागते-भागते

अपने आपके अलावा किसी का सहारा नहीं मिला।

नूपुर, तुम तो बड़ी ही उपेक्षा और अनदेखी के बीच पली-बढ़ीं। तुम्हें जरूर अपने बचपन को लेकर अतिरिक्त उच्छ्वास नहीं होता। बाजार जाने पर भैया के लिए एक चाबीवाली गाड़ी और मेरे लिए एक गुड़िया खरीदकर लाते थे पिताजी। मेरा मन उस चाबीवाली गाड़ी की ओर चला जाता था। मैं गुड़िया फेंककर गाड़ी के लिए रोती थी। माँ गुस्सा होकर मेरे कान खींचते हुए कहती—हमेशा अच्छी चीजों का लालच होता है !

हाँ, लालच तो रहेगा ही। अच्छी चीज के प्रति लोभ क्यों नहीं होगा ? चाबी भर देने से जो गाड़ी साँय-साँय करती चलती है—उस गाड़ी की ओर, उस गतिवान विस्मय की ओर मैं क्यों नहीं लपकती, मैं तो हाड़-मांस से बनी एक जीवित इनसान हूँ। मुझे क्यों बेजान स्थिर गुड़िया के साथ खेलकर स्थिर जीवन बिताने का अभ्यस्त होना होगा ?

नूपुर, यह भेदभाव मुझे सुहाता नहीं। भैया कभी मुझसे अधिक मेधावी छात्र नहीं था, हालाँकि दूध-मलाई खाकर वही पल-बढ़ रहा था। जीवन भर इस कालेज से उस कालेज तक चक्कर काटकर पास-फेल होते हुए व्यवसाय की ओर गया। फिर भी उसके कारोबार में जाने को जितना अच्छा माना गया, मेरी अच्छी वेतनवाली नौकरी को कुछ नहीं समझा गया।

यादें मुझे अब और नहीं रुलातीं, नूपुर। या फिर अचानक रुला देती हैं, मैं समझ नहीं पाती !

—यमुना

शान्तिनगर,
ढाका

नूपुर,

खूब इत्र-फुलेल लगाकर, लोहबान आदि जलाकर कुरान पढ़ रही हो ! क्या इधर तुम्हारी मजार घूमने की आदत भी दिन-ब-दिन बढ़ती जा रही है ? सुना है, हर बृहस्पतिवार को बड़े पीर की मजार पर मोमबत्ती जलाने जाती हो ? टांगाइल में एक पीर अवतरित हुए थे। वे पीर, कहते हैं कि माइक पर ही भक्तों को 'फूँक' लगा देते थे, क्योंकि लाखों लोगों को एक-एक करके फूँक लगाना सम्भव नहीं थे—वे तालाब में फूँक लगाते थे और उस तालाब का पानी पीकर भक्तगण अपना सारा कलंक,

पाप-ताप, दुःख-शोक, जश-व्याधि दूर करते थे। नूपुर, क्या तुमने उस तालाब का एक शीशी पानी लाकर रखा है ? क्या तुम्हारे भी जोड़ों का दर्द, सिर-दर्द, मन का दर्द ठीक हो गया है ? अटराशि जाओगी नूपुर ? सैदाबाद ? कहो तो तुम्हारे जाने का इन्तजाम कर दूँ। सैदाबाद में कच्चा अंडा ले जाना पड़ता है, उस कच्चे अंडे को हाथ में लेकर हमारे हुजूर सैदाबादी देखते ही देखते पंका देते हैं यानी उबला हुआ बना देते हैं। उस उबले अंडे को खाने से क्या होता है, जानती हो नूपुर ? मान लो, तुम्हारी शादी हो गई—कई वर्ष हो गए, उम्र भी हो गई, लेकिन बच्चा नहीं हुआ। तो ऐसे में सैदाबादी का उबला अंडा खाने से तुम्हें बच्चा हो जाएगा। दरअसल, एक छोटे-मोटे जादूगर से सैदाबादी ने कच्चे अंडे को उबला हुआ बनाने का जादू सीखा है। ज्वेल आइच की ही बात लो। आँख में धूल झोंकनेवाला जादू सिखा देते थे और लोग हैरान रह जाते थे। तुम तो पढ़ी-लिखी हो। बांग्ला साहित्य लेकर, तुम अलौकिक में विश्वास कर भी सकती हो लेकिन जिनका दिन भर का कामकाज विज्ञान को लेकर है, वे भी यदि माथे पर सजदा करने का निशान बना लें तो इस शर्म को बताओ कहाँ रखें ! मेडिकल कालेज-अस्पतालों की मस्जिदों में नमाज की जितनी भीड़ होती है, मुझे लगता है उतनी भीड़ किसी दूसरे विश्वविद्यालय की मस्जिद में नहीं होती होगी। इस जनम में सब कुछ समेट लिया है, शायद इसीलिए अगले जनम के लिए सहेजने में वे व्यस्त हो जाते हैं। किसी को जनम-भर नहीं जुटता और जिसे जुटता है, हर किस्म का जुटता है।

इस देश के कुछ कुसंस्कारग्रस्त बुद्धिजीवी अतीन्द्रीयता को, अवतारवाद को, जन्मांतरवाद को, ज्योतिषशास्त्र को प्रतिष्ठित करके प्रगति के चक्के को उल्टी दिशा में घुमाना चाहते हैं। और, उसे देखकर हमारे तमाम अशिक्षित लोग उल्लासपूर्वक नाच उठते हैं। याद है, पिताजी को जब 'मायोकार्डियल इनपार्कसन' हुआ था ! हम कितने परेशान थे, उस वक्त अर्थोपेडिक्स के प्रोफेसर हुमायूँ कबीर चौधुरी जब पिताजी को देखने आए तब जेब से मझोले आकार की एक तश्बीह निकालकर उन्होंने पिताजी के हाथ में दी। बोले—किसी दवा से काम नहीं होगा महमूद साहब। यह दरूद (अरबी में लिखा हुआ एक कागज हाथ में दिया) सोने से पहले सत्तर बार पढ़िएगा। देखिएगा, आपकी सारी बीमारी दूर हो गई है। पिताजी के सिरहाने बैठकर एक चिकित्सक की इस अद्भुत चिकित्सा को सुनकर क्या मैं चुप रह सकती थी ? मैंने पूछा—"आपके पास हड्डी टूटे हुए जो रोगी आते हैं, क्या वे इसी तरह 'दरूद' पढ़कर ठीक हो जाते हैं ? या फिर उनका आपरेशन करना पड़ता है, जिपसोना भिगाकर प्लास्टर करना पड़ता है ?" भले आदमी ने चौंककर मेरी ओर देखा, बोले कुछ नहीं। बस मुस्कुरा दिए। उनकी मुस्कुराहट में एक हल्के-से रहस्य की बू थी।

भौतिक विज्ञान के एक पंडित को जानती हूँ, उनका विश्वास है कि उनके गुरुदेव पृथ्वी की गुरुत्वाकर्षण शक्ति की उपेक्षा करते हुए ध्यान लगाकर जमीन से ऊपर उठकर हवा में तैरते रह सकते हैं।

तुमने तो बांग्ला में पढ़ाई की है। तुम्हें क्यों दोष दूँ? फिर भी बांग्ला पढ़ो या कुछ

और, हो तो तुम मेरी बहन ! तुम्हारा यह अधःपतन क्यों ? तुम क्यों खामखाह धर्म व्यवसाइयों के पास भागती फिरती हो। अतार्किक चीजों के प्रति तुमको इतना मोह क्यों है ? तुम घर पर कुरान पढ़वा रही हो। तुम्हारे पढ़ाकू लोग 'सूरा-निशा' नहीं पढ़ रहे हैं ? जब वे लोग बड़े लय के साथ 'सूरा-निशा' पढ़ते होंगे, जब ''अररेजालु कवामु न आलननिसाये विमा फाद्दाल्लाहु बदाहुम अलाबादीन'' पढ़ते होंगे, तब जरूर तुम्हारी और मुमू की आँखें भर आती होंगी ! अहा ! अल्लाह की वाणी कितनी परम पवित्र है। माँ को तो अरबी सुनते ही दोजख के अयाब की बात याद आ जाती है, और वह रो-धोकर आकुल-व्याकुल हो जाती है। आजकल लगता है, तुम्हें भी जक्कुम पेड़ के फल, आग, गरम पानी, साँप और बिच्छू के काटने का डर लगता है ? दोजख की सजा की बात सुनकर एक बार माँ को बोली थी—आजकल साँप का काटना मामूली बात है। कितने लोगों को साँप काटते हैं, और कितने ही बिच्छू पाँव के नीचे कुचलकर मर जाते हैं। उनके असर को ब्लेड से चीरा लगाकर निकाला है। यह सब तो मामूली बात है। दुनिया में कोई है जो गरम पानी से डरता है ? दंगा-फसाद होने पर तो पुलिस गरम पानी और टियर गैस ही छोड़ती है। उस दिन गरम पानी से मेरा हाथ जल गया था, तुरन्त 'बर्नाल' लगा दिया था। ठीक हो गया था। और आग ? आजकल तो लोग आग लेकर खेलते हैं। धरती पर साँप, बिच्छू, गरम पानी आदि निहायत छोटी-मोटी समस्याएँ हैं। फिर ऐसी समस्याओं से डरना भला कोई डरना है जो दोजख के बारे में सोचकर डरूँ। नूपुर, उससे बहुत ज्यादा भयानक मनुष्य है। दोजख की कोई भी चीज उतनी भयानक नहीं, जितने भयानक हैं धरती के मुट्ठी भर लोग।

—यमुना

पुनश्चः—उस आयत का अर्थ है—पुरुष स्त्री का स्वामी है, क्योंकि अल्लाह ने उनको एक को दूसरे पर श्रेष्ठता प्रदान की है।

बुबू,

काफी दिन हो गए चिट्ठी लिखे। माँ का आपरेशन हो गया है। जिस बच्चेदानी में भैया था, तुम थीं, मैं थी—वह अब माँ के शरीर में नहीं है।

माँ की उम्र करीब पचास के आसपास है। फिर भी आपरेशन के बाद होश आते ही माँ रोई थी। रोई थी कि उसकी बच्चेदानी निकाल दी गई। कितनी अजीब बात

है न ? इस उम्र में बच्चेदानी की क्या जरूरत है, बताओ ? इंसान के इस भावावेग का तुम्हें कोई कारण पता है ? मुझे पता नहीं ! मैं तो बहुत-कुछ नहीं समझती बुबू।

मैं एक और अद्भुत बात देख रही हूँ। पिताजी अब माँ के पास से बिलकुल नहीं हटते। समय-समय पर दवा पिलाते हैं, बालों में हाथ फेर-फेरकर सांत्वना देते हैं—तुम्हें तो लड़के-बच्चे हैं, किसी-किसी को तो बिना बच्चे के बच्चेदानी निकलवा देनी पड़ती है, तुम तो अच्छी ही हो रतन ! पिताजी माँ को अकेले में 'रतन' कहकर पुकारते थे यह मैं पहले नहीं जानती थी। इतने दिनों तक सोचती थी कि पिताजी बड़े सख्त दिल के आदमी हैं। प्यार जैसा कुछ जानते ही नहीं, कम पढ़ी-लिखी, कम जानकार माँ का उनको अच्छा न लगना ही स्वाभाविक है। लेकिन बुबू इसका नाम क्या है ? सचमुच क्या यही प्यार है, या फिर लम्बे समय से एक साथ रहने के कारण एक तरह का मोह ? जो एक बिल्ली को पालने या कुत्ते को रखने से भी पनपता है ?

पत्र लिखना।

—तुम्हारी,
नूपुर

नूपुर,

माँ की बच्चेदानी की बात सोचते ही खुद के जन्म के बारे में रह-रहकर खयाल आ जाता है। पिछले कई दिनों से इस जनम ने मुझे बहुत सताया है, नूपुर ! मेरे जन्म से पहले एक लड़का जन्मा था इसलिए मेरे पैदा होने से कुछ अवांछित नहीं हुआ। पिताजी ने मुझे गोद में उठाया, माँ हँसी। बड़ी माँ चिल्लाकर मुहल्लेवालों को इकट्ठा करके बोली—लड़की हुई है, राजकुमारी। मेरे जन्म से पहले एक लड़का जन्मा था इसलिए मेरे रिश्तेदारों ने मुझे सरसों का तेल लगाकर गरम पानी में नहलवाया था, नक्कासीदार काँथे में लपेटकर छाती से लगाकर रखा था। मेरे जन्म से पहले एक लड़के का जन्म हो चुका था इसलिए लड़की पैदा करने के जुर्म से मेरी माँ बच गई थी। बेटे का शौक पूरा होने पर परिवार के सहृदय लोग लड़की को अनचाहा नहीं मानते। इसीलिए मैं अपने पिता के परिवार में रिश्तेदारों और पड़ोसियों के प्यार की पात्र बनी थी।

पूरे घर में चहल-पहल थी। बड़े मामा ने मेरा नाम अदिति रखा था, मँझले मामा ने लावण्य, छोटे मामा ने तृष्णा, छोटी खाला ने रखा था परमा। अन्ततः कोई भी नाम मेरे नसीब में नहीं जुटा। सबकी सहमति से आखिरकार जो नाम मुझे मिला, वह है

यमुना। यमुना नाम रखने के पीछे एक कारण है। भैया की उम्र उस समय नौ साल की थी। मामा और खालाओं के रखे मनपसन्द नामों में से कौन-सा नाम बच्चे को दिया जाए, इसे लेकर जब बड़ों के बीच काफी चर्चा हो रही थी तभी एक शाम भैया स्कूल से लौटकर अपना जो कुछ कपड़ा-लत्ता था उसे एक पोटली में बाँधने लगा। क्या बात है, यह पोटली किसलिए, इससे क्या होना है—इन सारे सवालों के जवाब में भैया ने सिर्फ इतना कहा—मैं घर छोड़कर जा रहा हूँ !

—क्यों ?

इस बच्चे का नाम यदि 'यमुना' न रखा गया तो मैं अभी घर छोड़कर चला जाऊँगा ! कितनी गम्भीर बात है ! एक नाम के लिए नौ साल का एक बच्चा घर छोड़कर चला जाए। मामा, खाला सभी अपने दिए नाम वापस लेने को मजबूर हो गए। अन्ततः भैया के दिए हुए नाम से ही सब मुझे पुकारने के लिए राजी हो गए, क्योंकि महज एक नाम के लिए घर का पहला बेटा दुखी हो जाए, इसे कोई नहीं मान सका। वैसे बाद में 'यमुना' नाम के रहस्य का पर्दाफाश हुआ। भैया के क्लास में एक खूबसूरत लड़की पढ़ती थी जिसका नाम यमुना था।

तुमने यह कहानी पहले कभी सुनी है या नहीं—मैं नहीं जानती। हो सकता है सुना भी हो या नहीं भी। लेकिन एक कहानी तुम नहीं जानतीं। तब तुम्हारा जन्म भी नहीं हुआ था। भैया स्कूल जाने लगा था। मैंने पाया कि स्कूल से लौटकर उन्हीं कपड़ों में भैया घर के पीछे जाकर दीवार पर क्या कुछ तो करता था। भैया का मिजाज बड़ा कड़ा था, पास न बुलाए तो जाने की हिम्मत नहीं होती थी। और फिर शर्म, डर आदि कई चीजों से मेरा शरीर सहमा रहता था क्योंकि मैं घर से बाहर ज्यादा निकलती ही नहीं थी। एक दिन हिम्मत करके भैया का रहस्य जानने के लिए चुपचाप दीवार की ओर गई। देखा कि दीवार पर कतारों में जाती हुई लाल चींटियों को भैया एक-एक करके मार रहा है। बोली—चींटी मार रहे हो ?

—हाँ !

—मैं भी मारूँ ?

—हूँ !

भैया काफी गम्भीर था। मैं भी वही गम्भीरता धारण करके सामने जो भी चींटी मिलती उसे मारती जा रही थी। अचानक भैया ने मुझे धक्का देकर हटा दिया और बोला—तुमने तो एक काली चींटी को मार दिया ?

मैं हैरत के मारे कुछ नहीं कह सकी। भैया बोला—काली चींटी तो मुसलमान है, लाल चींटी हिन्दू। सिर्फ लाल चींटियों को ही मारना। काली चींटियों को कभी मत मारना। मैं हामी भरकर दीवार से जाती हुई लाल चींटियों को चुन-चुनकर मारने लगी। इसके बाद से हर शाम किसी को बिना बताए घर की सारी लाल चींटियों को हम मारने लगे। लाल चींटियों पर भैया का क्या जबर्दस्त गुस्सा था। काली चींटीं यदि जरा-सी चोट खा जाती तो उसे ठीक करने के लिए भैया पूरे जतन से लग जाता था।

मुझे नहीं पता कि काली और लाल चींटियों के बारे में भैया ने यह कहाँ से जाना था। लेकिन देखो कि इसी भैया ने बड़े होकर एक हिन्दू लड़की से प्रेम करके उससे शादी की। सब कुछ कितना अद्‌भुत लगता है न, नूपुर ? मुझे ही देखो, मैं शराब पीने और स्त्रियों के प्रति आसक्त रहनेवाले पुरुषों से कितनी घृणा करती थी—लेकिन हर रात शराब पीकर अलग-अलग स्त्रियों के साथ धुत हुए बिना जिसका काम नहीं चलता, ऐसे पुरुष के साथ रह रही हूँ। सुबह-सुबह उसके लिए अपने हाथों से मुझे शरबत बनाना पड़ता है, पावरोटी में मक्खन लगाकर मीठी आवाज में उसे पुकारना पड़ता है—उठो, नाश्ता कर लो ! नहीं, अब किसी को मुझसे कोई शिकायत नहीं। हुमायूँ नामक एक शराबी और लम्पट पुरुष के आश्रय में मैं हूँ। शराबी हो, लम्पट हो, फिर भी पुरुष तो है ! पुरुष के आश्रय में रहने से अब कोई दरवाजे के छेद पर नहीं रखेगा अपनी अविश्वासी आँखें।

मैं तो बच गई नूपुर ! तुम लोगों के अविश्वास का साँप अब और मुझे नहीं डँसेगा। मैं एक तरह से जी उठी, तुम्हारा क्या खयाल है ?

—यमुना

ब्रह्मपल्ली,
मैमनसिंह

बुबू,

यह तेरा कैसा जीना है, बुबू ? पिताजी ने तुम्हें मर जाने को कहा था, इससे तो अच्छा था, तू सचमुच मर जाती ! तुम्हें घिन नहीं आती उस आदमी के साथ सोते हुए ? तुम वैसा कैसे कर सकती हो ?

पुरुष के आश्रय के बिना लड़कियाँ नहीं रह सकतीं—पर इतनी अच्छी नौकरी करते हुए, अच्छा वेतन पाते हुए अपने पैसे से खुद का खर्च चलाते हुए—कम-से-कम तुम्हें यह तो कहना शोभा नहीं देता। कभी साबिर का पक्ष हम सबने लिया था, क्योंकि वह लड़का बहुत चालाकी से बात करना जानता था, अपनी किसी भी बात को विश्वसनीय बनाने के लिए ऐसा कोई काम नहीं जो उसने न किया हो। तुम्हें नहीं मालूम, अक्सर साबिर हमारे घर चला आता था। एक दिन काफी रात में दरवाजे पर दस्तक हुई, दरवाजा खोलकर देखा—साबिर है। पिताजी सो रहे थे, उठकर आए। माँ, भैया सभी आकर जमा हो गए। पूछा—साबिर भाई, क्या बात है, इतनी रात में आप ?

ड्राइंग रूम के सोफे पर वह चुपचाप बैठा रहा, पैंतीस मिनट तक कुछ नहीं बोला। माँ ने खाना लगाकर टेबुल पर बुलाया, उसने छुआ तक नहीं।

पैंतीस मिनट बाद बोला—आपकी लड़की से तो हम तंग आ गए हैं ! सुनकर पिताजी भीतर ही भीतर काफी चौंक गए। पूछा—क्यों, क्या हुआ ?—मेरी बूढ़ी माँ कुछ ही दिनों की मेहमान है, और उसके साथ यमुना इतना बुरा बर्ताव करती है कि क्या बताएँ !

मैंने कहा—लेकिन बुबू तो किसी के साथ बुरा बर्ताव नहीं करती !

—तुम अपनी बुबू को कितना जानती हो ?

—कम से कम मेरी जितनी उम्र है, उतना तो जानती ही हूँ। पिताजी ने पूछा—क्या करती है वह ?

साबिर अचानक सबको हैरान करते हुए दहाड़ मारकर रोने लगा। माँ-पिताजी, मैं, भैया, यहाँ तक कि भाभी भी दरवाजे पर आकर खड़ी हो गई। इतने लोगों के सामने एक पुरुष यदि इस तरह दहाड़ मारकर रोए तो कितनी अजीब स्थिति होगी, तुम्हीं सोचो। पिताजी एकबारगी साबिर को सँभालने में जुट गए। टूटी कमजोर, दबी हुई आवाज में पिताजी ने कहा—बेटा, रोओ मत ! रोओ मत साबिर ! जरूर कोई हल निकल आएगा।

साबिर ने चेहरा उठाकर कहा—एक आदमी उस दिन यमुना को खोजता घर पर आ गया। हम तो सभ्य परिवार के लोग हैं, है कि नहीं ? मेरे नाते-रिश्तेदार क्यों इस तरह की उच्छृंखलता बर्दाश्त करेंगे ?

पिताजी ने साबिर की पीठ सहला दी। मेरे अन्दर मानो सूखी घास में किसी ने अचानक आग लगा दी हो। बोली—हम भी कोई असभ्य परिवार के लोग नहीं हैं। वह आदमी बुबू के पास जरूर किसी काम से आया होगा !

साबिर चिल्ला उठा—कैसा काम ? मेरे घर आकर यमुना से घुल-मिलकर बातें करता है, इतना साहस कैसे हुआ ब्लाडी एमदाद को ?

मैं हँस पड़ी—आप एमदाद भाई की बात कर रहे हैं ! वो तो हमारे बहुत करीबी हैं। बिलकुल भाई की तरह। मेरे इस भैया से भी ज्यादा अपने।

—हाँ, इसीलिए तो इतनी लपक-झपक है !

पिताजी सिर झुकाए हुए थे। बोले—एमदाद लड़का तो बहुत अच्छा है, और वह यमुना को इतना स्नेह करता है कि...

—आप लोगों को तो वैसा ही लगेगा। लम्बे समय तक अवैध सम्बन्ध बनाए रखने के लिए भाई-बहन के रिश्ते की आड़ सबसे निरापद होती है।

मुझसे वहाँ और बैठा नहीं रहा गया, अपने कमरे में चली आई। रात भर पिताजी और साबिर भाई बात करते रहे। सुबह मैं आँगन में टहल रही थी। सुबह की मीठी धूप में मेरा सारा अवसाद धुलता है या नहीं, देख रही थी। तभी पिताजी भी आकर उदास बरामदे में खड़े हो गए। मैंने पूछा—क्या साबिर भाई सो रहे हैं ?

—हूँ !

—और क्या-क्या कहा ?

—दरअसल, यमुना बहुत बहक गई है।

—आपको जो समझाया, आप वही समझ गए ?

—न समझता तो क्या करता ?

—असल में मुझे लगता है, एमदाद भाई का मामला कुछ नहीं है, बुबू से मेरी फोन पर बात हुई है। वे दफ्तर के एक जरूरी काम से गए थे। एक दफ्तर में काम करते हैं, कितने ही जरूरी काम पड़ सकते हैं। फिर यदि कोई आदमी बुबू से बात करने जाता है—बुबू का कोई परिचित—तो इससे क्या होता है पिताजी ! बताइए तो क्या यह कोई अपराध है ?

—शादी के बाद क्या जरूरत है, दूसरों से बातचीत करने की ?

—पिताजी, आपको मालूम नहीं कि मुसीबत के समय किसने हमारी मदद की थी ? एमदाद भैया ! आपके जमीन के मसले, इन्कमटैक्स, इसके अलावा बुबू की शादी में सारा काम-काज तो उन्होंने अकेले ही किया था। भैया को आपने कितने दिन अपने पास पाया था ! जिस आदमी के साथ हमारे परिवार के सभी सदस्यों का इतना घनिष्ठ सम्बन्ध है, वह यदि बुबू की खोज-खबर लेता है तो आप 'ना' कहेंगे ?

पिताजी चुपचाप खड़े थे। नजरें झुकी हुई थीं। बोले—साबिर चाहता है कि यमुना अपने वेतन का सारा पैसा उसके हाथ में दे दिया करे।

—अच्छा, तो सारे बखेड़े की जड़ यही है !

—मैं भी सब समझता हूँ, नूपुर!

—तो फिर एमदाद का नाम जोड़कर इतनी गंदी बातें कर रहा है और हम उसका कोई विरोध नहीं कर रहे हैं !

बुबू, पिताजी को मैंने बहुत कम रोते हुए देखा है। पिताजी की आँखें भर आईं। बोले—उनकी जुबान कैसे बन्द करोगी ? साबिर बहुत धूर्त लड़का है। मैं पहले समझ नहीं पाया था, नूपुर !

इस तरह साबिर अक्सर आया करता था। आकर कहता—सारे ढाका शहर में यह बात फैल गई है कि तुम बहुत जल्दी एमदाद भाई के साथ भाग जानेवाली हो। तुम्हारे इस बदचलन स्वभाव के कारण कहाँ तो साबिर के लिए मान-सम्मान के साथ जीना सम्भव नहीं रह गया है। तुम्हें मैंने यह सब नहीं बताया था, इसलिए कि तुम्हें दुःख होगा। वैसे बीच-बीच में पिताजी एक झूठी गम्भीरता धारण करके तुमसे कहते थे—पति के हाथ में अपनी कमाई का पूरा पैसा दे देने से परिवार में शान्ति आती है। तुम अपने पास कुछ मत रखना। किसी भी चीज की जरूरत होने पर साबिर से माँग लेना।

मैं देखती थी, यह सुनकर तुम हैरान रह जाती थीं। कम से कम पिताजी को पुरुषतंत्र का इतना शिकार तुमने पहले नहीं सोचा था। लेकिन पिताजी का क्या दोष, बोलो ? पिताजी तो पैसे से साबिर की गंदी जुबान बन्द करना चाहते थे। पिताजी ने

उसे क्या नहीं दिया ? फ्रिज, टी.वी., वी.सी.आर., घर का पूरा सामान—इतना सब पाकर भी साबिर का लेने का शौक पूरा नहीं हुआ।

हम लोगों ने जबरदस्ती तुम्हें पकड़कर एक अर्थलोभी के साथ शादी कर दी। बुबू, तुम हमें माफ मत करना। तुम्हारी जिन्दगी बर्बाद करने के मूल में तो हम लोग ही हैं। हम लोगों ने ही सजा-सँवारकर एक सुशील लड़की को नरक में भेज दिया। भूलकर भी तुम हमें कभी माफ मत करना।

—तुम्हारी,
नूपुर

शान्तिबाग,
ढाका

नूपुर,

बुद्धू लड़की ! जीवन क्या कोई ठहरा हुआ जलाशय है जो इसका पानी गन्दा होगा ? जीवन तो समुद्र की तरह है। क्या समुद्र भी कभी नष्ट होता है ?

बीच-बीच में साबिर की याद आती है। उसके लिए यूँ ही मेरे मन में दया आती है। बेचारा ! बारिधारा में अभी उसका अपना मकान है, तीन गाड़ियाँ हैं, घर में करोड़पति बाप की लड़की है—साबिर निश्चय ही बहुत सुख में होगा। एमदाद को लेकर बेमतलब ही वह झमेला करने की कोशिश करता था। तुम लोगों के यहाँ जाकर उसने इतना कुछ किया है, मुझे पता नहीं था। लेकिन इस शहर में मेरे परिचित जितने लोग हैं सबको बुला-बुलाकर 'एमदाद की कहानी' सुनाता था। कहता था कि मैं कहाँ तो नौकरी के बहाने घर से निकलकर एमदाद के साथ घूमती-फिरती थी। शारीरिक सम्बन्ध का इशारा वह कितने अश्लील ढंग से कर सकता है, यह मुझसे अधिक भला तुम लोग जान सकते हो क्या ? नहीं जान सकतीं।

जिस दिन वह दीवा नाम की एक लड़की को साथ लेकर घर आया—सीधे मेरे सोने के कमरे में—उस समय काफी रात हो चुकी थी। मैं जाग ही रही थी क्योंकि पति के लिए रात में जागकर प्रतीक्षा करना, कहते हैं कि सुशील लड़की का गुण होता है। इसीलिए मैं भी प्रतीक्षा करती रहती थी। दीवा के साथ साबिर का क्या सम्बन्ध था, इसके बारे में मैंने जरा भी नहीं सोचा था। दरअसल दीवा को साथ लेकर घर आने की असली वजह मुझे अपमानित करना था। एमदाद से जोड़कर तरह-तरह की बातें

करके उसे कुछ खास फायदा नहीं हो रहा था। मुझसे तो बिलकुल ही नहीं। दो-चार दिन दोस्तों ने सुनकर थोड़ी दिलचस्पी दिखाई थी, पर बाद में उन्हें भी कुछ खास मजा नहीं आता था क्योंकि हवाई बातें कब तक अच्छी लगतीं ! अन्त में शायद पिताजी भी कुछ खास तवज्जो नहीं दे रहे थे। तुम्हीं कह रही थीं, पिताजी से कुछ कहने पर वे कह देते थे—तुम लोगों का मामला है, तुम्हीं लोग सुलझा लो। मेरी उम्र हो गई है। इस उम्र में इतनी अशान्ति अच्छी नहीं लगती। साबिर भी कहता—ठीक है, लड़की को आप अपने पास रखिए। मेरे लिए वैसी लड़की के साथ रह पाना सम्भव नहीं। नाते-रिश्तेदारों को मैं मुँह नहीं दिखा सकता।

दीवा देखने में अच्छी नहीं थी। लेकिन थी बेहद सरल। जिस दिन मेरे सोने के कमरे में उन दोनों ने एक साथ रात बिताई, तुम्हें बहुत हैरानी हो रही है न ! सोच रही होगी कि क्या यह भी सम्भव है कि पत्नी को हटाकर दूसरी लड़की के साथ...क्या ऐसा भी सम्भव है ? दूसरा कोई पता नहीं यह कर सकता है या नहीं, लेकिन साबिर ऐसा कर सकता है। मैं बड़ी हैरानी से दीवा को देख रही थी। नीले रंग के कपड़े पहने थी वह, बालों में बेला के फूल की माला गुँथी हुई। सोने के गहनों से काफी लदी-सजी। सम्भवतः उस दिन वे शादी करके आए थे। यों शादी करके रहने की जगह की साबिर को कमी नहीं है, किसी भी दोस्त के घर या होटल में वह रह सकता था। दरअसल मेरे सोने के कमरे में आने का मकसद मुझे चोट पहुँचाना था ताकि मैं दुःख झेलते हुए मरूँ। उस रात मुझे दुःख जरूर हुआ था लेकिन अपने लिए नहीं, दीवा के लिए। मूर्ख लड़की, क्यों एक पुराने बिस्तर पर, जिस पर पिछली रात भी उसके पति के साथ दूसरी लड़की के सोने का दाग है, उसी पर क्यों अपनी शादी की पहली रात बिताने आई ! दीवा की जगह मैं होती तो कम से कम यह मूर्खता तो नहीं ही करती।

मैं तो कहूँगी, साबिर ठगा ही गया था। क्योंकि साबिर नाम का आदमी अब मेरी जिन्दगी में नहीं है, यह सोचकर मुझे जरा भी कष्ट नहीं हो रहा था। मुझ अपमानित करने के लिए उस दिन उसने जो नाटक किया था, उससे मैंने जरा भी अपमानित महसूस नहीं किया। मुझे लग रहा था कि दरअसल अपमानित तो दीवा को किया गया है। चाहे दीवा कितनी ही असुन्दर क्यों न हो, साबिर की पत्नी है। नई पत्नी को पुरानी पत्नी के बिस्तर पर बैठाना किसी असभ्य समाज के लिए भले ही अटपटा न हो लेकिन ऐसे शिक्षित, सभ्य और शालीन समाज से यह कैसे मेल खा सकता है ?

मैं ड्राइंगरूम के सोफे पर पैर पसारकर सोई थी। ताज्जुब की बात क्या थी, जानती हो नूपुर ! मुझे बहुत अच्छी नींद आई थी। मैंने सुबह उठकर देखा, दीवा नाम की लड़की बरामदे में टहल रही है, उसे देखकर मुझे बहुत दया आई। उस एक ही घर में एक और लड़की है, उस लड़की को भले ही उसका पति सिर से पाँव तक घृणा करता हो, फिर भी उसके शरीर में अपने पति के प्यार की स्मृति तो है। वैसी ही स्मृति शरीर में धारण करके अब सुबह की रोशनी में वह टहल रही है। दीवा के बारे में सोचकर ही मैंने चले जाने का फैसला किया।

दूसरे दिन साबिर तब तक नींद से नहीं उठा था, मैं बरामदे में दीवा के पास रेलिंग पकड़कर खड़ी हो गई। दीवा ने मेरी ओर नहीं देखा। शायद भीतर ही भीतर वह डर रही थी कि कहीं मैं उसको कुछ अपमानजनक न कह दूँ। अपमान करना तो दूर बल्कि मैंने बड़ी मुलायमित से उससे पूछा—आपका नाम दीवा है न ?

दीवा मेरी ओर न देखते हुए ही बोली—हूँ !

वह लड़की मुझे बहुत अच्छी लगी। शरीर पर रातवाली साड़ी ही है जो सिकुड़ गई है। मन हुआ कि कहूँ—लड़की, तुम कपड़ा बदल लो। घर में एक नई सूती साड़ी है। लड़की, तुम अदरखवाली चाय पीओगी ? मैं बहुत अच्छी चाय बना सकती हूँ पीओगी ? यदि तुम इनकार न करो तो हम दोनों के लिए मैं दो कप चाय बना सकती हूँ। फिर बहुत मन हुआ कि हम दोनों अभागी लड़कियाँ बरामदे में बेंत की कुर्सी पर बैठकर झूलते हुए बचपन की बातें करें। मैं पूछूँ कि तुम लंगड़ीकूद का खेल खेल सकती हो ? एक बार लंगड़ीकूद खेलते हुए मेरे दाहिने पाँव की एड़ी में खजूर का काँटा गड़ गया था, उस दिन चल नहीं पा रही थी। दस दिन बाद अस्पताल में जाकर मैंने काँटा निकलवाया था।

असल में उस लड़की को देखकर एक तरह का अकेलापन कटा जा रहा था। बातचीत करने के लिए मुझे उस घर में एक हमउम्र मिल गया था। साबिर मुझसे छह वर्ष बड़ा था। छह साल बड़ा होने से कोई दोस्त नहीं होता, ऐसी बात नहीं, दरअसल साबिर मेरा अभिभावक बनना चाहता था। वह मुझे अपने वैवाहिक जीवन में सिर्फ पति—जिसका अर्थ मैं पति का मतलब प्रभु, स्वामी, मालिक, अधिपति है—के रूप में ही मिला, दोस्त के रूप में नहीं।

दो कप चाय बनाकर एक कप दीवा को दिया और एक कप मैंने लिया। चाय की घूँट पी रही थी और उदासी से घर-द्वार, पेड़-पौधे देखती जा रही थी। बिजली के तार पर दो पक्षी बैठे हुए थे। मैं दोनों पक्षियों का खेल देख रही थी। मुझे जरा भी बुरा नहीं लग रहा था। चाय खत्म करने के बाद दीवा की ओर देखकर मैं बहुत आहत हुई—दीवा की चाय जस की तस पड़ी हुई थी। हमारी बचपन और किशोरावस्था के बारे में बातचीत नहीं हो सकी। कुछ समय बाद दीवा वहाँ से चली गई। कुछ नहीं बोली।

मैं बैठी ही रही। करीब पन्द्रह मिनट बाद साबिर आया। उसके पहनावे में मेरी पसन्द का ढीला ट्राउजर था। मैं बैठी ही रही। बोला—तुम कब जा रही हो ?

—मतलब !

—मतलब ?

—मतलब, इस घर से तुमको चले जाना होगा।

—कहाँ ?

—जिसने तुम्हें इस घर में भेजा था, फिलहाल तो उसी के पास जाओ।

—तुम पिताजी की बात कर रहे हो ?

—उस सूअर के अलावा और किसकी बात करूँगा ?

—और, हमारे रिश्ते का क्या होगा ?

—यह तुम्हें जाने के बाद पता चल जाएगा !

नूपुर, तब तुम होतीं तो क्या करतीं, मुझे पता नहीं—मैं उसी वक्त जो कपड़े पहने हुई थी, पाँव में जो चप्पलें थीं, बिखरे हुए बाल—तब सुबह के नौ-साढ़े नौ बज रहे होंगे—निकलकर चली आई। हाथ में न पैसा था, न और कुछ। डेढ़ साल की सजाई हुई गृहस्थी छोड़कर मैं चली आई। मुझे कोई तकलीफ नहीं हुई थी, नूपुर। तुमने तो खुद ही देखा है कि दफ्तर से दो हफ्ते की छुट्टी लेकर मैमनसिंह में तुम्हारे ब्रह्मपल्ली के घर पर जाकर मैं तुम्हारे साथ 'मोनोपोली' खेलने बैठी थी। शाम को घूमने निकली, रात में अमिताभ की एक फिल्म भी देखी। दुख क्यों होगा ? जो मुझसे प्रेम नहीं करता, उसके लिए दुख क्यों होगा ? बल्कि लगातार के दुख से यह एक तरह की मुक्ति ही थी।

—यमुना

बुबू,

क्या तुम पत्थर की बनी हो जो तुम्हें तकलीफ नहीं होगी ? दुःख तुम्हें जरूर हुआ होगा और अब भी होता होगा। लेकिन जाहिर नहीं करना चाहती। पति चाहे कितना भी अमानुष क्यों न हो, घर में किसी अन्य स्त्री को लाकर, एक कमरे में रात बिताने पर, तुम दूसरे कमरे में खर्राटे भरोगी, तुम्हें कष्ट नहीं होगा—यह बात यदि तुम मेरी छाती पर बन्दूक रखकर भी कहोगी तो भी मैं विश्वास नहीं कर पाऊँगी। यदि तुम इंसान हो तो तुम्हें कष्ट जरूर हुआ होगा। दोनों में प्यार-मुहब्बत भले ही न हो लेकिन साथ-साथ रहने की एक आदत तो थी ही। यह आदत एक दिन नष्ट हो जाए और दुःख नहीं होगा ? मुझे आश्चर्य होता है कि उस रात तुम दूसरे कमरे में सोने चली गईं। मैं होती तो पूरे घर में आग लगा देती और उस अग्निकुंड में पति की सुहागरात देखती। बुबू, तुम्हें जरा भी गुस्सा नहीं आता ? सबको माफ कर देती हो ! तुम्हें माफ करने की क्या जरूरत पड़ती है ? क्या नहीं है तुम्हारे पास, तुम कहाँ से अपूर्ण हो—कि एक घिनौनी रात के बाद भी उस असभ्य जानवर से तुम्हें पूछना पड़ा कि तुम कहाँ जाओगी, तुम्हारे रिश्ते का क्या होगा ? तुम्हारे पास क्या नहीं है—रूप है, शिक्षा है, स्वावलम्बी हो ! क्या नहीं है जो तुम्हें साबिर के घर दीवा को पाकर लगा कि अपना दोस्त मिला है ? तुम्हें अपमानित करने से पहले तुम उस पर थूककर नहीं आ सकीं। जिस दिन पहली बार

उसने तुम्हारे रुपए-पैसे को लेकर कहा था, एमदाद के साथ जोड़कर मनगढ़ंत बातें कहीं, उसी दिन क्यों नहीं चली आईं ? खुद को इतना अपमानित किए जाते देखकर तुम्हें ग्लानि नहीं हुई ? बुबू, तुम तो खुद को बेहद प्यार करती हो। फिर तुम क्यों अपना अपमान सहन करती हो ?

साबिर ने तुम्हें तलाक भेजा। मैंने पाया कि उस तलाकनामे पर तुम्हारी कोई प्रतिक्रिया नहीं हुई। पिताजी ने साबिर के खिलाफ कोर्ट में मुकदमा दायर करना चाहा था, तुमने नहीं होने दिया। दरअसल तुम शायद लम्बे समय के मानसिक अत्याचार से मुक्ति मिल जाने की तात्कालिक खुशी में थीं, तुम्हें किसी तरह के विच्छेद या अलगाव की पीड़ा स्पर्श नहीं कर पाई। लेकिन तुम नहीं जानतीं कि तुम्हें भेजे गए तलाकनामा को पाकर मैं कमरे का दरवाजा बन्द करके सारी दोपहर रोई थी। शाम को तुम छत पर बैठी हुई थीं, अकेली, गाना गा रही थीं—"धीरे-धीरे-धीरे बहो, ओ पागल हवा !" तुम्हारे हाथ में मैंने तलाकनामा दिया, तुम पढ़ रही थीं और गुनगुनाती पागल हवा में गाना गाती रहीं। यह कैसे कर पाती हो तुम, बुबू ? तुम पत्थर तो नहीं हो, जानती हूँ। तुम खुद को पत्थर बनाकर रखती हो, खुद को, जबरन।

अब भी मुझे ऐसा ही लगता है, अब तक तुम पत्थर बनाकर रखती हो पानी जैसे स्वभाववाले इनसान को। तुम कैसी हो बुबू, सच-सच बताना ! पत्र लिखना।

—नूपुर

नूपुर,

मैं कैसी हूँ, ठीक से समझ नहीं पाती। मैं बहुत अच्छी थी, जब अकेली थी। खुद की पसन्द की तरह जीने का सुख मैं जानती हूँ, तुम लोगों ने मुझे उस सुख में रहने नहीं दिया। पैरों में फिर से बेड़ियाँ डाल दीं। बेड़ियों में जकड़ी लड़की के बारे में लोग गलत-सलत बातें नहीं करते हैं, न ? ये जो लोग अब मुझे अच्छा कहते हैं, कहते हैं कि यमुना बहुत सुशील लड़की है—पति-परिवार में मन लगाया है, इसमें मेरा क्या भला है नूपुर ?

मैं एक इंसान हूँ—मेरी भी कोई इच्छा-अनिच्छा है, यह बात मैं किसी को कैसे समझाऊँ ! इस हुमायूँ नामक लड़के से शादी करने की मुझे कोई जरूरत नहीं थी। आखिरकार पिताजी ने मुझे मरने को कहा था ! मैं कहाँ तो अकेली रहकर खराब हुई जा रही थी। लोग बड़ी आसानी से स्त्रियों को 'खराब' की उपाधि दे देते हैं। खराब होना किसे कहा जाता है, नूपुर ? पुरुष के साथ सम्पर्क होने से स्त्रियाँ खराब हो जाती हैं ? लेकिन स्त्रियों

के साथ पुरुष का किसी भी तरह का सम्पर्क पुरुष को तो खराब नहीं करता ? घर से बाहर पुरुष अवैध सम्बन्ध बनाए रख सके, इसका इन्तजाम तो देश में ही किया गया है। कुछ खराब लड़कियों को जुटाकर वेश्यालय बनाए गए हैं। उन खराब लड़कियों से खेलने के बावजूद पुरुष 'खराब' नहीं होता। मैं अपने एकाकीपन के समय में चाहती तो काफी पुरुषों से यौन सम्बन्ध बना सकती थी, लेकिन मैंने वैसा नहीं किया। इस सम्बन्ध के प्रति कभी मेरे अन्दर कोई विशेष आवेग संचारित नहीं होता। लेकिन यदि मैं चाहती, यदि मैं अपने शरीर की इच्छा को पूरा कर ही लेती तो तुम ही बताओ, क्या यह अपराध होता ? तब मैं किसी के बन्धन में नहीं थी, मैं किसी के प्रति वचनबद्ध नहीं थी कि उसके अलावा किसी को छूऊँगी नहीं। तो फिर ? यानी कि छूने-ऊने से कोई अपराध नहीं होता, नूपुर ! स्त्रियों के चरित्र और चरित्रहीनता का मामला सिर्फ शारीरिक घटनाओं से तय किया जाता है। कितना विचित्र नियम है ! है न ?

नूपुर, तुम्हें मैं अपना काफी करीबी समझती हूँ, क्या तुम भी समझती हो ? क्या तुम्हें बीते दिनों की याद अब भी आती है ! मुझे तो काफी आती है। तुम लोगों के पास जाने की बहुत इच्छा होती है। पिताजी को देखे कितना समय हो गया। माँ क्या अब भी पहले की तरह उदास-उदास है ? हुमायूँ नाम की बेड़ी मेरे शरीर और पाँव में जकड़ी रहती है। मुझे समझ में नहीं आता कि इस आदमी के लिए मेरे मन के गोपन कोने में क्या कोई मोह पैदा होता है ? शायद होता है !

नूपुर, तुम मुझे ढेर सारी चिट्ठियाँ लिखना ताकि पढ़ते-पढ़ते मेरी सारी शामें बीत जाएँ। आजकल मेरी शाम कटना ही नहीं चाहती। घर में बैठे देह और मन में काई जमने लगी है। तुम चिट्ठी लिखना, मेरी प्यारी नूपुर ! मुझे बड़ा डर लगता है, पता नहीं शादी करके फिर कब कहाँ चली जाओगी, न जाने कौन तुम पर शासन करेगा ! नूपुर, क्या तुम कष्ट सह सकोगी, मेरी तरह कष्ट ?

—तुम्हारी

बुबू !

बुबू,

मैं किसी तरह की तकलीफ में नहीं हूँ। जो मुझे सुख देगा, शान्ति देगा—मैं सिर्फ उसी को प्यार करूँगी। तुम मुझसे बहुत ज्यादा जानती-समझती हो, मैं अपने समाज, परिवार में व्यस्त रहती हूँ, थोड़ा-बहुत धर्म-कर्म भी करती हूँ। इस सामान्य-सी गृहस्थी

के बाहर मेरा दायरा बहुत नपा-तुला है।

फिर भी यह बात बहुत साफ है कि मैं आदान-प्रदान में विश्वास रखती हूँ। जो मुझे दो पैसे देगा, उसे मैं ठीक दो पैसे ही वापस दूँगी। जो मुझे कुछ नहीं देगा, उसे मैं भी कुछ नहीं दूँगी।

हाँ, तुम मुझसे ठीक उल्टी हो। तुम कोई प्रतिदान नहीं चाहतीं, सिर्फ देते रहने में ही तुम्हें खुशी होती है। इस समाज में इतने अच्छे लोगों की जगह नहीं है, बुबू ! इसीलिए अच्छे लोगों को इतनी तकलीफ है। थोड़ा-सा बुरी बन जाओ। थोड़ा-सा बुरा न बनने पर तुम्हें साँस लेने के लिए हवा तक नहीं मिलेगी। पाँच लोग तुम्हारी इज्जत नहीं करेंगे। थोड़ा-सा बुरा बन जाने से तुम एक बेहतर जीवन जीने की अभ्यस्त हो जाओगी। थोड़ा-सा बुरा बनने से मछली-भात खाकर तुम मजे से जी सकोगी। कहाँ तो हुमायूँ नामक लड़के के प्रति तुम्हारे मन में दया-माया आती है ! इतनी माया तुम कहाँ से पाती हो बुबू ? तुम्हें पिताजी के लिए माया होती है, माँ के लिए, मेरे लिए, और फिर हुमायूँ के लिए भी। शायद इतनी माया के साथ जीना बहुत सुखद होता है।

बुबू, तुम क्या इस सबसे बाहर निकलना चाहती हो ? या फिर माया में जकड़े हुए इसी तरह के जीवनयापन का अभ्यस्त होना चाहती हो ? तुम जैसी हो, जिस तरह नौकरी करती हो, हुमायूँ का घर सँभाल रही हो, सँभालो ! लेकिन तुम एक बच्चा ले लो, बच्चे के रहने से मन बहुत अच्छा रहता है, दूसरी चिन्ताएँ इतनी जकड़ती नहीं हैं।

यह हुमायूँ कौन है बुबू, वह कैसा इंसान है ? उस हुमायूँ पर मुझे बहुत गुस्सा आता है। लगता है, उसका कत्ल कर दूँ। तुम एक बच्चा ले लो, वह बच्चा ठीक तुम्हारे जैसा ही हो ! उस बच्चे को मैं एक नाम दूँगी।

मुमू का एक बच्चा मर गया। पिछली रात को एक मुलायम-सा, कितना सुन्दर बच्चा रूई के गद्दे पर सोया हुआ था, और सबने कहा कि वह मर गया है। मैंने मुमू के बच्चे के लिए एक अच्छा-सा नाम चुना था। मुमू के साथ देर रात तक बातें करती रही थी। मामा को काफी तकलीफ हुई थी, उतना छोटा-सा एक इंसान भी कितना मोह जगाकर चला गया ! मामा बोले—नूपुर ! आज रात तुम मुमू के पास रहो।

मुमू ने बताया था, उसने उसका नाम मयूर रखा था। मुमू का पति लीबिया में रहता है। वह जानता भी नहीं कि मयूर नाम का एक छोटा-सा इंसान इस दुनिया में सिर्फ बत्तीस घंटे के लिए आया था। उसे भला क्या दुःख होगा, दुःख तो मुमू को ही है। मुमू नौ महीने तक मयूर को पेट में लिए घूमती रही। उसका पति इस ढोने के कष्ट को कितना महसूस कर सकता है। मुमू ने ही भोगा है प्रसव का सारा दर्द—मयूर के लिए, इसलिए यह पूरा का पूरा अनुभव उसी का है। पता नहीं क्यों, पति यों ही इसको पूरा का पूरा खुद लेना चाहता है, मैं समझ नहीं पाती !

अच्छा, साबिर अभी कैसा है ? उस दिन कहाँ तो दन्तस और बनानी से उसकी एक दुकान में भेंट हुई थी। साबिर अकेला ही था। दन्तस को देखा तो पास बुलाकर बातें करने लगा। बातों ही बातों में बोला—यमुना के कारण ही उसकी जिन्दगी बर्बाद

हो गई। साबिर पैसेवाला आदमी है, शायद पैसा होने से ही सबसे ज्यादा सम्मानित आदमी बना जा सकता है। और लोग उसी का विश्वास भी ज्यादा करते हैं। मैं जीवन में खूब पैसे कमाऊँगी, तुम देख लेना बुबू ! पैसा होने से मेरी कितनी इज्जत होगी, कितनी ख्याति होगी। तब साबिर जैसे एक-दो बदमाशों को गुंडे भेजकर पीट-पाटकर लाश भी बनाया जा सकता है, तेरा क्या खयाल है ?

तुम्हारी भाषा, तुम्हारी चिट्ठी लिखने की शैली का मैं अनुकरण करती हूँ। तुम जरूर यह समझती होगी। लेकिन मैं तो साहित्य लेकर पढ़ती हूँ। हमारी अकादमिक पढ़ाई हमारी 'जात' जरूर ऊँचा करती है लेकिन हमें सही शिक्षा नहीं देती।

बुबू, मैं तुमसे मन ही मन बिलकुल गोपन में ईर्ष्या करती हूँ।

हाँ, ईर्ष्या करती हूँ।

—तुम्हारी,
नूपुर

नूपुर,

हुमायूँ ने पिछली रात कहा था, तुम्हें देखकर लगता है जैसे मेरे ही साथ तुमने पहली बार घर बसाया हो जबकि हकीकत तो यह नहीं है, मैं तुम्हारा दूसरा हूँ। 'दूसरा' शब्द पर हुमायूँ ने बहुत जोर दिया। लगता है, यह 'दूसरा' शब्द उसे अब अच्छा नहीं लग रहा है। पहला होने पर ही शायद अच्छा जमता।

पुरुष सौ शरीर भोगकर भी घर की स्त्री के लिए पहला ही होना चाहता है। क्यों चाहता है, जानती हो नूपुर ? वर्जिनिटी के लिए उनका इतना मोह क्यों ? शरीर की पवित्रता को लेकर बहुत सोचा करती थी, अब यह सब बड़ा तुच्छ लगता है। हुमायूँ जब मेरे साथ अन्तरंग होता है, मुझे उसके शरीर से दूसरी स्त्री की बू आती है। यह हो ही सकता है, मैं उसे रोकूँगी क्यों ! मेरा शरीर कोई पिंजड़ा तो नहीं है कि उसे इस पिंजड़े में कैद रहना होगा ! ठीक इसी तरह मैं भी क्यों कैद रहूँगी ?

शायद मैं हुमागूँ को थोड़ा-बहुत प्यार भी करती हूँ रे ! एक साथ रहने की आदत को ही प्यार कहा जाता है या नहीं, मैं ठीक से समझ नहीं पाती। मेरे शरीर में साबिर की जो स्मृति है, उसे हुमायूँ सहन नहीं कर सकता। वह एक पूरी तरह कुँवारी लड़की को घर की बहू के रूप में नहीं पा सका—यह दुःख उसे हर रोज नशे में धुत होने के लिए बाध्य करता है। लेकिन हुमायूँ खुद एकगामी पुरुष नहीं है। 'चेस्टिटी' एक

लोकप्रिय शब्द है, इसे सुना है ? हिन्दी में इसका अर्थ होता है 'सतीत्व'। हुमायूँ के लिए इस सतीत्व का क्या नाम दोगी, बोलो तो ? नहीं, शब्दकोश में पुरुष के लिए कोई आपत्तिजनक शब्द ही नहीं है। पुरुष के लिए सतीत्व का कोई प्रमाणपत्र नहीं लगता। सिर्फ स्त्रियों के लिए चाहिए। मेरी वर्जिनिटी नहीं बची है इसलिए हुमायूँ के अफसोस का कोई किनारा नहीं। ऐसा भी होता है कि लगातार पाँच-छह दिनों तक वह मुझसे बात ही नहीं करता। आधी रात को घर लौटकर बोतल खोलकर बैठ जाता है और रात के अन्तिम पहर में बेहोश होकर सो जाता है। सुबह उठकर जब मैं दफ्तर चली जाती हूँ, वह उस समय भी सोया रहता है।

कई दिनों तक चुपचाप रहने के बाद अचानक किसी दिन आधी रात में हुमायूँ मेरे शरीर से उन्मादी की तरह खेलता है। कल ऐसी ही गम्भीर अस्थिरता-भरी रात में हुमायूँ ने मुझसे खुलकर कहा—मैं तुम्हारा दूसरा हूँ ! हुमायूँ से मैंने भी पूछा—मैं तुम्हारी कितनी हूँ ? सुनकर वह हैरान हुआ, मानो ऐसी अटपटी बात उसने पहले कभी न सुनी हो। लेकिन देखो कि महज तीन-चार महीने की जान-पहचान में ही शादी के लिए वह कितना अधीर हो गया था। मैंने उसे साबिर के बारे में सब कुछ बता दिया था—सब कुछ ! हुमायूँ मेरे दफ्तर में ही काम करता है। पिताजी जब मेरे घर आकर तरह-तरह की दुर्घटना की कल्पना करते थे, मैं इच्छा न होने के बावजूद खुद को हुमायूँ के घर में और हुमायूँ को अपने घर में बैठाकर रखती थी। हुमायूँ को मैं कोई खास पसन्द करती थी, ऐसी बात नहीं। हुमायूँ बातें बहुत अच्छी करता था। उसकी बातें सुनते-सुनते समय बीत जाता था। साबिर की बात उठती थी। साबिर से हुमायूँ का परिचय बहुत पहले एक बार ट्रेन में राजशाही जाते समय हुआ था। चूँकि साबिर हम दोनों का ही परिचित था, हुमायूँ का कम और मेरा थोड़ा अधिक इसलिए उसे लेकर अच्छा समय कटता था। हालाँकि उन बातों को मैं अब समय काटना नहीं, समय नष्ट करना समझती हूँ। दरअसल, उस समय मैं भीतर-बाहर दोनों ओर से बेहद अकेला महसूस कर रही थी। मेरे पिताजी साबिर के बारे में सब कुछ जानते हुए भी मुझे दोषी ठहरा रहे थे। जानती हूँ, इस बात को लेकर वे काफी दुखी हैं। यदि वे मुझे प्यार ही करते हैं तो इस प्यार की अभिव्यक्ति क्या सिर्फ चिन्ता से भौंहें सिकोड़कर रखना है ? दूसरा कुछ नहीं ? छाती से लगाकर बातें करना नहीं—पुराने दिनों की, नए समय की ? सैंतालिस के देश-बँटवारे को लेकर पिताजी भैया को कितनी अच्छी-अच्छी कहानियाँ सुनाते थे, मुझे तो कभी नहीं सुनाई ? या फिर लड़कियों के लिए युद्ध की बातें ? राजनीति की बातें बिलकुल बेमतलब हैं, लड़कियों से होंगी घर-द्वार की बातें, पति-पुत्र की बातें।

नूपुर, जब तुम्हारी उम्र तेरह साल थी, एक दिन तुम मुझे एक अलग कमरे में बुलाकर बोली थीं—तुम्हारा लड़का बन जाने का बहुत जी चाहता है—कितनी लड़कियाँ अचानक लड़का बन जा रही हैं, क्या वैसा नहीं हुआ जा सकता ! मुझे पता है, तुम क्यों लड़का बनना चाहती थीं ? तुम भैया से अपनी तुलना करके देखना सीख रही

थीं–माँ-पिताजी से किसे कितना प्यार मिल रहा है ! खाने की मेज पर किसकी थाली में मछली का सिर पड़ रहा है। किसका कपड़ा-लत्ता, खर्चे का पैसा ज्यादा है। कौन जब मर्जी घर से बाहर जा सकता है और कौन नहीं जा सकता ! ऊपर से तेरे शरीर में 'नया कोई उपद्रव' शुरू हो रहा था। लड़का हो जाने के लिए छिप-छिपकर तुम ईश्वर से प्रार्थना करती थीं। भगवान नहीं है, नूपुर ! अब भी विश्वास करो, ईश्वर नहीं है। ईश्वर नहीं है इसीलिए तुम्हारी प्रार्थना हमारे ब्रह्मपल्ली के मकान की छत तक ही पहुँची, छत को पार कर आकाश नहीं छू सकी।

मैंने लेकिन कभी लड़का होना नहीं चाहा। जब धीरे-धीरे मेरी उम्र बढ़ रही थी, शरीर क्रमशः अपरिचित होने लगा, अचानक एक शाम स्कूल के पाजामे में खून देखकर मैं माँ से लिपटकर खूब रोई। रोई थी डर और विस्मय से। फिर भी मुझे कभी नहीं लगा कि लड़की होने से कोई गलती हुई है। शरीर को बढ़ता देखकर माँ तरह-तरह के अतिरिक्त कपड़े लादने लगी मेरे शरीर पर। शरीर को लेकर, शरीर के विभिन्न लक्षणों को लेकर मैं कभी दुखी नहीं हुई। मेरा शरीर पुरुष से भिन्न होगा ही, लेकिन इस भिन्नता के कारण मेरी सीमा क्यों बाँध दी जाएगी, क्यों मेरी स्वतन्त्रता पर आँच आएगी ?

नूपुर, मैं चाहती हूँ कि मैं एक पूर्ण मनुष्य के रूप में अपनी शाखा-प्रशाखा चारों ओर फैलाकर जीती रहूँ। मेरा मन होता है कि अपने ऊपर से दूसरों का अकारण जताया गया अधिकार उतारकर फेंक दूँ। मेरा मन करता है, खूब मन करता है कि अकेले जी सकूँ। इब्सन का वह कथन जानती हो, न–The strongest Man in the world is the man who stand most alone. मुझे जीवनयापन के लिए किसी की अब उतनी जरूरत महसूस नहीं होती। बहुत दिनों से यह बात मन को खूब अहसास दिला रही है कि मेरे जीवन में अब हुमायूँ की कोई खास जरूरत नहीं। मैं नौकरी करते हुए महीने के अन्त में जो पैसा पाती हूँ, वह मेरे अकेले के लिए पर्याप्त है। कुछ परिचित लोग हों, कोई सहृदय, जिनसे बात करके दिन कट जाए, इसके अलावा भला अकेलेपन के लिए क्या चाहिए ! जीवन कोई हाट-बाजार तो नहीं, जहाँ भीड़ होना जरूरी हो। या फिर मैं कोई ऊँट तो नहीं हूँ कि साथ में एक महावत रहना ही होगा !

शादी से पहले हुमायूँ से मेरी बहुत कम ही दोस्ती थी–यह रिश्ता शादी तक पहुँचा भी तो बहुत हद तक हुमायूँ की इच्छा के कारण ही, और थोड़ा-बहुत जीवन के प्रति मेरे तीव्र गुस्से के कारण। गुस्सा भला कितने दिन ठहरता है ? पिताजी भी अब और मुझे तंग करने नहीं आते, मैं भी मान-अभिमान की बीमारी से पहले की तरह पीड़ित नहीं रहती। अब लगता है, यह जो एक आदमी की इच्छा-अनिच्छा के आगे मेरे हाथ-पाँव, मेरा सारा शरीर बँधा रहता है, ऐसा क्यों ? इससे मुझे क्या लाभ है ?

तुम बच्चे के बारे में कह रही थीं न। मैं नौ महीने तकलीफ उठाकर, प्रसव की सारी पीड़ा सहकर एक बच्चे को जन्म दूँगी लेकिन यदि उस बच्चे का नाम मैं 'सुबह'

रखूँ तो हुमायूँ और पड़ोसी, नाते-रिश्तेदार, सभी कहेंगे बच्चे का नाम 'सुबह रहमान' होगा। चूँकि हुमायूँ का पूरा नाम राफीकुर रहमान है। मेरा नाम यमुना चौधुरी है। पर क्या मेरी उपाधि मेरी सन्तान को नाम देने की योग्यता रखती है ?

नहीं नूपुर, नहीं ! इस देश में कोई भी बच्चा अपनी माँ के नाम से नहीं जाना जाता, वह जाना जाता है अपने पिता के नाम से। स्कूल में भर्ती होने से लेकर नौकरी-चाकरी, यहाँ तक कि रिटायर्ड होते समय भी पिता के नाम की जरूरत होती है। माँ की नहीं। हुमायूँ के प्रति किसी गुस्से से मैं यह नहीं कह रही हूँ कि यह रिवाज ही बहुत गलत है। मान लो, इस अन्याय का विरोध करते हुए मैं कभी अपने बच्चे को इस दुनिया में न लाऊँ ! बहुत हैरान हुई न ? तुम लोगों को हैरत में डाल देने के लिए ही अब मैं खुद को धीरे-धीरे आदमी बना रही हूँ। बहुत दिनों तक तो मैं रेंगनेवाले कीड़े की तरह जीवित रही। कितने दिनों तक रीढ़विहीन जीवन अच्छा लगता है ? तुम्हारी मंगलकामना करती हूँ।

—तुम्हारी,
यमुना

बुबू,

दन्तस कल हमारे घर आया था। आकर बोला—लोग कहाँ तो कह रहे हैं कि यमुना का चरित्र खराब है। पूछा, क्यों चरित्र खराब है, दूसरी शादी की है इसलिए ? दन्तस सिर्फ हँसा। कोई जवाब नहीं दिया।

बुबू, यह 'चरित्र' है क्या चीज, बता सकती हो ? तुम अपने कामकाज और घर-बार को लेकर व्यस्त रहती हो, लोगों की बातें तुम्हें सुननी नहीं पड़तीं, सुनना पड़ता है हमें। वैसे अब इन सबको तवज्जो नहीं देती। दन्तस कल ही पिताजी से कहना चाह रहा था कि कोई एक दिन तय कर दें ताकि हमारी सगाई तो कम से कम हो जाए। मैंने मना किया। सीधे मना कर दिया। बुबू, उसके साथ मेरा कोई झगड़ा नहीं हुआ, कुछ भी नहीं हुआ। लड़का देखने में अच्छा है, कालेज में लेक्चरर की नौकरी में अभी-अभी लगा है। ऐसे लड़के को भी मैंने 'ना' कर दिया, कह दिया कि तुम दूसरी लड़की देख लो !

बात ऐसे सुना दी कि लड़कियाँ क्या बाजार में बिकनेवाला खीरा या पपीता हैं कि एक दुकान में न मिलने पर दूसरी दुकान देखनी पड़ती है ! चरित्र नाम की चीज के

प्रति मेरे मन में बहुत लोभ है, ईर्ष्या भी होती है—क्या करने से यह रहता है या जाता है, यह मुझे जान लेना ही होगा ! दन्तस ने खुद तुम्हें चरित्रहीन नहीं कहा बल्कि दूसरों की कही बातें भर मुझे बताईं ! फिर भी कहा तो सही। यानी उसकी भी इस बात को टटोलने की इच्छा हुई, तभी तो मेरे कान तक उसने इस बात को पहुँचाया। हालाँकि कहनेवालों को उसने ठीक नहीं कहा, फिर भी मुझे यह सब सुनाने का अर्थ है कि मैं भीतर ही भीतर थोड़ा ही सही, टूट जाऊँ। मेरे टूटने पर मुझे सँभालते हुए भी तो उसे खुशी होगी। कमजोर की रक्षा करने पर एक तरह की खुशी मिलती है। मेरा मान-अभिमान कुछ घट जाने से उसे भी अपना स्वामित्व जताने में काफी सुविधा होती। आज उसने तुम्हारी चरित्रहीनता के बारे में लोगों का हवाला देकर मुझे सब कुछ सुना दिया है, मैं इसका कोई सीधा-सादा अर्थ नहीं निकाल पाई। यदि वह कहनेवालों को खरी-खोटी सुनाता और मुझसे कुछ न कहता तो मैं उसकी इंसानियत की प्रशंसा करती।

मुझे कोई अलग नहीं लगता, साबिर से अलग तरह का पुरुष नहीं लगता दन्तस। बुबू, जिस लड़की की ओर भी देखती हूँ, उसी के चेहरे पर साबिर के चेहरे की छाया नजर आती है। मुझे किसी पर भरोसा नहीं होता, दन्तस के साथ तो इतने सारे ख्वाब देखे लेकिन उस पर भी नहीं ! तुम कैसी हो, बुबू ? कैसे चलता है प्रतिदिन। मैं दिन-ब-दिन दूसरी तरह की होती जा रही हूँ, क्या मैं तुम्हारी तरह होती जा रही हूँ ?

—नूपुर

नूपुर,

पूरे फ्लैट में हम दो लोग रहते हैं। कुसुम अपने पिता के घर गई है। दफ्तर से लौटकर मैं ही खाना बनाती हूँ। शाम को चाय, चाय के साथ कभी नुडल्स, कभी मांस का कबाब, भुजा हुआ चूड़ा और रात को फिर दो लोगों का खाना पकाना—इसी तरह काफी दिन गुजरे। आज सुबह हुमायूँ को बेड टी देनी थी, लेकिन मेरा मन नहीं हुआ। बिलकुल इच्छा नहीं हुई कि चाय का पानी खौलाऊँ, चाय पत्ती उबालूँ, चीनी घोलूँ। हमारी आज छुट्टी थी। हुमायूँ नींद से उठते ही बोला—चाय !

मैं बिस्तर पर लेटी हुई पत्रिका पढ़ रही थी, उसके 'चाय' शब्द के उच्चारण के साथ-साथ बिस्तर छोड़कर नहीं उठी। यह देखकर हुमायूँ थोड़ा हैरान हुआ। फिर बोला—चाय।

मैंने कहा—हूँ ! यानी सुन लिया है, बोलते जाओ।

हुमायूँ तकिए से सिर उठाकर माथे पर अनिच्छा की सिकुड़न लाते हुए बोला—'चाय देने को कह रहा हूँ, क्या सुन नहीं रही हो ?'

—सुन रही हूँ !

—तो फिर, दे नहीं रही हो ?

मैं पत्रिका में ही आँखें गड़ाए हुए बोली—मेरा उठने को मन नहीं हो रहा !

हुमायूँ ने हैरानी से मुझे देखा। दो-तीन पुराने साप्ताहिक अखबार थे। मैं उनको पढ़ रही थी। कुछ देर बाद हुमायूँ बिस्तर से उठकर बाथरूम गया। नहा-धोकर कपड़े पहनकर बोला—नाश्ता दो !

मेरे भीतर पता नहीं क्या हुआ, इतनी प्रतिस्पर्धा मैंने शायद पहले कभी नहीं दिखाई थी, बोली—मुझसे नहीं होगा !

हुमायूँ बगल में आकर बैठा। पूछा—तुम्हें क्या हुआ है ? मैंने हँसकर कहा—कुछ भी तो नहीं !

—तो फिर ?

—मेरा कुछ करने का मन नहीं हो रहा। सुबह का चाय-नाश्ता, दोपहर और रात का खाना बनाना—कुछ भी करने की मेरी इच्छा नहीं हो रही।

—क्यों ?

—कोई वजह नहीं, बस यूँ ही।

—जरूर तुम्हें कुछ हुआ है। तबीयत खराब है ?

—नहीं।

—घर से कोई बुरी खबर आई है ?

—नहीं।

—दफ्तर में कुछ...?

—नहीं।

—तो फिर तुम खाना क्यों नहीं बनाओगी ?

—आज तुम्हीं बनाओ न, हुमायूँ !

—मैं ? हुमायूँ जोर-जोर से हँसने लगा। मैंने देखा, हँसते-हँसते उसके जबड़े की मांसपेशियाँ कसती गईं। अपमान से हुमायूँ का रंग नीला पड़ने लगा। मानो खाना बनाना इतना अपमानजनक काम है कि यह सिर्फ लड़कियों द्वारा ही किया जाना ही शोभा देता है, लड़कों द्वारा नहीं !

आज सुबह मैंने बता दिया कि मैं कुछ नहीं करने जा रही। हुमायूँ ने कहा—जीवन में तो काफी गुल खिलाया है, अब थोड़ा अच्छी बनो ! मेरे यहाँ तुम जैसी मर्जी, वैसा नहीं कर सकतीं !

सुनकर मैं पीठ के पीछे तकिया रखकर थोड़ा इत्मीनान से बैठी। बोली—अच्छी बनो, मतलब ? मैं कोई खराब थी क्या ?

हुमायूँ टाई कसते हुए बोला—अच्छी होतीं तो साबिर के साथ न टिकतीं !

जानती हो, साबिर के किसी भी प्रसंग में हुमायूँ सबसे अधिक आह-ऊह करता था। कहता था—तुम्हारे जैसी लड़की को जिस लड़के ने धोखा दिया, उसे मैं एक बार पा जाता तो दिखा देता !

इसी हुमायूँ ने एक दिन मेरे आँसू पोंछते हुए कहा था—एक बार मेरा विश्वास करो यमुना, मुझे अपना सब कुछ सौंप दो, अपनी सारी निःसंगता बेझिझक मुझे दे दो।

मैं हुमायूँ को देखती ही रह गई, वह टाई बाँधकर आडिकोलोन स्प्रे कर रहा था। बोला—तुम दरअसल घर-परिवार करनेवाली लड़की हो ही नहीं। समझीं नूपुर ! मेरे साथ और चाहे कुछ भी किया जा सकता है, घर नहीं बसाया जा सकता। घर बसाने के लिए सबसे पहले लड़की का कुँवारी होना जरूरी है और जो सतीत्व बनाए रख सकती है, पति के आदेश-निर्देश का अच्छी तरह पालन करते हुए चल सकती है। पहली बात तो मैं कुँवारी नहीं, दूसरे सतीत्व की प्रचलित धारणा में विश्वास नहीं रखती। क्योंकि यह बड़े ही अशालीन ढंग से स्त्रियों पर आरोपित एक संस्कार है। हुमायूँ के अलावा और किसी पुरुष के साथ मेरा शारीरिक सम्बन्ध नहीं, लेकिन यदि किसी से मेरा यह सम्बन्ध हो भी जाए तो क्या मैं खुद को अ-सती मानूँगी। हर्गिज नहीं। क्योंकि मैं यदि सौ प्रतिशत सही रहकर दूसरे पुरुष से सम्बन्ध स्थापित करती हूँ तो इससे किसी का कोई नुकसान नहीं होता। न मेरा, न हुमायूँ का। इसके अलावा हुमायूँ कोई ऐसा प्रतिभावान पुरुष नहीं कि उसका आदेश और निर्देश मानकर मुझे चलना होगा। मैं यदि अपने विवेक और बुद्धि से चलना सीख सकूँ तो इसे ही मैं ज्यादा बेहतर समझती हूँ। और जहाँ तक खाना-पीना, साफ-सफाई आदि का काम जो स्त्रियों के लिए अलग से तय कर दिया गया है, मुझे लगता है यदि परिवार दोनों का है तो यह भी दोनों को मिलकर करना चाहिए। नौकरानी घर गई हुई थी इसीलिए एक नई दुनिया की जानकारी हुई। घर की बहुएँ दरअसल एक तरह की दासियाँ ही होती हैं—साफ-सुथरी, सुशील दासी। जिससे खाना भी बनवाया जा सकता है, घर-द्वार की साफ-सफाई करवाई जा सकती है, बिस्तर में लेकर सोया भी जा सकता है, और बाहर के लोगों के सामने मान-सम्मान की रक्षा भी होती है। मैं दिन-भर खाना नहीं बनाऊँगी इसलिए हुमायूँ ने ये सोच लिया कि मैं घर बसाने लायक लड़की नहीं हूँ क्योंकि घर की सुशील बहुएँ कभी 'खाना नहीं बनाऊँगी' यह कहकर चुपचाप लेटी नहीं रह सकतीं। लेकिन मैं दिन भर सोई रही। दोपहर को हुमायूँ आया, आकर देखा कि मैं तब भी लेटी हुई थी, पढ़ रही थी। मुझे बिलकुल भूख नहीं लग रही थी। बल्कि बहुत अच्छा लग रहा था, इसलिए नहीं कि हुमायूँ से जिद या चैलेंज कर रही थी, अच्छा लगने का कारण बिलकुल दूसरा था—मुझे रह-रहकर लग रहा था कि प्रचलित धारणाओं को चाहकर ही तोड़ा जा सकता है। चाहने से ही समाज के तरह-तरह के कुसंस्कार, पाखंड और अकल्याणकारी चीजों के विरुद्ध खड़ा हुआ जा सकता है।

हुमायूँ ने कपड़े बदलकर कहा—खाना लाओ !

मैंने कहा—खाना तो बनाई ही नहीं !

—बनाई नहीं, मतलब ?

—बनाई नहीं मतलब, बनाई नहीं।

—क्यों ?

—मन नहीं हुआ !

—तुम्हारी जो मर्जी होगी, वही करोगी क्या ?

—परेशानी क्या है ?

हुमायूँ को आज दफ्तर का काम नहीं था। एक दोस्त के घर ताश खेलने गया था। वापस लौटकर वह खाने की मेज पर बैठना चाहता था। चाह रहा था कि मैं उसके लिए मेज पर गरम भात, मछली का कोफ्ता, मांस, दोप्याजा आदि कई तरह का लजीज खाना परोस दूँ और वह खाते हुए मेरे खाना बनाने की तारीफ करे, मन ही मन यह सोचकर तृप्त हो कि उसके घर की पत्नी बहुत काम की लड़की है।

हुमायूँ गुस्से से आगबबूला हो रहा था। और हैरानी की बात यह कि मुझे बहुत अच्छा लग रहा था, नूपुर ! मैंने हँसते हुए कहा—इतना नाराज क्यों हो रहे हो, आज मैं तुम्हार हाथ का बना खाना खाना चाहती थी और तुम चले गए ! क्या मुझे एक दिन भी यह नहीं चाहना चाहिए कि तुम खाना बनाओगे, मेज पर परोस दोगे और मैं सिर्फ बैठे-बैठे खाऊँगी !

—मजाक मत करो यमुना ! हुमायूँ फुफकार उठा।

जानती हो नूपुर, मैं शाम को निकली थी। रिक्शे पर बैठकर पूरे शहर का चक्कर लगाई। सब कुछ बड़ा अच्छा लग रहा था—हल्का-फुल्का, मानो लम्बे समय से एक ताला-बन्द सन्दूक में कैद पड़ी थी, और अब छुटकारा मिला है। शाम को 'फ्लेश पट्स' में जाकर खाना खाई, तब तक भूख भी जबरदस्त लगी थी। घर लौटकर मैंने देखा, हुमायूँ शराब पी रहा था। मुझसे कोई बात ही नहीं की। मैं भी कुछ नहीं बोली।

तुम ठीक-ठाक रहना नूपुर। एक पूरी जिन्दगी में समय बहुत कम मिलता है। यदि सम्भव हो तो उस अल्प समय में अपने मनमुताबिक जीना। हम लोग तो सिर्फ दूसरों की पसन्द के मुताबिक ही जीते हैं न। हम लोगों की क्या अपनी कोई पसन्द-वसन्द नहीं रहनी चाहिए ?

प्यार लेना।

—यमुना

बुबू,

उस दिन माँ पूछ रही थी—यमुना कैसी है, चिट्ठी-पत्री लिखती है, न ? मैंने कहा—उसे लेकर तुम लोगों को सोचने की क्या जरूरत है, शादी कर ली है, अब चिन्ता किस बात की ? अच्छी ही होगी, शादी न करने से ही तो खराब रहना पड़ता है !

माँ ने शायद राहत की साँस ली। माँ के ऊपर पति नामक एक अभिभावक है इसीलिए माँ की यह राहत भरी साँस ! चाहे वह पति चोर-बदमाश, अन्धा-लँगड़ा ही क्यों न हो ! मुझसे बोली—अब तुम्हारा एक इन्तजाम हो जाए तो हमारी लाज बच जाए।

मैं जोर-से हँस पड़ी। बोली—यह जो पढ़-लिख रही हूँ, परीक्षा नजदीक है, पास होने पर सर्वोच्च डिग्रीधारी बनूँगी, शायद अच्छी-सी एक नौकरी भी मिल जाएगी। क्या यह इंतजाम नहीं है ?

माँ फिर कुछ नहीं बोली। शायद मेरी 'बदतमीजी' माँ को पसन्द नहीं आई। शायद दन्तस को उस दिन देखकर ही माँ को मेरा इंतजाम करने की बात याद आई होगी। बुबू, पता नहीं क्यों, मुझे अजीब-सी घृणा होती है। पत्र लिखना।

—नूपुर

नूपुर,

हुमायूँ से शादी करने के कुछ दिनों बाद दफ्तर के सभी लोगों को एम.डी. ने आमन्त्रित किया था। साभार में उनका एक हाउस है, वहीं पर। खाना ढाका से ही गया था, काफी चहल-पहल थी। मैं भी सबके साथ जुटी हुई थी, तेज गर्मी के मारे गिलास में एक के बाद एक बर्फ का टुकड़ा डालकर कोका-कोला पी रही थी। अच्छी अड्डेबाजी चल रही है, अचानक मैंने पाया कि कई लोग मुझे 'भाभी-भाभी' पुकार रहे हैं। जो लड़का मुझसे उम्र में छोटा है, यमुना दीदी कहता था, कोई आपा कहता था, सीनियर

लोग मैडम कहते थे, वे सभी बेझिझक 'भाभी' कह रहे हैं। और तो और, मेरे सेक्शन में कुछ नए अफसरों ने ज्वायन किया है, हुमायूँ को जानते तक नहीं, कभी देखा नहीं, वे भी 'भाभी' कह रहे हैं। सुनकर मैं हैरान रह गई थी। नए लोगों से पूछा था—आप लोग अपने भाई को पहचानते तो हैं ? नहीं ? भाई को कोई भी नहीं जानता। यमुनादी, आपा, या मैडम—ये सारे सम्बोधन एक शादी होने भर से पता नहीं कहाँ चले गए नूपुर, मेरी समझ में नहीं आता। शादी ने मेरे नाम-धाम को पूरी तरह बदल दिया। लेकिन हुमायूँ का तो कुछ भी नहीं बदला, 'हुमायूँ भाई' या 'हुमायूँ साहब' पहले की तरह ही रहा। उस दिन एम.डी. एक सज्जन को आर्गनाइजेशन दिखा रहे थे। मेरा परिचय कुछ इस तरह करवाया—ये हमारे एडमिनिस्ट्रेटिव अफसर की पत्नी हैं। साइंस सेक्शन में हैं। मानो मेरे नाम-टाइटिल के बजाय मैं किसकी पत्नी हूँ, यह परिचय जरूरी है। जबकि शादी से पहले वे कहते थे—हमारे साइंस सेक्शन की सीनियर अफसर हैं। शादी को मैं दोष नहीं देती, दोष दरअसल लोगों का है। लोग स्त्रियों को पुरुषों के अस्तित्व के साथ मिला देते हैं, उनको अलग करके अलग व्यक्तित्व के साथ उभरने देने में उनको घोर आपत्ति होती है।

तुममें कुछ ईश्वर-भक्ति की कमजोरी थी। पता नहीं वह सब दूर हुई या नहीं। यदि गम्भीरता से खुद को और प्रकृति को देखो तो वह कमजोरी भी दूर हो जाएगी।

जीने की इच्छा नहीं होती—यह कभी मत कहना। जीवन बहुत सुन्दर है। मुझे ही देखो, कितना तूफान मुझ पर से गुजर गया, फिर भी देखो कि मुझे जीने की कितनी इच्छा होती है !

हुमायूँ और मैं एक जैसी ही तनख्वाह पाते हैं। घर के काम में ज्यादा पैसा मेरा खर्च होता है, हुमायूँ का कम। कम इसलिए क्योंकि उसका व्यक्तिगत खर्च अधिक है, जैसे शराब, ताश, सिगरेट आदि। नहीं नूपुर, तुम यह मत समझना कि मैं अधिक खर्च करती हूँ इसलिए ज्यादा सुविधाएँ लेना चाहती हूँ, ऐसी बात नहीं है। हमने कोर्ट में जाकर शादी की थी। हमारे बीच कोई सरीयती शर्त नहीं थी। थोड़ी बहुत दोस्ती थी हमारे बीच। अचानक शादी की बात उठी, उसमें एक अलिखित शर्त थी कि हम दोनों एक-दूसरे के गहरे दोस्त बनेंगे, पारम्परिक पति-पत्नी नहीं।

दरअसल इस समाज में खुद के प्रगतिशील होने का दावा करनेवाले किसी आदमी को मैंने साफ और पारदर्शी होते नहीं देखा, वे लोग बड़े ही अस्पष्ट-अस्वच्छ होते हैं। मैंने एक दोस्त चाहा था—सभी पति होना चाहते हैं, अधिकार जताना चाहते हैं, शादी के कागजात पर दस्तखत होते ही बीवी को अपनी मिल्कियत समझने लगते हैं। कोई उसके अलग अस्तित्व को स्वीकार नहीं करता। कोई दोस्त बनना नहीं चाहता।

हुमायूँ बाहर खाना खा रहा है, मैं भी। कुसुम घर से आज लौटी है। फिर से उसने अपना काम शुरू किया है। इसी बीच हुमायूँ के दो दोस्त आए थे, उनको ओट में ले जाकर हुमायूँ ने बातचीत की। शायद उनसे कहा होगा कि मुझसे शादी करके उसने बड़ी गलती की है, बीवी इतनी बुरी होगी यह पहले वह समझ नहीं पाया। मैं खाना नहीं

बना रही, इसलिए हर रात वह मुझसे कहता कि मुझसे शादी करके उसने अपने जीवन का सबसे बड़ा पाप किया है, साबिर लड़का बहुत अच्छा था, सिर्फ मेरे ही कारण, क्योंकि मैं दरअसल घर बसानेवाली लड़की ही नहीं हूँ, उसे दुबारा शादी करनी पड़ी। हुमायूँ ने बहुत सारी लड़कियाँ देखी हैं लेकिन मेरी तरह मानसिक प्राब्लमवाली लड़की नहीं देखी !

नूपुर, सभी लड़कियाँ खाना-वाना बनाकर पति के जायके की तृप्ति करती हैं, मैंने नहीं किया इसलिए कहते हैं कि मैं प्राब्लमवाली हूँ। जितने दिनों तक मैं रसोईघर में नहीं गई, बाहर खाना खाया, घर में आकर पत्र-पत्रिकाएँ पढ़ीं, वीडियो में कुछ अच्छी फिल्में देखीं, नाटक भी देखने गई—तब तक हुमायूँ का असली चेहरा भी देखती रही, बिलकुल भीतरी चेहरा। स्वार्थ पर चोट पड़ने पर, आराम-अय्याशी में खलल आने पर पुरुष जानवर की तरह दाँत-नाखून निकालकर दहाड़ने लगता है। मैं उसकी दहाड़ से अब डरना नहीं चाहती।

नूपुर, यदि मैं कुछ और हिम्मत करना चाहूँ तो तुम लोग रोकना नहीं।

—यमुना

नूपुर,

बहुत दिन हुए, तुम्हारी कोई चिट्ठी नहीं मिली। इधर मेरे दफ्तर में एक गड़बड़ी शुरू हुई है। मानिकगंज में हम लोगों के एन.जी.ओ. की एक शाखा है, हमारे डायरेक्टर दो साल के लिए हुमायूँ को वहाँ भेजना चाह रहे हैं। अभी कागजात नहीं बने हैं, बन जाएँगे। इसी बीच डायरेक्टर ने मुझे अपने कमरे में बुलाकर पूछा—आप लोग कब जा रहे हैं ?

मैंने कहा—हुमायूँ तो अकेले ही जा रहा है।

डायरेक्टर ने कहा—हुमायूँ साहब के जाने पर आपको तो जाना ही होगा ! मैं हैरान होकर बोली—क्यों ? तय तो यह है कि हुमायूँ ही जाएगा। मेरी जाने की कोई इच्छा नहीं ! मेरी आवाज बहुत साफ और तेज सुनाई पड़ी थी शायद।

डायरेक्टर रूमाल से चश्मे को पोंछते हुए बोले—हस्बैंड जहाँ रहते हैं, वहीं वाइफ को भी तो रहना चाहिए। और, आपके न रहने पर उसे बहुत असुविधा होगी। मैं नजरें झुकाती हुई बोली—सर, क्या उसकी असुविधाओं को दूर करना ही मेरा एकमात्र काम है ? मेरा तो अपना भी कोई कामकाज है, और फिर यहाँ मेरी पोस्ट वैकेंट कर देने

से कौन इतनी बड़ी जिम्मेदारी उठाएगा ? इससे भी बड़ी बात यह है कि मेरी जाने की कोई इच्छा नहीं है। डायरेक्टर ने भौंहें सिकोड़ते हुए पूछा—आप लोगों के बीच कोई गलतफहमी तो नहीं हुई ? मैंने 'ना' में सिर हिलाया। डायरेक्टर बोले—आपके चले जाने से यहाँ असुविधा तो बहुत होगी ही, आपकी पोस्ट पर तुरन्त किसी दक्ष व्यक्ति को लेना सम्भव भी नहीं। फिर भी मैं हुमायूँ साहब की सुविधा की बात सोच रहा था। आफ्टर ऑल हस्बैंड हैं, न !

मैंने डायरेक्टर से कह दिया कि मैं नहीं जा रही हूँ। हुमायूँ के वहाँ जाकर न सँभालने से मानिकगंज का करोड़ों रुपया पानी में चला जाएगा। नूपुर, मैंने हुमायूँ पर किसी तरह का गुस्सा निकालने के लिए यह निर्णय नहीं लिया, यकीन करो ! जिन कारणों से पति के ऊपर से मन उठ जाता है वैसी कोई भी बात नहीं। यदि शारीरिक सम्पर्क की बात कहो तो मेरी कोई शिकायत नहीं। शादी के तुरन्त बाद साड़ी-गहने भी खूब खरीदकर लाया था हुमायूँ। काफी चमकदार कीमती साड़ियाँ। मैंने उन्हें छूकर भी नहीं देखा। हुमायूँ से बोली—कुछ जरूरत पड़ने पर मैं खुद ही खरीद लूँगी। नहीं, उससे मेरी कोई शिकायत नहीं। दूसरे सामान्य पुरुषों की तरह वह भी है। इससे ज्यादा कुछ नहीं।

यह कितनी अद्‌भुत बात है न नूपुर, कि पति को सिर्फ कम्पनी देने के लिए मुझे एक जगह से दूसरी जगह नौकरी बदलनी पड़ेगी ? हुमायूँ इस महीने के अन्त में चला जाएगा। जाने से पहले वह अजीबोगरीब व्यवहार कर रहा है, घर में उसका कुछ सामान था—टी.वी, रेकार्डर, फ्रिज, यह सब एक-एक कर वह निकाल ले रहा है। बहन के घर ले जाकर रखा है। यह सब देखकर मैंने पूछा—इनको कहाँ ले जा रहे हो? बोला—यह जानने से तुम्हें मतलब ?

रात में सोने से पहले पूछा—किस उद्‌देश्य से मेरे साथ नहीं जा रही हो, जान सकता हूँ ? मैंने कहा—मान लो, आज मेरी भुरूंगामारी में बदली हो जाए तो तुम जाओगे मेरे साथ ?

—वैसी स्थिति में तुम्हारी बदली रोकनी पड़ेगी।

—और यदि नहीं रुकी तो ? मैंने खुद ही जवाब दिया—नौकरी छोड़नी होगी। है न, हुमायूँ ?

हुमायूँ ने दाँत से दाँत दबाकर गुस्से को रोका। बीयर का कैन खोलकर दो घूँट पीकर बोला—मानिकगंज तो भुरूंगामारी की तरह खराब जगह नहीं है !

मैंने बड़े साफ तौर पर कह दिया कि जगह की बात नहीं है, मैं जाने की बात कह रही हूँ। तुम कभी मेरे साथ नहीं जाओगे, बस मुझे अपने साथ लिवा जाओगे। अपनी जरूरत से चाहे तुम कहीं जाओ, पर मुझे बिना जरूरत के वहाँ जाना होगा।

—मेरे साथ जाने को तुम गैरजरूरी कह रही हो ?

—हाँ, कह रही हूँ !

—तुम्हें मेरी कोई जरूरत नहीं है ? हुमायूँ की साँस तेज हुई, आँखों में खून उतर

आया। बोला–फिर तुम्हारी शारीरिक जरूरत को कौन पूरा करेगा ? बस, यही एक जरूरत है न मेरी ! इसे लेकर तुम मत सोचो। अपना इतना कुछ यदि मैं पूरा कर सकती हूँ तो उसे पूरा नहीं कर पाऊँगी ? हुमायूँ ने एक बीयर खत्म करके दूसरी को खोला। बोला–इतनी हिम्मत तुम्हें कहाँ से मिली ? हुमायूँ ने अचानक पीछे से मेरे बाल मुट्ठी में खींच लिए।

मैंने बाल छुड़ाते हुए कहा–इसमें हिम्मत की क्या बात देखी तुमने ?

नूपुर, मैंने शादी करके बहुत बड़ी गलती की है रे। बहुत बड़ी गलती। मैं एक आदमी हूँ, मेरी इच्छा-अनिच्छा का सम्मान करनेवाला कोई पुरुष यदि इस देश में नहीं है, तो फिर क्या जरूरत है प्रेम या शादी जैसे हल्के सम्बन्धों की ?

—यमुना

बुबू,

एक के बाद एक तुम्हारी दोनों चिट्ठियाँ मिलीं। हाँ, 'ईश्वर-दोष' मुझमें था और बहुत अधिक था। अभी भी ब्रह्मांड के बारे में सोचने पर किसी सुप्रिम पावर के होने का विश्वास होता है।

बुबू, फिर भी मैं दुविधा में पड़ी हूँ और जब गोस्वामी की यह कविता बीच-बीच में पढ़ती हूँ–"जब तक साँस तब तक आस। अभी है तो अभी चला जाता है ईश्वर का विश्वास।"

बुबू, तुम्हारे जीवन में जो कुछ भी घटित हुआ, उस पर टिप्पणी करने की हिमाकत मैं नहीं कर सकती। फिर भी यह सोच है कि जो अनुभव ज्ञान तुमने अर्जित किया है, जो आत्मविश्वास हासिल किया है–उसकी बहुत जरूरत थी। इसके लिए यदि कुछ तहस-नहस भी होता है तो हो जाए। हमेशा सब कुछ इतना सजा-सँवारा अच्छा नहीं लगता।

—नूपुर

नूपुर,

तुम लोगों को देखने की बड़ी इच्छा होती है। पाँच साल, हाँ पाँच साल हो गए नूपुर, तुम लोगों को देखे हुए। माँ कैसी है, और पिताजी ? भैया के बारे में बहुत दिन हो गए, कुछ लिखा नहीं। वे लोग भी क्या दूसरे लोगों की तरह मुझे चरित्रहीन समझते हैं ? वे लोग क्या दूसरों की तरह एक बार मेरा घर टूटने के लिए मुझे ही दोषी ठहराते हैं ?

इस घर में हुमायूँ का जो भी सामान था, वह सब लेकर चला गया। एक दिन बोला—उन गहनों को दो तो ! मैं तो उसके सोने के गहनों के बारे में भूल ही गई थी। उनको लौटाने के बाद शरीर काफी हलका लग रहा था। बिलकुल हल्का-फुल्का मानो चाहूँ तो पंख फैलाकर हवा में उड़ सकती हूँ। सोने का बोझ बहुत भारी होता है, स्त्रियाँ उस बोझ से परिवार रूपी समुद्र में इतना डूबी रहती हैं कि दुनिया की कोई हवा-रोशनी उनको छू नहीं सकती।

मैं दिन-ब-दिन बहुत साफ होती जा रही हूँ। नूपुर, शायद इसी जगह पर पहुँचने के लिए ऊबड़-खाबड़ रास्तोंवाले लम्बे कष्टपूर्ण जीवन का सफर मैं तय कर आई। मुझे अभी भी लगता है नूपुर, मेरी मंजिल यही है। यहाँ आकर स्थिर खड़ी होऊँगी इसीलिए मेरे पिछले जीवन में इतनी भयानक अस्थिरता थी।

नूपुर, कम से कम तुम मुझे गलत मत समझना। तुम कम से कम मुझे यह मत कहना कि बुबू तुम बर्बाद होती जा रही हो। इस घर में मैं अकेली, बिलकुल अकेली हूँ। दिन भर के बाद जब कमरे में रात फैल जाती है, मुझे चारों ओर का माहौल बड़ा ही स्निग्ध प्रतीत होता है। शराब की बू नहीं, रातभर किसी का शराब में डूबकर शराबीपन नहीं, कुसुम मेरा घर-द्वार सँवारकर रखती है, बिस्तर की सफेद चादर देखकर मुझे बड़ा मोह लगता है, खुद पर बड़ी दया आती है, नूपुर ! कितनी बड़ी गलतफहमी के बीच मैं रह रही थी—सोच रही थी मुक्ति शायद सामूहिक जीवन से आती है। मुक्ति शायद सिर्फ प्यार से ही सम्भव है। जो समाज स्त्री को पुरुष के शासन और शोषण के बीच रखकर बड़े होने को आदर्श मानता है, जिस समाज में स्त्री-पुरुष के प्राक्-विवाह सम्बन्ध को प्यार समझा जाता है। दरअसल, प्यार का हम लोग गलत मतलब निकालते हैं। पुरुषगण स्त्री के मन और शरीर को अपने अधीन रखना चाहते हैं, और स्त्री भी इसीलिए पुरुष की मर्जी से बलिवेदी पर अर्पित होना चाहती है। चाहे और कोई कुछ भी कहे, मैं उसे प्यार नहीं कहती। किसी को बन्धन में जकड़ने का नाम प्यार नहीं है।

नूपुर, मैं बर्बाद होती जा रही थी। मैं एक गलत प्यार के मोह में जीवन गुजार रही थी, बहुत हद तक पिताजी पर गुस्सा करके, और काफी हद तक खुद की गलती

से। पिताजी कैसे हैं, नूपुर ? क्या मुझे एक बार देखने की इच्छा भी उन्हें नहीं होती ? क्या सचमुच वे कोई पत्थर हैं ?

पत्र लिखना।

—यमुना

बुबू,

परीक्षा चल रही है, फाइनल परीक्षा। माँ मुझे लेकर पीर के यहाँ दुआ माँगने गई थी। पीर साहब ने मेरे सिर पर फूँक लगाई थी, और अनर्गल बातें कर रहे थे। मुझे वे सारी बातें बिलकुल गढ़ी हुई प्रतीत हो रही थीं—रटी-रटाई। सारी बातों का मतलब था कि मैं दुश्चिन्ता न करूँ, अल्लाह के दरबार में वे मेरे लिए दुआ माँगेंगे, और उनके दुआ माँगने पर अल्लाह उसे जरूर कुबूल करेंगे। बगल से एक युवक ने कहा—वलीउल्लाह की बात अल्लाह सुनते हैं। पीर साहब ने मेरे सिर पर हाथ रखा, सिर से वह हाथ सरककर मेरी गर्दन से होता हुआ पीठ पर उतरा, पीठ पर टिके उस हाथ ने मुझे धीरे-धीरे दबाते हुए उनके शरीर से सटा लिया। इसके बाद उन्होंने पता नहीं क्या-क्या सूरा पढ़कर मेरे सिर पर फूँक लगाई। अनजाने आलिंगन से मेरा पूरा बदन सिहर उठा, लगा कि वे मेरे बालों की सुगन्ध ले रहे हैं। जब तक सम्भव हुआ, मैं दम साधे रही। माँ दरवाजे के उस पार खड़ी थी, ऐसा ही नियम है। जिस युवती को वे सूरा पढ़कर फूँक लगाते हैं, उसके अभिभावक को थोड़ी-सी आड़ में खड़ा होना पड़ता है। उनका हाथ अब मेरी पीठ से बाँह पर आया, बाँह से सरककर छाती पर रुका, उन्होंने कहा—यहीं पर अल्लाह ने रूह दी है, यह रूह एक दिन उड़ जाएगी, मन को ठंडा रखो, ईमान को मजबूत रखो। पीर साहब मेरे बदन पर अपने स्नेह का या लोभ का हाथ फेर रहे हैं, भला बताओ ! मैं लेकिन समझ रही थी। क्या आदमी समझ नहीं पाता कि उसके शरीर से लिपटी हुई चीज कोई बेल है या साँप ?

खुद को मैंने धीरे-से अलग कर लिया। माँ ने विनयपूर्वक मुस्कुराकर उनके हाथ में दो हजार रुपए थमा दिए, झट से रुपए लेकर उन्होंने अपने धुले हुए बारीक अद्दी के कुर्ते में रख लिए। बुबू, सुना है कि इस आदमी के शिष्यों की संख्या पचास हजार को पार कर गई है। लौटते समय मैंने पीरबाड़ी के आँगन में पच्चीस-तीस लड़कियों को दुबककर बैठे हुए देखा था।

दूर से इस आदमी के बारे में माँ से सुनकर बड़ी श्रद्धा हुई थी। करीब जाते ही

सारा भेद खुल गया, मुखौटा उतरकर असली चेहरा सामने आ गया। जो लोग समझते नहीं हैं, वे अन्धे हैं।

मेरी परीक्षा ठीक ही हुई है। तुम चिट्ठी लिखना। पिताजी का शरीर तो ठीक ही है, मन ठीक है या नहीं, पता नहीं। माँ अच्छी है, भैया अमेरिका जाने की कोशिश में है।

—नूपुर

नूपुर,

उसे ऐसा क्या प्रस्टेशन हो गया कि अमेरिका जाना पड़ रहा है ? 'ऑड जॉब' करके परदेश में जीवन बिताने का शौक चर्राया है ? या फिर कोई अच्छा काम मिला है ? या बिजनेस के काम से या फिर घूमने के लिए अमेरिका जाना चाहता है ? सुना था, भैया का धन्धा बहुत अच्छा चल रहा है फिर अचानक यह अधःपतन क्यों ? या क्या पता ऊर्ध्वमुखी हो !

नूपुर, कुरान में लिखा हुआ है—विश्वास करो आँखें मूँदकर। कोई तर्क नहीं, ज्ञान नहीं, सिर्फ अन्धविश्वास ही धर्म का नियम है। धर्म नामक चीज मनुष्यों का व्यवसाय करने में कच्चे माल की तरह इस्तेमाल में आती है। माँ का वह पीर माँ को कंगाल बनाकर छोड़ेगा। माँ फिर से इन जनम में कंगाल होने को तैयार है क्योंकि अगले जनम में बहिश्त के सुखद जीवन का स्वाद वह पाना चाहती है। अच्छा, माँ से पूछा है कि वह शराब पी सकेगी या नहीं—बहिश्त का मुख्य पेय शराब ? पिताजी यदि माँ की आँखों के सामने सत्तर हूरों में व्यस्त हो जाएँ तो वह अपने आपको सँभाले रख पाएगी तो ?

हुमायूँ मानिकगंज से दो हफ्ते के भीतर ही एक बार आया था। एक दिन यहाँ था। बिलकुल निर्लिप्त भाव से, मानो कुछ भी नहीं हुआ। कुसुम से उसने चाय माँगी, रात को खाने की टेबुल पर बोला—वहाँ उसे खाने-पीने की कोई खास असुविधा नहीं है, नौकरानी है, खाना भी अच्छा बनाती है। हाँ, एक दिन सरसोंवाली हिलसा मछली (पूर्वी बंगाल की एक खास रेसीपी) बनाने में एकदम बेकार कर दिया था, वह खाई ही नहीं गई। खा-पीकर हुमायूँ बिस्तर में आया, मैंने पाया कि मेरा शरीर भी काफी प्यासा है। हम काफी देर तक एक-दूसरे के शरीर में शरीर डुबाकर खेलते रहे। और, उस दिन मैंने पाया कि इतने समय तक हुमायूँ की इच्छा के आगे मेरा शरीर बन्दी था, हुमायूँ अपने सुख-सुविधा के मुताबिक मुझे ग्रहण करता था, उपभोग करता था। उस दिन मैंने उपभोग किया था हुमायूँ का। इतने दिनों तक हुमायूँ की जरूरत मुख्य थी—हुमायूँ बुलाता

था इसलिए बिस्तर में जाना पड़ता था, हुमायूँ चाहता था इसलिए उतारने पड़ते थे कपड़े। उस दिन लगा, मैं अपनी जरूरत से उसे ग्रहण कर सकती हूँ और भोग भी सकती हूँ। मैं सच कह रही हूँ, इतने दिनों में उसी दिन मुझे बहुत खुशी हुई थी।

अगले महीने एक छोटा-सा मकान किराए पर लूँगी। इस घर में खर्चे बहुत अधिक हैं। पता बताऊँगी तब पत्र लिखना।

—बुबू

श्यामली,
ढाका

नूपुर,

नया मकान मेरे दफ्तर के पास ही है, आने-जाने का खर्च काफी कम हो गया है। हुमायूँ हर महीने एक बार आता है। आकर अधिक से अधिक एक-दो दिन ठहरता है। इस बार जाने से पहले मेरे बालों में और माथे पर हाथ फेरते हुए उसने प्यार किया और कहा, अच्छी लड़की बनकर रहना ! मैंने उसके स्पर्श मात्र को पूरे शरीर में भर लिया। कभी-कभार पुरुष का यह स्पर्श स्त्री शरीर के लिए जरूरी होता है। हुमायूँ नहीं, मैं एक पुरुष को अपनी जरूरत के समय चाहती हूँ इसलिए धीरे-से हँसकर बोली, अगले महीने जरूर आना।

नूपुर, मैंने किसी प्यारवश हुमायूँ से यह बात नहीं कही थी। हुमायूँ के अलावा और किसी पुरुष से भी मैं यह कह सकती थी। मैं अपनी 'शुचिता' को अब दूर करना चाहती हूँ।

दफ्तर में काम-काज बढ़ गया है। फील्ड वर्क करना पड़ रहा है—मीरपुर, साभार, डेमरा, यात्राबाड़ी आदि जगहों में धूप में घूमना पड़ रहा है। दफ्तर के लोग हुमायूँ के लिए 'ऊह-आह !' करते हैं। मेरे सामने शायद उसके लिए सबका लगाव बढ़ जाता है। हुमायूँ को लेकर इतराने की कोई वजह मैं नहीं देखती। मुझे उसकी याद बहुत ज्यादा नहीं आती।

तुम पाशा को पहचानती थीं ? एग्री-इंजीनियरिंग में मुझसे एक क्लास ऊपर पढ़ता था। मेरे दफ्तर आया था, मुझसे भेंट हुई, पुराने दिनों की बातें कीं। घर आकर दोनों ने दोपहर में एक साथ खाना खाया। कितनी सारी बातें। कभी पाशा मुझे बहुत चाहता था, दो प्रेमपत्र भी लिखे थे। मैंने घास नहीं डाली थी। वही किशोरावस्था की बातें याद

करके हम दोनों ने काफी हँसी-मजाक भी किया। पाशा समेत छह दोस्त मिलकर मोतीझील में एक फार्म भी चला रहे हैं। पाशा पूरी शाम गप्पें मारकर चला गया।

अभी पहले से मेरी व्यस्तता ज्यादा बढ़ी है। दफ्तर का कुछ काम घर लाकर पूरा करना पड़ता है। इससे अपने लिए हाथ में बहुत कम समय बचता है। बीतती शाम में थोड़ा न टहलने पर मेरा मन बड़ा भारी-भारी-सा हो जाता है। दो-चार दिनों से बिलकुल समय नहीं मिल रहा है।

भैया का लड़का सौम्य कैसा है ? स्कूल में भर्ती हुआ कि नहीं ? घर में सभी लोग कुशल से हैं तो ?

परीक्षा ठीक से देना !

—यमुना

ब्रह्मपल्ली,
मैमनसिंह

बुबू,

दूर होते ही मन गीला हो जाता है न ?

सारे झगड़ों को खत्म करके फिर मिल जाओगी, यह मैं बहुत अच्छी तरह समझ रही हूँ। हुमायूँ की बात ही कह रही हूँ। जब दूर जा रहा है तो देख रही हूँ कि तुम कातर हो रही हो। मेरी समझ में नहीं आता कि उस शख्स का प्यार तुम्हारी देह में काँटे की तरह चुभा क्यों नहीं ?

पाशा कौन—वही लम्बे बालों, ऊँची नाकवाला, सुक्खड़-सा लड़का ? याद क्यों नहीं रहेगा ? एक बार घर के दरवाजे के पास आकर मेरे हाथ में गुलाब का एक गुच्छा थमाते हुए धीरे-से पूछा था—तुम्हारी दीदी घर पर है ? मेरे 'हाँ' कहते ही उसने कहा था—उसको दे देना ! यह कहते हुए लगभग दौड़ता हुआ चला गया था वह।

मेरा 'वाइबा' होने में और पन्द्रह दिन बाकी हैं। इसके बाद हवा के पंख लगाकर घुमूँगी। ब्रह्मपुत्र की हवा।

माँ से कह दिया—उस बदमाश आदमी को तुम 'पीर' मानती हो ? यह सुनकर माँ बिलखने लगी। क्योंकि अल्लाह के एक बन्दे को मैं बदमाश कह रही हूँ, अल्लाह मुझे माफ नहीं करेंगे, हशर के मैदान में मेरे लिए कठोर सजा का इन्तजाम होगा ! उस दिन पूरी शाम माँ अकेले कमरे में सुबह-सुबककर रो रही थी। भैया चला जा रहा है, पिताजी

ने अचानक बीमार होकर खाट पकड़ ली। पिताजी बहुत कड़े आदमी ठहरे। किसी भी तरह की अस्वस्थता इससे पहले उनको काबू में न कर सकी थी। माँ जरूर इसीलिए रो रही होगी। यही सोचकर माँ की पीठ पर हाथ फेरते हुए मैंने बड़े नेह से पूछा—माँ, क्यों रो रही हो ?

माँ बोली—कब्र में जाने से बचने के लिए अल्लाह से पनाह माँग रही हूँ रे बेटी ! मैं हैरान रह गई। तुम जिन्दा हो या मर गईं इसे लेकर नहीं, भैया देश छोड़कर जा रहा है इसके लिए नहीं, पिताजी बीमार हैं—यह सब माँ को नहीं छू पाया। माँ तो इसलिए रो रही है कि कब्र की तकलीफ से अकेले ही वह मुक्ति पा ले !

जो लोग स्वार्थी होते हैं क्या वही लोग धर्म से जुड़े होते हैं ? या फिर धर्म ही आदमी को स्वार्थी बनाता है ?

बुबू, इतनी दूर श्यामली में रहते हुए क्या तुम्हें कोई तकलीफ होती है ? चिट्ठी लिखना।

—नूपुर

नूपुर,

मैं तुम्हारा नाम 'मेघना' रखना चाहती थी, अपने नाम के साथ मिलाकर। बचपन में पैरों में नूपुर पहनकर घूमती रहती थी, मामा तुम्हें 'नूपुर मेये'—'नूपुर मेये' पायलवाली लड़की कहते थे, मामा की तरह बाकी लोग भी पुकारने लगे, इसके बाद से तेरा नाम 'नूपुर' ही हो गया।

नूपुर, आज बहुत दिनों बाद तुम्हें पत्र लिख रही हूँ। तुमने जानना चाहा था कि नए मकान में कोई असुविधा तो नहीं है। नहीं, कोई असुविधा नहीं है। यदि सोचूँ कि असुविधा नहीं है तो असुविधा नहीं होगी। और ऐसा क्यों सोचूँगी कि मुझे सारी सुविधाएँ निर्विघ्न रूप से मिलनी चाहिए ! यदि मेरे हिस्से में थोड़ा उतार-चढ़ाव है तो उससे दुख होता है लेकिन हर्ज क्या है ?

इस बीच पाशा आया था। वह बहुत अच्छा रवीन्द्र संगीत गाता है, बरामदे में बैठकर मैंने उसका गाना सुना। कुछ गानें बहुत अच्छी बीतीं। नूपुर, तुम यह मत सोचना कि मैं पाशा के प्यार में पड़ गई हूँ। मुझे गाना सुनना अच्छा लगता है इसलिए मैंने सुना। मैं खुद को अनमोल अच्छा लगने दे रही हूँ।

तुम मुझे स्वार्थी मत समझना। इसका नाम स्वार्थीपन नहीं, इसका नाम हमेशा से

वंचित व्यक्ति का खुद के लिए कुछ अर्जित करना है। तुम्हारी तो परीक्षा खत्म हो गई, पिताजी से कहकर ढाका चली आओ, न ! मेरे यहाँ तुम्हारी खातिरदारी में कोई कमी नहीं होगी।

—यमुना

ब्रह्मपल्ली,
मैमनसिंह

बुबू,

मुमू आकर मुझे अपने नाना के घर ले जाना चाह रही हैं। उनका घर एकदम देहात में है। परीक्षा खत्म हो गई, माँ से बोली—दो-चार दिन गाँव से हो आऊँ। पिताजी ठीक हो गए हैं, इस बीच तुम चिट्ठी देना। मुझे आने पर मिल जाएगी।

काफी दिन हो गए, कोई हरियाली नहीं देख पाई। अबकी बार जी भरकर सुजलां, सुफलां, शस्य-श्यामला देश देखूँगी। अचानक किसी दिन तुम्हारे यहाँ भी जा सकती हूँ। सुना है, दन्तस सचमुच दूसरी लड़की खोज रहा है। उसके पास भी वैसी ही बत्तीस पेज की चिट्ठी भेजी है। ठीक मेरे ही जैसे उसके पास भी एक दिन सगाई की डेट माँगने जाएगा ! ये लोग बहुत कुछ कर सकते हैं। मेरे पीछे कम चक्कर तो नहीं काटा था, छह वर्षों का प्रेम छह दिनों में उड़ जाता है, नए उत्साह से फिर मैदान में उतर जाते हैं। ये लोग इंसान हैं, बुबू ?

—नूपुर

नूपुर,

तुम्हें करीब दो महीने बाद लिख रही हूँ। इसी बीच एक अद्‌भुत घटना घट गई। एक दिन मुझे जरा बुखार-बुखार-सा लग रहा था, दफ्तर से दो दिनों की छुट्टी ली थी।

कई दिन रात में जागकर दफ्तर के कागजात बनाने पड़े थे, सो लम्बी नींद के लिए नींद की दो गोलियाँ ली थीं। शाम के बाद पाशा आया, उसने मेरे माथे पर हाथ रखा। उस समय मेरा शरीर ढीला होता जा रहा था। पाशा के हाथ पर मैंने अपनी थकी हथेली रखी, पाशा ने अपनी दोनों गरम हथेलियों में मेरी हथेली को लेकर पुकारा—यमुना ! यमुना !

यमुना उस वक्त स्रोतस्विनी नदी हो गई, यमुना के दोनों किनारों से उफनकर तब पानी बह रहा था। यमुना ने उसे और पास बुलाया, और भी पास। पाशा करीब आते-आते इतने करीब आ गया, इतने करीब कि मैं यदि यमुना हूँ नूपुर, तो मुझे और कुछ भी याद नहीं रहा, सिर्फ अपनी समूची देहमय एक स्मृति की निशानी छोड़ गया। तीव्र एक सुख की निशानी।

मैं किसे रोकती। खुद को या पाशा को ? मुझे किसी को मना करने की इच्छा नहीं हुई। शरीर भला कितने दिनों का है, बोलो ! एक दिन ढीली चमड़ी के नीचे कुछ स्मृतियों को समेटे फिरूँगी, फिर एक दिन मर जाऊँगी, मर ही तो जाना है। जब मरना ही है तो फिर इतनी छूत मानना क्यों रे ? यह जो उफनती हुई जी रही हूँ—यही तो जीवन है। जीवन तो ऐसा ही खेल है, नूपुर।

मुझे जरा भी ग्लानि नहीं हो रही है, मुझे कोई अपराध-बोध नहीं है। इसीलिए तुमसे साफ-साफ कहते हुए हिचकिचा नहीं रही हूँ।

—यमुना

नूपुर,

मेरा खाली समय पाशा के साथ बीतता है। दूर, बहुत दूर निकल जाते हैं दोनों। एक दिन धलेश्वरी के तट पर चली गई। देख रही हूँ, सूरज डूब रहा है। धलेश्वरी के किनारे बैठकर दोनों ने जीवन की बातें कीं। दो-चार सुख-दुख चुपचाप सामने आकर खड़े हो गए। अहा, जीवन की इतनी व्यर्थता, इतनी ग्लानि के बावजूद जीवन पता नहीं इतना सुन्दर क्यों है, नूपुर ! प्रकृति और पाशा दोनों एक साथ मिलकर मेरी नजर में एकाकार हो गए। सीने में मानो धलेश्वरी और पाशा उथल पुथल मचाने लगे। मेरे जीवन में पाशा कौन है, नूपुर ? पाशा मेरा कोई रिश्तेदार नहीं, लेकिन पाशा के लिए मेरा मन-शरीर जैसे सिहर उठता है। बहुत दिनों से हुमायूँ के लिए जैसा मैंने महसूस नहीं किया। उस लड़के का चेहरा मुझे पहले अच्छा नहीं लगता था, अब बहुत अच्छा दीखता

है रे ! अब वह पहले जैसा सूखी लकड़ी की तरह नहीं है। सबसे अच्छी लगती है उसकी चौड़ी छाती, ब्रुट आफ्टर शेव लोशन लगाता है। उसकी छाती पर चेहरा रखने से विश्वास करो नूपुर, मेरा मन भी सुगन्ध से भर उठता है। मैं चाहकर भी उसकी रोयेंदार छाती से अपनी नजरें, और भीगे होंठ हटा नहीं पाती।

पाशा ने अब तक शादी नहीं की है। उम्र भी वैसे कुछ खास ऐसी नहीं है जो शादी कर ही लेनी चाहिए। एक दिन मैंने पूछा—शादी क्यों नहीं कर लेते ? क्या बोला, जानती हो। बोला कि जिससे शादी करनी चाही थी उससे ही जब नहीं हो सकी, तो अब करनी ही नहीं है। हैरानी से मैंने पूछा—किससे शादी करना चाहते थे? मुझसे ?

पाशा हँसा, कुछ बोला नहीं।

पूछा—कहो तो तुम्हारे लिए लड़की ढूँढूँ !

तब वह मेरे बहुत नजदीक आकर मेरी ठुड्डी छूकर बोला—क्यों, तुम क्यों ढूँढ़ोगी ? लड़की तो मैं ही देख सकता हूँ !

पाशा का यह सपना शायद पूरा नहीं होगा लेकिन उसका आवेग मुझे ग्रसित कर लेता है, नूपुर। पाशा जब मुझसे प्यार की बातें करता है तो मैं थोड़ा-थोड़ा भूलने लगती हूँ कि मैं कौन हूँ, क्या हूँ, क्यों हूँ—मानो मैं एक उत्ताल समुद्र हूँ और पाशा उसमें एक तिनका मात्र है। एक रात अचानक पाशा के बहुत करीब, बहुत करीब होती चली गई। उसके दो दिन पाशा फिर आया, फिर वही खेल। खेल खत्म होने के बाद मेरे सिरहाने बैठकर उसने दो गाने सुनाए—"अनन्त सागर माझे दाओ तरी भासाइया" (अनन्त सागर में बहा दो नाव) और "बड़ो विस्मय लागे हेरी तोमारे!" (हे सखी, बड़े विस्मय की तरह लगती हो तुम)। अब तक यह प्राणों में गूँजता है।

नूपुर, तुम किसी दिन अचानक चली आओ, आकर मेरे दरवाजे पर दस्तक देकर 'बुबू, बुबू' पुकारो। बहुत दिनों से तुम्हें देखा नहीं, तुम्हें देखने का मन होता है।

—बुबू

ब्रह्मपल्ली,
मैमनसिंह

बुबू,

गाँव अब पहले जैसा गाँव नहीं रहा। लोग बहुत धूर्त हो गए हैं। सोचा था कि लोग—जिनकी आँखों में सच्चाई और सरलता का भाव झलकते देखूँगी, वे आज हिंसक

और बीभत्स हैं। जिस गाँव में गई थी, उसका नाम 'अर्जुनखिला' था, जब मैं उस गाँव में थी, मस्जिद के एक इमाम ने मदरसे में पढ़ने गई एक अबोध किशोरी के साथ बलात्कार किया। मुमू ने मुझसे सीमेंट से बने घाटवाली पोखर में उतरकर तैरने को कहा, मेरा मन नहीं हुआ। तालाब का पानी भी अब मुझे साफ नहीं लगा।

बुबू, पाशा को लेकर मैं चिन्तित हूँ। तुम कहीं नई मुसीबत में न फँस जाओ। मैं उतनी आसानी से पुरुष का विश्वास नहीं करना चाहती।

अन्ततः भैया विदेश नहीं जा रहे हैं। सौम्य इस वर्ष पहली कक्षा में गया है। उसे तुमने बहुत छोटा-सा देखा था, है न ! माँ के साथ मेरी दूरी बढ़ती जा रही है। उनका ढकोसलापन अब मेरी नजरों में बहुत खटकता है।

—नूपुर

पुनः—क्या तुम फ्री सेक्स में विश्वास रखती हो ?

श्यामली,
ढाका

नूपुर,

पुनः के बाद फ्री सेक्स के बारे में तुमने लिखा था। फ्री सेक्स नहीं, मैं फ्रीडम ऑफ सेक्स में यकीन रखती हूँ। नूपुर, पाशा को लेकर इतना सोचने की कोई जरूरत नहीं। प्यासे शरीर को पानी देना कोई असम्मान की बात नहीं। क्या हुमायूँ मेरी प्रतीक्षा में शरीर का संयम बरत रहा है ? हर्गिज नहीं ! जब पाशा मेरे सिरहाने बैठकर गीत गाता है तो कितना अच्छा लगता है उसका गाना, क्या बताऊँ ! जब वह मुझसे गहरा स्पर्श करता है तो मुझे याद नहीं रहता कि मेरे शरीर में और किसी के प्यार की स्मृति है भी या नहीं, मैं समूचे शरीर से पाशा को अपना बना लेती हूँ। पाशा के साथ अन्य किसी भी तरह की बात नहीं होती। मानो इस दुनिया-जहान से हमारा कोई वास्ता नहीं। किसी दूर ग्रह के मनुष्य हैं, अचानक कहीं से छिटककर दोनों यहाँ मिलकर अगाध आनन्द उठा रहे हैं।

ऐसा प्रेम शायद निरापद है, जो किसी परिणाम की ओर नहीं बढ़ता। मैंने किसी परिणाम को आज तक स्वस्थ या सजीव बने रहते नहीं देखा।

—यमुना

बुबू,

तुम्हारे यहाँ जाने के लिए पिताजी से एक मौखिक अनुमति माँगी थी। सुनकर कुछ देर तक पिताजी बुत बने बैठे रहे, कुछ नहीं बोले। उनकी इजाजत के बगैर कहीं नहीं जाऊँगी।

पिताजी कोर्ट या चेम्बर में रहते हैं, माँ बहिश्त के ध्यान में लीन रहती है, भैया इधर घर पर कम ही रहते हैं, भाभी सौम्य को लेकर व्यस्त रहती है। सिर्फ मैं ही बेकार हूँ। मुमू के साथ घूम लिया। दन्तस अपनी नई प्रेमिका में बहुत रम गया है।

दरअसल, किसी न किसी को नजदीकी व्यक्ति या दोस्त के रूप में रहना चाहिए। वह तुम भी हो सकती हो, माँ या भैया या कोई दूसरा भी हो सकता है। कोई दूसरा पुरुष ही होगा—ऐसा मैं अब नहीं सोचती। तुम मेरी दोस्त हो चली हो—बीच-बीच में तुम्हीं माँ लगती हो, बहन लगती हो, दोस्त लगती हो। दन्तस कितना विचित्र लड़का है, देख रही हो ! ठीक दूसरी जगह खूँटा बाँधा है। मान लो, इस दन्तस से अगर मेरी शादी हो जाती तो ! जरा सोचो, मुझे एक घटिया आदमी के साथ जीवन-भर एक कमरे में गुजारना पड़ता।

पत्र लिखना बुबू !

—नूपुर

नूपुर,

कई दिनों से मुझे उबकाई आ रही है। कहीं अलसायी-सी खड़ी होती तो अचानक आँखों के सामने घर-द्वार घूमने लगता, घूमने लगते मैदान, पेड़-नदी। उस दिन मेरा सोने का कमरा भी अचानक उसी तरह घूमने लगा। लग रहा था, दीवारें अब जरूर टूटकर गिरेंगी। खिड़कियों का भारी पर्दा, खिड़की से आनेवाली सूरज की रोशनी, किताबों की आलमारी, किताबें, टेबुल लैम्प सब कुछ हिलने लगा था।

डाक्टर के पास गई थी। उन्होंने कहा—यूरिन की जाँच करा लें ! प्रेगनेंसी रिपोर्ट आज ले आई हूँ। पाजिटिव है। पाजिटिव का मतलब समझती हो नूपुर ?

तुमने एक बार कहा था न, एक बच्चा ले लूँ। मैं राजी हूँ, क्योंकि इस बच्चे को नाम मैं दूँगी, इस बच्चे का अभिभावक मैं बनूँगी, यह बच्चा मेरे परिचय से बड़ा होगा, मैं इसे सचमुच इंसान बनाऊँगी। यदि लड़की हुई तो बच्चे का नाम रखूँगी, पदमा—पदमा चौधुरी। किसी भी पुरुष की मजाल होगी कि कानून की मदद से मेरे बच्चे को ले ले ? पाशा से उस दिन हँसते-हँसते बोली थी—मेरे शरीर में एक और शरीर बढ़ रहा है। पाशा का चेहरा आशंका से नीला पड़ गया। बोला—अब क्या होगा ?

मैं हँसती हुई बोली—क्या होगा ! छोटी-सी गुड़िया-जैसी एक लड़की होगी।

पाशा चौंक गया, बोला—तुम क्या कह रही हो यमुना !

—हाँ, बिल्कुल सच कह रही हूँ।

—तुम्हें कोई डर-भय नहीं ?

—किससे ?

—कुछ तो करो प्लीज !

—क्या करने को कहते हो ?

—बच्चा गिरा दो या फिर यह न जो पाए तो शादी...।

मैं जोर से हँस पड़ी बोली—तुम दोनों में से क्या चाहते हो ?

पाशा हड़बड़ाकर बोला—शादी ही तो ठीक रहेगी...।

मैंने पाशा की ओर देखा नहीं था। वह बेशक यह कहते वक्त काफी बेवकूफ-सा लग रहा होगा। मैं फिर जोर से हँसी, पाशा के कन्धे पर हाथ रखकर बोली—लेकिन मैं तो तुमसे शादी नहीं करूँगी पाशा !

—तो फिर यह बच्चा ? पाशा ने अचानक नाटकीय अन्दाज में पूछा।

मैं बोली—यह मेरा बच्चा है।

पाशा इसके बाद फिर नहीं आया। वैसे मैंने उसे आने से मना नहीं किया था। थोड़ा-थोड़ा करके समझ रही हूँ—हमेशा नींद आती है, शरीर भारी-भारी-सा लगता है। अपने बच्चे का घरेलू नाम 'सुख' रखूँगी। 'सुख' नाम बहुत अच्छा है, है न नूपुर ?

—यमुना,
तेरी बुबू

बुबू,

तुम्हारे बारे में सोचकर ही दिन काटती हूँ। मेरी नींद अचानक दुःस्वप्न से टूट जाती है। बुबू, क्या तुमने सचमुच फैसला लिया है कि 'एम.आर' नहीं कराओगी ? फिर लोगों को क्या कहोगी तुम ? हुमायूँ तो आकर झमेला करेगा। बुबू, अब भी स्थिर दिमाग से सोचो ! समाज में जी नहीं पाओगी बुबू, लोग तुम्हें जीने नहीं देंगे।

मैं तो काफी कुछ ठुकरा चुकी हूँ। पिताजी के पास कोई मेरी शादी का रिश्ता लाया था। मैंने सीधे 'ना' कर दिया, पिताजी को। बोल दिया, शादी नहीं करूँगी। लेकिन बुबू, तुम्हारा फैसला मुझे डराए दे रहा है। तुम्हें इस देश, इस समाज में ही तो रहना है। तुम्हें सियार-गिद्ध न नोंच खाएँ।

तुम और कितना दुःख उठाओगी, सब कुछ की तो एक सीमा है ? पाशा से शादी करो यह नहीं कहती बुबू, लेकिन तुम 'एम.आर' करवा लो। मैं ढाका चली आती हूँ, तुम्हें कोई तकलीफ नहीं होगी। उस दिन मेरी एक सहेली सीमा ने करवाया, दूसरे दिन से वह मजे से घूम रही है। बुबू, तुम अपना फैसला बदल दो !

नारीत्व, सतीत्व आदि की पारम्परिक धारणा को तुम नहीं मानतीं। लेकिन तुम मातृत्व-महात्म्य को तो लगता है खूब मान रही हो ! तो क्या मातृत्व में ही नारी की सार्थकता है इसलिए तुम अपना नारीजन्म सार्थक करना चाहती हो ?

—नूपुर

नूपुर,

मातृत्व में ही नारी जीवन की सार्थकता है—इस तरह की फिजूल बातों को मैं मानती हूँ, ऐसा तुम्हें लगता है ? बुद्धू लड़की, मैं तो सिर्फ अपना एक बच्चा चाहती हूँ, सिर्फ मेरा अपना। मेरे रक्त-मांस से बनने-बढ़नेवाला मेरा अपना बच्चा। मेरी सार्थकता इसी में है, यदि मैं अपनी इस चाहत को पूर्णता दे पाऊँ। मैंने अपने ऊपर से जिस तरह

पुरुष के अश्लील अधिकार को खत्म किया है, वैसे ही अपने बच्चे के ऊपर से भी उसे हटाऊँगी।

मैं बच्चा गिराने की तुम्हारी नसीहत को नहीं मान रही हूँ।

मैं ठीक हूँ। नूपुर, मेरे लिए खामखाह चिन्ता मत करना !

—बुबू

श्यामली,
ढाका

नूपुर,

करीब ढाई महीने हो गए, तुमने मुझे कोई पत्र नहीं लिखा। मुझसे बहुत नाराज हो, है न ? हुमायूँ भी नाराज है। उसने आकर देखा, मैं चार महीने की प्रेगनेंट हूँ। मैंने ही उससे कहा। उस दिन वह दोपहर में खाना-वाना खाकर लेटा हुआ था, खुद ही पूछा—तुम इतनी थकी हुई-सी लग रही हो ! तबीयत खराब है ?

मैंने कहा—ना !

हुमायूँ ने उठकर मुझे चूमा। हुमायूँ का स्पर्श मेरा काफी परिचित है, वह मेरे साथ सोना चाहता था। मैंने कहा—ज्यादा हिलाओ मत मुझे। मैं प्रेगनेंट हूँ।

थोड़ा हैरान होने के बावजूद हुमायूँ ने होंठों पर हँसी बनाए रखी, वह समझ नहीं पा रहा था कि उसे अब खुशी से उछल पड़ना चाहिए या गुस्से से आगबबूला होना चाहिए। हुमायूँ को हतप्रभ देखकर मैं असमंजस में पड़ गई। उसे सारी खुशी और हैरानी से मुक्ति देते हुए बोली—मैं चार महीने की प्रेगनेंट हूँ।

हुमायूँ चौंक उठा। वह आज छह महीने बाद घर लौटकर देखता है कि मैं चार महीने की प्रेगनेंट हूँ। इसके बाद घर में क्या हुआ—नहीं हुआ, तुम यह अन्दाज लगा सकती हो। हुमायूँ जब मुझे वेश्या कहकर गाली दे रहा था तो मैंने उससे पूछा—इन छह महीनों तक तुम अकेले थे ? किसी और लड़की को छुआ नहीं, सच-सच कहो तो ?

हुमायूँ चुप रहा। वह मुझसे 'ना' नहीं कह पाया। तब मैं बोली—तो फिर मैं किसी को छुऊँ तो इतना भड़क क्यों रहे हो ? मैं क्या तुम्हारे खलिहान का धान हूँ जो तुम जैसी इच्छा, मुझे खाओगे ? मैं भी तो इंसान हूँ हुमायूँ, भोग-विलास मैं भी कर सकती हूँ। यह जो चार महीने का बच्चा मेरे पेट में है, यह मेरा बच्चा है। मैं इसे जन्म दूँगी, मैं इसे परिचय दूँगी।

हुमायूँ अपने हर वाक्य में वेश्या शब्द का अतिरिक्त इस्तेमाल कर रहा था ताकि मुझे खूब चोट पहुँचे। मुझे भला चोट क्यों पहुँचेगी ? वेश्या कौन स्त्रियाँ हैं और वे क्यों वेश्या हैं, क्या मैं इतनी बेवकूफ हूँ कि यह नहीं जानती ?

हुमायूँ पिछले छह महीनों में वेश्याओं के पास जाता रहा, वेश्याओं ने जरूर ही उसके साथ काफी सहयोग किया होगा, लेकिन कितनी नफरत के साथ वह 'वेश्या' शब्द का उच्चारण कर रहा था। छिः ! पुरुष के इस अद्भुत चरित्र का मैं कोई अनुवाद नहीं जानती।

'वेश्या' शब्द के प्रति मेरी कोई घृणा नहीं, इसलिए इस शब्द के बार-बार कहे जाने पर दुखी होने का कोई प्रश्न ही नहीं उठता।

नूपुर, दफ्तर से लौटते वक्त बाजार करके आती हूँ, साग-सब्जी ही ज्यादा पसन्द करती हूँ। हुमायूँ गाय का मांस ज्यादा पसन्द करता था। और, वह मुझे बिल्कुल अच्छा नहीं लगता। फिर भी अपने लिए मछली न खरीदकर गाय का मांस लेकर घर लौटती थी। चूल्हे पर उसे चढ़ाकर खड़ी रहती थी—कब सीझेगा, कब उसे खाकर मेरा पति तृप्त होगा, पति देवता !

नूपुर, डाक्टर के पास नियमित रूप से जाँच कराने जाना पड़ता है। मैं खुद ही फल-मूल खरीद रही हूँ, फुरसत में आराम भी कर लेती हूँ।

मेरे लिए दुखी मत होना। मैं ठीक हूँ। पिताजी कानून के आदमी हैं, उनके विचार से मैं अपराधी ठहरूँगी। मैं कानून नहीं समझती, धर्म नहीं समझती, समझती हूँ सिर्फ इंसान को और इंसान के सरल स्वभाव को। मैं अच्छी हूँ।

—यमुना

बुबू,

हुमायूँ क्या अब भी तुम्हारे घर में है ? तुम लोगों के बीच यह जो दूरी बढ़ रही है, इसके बारे में मैंने इस घर में किसी से नहीं कहा है। इस बात को लेकर ये लोग और कई तरह के कांड कर देंगे।

बुबू, रात बढ़ती जाती है, और मुझे नींद नहीं आती। रातभर नींद न आने से छटपटाती रहती हूँ। तुमने लिखा है कि तुम ठीक हो लेकिन मैं जानती हूँ तुम कितने भयानक भविष्य की ओर कदम बढ़ा रही हो।

पिताजी से कहा है कि बुबू बीमार है, मैं ढाका जाऊँगी। बीमार सुनकर पिताजी

काफी देर तक चुप रहे, फिर पूछा—क्या बीमारी है। मैंने कहा—पता नहीं क्या बीमारी है लेकिन मुझे जाना पड़ेगा, बुबू वहाँ अकेली है ! पिताजी ने चश्मा उतारा, कोई टेंशन होने पर पिताजी तेजी से चश्मा उतार लेते हैं। बोले—अकेली क्यों, उसके अकेले रहने की तो बात नहीं है ? इस सवाल का जवाब देना मेरे लिए सम्भव नहीं था इसलिए मैं पिताजी के सामने से हट गई। दरअसल, तुम्हें लेकर पिताजी परेशान हों यह मैं जैसे नहीं चाहती, वैसे ही तुम्हारे बारे में वे भी कोई अशोभन बात सुनना नहीं चाहते। पत्र लिखना।

—नूपुर

नूपुर,

हुमायूँ मेरे दफ्तर में लगभग सबसे कह चुका है कि मेरे पेटे में उसका बच्चा नहीं है। मकान मालिक के यहाँ भी जाकर बात ही बात में यह कह आया है कि जो बच्चा जन्म लेगा, वह उसका नहीं है। अपने रिश्तेदारों से जाकर कहा है कि एक चरित्रहीन लड़की से शादी करके उसने बहुत बड़ी भूल की है, बहुत जल्द मुझे तलाक दे देगा।

इस बार तलाक के कागजात पाकर मैं पहले की तरह निर्लिप्त नहीं रहूँगी। उस बार गाना गा रही थी 'ओ गो उत्ताल हवा', इस बार गाना नहीं गाऊँगी, मैं जोर-जोर से अट्टहास करूँगी।

डाक्टर ने 25 अगस्त की डेट दी है। धानमंडी की एक क्लिनिक में हर पन्द्रह दिन बाद चेकअप में जाती हूँ।

मकान मालिक की बीवी आई थी, कल रात में। आँखें माथे पर चढ़ाकर मुझसे बोली—आपके साहब तो क्या सब कह रहे हैं, बच्चा क्या तो उनका नहीं है। मैं दफ्तर के कागजों में डूबी थी, नजरें उठाकर बोली—बच्चा मेरा है, मेरा है इसीलिए शायद उसे पसन्द नहीं आ रहा, रूबी आपा। लड़कियाँ तो किसी भी चीज को अपना कहकर नहीं जानतीं। मैं ही थोड़ा जान लूँ। मैं किसी का खेत नहीं हूँ कि कोई अपनी इच्छा से जो चाहे खेती करे, जब चाहे फसल काटे। कहते हुए मैं उत्तेजित हो गई। रूबी आपा चली गईं।

शायद दफ्तर में भी कुछ परेशानियाँ बढ़ेंगी, घर भी बदलना पड़ सकता है। यह वैसे क्या तकलीफ है। तकलीफ झेलने की तो मेरी आदत है। लोग बुरा-भरा कहेंगे ? लोग तो हमेशा ही बुरा-भला कहते हैं। लोगों की बातों से क्या होता है, बोलो ? लड़कियों

के घर से बाहर कदम रखते ही लोग बुरा-भला कहते हैं, तो क्या इसके लिए लड़कियाँ बाहर निकलना बन्द कर देंगी ?

नूपुर, तुम चली आओ, मेरे अन्दर का इन्सान हाथ-पाँव मार रहा है। तुम कान लगाकर इसके खेलने की आवाज सुनो ! चारों ओर सिर्फ घृणा, घृणा और घृणा। तू इसे प्यार के दो बोल सुना जा !

—यमुना

निमंत्रण

मेरा नाम शीला है। वैसे 'शीला' मेरा घरेलू नाम है। हाल ही मंसूर नाम के एक लड़के से मुझे प्रेम हो गया। मंसूर को मैंने पहली बार संगीत की एक महफिल में देखा। काफी भाग-दौड़ कर रहा था। बार-बार मेरी नजर उस पर पड़ रही थी क्योंकि उस कार्यक्रम में मौजूद सभी लोगों में वह सबसे अधिक आकर्षक था। मेरी यह एक बुरी आदत है कि सुन्दर चीज की ओर से जल्दी आँख नहीं फेर सकती।

मैं मंसूर की तुलना में उतनी सुन्दर नहीं हूँ। रंग साँवला है। लोग कहते हैं, साँवली होने के बावजूद मैं सुन्दर लगती हूँ। 'सुन्दर' कहे जाने से ठीक क्या मतलब है, यह मैं समझ नहीं पाती। मेरी लम्बाई पाँच फुट दो-ढाई इंच होगी। चेहरे की बनावट पान के पत्ते की तरह है, आँखें बड़ी-बड़ी, तीखा नाक-नक्श, चिकने होंठ, छोटे बाल, पेट के निचले हिस्से में चर्बी नहीं। कोई कहता है स्वास्थ्य ठीक है, कोई कहता है खराब है। वैसे मैंने स्वास्थ्य, चेहरा, नाक-नक्श आदि को लेकर ज्यादा कभी नहीं सोचा। लेकिन मंसूर को पहली बार देखने के बाद घर लौटकर आईने के सामने मैंने खुद को देखा। अपने साँवले रंग के कारण मन ही मन दुःख हुआ। माथे पर एक छोटा-सा कटे का निशान है, उसे भी देखकर बहुत दिनों बाद मन दुःखी हुआ। उस दिन मंसूर से मेरी कोई बातचीत नहीं हुई थी, उसने मेरी ओर एक बार भी नहीं देखा था लेकिन घर के आईने में मैं उसे अपनी बगल में खड़ा कर चुकी हूँ। उसके मुँह से मैंने यह भी कहलवाया है कि तुम बहुत अच्छी लड़की हो।

संगीत की महफिल मृदुल के घर पर बैठी थी। मृदुल चक्रवर्ती। मृदुल मेरे भैया का दोस्त है। महफिल को बीते सात दिन हो गए। इन दिनों में मंसूर का नाम मैं कागज पर शायद पाँच-छह सौ बार लिख चुकी हूँ। मेरी परीक्षा करीब थी लेकिन किताब लेकर बैठते ही किताब, कॉपी और हथेली पर मंसूर का नाम लिखा जाता था। चेतन में या अवचेतन में यह होता था, मैं ठीक से समझ नहीं पाती थी।

मृदुल भैया एक दिन मेरे घर आए। मैं खुद उनके लिए चाय बनाकर ले गई। कैसे हैं, संगीत कैसा चल रहा है, आदि दो-चार बातें पूछने के बाद मैंने असली बात पूछी—वह लड़का कौन था भैया ? उस दिन आपकी संगीत की महफिल में था—लम्बा, गोरा,

काफी सुदर्शन, नीले रंग की शर्ट और सफेद पैंट पहने हुए, कौन था वह लड़का ?

मृदुल भैया चाय पीते हुए बोले—वाह ! बहुत अच्छी चाय बनी है ! तुमने बनाई है ?

—जी।

—तुम्हारी पढ़ाई-लिखाई कैसी चल रही है?

—ठीक ही है ! उस दिन महफिल बहुत अच्छी जमी थी, है न मृदुल भैया ? फिर कब वैसी संगीत-सभा होगी ?

—देखें ! समय कहाँ है, बोलो ! नौकरी करूँगा या गाना-बजाना !

—उस लड़के का नाम 'मंसूर' सुना है !

—ओ हाँ, मंसूर !

मृदुल भैया ने चाय खत्म करके सिगरेट सुलगाई। पूछा—फरहाद कहाँ है ?

—भैया शाम को निकले हैं, आपको बैठने को कहा है। लगता है, जल्दी ही आ जाएँगे।

—पढ़ाई-लिखाई पर तू ध्यान दे ! दिन में अट्ठारह घंटे पढ़ना होगा। इसी परीक्षा पर तेरा भविष्य टिका हुआ है।

—हाँ, यह तो है ! लेकिन जो भी कहें, दिन भर लड़कियों की तरह किताबों में मुँह घुसाए रहना मुझे अच्छा नहीं लगता। अच्छा मृदुल भैया, उस दिन जो लोग आए थे, सभी गाना गाते हैं ?

—हूँ !

—मंसूर भी ?

—हूँ !

यही मुझमें एक कमी है। मैं एक लाइन भी नहीं गा सकती। सिर्फ कान लगाकर सुन सकती हूँ। गाना जाननेवाले किसी व्यक्ति के साथ चलने-फिरने में बड़ी असुविधा होती है। अचानक गाने लगे, और स्थाई गाकर पूछ बैठे—अन्तरा का सुर कैसे तो है ! इन सबका कोई जवाब देना मेरे लिए सम्भव नहीं होता। या फिर पूछ बैठे—यह कौन-सा राग है, इसका क्या सुर-ताल है, तो उस वक्त चुप रह जाने के सिवाय मुझे और कोई उपाय नहीं सूझता।

मंसूर को एक बार फिर देखने की इच्छा होती है। बात करने का मन करता है। यह और बात है कि मंसूर गाना गा सकता है, पर मैं क्या कुछ भी नहीं जानती ? मैं कविता लिखती हूँ, भले ही वे कविताएँ सिर्फ मेरी गोपन कापियों में हैं, फिर भी लिखती तो हूँ। कविताएँ लिखती हूँ यानी प्रतिभा मेरी भी कम नहीं। लेकिन प्रतिभा कम न सही, तब भी मैं उससे तो कम सुन्दर हूँ, पर इसका यह अर्थ तो नहीं कि वह मेरी तरफ एक बार मुड़कर भी नहीं देखेगा ?

मेरे एक संन्यासी मामा ने मुझसे एक दिन कहा था—तुम यदि बहुत ध्यान लगाकर किसी चीज को माँगोगी तो वह अवश्य मिलेगी।

हैरान होकर बोली थी—कितना कुछ चाह रही हूँ, कुछ भी तो नहीं मिलता।

—माँगने की तरह माँगना होगा !

—कैसे ?

—पहले कमरे का दरवाजा बन्द कर देना। जमीन पर पाल्थी मारकर बैठना। दोनों हाथ दोनों मुड़े हुए घुटनों पर हों। आँखें बन्द करके बैठी रहना। अब जो चाह रही हो सिर्फ उसे ही सोचना। प्रथम स्थिति में आकांक्षा तरल रहती है। जब यह तरल पदार्थ काफी घना होता जाएगा, तब फल मिलने लगेगा। हर रोज दो घंटे तक यह साधना करनी होगी।

संन्यासी मामा सफेद पाजामा-कुर्ता पहनते हैं। पूरे चेहरे पर भरी दाढ़ी, लम्बे बाल। इधर माँ उन्हें देखते ही गुस्सा जाती, कहती—तुम फिर यहाँ क्यों आए ?

मामा भी एकदम स्पष्ट जवाब देते—खाने के लिए। खाना खिलाओ !

—रास्ते-रास्ते घूमकर खाना नहीं जुटता ?

—ना रे दीदी, नहीं जुटता। बहुत भूख लगी है।

संन्यासी मामा पर मुझे बड़ी दया आती है। यह आदमी बारह साल हो गए, घर नहीं लौटा। बारह साल पहले शादी हुई थी, शादी के दूसरे दिन अचानक घर छोड़कर वे निकल गए। पत्नी रात-दिन रोती रहती। नाना कहते—बहू का अब क्या करें, परायी लड़की ! उस बदमाश के लिए इस लड़की का जीवन क्यों बर्बाद हो। नानी भी रोती। मामी के माँ-पिताजी अपनी लड़की को लेने आए थे, लेकिन लड़की ने कहा—मैं नहीं जाऊँगी, वे जरूर लौटेंगे।

जितना समझाया जाता कि छह महीने हो गए अब वह नहीं लौटेगा, उतना ही बहू रोती और कहती—मेरा मन कहता है वो जरूर लौट आएँगे। उस बार लड़की के माता-पिता उसको नहीं ले जा सके। लड़की खुद ही एक साल पूरा होने पर चली गई। जाने से पहले सास-ससुर के पाँव छूकर बोली—उनके लौटने पर मुझे खबर कीजिएगा।

उस मामा को बारह साल बाद मेरे पिताजी ने ट्रेन में खोज निकाला। पिताजी राजशाही से ढाका लौट रहे थे, बहादुरबाद घाट से लम्बे बाल और दाढ़ीवाले एक सज्जन चढ़े, एक ही कमरे में एकदम आमने-सामने बैठे। पिताजी उनको देख रहे थे, उनकी आँखें बड़ी जानी-पहचानी-सी लगीं, जब होंठों में सिगरेट दबाकर उन्होंने माचिस माँगी तो आवाज भी बड़ी पहचानी हुई-सी लगी। पिताजी उनकी ओर देख रहे थे। पूछा—कहाँ जा रहे हैं ? उस आदमी ने कहा—ढाका, और मुस्कुराया। उसकी मुस्कान दाढ़ी में छिप गई।

पिताजी का सन्देह दूर नहीं हुआ। पूछा—आपका घर कहाँ है ?

वह आदमी हँसा, कुछ बोला नहीं।

पिताजी भी जवाब न पाकर खिड़की की ओर देखने लगे।

प्रथम श्रेणी का कमरा। पिताजी ने अन्दाज लगाया, इस आदमी ने जरूर ही टिकट नहीं लिया होगा। चार लोगों के इस कमरे में किसी अन्य को घुसने नहीं दिया जाता।

फिर भी उस आदमी को निकालने की पिताजी को इच्छा नहीं हुई। उस व्यक्ति ने अपने कन्धे के झोले को बगल में रखकर पूछा—यहाँ सोया जा सकता है, न ! पिताजी बोले—हाँ, सो जाइए ! पिताजी ने खुद ही सीट उसको दे दी। वह आदमी लेटते ही सो गया। पिताजी ने बाकी रात जागकर काट दी। वह आदमी बिलकुल भोर में उठ गया और खिड़की खोलकर पूरे कमरे को ताजी रोशनी से भर दिया।

उल्लसित होकर बोला—वाह ! कितनी सुन्दर सुबह है!

उल्लास-भंगिमा भी ठीक वैसी ही ! पिताजी को याद आया—उनकी शादी के तुरन्त बाद नाना के घर शरद पूर्णिमा को रातभर सब मिलकर छत पर बातचीत करते रहे, गाना-बजाना हुआ, अड्डेबाजी हुई।

माँ-पिताजी, दोनों खालाएँ, माँ की एक सहेली, और एक मामाजी थे। मामाजी थोड़ी-थोड़ी देर बाद महफिल में खड़े होकर दोनों हाथ उठाए कहते जाते थे, कितनी सुहानी रात है !

ट्रेनवाले आदमी के हाव-भाव से पिताजी को शक हुआ। पिताजी का मन हुआ कि पूछें—तुम मुनीर हो, न ? पर अन्ततः नहीं पूछा, क्योंकि कहीं वह आदमी यह न कह दे कि आप तभी से मुझे इतना तंग क्यों कर रहे हैं ? आमतौर पर पिताजी ट्रेन में कुछ नहीं खाते, पर उस दिन सुबह साढ़े-छह बजे कटलेट का आर्डर दिया, साथ में दो चाय भी। उस व्यक्ति की ओर कटलेट का प्लेट बढ़ाते हुए बोले—लीजिए, गरम-गरम है, खा लीजिए। उस आदमी ने चाय-कटलेट लिया। इसके बाद पिताजी ने पूछा—आपका नाम जान सकता हूँ ?

उस आदमी ने मुस्कुराते हुए कहा—दूल्हा भाई, आपका स्वास्थ्य काफी गिर गया है !

पिताजी तुरन्त उस लम्बे बाल और दाढ़ीवाले आदमी का हाथ पकड़कर बोले—मुनीर ? इसके बाद बारह साल से गायब रहे प्रिय साले साहब मुनीर को साथ लेकर पिताजी घर लौटे। माँ अपने संन्यासी भाई को देखकर फफककर रो पड़ी। मामा को घेरकर हम सब भाई-बहनें बैठे रहे। बारह साल तक वे कहाँ रहे, क्या किया, यह सब जानने के लिए हम लोग पीछे पड़े रहे—लेकिन मामा ने कुछ नहीं बताया। सिर्फ मुस्कुराते रहे। पिताजी बोले—अब दाढ़ी-वाढ़ी कटवाकर आदमी बनो। बीवी को तो खो दिया, अब घर लौटो !

—सुरमा घर पर नहीं है ? मामा ने काफी हैरानी से पूछा।

हम लोग भी विस्मय-भरी नजर से एक-दूसरे का मुँह देखने लगे। मामा खाना खा रहे थे, अचानक खाना छोड़कर हाथ धोकर घर से निकल गए। हम लोगों में से कोई भी पीछे से खींचकर, पुकारकर उन्हें रोक नहीं पाया।

उसके बाद से मामा अक्सर आते हैं। आते ही जोर-जोर से हँसते हैं—का रे, कहाँ हो तुम लोग ! इधर आओ, कहानी सुनोगे या मैजिक देखोगे, बोलो ! हम लोग कौतूहलवश मामा को घेरे रहते, हम लोग यानी मैं, मेरा एक बड़ा भाई और छोटी दो बहनें।

इसी मामा ने एक दिन मुझे उदास देखकर पूछा था—क्यों, उदास क्यों हो ? जो चाहती हो, वह नहीं मिलता है इसलिए।

मैं हँस पड़ी। बोली—आप सही कह रहे हैं मामा, बताइए तो क्या करूँ।

मामा बोले—तुम यदि बहुत मन लगाकर किसी चीज को चाहो तो अवश्य मिलेगी।

मंसूर के लिए मुझे 'ध्यान' में बैठने का मन हुआ। 'ध्यान' करने पर यदि आराध्य धन मिलता है तो मुझे बार-बार लगता है कि फिर मामाजी जो तिब्बत की गुफा में बारह वर्ष काट आए, उन्हें क्या मिला ? मामा ने क्या उस गुफा में बैठकर 'ध्यान' करना सीखा है ? किसके लिए ध्यान ? परिवार-समाज, नाते-रिश्तेदार, अत्यन्त सुन्दर पत्नी को छोड़कर वे ध्यान में बैठे थे ? मामा के जीवन की रहस्यमयता की जानकारी ले पाना मेरे लिए सम्भव नहीं हो पाया।

यह ढाका शहर, छोटा-सा एक शहर, इस शहर में मंसूर नामक लड़का कहाँ रहता होगा, उस लड़के की जन्मकुंडली जानने के लिए मैं व्याकुल हो रही थी।

कुसुम नाम की एक तेरहवर्षीय लड़की मेरे घर में काम करती है, वह लड़की पाँच वक्त नमाज पढ़ती है। अजान सुनते ही वह सारा कामकाज छोड़कर नल पर जाती है, अजू करती है, रसोईघर के एक किनारे बैठकर बड़ी निष्ठा के साथ नमाज पढ़ती है। मैं अक्सर पूछती हूँ—यह जो नमाज-वमाज पढ़ती हो, सूरा-ऊरा जानती भी हो ?

कुसुम आँखें सिकोड़कर कहती है—जानती हो, मतलब ? गरीब हूँ इसलिए क्या सूरा नहीं जानूँगी ? यह कैसी बात कर रही हैं आप !

एक दिन मैंने पूछा, एक अलसाई शाम में पूछा—अच्छा कुसुम, यह जो तुम पाँचों वक्त नमाज पढ़ती हो यानी ध्यान में बैठती हो, यह क्यों ?

कुसुम मेरे कमरे में फर्श पर पाँव फैलाए बैठी हुई थी। बोली—आपा, आपने सिर्फ दुनियादारी की पढ़ाई-लिखाई ही की। आखेरात के लिए तो कुछ साथ नहीं लिया !

—आखेरात के लिए क्या लेना पड़ता है ? नमाज ?

—जी !

—नमाज पढ़ने पर आखेरात में क्या मिलता है ?

कुसुम के होंठों पर मुस्कान फैल गई। बोली—क्यों ? बहिश्त !

अब मैंने पूछा—तुम बहिश्त क्यों जाना चाहती हो ?

—वहाँ पर मछली की कलेजी खाने को मिलती है।

मैं उठ खड़ी हुई। जोर से हँसते हुए बोली—मछली की कलेजी ? मछली की कलेजी तो हातीपुर के बाजार में ही मिलती है। कहो तो अभी बाजार से खरीदकर ला सकती हूँ !

कुसुम जरा भी परेशान नहीं होती, कहती है, दुनियावी मछली की कलेजी तो कड़वी होती है, बहिश्त में जो कलेजी मिलेगी, वह मीठी होगी।

कुसुम अपने मन की बातें मुझे बताती है। मैं भी एक दिन उदास दोपहर में कुसुम को बुलाकर बोली—कुसुम, तुम प्रेम समझती हो ? प्रेम ?

कुसुम शर्म से लाल होती हुई बोली—समझती हूँ।

मैं बिस्तर पर लेटी एक पाँव पर दूसरा पाँव चढ़ाए पाँव हिलाते हुए बोली—मुझे एक लड़के से प्रेम हो गया है।

कुसुम फर्श पर बैठी मेरे पाँव की उँगलियाँ चटकाती हुई, उसका मुँह तब भी शर्म से लाल था, बोली—यूसुफ भी जुलेखा बीबी के साथ प्रेम करता था।

मैं लम्बी साँस छोड़कर बोली—लेकिन कुसुम, उस लड़के से मेरी कभी मुलाकात नहीं होगी !

मंसूर से मेरी कभी मुलाकात नहीं होगी, यह मानने को मेरा मन तैयार नहीं हो रहा था। उसे मृदुल भैया के घर पर देखे हुए करीब एक महीना बीत गया। लेकिन उससे मिलने का और कोई उपाय भी नहीं, अभी मुझे अधिकतर समय घर में ही रहना पड़ता है क्योंकि हायर सेकेंडरी परीक्षा पास कर चुकी हूँ, अभी विभिन्न जगहों में परीक्षाएँ देनी हैं। लेकिन पढ़ाई से मेरा मन अक्सर उखड़ जाना चाहता है उस सुन्दर लड़के के कारण। आखिर इसका कारण क्या है ? कौन है यह मंसूर ? कैसा है उसका स्वभाव, चरित्र, खानदान का परिचय ? क्या वह विवाहित है, या फिर अविवाहित ? कुछ भी जाने बगैरा मन सिर्फ उसे ही चाहता है !

क्या इसी का नाम प्रेम है ? शायद प्रेम ही है यह। और, प्रेम आखिर होगा भी कैसे ! यदि यह प्रेम ही है तो दोनों में कोई बातचीत नहीं, आँखों में आँखें नहीं, हाथों में हाथ नहीं, सुख नहीं, स्वप्न नहीं—यह कैसा प्रेम है !

इसी बीच मैंने कुछ कविताएँ लिखी हैं। सारी की सारी मंसूर को लेकर। कविता की कापी पुस्तकों की ओट में रख देती हूँ, ताकि किसी के हाथ न लगे। हाथ लगते ही झमेला ! भैया अवश्य ही झमेला कर देंगे। छोटी दोनों बहनें भी दिन-ब-दिन सयानी होती जा रही हैं। उनके लिए भी ठीक नहीं होगा। मैंने एक कविता इस तरह शुरू की थी—

तुम्हें कब देखा था, तब से तुम
मेरे हृदय में बसे हो—जानते भी हो ?
यदि जानते होते तो मेरे दरवाजे की कुंडी खटखटाते।
और मैं दरवाजा खोलकर बाहर निकलती,
तुम मुझे गोद में उठाए पूरे आँगन में नाचते, गाते।
"मेरे हृदय के बीच छिपे थे देख नहीं पाई मैं !"

कविता समाप्त नहीं हुई थी, खत्म नहीं हुई। ऐसी कविताएँ काफी जमा हो गई हैं। इधर एक अजीब बात देख रही हूँ। पहले फूल-पत्ते, नदी को लेकर अधिक कविता लिखती थी, अब लोगों के बारे में, वह भी प्रेमी लोगों को लेकर लिखती हूँ।

एक दिन मौका पाकर मैंने भैया से पूछा—तुम मंसूर को पहचानते हो ? उस दिन मृदुल भैया के घर पर मैंने देखा था !

भैया ने कहा—वह खूबसूरत-सा लड़का तो ! हैंडसम ?

मैंने तुरन्त कहा—हाँ, हाँ !

भैया ने कहा—पहचानूँगा क्यों नहीं ? बिलकुल पहचानता हूँ !

—क्या वह भी गाता है ?

—अरे नहीं !

भैया के इस तरह झटक देने से मन ही मन निश्चिंत हुई। गाना न जानने से ही अच्छा है, बाबा ! वैसे थोड़ा-सा दब भी जाती हूँ। गाना जानने पर अलसाई हुई दोपहर अच्छी कटती है। प्रतिभाहीन व्यक्ति क्या ज्यादा दिनों तक अच्छा लगता है !

दिन-ब-दिन भैया में एक परिवर्तन नजर आ रहा है। करीब छह-सात रातों को भैया घर नहीं लौटा, उस दिन आधी रात को घर लौटा था। उसके मुँह से एक तीखी महक आ रही थी। पिताजी ने कहा—फरहाद ने शराब पी है !

'शराब' शब्द सुनकर माँ लगभग बेहोश होने लगी। उसके पेट की सन्तान शराब क्यों पीएगी ? यदि शराब ही वह पीएगा तो बचपन में उसके मुँह में कौर क्यों डाले थे ? माँ बिलख-बिलखकर रोने लगी। मैं समझ गई कि भैया ने क्यों शराब पी थी—रूमू ने कह दिया है कि उससे शादी नहीं करेगी, इसीलिए। रूमू भैया की प्रेमिका है, बीच-बीच में मुझसे मुलाकात हो जाती है, और मिलते ही वह 'तुम्हारा भैया कितना अच्छा है, कितना अच्छा उसका व्यवहार है' आदि बातें आँखें मूँदे फट-फट बोलती जाती है। अक्सर मुझे अकेले में बुलाकर पूछती—घर में तुम्हारे भैया मेरे बारे में कुछ कहते हैं ?

—क्या ?

—यही जैसे रूमू मुझे बहुत अच्छी लगती है, रूमू के अलावा मैं किसी से शादी नहीं करूँगा, आदि-आदि ?

मैं कहती—भैया थोड़ा संकोची स्वभाव का है, कम बोलता है। ये सारी बातें वह पेट में ही रखता है, मुँह से नहीं कहता।

रूमू थोड़ी आशा और थोड़ी हताशा से मेरी ओर देखती। और यह रूमू ही, मैं हैरान हुई, उस दिन बोली—देखो शीला, माता-पिता ही किसी के सबसे अपने होते हैं। उनकी आज्ञा का उल्लंघन नहीं करना चाहिए। उनको क्या दुखी करना चाहिए, बोलो ?

मैंने सिर हिलाकर कहा—नहीं।

रूमू आईने के सामने खड़ी होकर बड़े जतन से चेहरे पर क्रीम लगा रही थी। बोली—एक इंजीनियर लड़के के साथ पिताजी ने मेरी शादी तय की है। वैसे मैं अभी तक राजी नहीं हूँ।

भैया और रूमू दोनों क्लासमेट हैं। मास्टर डिग्री की परीक्षा देंगे। कब से दोनों में प्रेम है। कितने साल हुए होंगे ? पाँच साल। हाँ, पाँच ही। पाँच सालों से मैं उन लोगों की चिट्ठी लेना-देना करती रही। कब कहाँ मुलाकात होगी—यह बता आती थी। रूमू बीच-बीच में मुझसे कहती—आसपास किसी के न रहने पर तुम मुझे भाभी कहना, ठीक है ? मुझे भाभी कहने में शर्म आती थी। इसलिए हुआ यह कि भाभी कहने के चक्कर में 'रूमू आपा' पुकारना छोड़ चुकी हूँ। अन्ततः 'ऐ', 'अच्छा', 'सुनो', आदि ही 'रूमू आपा' या 'भाभी' के सम्बोधन का विकल्प हो गया। रूमू उस दिन आईने के सामने खड़ी होकर क्रीम लगाते-लगाते बातें कर रही थी—अपनी शादी की बातें, शादी के लिए खुद के राजी न होने की बातें कहते-कहते वह फफककर रो पड़ी। मैं जड़वत खड़ी रही। घर लौटकर मैं समझ नहीं पा रही थी कि भैया से रूमू की शादी की बात कहूँ या उसके रोने की। भैया जब शराब पीकर घर लौटा तो मैं समझ गई कि भैया को सब पता चल गया है। मुझे कहने की जरूरत नहीं पड़ी।

मेरा जीवन निहायत सपाट-सा है। क्लास सेवेन तक मुझे स्कूल पहुँचाया जाता था, फिर छुट्टी हो जाने पर ले आया जाता था। घूमने-फिरने के समय भी वही बात दुहराई जाती थी—कभी माँ के साथ या फिर पिताजी के साथ या भैया के साथ।

एक बार माँ घर पर काम में बहुत व्यस्त थी और मुझे पापड़ी के घर जाना था—उससे फिजिक्स का नोट लाने के लिए। घर पर मेरा दस साल का फुफेरा भाई था। रतन। माँ बोली—रतन को साथ ले जा ! उस समय मेरी उम्र सत्रह-अट्ठारह साल रही होगी। मुझे अपनी सुरक्षा के लिए दस वर्ष के लड़के को साथ ले जाना होगा ? हैरानी से कहा—रतन को क्यों ले जाऊँ ? क्या रतन मुझे बचाएगा ! वह तो मुझसे छोटा है ! माँ बोली—छोटा है तो क्या, लड़का तो है !

लड़का होने का महत्त्व तो मैं खूब समझती हूँ। और समझूँगी भी क्यों नहीं, मैं तो एक ऐसे ही परिवार में पल-बढ़ रही हूँ जहाँ लड़का और लड़की दोनों हैं। फिर भी जहाँ तक सम्भव हो पाता है, यह भूलकर ही रहती हूँ इसलिए कि मुझे जो कुछ मिल रहा है, वह कम है क्या ! हायर सेकेंडरी के बाद मेरी पाँच सहेलियों की शादी हो गई। शायद वे आगे नहीं पढ़ेंगी। तो क्या यह मेरा सौभाग्य नहीं कि मेरे पिता मेरी शादी करके मुझे अनिश्चित भविष्य की ओर नहीं धकेल दे रहे। मेरे पिताजी निहायत भले आदमी हैं। वे मुझे घर से बाहर अकेले नहीं जाने देते। उन्होंने इसकी एक वजह बताई है—जैसा जमाना है, बाहर तुम लांछित नहीं होओगी, यह मैं निश्चित रूप से नहीं कह सकता। हमें आशंका होती है। हाँ, बीच-बीच में मुझे काफी गुस्सा आता है। मिमी, श्रावणी, लोपा आदि तो अकेले पूरा ढाका शहर घूमती रहती हैं। और मेरे लिए इतनी बाधा, इतनी रोक-टोक !

मेरा जीवन मानो एक तरंगहीन तालाब है। अब मेरी उम्र उन्नीस साल है। अच्छा, जीवन को अगर मैं थोड़ा फैलाकर देखना चाहूँ। छत पर जाना, स्कूल जाना, स्कूल के मैदान या घर के मैदान में थोड़ी उछल-कूद, किताब-कापी में धुत रहना, कभी-कभार

एकाध सिनेमा-थिएटर देख लेना, रिश्तेदारों के घर जाना, पूर्व-त्यौहार में जाने-पहचाने लोगों के घर हो आना, भैया के दो-चार दोस्तों से बातचीत करना, माँ और खाला के साथ घरेलू अड्डेबाजी—इसके अलावा क्या जीवन में और कुछ पाने को नहीं ! कुछ भी हासिल करने को नहीं !

मंसूर से मेरी फिर मुलाकात हुई। इस बार कोई संगीत की महफिल नहीं। किताब की एक दुकाने के सामने। बेलीरोड के 'पोथीवितान' में घुस रही थी, इतने में देखा कि बगल की एक वीडियो कैसेट की दुकान से मंसूर निकल रहा है। सिल्क का कुर्ता, सफेद पाजामा, कोल्हापुरी चप्पलें। क्या खूब जँच रहा था। मैं चौंककर खड़ी हो गई, मेरी छाती के अन्दर 'धुक्-धक्' हो रही थी। मैं पलटकर मंसूर का चले जाना देख रही थी, उसके साथ का लड़का मुझे देख रहा था। शायद उसने मंसूर को पीछे देखने को कहा होगा, मंसूर ने पीछे मुड़कर, मुझे देखा। मैं एक साँवली लड़की, मुझे भला वह क्या देखेगा ! लेकिन मैंने अचरज से देखा कि मंसूर मुझे ही देख रहा है। उसकी आँखें हटने का नाम ही नहीं ले रहीं, उसने बगल की एक सफेद गाड़ी पर हाथ रखा, और मेरी ओर देखते हुए शायद याद करने की कोशिश कर रहा था कि यह चेहरा उसने पहले कभी देखा है या नहीं। मंसूर का हाथ 'टोयोटा करोला' गाड़ी के दरवाजे की हैंडल पर था, और मेरी आँखों में उसकी आँखें, मैं भी मन्त्रमुग्ध-सी उसे देखती रही। मेरी खाला किताब की दुकान में घुसकर किताबें देख रही थी। और मैं मंसूर के लिए यहाँ बाहर खड़ी हूँ। यह घटना मुझे काफी चौंकाए दे रही थी। दरअसल, एक बात मैं बहुत अच्छी तरह समझ गई हूँ कि किसी बन्द दरवाजे के छेद से चाहे और कोई प्रवेश कर पाए या नहीं, प्रेम अवश्य प्रवेश कर सकता है। मैं जन्म से जंजीरों में जकड़ी लड़की। छोटे-से एक घेरे में मेरी दुनिया। मेरे कमरे में रोशनी आती है, यही बहुत है। कुछ गिने-चुने रिश्तेदारों को ही मेरे कमरे में आने का हक है, फिर इस कमरे में मैंने मन-ही-मन मंसूर को आने दिया है। मानो मंसूर मेरे कमरे में पढ़ने की टेबुल पर बैठा है और मैं बिस्तर पर पालथी मारे गोद में तकिया रखे, उस पर दोनों कुहनियाँ टिकाए उसकी ओर देख रही हूँ—उसकी बेहद मोहक खूबसूरती की ओर। यह मेरी किताब-कॉपियाँ पलटते हुए गेरी एक कविता पढ़ने लगा।

कविता कुछ इस प्रकार है—

"जीवन बीता जा रहा
जबरन उसे रोकने की कोशिश की,
रास्ता रोककर सामने खड़ी हो गई
फिर भी क्या वह सुनता है किसी की बात।
यह मेरा ही जीवन, लेकिन
मेरा हुक्म नहीं मानता यह
फिसलकर तुम्हारी ओर जाता है।
कैसी धृष्टता है देखो !
मैं सूनी पड़ी रहती अकेली सूने घर में, और
सारा वैभव त्याग
मुझे दरकिनार कर यह जाता है तुम्हारा पदतल छूने।"

इस कविता को उसने जोर-जोर से पढ़ा, मेरी ओर देखा, मुस्कुराकर बोला—किसका पदतल छूने के लिए तुम्हारा जीवन फिसला जा रहा है, जरा सुनूँ तो ?

मैं आँखें बन्द करके बोली—यदि कहूँ, तुम्हारा !

अचानक विस्मित भाव से खड़ा हो गया मंसूर। बोला—शीला, शीला, शीला ! सीने में इतनी उथल-पुथल क्यों हो रही है ? क्यों इतना अच्छा लग रहा है मुझे ?

देखकर मेरा मन भर जाता है।

'पोथीवितान' में काफी देर तक मैं किताबें पलटती रही। उलट-पलटकर एक-दो पेज पढ़ भी डाला। मैंने पढ़ा जरूर लेकिन मन अक्षरों में नहीं, मंसूर पर था। मंसूर का चले जाना, चौंककर पीछे मुड़ना, ताकना, गाड़ी में बैठना, देखकर थोड़ा मुस्कुराना—मेरे सीने में धँस गया और मुझे बेचैन कर दिया।

खाला को बोली—चलो, चलो ! रिक्शे पर दो घंटे घूमते हैं !

—दो घंटे ? कहाँ ? कोई जरूरी काम है ?

—नहीं, यूँ ही !

—यूँ ही कोई घूमता है ?

—घूमने में क्या कोई हर्ज है ?

—तुम्हें हुआ क्या है, बोलो तो ?

शहर में ठंड आ गई है। शीत की हवा शरीर को छूती हुई सिहरन पैदा कर रही है। मैं खाला के साथ हुड खुले हुए एक रिक्शे पर चढ़ गई। खाला उम्र में मुझसे कम से कम दस साल बड़ी थी। लेकिन मुझसे उसकी काफी दोस्ती थी। खाला अपनी जिन्दगी की सारी बातें मुझे बताती थी। खाला का नाम शरीफा था। शरीफा खाला की शादी छह साल पहले हो गई थी। पाँच वर्ष की एक लड़की है, खाला की। पति के परिवार के प्रति खाला के मन में एक अद्‌भुत उदासीनता है। यदि कभी मैं पूछूँ—खालू कैसे हैं ? या कहाँ गए, या हमारे घर बहुत दिनों से नहीं आए ! तो खाला भौंहें सिकोड़कर कहतीं—पता नहीं।

क्यों ? क्यों, आखिर बेगानापन क्यों ? इस तरह का सवाल करने पर खाला चिढ़कर कहतीं—अच्छी बातें बोल ! यह सब फालतू बातें मुझे अच्छी नहीं लगतीं। एक दिन खाला मुझे एक मकान में ले गई थीं। जाफर के घर। जाफर इकबाल। वह आदमी सज्जन-सा था। अकेला, खुद ही खाना पकाता, कपड़े फींचता, आँखें झुकाकर बातें करता, कम हँसता, मुझसे पूछा था—क्यों मुन्नी, तुम क्या पढ़ती हो ? मुझे 'मुन्नी' कहने पर बड़ा गुस्सा आया। विश्वविद्यालय में दाखिला लूँगी, मैं मुन्नी क्यों बनने जाऊँ ! खाला से बोले—शरीफा बैठो, मैं फट से चाय बनाकर लाता हूँ।

खाला का चलना-फिरना देखकर लग रहा था, वे अक्सर यहाँ आती हैं। अब तक रसोईघर से दो बार वे घूम आई थीं।

मेरी ओर देखकर वे हँसीं, बोलीं—तुम बहुत हैरान हो रही हो, है न ? सोच रही होगी कि यह किसका घर है ? ये जाफर हैं, यूनिवर्सिटी में मेरे शिक्षक थे ! शादी-वादी नहीं की। यूनिवर्सिटी के इस क्वार्टर में काफी समय से हैं। मुझे बहुत मानते हैं !

सब कुछ मुझे बड़ा अजीब लगा। खाला को कभी इतना खुश मैंने नहीं देखा, कम से कम खालू के सामने। खालू यदि कहते कि चलो शरीफा, आज कहीं घूमकर आते हैं तो खाला कहतीं—मेरे सिर में काफी दर्द है, जी !

जाफर इकबाल खुद ही चाय बनाकर लाए। चाय पीते-पीते खाला से बोले—जिन्दगी और कितने दिनों की है, बोलो ! यही देखो न, खत्म होती जा रही है, इतनी-सी जिन्दगी में तुम्हीं सब कुछ बनकर रह गईं। काफी धीमी आवाज में वे यह सब कह रहे थे, लेकिन मैं कान लगाकर सब सुन रही थी, एक किताब के पन्ने जरूर उलट रही थी लेकिन ध्यान इधर नहीं था। खाला ने कहा—बहुत जल्द मेरे जीवन में एक उलट-पुलट आएगा, तुम देखना !

मेरी हैरानी की छाया दूर नहीं हुई। यह मैं किस दुनिया में आ गई हूँ।

खाला किसके पास इतना अन्तरंग होकर बैठी हैं, किससे बात कर रही हैं, ऐसे प्रेम भरे लहजे में ! यह तो बेईमानी है।

घर लौटते हुए खाला बोलीं—दीदी से कुछ मत कहना, ठीक है ? मैं काफी गम्भीर होकर बैठी थी। मैंने पूछा—लेकिन इस आदमी से तुम्हारा क्या सम्बन्ध है, बोलो तो !

खाला ने कहा—मैं उससे प्यार करती हूँ !

—प्यार करती हूँ, मतलब ?

—प्यार करती हूँ, मतलब प्यार करती हूँ !

—तो फिर खालू ?

—तुम्हारे खालू मेरे पति हैं। मेरा प्रेम नहीं, सिर्फ पति। उनके साथ सोती हूँ, वे मेरे शरीर के साथ क्या कुछ करते हैं, नहीं करते हैं। सुबह बाजार का खर्च देकर बाहर चले जाते हैं।

मेरा सिर सायँ-सायँ करने लगा। यह कैसा जीवन है !

—यह तुम ठीक नहीं कर रही हो, खाला ! तुम खालू को ठग रही हो !

—और वह जो मुझे कितना ठग रहा है शीलू ! तुम बड़ी हो जाओ, फिर एक दिन सब समझ जाओगी। जाफर बहुत अच्छा आदमी है रे ! जाफर के न रहने पर शायद मेरा जीना सम्भव न होता।

—उससे तुम्हारा कितना रिश्ता है ?

खाला के बोलने के अन्दाज में उदासीनता थी, लेकिन आवाज में एक तरह की दृढ़ता थी।

बोलीं—पूरा !

—तुम पर मुझे बहुत गुस्सा आ रहा है शरीफा खाला ! यदि खालू को पता चल जाए तो क्या होगा, सोचा है ?

—तुम्हारे खालू के जानने पर भी कुछ नहीं होगा, तुम देख लेना !

—कुछ नहीं कहेंगे ?

—नहीं, कुछ नहीं बोलेंगे। बोलने की हैसियत नहीं है।

मैं इन सम्बन्धों की गुत्थी सुलझा नहीं पाई। साफ-साफ समझ गई कि खाला के मन में थोड़ा भी प्यार खालू के लिए बचा नहीं है, सिर्फ एक दिखावटी सम्बन्ध है।

काफी दिनों के बाद आज ठंडी-ठंडी हवा में खाला से पूछा—तुम्हारे जाफर कैसे हैं !

खाला ने कहा—अच्छे हैं।

जाफर की बात आते ही उनका चेहरा और आँखें, सब कुछ हँसने लगता है।

—अगर प्यार ही करती थीं तो उनसे पहले ही शादी क्यों नहीं की ?

यह सवाल बहुत दिनों से मन में था, आज पूछ लिया। खाला बोलीं—शादी करने से क्या फायदा होता, बोलो ! घर के तेल-नमक-प्याज के बीच मैं उसे खड़ा नहीं कर पाऊँगी।

—तो फिर आखिरकार क्या होगा ?

—जो हो रहा है, वही होगा ! अच्छी हूँ। मास्टरी कर रही हूँ। लड़की स्कूल में पढ़ रही है।

अचानक खाला पूछ बैठीं—तुम किसी से प्यार करती हो ?

मैं चौंक उठी। 'प्यार' शब्द आजकल मुझे काफी परेशान करता है।

मंसूर से आज तक मेरी कोई बातचीत नहीं हुई, लेकिन यह सच है कि मैं उससे प्यार करती हूँ। खाला से बोली—एँ ! मतलब ? मतलब !

प्यार तो मन ही मन होता है। प्यार क्या बाहरी चीज है ? खाला के इस सवाल करने पर मुझे बहुत खुशी हुई।

बिना किसी काम के ही मैं एक दिन मृदुल भैया के घर पहुँच गई। हमारे बगल का मकान है। यहाँ मुझे अकेले आने-जाने की छूट है। मृदुल भैया की छोटी बहन तुलसी ने मुझे अन्दर के कमरे में बैठाया। 'चाय-मूढ़ी' (भुने हुए चावल के साथ चाय) खाते-पीते उससे बातें करती रही। तुलसी मेरी हमउम्र है। हालाँकि पढ़ाई में वह मुझसे दो साल पीछे है। उसके भीतर एक तरह का लड़कीपना है। वह कहती है—ए शीला, तू दिन-ब-दिन कितनी सुन्दर होती जा रही है रे !

मैं हँसकर बोली—साँवली लड़की की सूरत भला किसी की नजर में आती है, तुम्हारी नजर में आ गई, चलो, अच्छा लगा !

—क्यों रे, अभी तक किसी ने कहा नहीं—तुम हो सुन्दर इसीलिए देखता रहता हूँ प्रिया !

—नहीं ! बल्कि मैं ही दूसरों की सूरत देखती रहती हूँ।

—कौन है वह ? सुनूँ तो !

—पकड़ा नहीं जा सकता, छुआ नहीं जा सकता, की नहीं जा सकती उससे बात ! कहते-कहते मैं हँसने लगी।

पूछा—अच्छा तुलसी, मंसूर नाम का मृदुल भैया का एक दोस्त है न? वह रहता कहाँ है ?

—'नयापल्टन' में। संगीत का एक स्कूल है, उसके बगल में ही। क्यों ? जाना है क्या ?

—अरे नहीं ! एक काम है। बाद में तुमको बताऊँगी। तुलसी ने मृदुल भैया की नाम-पतेवाली डायरी ढूँढ़कर मुझे नम्बर दिया।

—यह मंसूर लड़का कैसा है, तुलसी ?

—बहुत अच्छा ! बहुत ही अच्छा। मंसूर भाई की तरह हर आदमी नहीं होता ! जैसा देखने में अच्छे हैं, वैसा ही संगीत का सुर भी अच्छा है। खुद का बड़ा बिजनेस है। व्यवहारकुशल भी खूब हैं।

—इस उम्र में बिजनेस करता है ?

परीक्षा भी देंगे। एम.ए. पास न करने पर फूफाजी नाराज होंगे, इसलिए ! मेरे अन्दर फिर वही तूफान शुरू हो गया। प्यार का तूफान। मंसूर को करीब नहीं लाया जा सकता ? बहुत करीब ?

सोचते-सोचते मेरे हाथ-पाँव सुन्न हो रहे थे।

मंसूर को मैंने एक पत्र लिखा। पत्र कुछ इस तरह था—

प्रिय युवक,

आप बहुत खूबसूरत हैं ! क्या आपका मन भी उतना ही खूबसूरत है ? आपको प्यार करने को जी चाहता है।

आपकी,

शीला

पुनः—मन करे तो चिट्ठी लिखिएगा !

नीचे पता भी लिख दिया। खाला का पता। खाला से फोन पर बात भी कर चुकी हूँ—उनके घर पर मेरे नाम चिट्ठी आ सकती है। यह बात मेरे घर में कोई जान न पाए।

खाला ने मुझे वचन दिया। कहा—तुम इस बात को लेकर जरा भी चिन्ता मत करना। चिट्ठी आते ही मैं तुम्हारे पास पहुँचवा दूँगी। सुनकर 'ग्रेट, यू आर ए ग्रेट खाला' कहती हुई मैंने रिसीवर को 'पुच्-पुच् !' दो बार चूम लिया।

खाला ने बताया—जानती हो, कल तुम्हारे खालू ने क्या कांड किया ? पन्द्रह 'सिडाक्सिन' खाकर मरने चला था। जल्दी से अस्पताल ले जाकर 'वास' कराके लाई हूँ !

—अच्छा, तो इससे पता चलता है कि खालू को तुम प्यार करती हो ?

—इसका नाम प्यार नहीं है रे, इसका नाम है खुद को बचाना। वह साला मरेगा और झमेला मुझे सहना पड़ेगा—क्यों मरा, क्या घटना घटी ? आदि-आदि। उसको क्या दुःख था ! वह मरेगा अपने दुःख से, और दोष होगा मेरा।

मंसूर को चिट्ठी भेजकर इंतजार करने लगी। चिट्ठी नहीं आती। सात दिन बीत गए, चिट्ठी नहीं आई। दरअसल, शीला नामक लड़की मैं ही हूँ—उस दिन की महफिल में जो वहाँ थी, किताब की दुकान के बाहर खड़ी रहनेवाली वह लड़की मैं ही हूँ—यह बात तो मंसूर नहीं जानता है। इस बार एक तस्वीर के साथ चिट्ठी भेजी। चिट्ठी में लिखा—

एक दिन 'पोथीवितान' के सामने खड़ी थी। आपने मेरी ओर देखा था। मेरे भीतर तूफान मचा हुआ था। वैसी आँखों से कोई देखेगा और मैं लुट नहीं जाऊँगी—ऐसा भी होता है क्या ? ऐसी सूरत की पूजा करने को जी चाहता है। पता नहीं, वह सूरत पूजने का मेरा सौभाग्य होगा भी या नहीं। पता नहीं, मन में बसी उस सूरत को एक बार छूकर मैं इस जीवन में अपने आपको धन्य कर भी पाऊँगी या नहीं। मंसूर, पत्र लिखना। झूठे ही सही कहना, प्यार करता हूँ।

—तुम्हारी 'शीला'

इस बार भी कोई जवाब नहीं। खाला से कहा—तुम्हारा पता ठीक है या नहीं, देखना ! पता बिलकुल ठीक था। लेकिन चिट्ठी नहीं आई। या फिर मंसूर किसी और से प्यार करता है। मेरा पत्र इसीलिए उसे स्पर्श नहीं कर पा रहा ! यह भी हो सकता

है कि मेरी चिट्ठी पढ़कर एक तरह की कौतुकपूर्ण हँसी के साथ वह उसे 'वेस्ट पेपर बाक्स' में फेंक देता हो।

खाला ने कहा—क्यों रे, तेरी चिट्ठी तो नहीं आ रही है। किस बेदर्द को लिख रही हो ? मैंने मन ही मन कहा, बेदर्द ही है। बेदर्द न होता तो भला मेरा यह दुर्भाग्य क्यों ? नहीं, चिट्ठी मैं लिखती ही रहूँगी। जिससे प्यार करती हूँ, उसे बताऊँगी क्यों नहीं कि उससे प्यार करती हूँ ? जरूर बताऊँगी। लड़कियों को कहना नहीं चाहिए, प्यार की पहल खुद नहीं करनी चाहिए। बताने की, कहने की जिम्मेदारी सिर्फ लड़कों की है, यह मैं मान नहीं सकती। यह मैं बिलकुल नहीं मानती कि मेरा आवेग मेरे भीतर घुट-घुटकर मरे और मैं इन्तजार करती रहूँ कि मंसूर कब आकर मुझसे कहे—मैं प्यार करता हूँ। मुझसे देर बर्दाश्त नहीं होती। मेरा मन नहीं मानता।

काफी समय के बाद मंसूर को फिर चिट्ठी लिखी। इस बार 'आप' नहीं, 'प्रिय युवक' भी नहीं। पत्र कुछ इस तरह था—

मंसूर,

तुम जानबूझकर मुझे पत्र नहीं लिख रहे हो, मैं खूब समझ रही हूँ। मैं तुम्हारी तरह देखने में खूबसूरत तो नहीं हूँ, रंग साँवला है। तुम्हारी तरह उतने पैसे भी नहीं हैं मेरे पास। मेरे पिता नौकरी करते हैं, उनकी अपनी कोई इंडस्ट्री नहीं है। हालाँकि नौकरी में वे अच्छे ओहदे पर हैं, इज्जत भी काफी है, लेकिन हमारे पास इफरात पैसा नहीं है इसलिए तुम्हारी तरह गाड़ी में नहीं घूम सकती। रिक्शे से आना-जाना करती हूँ। मेरे भैया को तुम जरूर जानते होगे, मेरे भैया का नाम फरहाद है। मृदुल भैया का दोस्त। तुम भी तो मृदुल भैया के दोस्त हो। मृदुल चक्रवर्ती। उनके घर पर ही तुम्हें पहली बार देखा है। भैया से भूलकर भी मेरी चिट्ठी के बारे में मत कहना। भैया जानते ही चीख-चिल्लाकर घर को सिर पर उठा लेंगे। मैं किसी से प्रेम कर सकती हूँ या मुझे कोई अच्छा लग सकता है, इस घर में कोई भी इसकी कल्पना नहीं कर सकता। भैया एक दिन शराब पीकर घर लौटे थे, घर पर सभी ने रोना-धोना शुरू कर दिया था। भैया इधर बीच-बीच में घर नहीं लौटते। मैं जानती हूँ, वे कहीं शराब पीते हैं इसीलिए नहीं लौटते। भैया का जीवन बर्बाद हो गया। किसके लिए बर्बाद हो रहा है, मैं जानती हूँ। मैं समझती हूँ कि प्रेम आदमी को स्थिर करेगा, संयमी बनाएगा। लेकिन भैया को कैसे असंयमी कर दिया है—यह देखकर मुझे बड़ी दया आती है। रूमू—भैया की प्रेमिका, भैया से बहुत प्यार करती थी। मेरी समझ में नहीं आता कि उनके बीच क्या हुआ। किसी भी सम्बन्ध में दरार पड़ने से मुझे बेहद तकलीफ होती है।

मैं इस घर की बड़ी लड़की हूँ, हालाँकि मुझे बड़ा समझा नहीं जाता। कहीं भी जाना हो, जैसे तुम्हारे ही घर जाऊँ तो मेरे साथ किसी न किसी आदमी को भेजा जाएगा। मैं रास्ता न पहचानती होऊँ, ऐसी बात नहीं। बस यूँ ही। इधर बीच मैं अकेले निकलने के बारे में सोच रही हूँ। पिताजी से कहा है कि मुझे सहेली के घर नोट लेने जाना है, मैं अकेले ही जा सकूँगी। उस दिन गई भी थी। फूफा के घर भी अकेले गई थी। तुम्हारी

चिट्ठी नहीं मिली। तुम पत्र क्यों नहीं लिख रहे हो ? मैं पसन्द नहीं आई ? मैं इतनी कुरूप हूँ ? मंसूर, विश्वास करो, मैं तुमसे प्यार करती हूँ ! तुम्हारे अलावा रात-दिन मैं और कुछ नहीं सोचती। मैं तुम्हें जिन्दगी भर के लिए अपने एकदम करीब पाना चाहती हूँ। काबिलियत भले ही न हो मुझमें, लेकिन तुम्हें प्यार करने का एक दिल तो मेरे पास है। इस दिल को तुम चोट मत पहुँचाना ! मैं चिट्ठी लिखती ही रहूँगी। जब तक तुम्हारा जवाब नहीं मिल जाता, इसी तरह मैं लिखती रहूँगी। लगातार। तुम चाहो तो मुझसे नफरत करो। जीवन में पहली बार तुमसे प्यार किया है, तुम्हें ही करती रहूँगी। इससे यदि तुम मुझे 'मूर्ख लड़की' की संज्ञा दो, मुझे कोई एतराज नहीं होगा, कह सकते हो ! फिर भी तुम्हें पाने के लिए मैं जीवन की बाजी लगा दूँगी। सिर्फ तुम्हारा प्यार पाने के लिए, और कुछ नहीं। तुम्हारी दौलत नहीं, तुम्हारी दुनिया नहीं, तुम्हारी सुन्दरता वगैरह कुछ भी नहीं।

तुम एक बार आवाज दो, खामोश पत्थर, एक बार तुम जागो।

—शीला

हफ्ते में दो चिट्ठियाँ भेजनी शुरू कीं। मैं भी देखती हूँ, कब तक मंसूर मुझे चिट्ठी लिखे बिना रह सकता है। कब तक वह खुद को पत्थर बनाए रखेगा, मैं देखती हूँ। घर के पास ही पोस्ट ऑफिस है, घर में काम करनेवाले लड़के के हाथ में दे देती हूँ, वह लेटर बाक्स में चिट्ठी डाल आता है। बीच-बीच में खाला से भी चिट्ठी लेटर बाक्स में डलवाती हूँ। लेकिन जवाब नहीं आता। दो महीना, तीन महीना बीत गया। मैं अपना अभियान बन्द नहीं करती। तुलसी से मुलाकात हुई। मैंने पूछा—तुम्हारे घर पर संगीत की महफिल नहीं बैठेगी ?

तुलसी बोली--क्यों, मंसूर भाई को देखने का मन कर रहा है ?

मंसूर का नाम सुनकर छाती के भीतर धक् से लगा। मंसूर, क्या वह 'मन' का 'सुर' है ? मेरे मन में उसी का सुर बज रहा है। मैं उसे समझा नहीं पाई। चिट्ठी से समझाने की कोशिश की, चिट्ठी की भाषा वह नहीं समझता। वरना बदले में एक चिट्ठी तो दे सकता था।

मैं ऐसी ही हतभागी लड़की हूँ, ऐसी कुलच्छनी कि मेरी ओर कोई पलटकर नहीं देखता। यह जो 'प्यार करती हूँ, प्यार करती हूँ,' करके घायल हो रही हूँ और मेरा प्यार है कि मेरी ओर मुड़कर देख भी नहीं रहा।

संन्यासी मामा अचानक एक दिन मेरे घर आए। दरअसल, उस समय मैं पढ़ने की टेबुल पर सिर रखकर रो रही थी। खुद को बड़ा अछूत, अनचाहा महसूस कर रही थी। ये जो मेरे चारों ओर माँ-पिताजी, भाई-बहन मुझे हमेशा घेरे रहते हैं, इनमें से कोई भी मेरा अपना नहीं है, ये लोग किसी भी दिन मुझे धर-पकड़कर मेरी शादी करा देंगे। जीवन में पहली बार जिसे इतना चाहा, उसे मैं पा नहीं सकी। उपेक्षा के सिवा मुझे और कुछ नहीं मिला। यह सब सोचते-सोचते मेरी आँखों में दुख के बादल उमड़ पड़े थे। बेबस होकर मैंने टेबुल पर सिर झुका लिया था।

संन्यासी मामा मेरे सिर पर हाथ रखकर बोले—रो रही हो ? रो लो ! खुलकर नहीं रोने से मन का जंजाल खत्म नहीं होता। मैंने फिर सिर नहीं उठाया। मामा के ऐसा कहने पर और रुलाई आई। रोने की आवाज मैं दबा नहीं सकी।

मामा पूरे घर में चीखने-चिल्लाने लगे। अपनी बहन को बुलाकर कहा—दीदी, वह क्यों रो रही है ? तुम दिन-भर रसोई में रहती हो, और हमारी बिटिया दिन-भर दुखी होकर रोती रहती है, इसका खबर रखती हो ?

माँ आँचल में भीगा हाथ पोंछते-पोंछते बोली—मेडिकल में चांस नहीं मिल रहा इसीलिए रो रही है शायद ! यूनिवर्सिटी में चान्स मिला है, वह भी फिजिक्स या पॉल साइंस, पता नहीं किसमें ! यह सब पढ़कर क्या होता है, बोलो !

मामा मेरी पीठ थपथपाते हुए बोले—रोओ मत बिटिया, कोई भी विषय अच्छा होता है। मन लगाकर पढ़ने से ही हुआ !

क्लास शुरू होने में अभी कुछ दिन बाकी हैं। यूनिवर्सिटी में यूँ ही चहलकदमी कर रही थी। परिचितों के साथ झुंड बनाकर घूम रही थी। अभी तक यहाँ के माहौल को समझ नहीं पाई हूँ। लड़कों का एक झुंड आसपास खड़े होकर टीका-टिप्पणी कर रहा था। मुझे यह सब अच्छा नहीं लगता। मैं दाखिल होने, फीस, रूटीन आदि का काम समाप्त करके जल्दी से घर चली आई। खाला बोलीं—घूमना-फिरना ! लाइब्रेरी के मैदान में लड़के-लड़कियों के साथ बैठकर अड्डेबाजी करना ! ग्रुप बनाकर कैन्टीन में खाना खाना, टी.एस.सी. में जाना, यार-दोस्त बनाना ! देखना, अच्छा लगेगा ! अब तो तुम छोटी नहीं हो, समझ आई है। दीदी की बातों का बुरा मत मानना। दीदी कम पढ़ी-लिखी है, तुम्हारी उम्र थोड़ी और बढ़ते ही शादी कर देना चाहेगी। कभी इजाजत मत देना। देख, मैं भी और दस लड़कियों की तरह परिवार की चक्की पीसती होती। लेकिन जाफर ने मुझसे कहा—शरीफा ! तुम अपने पैरों पर खड़ी होओ। किसी पर निर्भर होकर रहने से बड़ी शर्म की बात और कुछ नहीं ! कहते हुए शरीफा खाला की आँखों में आँसू आ गए। मैंने अनुभव किया कि उस आदमी के प्रति खाला के मन में असीम श्रद्धा है।

छह महीने हो गए। मंसूर ने मुझे पत्र नहीं लिखा। शायद मेरे लिए उसे भूल जाना ही उचित है। लेकिन भूलूँ कैसे ! उससे मेरी फिर मुलाकात हो गई, महिला समिति का नाटक देखने जाने पर। खाला दो टिकट लेकर घर आईं और बोलीं—तुम घर बैठे-बैठे कुएँ का मेंढक होती जा रही हो। दीदी, इसे घर में ऐसे बन्द करके मत रखा करो।

आखिरकार जीवन के बारे में इसे कोई जानकारी ही नहीं होगी। सिर्फ घर बैठे किताबें पढ़ने से ही जानकारी हासिल नहीं होती।

माँ ने यह सब सुनकर कहा—इसे इतनी अकल ही कहाँ आई है जो अकेले चलेगी !

—छोड़ा तो करो ! अकल अपने आप आ जाएगी।

खाला बड़ी अच्छी औरत हैं। स्वतन्त्र व्यक्तित्ववाली। घर-परिवार भी सँभाल रही है, बच्चों को भी पाल-पोस रही हैं, जब मन होता है बाहर निकलती है, घूमती-फिरती है, प्रेम भी करती हैं, खुद कमाती हैं, किसी के कन्धे पर बैठकर नहीं खातीं। खाला को देखकर मुझे हैरानी होती है, इस समाज में रहकर खाला कैसे इस तरह का जीवन गुजार सकती हैं !

नाटक का नाम था 'चक्का'। सलीम-अलादीन का नाटक। मैं मंच की ओर नहीं देख रही, मंसूर ठीक मेरे सामने की 'रो' में बैठा है। उसने मेरी ओर दो बार देखा है। जब भी देखा, मुझे अपनी ओर देखते हुए पाया। क्या मंसूर मुझे पहचान नहीं पाया ? इतनी चिट्ठियाँ पा रहा है, हफ्ते में दो चिट्ठियाँ, फिर मुझे पहचानेगा क्यों नहीं ? मैंने तो तस्वीर भी भेजी है। किताब की दुकान के सामने मुझे देखकर वह मुस्कुराया था, और आज ऐसा बर्ताव कर रहा है मानो मुझे पहचानता तक नहीं। मेरा दिल टूट गया। उसके पहनावे में पीला शर्ट, काला पैंट था। कैसा राजकुमार-सा लग रहा है वह। पीछे से उसके घने बाल, और उसका गाल थोड़ा-सा दिख रहा है, मन करता है चूम लूँ। एक बार उसके गाल चूम लूँ। खाला मगन होकर नाटक देख रही हैं। मैं खाला से नजरें चुराकर उसे देख रही थी, अपने राजकुमार को देख रही थी। मैंने नाटक जरा भी नहीं देखा। पूरे समय तक उसे ही देखती रही। नाटक खत्म होने के बाद काफी देर तक गेट पर खड़ी थी। खाला बार-बार कह रही थीं—चलो, घर चलो ! मैं चलने का नाम ही नहीं ले रही थी। बस उसे देखे जा रही थी। संजीदा नौजवान सीढ़ी पर खड़ा दो अन्य युवकों से बातें कर रहा था। मैं गेट पर खड़ी थी, उसने मेरी ओर एक बार भी नहीं देखा। यह कैसा विचित्र आदमी है। एक उन्नीसवर्षीय लड़की तुम्हारे लिए दिन-ब-दिन पागल हुई जा रही है और तुम्हें उसकी खबर तक नहीं। खाला ने स्कूटर बुलाया, मैं एक साथ उसे देखने की खुशी और उसकी अनदेखी का विषाद लिए स्कूटर में बैठ गई।

घर लौटते हुए रास्ते में खाला से मैंने पूछा—मान लो किसी को तुम प्यार करती हो और वह तुम्हें बिलकुल प्यार नहीं करता, तुम्हारी ओर मुड़कर भी नहीं देखता तो तुम क्या करोगी ?

—मैं भी मुड़कर नहीं देखूँगी। मन को कड़ा कर लूँगी !

लेकिन मैं तो खुद को रोक नहीं पा रही हूँ। कविता की मेरी कॉपी भरती जा रही है—सारी दुःख भरी, दर्द भरी, प्यार न मिलने की पीड़ा से भरी कविताएँ। एक बार तो मन में आता है कि इन कविताओं को पत्रिका में छपवा दूँ। तब शायद उसकी नजर

में आए। तभी वह समझेगा कि कितना गहरा प्यार होने पर मैं वह बात कविता में लिखती हूँ। घर में दो बांग्ला पत्रिकाएँ रखी जाती हैं। पत्रिका के पते पर मैंने एक के बाद एक कई कविताएँ भेजीं। काफी दिनों के बाद एक कविता छपी थी। कविता का नाम था 'नयापल्टन'—

नयापल्टन के मोड़ पर उससे मुलाकात होगी।
किसके साथ, जानते हैं ?
एक आकर्षक युवक के साथ,
उसकी ओर देखने से नदी का किनारा जैसे टूटता है
पम्पाई नदी,
शीत के साइबेरिया में जैसे होती है बर्फ की बारिश
मैं भी वैसे ही बरस जाती हूँ—बर्फ के चूरे की तरह चूर-चूर होकर झरती।
युवक मेरी ओर मुड़कर भी नहीं देखता।
युवक के पास समय नहीं, लोगों को दिखाऊँगी अपना दुख।
फिर भी नयापल्टन जाती हूँ रोज।
क्यों जाती हूँ, जानते हैं क्या ?
यदि उस युवक की झलक मिल जाए,
यदि वह युवक एक बार मेरी ओर देख ले मुड़कर !

असल में मैं 'नयापल्टन' जाती हूँ। 'लुक वीडियो' में मेम्बर बन गई हूँ। खाला ने खुद ही मेरे मेम्बर बनने का पैसा दिया है। बोलीं—अच्छी-अच्छी फिल्में देखना, क्लासिक फिल्म देखना, धूमधड़ाकेवाली फिल्में बिलकुल मत देखना। फरहाद जैसी फिल्में दिखाने ले जाता है, वही तो तुम लोगों को निगलनी पड़ती हैं। खुद की रुचि अपने से बनती है। तुमसे हम सबको बड़ी आशा है। खाला के व्यवहार से मैं मुग्ध हो गई। खाला बचपन से ही मुझे बहुत चाहती हैं, बताते हैं कि खुद मुझे झूले में झुलाया करती थीं, बोलना सिखाया है, उँगली पकड़कर चलना सिखाया है। एक बार तो मन में आया कि खाला से अपने प्यार की बात कह ही डालूँ। आखिर खाला भी तो एक आदमी से प्यार करती ही हैं, वह अवश्य ही मुझे नहीं डाँटेंगी।

एक दिन एक तेज बारिश की रात में सोचा, मंसूर और मैं यदि इस बारिश में भीगें तो कितना आनन्द आएगा ! भीगे हुए हम एक-दूसरे से लिपटे रहेंगे। बारिश में भीगने के एक दृश्य ने मेरे मन पर काफी प्रभाव छोड़ा है। सत्यजित राय की बांग्ला फिल्म 'पथेर पांचाली' की दुर्गा कड़कती शीत की बारिश में भीगी हुई। सोचने पर अब भी मेरे रोंगटे खड़े हो जाते हैं। मेरा बचपन, किशोरावस्था तो खराब बीते ही—बारिश में भीगें, ऐसी स्वतन्त्रता मुझे नहीं थी। भीगने के लिए आँगन में उतरते ही माँ कहती—जल्दी से ऊपर आओ, बुखार आ जाएगा।

मंसूर को पाकर मैं देश-दुनिया घूमती रहूँगी। समुद्र में उतरूँगी, तैरूँगी। मैं पद्मा, मेघना, यमुना में नाव लेकर घूमूँगी, उसके मिल लाने पर मैं विचित्र-विचित्र कांड

करूँगी।

यूनिवर्सिटी मैं अकेले ही रिक्शे से जाती हूँ, मन ही मन उसे ढूँढ़ती रहती हूँ। यह भी हो सकता है कि उसने सोचा हो कि इतनी सारी चिट्ठियाँ पाकर मुझे एकबारगी चौंका देगा ! कारिडोर में अकेली खड़ी रहती, कोई नहीं आता।

चिट्ठी पोस्ट करती रही, लगातार। इस बार कुछ इस तरह लिखा—

प्रिय मंसूर,

अगले रविवार दस बजे कलाभवन की दूसरी मंजिल पर 'अपराजेय बांग्ला' के ठीक पीछे मैं खड़ी रहूँगी, तुम जरूर आना ! ठीक है, चिट्ठी नहीं लिखना चाहते हो तो मत लिखो, लेकिन मिल तो सकते हो। सिर्फ एक बार नजरों से देखना चाहती हूँ। यदि तुम चाहो तो दोनों कैन्टीन में खाना खाने जाएँगे। मैं तुमसे अपनी ओर से मिलना चाहती हूँ तो तुम यह मत समझ लेना कि मैं काफी सुलभ किस्म की हूँ और मेरा कोई व्यक्तित्व नहीं। ऐसी बात नहीं है !

परिचय होने के बाद तुम सब जान जाओगे। प्यार में मैं कोई शर्म नहीं महसूस करती। दुनिया में प्यार से सुन्दर और क्या है, बोलो ?

तुम्हारी शीला।"

उस दिन चार घंटे तक सोई रही। मंसूर नहीं आया। दरअसल, मंसूर मुझसे प्यार नहीं करेगा, जरूर वह किसी और से प्यार करता होगा। मेरी जैसी अनकल्चर्ड लड़की से भला वह क्यों प्यार करने लगा। ठीक है, मैं भी निर्लज्ज की तरह अब उसे पत्र नहीं लिखूँगी। यह सोचते-सोचते घर लौट आई। एक-दो लड़के मुझसे बात करने के लिए ताक-झाँक कर रहे थे, मैं अनदेखा कर गई। कहाँ मंसूर और कहाँ ये चलते-फिरते छोकरे। मंसूर की लौ मेरे दिल को रौशन किए हुए थी।

यह कैसा प्रेम है, एकतरफा ! उधर से कोई उत्तर-प्रतिउत्तर नहीं। क्या वह ढाका में नहीं है ? यदि कोई लाचारी ही है तो कम से कम एक बार बता तो सकता ही है—मुझे तंग मत करो, मैं किसी और से जुड़ा हूँ।

आज छत पर खड़ी-खड़ी क्षितिज की ओर देखती रही। देखती जा रही हूँ और लगता है—यह लो, बीता जा रहा है मेरा 'टीन एज' का समय, दहाई के घर में चली जा रही हूँ जल्दी से ! क्या मिला इस लम्बी जिन्दगी में ? घर में इतने लोग हैं फिर भी खुद को बड़ा अकेला महसूस कर रही थी।

माँ के पास दो पल बैठते ही वह धर्म-कर्म के बारे में बातें शुरू कर देती है, मैं अक्सर सन्देह व्यक्त करती हूँ—यह सब आखेरात, पुलस-रात, दोजख, बहिश्त आदि पर मेरा विश्वास नहीं। अल्लाह-वल्लाह क्या है ? सब कुछ मनगढ़ंत है !

माँ चिल्लाकर मुझे रोकती है। कहती है—अब भी समय है, तौबा करके नमाज शुरू कर दे ! माँ आजकल एक ही बात की रट लगाए रहती है—तौबा करके नमाज शुरू कर !

मुझसे यह सब धर्म-कर्म नहीं होता। दरअसल मुझे अलौकिक बातों पर विश्वास ही नहीं होता। माँ मुझे पास बुलाकर समझाती हुई बोली—तुम जो कह रही हो कि दोजख-बहिश्त नहीं है, ठीक है नहीं है ! लेकिन मान लो हस्र के मैदान में जाकर यदि अचानक तुम देखो कि बहिश्त है, तब क्या होगा ?

—और क्या होगा ? दोजख में ही जाऊँगी ! मुझ पर माँ की बात का कोई असर नहीं पड़ा।

माँ डर के मारे काँपने लगी। कहा—तेरा क्या होगा, अल्लाह तुम्हें माफ करे ! मैं हँसती हुई बोली—दोजख में तुम्हारे प्रिय दिलीपकुमार, मधुबाला, सुचित्रा सेन, उत्तम कुमार सभी रहेंगे। उनके साथ मेरे दिन बुरे नहीं बीतेंगे ! बल्कि तुम्हीं बहिश्त में बैठी-बैठी पछताओगी और सोचोगी, काश दोजख में जा सकती !

माँ मेरे अमंगल की आशंका से अचानक गम्भीर हो गई। घर में सबसे कहने लगी—असल में लड़की जात को ज्यादा पढ़ाना-लिखाना नहीं चाहिए, ज्यादा पढ़ने-लिखने से लड़कियों का दिमाग फिर जाता है, अपने आगे किसी चीज को कुछ समझती ही नहीं। घर-परिवार में उनका मन नहीं लगता। लड़कियों की जल्दी शादी कर देनी चाहिए।

सुनकर भैया और पिताजी ने अपनी गम्भीरता बनाए रखी। सिर्फ मैंने ही बीच में खड़ी होकर चुनौती दी—ठीक है, शादी कर दो ! शादी होने पर अपने घर में बड़े जतन से बर्तन माँजूँगी। और, तुम लोग भी मुझे पालने-पोसने के खर्च से बच जाओगे।

मंसूर का पत्र न पाकर मैं जिस उदासीनता की शिकार हूँ, अब चाहकर भी उसे मैं छिपा नहीं पाती। माँ के साथ अब अगले जन्म को लेकर कोई बहस नहीं होती। कभी-कभी लगता है कि आत्महत्या कर लेनी चाहिए क्या ! कितने ही लोगों ने तो आत्महत्या की। मर जाने से इस दुनिया को भला क्या हानि होगी। दुनिया को याद रखने लायक देने के लिए मेरे पास कुछ भी नहीं है।

अक्सर 'लुक वीडियो' में वीडियो कैसेट लेने के बहाने जाती हूँ। दरअसल जाती हूँ बगलवाली गली में जाने के लिए, शायद्‌ एक बार मुलाकात हो जाए। 'नयापल्टन' में वह कहाँ रहता है ? तुलसी ने बताया था—संगीत स्कूल के बगल में। मैंने अन्दाज लगाया कि 'यह' या 'वह', या फिर 'वह' या 'यह' उसका मकान हो सकता है।

गली के मुँह पर 'पड़ोसी' नाम की एक कन्फेक्शनरी है। वहाँ घुसकर बेवजह कुछ सामान खरीद लिया। कलम, चुइंगम, बालों के लिए रबर बैंड आदि खरीदते हुए जान-बूझकर वहाँ कुछ समय बिताया। शायद घर से निकलते समय या घर में घुसते समय मैं मंसूर को नजर आ जाऊँ ! तब तो वह जरूर ही मुझे अनदेखा करके जा नहीं सकेगा। जो भी हो, वह भी इंसान है ! सोचती हूँ, देखते ही पुकारूँगी—मंसूर मंसूर ! सुनो। मेरा नाम शीला है ! बेवजह दुकान में कितनी देर रुका जा सकता है ! दुकानदार की उत्सुकता भरी नजर इसी बीच मुझे घूरने लगी ! पैदल चलकर मोड़ से रिक्शा लिया। मंसूर से भेंट नहीं हुई।

मेरी एक सहेली है नादिरा, दो महीना पहले उसकी शादी हुई, लाइब्रेरी के मैदान में उससे भेंट हुई। मुझे देखकर वह खुशी से उछल पड़ी। बोली—क्यों रे कुएँ की मेंढक, तू यहाँ ?

मैं हल्के से मुस्कुराई। लाइब्रेरी के मैदान की हरी घास पर हम बैठे। कालेज की दो और क्लासमेट आ गईं। महफिल में दाम्पत्य जीवन की बातचीत शुरू हो गई। नादिरा के गले में खून के जमने का लाल निशान देखकर जब मैंने सवाल किया—यहाँ पर क्या हुआ, तो नादिरा समेत सभी जोर-जोर से हँसने लगीं।

यह है चूमने का निशान। मुझे सबने समझाया, शादी के बाद चुम्बन के ऐसे निशान से पूरा शरीर भर जाता है। यह सुनकर मैं शर्म से पानी-पानी हो गई। अपनी मूर्खता के लिए खुद पर बड़ा गुस्सा आ रहा था।

नादिरा के चेहरे से खुशी छलक रही थी। मैं अपलक उसे देख रही थी। दाम्पत्य जीवन शायद बहुत सुखमय होता है। सोचते ही मेरा शरीर सिहर उठता है। आँखें बन्द करके जब सोचती हूँ, कोई अपना हाथ मेरी ओर बढ़ाए दे रहा है, एक सुडौल बाँह मेरी ओर बढ़ती चली आ रही है—मेरी ओर, मैं महसूस कर रही हूँ कि यह बाँह मंसूर की है, उस समय मेरे पूरे शरीर में एक अद्भुत अनुभूति होती है। नादिरा इस सिहरनभरी अनुभूति की कितनी गहराई में गई है ! और मैं--यह हतभागी शीला, मेरे लिए किसी गहराई के करीब पहुँचना भी नसीब नहीं हुआ।

मैंने पाया कि नादिरा ने मेरी दोनों विवाहित सहेलियों को अपने घर बुलाया, लेकिन मुझे जाने को नहीं कहा। वे अपने पति के साथ उसके निमन्त्रण में शरीक होंगी। असल में उन सबने अड्डेबाजी के लिए एक ग्रुप बनाया है। लगता है मेरे या मेरे जैसी अन्य अविवाहित सहेलियों से वे अचानक मैच्योर्ड हो गई हैं। वे सब दुनियादारी के बारे में हमसे अधिक जानती हैं, वे पुरुषों को समझती हैं, परिवार-समाज को समझती हैं ! नादिरा मेरे स्कूल-कॉलेज की सहेली है लेकिन ऐसा लगता है कि वह कितनी बदल गई है। जैसे मेरा और उसका जीवन किसी भी तरह से एक नहीं है !

एक दिन रजिस्ट्री बिल्डिंग से खाला को फोन किया। खाला ने बताया—नहीं, नहीं आई, चिट्ठी नहीं आई। यह सुनकर मैंने एक लम्बी साँस छोड़ी। इससे ज्यादा अर्थहीन कोई जिन्दगी नहीं हो सकती ! पूरी दोपहर सोचती रही। नींद की कोई गोली मिलती तो अच्छा होता, खाकर कम से कम सो जाती। यह सब, दुस्सह वेदना अब और अच्छी नहीं लगती।

शाम को तुलसी घर आई। तुलसी बैठकबाजी के मूड में थी। मैं भी सोच रही थी

कि अब तक सारी व्यर्थता को भूलकर आज जमकर बैठकबाजी करूँ। तुलसी मेरी बचपन की सहेली है। हम एक ही स्कूल में पहली कक्षा में भर्ती हुए थे। बचपन में वह गुड्डे-गुड़िया का खेल, छत पर ईंट जमाकर खाना पकाना, अपेंटो बायस्कोप, इक्की-दुक्की आदि में मुख्य साथी हुआ करती थी तुलसी। आठवीं कक्षा में जाने के बाद खेल छोड़ना पड़ा। माँ कहती थी—लड़कियों को बड़ी हो जाने पर मैदान में नहीं खेलना चाहिए !

बड़ी हो जाने की परिभाषा माँ ने कैसे बनाई थी, यह मेरी समझ में नहीं आता था। वैसे एक बार तुलसी ने कहा था—'ऊसब' के होने को बड़ा होना कहते हैं।

—ऊसब होना ?

—समझी नहीं, वही खून का आना !

इस घटना के साथ बड़ा होने का क्या मतलब है, मैं इसे ठीक से मिला नहीं पाती थी। मुझे लगता था बड़ा होने के लिए कुछ और भी होना पड़ता होगा।

तुलसी को ओट में ले जाकर मैंने पूछा—नयापल्टन का कौन-सा मकान मंसूर का है—एक 'एडफार्म' है, उसके किस ओर ?

तुलसी ने जीभ काटते हुए कहा—अरे, मैं तो तुम्हें बताना ही भूल गई ! मंसूर भाई लोग एक साल पहले 'नयापल्टन' से 'गुलशन' चले गए हैं—अपने मकान में !

मेरे शरीर में खून का दौड़ना जैसे अचानक रुक गया, साफ महसूस हुआ कि छाती के अन्दर 'धप्' से कोई चीज गिरी। सिर घूम गया, आँखों के आगे अँधेरा छा गया। तुलसी का चेहरा, मेरे पढ़ने की टेबुल, किताबें-कापियाँ, बिस्तर, लकड़ी की आलमारी, कमरे की दीवारें, खिड़कियाँ, सिर के ऊपर चलता पंखा—सब कुछ धुँधला लगने लगा। सामने एक कुर्सी थी, बैठ गई। शरीर बड़ा ही बेदम-सा लगा। मैंने फिर पूछा—क्या बोली ? नयापल्टन में वे लोग नहीं रहते ?

—अरे नहीं ! उस दिन भैया ने बताया, मंसूर के घर पर पार्टी थी, पार्टी से आ रहा हूँ, क्या आलीशान मकान है—गुलशन, दस नम्बर रोड !

—गुलशन ?

—हाँ, गुलशन—उनका नया मकान !

—तो फिर नयापल्टन में क्या था ?

—नयापल्टन में वे लोग भाड़े के मकान में रहते थे। गुलशनवाला मकान तब तक पूरा नहीं हुआ था, इसलिए ! अब 'बारिधारा' में भी कहते हैं कि एक मकान बन रहा है।

कहाँ-कहाँ मकान बन रहा है, यह मेरे जानने का विषय नहीं। रात-रातभर जागकर आँसुओं से लिखी गई इतनी सारी चिट्ठियाँ जो कूड़ेदान में चली गईं, यह जानकर मेरे सीने में यदि कोई हरा-भरा जंगल था तो वह पलभर में मरुभूमि में बदल गया।

तुलसी बुदबुदाकर बोली—शीला ! तुम ऐसा क्यों कर रही हो ?

शीला क्यों ऐसा कर रही है—मैंने तुलसी रानी को किसी भी हालत में यह समझने

नहीं दिया।

तुलसी काफी देर तक बैठी रही। माँ ने कहा—आज तुम्हें घर पर कोई काम नहीं ?

तुलसी तब भी बैठी रही। धीमी आवाज में बोली—रूमू की खबर जानती हो, कल रात उसकी सगाई हो गई !

किसी से बात करने का मेरा मन नहीं हो रहा था। तुलसी का मन कर रहा था। तुलसी को बोली—तू अब चली जा ! मेरी तबीयत ठीक नहीं लग रही है। मैं सोऊँगी। तुलसी चली गई। सीने में हाहाकार मचा हुआ था।

रातभर आँखों में नींद नहीं आई।

मैं एक मूर्ख लड़की छह महीनों से गलत पते पर चिट्ठी लिख रही हूँ और पत्रोत्तर की आशा में बैठी हूँ। सोच रही हूँ, मंसूर इतना निष्ठुर क्यों है। छह महीनों में लिखी गई पचास चिट्ठियों के बदले वह एक भी चिट्ठी न लिखे, इतना पत्थर-दिल मंसूर नहीं हो सकता। निर्दोष मंसूर को अपराधी करार देना—मैंने यह उचित नहीं किया।

कैसी-कैसी घटनाएँ घट रही हैं घर में ! इसी बीच अचानक एक रात भैया घर नहीं लौटा। अक्सर नहीं लौटता, किसी दोस्त के घर गया होगा ! हम लोग चिन्तित नहीं हुए। लेकिन तुलसी के माता-पिता बहुत चिन्तित थे। उन लोगों ने रात के साढ़े-बारह बजे हमारा दरवाजा खटखटाया, पूछा—फरहाद कहाँ है ? हम सबने एक ही बात कही, होगा कहीं !

उन लोगों ने बताया—तुलसी सुबह छोटे चाचा के घर जाने की बात बोलकर निकली और अब तक घर नहीं लौटी है। पता लगाया, वह छोटे चाचा के घर गई ही नहीं !

मेरे माता-पिता तुलसी के लिए चिन्तित हुए लेकिन यह नहीं समझ पाए कि फरहाद को क्यों ढूँढ़ा जा रहा है। पूछने पर उन लोगों ने बताया—पता चला है कि परसों तुलसी और फरहाद को एक रिक्शे पर श्यामली की ओर जाते देखा गया। मन ही मन मैं चकित हुई। भैया से मेरा इतना अच्छा सम्बन्ध है और तुलसी से भी, लेकिन एक रिक्शे पर जाने लायक उनमें सम्बन्ध है—यह तो कभी समझ ही नहीं पाई। यों एक रिक्शे पर जाना कोई सन्देह का कारण नहीं भी हो सकता है लेकिन कल ही तो तुलसी से मेरी भेंट हुई थी। उसने तो नहीं बताया कि वह मेरे भैया के साथ श्यामली की ओर गई थी। खैर, भैया दूसरे दिन भी नहीं लौटा, उसके बाद आनेवाले दिन भी नहीं। तुलसी भी नहीं लौटी। घर के सभी लोग यह सोचने को बाध्य हुए कि भैया और तुलसी घर से भाग गए हैं।

यह दुनिया दिन-ब-दिन मेरे लिए नई प्रतीत हो रही है। रूमू के साथ पाँच वर्षों तक प्रेम और तुलसी जिसकी ओर देखने तक की फुर्सत नहीं थी, उसी के साथ भाग जाना ! दरअसल, प्रेम चीज ही है बड़ी अद्‌भुत। तुलसी के माँ-बाप, भैया आदि खामोश हो गए। नाते-रिश्तेदारों को बुलाकर मेरे माता-पिता रोज बैठक करते, मुझे नहीं पता कि इस प्रेम-समस्या का वे क्या समाधान निकालें।

घर के बड़े और इकलौते लड़के के लिए अजीब दुश्चिन्ता शुरू हो गई, घर में खाना नहीं बनता। खाला, मामा, चाचा आदि होटल से खाना लाकर हमारे लिए रख जाते।

दूर के रिश्तेदारों और दोस्तों के घर कहीं भी भैया का पता नहीं चल सका।

माँ-पिताजी बेचैन थे। लेकिन मुझे बुरा नहीं लग रहा था। तुलसी यदि मेरी भाभी बनती है तो अच्छा ही होगा, उसे भाभी तो नहीं कहूँगी, तुलसी ही कहूँगी। हाँ, माँ-पिताजी के लिए समस्या है। तुलसी अच्छी लड़की है हम लोग जानते हैं, देखने में भी सुन्दर है, मन की भी अच्छी है, लेकिन है जात की हिन्दू। हिन्दू से मुसलमान की शादी कैसे हो सकती है ! तुलसी हिन्दू है इसीलिए रूमू से, नादिरा से या मुझसे अलग है, ऐसा मुझे नहीं लगता।

मैंने अन्दाज लगाया कि वे लोग ढाका से बाहर कहीं गए होंगे। चट्टग्राम में भैया के एक दोस्त हैं, सम्भवतः उन्हीं के पास। मैंने चट्टग्रामवाले दोस्त के बारे में माँ-पिताजी को नहीं बताया। भैया अक्सर मुजाहिद नाम के अपने एक दोस्त का जिक्र करता था। कहता था, किसी दिन यदि मुजाहिद के यहाँ जाएँ तो चट्टग्राम का काक्सबाजार देख आएँ। उधर वह कभी गया नहीं। मुजाहिद भैया के स्कूल का दोस्त है। अभी चट्टग्राम में 'सेटेल' है।

मानना पड़ेगा कि भैया काफी हिम्मती है। किसी से कुछ कहे बिना कैसे भाग गया। रुपए-पैसे साथ में हैं या नहीं, क्या पता ! कोई मुसीबत तो नहीं आई ! चट्टग्राम तक पहुँच भी सका या नहीं, क्या पता ! दिन बीतते गए, थोड़ी-थोड़ी आशंका जमा होती रही। हर रोज सोचती, भैया तुलसी को लाल रंग की साड़ी पहनाए डरते-डरते घर में प्रवेश करेगा, घुसते ही माँ-पिताजी के पाँव छूकर कहेगा—क्षमा कर दीजिए। लेकिन यह सिर्फ मेरी उम्मीद ही थी। भैया नहीं लौटा। निखिल काका ने जी.डी. एन्ट्री कराई है। बताते हैं कि उन्होंने कहा है—तुलसी को यदि मुसलमान बनाया गया तो ठीक नहीं होगा, कहे देता हूँ। पिताजी ने इधर से जवाब में कहा है—उस लड़की को हम अपने घर में घुसने देंगे, यह निखिल बाबू ने सोच कैसे लिया !

मंसूर से अचानक मुलाकात हुई, बनानी की एक दुकान में। नादिरा के साथ गई थी। उसे अपने पति के जन्मदिन पर एक तोहफा देना था। मुझसे बोली—अभी क्लास नहीं है, चलो घूम आते हैं ! मैंने कहा—चलो !

मंसूर को देखकर मैं चौंक गई। मैं 'डोर' ठेलकर दुकान में घुस रही थी कि सामने देखा, मंसूर है। नीले ट्राउजर और सफेद गंजी में। क्या आँखें हैं, कितना आकर्षक रूप है उसका ! मैं निश्चल-सी वहीं खड़ी रह गई। मंसूर ने मुझे देखा, आगे बढ़कर मेरी ओर

आया। मंसूर मेरी ओर आ रहा है, यह सोचते ही मेरा पूरा शरीर पुलकित हो उठा। मंसूर करीब आकर, बगल में खड़ा होकर एक नक्काशीदार चादर देखने लगा। मैं फुसफुसाहट भरे स्वर में उससे बोली–आपको मैंने काफी पत्र लिखे हैं !

आवाज सुन मंसूर ने मेरी ओर देखा। उसके होंठों के किनारे मुस्कान थी। मुझे लगा कि यदि उसे मेरी चिट्ठियाँ मिली होतीं तो वह जरूर आगे बढ़कर मुझसे बात करता; कहता कि चलो, कहीं चलते हैं ! चलो, हम लोग हवा में खो जाते हैं ! जब उसकी आँखें मेरे चेहरे पर थीं, उसके होंठों पर आमन्त्रणभरी हँसी देखकर मैंने उससे पूछा–अपना नाम-पता बताएँगे ?

मंसूर ने कहा–क्यों ?

बोली–बहुत जरूरी है !

–बहुत जरूरी ? कहता हुआ मंसूर मेरे और करीब, लगभग सटकर खड़ा हो गया। उसके बदन से एक मीठी महक आ रही थी। दुकान में सामान टटोलते हुए धीरे-से मैंने कहा–हाँ, बहुत जरूरी है।

मंसूर ने पाकेट से एक कार्ड निकालकर हाथ में थमा दिया। मेरे धड़कते दिल से 'धुक्-धुक्' की आवाज आ रही थी। मेरी यह मुग्धता नादिरा की आवाज से टूटी। इस बीच वह सामान खरीद चुकी थी। बिल चुकाकर उसने मुझे पुकारा, मंसूर हट गया। नादिरा ने पूछा–कौन है रे ?

बोली–तू ही अन्दाज लगा, कौन है?

नादिरा ने मेरा हाथ दबाकर हँसते हुए कहा–तुम इतनी छुपारुस्तम हो शीला, हम लोगों को तुम कुछ भी नहीं बतातीं। नाम क्या है ?

–मंसूर !

दोनों ने एक स्कूटर लिया। रास्ते में वह बार-बार कह रही थी–तेरा 'लवर' काफी हैंडसम है!

'लवर' शब्द सुनकर बहुत अच्छा लगा, फिर दिल बैठ भी गया। मंसूर क्या सचमुच मेरा 'लवर' है ? मंसूर के प्रति तो मैंने उड़ेल दिया अपना सारा प्यार, लेकिन उस तक मैं अपने मन की बात पहुँचा नहीं पा रही हूँ। यदि उसे एक बार मेरे दिल का हाल पता होता तो क्या वह बिना कहे रह सकता था–शीला, मैं तुम्हारे लिए ही पार करूँगा सात समुद्र–तेरह नदियाँ। मंसूर को पता नहीं है इसीलिए वह चुपचाप था, मैंने खुद ही उससे बात की। मैंने ही उसका पता माँगा। कार्ड अंग्रेजी में था–मंसूर अहमद चौधुरी, घर का नम्बर, सड़क नम्बर, गुलशन, ढाका सब कुछ लिखा हुआ है। नीचे दो फोन नम्बर लिखे हुए हैं। नम्बर देखकर मैंने सोचा, जब चाहूँ मैं उससे अब फोन पर सम्पर्क कर सकती हूँ। अब मंसूर मेरे काफी करीब है। कौन कहता है कि खूबसूरत आदमी अहंकारी होता है ? मैंने तो मंसूर में कोई अहंकार नहीं देखा ! जब उसने हाथ बढ़ाकर अपना विजिटिंग कार्ड मुझे दिया, मैंने मिलाकर देखा था–मेरे हाथ से उसका हाथ गोरा था, शायद उसकी त्वचा मेरी त्वचा से मुलायम होगी !

खाला के घर से फोन करना होगा। हमारे घर फोन नहीं है। खाला जरूर फोन करने देंगी। और, जानना चाहेंगी तो बता दूँगी—मंसूर कौन है, उससे प्यार किए बिना क्यों रहा नहीं जा सकता। दुकान से निकलते हुए मैंने मंसूर की ओर मुड़कर देखा था। मंसूर ने हँसते हुए हाथ हिलाया, यानी मिलेंगे ! मिलेंगे, पर कहाँ ? नादिरा पर एक तरह से मुझे गुस्सा आया। यदि उस समय वह न बुलाती तो मंसूर हट नहीं जाता। और फिर बातें होतीं। नादिरा ने क्यों थोड़ा और समय नहीं लगाया। दोपहर को खाला के घर गई। खाला नहीं थीं, कहीं बाहर गई हुई थीं। कार्ड का नम्बर मिलाकर फोन किया। छाती धड़क रही थी। उधर से एक पुरुष स्वर ने पूछा—किससे बात करनी है ?

बोली—मंसूर से !

—वह नहीं हैं ! कहकर तुरन्त काट दिया। बहुत दुखी हो गई। कब आएगा, किस वक्त वह मिल सकता है आदि कुछ भी नहीं जान सकी।

घर में सिर्फ नौकरानी थी, उससे बोलकर आई—खाला के लौटने पर कहना, शीला आई थी।

शाम को बरामदे में उदास बैठी थी। माँ ने पूछा—तुम आज शरीफा के घर गई थीं ?

—हाँ।

—क्यों ?

—क्लास नहीं था। सोचा, मिल आती हूँ।

—फोन किसको किया था ?

—किसने कहा ?

—सुनो, मुझसे मत छिपाओ ! तुम्हारा हाव-भाव आजकल कुछ ठीक नहीं लग रहा है। दिन-भर क्या सोचती रहती हो, हाँ ?

माँ की बात सुनकर मैं अन्दर ही अन्दर चौंक गई। दरअसल मैं दिन भर कुछ न कुछ सोचती रहती हूँ। किसी एक गैर-रिश्ते के आदमी के बारे में सोचती रहती हूँ। खाला के घर फोन करने गई थी, यह बात माँ को किसने बताई ! एक फोन करने भर की आजादी भी मेरे नसीब में नहीं। मन बड़ा उदास हो गया। लगा कि खाला के घर जाकर फोन करने से माँ कुछ सन्देह कर रही है। सन्देह तो एक ही बात का है—किसी से प्रेम तो नहीं कर रही ! असल में भैया का मामला जब तक नहीं निबटता तब तक मुझे भी नजरबन्द रखा जाएगा। कहते हैं न, दूध का जला छाछ भी फूँक-फूँककर पीता है !

दूसरे दिन खाला आईं। माँ ने मुझे बुलाकर पूछा—शरीफा घर पर नहीं होगी, यह जानकर भी तुम शरीफा के घर क्यों गई थीं ? किसे फोन किया था ?

मेरे होंठों से झूठ नहीं निकला, एक बार मैंने सोचा कि कह दूँ, एक सहेली को फोन करने गई थी लेकिन झूठ नहीं बोला गया। सिर झुकाए खड़ी रही। खाला ने कहा—तुम जाओ दीदी, मैं इससे बात करती हूँ !

मुझे पास बुलाकर खाला बोलीं—सुनो शीला, तेरे खालू ने दीदी से यह बात कही

है। उसको और कोई काम तो है नहीं, सिवा झमेला करने के ! सुनो, तुम्हें यदि कभी जरूरत हो तो तुम मेरे स्कूल में आ जाना ! इस समय दीदी को थोड़ा शान्ति से रहने दो, फरहाद के कारण वे लोग मानसिक रूप से बहुत टूट चुके हैं।

मुझे बहुत गुस्सा आया। इतनी पराधीनता मुझे अब अच्छी नहीं लगती। नादिरा कितने मजे में है, उसका जो मन करता है, कर पाती है। उस दिन क्लास खत्म होने के बाद रूबी, नूसरत, पप्पी, शिप्रा के साथ नया गुट बनाकर चायनिज रेस्तराँ में गई थी। तहमीना ने मुझसे पूछा—तुम नहीं जाओगी ? मैंने सिर हिलाकर कहा—नहीं ! खाने-पीने से ज्यादा मजा दल बनाकर कहीं जाने में आता है। मैं कैसे जा पाऊँगी ? मुझे तो गिन-गिनकर रिक्शा भाड़ा दिया जाता है। हर रोज पिताजी के दफ्तर जाते समय उनसे कहना पड़ता है, रिक्शा भाड़ा दीजिए। पिताजी बटुए से बीस-पच्चीस रुपए निकालकर थमा देते हैं। वही मेरा दिन-भर का खर्च है। कभी-कभी माँ से चाय-वाय पीने और छोटी-मोटी चीज खरीदने के लिए दस-बीस रुपए माँग लेती हूँ। इसमें से कुछ पैसा जमा भी हो जाता है, ड्राअर में रख देती हूँ। लेकिन वह निहायत कम है। मुझे कपड़े, जूते और जिस-जिस चीज की जरूरत होती है, माँ खुद साथ ले जाकर खरीद देती है। बीच-बीच में खाला भी कई तरह के फैशनवाले कपड़े सिलवाकर ला देती है। मैंने कभी अपने कपड़े-लत्ते के लिए कोई माँग नहीं रखी। जो मिलता है, वही ठीक है। दोनों छोटी बहनों—सेतु और सेवा की फरमाइशें बहुत हैं। माँ उनको लेकर ज्यादा व्यस्त रहती है। मुझे इससे कोई शिकवा भी नहीं। लेकिन एक बात माँ से जरूर कहती हूँ—इतना बालों के फीते न खरीदकर कुछ रबर-पेंसिल खरीदकर दो, इतना चाकलेट-आइसक्रीम न देकर किताब-कापी खरीद दो ! उस बार उनके जन्मदिन पर मैंने सुकुमार राय का कहानी संग्रह खरीदकर दिया था, उसे दोनों ने छूकर भी नहीं देखा। सेतु और सेवा को अपने पास बैठाकर मैंने ही छह-सात कहानियाँ पढ़कर सुनाई थीं, उनकी कोई दिलचस्पी नहीं। इससे ज्यादा दिलचस्पी उनकी माँ के नमाज पढ़ने के बाद 'जायनमा' (जिस पर बैठकर नमाज पढ़ने का आसन) पर बैठकर दरूद (श्लोक) याद करने में है। मैं अक्सर डाँटती हूँ—गणित के दो सवाल दे रही हूँ या एक रचना लिखने को दे रही हूँ, जल्दी से गणित और रचना लिखकर दिखाओ !

सेतु और सेवा दोनों जुड़वा हैं। माँ उनको एक तरह के कपड़े पहनाती है, एक जैसा सजाती है, दोनों को हाथ पकड़ाकर घूमने जाती है। लोग समझ नहीं पाते कि कौन 'सेतु' है और कौन 'सेवा'। तब माँ को बहुत मजा आता है। फिर वह बताती है—इसकी नाक के नीचे तिल है, यह सेतु है और यह सेवा है। उनकी उम्र दस साल है। मेरे जन्म के नौ साल बाद सेतु और सेवा का जन्म हुआ। उधर भैया मुझसे पाँच वर्ष बड़ा है। मैं जब धीरे-धीरे बड़ी होने लगी, पिताजी ने सोचा कि एक और लड़का होने से घर भर जाएगा। एक और लड़का होने से अच्छा रहेगा, नाते-रिश्तेदारी के बहुत-से लोग यह कहते थे। वे समझाते—मान लीजिए, खुदा-न-खास्ता फरहाद को कुछ हो गया तो खानदान में कोई लड़का नहीं रह जाएगा। सतर्क रहने में कोई हर्ज नहीं। एक लड़का होना ही चाहिए।

मेरे जन्म के नौ वर्ष बाद माँ गर्भवती हुई और पिताजी तथा अन्य नाते-रिश्तेदारों के सपने पर झाड़ू फेरती हुई उसने दो जुड़वाँ लड़कियों को जन्म दिया। कोई उन्हें खास लाड़-प्यार नहीं करता था। माँ मुझे बुला-बुलाकर कहती—जरा गुदड़ी धूप में डाल दे, फीडर में दूध डाल दे, थोड़ा गोद में ले आदि छोटा-मोटा काम करवाती थी। मैं परेशानी नहीं महसूस करती थी बल्कि दो छोटी-छोटी गुड़िया रानी को देखकर मुझे बड़ी दया आती थी, माँ से पूछती—पिताजी तो इन्हें एक बार भी गोद में नहीं लेते ! क्यों, लड़कियाँ हैं इसलिए ?

माँ बात को घुमा दिया करती। कहती—अरे नहीं, ज्यादा छोटी हैं न ! थोड़ी और बड़ी हो जाने दे तो लेंगे।

—मुझे भी पिताजी गोद में नहीं लेते थे क्या ?

—क्यों नहीं लेंगे ?

—मैं भी तो लड़की थी, इसलिए !

—ना रे ! तू तो 'पहली लड़की' थी। तुझसे पहले तेरा भैया आ चुका था। माँ मुझे भरोसा देती हुई कहती—तुझे गोदी में नहीं लिया, यह तू क्या कहती है ! तुझे तो काफी प्यार करते थे। कहते—यह मेरी माँ है, मेरी तरह दिखती है !

मैं लम्बी साँस छोड़कर कहती—अच्छा हुआ, मुझसे पहले एक लड़का हो चुका था ! मैं सब समझती हूँ। मेरे उच्च शिक्षित पिता भी गोपन में पुत्र सन्तान ही चाहते थे। लड़के की आशा में गर्भ धारण करवाकर, अजमेर-शाहजलाल घूमकर भी यदि कोई पाए कि एक नहीं, दो-दो कन्या सन्तान हैं तो भला कैसे यह सह सकता है ? मेरे पिता से भी सहा नहीं गया। इसलिए वे भी निर्लिप्त ढंग से दिखावे भर से ज्यादा कुछ नहीं करते।

भैया लौटा है। जैसा सोचा गया था, वैसा ही हुआ—तुलसी साथ में थी। तुलसी भैया के कमरे में चुपचाप बैठी हुई है। कोई आवाज नहीं। भैया जिसे भी सामने पाता, उसी से कहता—हिन्दू है तो क्या हुआ, रूमू तो मुसलमान थी, रूमू ने क्या किया ? मुसलमान होने से ही कोई अच्छा इन्सान होगा और हिन्दू होने से नहीं, यह बात ठीक नहीं है। भैया इतना सारा तर्क देकर भी माँ को पिघला नहीं पा रहा है। मैं क्या कहती, मेरी यहाँ दखलन्दाजी ठीक नहीं। क्योंकि एक-दो बार मैंने बोलने की कोशिश भी की—मान जाओ न, तुलसी तो अच्छी लड़की है ! इस पर माँ गुस्से से आगबबूला होकर बोली—तुम अपना काम करो, यह सब समझने की तुम्हारी उम्र नहीं हुई !

मैं सेतु और सेवा को पढ़ाने बैठी और खुद भी एक किताब खोलकर बैठ गई। उनसे बोली—चुपचाप पढ़ो, कोई आवाज मत करना ! सेतु और सेवा बार-बार मुझसे पूछ रही थीं—तुलसी दीदी को क्या हम लोग अब से भाभी कहेंगे ?

मैंने कहा—हाँ !

भैया ने आदमी के जरिए खाला, मामा, फूफा, यानी सारे रिश्तेदारों को बुलवा भेजा है। शाम तक सभी आ गए। भैया नहाना-खाना, सब कुछ छोड़कर कमरे में दरवाजा बन्द करके बैठा रहा। घर पर कोई आदमी है, पता नहीं चल रहा है। माँ ने बिस्तर पकड़ लिया। पिताजी चुपचाप ड्राइंगरूम के सोफे पर बैठे पैर हिला रहे हैं। घर का वातावरण एकदम स्तब्ध है। मैं शतरंज बिछाकर बैठी सेतु और सेवा से बोली—तुम लोग दिमाग लगाकर चाल चलो। यदि मैं जीत गई तो भैया आज जीत जाएगा ! खेलने में मन बिलकुल नहीं लग रहा है। दरअसल ध्यान तो इस बात पर लगा हुआ है कि पिताजी आखिरकार क्या फैसला लेते हैं। कुछ देर बाद भैया और तुलसी का बैठक में बुलावा आया। तब मैं खेल-वेल बन्द करके दम साधे बैठ गई कि सुनूँ, क्या बातें हो रही है ! तुलसी से मिलने का एक बार भी मौका नहीं मिला। माँ ने कह दिया था—खबरदार, जो उस कमरे में गई ! रात में उन दोनों की ढेर सारे अभिभावकों के सामने पेशी हुई थी। तुलसी को बेशक काफी डर लग रहा होगा ! पहले बड़े मामा ने पूछा—फरहाद, तुम माफी माँगते हो ?

मैंने दरवाजे की ओट से झाँककर देखा, भैया सिर झुकाए खड़ा था। पीछे तुलसी खड़ी थी। बड़े मामाजी ने कहा—माफी माँगो, अपनी गलती के लिए पिताजी से माफी माँगो ! भैया खड़ा रहा। दोलन फूफू ने भैया को पकड़कर पिताजी के सामने ला खड़ा किया, फिर घुटने टेकने के लिए ठेल दिया। लेकिन इतने लोगों के सामने वह जरा भी नहीं झुका। बल्कि तुलसी आगे आकर पिताजी के पाँव छूकर सुबककर रो पड़ी, अस्फुट स्वर में बोली—चाचाजी, माफ कर दीजिए !

चाचाजी क्या माफ करेंगे ! आखिरकार तय हुआ कि तुलसी को उसके घर में रख दिया जाएगा, फरहाद पढ़-लिखकर स्टेब्लिस्ड हो जाएगा, इसके बाद तुलसी को घर में लाया जाएगा !

भैया ने इस बात को नहीं माना। कहा—इससे अच्छा है कि मैं तुलसी को लेकर घर छोड़कर चला जाऊँ। कहीं काम-काज कर लूँगा।

सुनते ही सारे लोग बरस पड़े—तुम्हारी नौकरी करने की योग्यता ही क्या है ? पागल भी अपना भला समझता है ! तुम्हारे पिताजी तुम्हारी भलाई के लिए ही तो कह रहे हैं, नहीं क्या ?

शादी जब कर ही ली है तो ठीक है, लेकिन सब कुछ का एक नियम तो होता है ! तुम्हारे पिताजी का सोचना है कि तुम लोगों की उम्र अभी शादी लायक नहीं हुई है, फिर पत्नी के साथ बाप के होटल में कितने दिन खाओगे, अपने पैरों पर तो खड़ा होना होगा ! इससे तो अच्छा है कि पत्नी बगल के घर में ही रह रही है। पहले तुम

अपने पैरों पर खड़े हो जाओ, फिर घर बसा लेना ! फिर शादी भी तो तुमने किस नियम से की है, यह भी हमें जानना होगा ! काजी के दफ्तर में या कोर्ट में ?

भैया का जवाब था—कोर्ट में !

—पत्नी का नाम क्या रखा गया ?

—नाम एक रखा गया था लेकिन पाँच मिनट के लिए, पाँच मिनट के बाद असली नाम वापस लौट आया। इसका नाम तुलसी था, तुलसी ही है। तुलसीरानी चक्रवर्ती !

—मतलब ? यह मुसलमान नहीं बनी ?

—बनना पड़ता है इसलिए बनी थी—शादी के कागजात में, असलियत में नहीं !

—क्यों ?

—मुसलमान बनने की क्या जरूरत है ?

सभी एक-दूसरे का मुँह ताकने लगे। एक-एक कर सबने कहा, लड़की अगर मुसलमान नहीं बनती तब तो यह शादी नहीं मानी जा सकती !

—लड़की तुलसीरानी चक्रवर्ती ही रहेगी, इसमें कोई बदलाव नहीं होगा !

भैया ने साफ शब्दों में कह दिया।

पिताजी ने अपना गुस्सा जब्त किया हुआ था, अब उनके धैर्य का बाँध टूटा। एकाएक उठे और भैया का हाथ पकड़कर एक झटका देते हुए दरवाजे की ओर ले जाकर बोले—गेट आउट, गेट आउट फ्राम माई हाउस ! तुलसी की ओर भी यही इशारा था। पिताजी गुस्से से बेकाबू हो रहे थे। आँखें लाल, जबड़े कसे हुए। पिताजी का ऐसा चेहरा मैंने बहुत कम देखा था। तुलसी डर से काँप रही थी। बाकी सारे लोग चाह रहे थे कि किसी भी तरह समस्या का समाधान हो जाए। पिताजी को लोग लौटाना चाह रहे थे। ताई, फूफू, खाला, मामा—नहीं, पिताजी ने किसी की भी बात नहीं मानी।

भैया तुलसी को लेकर घर से निकल गया। सुबह आया था, दिनभर इस घर में उनको खाना नसीब नहीं हुआ। दिनभर भूखे रहकर पारिवारिक अदालत के कठघरे में खड़े होकर चरम पराजय के बाद निर्वासन में चला गया। मुझे बहुत दुःख हुआ। घर के सारे लोग हृदयहीन लग रहे थे।

मंसूर को फोन करना किसी भी तरह सम्भव नहीं हो पा रहा था। खाला के स्कूल चली जाऊँ लेकिन खाला क्षुब्ध होंगी या नहीं, यह सोचकर खाला के स्कूल नहीं जा सकी। खाला सोच सकती हैं कि बड़ा भाई घर छोड़कर चला गया है, कहाँ है, कैसे है, पता नहीं चल पा रहा है—ऐसी स्थिति में बहुत जरूरी न होने पर मेरा किसी को फोन करना उचित नहीं ! इन्हीं सारी वजहों से सोचती हूँ कि अब चिट्ठी ही लिखूँगी।

लेकिन चिट्ठी क्या मंसूर के हाथ में पहुँचेगी ? दरअसल चिट्ठी को लेकर अब मुझे गुस्सा आने लगा है। फिर चिट्ठी तो काफी लिख चुकी हूँ। नए सिरे से अब फिर वह सब लिखने का मन नहीं करता। चिट्ठी के प्रति अब मुझमें पहले जैसा आवेग नहीं रहा। एक बार उससे थोड़ी-सी मुलाकात और एक-दो बात हो जाने से मिलने और बातें करने की इच्छा बढ़ गई है। वैसे फोन मैं रूमू के घर से भी कर सकती हूँ। पर भैया

की शादी पर उस घर से भी मुझे दो-चार बातें सुनाई जा सकती हैं इसलिए उसके घर भी नहीं जाया जा सकता। बड़े मामा और ताऊ के घर भी फोन है, लेकिन उनके यहाँ मेरा अकेला जाना सम्भव नहीं। माँ भी इस बीच कहीं नहीं जाएगी। यों 'कायनबाक्स' से भी फोन किया जा सकता है।

असल में मंसूर को इस घटना के जरिए यह बताने की बहुत इच्छा हो रही थी कि प्रेम समाज-संसार सबको ठुकरा सकता है। भैया का इस घर को छोड़कर चले जाना मेरे मन को बहुत आह्लादित कर गया था। प्रेम एक बेहद मूल्यवान वस्तु है, यह समझने में मुझे देर नहीं लगी। प्रेम के प्रति मैं बहुत आकर्षित हुई। लेकिन मंसूर को किसी भी तरह यह बता नहीं सकी। मैं दिन-प्रतिदिन प्यार को नए-नए रूप से अनुभव करती रही और प्रेमहीन जीवन को बड़ा ही दुस्सह जीवन समझने लगी। मंसूर क्या दूर का कोई आसमानी सितारा है, जिसे छुआ नहीं जा सकता ? शायद ! मंसूर मुझे देख रहा है, मुझे देखना उसे अच्छा लग रहा है, मैं और मंसूर बातें करते-करते हरी घास पर चल रहे हैं—यह मेरे लिए सपने की तरह लगा।

किसी को प्यार करने लायक मेरी उम्र हो गई है, घरवाले शायद यह मानना नहीं चाहते। यदि मानते होते तो किसी लड़के से फोन पर मेरे बात करने में इतनी बाधा क्यों आती ? या फिर यह भी हो सकता है कि किसी से प्यार करने की मेरी उम्र हो गई है इसलिए इतनी बाधाएँ हैं कि कहीं मैं किसी अपात्र को अपना प्यार न दान कर दूँ !

मंसूर से फोन पर सम्पर्क करने का मैंने एक और रास्ता ढूँढ़ निकाला—'रुक्कैया हॉल' के टेलीफोन बाक्स से फोन करने का। फोन करने में चार चवन्नियाँ लगीं। इसके-उसके पास से चवन्नी इकट्ठा करना अब मेरा बड़ा काम हो गया था। एक दिन पन्द्रह मिनट कोशिश करने के बाद लाइन मिली। 'हैलो' कहते ही उधर से एक महिला की आवाज सुनाई पड़ी—कौन बोल रही हैं ?

—मेरा नाम शीला है ! बड़ा ही विनय-भरा जवाब था मेरा।

—महिला ने पूछा—किसे चाहती हैं?

—मंसूर को !

मंसूर को चाहती हूँ—यह सोचते हुए मुझे अच्छा लगा। मंसूर को तो चाहती ही हूँ। चाहूँगी भी क्यों नहीं ? मंसूर को न चाहने का क्या है !

उधर से पूछा गया—आप कहाँ से बोल रही हैं ?

बोली—रुक्कैया हॉल से।

—मंसूर घर पर नहीं है !

—कब मिलेगा ?

—रात में !

—रात में ?

उधर से फोन रख देने की आवाज आई। यह भी सम्भव नहीं कि मैं कोई नम्बर

दे दूँ और वह 'रिंग बैक' करे ! असल में मेरी किस्मत ही खराब है। किस्मत खराब न होती तो रूपा, फीरोजा, शिप्रा आदि मेरी आँखों के सामने प्रेम कर रही हैं और मैं मुँह बाए उनको देखती रहती हूँ, या फिर घास कुतरती रहती हूँ।

उस दिन लाइब्रेरी के मैदान में बैठी हुई थी। एक लड़का आकर मेरे सामने खड़ा हो गया, बोला—आपसे कुछ कहना है। मेरे साथ मेरी सहपाठी पारुल थी। मैं खड़ी हो गई, बोली—कहिए ! लड़के ने कहा—मैं पॉलसाइंस का छात्र हूँ, थोड़ा इधर सुनिए ! 'इधर' यानी पारुल न सुन पाए, इतनी दूरी पर गई। लड़के ने कहा—मेरा नाम जहाँगीर है, मैं आपके साथ 'फ्रैंडशिप' करना चाहता हूँ। सुनकर बड़ा गुस्सा आया। बोली—देखिए, मेरा एक दोस्त है, मंसूर ! मुझे और किसी दोस्त की जरूरत नहीं। कहकर मैं चली आई। पारुल को बोली—चाय पीने का मन कर रहा है ! दो कप चाय हो जाए, क्या ख्याल है?

पारुल ने हामी भरी। चाय पीते-पीते पारुल के प्यार की बातें सुनीं। लड़का उसका ममेरा भाई है। इंजीनियर। दो बार पारुल को चूमा है। घर खाली मिलते ही पकड़कर चूम लेता है।

मैंने पूछा—चुम्बन लेने में कैसा लगता है रे ?

पारुल हँसती हुई बोली—जिसने कभी न लिया हो, उसे इसका स्वाद समझाया नहीं जा सकता !

फिर अपने आपसे बहुत चिढ़ होने लगी। जब मंसूर पहली बार मुझे चूमेगा, क्या वह मुझे हल्के से पकड़ेगा ? या उसके पकड़ने का अन्दाज मुझे अच्छा नहीं लगेगा ! सबसे अच्छा लगेगा यदि वह मेरी हथेली को चूमे।

उसके होंठों के स्पर्श को अनुभव करने के लिए मैं उस हाथ को कई दिनों तक धोऊँगी ही नहीं। आह ! कितनी खुशी होगी। इतनी खुशी क्यों होगी मुझे ! मंसूर से यदि किसी सुनसान मैदान में मुलाकात हो जाए तो मैं खड़ी रहूँगी—लज्जा में डूबी हुई। मंसूर कहेगा। आओ !

शायद मैं जाकर बैठ जाऊँ। आँखें झुकी हुईं, दिल धड़कता हुआ। मंसूर का भारी स्वर मुझे गहरा स्पर्श करेगा। वह कहेगा—पास आओ, शर्म कैसी ! मुझसे तुम्हें इतनी शर्म क्यों, मैं तुम्हारा सबसे करीबी नहीं, इसलिए !

मुझे वह पास बैठाएगा। कहेगा—चेहरा उठाओ, अच्छी लड़की !

मैं चेहरा उठाऊँगी। मंसूर मेरे चेहरे की ओर अपलक देखते हुए कुछ समय बाद घास पर लेटकर गाना गाएगा—'मेरे एक ओर सिर्फ तुम, पूरी दुनिया दूसरी ओर, मैंने तुम्हें ही लिया चुन !'

गाना पुराना जरूर है, फिर भी सुनने में अच्छा लगेगा। मंसूर मुझसे पूछेगा—तुम्हारी उँगलियों को जरा छू लूँ।

मैं सिर हिलाऊँगी—'हाँ' में।

मंसूर मेरी उँगलियों से खेलने लगेगा। कहेगा—दरअसल मैंने तुम्हें लम्बे समय से

सताया है, क्यों, जानती हो ? तुम्हें जलाया है दर्द की आग में, ताकि जल-जलकर तुम सोना बन जाओ।

कहते-कहते मेरा हाथ अपने होंठों के करीब ले जाकर अचानक हथेली चूम लेगा। बस, इतना ही ! हाथ खींचकर मैं उससे उसके बचपन की बातें सुनूँगी—वह अपने गाँव की कंश नदी में दूर तक नाव लेकर चला जाता था। लौटता था शाम के बाद। भुतहा बाँस की झाड़ी के पास रात में खड़ा रहता भूत देखने के लिए। भोर की अजान के समय घर लौटा करता। हमउम्र बच्चों को बुलाकर कहता—तुम सब सुनो ! भूत-फूत कुछ नहीं है इस दुनिया में ! सुनकर मुझे अच्छा लगेगा। मंसूर मुझसे कहेगा—तुम अपने बचपन की कोई घटना मुझे बताओ ! मैं तालाब में अपने डूबने की घटना बताऊँगी—जब मेरी उम्र नौ साल की थी, तब ननिहाल के तालाब में एक कमल का फूल खिला हुआ देखकर उसे तोड़ने के लिए पानी में उतरी। अचानक लगा कि मैं डूब रही हूँ। फिर तैर उठी, फिर डूब गई। पानी पी रही हूँ और चिल्ला रही हूँ, पानी पी रही हूँ और डूब रही हूँ। कोई मुझे बचाने नहीं आ रहा। मैं कमल के फूल को पकड़ नहीं पा रही और न घाट तक पहुँच पा रही थी। मुझे तालाब से निकालकर मेरे संन्यासी मामा ने बचाया था। मरते-मरते बची थी।

मंसूर और मैं, अपने-अपने बचपन की बातें कहते-सुनते रहेंगे, रात उतरने लगेगी। हमारे घर लौटने का समय हो जाएगा और हमें पता तक नहीं चलेगा।

संन्यासी मामा श्यामली में टीन की छतवाले एक छोटे-से घर में रहते हैं, भैया और तुलसी वहीं रह रहे हैं। भैया नौकरी ढूँढ़ रहा है, एम.ए. की परीक्षा भी नजदीक ही है, पर सुना है कि परीक्षा नहीं देगा। यह बात कोई पिताजी को कह गया है। पिताजी इस बात को लेकर माँ पर गुस्साए हुए हैं—तुम्हारे भाई ने उनको रहने क्यों दिया ? हिन्दू लड़की से शादी की है, कहता है लड़की हिन्दू ही रहेगी, समाज में मैं कैसे मुँह दिखाऊँगा ?

सुबह यूनिवर्सिटी जाते समय पिताजी ने पूछा—तुम्हारा क्लास-व्लास हो रहा है ?

—जी, हो रहा है !

—तुम ही मेरा एकमात्र भरोसा हो बेटी ! तुम मेरा मान रखना। लड़का तो बर्बाद हो ही गया। लोग बुरा कहें, ऐसा काम कभी मत करना। नाश्ते के टेबुल से उठकर, मेरा सिर अपनी छाती से लगाकर पिताजी ने हाथ फेरा। बोले—बहुत अच्छी लड़की बनकर रहना, ठीक है ? सीधे यूनिवर्सिटी जाना, क्लास खत्म होते ही किसी तरफ

ताक-झाँक किए बगैर घर चली आना। कहीं और मत जाना। बेवजह अड्डेबाजी मत करना। अच्छी लड़की बनकर रहना, फरहाद ने मेरे मुँह पर कालिख पोत दी है ! तुम पढ़-लिखकर बड़ी हो जाओ, मैं कहूँगा—मेरी एक ही सन्तान है, यही मेरा लड़का है, यही मेरी लड़की है !

दो किताबें और दो कापियाँ छाती से लगाए खड़ी रही। पिताजी का प्यार पाकर आँखों में पानी भर आया। दरअसल, मैं प्यार की बहुत कंगाल हूँ। कोई यदि जरा प्यार से बोले तो मेरी आँखें भर आती हैं, किसी का थोड़ा-सा स्नेह-स्पर्श मुझे भावावेग से भर देता है।

पिताजी का हाथ दोनों हाथों से दबाए मैं मन ही मन बोली—आप मुझे प्यार करते हैं, यह मैं कभी नहीं समझ पाई थी, पिताजी ! सोचती थी कि आप बहुत कठोर इंसान हैं, भैया को लाड़-प्यार से इसलिए बड़ा किया है कि वह आपके खानदान की हिफाजत करेंगे। हम लोग दूसरों के घर चली जाएँगी, हमें प्यार करने से क्या फायदा ! सिर्फ मैं ही क्यों, भैया, सेतु, सेवा सभी आपकी सन्तान हैं। क्यों हम लोगों के बीच इतनी दूरी है, मेरी तो समझ में नहीं आता ?

पिताजी ने लम्बी साँस छोड़ी। असल में पिताजी को जो बात मैं कहना चाहती थी, वह कह नहीं पाई—भैया को वापस लौटा लाने की बात मेरे होंठों पर नहीं आ सकी। मैं किसी से प्यार करके भैया जैसा अघटन न घटाऊँ, पिताजी यही चाहते हैं। लेकिन मंसूर से प्यार करना क्या अघटन है ? निश्चय ही नहीं। क्योंकि पिताजी यदि आर्थिक स्थिति के बारे में सोचें तो मंसूर बड़े बाप का बेटा है और यदि यह देखा जाए कि शिक्षित है या नहीं तो मास्टर डिग्री की परीक्षा देगा, यानी शिक्षित है। देखने में तो सुन्दर है ही। स्वभाव और चरित्र भी अच्छा होगा, वरना क्या संगीत के समारोह में आता ! अच्छा है तभी तो तुलसी ने कहा था, मंसूर बड़ा अच्छा लड़का है। अच्छा है इसीलिए तो मेरे अपलक देखते रहने पर भी मुझे देखकर उसने न सीटी बजाई और न आँख मारी।

मेरी एक गोपनीय डायरी है। दो साल पहले भैया ने वह डायरी मुझे दी थी, लिखा था—"प्यारी छोटी बहन, शीला को, भैया।" इधर डायरी खोलकर पहला पन्ना देखने से मेरा मन दुखी हो जाता है। संन्यासी मामा को खुद ही खाना नहीं मिलता तो वे भला दूसरों को क्या खिलाएँगे ? और उस झोंपड़ी में सोने की जगह ही कहाँ है ? भैया मुझे अक्सर छोटी-मोटी चीजें देते रहे थे। एक बार जीवनानन्द दास का काव्यसंग्रह दिया था, पार्कर कमल दी थी और कहा था—कविताएँ लिखना। रंग-ब्रुश खरीदकर कहा था, आसमान की तस्वीर बनाना। मेरी कविता लिखने में ज्यादा दिलचस्पी है। उधर डायरी भी लिखने लगी हूँ। उसमें मंसूर के बारे में ही अधिक है।

मंसूर को मैंने फिर चिट्ठी लिखी। उसे चिट्ठी नहीं, कविता कहा जा सकता है :

"तुम कैसे हो, प्राण ? ठीक तो हो मेरी हरियाली ?
तुम्हें कभी स्पर्श तो नहीं किया
बस आँखें खोलकर देखा है तुम्हारी असाधारण ऊँचाई को।

तुम इतने प्राणवान हो कि किसी भी दूरी से
तुम्हें प्यार किया जा सकता है।
तुम न चाहो मुझे प्यार करना तो कोई बात नहीं
मैं करूँगी, जब तक मेरी छोती में धड़कता दिल होगा।
मैं करूँगी प्यार
प्यार न करने से मेरी मुक्ति नहीं, मेरी इस सीलन भरी
अँधेरी कोठरी में एक टुकड़ा धूप हो तुम,
जो मेरे माथे पर आकर पड़ा है, मैं जागी हूँ लम्बे उन्नीस
बरसों बाद, खुली है नींद मेरी, तुम्हें
पाना ही अब एकमात्र सपना है मेरा।
—तुम्हारी शीला।"

चिट्ठी लिखने के लिए मैंने अपना पता पारुल के हॉल का दिया है। लिफाफे पर पारुल के नाम के बगल में एक स्टार चिह्न रहने से वह समझ जाएगी कि चिट्ठी मेरी है। पारुल को मैंने ऐसा ही कह रखा है।

दिन में फोन करने पर मंसूर मिलता नहीं, कोशिश करना बेकार है। रात को फोन करना मेरे लिए सम्भव नहीं। सो पत्र के जवाब का ही इन्तजार करती रही। पारुल से रोज पूछती हूँ—क्यों रे, कुछ आया ? पारुल होंठ उलटकर कहती—नहीं।

एक दिन, दो दिन, तीन दिन करते सात दिन बीत गए। चिट्ठी नहीं आई। इधर 'मंसूर' नाम क्लास में काफी लोग जान गए। नादिरा ने ही बता दिया है कि शीला के प्रेमी का नाम मंसूर है; वह देखने में बहुत खूबसूरत है। बकुल, मणि, रुबीना, लकी, मदिरा, मौमी आदि सभी अब देखते ही पूछती हैं—क्यों, मंसूर साहब की क्या खबर है ? दूल्हा भाई हैं कैसे ? डूब-डूबकर कितने गैलन पानी पी चुकी आदि-आदि कहती रहती हैं। यह सब सुनकर शर्म और खुशी दोनों ही मुझ पर तारी हो जातीं।

मुझे हैरत में डालते हुए ग्यारहवें दिन पारुल ने एक लिफाफा मेरी किताब में घुसा दिया। उस समय क्लास चल रही थी, मेरी बगल में बैठकर उसने यह करतूत कर डाली। मैं बड़े ध्यान से लेक्चर सुन रही थी, मेरी किताब के अन्दर एक पीला लिफाफा दाखिल हो गया—यह देखने के बाद मेरे लिए मन को स्थिर रख पाना सम्भव नहीं था। मैंने किताब को पास खींचकर लिफाफे को खोल लिया। भीतर से सफेद कागज में लिखा हुआ एक पत्र निकल आया, चिट्ठी में लिखा था—"शीला, तुम्हारा पत्र पढ़कर बहुत अच्छा लगा। तुम मुझे प्यार करती हो, यह जानकर बहुत खुशी हुई। तुमसे मेरा मिलना जरूरी है। तुम अगले शनिवार (12 तारीख) को दोपहर साढ़े-बारह बजे 'क्रिसेन्ट लेक' के किनारे आना। मैं सफेद ग्राउंड पर नीले स्ट्रिप की शर्ट और काले पैंट में रहूँगा, आँखों पर रेबान सनग्लास होगा। साथ में लाल रंग का एक होंडा सिविक होगा। गाड़ी का नम्बर है 1704/ मंसूर।"

चिट्ठी नहीं, इसका नाम चिट्ठी नहीं—यह स्वर्ग से आया हुआ कोई सुखद

समाचार है। मेरे लिए क्लास में ध्यान देना सम्भव नहीं था। मैं पीछे के दरवाजे से चुपचाप निकल आई। कारिडोर में अकेली खड़ी हुई। कितना अच्छा लग रहा था ! पेड़ों की हरियाली, मानो इतना हरा होते उनको पहले कभी नहीं देखा। आसमान बड़ा ही उदार, बड़ा ही करीब लग रहा था। इस यूनिवर्सिटी की दीवारें, क्लासरूम, 'अपराजेय बांग्ला', छात्र-छात्राएँ, शिक्षक सब के सब बड़े अपने प्रतीत होने लगे। रेलिंग पर झुककर मैंने नीचे देखा—दो गरीब बच्चे खेल रहे हैं, वे भी बड़े करीबी लगने लगे। बोली—ऐ सुनो ! उन्होंने ऊपर देखा। बोली—लो पकड़ो ! बैग से दस रुपए का नोट निकालकर नीचे फेंक दिया। वे पैसा पाकर बहुत खुश हुए, उठाकर दौड़ते हुए भाग गए। मुझे भी बहुत खुशी हुई। अब कोई और क्लास नहीं करूँगी। इसके बाद टी. अहमद का क्लास है। उनका लेक्चर अच्छा लगता है। लेकिन आज उनका क्लास भी करने का मन नहीं कर रहा है। टी.एस.सी. में गई। अकेले-अकेले डास में जाकर खड़ी रही—चाय पीऊँगी। सामने खुद की हासिल आजादी के साथ मैंने चाय की चुस्की ली और किताब के अन्दर रखी चिट्ठी को अनुभव करती रही। अहा, इतनी खुशी कैसे हो रही थी मन में ? मेरे सारे अहसास में इतनी खुशी क्यों ? आज टी.एस.सी. में बैठकबाजी कर रहे लड़के-लड़कियों को मन ही मन बोली—सुखी होओ !

एक-दो परिचित छात्र-छात्राओं ने पूछा—क्लास नहीं है ? हँसकर बोली—है, लेकिन करूँगी नहीं !

मेरा ध्यान तो चिट्ठी में पड़ा हुआ है, चिट्ठी फिर से पढ़ी। फिर से। हैंडराइटिंग भी सुन्दर है, कागज भी। पारुल को शुक्रिया अदा नहीं किया, उसको लिपटकर चूमने का मन कर रहा है। मन ही मन पारुल के गाल पर मैंने चुम्बन लिया। पारुल, तुम खुश रहो, आज मेरे लिए बड़ा ही सुखद दिन है।

जो मिल रहा है उसी से कह रही हूँ, आज मेरे लिए बड़ा सुखद दिन है। नर्गिस नाम की एक लड़की मुझसे ऊपर के क्लास में पढ़ती है—क्यों रे शीला, यहाँ अकेली बैठी है, मन ठीक नहीं है ?

मैं हँसकर बोली—नर्गिस आपा, आज मेरा मन बहुत अच्छा है ! आज टी.एस.सी. के मोड़ पर खड़े होकर सबको सुनाकर कहने का मन हो रहा है, आज मेरे लिए बड़ा सुख का दिन है। आज मेरे प्यार ने मुझे चिट्ठी लिखी है। इससे ज्यादा खुशी का दिन मेरे लिए और कुछ नहीं, मेरे जीवन में इससे ज्यादा आकांक्षित और कुछ भी नहीं। आज मैं सार्थक हूँ, मेरे उन्नीस बरस के जीवन में आज पहली बार सफलता आई है, लम्बे समय से देखा जा रहा एक स्वप्न आज पूरा हुआ, लम्बे समय से अँधेरे में पड़े इस जीवन ने पहली बार रोशनी का चेहरा देखा, वर्षों से बन्द पड़ा एक दरवाजा आज खुल गया। आज दुनिया की तमाम रोशनी-हवा तेजी से अन्दर प्रवेश कर रही है।

शनिवार के आने में अभी चार दिन बाकी हैं। शनिवार को मैं उसके पास जाऊँगी। शनिवार को वह क्रिसेन्ट लेक के किनारे मेरा इन्तजार करेगा। क्या पहनूँगी उस दिन, सबसे अच्छी ड्रेस कौन-सी है ? उस दिन दरजी के यहाँ से एक नई ड्रेस ले आई हूँ,

उसे अब तक नहीं पहना है, उसी को पहन लूँगी, पहनकर देख लेना होगा—कैसी लगती हूँ। कान में क्या बाली पहनूँगी ? सोने की ? या फिर ड्रेस के रंग से मिलाकर पत्थर की ? होंठों पर हल्की लिपस्टिक रहेगी, या गाढ़ी ? दोपहर को गहरा मेकअप नहीं किया जा सकता, हल्के फाउंडेशन पर हल्का-सा फेस पाउडर लगा लेने से ही चलेगा। सजने-धजने का सामान मेरे पास नहीं था—ताऊ की लड़की की शादी हुई साल भर पहले, उसे गिफ्ट में कई मेकअप बाक्स मिले थे, उनमें से एक उसने मुझे दिया है।

माँ ने कहा था—यह सब ज्यादा मत लगाना, त्वचा खराब हो जाएगी। मैंने कभी लगाया नहीं है, लगाने की जरूरत भी नहीं पड़ी, लेकिन क्या शनिवार को थोड़ा न सजूँ ? नहीं, थोड़ा-सा तो सजना ही पड़ेगा।

बाल कैसे बाँधूँगी ? चोटी या खुला रखूँ ? चोटी करने पर, लाल बैंड है, बाँधा नहीं जा सकता है। ठीक रहेगा। आँखों में काजल लगाऊँगी ? टीका लगाऊँगी ? टीका लगाने से क्या ज्यादा सजा-सँवरा लगेगा ? मंसूर की क्या पसन्द है, क्या पता ! वैसे मैं हल्का सजना-सँवरना ही पसन्द करती हूँ। सैंडल की बेल्ट ढीली हो गई है। माँ से बोलकर आज ही अगर सैंडल खरीद पाती तो अच्छा होता। यह तो रही मेरे सजने-सँवरने की बात। लेकिन बात क्या करूँगी ? लेक के किनारे बैठकर क्या बात करूँगी ? जीवन की सारी बातें क्या एक दिन में की जा सकती हैं ? क्या मैं खाली हाथ जाऊँगी ? नहीं, खाली हाथ जाना ठीक नहीं होगा। उसके लिए रजनीगंधा या गुलाब ले लूँगी। काश ! एक बार जान पाती कि उसे कौन-सा फूल पसन्द है, गुलाब क्या किसी को नापसन्द हो सकता है ! सबसे अच्छा है अंजुरी भर गुलाब ही ले जाऊँ। उसके हाथों में गुलाब देकर कहूँगी—मेरा सारा प्यार तुम्हारे लिए ! तब मंसूर हाथों में गुलाब पाकर जरूर ही बहुत खुश होगा। समझेगा यह लड़की बड़ी ही सहृदय है। हॉल में अभी कोई मिलेगा नहीं, घर जाने का भी मन नहीं कर रहा है। बल्कि 'आर्ट कालेज' जाया जाए। वहाँ शिमुल नाम की एक सहेली है मेरी। क्या शिमुल को मंसूर की बात बता दूँ ? बता दूँ कि अपने प्यारे एक आदमी से मैं शनिवार को मिलने जाऊँगी ! क्या किया जाए उस दिन, कैसे वह दिन मनाया जाए—इस बारे में सलाह लेने आई हूँ। शिमुल गाना गाती है, चित्रकारी करती है और कविता भी लिखती है। पसन्दगी से भरपूर है। और मैं खुद को बड़ी ही प्रतिभाहीन समझती हूँ, गधीनुमा कुछ महसूस करती हूँ। फिर यदि उसने नापसन्द कर दिया तो ? यदि पूछ दे कि अच्छा, यूरोप तुम्हें कैसा लगता है ? कहूँ कि कभी गई ही नहीं ! यह सुनकर वह सोचेगा नहीं कि इस गँवार लड़की को बुलाकर गलत किया ? असल में शिमुल मुझे बता सकेगी कि क्या करने से एक सुरुचिसम्पन्न सुसंस्कृत व्यक्ति मुझे पसन्द करेगा। शिमुल से मिलने के लिए आर्ट कालेज की ओर चल पड़ी। वह पेंटिंग की छात्रा है। पूरा कालेज मैंने छान मारा, वह कहीं नहीं मिली। आखिरकार जब वहाँ से निकलकर आने लगी तो उससे भेंट हुई। दो लड़कों के साथ वह कैम्पस में घुस रही थी। बोली—क्यों रे, यहाँ किसलिए ?

उसे किनारे ले जाकर बोली—मैं एक आदमी से प्यार करती हूँ, कल उससे मुलाकात

होगी। बता न, क्या करना चाहिए ! मेरी तो अभी से जान हथेली पर आ गई है। लड़का तुम लोगों की दुनिया का आदमी है, मैं तो संगीत समझती नहीं। समझ में नहीं आ रहा है, मुझे कहीं निर्गुण न समझ ले!

शिमुल ने कहा—वाह, अच्छा प्रेम किया है ! तुम भी तो कविता लिखती हो, अपनी कुछ कविताएँ सुना देना ! गाना एक गुण है तो कविता लिखना भी गुण है। तुम अपने आपको बिलकुल हीन मत समझना।

—और ?

—थोड़ी गम्भीर रहना, बीच-बीच में कहना—सिर में चक्कर आ रहा है, घर चलती हूँ !

—चक्कर न आने पर भी ?

—हाँ, इससे अपना वजन बढ़ता है। लड़का जाने नहीं देगा, कहेगा—थोड़ी देर और रुक जाओ !

—यदि न कहे तो ?

—कहेगा ही !

—फिर ?

शिमुल थोड़ी चंचल लड़की है, बोली—मेरी बनाई एक तस्वीर ले जाओ, कहना—यह तुम्हें देती हूँ ! खुश होगा।

—तुम अपनी बनाई तस्वीर दोगी ?

शिमुल ने कहा दे दूँगी।

—कितना अच्छा लगेगा मुझे, क्या बताऊँ !

शुक्रवार को सुबह पिताजी ऑफिस न जाकर श्यामली में संन्यासी मामा की झोंपड़ी में गए। जाकर उन लोगों को ले आए। माँ उन्हें छाती से लगाकर खूब रोई, मुझे बहुत अच्छा लगा। तुलसी का गाल टीपकर मैं बोली—क्या कांड कर डाला ! तेरे पेट में यह सब था ! तुलसी ने कहा—देख ! अब से 'तू' मत बोलना, 'तुम' कहना होगा ! भैया ने भी कहा—ए, भाभी को 'तू' बोल रही है !

मुझे बहुत हँसी आ गई, अभी उस दिन की छोकरी तुलसी आज सिर पर पल्लू डालकर भाभी बनी बैठी है। उसे देखकर मन ही मन मैंने सिर पर आँचल किया—सोचा मंसूर के घर में कैसी दिखूँगी। तुलसी की तरह मुझे 'बड़ा' बनना पड़ेगा या नहीं, क्या

पता ! तुलसी दोपहर को ही रसोई में चली गई, माँ को कितनी सहजता से 'माँ' पुकार रही है, यह-वह काम कर रही है। देखकर मुझे बड़ी हैरानी हो रही थी, तुलसी ने कब खाना बनाना सीखा ?

तुलसी को मंसूर के बारे में कुछ भी नहीं बोली। शाम को, उसके साथ बातें करूँगी यह सोचकर बोली—चलो, छत पर चलते हैं ! तुलसी ने कहा—रुको, माँ से बोलकर आती हूँ।

तुलसी माँ से इजाजत लेकर छत पर आई, लाल बिन्दी लगाए है। वह बहुत अच्छी लग रही थी। वह मेरे भैया की पत्नी है। वह अब तुलसी नामक पड़ोसन से ज्यादा करीबी है। बल्कि उसे एक सरप्राइज दूँगी। जिस तरह उसने हमें बिना बताए भैया से शादी करके सरप्राइज दिया है, मैं भी इसी तरह मंसूर से जमकर प्रेम करने के बाद अचानक शादी करके ही कहूँगी—देखो तो, पहचान पाती हो या नहीं !

तुलसी आँखें फैलाए माथे पर हाथ रखकर कहेगी—अरे, यह तो मंसूर भाई हैं !

छत पर खड़ा होने से तुलसी का घर दिखाई देता है। तुलसी ने उधर देखा भी नहीं। मैंने कहा—वह देखो, तुम्हारी माँ इधर देख रही है !

—देखने दो। उसकी लड़की सुखी ही है !

—मामा के घर पर तो इतनी तकलीफ झेली है, तब भी कहती हो सुखी हो !

—प्यार मिल जाए तो और किसी चीज की जरूरत नहीं पड़ती।

—क्या कहती हो तुलसी, तुम कब से इतनी अच्छी हो गईं !

—क्यों, बुरी ही कब थी ?

—भैया से इतना प्यार करती हो लेकिन भैया तो रूमू को प्यार करता था !

—तुम्हारे भैया बहुत अच्छे 'आदमी' हैं। इतना अच्छा आदमी मैंने जीवन में बहुत कम देखा है।

रेलिंग से टेक लगाकर खड़ी होती हुई मैं बोली—तुम मुझे बहुत अच्छी लग रही हो तुलसी, तुम जीवन भर भैया को इसी तरह प्यार करती रहना !

—तेरी क्या खबर है ? प्रेम-व्रेम...

मैं एक रहस्यभरी मुस्कुराहट के साथ, हालाँकि गाना नहीं आता, फिर भी गा उठी...धीरे-धीरे—बहो, ओ मतवाली हवा !

गाना रोककर तुलसी की ठुड्डी हिलाकर बोली—उससे मेरी कल मुलाकात होगी, मेरी अच्छी भाभी !

तुलसी छत पर टहल रही है, जबरन क्या आँखों को रोका जा सकता है, आँखें उसके घर की ओर चली जाती हैं, दिखाई दे रहा है—आँगन, आँगन के बीच में तुलसी का पौधा। मैंने अचानक पाया कि मेरी ओट में मेरे पीछे तुलसी रो रही है।

—तुलसी, क्यों रो रही हो ? घर की याद आ रही है ? कल मैं माँ से कहकर तुम्हारे घर ले जाऊँगी, देखना ! तुलसी मुझसे लिपटकर और जोर से रोने लगी। सचमुच क्या तुलसी सुखी है, या यह सुखी होने का अभिनय कर रही है, मैं ठीक से समझ नहीं पा

रही हूँ। जहाँ तक मेरी समझ में आ रहा है, उसे अपने घरवालों की याद आ रही है। उसे और पास खींचकर छाती से लगाती हुई बोली—तुम सिन्दूर पहनना, शंख की चूड़ियाँ पहनना। अपने माता-पिता के पास जाना, दुर्गापूजा में भी पहले की तरह खुशियाँ मनाना। तुलसी, तुम दुखी मत होओ, मैं माँ को समझाऊँगी ! मैं बोलती रही और तुलसी और ज्यादा रोने लगी। तुलसी के लिए मुझे बहुत दुख हो रहा था। सभी के मन में थोड़ा-बहुत दुख होता ही है। तुलसी को देखकर लग रहा था कितनी सुखी है, पर उसके आँसुओं ने मुझे बता दिया कि वास्तव में वह सुखी नहीं है। इतना अधिक दुःख-दर्द मुझे अच्छा नहीं लगता। दुनिया में सभी लोग सुखी क्यों नहीं होते ? मेरा विश्वास है कि मैं सुखी होऊँगी। मंसूर क्या कभी मेरे साथ ऐसा कुछ करेगा जिसके लिए मुझे रोना पड़ेगा ! मुझे विश्वास नहीं होता।

तुलसी को नीचे ले आई, बोली—आँख-मुँह धोकर सोई रहना, भैया के आने पर हम लोग एक साथ चाय-नाश्ता करेंगे, ठीक है ?

भैया शाम बीतने के बाद आया, तुलसी के लिए लाल किनारेवाली हरे रंग की साड़ी लाया है। साड़ी देखकर तुलसी बहुत खुश हुई। वह शाम का दुःख भूलकर हम तीनों के लिए चाय बनाकर लाई। माँ भैया की पीठ पर हाथ फेरती हुई बोली—बेटा फरहाद ! तुलसी को नमाज-कलमा पढ़ाना लिखा, उसका नाम फरजाना सुलतान रख, यह नाम मुझे बहुत पसन्द है !

भैया सिर झुकाए बैठा रहा। बोला—ठीक है माँ, देखा जाएगा ! इतने में तुलसी के चाय लेकर आने पर माँ ने उससे कहा—इधर आना तो बेटी ! फिर दोनों को अलग-बगल में खड़ा कराके पता नहीं क्या बुदबुदाती हुई माँ ने दोनों के आँख-मुँह पर फूँक मारी। अन्त में बोली—बेटा—अब से तुम बहू को फरजाना के नाम से पुकारना !

मैंने पाया, भैया सिर झुकाए बैठा था और तुलसी को फरजाना नाम से पुकारने के विरोध में कुछ बोला भी नहीं। तुलसी भी चुप। दोनों ने माँ का आशीर्वाद लिया। मैं काफी देर तक खड़ी रहने के बाद अपने कमरे में चली आई। सेतु और सेवा से बोली—भाभी को तुम लोग खूब प्यार करना, ठीक है ! भाभी बहुत अच्छी लड़की है।

सेतु और सेवा बोलीं—लेकिन माँ ने कहा है—भैया के कमरे में मत जाना !

मेरा समय हो चला था। शनिवार की सुबह मैंने नए कपड़े पहने। थोड़ा सजी-सँवरी भी, हल्की लिपस्टिक भी लगाई। कपड़े के रंग से मिलती-जुलती कान की बाली पहनी, आँखों में काजल। भैया के कमरे से फरफ्यूम लेकर कुरते और दुपट्टे पर छिड़क लिया। आगे-पीछे घूमकर खुद को बार-बार आईने में देखा, काफी अच्छी लग रही हूँ। गुलाबी कुरता, हल्के नीले रंग की सलवार और आसमानी रंग की ओढ़नी। खूब जँच रही हूँ। बालों की एक लम्बी चोटी बनाई। तुलसी से पूछा—क्यों, कैसी लग रही हूँ ?

तुलसी ने कहा—बहुत सुन्दर ! मेरे हाथ में एक चिट्ठी थमाकर वह धीरे-से बोली—जाते हुए मृदुल भैया को दे देना।

मेरा उस घर में जाना मना है, पिताजी ने ही यह निषेधाज्ञा जारी की है। और

तुलसी मुझे वहाँ जाने के लिए कह रही है—मृदुल भैया को चिट्ठी देने के लिए। इस बात का किसी को पता चल जाने से मैं जरूर मुसीबत में पड़ जाऊँगी। आए मुसीबत, फिर भी जाऊँगी। उनके घर का गेट खोलकर सीधे मृदुल भैया के कमरे में गई। मृदुल भैया लेटे हुए थे, मुझे देखकर हड़बड़ाकर उठ बैठे। उनसे ज्यादा कुछ कहे बिना, 'आपकी चिट्ठी' बोलकर उनके हाथ में थमाती तेजी से निकल आई। आज मेरा बहुत काम है। यूनिवर्सिटी में आज कोई क्लास नहीं करूँगी। आज मैं मंसूर से मिलूँगी, वह मेरे लिए क्रिसेंट लेक के पास खड़ा रहेगा। मेरे लिए आज यूनिवर्सिटी के सारे क्लास फिजूल हैं। मेरी एक ओर सारी दुनिया है तो दूसरी ओर मंसूर है—मैं मंसूर को ही चुनूँगी।

मंसूर की चिट्ठी न जाने कितनी बार रात में पढ़ी है। रात को सोते समय किताब के अन्दर चिट्ठी रखकर किताब मच्छरदानी में लेकर सोई थी। काफी रात तक चिट्ठी के अक्षरों को छू-छूकर प्यार को परखती रही।

आज मैं क्लास नहीं करूँगी, बार-बार घड़ी देख रही हूँ। घड़ी में जैसे ही बारह बजेंगे, चल देना होगा। मंसूर ने कहा है साढ़े-बारह बजे, आधे घंटे के भीतर पहुँच जाऊँगी। ग्यारह बजे से मेरा दिल धड़कने लगा। क्या करूँ, अभी तुरन्त यदि नहीं गई तो साढ़े-बारह बज जाएँगे, और मंसूर मुझे न पाकर वापस लौट गया तो ? फिर अभी फूल भी खरीदना है !

रिक्शे से 'मालंच' गई। दो सौ रुपए के गुलाब खरीदे। गुलाबों को सजाने में दुकानदार ने काफी समय लगाया। मैं रिक्शा लूँ या स्कूटर ! सवा-बारह बज रहा है, रिक्शा ले लूँ। मंसूर जरूर ही मुझे दूर से देखेगा। क्या मैं असुन्दर लग रही हूँ ! आईने में देखा है, यह ड्रेस मुझे खूब जँच रही है, चप्पल भी काफी फब रही है मुझ पर। मंसूर समझेगा, इस लड़की की पसन्द बहुत अच्छी है।

रिक्शा शाहबाग पार कर एलिफेंट रोड से होता हुआ धानमंडी पहुँचा। शिमुल की बनाई तस्वीर नहीं ले सकी। बेचारी के पिता की मृत्यु हो गई है। आधी बनी तस्वीर छोड़कर उसे घर चले जाना पड़ा।

केलाबगान-सुबहाना बाग पार करता रिक्शा तेजी से चला जा रहा है, मेरी छाती के अन्दर मानो ठंडा-सा कुछ बार-बार हिला जा रहा है। खुद को काफी हिम्मती महसूस कर रही हूँ। इधर खाला का घर है, अगर किसी परिचित ने देख लिया कि बारह बजे यूनिवर्सिटी की उल्टी दिशा में कहाँ जा रही हूँ और माँ-पिताजी से कह दिया तो मेरी खैर नहीं। वैसे भैया के मामले को लेकर ऊपर से अपने को चाहे कितना ही उदार क्यों न दिखाएँ, अन्दर ही अन्दर काफी क्षुब्ध हैं। तुलसी को घर में रखा जरूर है लेकिन उसे फरजाना नाम देकर ही छोड़ेंगे, माँ का जैसा स्वभाव है, लगता है कि तुलसी को नमाज-कलमा पढ़ाकर ही दम लेगी। इसके बाद गली-मुहल्ले के नाते-रिश्तेदारों के घर जा-जाकर बोल आएगी कि फरजाना तो पाँचों वक्त नमाज पढ़ रही है, पूरा रोजा भी रख रही है। कोई भी नहीं चाहता कि समाज में उसका ओहदा लड़खड़ाए। भैया भी

लगता है परिवार और समाज के साथ सुलह करके चल रहा है। प्रेम किसी सुलह के दायरे में क्यों होगा, प्रेम तो होगा खुला, शर्तहीन ! प्रेम होगा सारी जंजीरों से मुक्त। प्रेम का अर्थ मैं समझती हूँ, एक-दूसरे के प्रति प्रगाढ़ प्यार और विश्वास। दोनों एक-दूसरे के स्वप्न और सम्भावना की प्रेरणा बनेंगे, बन्धन नहीं।

मंसूर पर मेरा विश्वास है। जरूर ही वह मेरी सारी इच्छाओं का सम्मान करेगा। मंसूर को देने के लिए फूल खरीदे हैं। कल सुबह पिताजी से तीन सौ रुपए लिए थे, पूछा, अचानक इतना पैसा किसलिए बोली—जरूरत है। डिपार्टमेंट में एक कार्यक्रम होगा, चन्दा देना है ! पिताजी ने तीन सौ रुपए दे दिए। मैं कभी झूठ नहीं बोलती, लेकिन बोलना पड़ा। बोले बिना उपाय भी तो नहीं था, मंसूर के लिए कुछ लेकर नहीं जाऊँगी, थोड़े-से फूल भी नहीं—यह मैं सोच भी नहीं सकती। इसलिए पिताजी से झूठ बोलना पड़ा। सच-सच मैं कह सकती थी, लेकिन सच कहने पर पैसा नहीं मिलता।

क्रिसेन्ट लेक के रास्ते पर रिक्शा नहीं जाने देते, मोड़ पर उतर गई। डर-सा लग रहा है, यहाँ दोपहर के समय काफी सन्नाटा रहता है। इस तरह कभी यहाँ अकेले नहीं आई। पता नहीं, इतनी हिम्मत करके गलती तो नहीं की। कोई-कोई मेरी ओर देख भी रहा है। मेरी उम्र के कुछ लड़के मुझे देखकर हँस भी रहे हैं, मैं नजर बचाकर सीधे चलने लगी। नीली होंडा सिविक गाड़ी ढूँढ़ रही हूँ। नीला आसमान, नीली गाड़ी, मैं और मंसूर—यह सोचकर ही बेहद अच्छा लग रहा है।

चलते-चलते काफी दूर निकल आई हूँ। दाएँ-बाएँ देख रही हूँ, नीली गाड़ी नहीं है। घड़ी में सिर्फ बारह बजकर दस मिनट ही हुए हैं, मैं कुछ जल्दी ही चली आई हूँ। चलती रही, लेक की सीढ़ियों पर पास-पास लड़के-लड़कियाँ बैठे हुए हैं। मैं कुछ दूरी बरतते हुए बैठ गई। चूँकि साढ़े-बारह बजे तक इंतजार करना पड़ेगा, इसलिए मूँगफलीवाले को बुलाकर दो रुपए की मूँगफली भी ली। डर लगा कि यदि जान-पहचानवाले किसी आदमी ने मुझे यहाँ देख लिया तो ? पागल समझेगा शायद ! समझे, मंसूर के आ जाने पर सारा बवाल खत्म हो जाएगा।

बार-बार घड़ी पर नजर जाती रही। इस जगह पहले भी मैं दो बार आ चुकी हूँ, भैया ले आया था। सेतु और सेवा भी आई थीं। उन दोनों ने चटपटी खाई थी, भैया और मैंने गोलगप्पे। भैया का मन ठीक रहने पर हम लोगों को साथ लेकर इसी तरह घूमने जाता है। ज्यादा मुझे साथ ले जाता है। बचपन में एक बार, तब मैं काफी छोटी थी, भैया ने साइकिल चलाना बस सीखा ही था, मुझसे कहा—चल, साइकिल पर बैठ ! मैं तो बहुत खुश हुई, बड़े मजे से चला रहा था कि अचानक उलटकर गिर गया। मेरे हाथ-पाँव छिल गए। घर आकर मेरे और अपने घाव साफ करके 'डेटॉल' लगा दिया था, माँ-पिताजी को कुछ नहीं बताया।

'लेक' का पानी कितना साफ है ! मुझे तैरना नहीं आता, मंसूर को जरूर आता होगा ! इस साफ पानी में मंसूर और मैं यदि तैरने उतरें तो कैसी स्थिति होगी, यह

सोचकर मुझे हँसी आने लगी। मंसूर मुझे तैरना सिखा देगा, कहेगा—दाहिना हाथ मारो, पैर फेंको। तैरने की कोशिश में पानी-वानी पीकर अजीबोगरीब स्थिति होगी, मंसूर बहुत असमंजस में पड़ जाएगा। हाय, मंसूर को असमंजस में पड़े देखना मुझे अच्छा नहीं लगेगा।

साढ़े-बारह बजा, पौने एक बजा, एक बजा, मैं बेचैन हो गई। लेक की सीढ़ी पर बैठकर, पेड़ से पीठ टिकाकर, खड़े रहकर, टहलते-टहलते मैं इन्तजार कर रही हूँ। तभी काफी दूरी पर एक नीली गाड़ी आकर रुकी, मंसूर उतरा। उतरते ही मुझे देख सके, और कहीं ऐसा न हो कि मुझे न देखकर वह लौट जाए, यह सोचकर मैंने थोड़ा दौड़कर दूरी कम की। मंसूर गाड़ी से उतरकर दोनों ओर देख रहा है, मैं जाकर उसके सामने खड़ी हुई। मंसूर सनग्लास उतारकर मुस्कुराने लगा। मैंने उसे फूलों का गुलदस्ता दिया। मंसूर ने फूल लेकर कहा—गाड़ी में बैठो। वह खुद ही 'ड्राइव' करता है। बाईं ओर मैं बैठी हूँ। गाड़ी में मीठी-सी एक सुगन्ध, कैसेट में गाना चल रहा है—पहला तो मैं तुम्हें चाहता हूँ, दूसरा मैं तुम्हें चाहता हूँ, तीसरा मैं तुम्हें ही चाहता हूँ, अन्त तक तुम्हें चाहता...। सुनकर मन भर उठता है। यह तो मेरे ही मन की बात है। मंसूर गाड़ी चला रहा है और बार-बार मेरी ओर देख रहा है, सामने का 'लुकिंग ग्लास' इस तरीके से घुमाया हुआ है कि मेरा चेहरा दिखता रहे। वह मुस्कुरा रहा है, कितनी इन्नोसेंट हँसी है उसकी। कोई कुछ नहीं बोल रहा है। सोच रही हूँ, मैं ही पहल करूँ। मंसूर ने कहा—मुझे देर हो गई, एक काम था, तुम कितनी देर पहले आई हो ?

—काफी देर हुई !

मंसूर ने 'आई एम सॉरी' कहकर मेरे दाएँ हाथ पर धीरे-से हाथ रखा। थोड़ी-थोड़ी शर्म तो आ रही थी। मंसूर कहाँ जा रहा है, मैं नहीं जानती। एक बार मन में आया कि पूछूँ। लेकिन क्या इसकी जरूरत भी है ? उसके हाथों में पतवार है, अनन्त सागर के बीच जब मैंने कहा—बहा दो नाव अपनी, तब दिग्दर्शक यन्त्र क्यों हाथ में लूँ। मैंने पूछा—रवीन्द्र संगीत नहीं है ?

—नहीं ! तुम्हें 'रविगुरु कवीन्द्रनाथ' के गीत बहुत पसन्द हैं ? मंसूर के इस उच्चारण ने मुझे हैरान कर दिया। मैंने पूछा—और तुम्हें पसन्द नहीं ?

मंसूर ने कहा—तुम्हारे मुँह से 'तुम' शब्द बहुत अच्छा लग रहा है ! गाड़ी गुलशन की ओर जा रही थी। मैंने सोचा था, भड़भड़ाकर बात करूँगी, मन में सैकड़ों सवाल जमा हैं, पर कुछ भी बोल नहीं पा रही हूँ। डायरी साथ लेकर आई हूँ, मंसूर यदि देखना चाहेगा तो दूँगी। वह देख सकेगा कि उसे सोच-सोचकर मैंने कितने दिन और कितनी रातें गुजारी हैं। मेरे आकाश में सिर्फ एक सितारा है। मंसूर को जानना चाहिए वह सितारा कौन है, क्या नाम है उसका !

गुलशन के एक मकान में मंसूर ने गाड़ी रोकी। मैंने पूछा—यह तुम्हारा घर है ?

—नहीं !

वह शान्त स्वर में बोला—आओ ! मैं पीछे-पीछे चली गई। दो बड़े-बड़े कमरे पार कर एक छोटे-से कमरे में पहुँची। बगल के कमरे में अंग्रेजी संगीत बज रहा है, कुछ लोगों के बातचीत की आवाज भी सुनाई पड़ रही है। एक बड़ा-सा बिस्तर, एक सोफा सेट, एक टेबुल, पास में एक रिवालविंग चेयर, फर्श पर लाल कार्पेट, दीवार पर दो ऑयल पेंटिंग। बस यही है, जिस कमरे में मंसूर ने मुझे बैठने को कहा।

—यह मेरे दोस्त का घर है, समझीं !

—अच्छा !

—तुम्हें अच्छा लग रहा है न !

सिर हिलाकर बताया—जी !

मंसूर बगल के कमरे में गया। संगीत की आवाज कम हो गई। करीब दस मिनट बाद वह लौटा। पाँच युवकों को साथ लेकर मंसूर लौटा, हँसकर बोला—ये मेरे दोस्त हैं, सभी तुम्हें देखने के लिए बैठे हुए हैं ! मैं खड़ी होकर लज्जा से सिर झुकाकर मुस्कुराई।

—इसका नाम लाबू है ! सिर पर कच्चे-पक्के बाल, काले-कलूटे लड़ने ने सिर झुकाकर नमस्कार किया। —इसका नाम नईम है। दुबला, सूखा-सा, धँसे हुए गाल, वह मुस्कुराया। —मुजफ्फर ! गोरा, सुन्दर, थोड़ा मोटा युवक, सिर पर काफी घने बाल !—यह है चिश्ती ! शरीर पर जैसे मांस का नामोनिशान नहीं, बाल घुँघराले, आँखों पर चश्मा।—इसका नाम महमूद है ! काफी सुडौल बदन, काला रंग, उसने मुस्कुराकर हाथ मिलाने के लिए हाथ आगे बढ़ाया। मैंने मंसूर की ओर देखा। उसने हँसकर कहा—शर्म किस बात की, हाथ बढ़ाओ। मैं फिर भी अपना हाथ समेटे रही। महमूद ने कहा—इट्स ओके, नो प्रोब्लेम ! मुझे 'विश' करके सभी एक-एक कर उस कमरे में चले गए।

मैं नजर झुकाए नाखून कुरेदने लगी। मंसूर पास बैठता हुआ बोला—क्या बात है, तुमने तो उन लोगों से एक भी बात नहीं की ! वे लोग क्या सोचेंगे, बोलो तो ! उस समय मुझे खुद पर बड़ा गुस्सा आ रहा था—मैं एक गँवार, अनकल्चर्ड लड़की हूँ। यदि लड़की से लड़की हाथ मिला सकती है तो लड़कों से हाथ मिलाने पर क्या छाले पड़ जाएँगे ? मुझे हाथ बढ़ाना चाहिए था। मुझे उनसे और थोड़ी बात करनी चाहिए थी। शायद उन लोगों ने मुझे पसन्द नहीं किया होगा !

—यह किसका घर है ? मैंने चेहरा उठाकर सवाल किया, शायद अपने गँवारपन को दूर करने के लिए ही।

—वो जो मुजफ्फर को देखा न, गोरा-सा, उसी का !

—वे लोग वहाँ क्या कर रहे हैं ?

—अड्डेबाजी कर रहे हैं, तास खेल रहे हैं, गाना सुन रहे हैं !

—कितना मजा है, है न ?

—हाँ, तुम्हारा मन नहीं करता, ऐसा मजा करने को ?

—बहुत करता है। माँ-पिताजी इजाजत नहीं देते ?

—इजाजत की क्या जरूरत है ! तुम बड़ी नहीं हुईं ?

—हाँ, यह तो है, लेकिन वे लोग समझना नहीं चाहते।

—वो लोग तो कभी नहीं समझेंगे, तुम करती जाना !

मंसूर रिवाल्विंग चेयर पर लगभग लेटा हुआ था, दोनों पाँव खाट पर रखे हुए। बीच-बीच में वह कुर्सी पर झूल रहा है, इधर-उधर हिल रहा है। मुझसे बोला—तुम बहुत सुन्दर हो शीला !

मैं चौंक गई, पता नहीं छाती के अन्दर कैसी कँपकँपी शुरू हो गई। पाया कि उसके अगाध सौन्दर्य की ओर से आँखें नहीं फेर पा रही हूँ। देखती ही रही। मेरा दिया गुलाबों का गुलदस्ता टेबुल पर रखा हुआ था। मंसूर मुग्ध दृष्टि से मेरी ओर देखे जा रहा था। मुझे सबसे अच्छा यह लगा कि वह मुझसे सटकर नहीं बैठा, चूमने की कोशिश नहीं की। वह काफी संयमी है, वरना इस तरह अकेले कमरे में दीवानी प्रेमिका को पाकर भला कौन बैठा रह सकता है कुर्सी पर। मंसूर कुर्सी से नहीं उठा, मुझे सिर्फ निहारता रहा। पूछा—चाय पीओगी, शीलू ?

'शीलू' नाम सुनकर मैंने मुग्ध दृष्टि से उसकी ओर देखा। उसकी बड़ी-बड़ी आँखों से लगाव उमड़ रहा था। मैंने कहा—चाय तो मैं पीती नहीं !

चाय के अलावा तो यहाँ कुछ है नहीं। मुजफ्फर के माता-पिता खुलना गए हुए हैं। मुजफ्फर पक्का बोहेमियन है, वह खुद चाय बनाकर पीता है, और एक लड़का है जो बाजार से खाना ला देता है। तुम्हें खाना बनाना आता है ?

—थोड़ा-बहुत।

—किसी दिन बनाकर खिलाओगी ?

मुझे बहुत शर्म आ रही थी, मैं तो ठीक से खाना बनाना जानती नहीं—मेरा बनाया हुआ क्या खा पाओगे ? हँसकर बोली।

—मैं एक दिन जरूर खाऊँगा !

मंसूर ने सिगरेट सुलगाई। सिगरेट के धुएँ से 'रिंग' बनाकर हवा में छोड़ा। बोला—पकड़ो तो इस रिंग को, पकड़ सकोगी ? मैं एक बात बहुत अच्छी तरह समझ रही थी कि मंसूर में कोई संस्कार नहीं है। उसकी प्रेमिका हूँ इसलिए उसकी नितान्त अपनी नहीं, इस पर वह यकीन करता है, और इसीलिए उसने अपने दोस्तों के साथ मुझसे

बात करने को कहा, हाथ न मिलाने की इसलिए शिकायत भी की। धुएँ से बने 'रिंग' से बच्चों के साथ खेला जा सकता है, मेरे साथ नहीं। मंसूर मुझे मेरा वह बचपन देना चाहता है, शायद वह आकांक्षित किशोरावस्था भी। जो कुछ चाहती हूँ वह इतना मिल जा रहा है, यह देखकर बड़ा अच्छा लग रहा है मुझे। प्रेम की शुरुआत में ही शरीर-वरीर पर हाथ लगाना मुझे बड़ा बुरा लगता है। कहानी-उपन्यास में प्रेम के बारे में खूब पढ़ा है, शरतचन्द्र को पढ़कर रातभर रोई हूँ, ऐसा भी हुआ है। प्रेम कुछ और ही चीज है, प्रेम के साथ कोई स्वार्थ और शरीर नहीं जुड़ा होना चाहिए।

मंसूर मेरे स्वप्न का वही पुरुष है, जिसके लिए शायद मेरा जन्म हुआ है, जिसके लिए ही सार्थक है मेरा यह जीवन।

अचानक मंसूर घड़ी देखकर कुर्सी से उठ खड़ा हुआ। बोला—अचानक एक जरूरी काम आ पड़ा है, अभी तुरन्त 'साभार' जाना होगा। वहाँ हमारी इंडस्ट्री में मजदूरों के बीच झमेला चल रहा है, वैसे इस झमेलेवाली बात तुम नहीं समझोगी। उसके बाद एयरपोर्ट जाना होगा, कुछ विदेशी गुड्स आया हुआ है।

मंसूर ड्राइंगरूम की ओर गया, जहाँ उसके दोस्त बैठे अड्डेबाजी कर रहे थे। लौटकर बोला—कल तुम्हारा निमन्त्रण है, यहाँ दोपहर को चली आना, ठीक है ? सब एक साथ यहाँ खाना खाएँगे। मुजफ्फर बहुत शर्मिन्दा है कि दोपहर को तुम्हें बिना खाए जाना पड़ रहा है। मैंने सोचा था, बाहर कहीं खाना खा लेंगे और यहाँ बैठकर बातें भी करेंगे। यह मकान बड़ा सुरक्षित है। लेकिन अचानक आज सुबह ही इंडस्ट्री से यह खबर आई।

ड्राइंगरूम में एक बार झाँककर सबसे 'चलती हूँ, कल फिर आऊँगी' कहकर विदा ली। मंसूर ने खुद गाड़ी का दरवाजा खोला। स्टियरिंग पर हाथ रखकर मुस्कुराया। उसकी मुस्कान मोती बिखेर रही थी। पूछा—तुम्हें क्या 'रुक्कैया हॉल' पर उतार दूँ ?

—नहीं !

—क्यों, तुम वहाँ नहीं रहतीं ?

—घर पर रहती हूँ। घर शान्तिनगर में है। अच्छा, तुमने मुझे पहली बार कब देखा था, बोलो तो !

—क्यों, 'बनानी' के आड़ में !

—उससे पहले किसी पुस्तकों की दुकान के सामने ? किसी मकान में—संगीत की महफिल में ?

मंसूर ने सिर हिलाया, यानी 'नहीं', या फिर उसे याद नहीं आ रहा है।

—तुम्हें नजदीकी किस जगह पर उतारूँ, शीलू ! मैं बहुत जल्दी में हूँ !

—ठीक है ! ठीक है !

—कल चली आना, कल का तुम्हें निमन्त्रण दे रहा हूँ !

—हाँ, जरूर आऊँगी !

—घर पहचान लोगी न ?

—पहचान लूँगी।

—स्कूटरवाले से कहना, गुलशन एक नम्बर मार्केट के पीछे !

—घर का नम्बर याद है न ?

—हाँ, याद है।

—कल बहुत सारी बातें करूँगा शीलू, तुम बहुत अच्छी लड़की हो, कल साड़ी पहनकर आना।

मुझे 'मग बाजार' के मोड़ पर उतारकर मंसूर 'बांग्ला मोटर' की ओर चला गया। जहाँ तक नजर गई, मैं उसे देखती रही।

मंसूर से मेरी भेंट हो गई इस बात पर मैं विश्वास ही नहीं कर पा रही थी, मग बाजार के मोड़ पर खड़ी थी और लग रहा था कि दोपहर एक बजे से ढाई बजे तक जो कुछ हुआ, वह सारा का सारा सपना ही था। वास्तव में सब कुछ खाली था। एक रिक्शे से शान्तिनगर की ओर जाते हुए मंसूर की एक-एक बात, एक-एक व्यवहार, उसके यार-दोस्तों का नाम-चेहरा सब कुछ मेरे मन की आँखों के सामने तैर रहा था। मैंने निश्चय ही कोई गलती नहीं की, मैंने ऐसा कोई व्यवहार नहीं किया जिससे लोग यह समझें कि 'वह' विवेक-बुद्धिहीन है।

घर लौटते ही देखा कि तुलसी दरवाजे पर खड़ी है, उदास चेहरा। बोली—शीला, मेरे माँ-पिताजी लोग यहाँ से चले जाएँगे !

—तुम्हें कैसे पता चला ?

मृदुल भैया ने चिट्ठी लिखी है।

तुलसी ने आँचल की गाँठ से चिट्ठी खोलकर दिखाई। चिट्ठी में लिखा हुआ था—तुलसी तुमने अपने सुख के लिए घर छोड़ा है, तुम सुखी रहो। लेकिन हम लोग जा रहे हैं। इस घर को बेचने का इन्तजाम किया जा रहा है, पिताजी ने कलकत्ता में चाचा लोगों के पास चले जाने का निर्णय लिया है। भरसक अगले महीने ही हम चले जाएँगे।

तुम्हारा,
मृदुल कान्ति चक्रवर्ती।

तुलसी का मन भारी है। अगले महीने घर बिक जाएगा, इतने बरसों का मकान, तुलसी का जन्म भी इसी मकान में हुआ। स्मृति आदमी की बहुत बड़ी सम्पदा है। आदमी धन-दौलत, गाड़ी-वाड़ी बेझिझक भले ही खो देना चाहे, लेकिन स्मृति नहीं खोना चाहता। तुलसी का दुःख, उसके माता-पिता का दुःख मैं समझती हूँ, पर असल में मैं इस मामले में एक ऐसा गैर महत्त्वपूर्ण सदस्य हूँ जिसकी राय का कोई महत्त्व ही नहीं। वरना इन दोनों परिवारों के बीच पहले जैसा दोस्ती का सम्बन्ध था, वह शादी नामक इस 'घटना' के बाद भी बनाए रखा जा सकता था। यदि इसमें कोई रियायत करनेवाली बात थी तो दोनों परिवारों को वैसा करना चाहिए था।

इस वक्त यह सब मेरे सोचने का विषय नहीं। कल मेरा निमन्त्रण है। मंसूर ने कल साड़ी पहनने को कहा है। मुझे तो साड़ी पहनना ही नहीं आता। फिर मेरे पास तो साड़ी है भी नहीं। माँ से नहीं, सोचती हूँ तुलसी से ही एक साड़ी माँगूँगी। लेकिन तुलसी की इस मानसिक स्थिति में उससे साड़ी माँगना उचित नहीं होगा।

शाम और रात बड़ी बेचैनी में बीती। कल मेरा निमन्त्रण है। साड़ी पहनने पर माँ पूछेगी—साड़ी क्यों पहनी है ? माँ को कुछ समझा देना होगा। क्या बोला जा सकता है? क्या यह कहा जा सकता है कि 'नवीन वरण उत्सव' है। आज सबको साड़ी पहनने को कहा गया है ! बस बच गई। पर यदि पता चल गया कि 'नवीन वरण उत्सव' नहीं हुआ है तो कहूँगी होनेवाला था। या फिर कहूँ कि नादिरा के घर पर निमन्त्रण है। रात में जरा भी नींद नहीं आई। काफी सुबह उठकर आँगन में टहलने लगी। सेतु और सेवा से कहा—सुबह उठना सेहत के लिए अच्छा होता है, भोर में नींद से उठने की कोशिश करो !

—फरहाद कैसा है रे, शीला ?

पिताजी ने सुबह उठकर मुझसे पूछा। मैं कोई जवाब नहीं दे पाई। पिताजी आँगन में टहलते हुए बोले—फरहाद, सुना है, नौकरी ढूँढ़ रहा है। नौकरी करके क्या करेगा, हाँ ! इससे अच्छा है, उसे मेरे आफिस भेज देना ! रुपए-पैसे की जो भी जरूरत होगी, मुझसे ले लेगा। नौकरी ढूँढ़ने से मना करना ! परीक्षा न देने पर मैं सचमुच उसे घर से निकाल दूँगा।

पिताजी बेवजह कठोर दिखने की कोशिश कर रहे हैं। असल में वे बहुत ही नरम दिल के आदमी हैं। पिताजी के प्यार को लोग जल्दी समझ नहीं पाएँगे, कान लगाए रहने पर पता चलता है—उनका प्यार दबे पाँव बिल्ली की तरह चल रहा है।

इस घर के सभी लोगों की आँखों में मैंने धूल झोंकी है। कोई नहीं जान पाया कि कल मैं कहाँ गई थी। कोई नहीं जानता कि मैं गुलशन के एक मकान में मंसूर नामक एक खूबसूरत नौजवान से बातचीत कर चुकी हूँ, आज उस घर में मेरा निमन्त्रण है। शायद दोपहर का खाना बावर्ची से बनवाएगा। या फिर बाहर से भी मँगा सकता है, लंच पैकेट। मंसूर मुझे अपने घर ले जा सकता था, हो सकता है कोई मजबूरी हो ! प्रेम करता है, यह जानने पर घर के लोग भी क्या कहेंगे !

मंसूर ने एक गलती की है। उसे याद ही नहीं कि मृदुल के घर पहली बार मेरी उससे मुलाकात हुई थी, वैसे उस दिन उसने ख्याल भी नहीं किया होगा। आज मृदुल भैया के बारे में बताकर उसे चौंका दूँगी। उसने मुझसे पूछा नहीं कि मैं क्या पढ़ रही हूँ, कहाँ पढ़ रही हूँ, रुक्कैया हॉल का पता देखकर जरूर ही समझ गया होगा कि मैं विश्वविद्यालय की छात्रा हूँ। फिर यों कहा जाए तो कल कोई बात ही नहीं हुई ! मैं सोच रही हूँ आज खुलकर बात करूँगी, एक-दूसरे के जीवन के बारे में न जानने-सुनने से प्रेम कैसे होगा !

तुलसी सुबह देर से सोकर उठी। मैं कमरे में बैठी बेचैन हो रही थी। काफी देर

तक बरामदे में टहलती रही थी। भैया के कमरे में घुसकर मैंने तुलसी से कहा—तुलसी ! आज मुझे एक साड़ी पहनने को दोगी ?

—मेरे पास तो ज्यादा साड़ियाँ नहीं हैं, देखो, तुम कौन-सी पहनोगी !

—मुझे पहना देना होगा, हाँ !

—ठीक है, पहना दूँगी !

तुलसी ने कुछ साड़ियाँ निकाल दीं। नई साड़ी पसन्द आई, बोली—यह पहन लूँ !

तुलसी का एक नया ब्लाउज पहना, थोड़ा टाइट था, नीचे की ओर एक सेफ्टीपिन लगाना पड़ा। भैया ने कहा—बुढ़िया की तरह साड़ी क्यों पहन रही हो ?

—फंक्शन है, साड़ी ही पहननी होगी !

तुलसी ने साड़ी पहना दी। बोली—बहुत अच्छी लग रही हो तुम। देखो, उड़कर भाग मत जाना !

—एक दिन तो भागना ही है, भाभी। नजरें झुकाए गहरे रहस्य से बोली।

—मुझे बताकर जाना। मैं रोकूँगी नहीं। बल्कि अपना पलड़ा भारी होगा !

आज मैंने साड़ी पहने, इसलिए तुलसी ने चेहरे को भी सजा दिया—लाल बिन्दी, होंठों पर लिपस्टिक। बोली—माथे के एक किनारे नजर-टीका लगा दूँ क्या ?

भैया बिस्तर पर लेटा पत्रिका पढ़ रहा था—जल्दी लौटना शीला, आज शाम तुम लोगों के साथ रतन के घर जाएँगे !

—मुझे भी ले चलोगे ! बहुत खुशी हुई। भैया अब काफी घरेलू हो गया है, बहुत अपना भी।

सज-धजकर साड़ी पहनकर करीब साढ़े-बारह बजे मैंने एक स्कूटर लिया। स्कूटरवाले को गुलशन के एक नम्बर मकान तक चलने की बात बोली दी, घर पहचान लूँगी। वैसे भी कोई गली-कूचे में तो है नहीं। ठीक-ठाक पहुँच भी गई। दरवाजे पर दस्तक दी। बैग से छोटा आईना निकालकर थोड़ा देख लिया कि बाल-वाल ठीक हैं या नहीं।

मंसूर ने दरवाजा खोला। आज वह मैरून रंग की शर्ट और सफेद पैंट पहने हुए है। आज उसके लिए कोई गिफ्ट नहीं ला सकी। पैसे नहीं थे, और कम पैसे में कुछ लाना ठीक नहीं।

घर में दो कमरों को पार करके छोटे कमरे में गई। हमारे प्रथम प्रेम का कमरा। लगा कि इस घर से और मंसूर से कितने लम्बे समय से नाता है।

—कब आए तुम ? मैंने पूछा।

—सुबह दस बजे !

—इतना पहले ?

—कल तुमने इंतजार किया, आज मैंने उसका बदला चुका दिया। तुम बहुत सुन्दर लग रही हो, शीलू !

चारों तरफ देखकर पूछा—मुजफ्फर भाई कहाँ हैं ?

—है, सो रहा है !

—इस वक्त नींद ?

—दोपहर की नींद में ही तो सोने का मजा है।

दरवाजे पर 'खट्-खट्' की आवाज हुई, मंसूर निकल गया। करीब पन्द्रह मिनट बाद लौटा। मैंने पूछा—इतनी देर तक क्या कर रहे थे ? मुजफ्फर भाई ने बुलाया था क्या ?

—नहीं !

—तो फिर ?

—चिश्ती आया है, उन सबका भी तो निमन्त्रण है न !

—अच्छा, सभी मिलकर खाएँगे ?

—हाँ !

—घर पर ही खाना बनेगा ?

—हाँ !

—नीचे तुम्हारी गाड़ी नहीं दिखी !

—आज गाड़ी नहीं लाया हूँ। रोज-रोज गाड़ी से चलना अच्छा नहीं लगता !

मैं बिस्तर पर बैठी हुई थी, मंसूर पास आकर बैठा। उसके बाल बिखरे हुए हैं, और भी अच्छा दिख रहा है। सोच रही हूँ, आज ढेर सारी बातें करूँगी। बचपन से लेकर उन्नीस साल के जीवन की सारी बातें बताऊँगी। और, उसकी भी सब सुनूँगी। कुछ भी तो नहीं जानती—उसके कितने भाई-बहन हैं, कैसे उसका दिन बीतता है, खाली समय में क्या करना अच्छा लगता है।

क्या मैं दुल्हन जैसी लग रही हूँ। शायद लग रही हूँ। जिस दिन हमारी शादी होगी, मंसूर शायद पूरे ढाका शहर को रोशनी से सजा देगा। वह एक जीवन्त, उल्लास से भरा नौजवान है, उसके काफी यार-दोस्त हैं, वह अपनी शादी जरूर पूरी दुनिया को बताकर करेगा।

मंसूर ने अचानक मुझे पास खींचकर चूम लिया। उसके मुँह से तीखी महक आ रही थी। उसने इतने जोर से मुझे जकड़ लिया मानो उसकी दोनों बाँहों की जकड़ में फँसकर मेरी छाती की हड्डियाँ चटखती जा रही हैं। काफी देर तक चूमने के बाद मंसूर ने अपना मुँह हटाया, मैं भी उसे ठेलकर हटाना चाह रही थी। मुझे बिलकुल अच्छा नहीं लग रहा था अचानक बिना कुछ कहे-सुने चूमने लग जाना ! फिर सिर्फ दो-तीन

दिनों की मुलाकात में चूमना चाहिए क्या ! चूमना चाहिए कम से कम छह-सात महीने बाद, और भी गहरा प्रेम होने पर। लेकिन मंसूर को तो सब्र ही नहीं। उसे अब डाँटना होगा। मैं छिटककर दूर हट गई, बोली—यह क्या कर रहे हो मंसूर ! यह सब मुझे अच्छा नहीं लगता। लगा कि होंठें में सूजन आ गई है। बैग से आईना निकालकर देखा, दोनों होंठ फूलकर गुप्पा। जोर से रुलाई आ रही थी। मैंने पूछा—यह सब क्या कर रहो हो मंसूर ? तुम्हारे मुँह से यह कैसी महक आ रही है ?

—बच्ची हो तुम, तुम नहीं समझोगी ! कहते हुए मंसूर ने मेरी साड़ी खींच ली। इतनी जोर से खींची कि 'प्लीट' की हुई साड़ी के साथ लगा सेफ्टीपिन भी खुलकर निकल आया। पूरी साड़ी खोलकर मंसूर ने मुझे धकेलकर बिस्तर पर गिरा दिया। मैं मंसूर के व्यवहार से हैरान थी। तुलसी का पेटीकोट पहने हुए हूँ, तुलसी का ही ब्लाउज। मैं अपने दोनों हाथों से छातियों को ढँके हुए थी। मंसूर ने अपनी शर्ट खोल दी। मैंने डर के मारे आँखें मूँद लीं। उसने दरवाजा बन्द कर दिया। बिस्तर पर वह मेरे ऊपर कूद पड़ा। डर के मारे मेरा सीना धड़क रहा था। समझ नहीं पा रही कि क्या करूँ। सीने पर हाथ लगाकर तेजी से उसने ब्लाउज के हुक खोल लिए। मैंने रोका, पर मंसूर की ताकत के आगे मैं कमजोर पड़ गई। ब्लाउज को फाड़कर फेंक दिया मंसूर ने। मैं चिल्ला उठी। मंसूर से कहने लगी—नहीं मंसूर, नहीं, प्लीज मंसूर, तुम्हारे पाँव पड़ती हूँ, मंसूर प्लीज, ऐसा मत करो ! मुझे यह सब अच्छा नहीं लगता।

मंसूर मेरे ब्रा का हुक खोलकर छातियों में अपना मुँह रगड़ने लगा। बोला—देखो न, अच्छा लगेगा, प्यार कर रहा हूँ मेरी शीलू रानी ! शीलू, मैं तुम्हें प्यार कर रहा हूँ। अच्छी लड़की ! मेरा कहा मानो, चिल्लाओ मत !

मैं हाथ-पाँव मारने लगी। मंसूर ने मेरा पेटीकोट खोल दिया। खोल दी अपनी पैंट भी, मैंने अपनी आँखें बन्द कर लीं। मेरी समूची देह काँप रही थी। मैं बिस्तर से उठी। मंसूर ने फिर खींच लिया। इस बार मैं जोर से चिल्लाई—मुजफ्फर भाई, मुझे बचाओ ! प्लीज, दरवाजा खोलो ! मेरी आवाज इस कमरे की दीवारों से टकराकर रह गई। मेरे सारे सपनों, इच्छाओं व उम्मीदों को नोंच-खसोटकर, चीरफाड़ कर खून से लथपथ कर मंसूर मेरे शरीर पर चढ़ गया। मैं डर और दर्द से छटपटाने लगी। यह मैं आँखों के सामने क्या देख रही हूँ—मैं पूरी तरह नंगी, मंसूर भी। मंसूर मेरे ऊपर चढ़कर मुझे पीस डाल रहा था। मैं तब जोर-जोर से रोने लगी, मेरे मुँह को हाथ से दबा दिया मंसूर ने। तब मेरे मुँह से सिर्फ कराहने की आवाज आ रही थी। मैं थर-थर काँप रही थी। मेरे डरे हुए, लज्जित, कंपित शरीर पर अपनी सारी ताकत इस्तेमाल कर मंसूर ने मेरे दोनों पैर दोनों ओर खड़ा करके अपने दोनों पैरों से दबोचकर मेरे अन्दर अपने शरीर का कोई उन्मत्त, कठोर, निष्ठुर अंग घुसाने की कोशिश की। मेरे चिल्लाते ही मुँह में उसने अपनी शर्ट ठूँस दी। मेरी साँवली देह पर मंसूर का गोरा सुन्दर शरीर क्या-क्या नृत्य करने लगा, मैं दर्द से कराहने लगी। मेरे कराहने की आवाज मुँह में ठुँसी शर्ट के कारण बाहर नहीं आ पाई। दोनों आँखों से बहने लगी आँसुओं की धारा। मंसूर को मुझ पर जरा भी

दया नहीं आई। मंसूर के हाथ मेरे दोनों हाथों को दबोचे हुए हैं। मेज पर कल के गुलाबों का गुलदस्ता मुरझाया पड़ा है। मंसूर मेरे शरीर में तेज दर्द भरकर उतर गया।

दरवाजे पर खट्खट् की आवाज हुई, मंसूर ने ज़ल्दी से कपड़े-लत्ते पहन लिए। मैं दर्द से कराह रही थी। मंसूर ने कहा—शीलू, हिलना नहीं ! मेरी अच्छी गुड़िया, हिलना नहीं। उठने की कोशिश करके मैंने पाया, हिल नहीं पा रही हूँ। आधे घंटे तक शारीरिक दर्द भोगने के बाद मुझे जोरों की प्यास लग रही थी, लग रहा था मर जाऊँ। सूनी आँखों से देखा, दीवार के अलावा वहाँ कुछ भी न था। जोर-जोर से सिर में चक्कर आ रहे थे। शरीर की हर मांसपेशी में असह्य पीड़ा हो रही थी।

कल जिसे देखा था—काला, सूखे चेहरेवाला लड़का चिश्ती, वह अन्दर आया। मंसूर निकल गया। उसने घुसते ही दरवाजा बन्द कर दिया। तेजी से उसने अपनी शर्ट-पैंट उतार दी। मैंने दया पाने की आशा में आँसू भरी नजरों से चिश्ती की ओर देखा, चिश्ती ने भी बिस्तर पर चढ़कर मंसूर की तरह वैसा ही सब कुछ किया। मैं—मंसूर, मंसूर। मुझे बचा लो ! कहती चीखती रही। पता नहीं क्यों ऐसा किया ! क्या मंसूर मुझे बचाने आएगा ? काफी देर तक चिश्ती नामक वह युवक मुझे और ज्यादा दर्द के समुद्र में डुबोकर, और ज्यादा ध्वस्त कर उठ गया। उसके मुँह से भी तीखी महक आ रही थी। चिश्ती के जाने के बाद मुजफ्फर नामक मोटा युवक आया। तब तक मुझमें कराहने की भी ताकत नहीं बची थी, शरीर का निचला हिस्सा टूटा जा रहा था। उसने कहा—का रे हरामजादी, कैसा लग रहा है ?

—भैया, यह तो आपका घर है, आप मुझे बचा लीजिए ! आप मेरे भाई हैं ! मैंने डरी हुई आवाज में कहा। मुजफ्फर ने सिर्फ लुंगी पहन रखी थी, कमरे में घुसते ही उसने उसे खोल दिया। बोला—हरामजादी, खूब चिल्ला रही है ! यह कहता हुआ जोर से हँसने लगा।

मेरी आँखों से टप-टप आँसू टपक रहे थे। चिल्लाने से अब कोई फायदा नहीं। मुजफ्फर के मोटे शरीर ने मेरे शरीर पर अपना पूरा वजन रख दिया। शरीर अपने आप दर्द से कराह उठा। दोनों स्तनों को रगड़-मसलकर उस आदमी ने क्या-क्या नहीं किया। इसके बाद तो फिर एक जैसा दर्द। काटकर स्तन के निपल को नोच लिया। खून बह रहा है। शरीर के निचले हिस्से में अब कोई संवेदना नहीं, सुन्न पड़ गया है मेरा यौनांग, जाँघें और पैर। मैंने सोचा था, शरीर के साथ ये घटनाएँ शादी के बाद घटेंगी, मंसूर हौले-हौले मुझे छुएगा और कहेगा—सुनो, तुम बहुत अच्छी हो। बहुत सुन्दर भी ! हम लोग खुशी के सागर में अपनी नाव बहा देंगे। लेकिन आज यह सब क्या हो गया ! दरवाजा ठेलकर शायद कोई और भी घुसेगा। मुझमें बात करने की क्षमता भी नहीं, देखने की भी नहीं। जब शरीर पर किसी के दाँत पड़े मैं हिली तक नहीं, रोई भी नहीं, स्थिर पड़ी रही, एकदम जड़वंत। वह आदमी नईम है, मंसूर का दोस्त। इसके बाद शायद महमूद आया, मुझे उस कमरे से हँसने की आवाज सुनाई पड़ रही थी, और काँच के टूटने की झनझनाहट भी। बाहर से किसी ने कहा—महमूद, तेरा हुआ ? कल का अंग्रेजी

म्यूजिक जोर से बज रहा था। मेरे चिल्लाने से भी मेरी आवाज कहीं पहुँच नहीं पाएगी। म्यूजिक के बीच खो जाएगी। इसके बाद लाबू—काला-सा आदमी। कौन क्या-क्या कर गया, मेरा शरीर पत्थर की तरह भारी बना रहा, और फिर रह-रहकर रुई की तरह हल्का भी।

काफी देर तक कोई नहीं आया। मंसूर को बुलाऊँ ? क्या वह मुझ पर रहम कर मुझे घर पहुँचा देगा ? मेरे सपनों का पुरुष क्या मुझसे थोड़ा सहयोग नहीं करेगा ? मैं हिल नहीं पा रही हूँ। मंसूर को आवाज भी नहीं दे पा रही हूँ। बिस्तर की चादर खून से लथपथ है। मेरे यौनांग से छलछल करती नदी की धारा की तरह खून बह रहा है। पीठ के नीचे भी खून आ-आकर जमा है। एड़ी भी खून पर तैर रही है।

आँखों से कुछ दिखाई नहीं दे रहा है, सब कुछ धुँधला होता जा रहा है—जब मेरी नजर थोड़ी साफ हुई तो देखा कि घर में अँधेरा है—रात हो गई है। इस कमरे में और कोई नहीं आया ? मंसूर भी नहीं, क्या मंसूर ने भी दयावश ही सही, मेरे शिथिल, छिन्न-भिन्न रक्ताक्त, सुन्न शरीर पर अपना हाथ नहीं रखा ?

खिड़की पूरी तरह खुली हुई थी, बाहर की ठंडी-ठंडी हवा तेजी से अन्दर आ रही है। मेरे खुले शरीर को धो रही है वह शुद्ध हवा। मैंने छाती भरकर साँस ली। सिर उठाने की कोशिश की, गर्दन नहीं हिली। फिर-फिर कोशिश की। समझ गई कि अब लुढ़कते हुए नीचे उतरना होगा। कुहनी के सहारे लुढ़कते-लुढ़कते खाट के किनारे आई, सिर को बचाती हुई शरीर को नीचे उतारा, कारपेट पर सारा खून जमा हुआ है। लुढ़क-लुढ़ककर मैंने कपड़ों को समेटा, कमजोर हाथों से उन्हें शरीर में लपेट लिया।

क्या मैं कमरे से निकल भी पाऊँगी ? क्या जरा भी ताकत मेरे शरीर में बची हुई है ? खाट का पाया पकड़कर खड़ी हुई। खड़ी होकर हाँफ रही हूँ। खाट, दीवार, दरवाजा पकड़-पकड़कर बाहर निकल आई। दूसरे कमरे की ओर एक दरवाजा है और एक बाहर की ओर, मैं बाहर निकलनेवाला दरवाजा खोलकर गिरते-गिरते उठकर मुख्य फाटक से निकलकर रास्ते पर पहुँची। बदन पर साड़ी लपेटी हुई थी। रास्ते के बिजली के खम्भे से टिककर खड़ी होना चाहा, पर असमर्थ होकर बैठ गई। स्कूटर, रिक्शे, गाड़ियाँ—सब तेजी से भागे जा रहे हैं। शायद अधिक रात नहीं हुई होगी। मैंने हाथ के इशारे से एक स्कूटर को बुलाकर कहा—शान्तिनगर चलो !

पीछे मुड़कर मैंने देखा, घर बिलकुल अँधेरे में डूबा हुआ था। घर में कोई है या

नहीं, पता नहीं चल रहा। शान्तिनगर में मेरा घर है, वहाँ पर मेरे माँ-पिताजी, भैया-भाभी, सेतु-सेवा सब हैं, आज भैया के साथ रतन के घर घूमने जाने की बात थी। शायद भैया और तुलसी मेरा इन्तजार करके चले गए हों। या फिर यह भी हो सकता है कि वे लोग मुझे ढूँढ़ रहे हों, माँ शायद नमाज पढ़कर दुआ माँग रही होगी कि मेरे साथ कोई दुर्घटना न हो, मैं जल्द से जल्द घर लौट आऊँ ! पिताजी शायद एक बार घर में तो एक बार आँगन में टहल रहे हों। खाला के घर भी ढूँढ़ने के लिए भेजा होगा किसी को। सेतु और सेवा आपस में जरूर छेड़छाड़ कर रही होंगी या फिर पढ़ने बैठी होंगी। यह भी हो सकता है कि तुलसी उन्हें पास बुलाकर कहानी सुना रही हो। तुलसी कहानी कहाँ से सुनाएगी। तुलसी तो भैया के साथ आज घूमने जानेवाली थी !

स्कूटर की सीट पर मैंने शरीर को निढाल कर दिया। स्कूटरवाला मुझे मेरे घर ले जा रहा है। घर में मेरे घुसते ही यदि पिताजी पूछें कि कहाँ गई थी ? मैं आज से कभी झूठ नहीं बोलूँगी, कहूँगी—निमन्त्रण था !

प्रतिशोध

पिछले चार दिनों से ऐसा हो रहा है। पत्रिका पढ़ रही हूँ, खाना बना रही हूँ या फिर बरामदे में चुपचाप खड़ी हूँ—कि अचानक आँखों के सामने सब कुछ घूमने लगता है। तभी मैं तुरन्त किसी चीज का सहारा लेकर, कहीं बैठकर या लेटकर, आँखें बन्द करके घुमड़ते मन को शान्त करने की—संयमित करने की कोशिश करती हूँ। पिछले चार दिनों से नींद से उठते ही एक और बात लक्ष्य कर रही हूँ कि कोई चीज मेरे शरीर के भीतर घूमती हुई ऊपर की ओर उठती आ रही है। मैं जितनी बार इस घूमती हुई चीज को अन्दर की ओर धकेलना-दबाना चाहती हूँ उतना ही वह मेरी कोशिशों की खिल्ली उड़ाती हुई मेरी जीभ को स्पर्श करती है। लाचार होकर मुझे बाथरूम के बेसिन में झुकना पड़ता है। आज सुबह हारून जब ऑफिस जाने के लिए तैयार हो रहा था, उसके टिफिन बॉक्स में दो उबले अंडे और फ्रेंच टोस्ट रखते हुए मैंने पिछले चार दिनों की इस अस्वस्थता की बात उसको बताई। मुझे यह देखकर बहुत हैरानी हुई कि मेरे सिर चकराने या उबकाई आने की बात सुनकर भी उसने मेरी ओर एक बार देखा तक नहीं, न ही मुस्कुराया और न मुझे गोद में लेकर पूरे घर को खुशी से सिर पर उठाया। गोद में उठाकर खुशी से नाचने का दृश्य मैंने पहली बार शिप्रा के घर पर देखा था। तब तक उसकी शादी को हुए ढाई महीने ही हुए थे। उसे चौंकाने के ख्याल से दबे पाँव उसके कमरे में घुसते ही मैंने देखा कि दीपू उसे दोनों बाँहों में उठाए नाच रहा है। इतना अच्छा दृश्य देखकर मैंने सोचा था कि यह दुनिया बहुत ही खूबसूरत है। काश ! इस दुनिया में कई हजार वर्ष रह पाती। मुझे देखकर दीपू ने अपनी जकड़ ढीली कर शिप्रा को उतार दिया था। दोनों को मैं मुग्धभाव से देख रही थी। शिप्रा मेरा हाथ पकड़कर मुझे खींचती हुई कमरे में ले गई, उसकी आँखों में खुशी झलक रही थी, बोली—मैं माँ बननेवाली हूँ, यह सुनकर दीपू खुशी से पागल हुआ जा रहा है। दीपू पास में ही खड़ा था, उसने कहा—आज मेरे लिए बहुत खुशी का दिन है। शिप्रा का लाज में डूबा सुखी चेहरा मेरी आँखों के सामने उभर आया। शिप्रा मेरी ही सहेली है, हम दोनों ने पढ़ाई-लिखाई साथ-साथ शुरू की थी। हाँ, उसने पहले ही रण-भंग करके दीपू से शादी

कर ली और चींटी की तरह थोड़ा-थोड़ा करके दो-चार बर्तन, दो-चार सामान के साथ अपना घर बसा लिया था। उसके लिपे-पुते आँगन में खड़ा होने पर मुझे कितना अच्छा लगता है, क्या बताऊँ। कितना अच्छा लगता है, यह देखना जब वे दोनों हँसते-हँसते एक-दूसरे पर लोट-पोट हो जाते हैं।

हारून की अटैची में टिफिन बॉक्स रख दिया, उस वक्त वह आईने के सामने खड़ा होकर टाई बाँध रहा था। टाई बाँधने में हारून इतना अकुशल नहीं कि मेरी बात पर ध्यान न दिया जा सके। इसलिए फिर एक बार, इस बार थोड़ा और स्पष्ट करते हुए हारून को बोली—यह मेरे सिर में चक्कर आना मुझे बहुत स्वाभाविक नहीं लग रहा है। हारून ने इसके जवाब में निहायत उदासीनता के साथ कहा—घर में पैरासिटामोल पड़ी है, खा लो ! मेरी आँखों के सामने शिप्रा का वही क्षण घूम गया। एक लड़की खुशी के झूले में अठखेलियाँ करती है, और एक लड़की 'पैरासिटामोल' खाए, कितना फर्क है ! हारून ऑफिस चला गया। और मैं, अकेली घर में। बार-बार वह परिवार मेरी आँखों के सामने तैरने लगा, हारून की उदासीनता और कठोरता देखकर बिस्तर पर पसरते हुए मैंने लम्बी साँस छोड़ी। क्या शिप्रा किसी भी मामले में मुझसे ज्यादा काबिल है ? मुझसे ज्यादा खूबसूरत या ज्यादा शिक्षित जो दीपू उसे गोद में उठाए नाच रहा था और हारून ने मुझे पैरासिटामोल प्रेसक्राइब कर दिया ! मुझे फिर उबकाई आई, उठकर बेसिन के सामने गई, घर में लोग तो कम नहीं हैं—हारून की माँ, पिताजी, दो भाई, भाई की पत्नी, बहन का पति और बच्चा। लेकिन किसी का ध्यान नहीं कि इंस घर में कोई बहुत अस्वस्थ है, उसको उल्टी हो रही है, उसके शरीर में बेचैनी है, शायद उसने सन्तान धारण की है ? शायद क्यों, यह निश्चित है कि वह गर्भवती है, क्योंकि ये सारे लक्षण गर्भ धारण के ही हैं।

दीपू ने शिप्रा को क्लीनिक में भर्ती कराया था। दीपू के माता-पिता ने कहा था—इतना पैसा खर्च करने की क्या जरूरत है ! अस्पताल में भर्ती कराने से तो खर्च कुछ कम होगा। फिर भी दीपू ने कर्ज लेकर शिप्रा को क्लीनिक में ही भर्ती कराया था। सरकारी अस्पतालों में डॉक्टरों की लापरवाही के बारे में उसने सुन रखा था, इसलिए वह वहाँ जा ही नहीं सकता था। शिप्रा कब क्या खाना चाहती है—कब सूप, कब जूस देना है, इस सबको लेकर तब वह ज्यादा व्यस्त था। डॉक्टर को बुलाना, नर्स को बुलाना—सब कुछ वह अकेले ही सँभाल रहा था। दीपू का प्यार देखकर मैं मुग्ध होती रही। मन ही मन शिप्रा की जगह पर खुद को रखकर चाँद जैसे एक बच्चे की माँ बनकर उस बच्चे को मैंने प्यार किया है।

हारून और मेरे बीच एक विचित्र दूरी बढ़ती जा रही है। शादी के बाद से वह ऐसी हरकतें कर रहा है कि मैं हैरान हो रही हूँ। उसने अचानक एक दिन कहा—देनमोहर (मुसलमानों में शादी के वक्त जो पैसा लिया जाता है, तलाक होने पर उसका डबल लौटाना पड़ता है) का पैसा कुछ ज्यादा हो गया, खामखा एक लाख रुपए में जाने की क्या जरूरत थी ?

—इस बात को लेकर इतना क्यों सोच रहे हो ? हमारे लिए 'देनमोहर' का पैसा एक लाख हो या एक रुपया, क्या फर्क पड़ता है ! हमारे बीच क्या अलगाव होगा ! मैं हँसते हुए बोली।

हारून ने गम्भीर होकर कहा—आदमी का क्या भरोसा !

—हाँ, शायद नहीं ! लेकिन इसका मतलब यह तो नहीं कि देनमोहर के पैसे के लिए छटपटाना होगा ! हारून क्या यह सोच रहा है कि मैं उससे कभी वह पैसा माँगूँगी ? शायद यही सोचा हो ! वरना ऐसा क्यों कहता कि वह रकम एक लाख रुपए की बजाय यदि तीस-चालीस या पचास हजार रुपए होती तो अच्छा होता।

एक दिन हारून ने यह भी कहा कि—झूमुर, तुम्हारा जीवन अब पहले जैसा नहीं रहा। यह बिलकुल दूसरी तरह की जिन्दगी है !

—कैसे ? मुझे तो लगता है कि सब कुछ एक जैसा ही है। सिर्फ तुम्हें और करीब पा रही हूँ—यही अतिरिक्त प्राप्ति है !

—और कोई परिवर्तन नहीं ? तुम्हारा नाम बदल गया, तुम अब मिसेज हारून रहमान हो, तुम अब हसन, हबीब और दोलन की भाभी हो, तुम्हारा पता अब 'वारी' नहीं, धानमंडी आवास का इलाका है। अब तुम पहले की तरह हमेशा घूम-फिर नहीं सकतीं, तुम अब घर की बहू हो !

—ओ !

हारून शादी के बाद अब मुझे समय भी कम देता है। शादी से पहले ऐसा भी समय बीता है जब हम दोनों पूरे दिन घूमते रहते। हारून कहा करता था—मन तो करता है कि जीवन-भर लगातार तुमसे बातें करता रहूँ, काम-धाम, दुनिया-समाज कुछ भी अच्छा नहीं लगता। पूरे दिन के बाद भी हारून का मन नहीं भरता था, कहता—दिन इतना छोटा क्यों होता है, बोलो तो ? और अब, शादी हो जाने के बाद हारून कहता है—झूमुर, जीवन में काम-काज ही सबसे बड़ी चीज है, समझीं ! मन लगाकर काम न करने से कभी कोई तरक्की नहीं कर सकता, चाहे वह कोई भी काम क्यों न हो। शादी के ठीक दूसरे दिन से हारून नौ से पाँच तक ऑफिस कर रहा है। मुझे बहुत खाली-खाली-सा लगा था। मैंने कहा था—और दो-चार दिन के बाद सीरियस हो जाना ! यह सुनकर हारून ने कहा था—इतने दिनों में मुझे कितना नुकसान हुआ, तुम इसका हिसाब नहीं लगा सकतीं। फिर अब बेवजह घर पर बैठा ही क्यों रहा जाए, शादी तो हो ही गई।

—शादी हो जाने के बाद कोई चाहत नहीं रहती क्या ?

—वह क्यों नहीं रहेगी ? लेकिन अब तो तुम जब चाहो मिल सकती हो। चूँकि अपने पास ही हो इसलिए अब पहले जैसी बेचैनी नहीं होती।

हारून अब मुझे जब चाहे, पा सकता है—यह उसने बिलकुल गलत नहीं कहा। तो क्या मुझे अपने दायरे में पा लेने की वजह से मुझे हासिल करने या पाने की उसकी चाहत घट गई है ! हो सकता है, लेकिन मुझे लगता है कि जब तब किसी को हाथ के सामने पाने का मतलब दिल के करीब पाना नहीं है। क्योंकि मैंने खुद यह पाया

है कि हारून के पास आकर मैं ज्यादा दूर हो गई हूँ जबकि उससे दूर रहकर ऐसा नहीं था।

मैं और हारून, जिस कमरे में रहते हैं वह दक्षिण की ओर खुला हुआ है। सामने एक बरामदा है, खड़ा होते ही वहाँ की तेज हवा बहा ले जाती है। कमरे की दीवारों का हरा डिस्टेम्पर बहुत स्निग्ध लगता है, दीवार पर शहाबुद्दीन की बनाई एक चलते हुए पुरुष की पेंटिंग है, और एक ग्रुप फोटोग्राफ टँगा है—हारून के परिवार का। लेटे रहने पर उन दोनों तस्वीरों पर नजर टिकी रहती है। कमरे में एक डबल बेड, एक ड्रेसिंग टेबुल, लकड़ी की एक आलमारी, एक सोफा है, फर्श पर कालीन बिछी हुई है। इन सबको सुबह झाड़-पोंछकर साफ करना पड़ता है, हारून की कौन-सी शर्ट, कौन-सी गंजी, कौन-सा मोजा धोना होगा, वह सब अलग करके रखना पड़ता है, फिर धुले कपड़ों को आयरन करके तह करके रखना पड़ता है। जब मैं यह सारा काम करती रहती हूँ तो सासूजी मुझे बड़े गौर से देखती हैं, और शायद प्रसन्न भी होती हैं। आज मेरे कमरे में घुसते ही उन्होंने देखा, मैं बिस्तर पर लेटी हुई हूँ। दस बज रहे हैं और मैं तब भी लेटी हुई हूँ—यह घटना आँखों को जरा खटकी तो जरूर है ! हो सकता है, दोपहर को क्या खाना बनेगा, यह बताने या फिर दाल-सब्जी-मछली या कम से कम मांस ही पकाने के लिए मैं रसोईघर में क्यों नहीं जा रही यह देखकर सासूजी नाखुश हो रही होंगी, ऐसा सोचते हुए मैं जल्दी से बिस्तर से उठते हुए बोली—माँ, तबीयत काफी खराब है ! सासूजी सिर पर हाथ रखते हुए बोलीं—नहीं, बुखार तो नहीं है ! मानो अस्वस्थता का एकमात्र लक्षण बुखार ही है।

आम तौर पर सासूजी हसन और हबीब के भविष्य को लेकर सोचती हैं। दोनों में से किसी ने ज्यादा पढ़ाई-लिखाई नहीं की। हसन आई.ए. तक पढ़ा है, और इसके बाद से ही वह विदेश जाने का सपना देखता है—इस देश में चाहे और कोई रहे, आदमी नहीं रह सकता ! उसकी धारणा कुछ इसी तरह की है। घर-परिवार को लेकर उसे कोई सिर-दर्द नहीं, इस तरफ ध्यान भी नहीं। दाल-भात हो या मांस-मछली—वह कुछ नहीं बोलता, चुपचाप खाकर चल देता है। एक शाम वह एक कम उम्र की लड़की को साथ ले आया और बोला—इससे मैंने शादी की है। इसका नाम रानू है। वह सुबक-सुबककर रो रही थी। घरवालों ने समझा था कि लड़की को अपहरण करके लाया होगा, लेकिन उस लड़की ने कहा, उसने अपनी मर्जी से घर छोड़ा है। वह हसन से प्यार करती है। शादी करने के बाद हसन विदेश जाने के तरह-तरह के फार्म लाकर अक्सर घरवालों को चौंका देता है और यह कहकर कि जल्द ही वह देश छोड़कर जा रहा है, सबको आशान्वित और आतंकित करता है। हबीब उतना शर्मीला नहीं, वह दिन-भर एक स्पेनिश गिटार गले में लटकाए टुंग-टांग करता रहता है और जोर-जोर से गाना गाता है। उसका कहना है कि एक बार सुर का मजा मिल जाने पर एकेडेमिक पढ़ाई-लिखाई उसके आगे व्यर्थ है, जिन्दगी भला कितने दिनों की है, थोड़ा नाच-गाकर इसे क्यों न बिताएँ। आज सासूजी ने दोनों बेटों को लेकर चिन्ता नहीं जताई बल्कि बेटी दोलन को

लेकर दुखी हुईं। दोलन का पति टोबैको कम्पनी में नौकरी करता था, छह महीने हुए, नौकरी चली गई है, अभी वह यहीं आ गई है, अब तो हारून ही एकमात्र भरोसा है—कुछ रुपए-पैसे देकर वह टीपू को कोई धन्धा शुरू करा दे तो वह बच जाएगी। यह सब कहने का बस यही मतलब है कि जब हारून का मन खुश रहे तो मैं दोलन के लिए उससे सिफारिश करूँ। असल में हारून से यह सब कहने की जरूरत ही नहीं, क्योंकि अक्सर रात में वह कमरे में बैठे-बैठे सिगरेट फूँकता है और गहरी चिन्ता में डूबा रहता है। यदि पूछूँ—इतना क्या सोच रहे हो, बताओ न ! हारून कहेगा—वह सब तुम नहीं समझोगी।

मन को काफी ठेस पहुँचती है, बोलती हूँ—समझूँगी क्यों नहीं, तुम बोलकर तो देखो, समझती हूँ या नहीं !

हारून ने मुझसे कहा—टीपू के लिए कोई इन्तजाम करना होगा, उसे किस बिजनेस में लगाया जाए, यही सोच रहा हूँ। अब जैसे इनडैंटिंग एक्सपोर्ट का काम है। जापान के कोलाबरेशन में एक फर्म खुल रही है, उसमें भी मैनेजर की नौकरी दिलवाई जा सकती है। किसमें वह एडजस्ट कर सकेगा, वही सोच रहा हूँ। हसन और हबीब को बाहर भेज दूँगा, कुछ करके वे अपना गुजर-बसर कर लेंगे।

हारून जब खुद ही अपने भाई-बहन के बारे में इतना सोचता है, तब मुझे अपनी ओर से कुछ कहना क्या उचित है ? हारून अक्सर दोलन, दोलन के पति और अपने माता-पिता के साथ लम्बी चर्चा करता है, मैं वहाँ सिर्फ चाय-नाश्ता लेकर जाती हूँ। सास का मुझसे यह कहने का एकमात्र मतलब यही है कि मैं समझूँ यह सचमुच एक बड़ी समस्या है, शायद वे सोच रही हैं कि मैं इसे बिलकुल गम्भीरता से नहीं ले रही हूँ इसलिए बताने आई हैं कि दोलन के लिए यह वाकई बहुत दुखद परिस्थिति है। मेरी दुखद स्थिति के बारे में कौन सोचता है ! मेरा बदन गरम नहीं है, इसलिए मैं अस्वस्थ भी नहीं हूँ। उठकर मुझे रसोई में जाना पड़ता है। घर में दो नौकरानियाँ हैं, वे अच्छा खाना बना सकती हैं, फिर भी घर की नई दुल्हन के हाथ का बना खाना ही सबको खाना चाहिए। खासकर पति क्यों नौकर-चाकर के हाथ का बना खाना खाए। उनके हाथ का ही यदि खाना है तो फिर शादी करने की क्या जरूरत ? रसोई में गई, काम करनेवालियाँ मछली काट-धोकर रखे हुए थीं, मुझे उबकाई आ रही थी, फिर भी कड़ाही चढ़ा दी। रसून अच्छा खाना बनाती है फिर भी सब मेरे हाथ का बना खाना क्यों खाना चाहते हैं, मैं समझ नहीं पाती। तेल में प्याज-मसाला डालकर चलाती रही और सोचती रही—रसून पच्चीस वर्ष से खाना बनाती आ रही है, वह ज्यादा अभ्यस्त और अनुभवी है और मैं सिर्फ तीन महीने से ही खाना बना रही हूँ, पिता के घर कभी-कभी और डेढ़ महीने शादी के हुए हैं, इस डेढ़ महीने से इस घर में लगभग नियमित, यानी रसून की तुलना में मैं बहुत कच्ची हूँ, उसके हाथ के बने खाने से मेरा बनाया खाना अच्छा हो ही नहीं सकता, फिर भी मैं पाती हूँ कि घर के सभी सदस्यों में मेरे बनाए खाने के प्रति तीव्र आकर्षण है, क्या इसलिए कि रसून से मेरे हाथ गोरे हैं, इसलिए कि रसून के हाथों

में काँच की चूड़ियाँ और मेरे हाथों में सोने की चूड़ियाँ हैं ? या फिर इसलिए कि रसून के हाथों ने कागज-कलम से पढ़ाई-लिखाई नहीं की है और मेरे हाथों ने की है सो उसका स्वाद अलग है ?

पहली बार हारून से मुलाकात रवीन्द्र संगीत के एक कार्यक्रम में हुई थी। रवीन्द्र संगीत मुझे बहुत अच्छा लगता है। बीच-बीच में जब कोई खुशी या विषाद मुझ पर छा जाता है तब मैं अकेले ही गाती रहती हूँ। जब मैं आनन्द या विषाद के झूले में झूलती हूँ, तब किसी का साथ मुझे अच्छा नहीं लगता। लेकिन हारून ने मुझे मेरे एकाकीपन से अचानक बाहर खींच निकाला। तभी मेरा परिचय जानकर और फोन नम्बर लेकर वह चला गया था। फिर करीब पाँच दिनों के बाद पूछा—क्या आप मुझे पहचान पा रही हैं ?

—नहीं।

—मुझसे एक दिन आपने बातचीत की थी !

—की होगी, लेकिन अभी तो पहचान नहीं पा रही हूँ।

—आवाज बहुत अनजानी लग रही है न ? नाम बताऊँ ?

—बताइए !

—हारून !

—नाम बताने से भला क्या फायदा हुआ, बताइए ! वही एक कॉमन नाम। हारून नाम के कम से कम दस लोगों से परिचय होगा।

—मैं वह हारून हूँ जिसके साथ शिल्पकला के मैदान में आपका पहला परिचय हुआ था। आप मैदान में बैठी थीं—एक अड्डेबाजी में, मैं बगल में खड़ा गाना सुन रहा था, कुछ देर बाद आप लोगों की अड्डेबाजी में बिन बुलाए मेहमान की तरह मैं शामिल हो गया। आपसे और अन्य दो-चार लोगों से परिचय हुआ।

—अच्छा तो यह कहिए न !

—याद आया ?

—जरूर !

—बताइए तो मैं दिखता कैसा हूँ ?

—लम्बा कद। तीखे नाक-नक्श, आँखें छोटी, होंठ काले। होंठों पर खूबसूरत मुस्कान।

उधर से हारून ठहाका लगाकर हँसा। बोला—मेरे जैसे एक तुच्छ प्राणी को तो बहुत अच्छी तरह याद रखा है !

—मैं शुरू से ही काफी प्रतिभावान छात्रा रही हूँ।

—प्रतिभावान छात्राएँ गाना पसन्द करती हैं, यह जानकर मुझे बहुत अच्छा लग रहा था !

—क्यों, गाना क्या मूर्खों की पसन्द की चीज है ?

—मैं खुद को बहुत मूर्ख नहीं समझता लेकिन आप तो काफी चालाक हैं ?

—नहीं चालाक नहीं, बुद्धिमान कहिए !

इसके बाद से हारून अक्सर फोन करता। फोन करके इधर-उधर की थोड़ी बातचीत के बाद कहता—गाना सुनाओ ! गाना उसे सुनाना ही पड़ता था। मैं तो अकेले में गाती हूँ—एकान्त में, सिर्फ अपनी दुनिया में, लेकिन हारून ने यह नहीं माना। मुझसे वह लगभग जबर्दस्ती गवाता था। मैं भी बहुत हद तक उसकी भारी आवाज के आग्रह के सामने विवश हो जाती थी या फिर कुछ अपनी जिज्ञासा के वशीभूत होकर। सोचती—देखें तो क्या होता है, यह आन्तरिक बातचीत कहाँ तक जाती है। हारून अक्सर फोन करके कहता—आज यह गाना सुनाओ। एक दिन फरमाइश की—'अमार मन माने ना !' (मेरा दिल नहीं मानता !)

मैंने पूछा—अचानक मन के साथ कौन-सी दुर्घटना हुई ? हारून ने कहा—यह आप जैसी बेदर्द लड़की नहीं समझ पाएगी !

आखिरकार मैंने दो पंक्तियाँ गाईं। वह बोला—देखा है, कैसा तूफान चल रहा है ! वह गाना गाइए न—'आज झड़ेर राते तोमार अभिसार !' (आज तूफानी रात में तुम्हारा अभिसार !) मैंने गाया लेकिन यह भी पूछा कि मैं आपकी भाड़े की गायिका हूँ जो मालिक के मन और मान दोनों को मानना पड़ेगा।

इसके बाद हारून को भी गाना पड़ता था। वह अच्छा गा नहीं सकता था लेकिन कोशिश करता था। सबसे आश्चर्य की बात है कि घंटों मेरा गाना सुनता था, कभी-कभी तो पाँच-छह घंटे फोन लेकर बैठा रहता था। मैं एक के बाद एक गाना गाती जाती, बीच-बीच में थोड़ी-बहुत बातचीत भी होती। आश्चर्य की बात इसलिए कह रही हूँ क्योंकि हारून अब गाना नहीं सुनता, शादी के बाद उसने एक बार भी मुझसे नहीं कहा कि गाना सुनाओ।

बल्कि जब मैं कमरे में गुनगुनाती हूँ तो वह कुछ इस तरह घूरता है गोया मैं गाना जानती हूँ यह उसकी जानकारी में न हो। उसकी नजरों में थोड़ी मनाही भी रहती है कि कहीं बगल के कमरे में अभिभावकों के कानों तक आवाज न चली जाए और उससे कोई परेशानी न उठानी पड़े। उससे पहली मुलाकात से लेकर तीन महीने तक हमने संगीत के साथ बिताया था। मैं दो गीत ज्यादा गाया करती थी—'तबू मने रेखो दूरे जाई चले' (तब भी याद रखना मैं जो दूर चली जाऊँ) और 'हृदय वासना पूर्ण होलो' (मन की मुराद पूरी हुई) मन की मुराद भला कभी किसी की पूरी होती है ? जानती हूँ कि

नहीं होती फिर भी गाना अच्छा लगता है। गाने से मन क्या कुछ पाने के लिए भर उठता है। हारून के साथ प्यार के क्षणों में मन क्या कुछ पाने से भरा रहता था।

भला क्या पाती थी मैं ! सचमुच क्या कुछ पाती भी थी या फिर झूठे ही—कुछ मिलता नहीं था फिर भी मिलने का अहसास भर था, पाने के दुःख को 'पा लिया' समझकर मन ही मन खुश होना ?

फोन पर बात करते-करते अचानक एक दिन हारून ने कहा—इस तरह अब और अच्छा नहीं लगता।

—मतलब ?

—आमने-सामने बैठना चाहता हूँ।

—उससे क्या होगा ?

—और चाहे कुछ न हो, मन तो भरेगा।

—अच्छा तो अभी तक मन नहीं भर रहा था ? इतनी बातों, इतने गीतों से भी नहीं ?

—नहीं। आँखों में आँखें डालकर बात नहीं होने पर लगता है कि कहीं कुछ बाकी रह गया।

इसके बाद एक दिन हमारी मुलाकात हुई, विश्वविद्यालय के गेट पर। उसके पास गाड़ी थी। मुझे अपने साथ दफ्तर ले गया। उसका दफ्तर काफी टीपटाप और सुन्दर था। हारून के कमरे में जाकर मुझे सबसे अच्छा यह लगा कि उसकी टेबुल पर ताजा गुलाबों का एक गुलदस्ता था। उसने कहा—फूलों की खुशबू में डूबकर दुनिया-भर का नीरस कामकाज करता हूँ। मैं बोली—क्या खूब मिलान किया है। हारून मेरे लिए क्या करे, इसे लेकर परेशान हो रहा था। घंटी बजाकर कभी इसे बुलाता तो कभी उसे। क्या खाओगी—क्लब सैंडविच ? चिकेन ब्रेड ? पिजा ? मेरी कुछ खाने की इच्छा नहीं हो रही थी। मैं हारून को देख रही थी, हारून की बेचैनी देखकर मैं हँस पड़ी, बोली—आप आँखों में आँखें डालकर बात करनेवाले थे, लेकिन अभी तक वही काम नहीं हुआ !

हारून भी हँस पड़ा। उसकी हँसी की आवाज मेरे अन्तर्मन को छू गई।

अब तो हारून के पास तरह-तरह की व्यस्तताएँ हैं, और तब सब कुछ छोड़कर मेरे डिपार्टमेंट में चला आता था। क्लास खत्म होने पर निकलकर देखती—आँखों पर काला चश्मा, होंठों पर मुस्कुराहट लिए खड़ा है, मैं मन ही मन बहुत खुश होती थी। मन करता था, पूरे क्लास के लड़के-लड़कियाँ देखें कि मेरे इन्तजार में एक युवक खड़ा है। हारून कोई बहुत खूबसूरत नहीं—घुँघराले बाल, अच्छी सेहत, साँवला रंग, लेकिन कुल मिलाकर ठीक ही लगता था, शायद इसलिए कि वह बातों में और चलने-फिरने में बेहद स्मार्ट था। उसके सिगरेट पीने की स्टाइल बड़ी खूबसूरत थी। मुझे बगल की सीट पर बैठाकर वह सिगरेट सुलगाता और दाँतों के बीच सिगरेट दबाकर बातें करता, तब बड़ा अच्छा लगता था। मेरा रंग साँवला है। लेकिन हारून जब मेरे हाथ पर अपना

हाथ रखता था तब मेरी हथेली काफी खूबसूरत, और उँगलियाँ चम्पाकली की तरह सुन्दर लगती थीं। हाथ छूकर हारून को जरूर बहुत अच्छा लग रहा होगा—मैं खुद को हारून की जगह रखकर सोचती।

हम लोग अक्सर कहीं दूर निकल जाते। हारून के मन में भी एकान्त हरियाली की चाहत थी। हम लोग अक्सर बूढ़ी गंगा के ब्रिज से नहाकर धवलेश्वरी पार जाकर बैठते थे। बहुत अकेली नदी है ! एक दिन हारून बोला—तुम्हारे साथ यह मेरा पहला प्यार नहीं है।

सुनकर बहुत दुःख हुआ था। पहला होने से सब कुछ इतना अच्छा क्यों लगता है, समझ में नहीं आता। मैंने उस समय अभिमान से गाल फुलाकर कहा था, लेकिन मेरा पहला ही है !

दूर फेरीघाट की ओर देखते हुए मेरी आँखें भरी आ रही थीं, पूछा था—उसके साथ भी यहाँ बैठते थे ?

—हाँ। काफी।

—उसकी बहुत याद आती है ?

—नहीं।

—इसका मतलब कि कभी मैं भी याद नहीं आऊँगी !

—तुम और वह एक हो क्या ?

—नहीं भी कैसे ? लड़की ही तो हूँ !

—वह बहुत बुरी लड़की थी !

—बुरी माने ?

—वह तुम नहीं समझोगी !

मैं नहीं जानती कि उस समय मुझे भीतर ही भीतर यह सोचकर अच्छा लग रहा था या नहीं कि वह अच्छी लड़की नहीं थी यानी मैं जरूर अच्छी लड़की हूँ ! असल में अब समझती हूँ कि किसी के थोड़ी-सी तारीफ कर देने से बहुत इतराना नहीं चाहिए। जो युवक अपनी पुरानी प्रेमिका को एक झटके में बुरी लड़की कह सकता है, वह अपनी नई प्रेमिका को भी मौका आने पर बुरी बोल ही सकता है। इसमें क्या अचरज ! उसके बाद से मैं अक्सर हारून से कहती—लिपि के बारे में तुम्हारी वह राय बड़ी अनुचित थी।

हारून चतुर आदमी है। बोला—तुम्हीं बताओ, जो लड़की गाना पसन्द नहीं करती, सिर्फ जमीन-जायदाद, गाड़ी-वाड़ी की बातें करने में ही समय गुजारती है, उससे भला मैं कैसे शादी कर सकता हूँ ? मैं कहती—ना सही ! शादी करने का सवाल नहीं है। एक आदमी से दूसरे की रुचि में अन्तर हो ही सकता है, इसका मतलब यह तो नहीं कि लड़की ही बुरी है !

हारून चुप हो जाता। मैं समझ नहीं पाती थी कि उसको इसके लिए पछतावा होता था या नहीं। वैसे यह भी हो सकता है कि चलो फिलहाल तुम्हारी बात मान लेता हूँ,

हालाँकि मान नहीं रहा। मन में किसी बात को बसा लेना और सिर्फ मान लेना, दोनों बिलकुल अलग हैं !

हारून ने उस दिन पहली बार मुझे चूमा, मेरे दोनों होंठ फूलकर गुब्बा हो गए। यह देखकर हारून अपने दफ्तर के कमरे में हँस पड़ा, मेरी समझ में आया कि उस हँसी में उसकी पूरी सन्तुष्टि थी। वह हँसा था मेरे फूले हुए होंठों को देखकर। बोला था—मैं पहचान में ही नहीं आ रही, हँसते-हँसते उसने कहा था—दो चुम्मा क्या लिए, होंठ फूल गए ! इतने मुलायम होंठ, इतने पवित्र ? हारून की आँखें खुशी से चमक रही थीं।

फिर ऐसा हुआ कि रोज हारून से मुलाकात होने लगी। उसके एक-दो दोस्तों के घर जाती। अपने दोस्तों के घर भी। कभी सुभाष के घर पर तो कभी मीठू या एली के घर पर। एक दिन बोली—चलो, मेरे घर चलते हैं !

हारून ने कहा—चलो, थोड़ा एकान्त होने से अच्छा रहेगा !

—क्यों ?

—एकदम नीरस बातचीत करना क्या अच्छा लगता है ?

—रसदार बातें क्या होती हैं, जरा सुनूँ तो सही !

—यही चुम्मा-उम्मा, प्यार !

हारून की ऐसी बातों से मैं सिहर उठती थी। दाहिने हाथ से स्टियरिंग और बाएँ हाथ से मेरा हाथ थामे रहता, गियर चेंज करते समय भी हाथ न हटाता। दाहिने हाथ से ही गियर बदलकर फिर स्टियरिंग थाम लेता। खुद ही गाना सुनाता। उस हारून, उसी हारून के लिए फिर एक बार मेरा तन-मन जाग उठता है। काश ! और ज्यादा दिनों तक हारून का वह स्पर्श मिलता, उतना-भर स्पर्श ! अभी तो आदिम खेल के उन्माद में शरीर डूब जाता है, फिर भी लगता है कि उस थोड़े-से स्पर्श के सामने यह कुछ भी नहीं।

मेरी शादी यों कहिए तो अचानक ही हुई। मास्टर डिग्री का इम्तहान देकर घर पर बैठी ही थी, हारून के साथ अक्सर बाहर घूमने निकलती, ड्राइंगरूम में हारून के साथ बैठे बातें करती, या फिर हारून के साथ घूमकर रात में लौटती। यह सब पिताजी की नजरों में आता। एक दिन पिताजी ने मुझे बुलाकर कहा—जल्द हारून से शादी करो या फिर इस तरह का मेलजोल बन्द करो। उस वक्त पिताजी से बहस करने की कोई इच्छा नहीं थी मेरी। पिताजी को एक बार हार्ट अटैक को चुका है, मैं नहीं चाहती थी कि दुबारा अटैक हो। हारून से बोली—भविष्य में यदि हमारा शादी का कोई प्रोग्राम हो तो वह जल्द से जल्द हो जाना चाहिए। वैसे मुझे हारून की इच्छा की जानकारी थी, वह और दो साल बाद, भाइयों के लिए कोई इन्तजाम करके झंझट से मुक्त होकर शादी करना चाहता था। मेरे पिताजी भी शादी के लिए इतना जोर क्यों दे रहे थे वह भी मैं समझती थी। मेरी बहन नूपुर ने एक रईसजादे से प्यार किया था, उसने पाँच वर्षों तक नूपुर से प्रेम किया लेकिन शादी नहीं की। पिताजी को नूपुर के साथ हुई इस घटना

से बहुत चोट पहुँची थी। और पहुँचती भी क्यों नहीं, आखिर अकरम घर के लड़के जैसा हो गया था—दिन हो या रात, जब मर्जी वह घर आ जाता, घंटों बैठा रहता, खाता-पीता, माँ को 'माँ' कहकर पुकारता। पिताजी कहते थे, यह मेरा बड़ा बेटा है। शायद अकरमवाली घटना के बाद पिताजी की नजरों में इस तरह मिलना-जुलना खटकता था, उनके मन में सन्देह होता, उन्हें लगता कि हारून भी चार-पाँच साल प्रेम करके अचानक भाग जाएगा।

मेरे पिताजी कॉलेज में पढ़ाते थे। हम लोग बहुत सम्पन्न तो नहीं, लेकिन ऐसा अभाव भी नहीं है कि लड़कियों की जैसी-तैसी शादी कर दी जाए। पिताजी ने बाद में नूपुर की शादी खुद ही की, अच्छा लड़का है, नौकरी करता है। नूपुर को भी बैंक में नौकरी मिल गई है। छोटा परिवार है, सुख-दुख में सब ठीक-ठाक बीत जाता है। मेरे लिए भी पाँच-छह बार शादी के रिश्ते आए, पिताजी ने खोज-खबर लेकर 'ना' कर दिया। शायद पिताजी और अच्छा लड़का चाहते थे। शफीक को जल्दी से शादी कर लेने या फिर सम्बन्ध तोड़ देने की बात प्रेमी पुरुषों के प्रति एक तरह के अविश्वास के कारण ही कही गई थी।

पिताजी शायद मुझे हारून द्वारा अपमानित नहीं होने देना चाहते थे लेकिन मैंने थोड़ा ही सही, खुद को अपमानित महसूस किया था। क्योंकि मुझे लगा कि हारून पर विश्वास न करने के साथ-साथ पिताजी मुझ पर भी भरोसा नहीं कर रहे हैं। ऐसा इसलिए मुझे लगा क्योंकि मेरा रूप-रंग किसी पुरुष को आकर्षित करने के लिए पर्याप्त नहीं। शायद वे ऐसा ही सोच रहे हैं। अतः कुछ अपमान-बोध और कुछ अभिमान के वशीभूत होकर, यह जानते हुए भी कि उसने दो साल बाद शादी करने के बारे में सोचा है, मैंने कहा—शादी जल्द हो जानी चाहिए। हारून ने इनकार नहीं किया। दोनों परिवारों ने बातचीत करके शादी कर दी। कोई खास तड़क-भड़क नहीं, कुछ नजदीकी रिश्तेदारों की मौजूदगी में बहुत हद तक घरेलू ढंग से सब कुछ सम्पन्न हो गया। इतने दिनों तक मैं किसी स्काउंडल के साथ नहीं घूमती रही, पिताजी के सामने यह साबित करके मैंने मन ही मन एक तरह की सन्तुष्टि महसूस की। हारून सचमुच मुझसे प्यार करता है या नहीं, मैंने कभी यह गहराई से जानना नहीं चाहा। छह महीनों में मुझे लगा कि बस प्यार करता है।

दोनों ने ऑफिस में खूब बैठकबाजी की, घूमे-फिरे, होटलों में खाना खाया, दोस्तों के साथ लांग ड्राइव में गए। कभी सालबनी के जंगल में तो कभी मधुपर के जंगल में। शादी के बाद वैसी लांग ड्राइव में कभी नहीं गई, बीच-बीच में शार्ट ड्राइव में हारून के रिश्तेदारों के घर जाना हो जाता है। सिर पर पल्लू रखकर हारून के पीछे-पीछे उनके घर घुसना पड़ता है, बड़ों के पाँव छूना पड़ता है।

मेरे मुँह से हारून का नाम सुनकर उसके घरवालों ने एतराज किया। बोले—पति को नाम लेकर पुकारना उचित नहीं है, बहू ! इस बात पर मैंने हारून से शिकायत भी की थी, क्योंकि इतने दिनों से उसे मैं 'हारून' ही पुकारती आ रही थी, अब अचानक

इतने दिनों के बाद मैं उसे कैसे बदल सकती थी। हारून ने कहा—वे लोग पुराने जमाने के आदमी हैं, जैसा चाहते हैं, वैसा कर लो ! उनके सामने नाम लेकर मत बुलाना। वैसे वही करना जो तुम करती आ रही हो ! उनके सामने हारून को नाम से न पुकारते-पुकारते अब उनके पीछे भी नाम से पुकारने की आदत छूट गई है। शादी के डेढ़ महीने बाद मैंने पाया कि हारून को 'ए सुनो', 'अजी' आदि कहकर बुला रही हूँ। मेरी जुबान धीरे-धीरे जकड़ती जा रही है। पाया कि हारून भी इसमें कोई एतराज नहीं करता।

हारून को मैंने दूसरे दस लड़कों से भिन्न कभी नहीं समझा, यह भी नहीं महसूस किया कि वह मेरे प्यार में कभी संन्यासी हो सकता है या फिर कोई सम्राट ! उससे पहले किसी ने कभी मुझे चूमा नहीं, उसने पहली बार मेरे होंठ चूमे थे इसलिए उसकी खुशी की कोई सीमा नहीं थी। उस दिन उसने दिन-भर मुझे अपने सीने से लगभग लगाए रखा, ताकि मैं छूट न जाऊँ ! गोया एक अनछुई स्त्री को उसने मुट्ठी में पाया है—इस स्त्री को उसे पाना ही है। यह हिरनी उसकी है, उसके अन्दर का शेर अब इसे दौड़ा-दौड़ाकर खाएगा ! हारून दूसरे आम लड़कों जैसा ही है। कोई भी पुरुष चाहता है कि धवलेश्वरी के तट पर बैठकर वह चाहे जितना ही लिपि-लिसा-लिमू के साथ प्रेम करे लेकिन शादी के लिए तो तट पर एक कच्ची, कोमल लड़की ही चाहिए।

शादी के बाद ससुराल में एक तरह से खाली समय बिता रही हूँ। ऐसा अखंड समय मैंने इससे पहले कभी नहीं बिताया। घर बैठे खाली समय गुजारनेवाली लड़की मैं कभी नहीं रही। बचपन से ही मैं हमेशा दौड़ती-भागती रही हूँ। बड़ी बहन नूपुर अलबत्ता बहुत चुपचाप थी। कहीं बैठ गई तो बैठी ही रही। लेकिन मैं अपने अन्दर कभी उतना धीरज बनाए नहीं रख सकी। नूपुर उस दिन सुनकर बहुत हैरान हुई कि मैं अच्छी लड़की की तरह ससुराल में रह रही हूँ, इधर-उधर ज्यादा नहीं निकलती। पति से रात के अलावा मुलाकात नहीं होती, इस बात ने उसके जैसी स्थिर, शान्त लड़की को भी अचरज में डाल दिया।

नूपुर काफी हद तक मेरी सहेली जैसी है। उम्र में दो साल बड़ी है। सात साल की उम्र में टायफायड होने पर मरने-मरने जैसी हो गई थी। माँ-पिताजी भी बेटी के शोक में व्याकुल हो गए थे। मुहल्ले के डॉक्टर सफी ने पिताजी से कहा था—मिजान साहब, आपके घर एक लड़का होता तो आपका दुख कुछ कम होता यह मैं खूब समझता हूँ।

मैं सुनकर हैरान हुई थी। घर में बड़ी बेटी बीमार है, बच्ची के स्वस्थ होने को लेकर माता-पिता व्याकुल होंगे, यही तो स्वाभाविक है। बेटे के रहने पर माता-पिता का दुःख कम होता, इस तरह के अद्भुत सिद्धान्त की व्याख्या मेरे पास नहीं है। आखिरकार नूपुर मरी नहीं। कक्षा में एक वर्ष पीछे हो गई। परीक्षा के दिनों में शरीर बुखार में जकड़ा हुआ था। पिताजी कभी लड़के के लिए छटपटाए नहीं। मुझे दिखाकर कहते—यही है मेरा बेटा, इसी से मेरा बेटे का काम चलता है ! घर में कोई बीमार हुआ, मैं डॉक्टर बुलाकर लाती थी, कभी पैसे लेकर दवा खरीद लाती। सब्जी-बाजार में जाकर सब्जी ला चुकी हूँ। नूपुर जब सातवीं कक्षा में पढ़ती थी, बासू नाम का एक लड़का स्कूल जाने के रास्ते में खड़े होकर उसे देखकर सीटी बजाता था। नूपुर ने रुआँसा होकर मुझे यह बात बताई थी। एक दिन मैं मुहल्ले के हमउम्र छह-सात लड़कों को लेकर उसके घर पहुँची और घर में घुसकर उसकी सारी किताब-कापियाँ, पेंसिल-कलम नष्ट करके उसे घूँसे-मुक्के लगाकर चली आई। यों सीधे घर नहीं आई थी। सिराज के घर में दो घंटे तक छिपे रहने के बाद घर गई थी। इसके बाद बासू ने फिर कभी सीटी नहीं बजाई। बाद में बासू के साथ नूपुर की अच्छी दोस्ती भी हो गई थी।

बचपन में मेरा खेलने-कूदनेवालों का एक दल था। दल में सात लड़के और दो लड़कियाँ थीं। पतंग, गोली, क्रिकेट, हॉकी, फुटबाल, बैडमिंटन आदि सारे खेलों में मैं अगुवाई करती थी। इन खेलों में मुझसे दो-तीन साल बड़े लड़के भी मुकाबला नहीं कर सकते थे। मैं खेलकूद के अलावा पढ़ाई-लिखाई में कमजोर होऊँ, ऐसी बात भी नहीं थी। पिताजी मुझे बहुत मानते थे। कहते—मुझे बेटे की जरूरत नहीं है, मेरी यह बेटी ही जज-बैरिस्टर बनेगी, मेरा नाम रौशन करेगी। भौतिक विज्ञान पढ़कर जज-बैरिस्टर बनने की कोई गुंजाइश नहीं होती, फिर भी मैंने भौतिक विज्ञान को ही अपना विषय चुना। पिताजी ने एतराज नहीं किया। बोले—अच्छा विषय है। हाँ, अच्छा विषय तो है ही ! चूल्हे पर पतीली किस 'ऐंगेल' से रखने पर वह हिलेगी नहीं, और कितनी तापमात्रा में चावल उबल जाएगा, इस विद्या के प्रयोग के लिए भौतिक विज्ञान तो अच्छा विषय ही है !

मेरी माँ का नाम हसीना बानू है। उसने ज्यादा पढ़ाई नहीं की थी। पन्द्रह वर्ष की उम्र में शादी हो गई थी। दो-दो बेटियों को लेकर उसे कभी परेशान होते नहीं देखा। पड़ोसी आ-आकर कान भरते—भाभी, अब एक लड़का जन लो ! माँ कहती—बेटे को धोकर क्या पीऊँगी ? बेटा होने से क्या फायदा है, बताइए तो ! तेरह साल की उम्र में सिगरेट पीएगा, सोलह की उम्र में कमर में चाकू खोंसकर घूमेगा। मेरी बेटियाँ ही ठीक हैं।

सुनकर काफी हैरान होती। मैंने किसी की माँ को ऐसा कहते नहीं सुना। मेरी माँ को खुदा पर बहुत विश्वास था, अभी तक नमाज-रोजा कर रही हैं। फिर दोनों बेटियों से कह रखा है—तुम लोग पढ़ो ! मैंने अपनी जिन्दगी में पढ़ाई-लिखाई नहीं की इसलिए धर्म-कर्म कर रही हूँ। धर्म-कर्म तो खाली समय का काम है ! जीवन की शुरुआत से

ही मेरा जीवन खाली बीत रहा है। देखती नहीं, कैसी मुटाती जा रही हूँ। पढ़ाई न कर पाने के कारण मेरी माँ के मन में जो क्षोभ था उसे हम दोनों बहनों ने मिलकर शायद कम कर दिया। लेकिन मैं समझ नहीं पाती कि मुझमें और एक आठवीं तक पढ़ी विवाहित लड़की में फर्क ही क्या है ! इस घर में मेरे अलावा दो और भी विवाहित स्त्रियाँ हैं ! दोलन और रानू। शायद दोलन स्कूल फाइनल पास है और रानू उससे भी कम। लेकिन भौतिक विज्ञान में मास्टर डिग्री पाकर भला मुझे क्या फायदा हुआ। मैं अल्पशिक्षित या अशिक्षित किसी घरेलू औरत से घर के काम-काज में क्या ज्यादा निपुण हूँ ?

हारून के पिता के कमरे में भी मुझे बैठना पड़ता है। पूछना पड़ता है कि तबीयत ठीक है या नहीं। वात के दर्द के लिए डॉक्टर ने जो दवा दी है, उसे नियमित ले रहे हैं या नहीं। यह भी पूछना पड़ता है कि अभी कुछ खाने-पीने की इच्छा हो रही है या नहीं—चाय या कॉफी, कुछ दूँ !

इसके बाद सबके साथ खाने की मेज पर बैठना। परिवार के सदस्यों की संख्या अधिक है, सो एक बार में सभी नहीं बैठ सकते। पहले बैच में हसन, हबीब, दोलन का पति-बच्चा, पिताजी खा लेते हैं, दूसरी बार में मैं, माँ, दोलन और रानू। रानू बहुत शान्त लड़की है, दिन-भर क्रुश से क्या कुछ बुनती रहती है। रसोईघर में घुटनों में मुँह खोंसे कुछ सब्जी वगैरह काटकर फिर कमरे में चली आती है, दोपहर से पहले तक कुछ न कुछ करती रहती है और घर के नीति-नियम का पालन करती है। बीच-बीच में मैं उसके कमरे में जाकर बैठती हूँ, उससे पूछा—तुमने यह सिलाई का काम कहाँ से सीखा। रानू ने कहा—मैंने तो आपकी तरह इतनी पढ़ाई-लिखाई की नहीं, बस बचपन से ऊन बुनना, क्रुश बुनना सीखा है ! मैं समझ नहीं पाती कि आखिर क्रुश बुनने के प्रति उसका इतना लगाव क्यों है ! क्या सचमुच लगाव है या यह समय काटना-भर है, या फिर जीवन की तरह-तरह की असफलताओं को इस तरह छिपाना है !

सारे कर्त्तव्य पूरा करने के बाद भी मैं पाती हूँ कि मेरा समय बच जाता है। ऐसे समय में खिड़की में खड़ी रहने के अलावा दूसरा कोई काम नहीं रहता। खिड़की का ग्रिल पकड़कर खड़ी रहती हूँ—नहीं, किसी के इन्तजार में नहीं, इन्तजार किसका करूँगी, हारून तो वही शाम को आएगा। कभी-कभी सोचती हूँ, अचानक यदि हारून आ जाए ! कभी भरी दुपहरिया में जब मैं नहाकर, सिर पर तौलिया और शरीर पर साड़ी लपेटे बाथरूम से निकलूँ, और यदि अचानक हारून सामने आकर खड़ा हो जाए तो मैं स्निग्धता भरी खुशी से उससे लिपट जाऊँगी। शादी के बाद लगातार पाँच दिनों तक वह घर पर ही था। तब दोनों एक साथ स्नान करते थे, हारून मुझे बाथरूम में ले जाकर दरवाजा बन्द कर देता, दोनों के कपड़े खुद ही उतारता और शावर के नीचे मुझसे लिपटकर खड़ा रहता, भीगे-मुलायम बदन पर हाथ फिराकर वह उष्ण होता, मुझे भी एक अद्‌भुत आनन्द मिलता। शादी के बाद शुरू-शुरू में हारून सुबह-दोपहर-रात मिलाकर

पाँच-छह बार मेरी देह से गहराई में उतरकर खेलता। अब डेढ़ महीने बाद वह खेल एक बार पर आकर ठहर गया है। समय कहाँ है ? शाम को लौटता है, थोड़ा आराम करने के बाद सबके साथ बातचीत करके, रात का खाना खाकर बिस्तर में जाते-जाते साढ़े-दस या ग्यारह बज जाता है। इसी बीच उसका थका-हारा शरीर एक बार मेरे शरीर से मिलता है। तीव्र आनन्द में दोनों एक-दूसरे से लिपटकर सोए रहते हैं। नींद आने पर वह हिल-डुलकर मेरी ओर पीठ करके सो जाता है। वही हारून ! क्या सचमुच हारून का रवीन्द्र संगीत से लगाव है ? पता नहीं क्यों, मुझे यकीन नहीं होता ! तो फिर हारून संगीत की उस महफिल में क्यों गया था ? जिस लड़के को संगीत से लगाव हो, क्या वह इतना दुनियादार हो सकता है ? इतना ज्यादा हिसाबी-किताबी ! चाहने से ही क्या वैसा बना जा सकता है ? हारून को मैं शादी से पहले के जीवन के साथ किसी भी तरह मिला नहीं पाती। जो लड़का कहता था, शाम को पाँच बजे स्वीस के पास आना, या फिर 'राष्ट्रीय साहित्य प्रकाशन' में, उसी हारून से आज जब मैं कहती हूँ कि कुछ खरीदारी के लिए जाऊँगी तो वह कहता है—अकेले मत जाना, दोलन या हबीब को साथ ले जाना !

किसी को साथ ले जाने की जरूरत क्यों पड़ती है, शादीशुदा हूँ इसलिए ? शादी का मतलब क्या यही होता है कि अब अन्धी हूँ, रास्ता नहीं पहचानूँगी ? विवाह का मतलब क्या यह है कि मैं अब अपंग हूँ, मुझे किसी के कन्धों का सहारा लेकर चलना पड़ेगा !

हारून से बोली—मैं क्या रास्ता नहीं पहचानती ! मुझे अकेले बाहर जाने से क्यों मना कर रहे हो ?

—कहाँ जाना चाहती हो ?

—मान लो 'वारी' जाऊँगी !

—वारी जाओगी ? क्यों ? अब तुम इस घर की बहू हो ! इतना जल्दी-जल्दी मायके जाना क्या उचित है ? तुम्हारे माता-पिता को ही तुम्हारा जाना पसन्द नहीं आएगा। जाना चाहती हो तो गाड़ी भेज दूँगा, दोलन या माँ को साथ लेकर चली जाना। मुझे समय मिल गया तो मैं भी ले चल सकता हूँ।

वारी क्यों जाऊँगी, वहाँ जाने की जरूरत क्या है, वहाँ इतना जल्दी-जल्दी क्या काम हो सकता है ! और काम नहीं है तो खामखाह पेट्रोल खर्च करने की क्या जरूरत ! इन सारे सवालों के बाद मुझे फिर 'वारी' जाने की इच्छा ही नहीं हुई।

इच्छा हुई कि मैं भी कुछ करूँ। इस तरह फालतू बैठे रहना अच्छा नहीं लगता। पढ़-लिख करके अब अगर खामखाह घर बैठे समय बर्बाद करूँ तो फिर इतनी रात तक जाग-जागकर पढ़ाई करने का फायदा क्या हुआ ? नोट याद करके, परीक्षा में अच्छे नम्बरों से पास होने से क्या फायदा ! वह सब कुछ क्या सिर्फ परिवार-धर्म का पालन करने के लिए था ?

एक दिन हारून से मैं बोली—अपनी फर्म में तो कितनी ही लड़कियों को नौकरी

देते हो, मुझे भी एक नौकरी दोगे ?

—मतलब ?

—एक काम माँग रही हूँ। नौकरी ! नौकरी करना चाहती हूँ।

—तुम नौकरी करोगी ? क्यों ?

—क्यों, लोग नौकरी नहीं करते क्या ? पढ़े-लिखे आदमी का घर बैठे रहना क्या उचित होता है ?

—मेरी कमाई से तुम्हारा पूरा नहीं हो रहा है ?

मैंने हँसकर कहा—वह क्यों नहीं होगा ? मैं तो यह बात नहीं कह रही हूँ। मैं किसी तरह की कमी की बात नहीं कर रही ! सबको कोई न कोई काम तो करना चाहिए। दिमाग को किसी रचनात्मक काम में लगाना चाहिए न ? तुम भी जानते ही हो—खाली दिमाग, शैतान का घर !

मेरी बात सुनकर एक हाथ मेरी कमर में लपेटते हुए मुझे बिस्तर पर ले जाकर हारून ने बैठाया। वह भी सटकर बैठ गया। मेरे दोनों कन्धों पर दोनों हाथ रखकर बोला—मेरे माँ-पिताजी की देखभाल करोगी, मेरे भाई-बहन हैं, उनकी देखभाल करोगी, उनके अच्छे-बुरे को देखने की जिम्मेदारी अब तुम्हारी है। तुम इन सबका दिल जीतने की कोशिश करोगी। यदि दिल जीत लेती हो तो यह तुम्हारी ही जीत होगी। इस परिवार को अपना लेने की जिम्मेदारी तो तुम्हारी ही है न ? हारून ने मेरी ठुड्डी पकड़कर मेरा चेहरा अपने सामने किया। बोला—

—यह घर तो अब तुम्हारा है, इसे सँवारकर रखोगी, जतन करोगी। इतना काम है और तुम कहती हो समय नहीं कटता ? काम करना चाहो तो भला काम की कमी है ? ठीक है, यदि बाहर जाने का बहुत मन हो रहा है तो माँ के पास पैसे रख जाता हूँ, तुम दोलन को साथ लेकर मार्केट से हो आना, अपनी पसन्द के कुछ सामान खरीद लेना ! ठीक है ?

छोटे बच्चों को जैसे लॉलीपॉप देकर चुप कराया जाता है, उसी तरह हारून मेरी माँग रोकने के लिए लॉपीपॉप थमाने की तरह सामान खरीदने का पैसा धराकर चला गया। और, मैं भी बाजार चली गई। परिवार के सभी सदस्यों के लिए कपड़े-लत्ते खरीदे। रात में हारून ने पूछा—किसके लिए क्या-क्या खरीदा ?

—पिताजी के लिए कुर्ता, माँ के लिए कपड़ा, दोलन के लिए साड़ी, बच्चों के लिए कपड़े-जूते आदि।

हारून ने मेरे दोनों गाल चूमते हुए कहा—अरे वाह, ये हुई न अच्छी बीवीवाली बात ! इतनी अच्छी बीवी और किसके पास है ? कौन कहता है कि मैं ठगा गया हूँ !

मैं सोच रही थी कि हारून कहेगा, अपने लिए कुछ नहीं खरीदा ? और, कुछ नहीं खरीदा है इसलिए नाराज होगा, मुझे लेकर बाजार जाएगा और मेरे लिए कम से कम एक साड़ी खरीद लाएगा। वैसे खुश होकर हारून ने मुझे चूमा था, उसके चुम्बन में प्यार की महक तो थी लेकिन मेरे लिए नहीं, उसके अपने परिवार के सदस्यों की थी। मुझे

थोड़ा शक हुआ, लगा कि हारून मुझसे अधिक अपने माता-पिता, हबीब, हसन, दोलन, दोलन के पति-बच्चे को प्यार करता है। एक सूक्ष्म अपराधबोध उस दिन रात-भर मुझे घेरे रहा। उस रात बिस्तर में हारून ने मुझे खूब खुलकर प्यार किया—गहराई से, हारून के भीतर उस दिन एक तीव्र आवेग था।

हारून ने मेरे लिए समय काटने का सारा इन्तजाम कर दिया था। इस परिवार के लोगों को लेकर मुझे बाकी जीवन बिताना होगा। उनके सुख-दुःख, उनकी जरूरत-गैरजरूरत में मुझे उनका भरोसेमन्द साथी बनना होगा। सब कुछ करने के बावजूद मेरा समय नहीं कटता, सब कुछ करने के बावजूद और कुछ करने को मेरा जी चाहता है। हारून शादी के बाद सात दिन मुझे लेकर अपने रिश्तेदारों और दोस्तों के घर घूमने गया और दो दिन सामान खरीदने मार्केट गया। खुद ही पसन्द करके साड़ियाँ खरीदीं। साड़ियों का पैकेट मेरे हाथ में थमाते हुए बोला—अब बताओ, तुमसे प्यार करता हूँ या नहीं !

यह बात हारून बाद में भी बोल सकता था ! साड़ी देने के साथ-साथ यह प्रमाणित करना कि प्यार करता हूँ, इसे मैं मिला नहीं पाई। साड़ी तो सिर्फ पैसे खर्च करने का मामला है, कोई भी थोड़ा खुले दिल का होने से साड़ी-कपड़े बाँट सकता है। साड़ी तो हारून अपने भाई की पत्नी को भी खरीद देता है, साड़ी अपनी माँ को देता है, बहन को देता है, रसूनी को देता है ! फिर मैं उनसे अलग कैसे हुई ? प्यार जताया जा सके, ऐसी अलग चीज और कुछ भी नहीं है क्या ? शायद रात में एक साथ सोना ही अलग होना है ! लेकिन पुरुष-जात तो किसी के साथ भी सो सकता है—प्यार के बिना ही। रात होते ही वेश्यालयों में पुरुषों का जो जमावड़ा होता है, कितने पुरुष उनको प्यार से स्पर्श करते हैं ?

हारून मुझे पैरासिटामोल खाने के लिए प्रेसक्राइब कर रहा है। उसने क्या कभी किसी से सुना-जाना नहीं है कि पेट में बच्चा आने पर सिर में चक्कर आता है, उल्टी होती है ? उम्र कितनी होगी उसकी ? पैंतीस ! पैंतीस साल का लड़का इन लक्षणों का कारण नहीं जानेगा ? उसके घर लौटने पर बोली, थोड़ा मुस्कुराती हुई ही बोली, कहने में शर्म तो आ रही थी फिर भी कहा—मुझे तो कुछ दूसरा ही लग रहा है !

—दूसरा क्या ?

—लगता है, बच्चा-वच्चा आ गया होगा।

—अरे धत् !

—क्यों ?

—डेढ़ महीने में कहीं बच्चा आ सकता है ?

—चलो न, डॉक्टर के यहाँ जाते हैं। देखें, क्या बात है !

मैं अचानक आशंका से चौंक उठी। यदि बच्चा होने का कोई कारण न हुआ तो फिर यह सब क्यों हो रहा है ! कोई गम्भीर बीमारी तो नहीं ?

डॉक्टर के पास गई, हारून ही ले गया। वह काफी निश्चिन्त और निर्लिप्त था और मैं आशंका से ग्रसित। क्योंकि मैं समझ नहीं पा रही थी कि मुझे अस्वस्थ होना चाहिए या नहीं। डेढ़ महीने में बच्चा पेट में नहीं आता, उसे ऐसी ही जानकारी है। वैसे मैं नहीं जानती कि कंसीव करने के लिए कितने समय की जरूरत होती है। कितने महीने और कितने दिन, इसका सही हिसाब मुझे नहीं मालूम। इस बारे में अपने घरवालों या हारून के घरवालों से कोई बात भी नहीं की, क्योंकि मुझे लगा कि सबसे पहले हम दोनों को ही इस पर बात करनी चाहिए—मुझे और हारून को।

डॉक्टर ने हम दोनों को बुलाया। बोले—मेरे यूरीन की जाँच कर लूँ ! हारून ने मेरी उल्टी बन्द होने की दवा माँगी थी। डॉक्टर ने मुस्कुराते हुए कहा, यूरीन-जाँच की रिपोर्ट आने दीजिए, इसके बाद दवा।

डॉक्टर की क्लीनिक में ही यूरीन जाँचने का इन्तजाम है। पन्द्रह मिनट इन्तजार करने के बाद जान सकते हैं। हम लोगों ने इन्तजार किया। इस पन्द्रह मिनट के बीच मैंने हारून से बहुत कम बातचीत की, क्योंकि वह एकदम गुमसुम बैठा गाड़ी की चाबियाँ हिला रहा था।

जाँच का नतीजा सकारात्मक, यानी मैं गर्भवती हूँ। डॉक्टर ने दवा लिख दी। हारून मुझे लेकर गाड़ी में बैठा—गम्भीर, कोई बातचीत नहीं। मैं भी क्या बोलूँगी, मुझे भी बड़ा अभिमान हो रहा था—वह खुशी से मुझसे लिपट क्यों नहीं जा रहा, या फिर थोड़ा मुस्कुरा भी नहीं रहा, क्या वह आगे चलकर कोई सरप्राइज देगा ! सीधे सोनारगाँव में गाड़ी पार्क करके कहेगा—आओ !

मैं अपने से बोली—क्या बात है, बात क्यों नहीं कर रहे !

हारून के हाथ में स्टियरिंग थी। वह बहुत रफ ड्राइविंग कर रहा था। अचानक मुझे लगा, क्या वह अभी बच्चा नहीं चाह रहा है ? फिर यह भी लगा कि अगर बच्चा नहीं चाहता तो गर्भ निरोधक का इस्तेमाल कर सकता था, उसने भी नहीं किया और मुझसे भी करने को नहीं कहा। उसने मेरी बात का कोई जवाब ही नहीं दिया। मैं सीट से पीठ टिकाकर रास्ते की ओर देखने लगी। कितने दिन हुए, रास्ते में नहीं निकली। अब सीढ़ियाँ उतरकर गाड़ी और गाड़ी से उतरकर सीढ़ियों के अलावा कहीं चलने का—जहाँ कोई कीचड़ नहीं, पानी नहीं, पीच नहीं—मौका नहीं मिलता।

घर लौटकर हारून काफी गम्भीर बना बैठा रहा। मैं बगल में ही बैठी थी,

अकेले-अकेले क्या बात की जा सकती है ! मुझे बेचैनी हो रही थी यह जानने के लिए कि हारून ने अचानक चुप्पी क्यों साध ली, क्यों अचानक अस्वाभाविक आचरण कर रहा है, अचानक आँखें मूँदकर क्यों लेट गया ! अगर दफ्तर की कोई समस्या होती तो शाम को डॉक्टर के यहाँ जाने से पहले उसका आभास मिला होता।

रात में उसने खाना भी नहीं खाया, उसने नहीं खाया तो भला में कैसे खा सकती थी ! माँ से बोल आई, हम लोग नहीं खाएँगे, भूख नहीं है। हारून के बालों में हाथ फेरते हुए मैंने पूछा—तुम उदास क्यों हो, मुझको नहीं बताओगे ?

हारून ने अपना सिर हटा लिया, इसका मतलब कि बालों में हाथ फेरना उसे अच्छा नहीं लग रहा है। हारून से मुझे थोड़ा डर-सा भी लग रहा था। लेकिन कितनी हैरानी की बात है कि शादी से पहले उसके सामने कैसे ठहाके लगाकर हँसती थी, क्लास की सहेलियों को लेकर उसके दफ्तर में हाजिर हो जाया करती थी, वह कितना उदार प्रेमी की तरह लगता था ! और वही हारून, शादी के बाद जब मुझे डॉक्टर ने बताया कि बच्चा है तो दीपू की तरह खुश तो हुआ ही नहीं बल्कि उसके जीवन की जो स्वाभाविक गति थी वही अचानक रुक-सी गई। पता नहीं क्यों, मुझे अचानक बड़ा रोना आया। मन हुआ कि खिड़की के ग्रिल को पकड़कर खड़ी रहूँ—कमरे में सहमा हुआ अँधेरा और बाहर धागे की तरह पतला चाँद। मैं खिड़की पर खड़ी रही। बाहर की दुनिया छोड़कर इस एक कमरे में सुख की आशा में आकुल होकर बैठी रही; मेरे पिताजी की तबीयत कैसी है मुझे नहीं मालूम, मेरी माँ कैसे जी रही है, नूपुर कैसी है, मैं कुछ नहीं जानती। उन सबके लिए अचानक मुझे बड़ा रोना आ रहा है, खुद के लिए भी। आधी रात तक खिड़की पर खड़ी रही। हारून ने मुझे बुलाया तक नहीं। मैंने पाया कि वह खुद भी नहीं सोया था। अगले दिन सुबह नींद से उठते ही हारून जाने के लिए तैयार हुआ। मैंने उसके लिए नाश्ता बनाया, टिफिन बॉक्स में नाश्ता रख भी दिया। सुबह तब तक हमारे बीच कोई बातचीत नहीं हुई थी। मैंने ही पहल की—तुम मुझसे बात नहीं कर रहे हो, मेरी समझ में नहीं आ रहा है क्यों ? मुझे बहुत तकलीफ हो रही है।

हारून ने फिर भी कुछ नहीं कहा। नाश्ता नहीं किया, टिफिन बॉक्स लिए बगैर चला गया। मेरा कलेजा फटा जा रहा था। आखिर हारून ऐसा क्यों कर रहा है, क्या मुझसे कोई गलती हो गई ? मुझे अपनी गलती का पता नहीं चल पा रहा है।

सासूजी कमरे में आईं, कमरे में टहलती रहीं और बोलीं—रात में हारून ने खाना क्यों नहीं खाया, जरूर तुम लोगों ने झगड़ा किया है, मेरा बेटा बहुत सीधा-सादा है, उसको तकलीफ नहीं होनी चाहिए, इस बात का ख्याल रखना !

सासूजी ने अपने इन निर्देशों को ही तरह-तरह से पेश किया। मैं सुनती रही सिर झुकाए—सिर पर आँचल था, सुनते रहने के अलावा मेरे पास करने को कुछ नहीं था।

सिर्फ हारून ने ही नहीं पिछली रात तो मैंने भी नहीं खाया, इस बारे में सास ने एक बार भी नहीं पूछा। मेरा खाना न खाना यहाँ कोई बड़ी बात नहीं। महत्त्वपूर्ण सिर्फ

यह है कि हारून मेरे किसी व्यवहार से असन्तुष्ट न हो. इस मामले में मुझे सजग रहने की सलाह या निर्देश दे गईं वे।

रात को लौटकर हारून ने कहा—कल शाम क्लीनिक में जाना।

—क्यों ?

—बच्चा गिराना होगा।

—क्यों ?

—गिराना होगा। गिराना चाहिए !

—लेकिन क्यों ?

—मैं जो कह रहा हूँ, वही करो। मैं अच्छे के लिए कह रहा हूँ। मेरे हाथ-पाँव ठंडे पड़ने लगे। अचानक आँखों के सामने पूरा कमरा घूमने लगा, तुरन्त खाट पर बैठकर दोनों हाथों से मैंने गद्दे को कसकर पकड़ लिया। मेरे भीतर शायद कोई तांडव मचा हुआ था, सुबककर रो पड़ी। हारून ने मुझे छुआ तक नहीं। मैंने ही छुआ—मैं उसकी दोनों बाँहें पकड़कर झकझोरते हुए बोली—हमारी पहली सन्तान को तुम क्यों गिरा देना चाहते हो ?

हारून ने खुद को छुड़ाते हुए कहा—डेढ़ महीने में कहीं बच्चा आता है क्या ?

—इसका मतलब ?

—जो मतलब है, वही !

—तुम कह क्या रहे हो !

—फिर यह बच्चा आया कहाँ से ?

—कहाँ से आया ?

—यह तुम अच्छी तरह जानती हो !

—मैं जानती हूँ, और तुम नहीं जानते ?

—मैं क्यों जानने लगूँ ? मैं भला क्यों जानने लगा कि तुम किसका बच्चा पेट में लेकर मेरे घर आई हो, शादी के लिए इतना जोर दे रही हो ? शादी के लिए तुम क्यों इतनी जल्दबाजी कर रही थीं, क्या मैं यह पहले समझ पाया था ?

हारून मुझ पर शक कर रहा है। शादी के लिए जल्दबाजी की थी, शादी के डेढ़ महीने बाद कह रही हूँ कि मैं प्रेगनेंट हूँ। हारून को शक हो रहा है कि प्रेगनेंट हालत में मैंने उससे शादी की है। हारून के साथ शादी से पहले मेरा कोई शारीरिक सम्पर्क नहीं हुआ, किसी के भी साथ नहीं था। शादी के बाद मैं चौबीसवर्षीया अक्षत योनि लड़की पहली बार पति के साथ सोई थी। शादी की रात मैंने पाया था कि हारून बिस्तर की सफेद चादर पर बड़े ध्यान से कुछ ढूँढ़ रहा है, पूछा था—क्या देख रहे हो ! भौंहें सिकोड़ते हुए उसने कहा था—खून-ऊन गिरा है या नहीं ? खून क्यों नहीं आया था, यह मैं भी नहीं जानती लेकिन मेरे यौनांग में काफी दर्द हो रहा था। तभी हारून ने कहा कि दर्द होने की बात मैंने झूठे ही कही थी, दर्द कम होने की दवा भी झूठे ही खा ली थी—वह सब मेरा नाटक था।

हारून की सन्देह भरी नजरों से मैंने खुद को देखा, देखकर अवचेतन में मुझे भी खुद पर सन्देह होने लगा। हारून किसके बारे में सोच रहा है। कॉलेज में मेरे साथ सुभाष और अरजू पढ़ते थे, उनमें से तो नहीं ! हारून उन्हें पहचानता था, उनमें से किसी के साथ मेरे सम्बन्ध के बारे में सुभाष और अरजू की तरह मीतू, एली, माया भी तो मेरी दोस्त थीं। हारून से उन सबका परिचय था। हारून को साथ लेकर उनके घर जा चुकी हूँ, उनके साथ हारून और मैं खाली वक्त में घूमे भी हैं। बीच-बीच में ढाका से बाहर जाकर भी घूम-फिर आए हैं—साभर, मेघना घाट, सालवन विहार, जयदेवपुर-राजेन्द्रपुर के जंगलों में। तो क्या हारून सुभाष या अरजू के बारे में सोच रहा है ! सोच रहा है कि उनमें से किसी के वीर्य से मेरे गर्भ में बच्चा आया है ? हारून की शक्की नजरों से फिर खुद को देखा—देखा कि सुभाष या अरजू के साथ मैं किसी एकान्त बिस्तर पर बैठी सहवास कर रही हूँ, मेरी बच्चेदानी सुभाष या अरजू के वीर्य से उफनकर बाहर बह रही है, और मैं असावधान, लाचार लड़की गर्भवती होकर प्रेमी हारून से चालाकी के साथ शादी करने की बात कहती हूँ। हारून अभी जरूर ऐसा ही सोच रहा होगा ! ऐसी ही दृष्टि से मुझे देख रहा है—मुझे व्यभिचारिणी समझकर खुद की उदारता और उदात्तता को सराह रहा है। हारून की नजरों से खुद को देखते-देखते अब ऐसा लग रहा है कि मैं अपने पर ठीक से विश्वास नहीं कर पा रही हूँ। मेरा अपना ही शरीर सुभाष या अरजू का नाम लेते हुए काँप उठता है। सुभाष या अरजू का नाम छिपाने की इच्छा होती है, मुझे वे गोपन प्रेमी की तरह लगने लगते हैं। लगता है, उनके साथ शायद मेरा कोई गोपनीय अवैध सम्बन्ध है।

खुद को ही शर्म आती है, अपने जीवन के सच्चाई के पन्नों को बार-बार उलटकर देखने को जी चाहता है। सच तो यही है कि मैं हारून से प्यार करती हूँ, शादी की रात भले ही चादर पर खून का धब्बा ढूँढ़ने में हारून असमर्थ रहा लेकिन यही सच है कि मैंने उसी के साथ शरीर की गहराई में जाकर गोपन खेल खेलना सीखा है। समय से पूर्व अचानक उससे शादी जरूर की, लेकिन इसके पीछे पिताजी को दी गई मेरी अलिखित चुनौती ही थी—कोई गोपनीय षड्यन्त्र नहीं। किसी अवैध भ्रूण को वैध बनाने की कामना मेरे अन्दर नहीं थी।

हारून से मैं प्यार करती हूँ, और, प्यार करती हूँ इसीलिए उसे 'हारून' कहकर पुकारना छोड़ दिया, हर रोज उसकी रसोई में यह-वह पकाती हूँ, सास-ससुर के सामने सिर पर पल्लू रखकर चुपचाप खड़ी रहती हूँ, मन के न चाहने पर भी हसन, रानू, हबीब, दोलन के साथ देर तक बातचीत करती हूँ। मेरे यह सब कुछ करने का एकमात्र उद्देश्य है कि हारून मुझसे प्यार करे, वह सन्तुष्ट रहे, तृप्त रहे, मेरे व्यवहार से खुश रहे। वह भी मेरे परिवार के लोगों के साथ अच्छा व्यवहार करे। मैं हारून के साथ एक सुखी जीवन बिताने के लिए बहुत उत्साही हूँ, क्योंकि मैंने उससे प्रेम करके शादी की है। यह पूरी तरह से व्यक्ति हारून को प्यार करना है न कि उसकी सम्पत्ति को। जब उससे मेरा पहली बार परिचय हुआ, जब बातें करते हुए हम लोगों ने बहुत दूर तक रास्ता

तय किया था, मुझे बहुत अच्छा लगा था, तब मुझे उसके वैभव की जानकारी नहीं थी। शिल्पकला अकादमी के उस मैदान की बैठक में हारून भी था, मैं भी थी, आडिटोरियम में रवीन्द्र संगीत हो रहा था, मैदान की हमारी बैठक में 'आनन्दध्वनि' के कुछ कलाकार भी थे, एक कलाकार के दोस्त के रूप में हारून का प्रवेश हुआ था, वहीं उससे परिचय हुआ। प्रसंग था रवीन्द्रनाथ-रवीन्द्रनाथ का जीवन गीत, कविता, कहानियाँ। कार्यक्रम के अन्त में बात करते हुए हम लोगों के काफी दूर तक चलने के बाद मैंने एक रिक्शा लिया था, समय मिलने पर फोन कर लूँ, यह सौजन्यता दिखाकर हारून ने भी एक रिक्शा पकड़ा था। एक बार अपने एक दोस्त के घर मुझे ले जाकर हारून ने कहा था—इस मकान में कोई नहीं है। दोस्त और उसकी पत्नी दो दिनों के लिए ढाका से बाहर गए हैं। चाबी मैंने रख ली है !

—क्यों रखे हुए हो ? मैंने एक पत्रिका के पन्ने उलटते हुए पूछा था। हारून ने कहा था—आज तुम्हें खूब प्यार करूँगा !

—कैसा प्यार ?

—सम्पूर्ण प्यार !

—सम्पूर्ण प्यार, मतलब ?

—सम्पूर्ण मतलब सम्पूर्ण !

मैं अचानक उठकर खड़ी हो गई। बोली—मुझे घर में जरूरी काम है, अभी तुरन्त जाना है ! शायद हारून समझ गया कि उसके इस आमन्त्रण को मेरी मंजूरी नहीं है। चालाक लड़का है। तुरन्त कहा था—अरे बैठो, तुम क्या सोच रही हो कि सचमुच मैं कुछ करूँगा ? जो कुछ भी होना है, वह सब शादी के बाद ही होगा। यह कहते हुए सिगरेट जलाई थी हारून ने। मेरी ओर देखकर रहस्यमय दंग से हारून मुस्कुराया था। हारून की ओर देखकर सचमुच मुझे बहुत शर्म आ रही थी। तब हारून ने धीरे-से मेरी पीठ छूकर कहा था—तुम्हारी परीक्षा ले रहा था !

सुनकर मेरी भौंहें सिकुड़ गईं—मतलब ?

—तुम जो बहुत अच्छी लड़की हो, इस बारे में मैं निश्चिन्त हुआ। मुझे अच्छी लड़की—सतीत्वपूर्ण के विशेषण से अलंकृत करके हारून काफी असमंजस में डाल देता था। किसी के साथ शारीरिक सम्बन्ध होने पर कोई लड़की बुरी बन जाती है, और न होने पर अच्छी—यह बात मैं नहीं मान सकती। उस दिन मैं मन ही मन बोली थी—खुद से ही कहा था—हारून के स्पर्श से मैं सिहर उठती हूँ, गोपन में भीग उठती हूँ। यह बात यदि सच है तो उसके स्पर्श से मेरा यह उन्मत्त शरीर जाग उठता है और यदि वह किसी एकान्त में यह प्रस्ताव कर बैठे कि तुम्हें मैं सम्पूर्ण प्यार करूँगा, और मैं यदि देह भरकर उसके प्यार को ग्रहण करूँ तो क्या मैं बुरी लड़की हो जाऊँगी ?

बुरी लड़की की यह स्थूल परिभाषा मैं मानने को तैयार नहीं। इस बात को लेकर हारून से बहस करने का मेरा मन नहीं हुआ। तब भी नहीं हुआ था, अब भी नहीं कर रहा है।

मैं दूसरी तरह की लड़की हूँ। आम लड़कियों जैसी नहीं। उतना संस्कार वगैरह नहीं मानती। जिस तरह लड़की दोस्त है, उसी तरह लड़का भी दोस्त है।

सुभाष मेरा दोस्त है। सिर्फ दोस्त। पूरा नाम है सुभाष हालदार। उसके पिता नितुन काका मेरे पिताजी के मित्र हुआ करते थे, बचपन के सहपाठी। इसी आधार पर सुभाष से मेरी मित्रता हुई।

बाद में एक साथ विश्वविद्यालय में हमने पढ़ा है। नितुन काका का मकान भी 'वारी' में ही था। एक बार उन्होंने घर-बार बेचकर भारत चले जाने का निश्चय किया था। पिताजी से कहा था—तुम्हीं खरीद लो। कम दाम में दे रहा हूँ।

पिताजी ने नितुन काका का मकान नहीं खरीदा, बल्कि बोले—तुम्हें जितने भी पैसे चाहिए, मैं दे रहा हूँ, मकान खरीदने की बात मत कहो ! तुम्हारे मकान में मैं रहने लगूँ, यह मुझसे नहीं हो सकेगा ! सुभाष से मैंने जैसा सुना है कि पिताजी यह कहते हुए रो पड़े थे। बाद में नितुन काका की मृत्यु हो गई, उनका भारत जाना नहीं हो पाया। पानी के मोल घर बेच दिया था। यहाँ का सब कुछ समेटकर जैसोर की बस में चढ़े थे, बस में ही उनके सीने में तेज दर्द होने लगा। आधे रास्ते से लौटकर जल्दी से अरमानी टोला में एक मकान भाड़े पर लिया गया। वहीं नितुन काका की मृत्यु हो गई। काकी बोलीं—इस देश को छोड़कर कहाँ जाऊँगी, यहीं पर उनकी यादों के सहारे बाकी जीवन काट लूँगी।

सुभाष लोग और फिर गए नहीं। हमारे साथ पहले जैसा ही सम्बन्ध बना रहा। पिताजी उन लोगों को अक्सर बुला लेते थे, दुखी होकर कहते—अपना मकान पानी के भाव बेच दिया, अभी तो उसका डबल पैसा देने पर भी मकान वापस नहीं मिलेगा। क्या करेंगी ! कलकत्ता जाएँगी, वहाँ भी तकलीफें कम नहीं होंगी। 'बंगाल' (पूर्वी बंगाल के बंगाली) लोगों को क्या आप सोच रही हैं, कोई जगह देंगे वे लोग ? जानता हूँ, वहाँ आप लोगों के रिश्तेदार हैं। यहाँ हमें ही अपना रिश्तेदार मान लें !

पिताजी सुभाष से अपनों जैसा ही प्यार करते थे, जड़ से उखड़े परिवार को पिताजी ही अपने स्नेह और ममत्व से सँभाले हुए थे। सुभाष के साथ अरजू की दोस्ती मैंने ही करवाई थी, बाद में वे दोनों एक-दूसरे के गहरे दोस्त बन गए। अरजू पैसेवाले पिता का बेटा था, धनी और गरीब में दोस्ती नहीं होती—इस बात को अरजू और सुभाष ने मिलकर झूठा साबित कर दिया था। मैं उन दोनों के बीच सेतु की तरह थी। अरजू को कभी मैंने ऐसा नहीं समझा कि वह एक पुरुष है, उसके कन्धे पर हाथ मारकर बात नहीं की जा सकती। उसके हाथ पर हाथ रखने से मैं अपने भीतर के कमरे में पानी के प्रवाह की आवाज नहीं सुनती। मैं मीतू के साथ अड्डेबाजी करती हुई जिस तरह घुलमिल सकती हूँ, सुभाष और अरजू के साथ भी वैसा ही होता है। अरजू का मकान गुलशन में है, हम लोग अक्सर उसके घर पर धावा बोलते थे। घर में जो भी किताब या कैसेट मिलता, फ्रिज में जो भी खाने-पीने का सामान रहता, उड़ा लेते। कहते थे—तुम्हारे यहाँ बीच-बीच में धावा न बोलने पर हम लोगों की मान-मर्यादा को नुकसान

पहुँचता है।

अकेले तुम्हीं यह सब भोगोगे और हम लोग बैठे-बैठे अँगूठा चूसेंगे, क्या ऐसा हो सकता है ?

अरजू बड़ा ही शर्मीले स्वभाव का है, ऊपर से नीचे तक सज्जन। वह संकोच और विनम्रता से कहता—हाँ, यह तो सही ही है !

यार-दोस्तों के साथ मिलकर बहुत हुल्लड़बाजी करनेवाली लड़की रही हूँ मैं। मैं—झूमुर, अपने दल से बाहर के एकदम अजनबी के साथ अचानक प्रेम कर बैठी। वैसे यह प्रेम करना कभी यह सोचकर नहीं हुआ कि मैं काफी पैसेवाला पति चाहती हूँ, या कि धन-दौलत के प्रति मुझमें कोई शौक या लोभ है। मैं तो निहायत एक साधारण लड़के के प्रेम में पड़ी थी, शायद उसकी आवाज और बातचीत करने के कौशल ने ही मुझे आकृष्ट किया था। कौशल ? क्या पता, अब तो कौशल ही लगता है। अब तो हारून उस तरह बात भी नहीं करता, उस तरह नरम और भरी हुई आवाज में। हाँ, उस तरह आवेग और प्यार के पानी से भीगे हुए गले से।

हारून क्लीनिक से मेरा एबार्शन करा लाया है। मैंने एक बार भी यह नहीं कहा कि यह हमारी पहली सन्तान है, जितनी बार आँखें आँसुओं से भर जातीं, मैं रोक लेती। रह-रहकर मन में आता रहा कि हारून की गलती सुधार दूँ, कहूँ कि तुम गलत कर रहे हो। तुम अपने ही भ्रूण को शक की निगाह से देख रहे हो, तुम बेवजह एक शक पाल रहे हो। तुम मेरा अपमान कर रहे हो, हारून, चरम अपमान !

मेरे भीतर जो थोड़ी-सी सच्चाई थी, उसके भी न रहने पर हारून मुझसे प्यार ही क्यों करेगा ? और यदि सच्चाई होगी ही तो फिर हारून यह क्यों सोचेगा कि मैं उसे ठग रही हूँ, मैं दूसरे के भ्रूण को गर्भ में धारण करके हारून का बताकर चल रही हूँ ! तब तो मैं एक चोर, ठग, धुरन्धर लड़की हूँ। ठीक है, फिर मुझे निकाल बाहर करो ! बिना किसी दुविधा के कहो—गेट लॉस्ट, गेट लॉस्ट बास्टर्ड !

नहीं, हारून यह भी नहीं कह रहा है। मुझे वह दिन में चार बार दवा लेने की हिदायत दे रहा है, फल का जूस बना देने के लिए घर में कह रखा है। क्या वह अपनी सेवा का हाथ बढ़ाकर मुझे यह जताना चाह रहा है कि उसने मेरे सारे गुनाहों को माफ किया ! शायद इसीलिए काफी ध्यान से देखने पर पाती हूँ कि हारून के होंठों के किनारे एक तरह के बड़प्पन की मुस्कान झलकती है।

दिन-भर बिस्तर में पड़ी रहती हूँ। घर में सबको हारून ने कह दिया है कि मैं बीमार हूँ, दो दिनों तक आराम करना पड़ेगा। आराम करने की बात सुनकर कई लोग पास आकर बैठे। दोलन अपने घर-परिवार की बातें करती, उसने यह भी कहा कि शादी की शुरुआत में बीमार-ठीमार होना ठीक नहीं है, पति का मन उचट जाता है।

हारून के पिता बहुत दिन पहले सरकारी नौकरी से रिटायर्ड हो चुके हैं। वे किरानी थे। उनके रहने की बात हारून ने मुझे कभी नहीं बताई। एक दिन माँ कह रही थी—ससुर की ठीक से देखभाल करना बहू, वे बहुत बड़े किरानी थे, सुबह-शाम कितने

लोग उनसे मिलने आते थे।

यह फ्लैट हारून का खरीदा हुआ था। ढाई हजार स्क्वायर फुट का फ्लैट है। उसके सभी नजदीकी रिश्तेदार इसमें अंट जाते हैं। वैसे हारून उन्हें अपना रिश्तेदार नहीं बताता, कहता है—मेरी फैमिली है। शुरू-शुरू में मैं सोचती थी, मेरे साथ हारून एक फैमिली बनाएगा जिस फैमिली के सदस्य होंगे हमारे बच्चे। संयुक्त परिवार से अलग अन्य किसी तरह के परिवार के बारे में शायद हारून सोच ही नहीं सकता। न सोचे, अगर प्यार हो तो बाघ के जंगल में भी रहा जा सकता है, और प्यार न रहे तो भूस्वर्ग में भी नहीं।

मुझे सिर्फ प्यार चाहिए और कुछ नहीं। और किसी चीज की प्यास मुझमें नहीं है। इस परिवार में हारून से ज्यादा हारून के परिवारवालों से मेरी मुलाकात होती है। दोलन कागज की तरह सफेद लड़की है जो अनर्गल बातें करती रहती है। मेरे कमरे में सोफे पर अधलेटी पूरी दोपहर बात करती रहती है, कहती है कि सुमैया को उसके सास-ससुर अपने से दूर बिलकुल नहीं होने देना चाहते। एक दिन भी यदि सुमैया कहीं बाहर रह जाए तो दादा-दादी की नींद उड़ जाती है ! इस बात पर मैं थोड़ी हैरान ही हुई, क्योंकि डेढ़ महीने से अधिक हो गए मेरे यहाँ रहते हुए पर कभी सुमैया को दादा-दादी के पास नहीं ले जाया गया, वे लोग भी नहीं आए। मैं इतनी जल्दी-जल्दी बीमार क्यों पड़ रही हूँ, इसे लेकर मेरी सास को भी काफी चिन्ता है। शायद वे सोचती हैं कि मेरी शारीरिक अस्वस्थता के कारण उनके बड़े बेटे की शारीरिक प्यास नहीं मिट पाती होगी। हारून को हालाँकि कोई असुविधा नहीं हो रही है। बहुत दिनों तक उसे भूखे नहीं रहना पड़ा। डॉक्टर ने कहा था, पन्द्रह दिनों तक सहवास नहीं चलेगा। लेकिन हारून चौथे दिन से ही शुरू हो गया है। मैं रोक भी नहीं रही हूँ। पैसेवाले, चरित्रवान पति को सम्भोग से मना कर सके, ऐसी स्पर्द्धा किसी व्यभिचारिणी में नहीं होती !

अस्वस्थता भी कितने दिनों की ! बच्चेदानी को निचोड़कर सन्देह का बीज निकाल करके मुझे शुद्ध कर लिया। एक शुद्ध स्त्री पूरे घर में चलती-फिरती है, रसोई में नियमित रूप से नाश्ता बनाती है, पूरे परिवार के सदस्यों के लिए तरह-तरह का खाना बनाकर रात में सोने जाती है, एक शुद्ध शरीर को लेकर पति निर्मल आनन्द में डूब जाता है। डॉक्टर ने तीन महीने के लिए गर्भ निरोधक गोलियाँ दी हैं, नियमित रूप से उन्हें खाना है।

बहुत मन कर रहा है कि वारी जाऊँ, वारी में मेरे पिता का घर है। वहाँ पिता के पास जाकर कुछ दिन रह जाऊँ। हारून ने यह सुनकर मना कर दिया, मैं कहाँ जाऊँगी या नहीं जाऊँगी—यह इस घर के लोग तय करेंगे, पहल करके मेरा कुछ कहना उचित नहीं होगा। और फिर मेरे अपने तो अब इसी घर के लोग हैं ! शादी के बाद पिता के घर के सारे लोग बहुतेरे संगत कारणों से पराए हो जाते हैं। इस घर के किसी भी आदमी को मैंने पराया नहीं समझा, लेकिन वारी में मेरी हजारों स्मृतियाँ हैं—इतने दिनों तक जिन लोगों के साथ दिन बिताया है, क्या वे एक झटके में मेरे हृदय से मिट

सकते हैं ? पिता के घर मैं फिर नहीं ही जा पाई। माँ एक दिन नारियल की बरफी, आचार, अंगूर—मैं काफी पसन्द करती हूँ इसलिए लाकर मुझे दे गईं। माँ ड्राइंगरूम में अन्य अतिथियों की तरह बैठकर घर के लोगों से बात करके चली गईं। माँ से लिपटकर खूब रोने का मन कर रहा था—अकेले, एकान्त में, पर सम्भव नहीं हो सका।

शायद मैं काफी समझौतापरस्त हूँ, वरना ऐसा होता है कि करीब छह महीने हो गए और मैं सिर्फ एक दिन मायके गई, वह भी उस घर से हमें निमन्त्रण मिलने के बाद ! मैं और हारून दोपहर से पहले जाकर शाम से पहले लौट आए थे, और इस बात को लेकर मैंने कोई एतराज भी नहीं किया। जबकि हारून के दूर के रिश्ते के चाचा के घर जाने पर भी इससे अधिक देर तक रहना पड़ता है।

समय से बँधा हुआ है हारून का जीवन, मेरा भी। लेकिन बिलकुल विपरीत—हारून का एक तरह का तो मेरा दूसरी तरह का। हारून अपने तरह-तरह के धन्धों को लेकर व्यस्त रहता है—गारमेंट्स, टेनरी, कम्प्यूटर। और मैं, दिन-भर अपना खाली समय बिताती हूँ, कर्त्तव्यों का पालन करती हूँ।

इस घर के एक आदमी से मेरी बातचीत बहुत कम होती है, वह है दोलन का पति। दो-चार दिनों के अन्तर पर कुशल-समाचार पूछने के अलावा और कोई बात नहीं होती। एक दिन शाम को बरामदे में टहलने के लिए गई तो देखा कि दोलन का पति बैठा हुआ है। मुझसे कहा—भाभी, बैठिए !

मैं खड़ी ही रही। मैंने पूछा—दोलन कहाँ है ?

—सो रही है !

रेलिंग पकड़े मैं बाहर रास्ते की ओर देखने लगी। अनीस, दोलन के पति ने अचानक पूछा—दिन-भर आप इतना क्या सोचती रहती हैं, बोलिए तो !

—नहीं तो ! क्या सोचूँगी ?

—मैं आपको खूब परखता हूँ।

—अच्छा ?

—आप एक उदासी की शिकार हैं !

—नहीं तो, ऐसी कोई बात नहीं।

चूँकि मैं बरामदे में चली ही आई हूँ और अनीस मेरे साथ बात कर रहा है, और फिर अनीस इस घर का बहुत महत्त्वपूर्ण आदमी है जिसके बारे में माँ-पिताजी, हारून सभी काफी सोचते हैं इसलिए उसके सामने से एकाएक चले जाना उचित नहीं होगा। सो मैंने पूछा—आपके नए कामकाज का कुछ हुआ ?

—वह तो बड़े भाई ही जानते हैं। कब तक क्या करेंगे, समझ नहीं पा रहा हूँ।

अनीस ने सिगरेट सुलगाई। बोला—आप तो गाना-वाना सुन सकती हैं, या फिर फिल्म आदि देख सकती हैं।

—अकेले वह सब अच्छा नहीं लगता !

—यहाँ क्या लोगों की कमी है ?

—फिर भी हारून तो नहीं ! मैं अनीस के सामने हारून का नाम जुबान पर ले आई।

—आप तो पढ़ी-लिखी हैं, फिर नौकरी क्यों नहीं कर लेतीं ?

मैंने मुस्कुरा दिया। अनीस अब खड़ा हो गया, बोला—फिर लड़कियों के पढ़ने-लिखने से क्या फायदा, बताइए ! घर में खाना बनाने के लिए बी.ए., एम.ए. पास करने की जरूरत होती है क्या ?

मैं आँखों में आँसू नहीं आने देती। जब भी लगता है अब आएँगे, दबा लेती हूँ।

अनीस ने पूछा—काक्सबाजार गई हैं ?

—नहीं !

—दोनों मिलकर समुद्र देख आइए !

—हारून की इतनी व्यस्तता है।

—आपके पिताजी की तबीयत ठीक है ?

—मैं कह नहीं सकती !

—कुछ दिन पिता के पास हो आइए, न !

इस बार भी मुस्कुराई। मुस्कुराकर ही शायद किसी बेसहारा को अपनी अक्षमता समझानी पड़ती है।

मुझे बाहर निकलने की इच्छा हो रही थी, घर के बाहर। उस भ्रूण के जिन्दा रहने पर अब तक एडवांस स्टेज में घर में बैठे रहना पड़ता, टेंशन रहता, स्वप्न रहता। अभी मेरा कोई सपना नहीं, कोई स्मृति नहीं। मैं हारून के शारीरिक सुख के लिए रखा हुआ एक द्विपदीय प्राणी मात्र हूँ। मुझे सुबह-दोपहर-शाम को खा-पीकर जिन्दा रहना पड़ता है, क्योंकि वह मुझे भोगेगा।

उस दिन रात में हारून ने मेरे कपड़े उतारते हुए कहा—अब हमारा एक बच्चा होना चाहिए, है न ?

मन ही मन बोली—हाँ, और क्या ! अब 'हमारी' जरूरत है। उस बार 'हमारी' नहीं थी। मुँह से कुछ नहीं बोली, क्योंकि हारून पूरी तरह निश्चिन्त था कि उस बार का बच्चा 'हमारा' नहीं था—मेरे पेट में। डेढ़ महीने में बच्चा आ सकता है या नहीं, यह बात हारून किसी डॉक्टर से पूछ सकता था। लेकिन उसने नहीं पूछा, सब कुछ उसका अनुमान ही था। एक दिन बातों ही बातों में मैंने कहा था—मेरे जैसी बेवकूफ लड़की से तुम इसीलिए कम बात करते हो !

हारून बोला—तुम और बेवकूफ ?

मन ही मन खुश हुई—तो मैं बेवकूफ नहीं हूँ ?

—तुम तो बेहद चालाक हो ! तभी तो इतनी जल्दी से शादी कर ली !

अचानक मैं सठिया-सी गई। बोली—क्यों, तुम्हारी शादी करने की इच्छा नहीं थी ?

—थी। लेकिन उसी वक्त नहीं थी !

—तो मुझे शादी करने की जरूरत थी ?

—हाँ, वह तो थी ही !

—तुम्हें प्यार करने का मामला तो था ही, तुम्हें और करीब पाने की...

—यही तो चालाकी थी, ताकि मैं उसे प्यार ही समझूँ !

—असलियत क्या थी ?

—असली बात तो यह है कि मैं ही सिर्फ तुमसे प्यार करता हूँ, सिर्फ मैं। मैं तुम्हारे लिए जो कुछ कर रहा हूँ, वह कोई पुरुष नहीं करेगा, कृपा करके मुझे अब और मत ठगना !

मैं हारून को ठग न सकूँ इसलिए मेरा अपने पिता के घर जाना बन्द कर दिया गया, इस घर से बाहर निकलना बन्द। अनीस ने मुझे घर से बाहर निकलने को कहा, क्या अनीस समझ सकता है कि मेरे अन्दर एक हलचल मची हुई है ! एक बँधे-बँधाए जीवन में मेरा दम घुटता है ! मुझे आसमान बरामदे की रेलिंग से देखना पड़ता है, गाड़ी की खिड़की से झाँककर देखना पड़ता है। जो आदमी खुला आसमान न देखता हो, प्रकृति के बीच जाकर स्निग्ध हँसी नहीं हँसता हो, उसके मन में जंग लग जाता है !

एक विचित्र बात मैंने महसूस की है कि एम.आर. यानी एबार्शन के बाद आज तक मुझे अपने पति के साथ कोई चरम सुख नहीं मिला। हारून बीच-बीच में पूछता है—हुआ ?

कह देती हूँ—हाँ !

कहती हूँ इसलिए कि यह न होना कहीं मेरी कोई असमर्थता हुई तो—किसी चरम की शारीरिक अपंगता ! अब क्यों नहीं होता, पहले तो होता था ! हो सकता है एबार्शन के बाद कोई शारीरिक गड़बड़ी हुई हो, या फिर मानसिक असुविधा ! मेरा मन अब हारून को पहले जैसा प्यार नहीं करता, बहुत गोपन में उस भयानक निष्ठुर आदमी से घृणा करता है।

एक दिन सेवती नाम की एक लड़की हमारे घर आई। हमारे नीचे के फ्लैट में वे लोग भाड़े पर रहने आए हैं। कुछ ही दिनों में सेवती से मेरी बहुत दोस्ती हो गई। वह अस्पताल से लौटकर घर में अकेली ही रहती है, और मैं भी जब यहाँ अकेली हूँ तो वह मेरे पास चली आती है। कमरे में बैठकर हम बातें करते हैं, वह अपने पति के बारे में बोलती है और मैं अपने पति के बारे में।

मेरे कमरे में एक सोफासेट है, बीच में बॉक्स पलंग, बगल में चेस्ट ऑफ ड्राअर,

लकड़ी की आलमारी और ड्रेसिंग टेबुल। इसके अलावा सोने के कमरे में भला और क्या रह सकता है ! नीचे कार्पेट बिछा है, मैं और सेवती सोफा छोड़कर कभी-कभी कार्पेट पर बैठकर तो कभी बिस्तर पर बैठकर बातें करते हैं। उसके पति से मैं कभी मिली नहीं हूँ लेकिन अनुमान लगा सकती हूँ। छह फुट लम्बा, छरहरा बदन, घने काले बाल, उभरी हुई आँखें, तीखा नाक-नक्श, दबे हुए होंठोंवाला बेहद खूबसूरत इंसान है। सेवती देखने में उतनी अच्छी नहीं है, इसलिए पति की खूबसूरती को लेकर कॉफी उल्लास का भाव है उसमें।

मेरा कम से कम कहने को अपना एक आदमी तो है, जो मेरे विवाहित जीवन का साथी है ! पर हारून को आजकल मैं पूरा साथी नहीं मान पाती—उसका बिजनेस खराब जा रहा है, वह रात-दिन इसी बात को लेकर उलझा रहता है। टेनरी की इंडस्ट्री में दो-दो दिन के अन्तराल पर उसे मानिकगंज जाना पड़ रहा है।

सेवती उम्र में मुझसे दो साल बड़ी होगी, शादी अभी-अभी हुई है। छुट्टी की एक दोपहर वह मेरे कमरे में आकर बोली—भाभी, आप बच्चा-वच्चा क्यों नहीं कर ले रही हैं ?

मैं बड़े ही निर्लिप्त स्वर में बोली—कर नहीं रही हूँ ऐसी बात नहीं है, हो नहीं रहा है।

—नियमित रूप से पति के साथ सम्भोग होता है या नहीं ? मैंने कहा—बीच-बीच में नहीं होता।

सेवती बोली—माहवारी के बाद दसवें दिन से सोलहवें दिन तक कभी छूटना नहीं चाहिए।

—दस से सोलह तक ?

—हाँ, दस से सोलह तक ! इन दिनों को 'वेंजर पीरियड' कहा जाता है, फाटाइल पीरियड भी कह सकते हैं।

सेवती के साथ मेरा समय बिताना सम्भव हो पाता है, क्योंकि सासूजी उसे बहुत पसन्द करती हैं। पसन्द करने की एक वजह यह भी है कि वह डॉक्टर है।

घर पर एक दिन कई मेहमान आए, सबके मुझे पाँव छूने पड़े। सास ने ही कहा—ये लोग मेरे मुरब्बी (अभिभावक) हैं। गाँव से आए हैं, कुछ दिन यहाँ ठहरेंगे। सिर से पल्लू गिराना मुझे मना है, उनके साथ एक बच्चा भी आया है, बच्चे को मैं गोद में लिए-लिए फिरती हूँ। दोलन कहती है—ससुरालवालों का मन जीतने के लिए यह सब करना पड़ता है, मैंने क्या कम किया है ! मेरे ससुर तो मेरे बगैर खाने की टेबुल पर बैठते ही नहीं, कहते हैं, मेरी सुलक्षणा बहू कहाँ गई !

—ससुर अब कैसे हैं ?

—ठीक हैं। मेरा दिल उनके लिए बहुत रोता है, जा भी कहाँ पा रही हूँ, बोलो ! बड़े भाई का धन्धा क्या कुछ तो मन्दा जा रहा है, इधर भी तो देखना पड़ता है !

देखते-देखते छह महीने हो गए। छह महीने में मैंने एक दिन भी दोलन को ससुराल

जाते नहीं देखा, अनीस जाता है फिर चला आता है। एक दिन बरामदे में खड़ी थी, बगल के कमरे से सुनाई पड़ा, दोलन चिल्ला रही है—मुझे इस घर से तुम एक कदम भी बाहर नहीं ले जा सकते, मैं उस जहन्नुम में अब नहीं जाऊँगी ! सुना है कि अनीस को हारून ने छह लाख रुपए दिए हैं, उसने मुझको नहीं बताया। सास ने यह सोचकर बता दिया कि हारून सारी बातें मुझसे कहता होगा। इसलिए अनीस का मामला सलट जाने के बाद वे कह रही थीं अब हसन को विदेश भेज देने से ही काफी सुकून मिल जाएगा।

मुझे अहसास होने लगा कि यहाँ मैं एक परावलम्बी, गैर महत्त्वपूर्ण व्यक्ति हूँ। जो लड़की हमारे घर काम करती है वह भी मुझसे ज्यादा महत्त्वपूर्ण है। वह महीने के अन्त में पैसा पाती है, उसके साथ कोई रूढ़ व्यवहार करने की हिम्मत नहीं कर सकता क्योंकि ऐसा करने पर वह चली जाएगी, ठसके के साथ घर से निकल जाएगी। लेकिन मेरी नापसन्दी का चाहे कुछ भी क्यों न होता रहे, सब कुछ मुझे हँसते हुए मान लेना होगा। मेरे पति को पता है कि मैं घर के सभी लोगों को सन्तुष्ट करती हुई चल रही हूँ इसलिए वह मुझसे सन्तुष्ट है। मैं अच्छी लड़की हूँ, अच्छे घर की लड़की हूँ।

मेहमानों ने मेरे बाल देखे, रंग देखा। कितनी पढ़ी-लिखी हूँ, यही भी पूछा। सासू माँ बोलीं—इसके पिताजी बड़े प्रोफेसर हैं, शिक्षित परिवार की लड़की है, रुपए-पैसे काफी हैं, अपना मकान है। माँजी कुछ बढ़ा-चढ़ाकर ही बोल रही थीं। हमारे पास रुपए-पैसे अधिक नहीं हैं। रुपए-पैसे कम हैं इसीलिए माँजी बीच-बीच में ताने भी मारती हैं, कहती हैं—तुम तो इस घर में अकेले ही आई हो; फर्नीचर, फ्रिज, टेलीविजन, सोना-गहना कुछ भी नहीं आया। हारून की शादी एक ब्रिगेडियर की लड़की के साथ मैंने तय की थी। बारह तोला सोना देने की बात थी !

माँजी के सिर के सफेद बालों को निकालते-निकालते मुझे यह सब सुनना पड़ता, किसी के सामने अपना दुखड़ा रोऊँ, ऐसा कोई नहीं था। लेकिन सेवती को पाकर लगा कि एक तो कोई मिला जिसके साथ बात कर सकती हूँ, रो सकती हूँ, हँस सकती हूँ। बाहर की दुनिया की बातें सुन सकती हूँ और अपनी छोटी-सी दुनिया की बातें कर सकती हूँ।

मैं तो भूलती ही जा रही हूँ कि मेरा बचपन, जवानी एक शिक्षित माहौल में बीती है। कलम-कला से एम.एस.सी. तक की पढ़ाई करने तक पिताजी कहते रहे—पढ़-लिखकर आदमी बनो। अपने पैरों पर खड़े होने की बात वे कहते थे ! बचपन में सोचती थी—मैं तो लंगड़ी नहीं हूँ, अपने पैरों पर ही तो खड़ी हूँ। फिर भी पिताजी यह क्यों कहते हैं कि अपने पैरों पर खड़ी होओ ! अब समझ में आता है कि 'अपने पैरों' पर खड़े होने का गूढ़ अर्थ क्या था। अभी अपना कहने को मेरे पास कुछ नहीं है—दूसरों की भलाई में ही मेरी भलाई है, दूसरों के सुख में मेरा सुख और दूसरों की तकलीफ में मेरी त्रकलीफ। हारून को दस लाख रुपए का घाटा हुआ है, घर पर खबर आई। सबका मूड ऑफ है, मुझे भी दुखिया-दुखिया-सा चेहरा बनाकर बैठे रहना पड़ा।

हारून के आने पर उसके कपड़े-लत्ते सहेजते हुए पूछना पड़ा—बहुत नुकसान हो गया न, जी ?

—दस लाख बहुत नहीं है ?

—मैं वैसा कुछ बिजनेस नहीं समझती, थोड़ा समझाकर बताओगे ?

—वह सब तुम नहीं समझोगी।

हारून के बालों में उँगलियाँ फेर दीं। उसके घर लौटने पर सभी काफी तटस्थ रहते हैं। दोलन बगल के कमरे में जाकर अक्सर महीन आवाज में रोती रहती है। मैं हैरान होती हूँ, दोलन सिर्फ शाम को ही क्यों रोती है ! सासूजी हाथ में एक तसबीह लिए हारून के सिरहाने बैठती हैं, सिर पर फूँक मारती हैं और रसूनी को ठंडा शर्बत लाने को कहती हैं। वे शर्बत लाने का आदेश तो मुझे दे सकती थीं, लेकिन मुझसे नहीं कहतीं। मैं देखती और हैरानी होती। जब हारून नहीं रहता तब हबीब-हसन, सास-ससुर को शर्बत बनाकर देने की जिम्मेदारी मेरी ही होती है।

मेरे पिताजी के घर में नमाज पढ़ने का रिवाज नहीं था, यहाँ पढ़ना पड़ता है। मैंने हारून को बताया था कि मुझे नमाज पढ़ना नहीं आता लेकिन सासूजी ने कहा—लड़की होकर नमाज नहीं पढ़ती, यह कोई बात हुई।

—ठीक है, देखता हूँ ! कहकर हारून चला गया था।

मैंने सोचा था कि हारून कहेगा—झूमुर को नमाज-वमाज पढ़ने के लिए जोर देने की जरूरत नहीं है। अभी रहने दीजिए, बाद में पढ़ेगी। लेकिन नहीं, उसी दिन दोपहर को हारून ने दफ्तर के एक प्यून के हाथों 'नमाज शिक्षा' नामक किताब भेज दी। सूरा याद करके अब सास के पास मुझे पाँच वक्त नमाज का आसन बिछाकर बैठना पड़ता है। हर बार माँजी कहती हैं—हारून के लिए दुआ माँगो। दुआ माँगो कि उसकी सेहत, कारोबार सब ठीक रहे। उसे बहिश्त मिले।

बरामदे में खड़े होते ही आजकल वह दिख जाता है, मैदान में टहल रहा है, कहीं जाने के लिए निकल रहा है, या फिर घर में घुस रहा है। बरामदे में मेरे खड़े होने के साथ-साथ उसके आने जाने का समय काफी मेल खाता है। वह कौन है ? क्या वह सेवती का पति है, या वह तीसरी मंजिलवाला कोई है, मैं ठीक से समझ नहीं पाती। इस पूरे मकान में एक टुकड़ा जमीन है, उसमें फूलों का बगीचा भी है। वह युवक उस टुकड़ा जमीन पर टहलता है, मैं तल्लीन होकर उसे देखती रहती हूँ। और, हैरत भरी नजरों से देखती

हूँ कि बाहर की दुनिया के लोग कैसे अपना जीवन बिताते हैं। शायद मन के चाहते ही वह निकल पड़ता है, कहीं से घूम-फिर आता है, मन करते ही बगीचे में टहल लेता है, फिर मन होते ही घर में बैठ जाता है। वह सब कुछ कर रहा है, जो मन चाहता है ! क्या मैं उस बगीचे में घूमने की इजाजत पा सकती हूँ ! माँजी से बोली—माँ, दोलन के साथ नीचे के बगीचे से थोड़ा हो आऊँ ?

दोलन को साथ लेकर जाने की बात कहने पर शायद मेरी दरख्वास्त मंजूर हो जाएगी। मैं दोलन के साथ सुमैया को गोद में लेकर नीचे उतरी। जिस दिन नीचे गई, देखा कि वह एक मंजिल के बरामदे में खड़ा हमें देख रहा है। वह देख रहा है यह सोचते ही शरीर में एक सिहरन-सी हुई। दोलन ने कहा—चलो भाभी, सुमैया को हारलिक्स देना होगा !

—कितने दिनों के बाद थोड़ी हवा और रोशनी में निकली हूँ। और थोड़ी देर रुकते हैं, दोलन !

—शाम हो गई है, बात खुला रखकर बाहर आई हूँ। कुछ अघटन घट सकता है, चलो !

उस लड़के की उम्र क्या होगी ? मेरी ही उम्र का होगा या फिर दो-तीन साल बड़ा होगा मुझसे। मैंने पाया, मेरी ही ओर देख रहा है।

सीढ़ियाँ चढ़ने से पहले आँखें मिल जाती हैं, बहुत अच्छा लगा। उस लड़के ने भी दूसरी मंजिल के बरामदे में खड़े रहनेवाली लड़की को सामने से देखा।

कौन है यह लड़का ! क्या यही अफजल है ? उसकी नजरों का तीर इतना अच्छा क्यों लगता है ? मैं समझ नहीं पाती, शरीर और मन का नियन्त्रण किसके हाथ में रहता है। मैं तो हारून को ही जानती हूँ, उसे ही मैं प्यार करती हूँ। हारून के और भी कई परिचितों को मैंने अपनी आँखों के सामने पाया है लेकिन किसी के लिए अपने मन में इस तरह का अनुभव, ऐसा अहसास अपने स्नायुतन्त्र में संचरित होते नहीं पाया। क्या यह सचमुच किसी प्यार का अहसास है या फिर जंजीरों में जकड़े पाँव स्वतः नियमानुसार पिंजड़े से बाहर निकलने के लिए व्याकुल होते हैं, खुले मैदान के प्रति उनका आकर्षण तीव्र होता है—खुले व्यक्ति के प्रति भी ! या फिर किसी आदमी से चोट पाने पर मनुष्य नियम के मुताबिक ही दूसरे आदमी की ओर झुक जाता है—जरा-सा ही सही, सहारा ढूँढ़ता है।

पिताजी कहा करते थे, खुद ही अपना सहारा बनो। इससे बड़ी सुरक्षा और कहीं नहीं है। पिताजी शायद अब अपने सिद्धान्त पर विश्वास नहीं करते होंगे। जिस लड़की को बेटे की तरह पाला, वह अब एक घर की शिक्षित बहू मात्र है। अब वह परावलम्बी लता है। पिताजी भी अब इस बात को लेकर कोई विरोध नहीं करते, शायद सोच रहे होंगे कि समाज का यही नियम है। लड़कियों को पुरुषों के आश्रय में रहने पर नाते-रिश्तेदार, पड़ोसी, दोस्त सभी खुश रहते हैं।

क्या मुझे उस लड़के से प्रेम हो गया ! वरना ठीक शाम को मैं बरामदे में जाकर

क्यों खड़ी होती हूँ ? क्या मैं बरामदे में सिर्फ हवा खाने, हरी घास और फूलों की क्यारियाँ देखने के लिए खड़ी होती हूँ ? असल में, मैं उसे देखने के लिए खड़ी होती हूँ। आकर्षक युवक की आशा में मैं खड़ी होती हूँ। इसी का नाम यदि प्रेम है तो हो।

रात को घर लौटकर हारून ने मेरे हाथ में एक चिट्ठी दी। खुले हुए लिफाफेवाली चिट्ठी अरजू की थी, अरजू ने हारून के दफ्तर के पते पर लिखा है—

झूमुर,

तुम्हारे साथ बहुत दिन हुए, कोई सम्पर्क नहीं। तुम्हारे घर गया था, तुम्हारी माँ ने कहा—तुम इस घर में बिलकुल नहीं आतीं। तुम्हारी माँ बहुत दुखी थीं। हम लोग भी तुम्हें 'मिस' करते हैं। चाहें तो तुम्हारी ससुराल जा सकते हैं लेकिन क्यों जाऊँ, बोलो !

तुमने तो कभी आने को नहीं कहा ! लेकिन तुम्हें देखने को बहुत मन कर रहा है। कैसी हो, तुम्हारा समय कैसे बीत रहा है, यह सुनने-जानने की बहुत इच्छा होती है।

हारून भाई भी हमें भूल गए। सुभाष के छोटे भाई की एक्सिडेंट में मृत्यु हो गई। उस दिन एली मेरे घर आई थी। पता चला, उसका भी तुम्हारे साथ सम्पर्क नहीं है। खैर, तुम खुश रहना। 'ब्रेक' में एक अच्छी नौकरी मिली है।

—भवदीय
अरजू

जब मैं चिट्ठी पढ़ रही थी, तब हारून मेरे चेहरे की ओर बार-बार देख रहा था। दरअसल, वह मेरी प्रतिक्रिया देख रहा था—मैं भावुक हो रही हूँ या नहीं, मेरे अन्दर स्मृतियाँ खलबली मचा रही हैं या नहीं। वे लोग मुझे 'मिस' कर रहे हैं, इस 'मिस' करने को मैं जैसा समझती हूँ, हारून वैसा नहीं समझता। माँ मेरे लिए दुखी है। ये दोनों वाक्य निश्चित ही हारून को पसन्द नहीं आए होंगे, मेरा यही अन्दाजा है। मैंने चिट्ठी को 'चेस्ट ऑफ ड्राअर' पर रखकर हारून से पूछा—चिट्ठी तुमने पहले ही पढ़ ली ?

—क्यों, तुम्हें परेशानी है ?

—नहीं, परेशानी क्यों होगी ?

—तो फिर ?

—चिट्ठी मुझे दे दी, यही तो मेरे लिए काफी है !

—वे लोग तुम्हें 'मिस' कर रहे हैं।

मेरा बदन काँप उठा। हारून को मैं इन चुभनेवाली बातों के लिए माफ नहीं कर सकती। कैसे माफ करूँगी ? उसने क्या सोचा है, उनमें से किसी के साथ मेरा कोई विशेष सम्बन्ध था ! लेकिन यह तो रत्ती-भर सच नहीं है। और फिर मुझ पर यह जो

लगातार मानसिक अत्याचार है—मैं अकेली कहीं निकल नहीं सकती, मैं अपने घर, अपने दोस्तों के घर तक नहीं जा सकती, पर्याप्त योग्यता रहने के बावजूद कहीं काम करने या नौकरी करने की इजाजत नहीं दी जा रही। मैं सब कुछ इसलिए बर्दाश्त कर रही हूँ क्योंकि यह सब न मानते हुए यदि मैं गर्भवती हो जाऊँ तो आरोप लगेगा कि मेरा बच्चा घर से नहीं बल्कि बाहर के वीर्य से आया है। मैं और तोहमद नहीं उठाना चाहती। अब और अपने शरीर को निष्ठुर यन्त्रों-औजारों के सामने मैं पसारना नहीं चाहती। मैं और अपमानित नहीं होना चाहती। क्या हारून को कभी यह पता नहीं चलेगा कि उसने मेरे साथ गलत व्यवहार किया, उसने मुझ पर झूठा सन्देह किया, उसने मेरे प्यार का, मेरी सच्चाई का, सरलता का घोर अपमान किया है ? हर रोज मैं इन्तजार करती रही पर किसी दैवी शक्ति ने उसे साफ नहीं किया। यह एक ऐसा अविश्वास है जिसे किसी गवाह या किसी दलील से झूठा सिद्ध नहीं किया जा सकता। मैं नीच, नाचीज निरीह एक प्राणी क्षोभ-पीड़ा में सिमटी रहती। हारून कभी मेरे दर्द को छूकर नहीं देखता।

एक शाम को सेवती के घर जाने की इजाजत मिली। ठीक नीचे का फ्लैट है, माँजी ने कहा—जाओ, मगर जल्दी आ जाना। हारून की फूफू लोग आएँगी।

हारून की दो फूफू हैं। सोहेली और कुमुद। सोहेली फूफू आते ही मेरे पेट पर हाथ रखेगी और कहेगी—क्या बात है, अभी तक कोई खबर क्यों नहीं है ? मुझे सुनकर बहुत शर्म आएगी। कहेगी—बच्चा लाओ, जल्दी से बच्चा लाओ। मातृत्व में ही स्त्री-जन्म की सार्थकता है। इसके बाद मातृत्व के महत्त्व के बखान में सोहेली फूफू इतना लम्बा समय लेगी कि मैं निश्चय ही ऊब जाऊँगी। फिर भी सब कुछ सहते-सुनते मुझे मुस्कुराते हुए बैठे रहना होगा। कुमुद फूफू अलग तरह की है। बोलेगी—झूमुर, जरा सुनना तो !

वह बिस्तर पर पैर उठाकर पालथी मारकर बैठेगी, धीरे-से बोलेगी—दरवाजा बन्द कर दो !

दरवाजा बन्द कर दूँगी, कुमुद फूफू कहेगी—मेरे पास बैठो। गले की आवाज धीमी होगी, जैसे कोई भयानक घटना घट गई हो या कोई बड़ा तूफान आनेवाला हो, ऐसी आशंका में भौंहें सिकोड़कर वह कहेगी—अपने फूफा की बात तो जानती ही हो, कल फिर मैना के साथ सोए थे !

मैं इन बातों को सुनकर शरमाऊँगी। सिर झुकाए बैठी रहूँगी। उँगलियों के नाखून खरोंचती रहूँगी, हथेली की रेखाएँ देखूँगी।

फूफू पूछेगी—हारून क्या रात में पानी-वानी पीने के लिए उठता है, जल्दी-जल्दी बाथरूम जाता है क्या ?

हैरानी से कहूँगी—नहीं तो !

फूफू फुसफुसाकर पूछेगी—रसूनी कहाँ सोती है ?

—डायनिंग स्पेस में !

—भाभी से कितनी बार कहा है, खुली जगह पर नौकरानी को सोने मत देना। बारह से पैंतालीस वर्ष तक की औरत को काम पर मत रखना, लेकिन भाभी हैं कि सुनती ही नहीं। कुछ हो जाने पर समझेंगी !

कुमुद फूफू के पूरे चेहरे पर आतंक है, मानो किसी भी समय दुर्घटना हो सकती है। सभी सतर्क क्यों नहीं हो रहे, इस बात को लेकर उनकी काफी नाराजगी है।

फूफू लोग आएँगी, यह सुनकर मैं दुखी हो जाती हूँ। सीढ़ियों से होकर जल्दी से नीचे उतर आई। सेवती के घर में घुसते ही उस लड़के को देखा, जिससे मेरी खाली-सूनी शाम में मुलाकात होती है और जिसे मैं बाहरी दुनिया के रूप में जानती हूँ। तो क्या यह लड़का सेवती का कुछ लगता है, जिसके बारे में सेवती बताती है—अफजल, उसका देवर अफजल ? बेहद हँसमुख, घुमक्कड़, विदेशी भ्रमण जिसका नशा है ? पुणे में पढ़ा है, पढ़ाई क्या करेगा, बीच-बीच में भारत समेत नेपाल, श्रीलंका आदि घूमता रहा, लगभग पूरा यूरोप घूम आया ! क्या यही वह लड़का है ? अफजल ! जिसने सेवती से एक दिन कहा था—वह लड़की जो दूसरी मंजिल पर खड़ी रहती है, उसका नाम मैंने 'उदासी' रखा है।

मैं मन्त्रमुग्ध-सी उसे देखती रही—साँवला रंग, सिर के बाल बिखरे हुए, अगड़म-बगड़म क्या कुछ लिखी हुई एक गंजी, ट्राउजर, कानों में वाकमैन का फोन, हाथ में ब्रश। वह करीब से और ज्यादा खूबसूरत दिखता है। वह भी दरवाजा थामे हैरान खड़ा रहता है। मैं कभी इस घर में आ जाऊँगी, मैं दूसरी मंजिल की सिर पर पल्लू डाले, गहनों से लदी-दबी आदर्श बहू, वह भी अकेली, साथ में देवर-ननद नहीं, पति या सास नहीं—शायद मुझे देखकर वह सोच भी नहीं सका कि मेरे लिए यह सम्भव भी है। क्योंकि सेवती से उसने जरूर सुना होगा कि मेरा घर से अकेले निकलना मना है।

मुझे भी पता नहीं घर से अकेले निकलने की इजाजत कैसे मिल गई ! शायद नीचे का ही फ्लैट है इसलिए, निचली मंजिल शायद काफी हद तक अपने घर जैसी है इसलिए ! वह लड़का वाकमैन हटा लेता है। उसके होंठों के छोर पर एक अलग तरह की खुशी उभर आती है।

मैं उसकी इस खुशी के आगे मन ही मन नतमस्तक हुई। उससे बात करने के लिए मैंने जानबूझकर ही पूछा—सेवती आपकी कौन लगती है ?

—भाभी !

—सेवती नहीं है ?

—नहीं !

—उसके पति ?

—नहीं हैं।

—तो क्या घर पर सिर्फ आप अकेले हैं ?

उस लड़के ने कहा—अभी आप भी हैं !

मैं सोफे पर बैठ गई। उस लड़के ने मुझे बैठने को नहीं कहा फिर भी बैठ गई।

बोली—आपके साथ ही थोड़ी बात करती हूँ, ठीक है !

मैंने पूछा—आपका नाम ? जानती हूँ फिर भी पूछा।

—अफजल !

—पढ़ाई-लिखाई कर रहे हैं या फिर नौकरी-चाकरी ?

—वह सब खत्म कर चुका हूँ, पुणे में ही। देश लौटकर कुछ दिनों तक बेकारी का स्वाद ले रहा हूँ। भैया, यानी मेरे बड़े भाई साहब कभी इस नौकरी तो कभी उस नौकरी का जुगाड़ कर देते हैं, लेकिन मेरा मन नहीं करता। मेरा मन काफी बोहेमियन है न, इसलिए। दरअसल दूसरों के अधीन रहकर मैं कभी काम नहीं कर सकूँगा। राज करने का मुझे बहुत शौक है। राजा की तरह घूमूँगा-फिरूँगा, फिर एक दिन फट से भिखारी की तरह मर जाऊँगा। आपका ?

—आपको फूल बहुत अच्छे लगते हैं ! है न ? अक्सर देखती हूँ, बगीचे में टहलते हैं ?

—वह तो मैं आपको देखने के लिए जाता हूँ।

—मुझे ? सुनकर शरीर में एक अजीब-सी हलचल मची।

मुझे ऐसी सिहरन-सी क्यों महसूस हो रही है ? थोड़ी देर पहले के परिचित लड़के की बात इतनी अच्छी क्यों लगी ? मुझे देखने के लिए यह बगीचे में खड़ा होता है ?

कभी हारून के लिए मुझे ऐसा महसूस होता था—पूरे बदन में एक अद्भुत आनन्द की अनुभूति होती थी, कभी उसके दफ्तर में आमने-सामने बैठे होते, और जब वह मेरी ओर तन्मयता से देखते हुए कहता—तुम इतनी खूबसूरत नहीं भी हो सकती थीं !

—मैं कहाँ सुन्दर हूँ ? छोटी-छोटी आँखें, टेढ़े-मेढ़े दाँत !

—उहूँ, तुम नहीं जानतीं। तुम कितनी सुन्दर हो, यह सिर्फ मैं ही जानता हूँ !

अफजल मुझे अपने कैनवस के पास ले गया, बोला—इंसान का चित्र बना रहा हूँ। मेरा प्रिय विषय आदमी है। एक दिन आपको भी चित्रित करूँगा। अफजल ने लाल रंग के साथ काला मिलाकर तस्वीर की लड़की का दाहिना हिस्सा गाढ़ा कर दिया। तस्वीर एक नग्न लड़की की थी, भीगा हुआ बदन। लड़की की तीक्ष्ण देह का ऊपरी हिस्सा स्पष्ट रूप से उभर आया है।

देखा हुआ शरीर, मैं साफ-साफ समझ रही थी कि यह अफजल का देखा हुआ शरीर है। देखा हुआ न होने पर किसी की उँगलियों में कोई देह इतने सुन्दर रूप में उभरकर नहीं आती। अफजल की आँखों में मैंने एक प्रचंड तृष्णा देखी। जब वह तस्वीर की लड़की की ओर देख रहा था तब बार-बार उसकी नजरें भीगे हुए स्तन को निहार रही थीं—स्तनवृन्त पर दो बूँद पानी, उसने उस पानी की ओर देखा और अन्दर ही अन्दर बड़ा तृष्णार्त हो उठा। मैं तस्वीर से ज्यादा अफजल को देख रही थी—तीव्र पौरुष देखा उसके हाथ की उँगलियों में, ट्राउजर में उभरे सुडौल पैरों में, उसकी खुली गंजी के नीचे से दिख रही घनी काली रोमावली के अरण्य में। मैं देखती रही और मेरे भीतर उसके

लिए एक आह्वान ने जन्म लिया।

मैं उच्छ्वसित हो उठी, बोली—आपके साथ बात करना मुझे बड़ा अच्छा लग रहा है ! आवाज कुछ उदास हो गई, मैंने कहा—मेरे भी काफी दोस्त थे, लेकिन अब मैं किसी से सम्पर्क नहीं रखती। किसी को फोन नम्बर नहीं देती, फोन भी नहीं करती। यहाँ तक कि पिता के घर में भी कह दिया है कि कम फोन करें। मैं यहाँ एक विचित्र जीवन जी रही हूँ। सेवती से बातचीत करके मुझे बहुत अच्छा लगता है। सेवती को शायद व्यस्त रहना पड़ता है, मैं बीच-बीच में यहाँ आया करूँगी। 'मोस्ट वेलकम' कहता हुआ आगे बढ़कर अफजल ने मेरी ओर अपना हाथ बढ़ाया। मैंने भी हाथ बढ़ा दिया। मेरे हाथ को आहिस्ते से दबाकर होंठ दबाते हुए वह मुस्कुराया। मेरे पूरे बदन में बिजली कौंध गई।

—आपका नाम झूमुर है न ! भाभी आपके बारे में खूब बातें करती है।

दूसरी मंजिल के बन्दी जीवन से निकलकर फेफड़ों में भरकर जब तक साँस ले पाती हूँ, लगता है तभी तक अपनी उपलब्धि है—तब तक ही जीवनीशक्ति के लिए ऊर्जा अर्जित कर सकती हूँ। अफजल तस्वीरें बनाता है—शौकिया चित्रकारी, तस्वीर में वह किसे अंकित करता है ? क्या इस नग्न स्त्री से कभी वह प्यार करता था, कभी किसी बारिश की रात में वे दोनों भीगे थे ? वह लड़की और अफजल ? मैं हैरान होती हूँ कि उसके साथ मेरा एक दिन का परिचय है और इतने में ही मैं उस तस्वीरवाली लड़की से ईर्ष्या करने लगी ? मेरे मन में आया कि मुझे नग्न कर अफजल देखे। दूसरी मंजिल पर पहुँचकर मैं स्थिर, निस्पन्द खड़ी रही—सोने के कमरे की खिड़की के पास। मेरे हाथ पर गैर मर्द का स्पर्श ! उसने मेरी ओर हाथ बढ़ाया था, मुझे स्पर्श करने में उसे थोड़ी हिचक नहीं थी ! यदि वह मुझे ही देखने के लिए बरामदे में खड़ा होता है तो मेरी तस्वीर क्यों नहीं बनाता ? नग्न लड़की के बाल छोटे हैं और मेरे बड़े, नग्न लड़की अपनी नीली आँखों, पतली कमर, उभरे वक्ष के साथ बारिश में भीगी थी। अफजल घर में मेहमान को बैठाकर तस्वीरवाली लड़की की ओर एकटक देख रहा था। मैं थोड़ा ही सही, पर अपमानित तो हुई थी। होऊँ भी क्यों नहीं ! मैं तो एक जीती-जागती लड़की हूँ और वह तो तस्वीर है—भीतर ही भीतर मुझे ईर्ष्या हो रही थी, मुझे खुद को तस्वीर के सामने नग्न करके यह देखने की इच्छा हो रही थी कि अफजल किसे देखता है ! बाथरूम में जाकर मैंने खुद को नग्न करके देखा, शावर खोलकर भीगी, आईने में घूम-फिरकर अपने को देखा। क्या मैं तस्वीरवाली लड़की से बुरी दिखती हूँ ? स्तनों पर पानी की बूँदें टपकाकर मैंने देखा कि मैं तस्वीरवाली लड़की से अधिक आकर्षक हूँ या नहीं। एक निर्जीव लड़की के साथ यह मेरी कैसी आश्चर्यजनक प्रतिद्वन्द्विता है ! इस अहसास का मैं कोई व्याकरण नहीं जानती।

सेवती के साथ मेरा सम्बन्ध दिन-ब-दिन गाढ़ा होता गया। वह मौका पाते ही मेरे पास चली आती, 'भाभी' से सम्बोधन 'झूमुर' पर उतर आया, 'आप' से 'तुम' पर। डॉक्टर कहने से ही एक तरह के गम्भीर स्वभाव से व्यक्ति का ख्याल आता है, पर सेवती बिलकुल वैसी नहीं है। एक दिन सुबह उसके घर जाकर मैंने देखा कि उसके पति रसोई में अंडा और पावरोटी भून रहे हैं, देखकर मुझे हैरानी हुई, मैंने पूछा—सेवती कहाँ है ?

सज्जन महोदय काफी शान्त स्वर में बोले—सो रही है !

सेवती से बाद में मैंने पूछा था—क्या बात है, देखा कि तुम्हारे पति रसोईघर में नाश्ता बना रहे हैं !

सेवती ने हँसते हुए कहा—अपना कोई भी काम हम लोग यथासम्भव खुद ही करने की कोशिश करते हैं। कभी वह खाना बनाता है, कभी आयरन करता है, बाजार जाता है, घर सजाता-सँवारता है और कभी मैं।

—वाह ! बहुत अच्छा है। इससे पहले कभी किसी पुरुष को घर का कामकाज करते हुए मैंने नहीं देखा।

—इस परिवार में जो वह है, मैं भी वही हूँ। तो फिर बोलो—मैं ही अकेले घर का कामकाज क्यों करूँगी !

सेवती के रहन-सहन ने मुझे आकर्षित किया। वह अक्सर रात को घर नहीं लौटती। अस्पताल में नाइट ड्यूटी पर रहती है। सेवती के पति ऐसे में खुद ही अपना खाना बना लेते हैं। अफजल को भी आदत है, वह होस्टल में रहता था न ! उसे भी असुविधा नहीं होती।

सेवती को मैंने अपने बचपन और युवावस्था की बातें बताई हैं। वह हैरानी के साथ कहती—मैं थी घर में दुबकी रहनेवाली लड़की, बस स्कूल का पाठ याद करती और शाम को बरामदे में खड़ी होकर बच्चों को खेलते हुए देखती। और अब वही मुझे दिन-भर घर लौटने का समय ही नहीं मिलता। और तुम मैदान-घाट में चरनेवाली लड़की कुएँ का मेंढक बनकर जीवन बिता रही हो !

सेवती अब मुझे सबसे नजदीकी लगती है, कम से कम माँ-बाप, बहन से दूर रह रही एक अकेली लड़की के लिए। मैं हैरान होती हूँ कि पति नहीं, सास-ससुर नहीं, देवर-ननद नहीं, अपना बन गई एक पड़ोसी। घर में अच्छा कुछ खाना बनते ही लेकर मैं नीचे भागती, सेवती भी तरह-तरह के फलफूल लेकर ऊपर आ जाती। उन

लोगों का साथ पाकर मुझे परिवार रूपी पिंजड़ा दुनिया की तरह विस्तृत प्रतीत होने लगा।

इसी बीच रोड एक्सिडेंट में गम्भीर रूप से घायल होकर हसन पी.जी. में भर्ती हुआ। वह मोटरसाइकिल से जा रहा था, पीछे से आकर ट्रक ने धक्का मारा और हसन लुढ़कते हुए सीधे खाई में जा गिरा। बायाँ हाथ, दाहिना पाँव टूट गया, सिर में चोट अधिक आई है। कहते हैं कि खोपड़ी टूट गई है। घर के सभी लोग उसे देखने गए, साथ में मैं भी थी। डॉक्टर बार-बार भीड़ लगाने से रोक रहे थे।

हसन और हबीब के साथ अभी तक मेरी खास घनिष्ठता नहीं हो पाई है। रिश्ते में जितनी सौजन्यता रहनी चाहिए, बस उतनी है। मैं देख रही हूँ कि हसन के भीतर एक तरह की हताशा काम कर रही है। मानो पढ़ाई-लिखाई अधिक न होने, अच्छी नौकरी—या बिजनेस न होने, विदेश जाने का मामला टलने और आठवीं क्लास तक पढ़ी एक लड़की से शादी करने आदि को लेकर वह एक विचित्र उलझन में घिरा रहता था।

बाहर से अक्सर जल्दबाजी में घर में घुसते ही वह पूछता—भाभी, रानू कहाँ है ?

—रानू ? पता नहीं, उस कमरे में होगी !

हसन कमरे में जाकर दरवाजा बन्द कर लेता। शायद रानू के लिए कुछ लेकर आता था—कपड़े-लत्ते या कॉस्मेटिक्स। मुझे बहुत अच्छा लगता। कोई किसी को प्यार करता है, यह देखकर मुझे बहुत अच्छा लगता है। हसन से मेरी एक-दो जरूरत की बातें होती हैं बस ! 'भाभी, भूख लगी है, कुछ खाऊँगा।' 'भाभी, आज रानू का मन बहुत खराब है, उसे थोड़ा पास बुला लीजिए !' 'भाभी, भैया कहाँ हैं ?' यही सब छोटी-छोटी बातें !

हसन के लिए मुझे बड़ी दया आती। लाचार, अस्पताल में बिस्तर पर पड़ा रहता। रानू सिरहाने आँखें लाल किए बैठी रहती है। हारून का एक और काम बढ़ गया, वह भाई से मिलने सुबह-शाम अस्पताल आ-जा रहा है। डॉक्टरों से बात कर रहा है।

सासूजी मुझसे बोलीं—घर पर कुरान शरीफ पढ़कर हसन के लिए दुआ माँगो, बहू !

हसन जल्दी से ठीक हो जाए, यह और सबकी तरह मैं भी चाहती हूँ, चाहे कुरान पढ़कर ही सही। शाम होते ही सासूजी और दोलन टिफिनकैरियर में खाना और फ्लास्क में शूप लेकर अस्पताल चली जाती हैं और मैं जल्दी से नीचे उतरकर सेवती के घर चली जाती हूँ। कभी सेवती रहती तो कभी अकेला अफजल। अफजल को अकेला पाकर मुझे खुशी होती है—एक अद्‌भुत खुशी। वह कहता—झूमुर, आप मुझे बहुत अच्छी लगती हैं ! उसकी आँखों में निमन्त्रण देखती हूँ—प्यार का, पास आने का।

एक दिन सुनसान दोपहर—अफजल ने पिछले दिन कहा था, दोपहर को आइएगा ! मेरा मन नीचे के घर में चला गया। पिताजी गाँववाले मकान में गए हुए हैं—नोआखाली। हसन की पत्नी, सासूजी और दोलन अस्पताल में, दोलन का पति ढाका से बाहर गया है—बिजनेस शुरू करने के काम से। घर पर मैं और रसूनी। उससे बोली—सेवती के यहाँ जा रही हूँ, अभी आ जाऊँगी !

सेवती के घर पर कोई नहीं, अफजल ने दरवाजा खोल दिया—आइए।

मैं चुपचाप घर में घुस गई।

अफ़ज़ल ने मेरा दाहिना हाथ अपने हाथ में लिया, फिर अपनी ओर खींच लिया मुझे। इतने दिनों में मेरे सिर से पल्लू खिसका। मैं उसके शरीर से सटकर खड़ी हुई, थोड़ी-सी झिझक भी हुई, उसके बदन से आ रही आडीक्लोन की महक ने मुझे नशे में डुबो दिया। उसने कहा—झूमुर, आप इतने गहने क्यों पहनती हैं, गहना बिलकुल अच्छा नहीं लगता।

—वे लोग जो पसन्द करते हैं !

—वे लोग जो पसन्द करते हैं, वही करना जरूरी है क्या ?

—वही तो करना पड़ता है !

—तो क्या वे लोग यह पसन्द करते हैं ? कहते हुए अफजल ने मेरे होंठों का गहरा चुम्बन लिया। मैंने उसे हटाने की कोशिश की। अचानक अफजल मुझे गोद में उठाकर ले चला। दीपू की बात याद आई—दीपू इसी तरह शिप्रा को उठाकर खुश हो रहा था। उस वक्त अफजल मुझे इतना अच्छा लगा कि मैंने दोनों बाँहें उसके गले में डाल दीं। मैंने उसे हटाया नहीं। कमरे में नग्न लड़की की तस्वीर, मेरी नजर उस लड़की की ओर गई। लड़की के पीछे अब हराभरा जंगल था, अचानक ! मैंने पूछा—वह कौन है ?

मेरी नजर का अनुसरण करते हुए अफजल ने तस्वीर की ओर देखा। हँसते हुए बोला—सुरंजना।

—मतलब ?

—सुरंजना से कहा था कि वहाँ मत जाओ। फिर भी वह चली गई। जाकर एक युवक से बात की।

—फिर ?

—फिर युवक ने उसे नग्न कर दिया !

अब मैं हँस पड़ी। अफजल मुझे बिस्तर पर बैठाकर मेरे सामने घुटनों के बल बैठ गया। उसके दोनों हाथ मेरी जाँघों पर थे, मुझे हैरानी हो रही थी—विश्वास नहीं हो रहा था कि यह मेरे जीवन से जुड़ा कोई दृश्य है। लगा कि कहीं दूर कोई स्वप्नमय जीवन है यह, जहाँ एक था राजकुमार और एक थी अन्य देश की राजकुमारी। एक-दूसरे से भेंट होती है, और गहरे जंगल में वे आमने-सामने बैठकर बात करते हैं—हाथों में हाथ रखकर प्यार करते हैं। अफजल मुझे उठाकर नाचता है, गहरा चुम्बन लेता है मेरे होंठों का। इन दृश्यों को मैं जीवन से अलग कैसे करूँगी ? यह भी तो एक तरह की प्राप्ति है। प्यार से जीवन में जो कुछ भी अर्जित किया है, वह मामूली तो नहीं—वैसे ही जैसे हारून मामूली चीज नहीं, जीवन में सबसे अधिक तीव्रता से हारून घुला-मिला हुआ है।

इसे मैं जरा भी अस्वीकार नहीं करूँगी। मुझे अच्छा लग रहा है। अफजल मुझे जब भी स्पर्श करता है, मैं आँखें बन्द करके महसूस करती हूँ कि मैं एक सितार हूँ जो अफजल के छूने भर से नाना सुरों में बजने लगता है। मैं रूढ़िवादी खानदान की लड़की हूँ और उससे भी ज्यादा रूढ़िवादी परिवार की बहू। मैं खुद यह समझ नहीं पाती कि

मेरे लिए यह कैसे सम्भव है कि घर में सक्षम-सम्पन्न पति के रहने के बावजूद मैं गैर मर्द के स्पर्श से उत्सुक हो रही हूँ ! कहाँ गए मेरे वर्षों पुराने संस्कार ? जिन्हें खून में संचारित करते हुए चौबीस वर्ष के शरीर को पुरुष स्पर्शहीन रखकर मैंने तपस्या की है किसी एक पुरुष के लिए, जो पुरुष सुहागरात के दिन मेरे पुरुष स्पर्शहीन शरीर को पाकर तन और मन से तृप्त हो सकेगा !

मैंने पाया कि अफजल ने मुझे फिर चूमा, उसके दोनों हाथ मेरी ठुड्डी से होते हुए वक्ष पर उतर आए, वक्ष पर आकर उसकी उँगलियाँ ठहर गईं, फिर चंचल हुईं, मैंने उसके बाल मुट्ठी में भींच लिए। यह कोई रोक नहीं थी, बल्कि यह उसे छूट देना था—यह समझाना कि तुम जो कुछ कर रहे हो यह मुझे अच्छा तो नहीं लगना चाहिए, लेकिन अच्छा लग रहा है। मुझे और अच्छा इसलिए लग रहा था कि अफजल ने इस बार भी कैनवस की ओर नहीं देखा, मेरे सामने कितनी नाचीज-लाचार पड़ी हुई है वह लड़की। अफजल मेरी साड़ी उतार देता है, आँखें मूँदे मैंने अनुभव किया कि यह मेरे पति के मकान की निचली मंजिल का कोई अल्पपरिचित पुरुष नहीं बल्कि मेरा स्वप्न-पुरुष है—मानो बीहड़ जंगल में यह हमारे ही जल में हमारा अवगाहन है। सिर्फ हम ही इस पृथ्वी की सन्तान हैं, और कहीं कोई नहीं ! कोई हमें तंग नहीं करेगा, और कोई भी आकर हमारे बन्धनहीन जीवन में रुकावट नहीं डालेगा। अफजल ने बूँद-बूँद करके पूरा का पूरा मुझे ले लिया, मैंने भी देह भरकर उसे ग्रहण किया।

क्या हुआ यह मेरे जीवन में ? क्या यह किसी का अपराध है—मेरा या अफजल का ? या फिर यह मेरी विवेकहीनता थी ? या कोई लालच ? कोई स्थूल मोह ? या कि अचानक हो जानेवाली कोई भूल ? कोई दुर्घटना ? क्या कहेंगे इसको ? देह के भीतर अच्छा लगने की इतनी तीव्र अनुभूति क्यों—मुझे समझ में नहीं आ रहा था।

जब मैं सीढ़ियाँ चढ़कर ऊपर आ रही थी तब मुझे जरा भी अपराधबोध या ग्लानि महसूस नहीं हो रही थी। मेरे कदमों में पर्याप्त बल और निश्चिन्तता थी। आजकल हारून के साथ इस मामले में पाँच-छह दिनों का अन्तर हो रहा है। माहवारी खत्म हुए आज तेरहवाँ दिन है। पूरी शाम मैं यह सोचती रही कि इस तेरहवें दिन यदि कोई 'दुर्घटना' घट जाए तो ! खुशी और दुश्चिन्ता एक साथ मेरे सिर में मँडराने लगी।

रात में हारून मुझसे लिपटा, इसका मतलब कि अभी उसे मेरी जरूरत है ! मैं थोड़ा 'ऊह ! आह !' करके बोली—तबीयत खराब है ! बस, वह दूसरी ओर पलटकर सो गया। मेरी देह में अभी किसी और की स्मृति है, मैं तुम्हें छू नहीं सकती, हारून ! तुम्हारी 'व्यभिचारिणी पत्नी' अब सचमुच व्यभिचाणिी हो रही है, व्यभिचारिणी होकर धीरे-धीरे तुम पर उसका गुस्सा कम होगा !

अफजल दूसरे दिन इन्तजार कर रहा था, उस दिन भी वही हुआ। उसके अगले दिन भी। सेवती ड्यूटी करके शाम को छह बजे लौटी। पति आए रात आठ-नौ बजे। नौकरानी सुबह और शाम को आकर काम निपटाकर चली जाती है। लगातार चार दिनों तक अफजल के साथ 'सम्पर्क' हुआ। मैंने तय किया कि यदि गर्भ धारण करूँगी तो

हारून से नहीं, अफजल से ही करूँगी। सेवती की बताई हुई बात दिमाग में तूफान बनकर घूम रही थी—दस से सोलह तारीख। दस से सोलह के इन सात दिनों तक मैं हारून से अलग रहूँगी, सत्रह से वह मुझे ग्रहण करेगा। वाह, मेरा मन खुशी से नाच उठा। एक तरफ सम्भावना और दूसरी ओर बंजर में बीज बोना ! हारून, मैं तुम्हें उर्वर भूमि नहीं दूँगी, तुम अपने बीज बंजर जमीन में बोकर आस लगाए बैठे रहना—बच्चे की आशा में। सुभाष की नहीं, अरजू की नहीं, अपनी सन्तान की आशा में !

हसन डेढ़ महीने बाद वापस घर आया। डेढ़ महीने तक सबको बहुत खटना पड़ा। हारून का रुपया-पैसा भी खूब खर्च हुआ। दो-चार दिन के अन्तर पर सासूजी के हाथ में पैसा रखना पड़ा। घर में कितना खर्च होता है, बिजनेस से क्या कमाई होती है और कितना खर्च होता है, इन बातों की चर्चा कभी हारून मुझसे नहीं करता। शायद इसके काबिल नहीं समझता होगा। शादी से पहले लेकिन काबिल समझता था। मेरे सामने फाइल खोल देता था और चेयर के पीछे से झुककर मुझे समझाता था—यह है कुल खर्च और यह है बैंक का ब्याज, इन्वेस्टमेंट और इंटरेस्ट। समझाने से समझ लेती हूँ लेकिन अब हारून मुझे समझाना नहीं चाहता। मैं भी तो भौतिक विज्ञान की छात्रा रही हूँ, मेरा विषय यह सब समझने का नहीं है। और चूँकि मेरा विषय किसी आर्थिक काम में फायदा नहीं पहुँचाता इसलिए शायद वह इसे महत्त्वपूर्ण नहीं मानता। अर्थशास्त्र से सम्बन्ध रहने पर जरूर हारून यह जानना चाहता कि दुनिया को मिटाने के लिए कितनी मात्रा में परमाणविक बम की आवश्यकता होगी !

इस घर में एक ही आदमी के पास कोई रुपया-पैसा नहीं होता, वह मैं हूँ। सभी जानते हैं कि मुझे पैसे की कोई जरूरत नहीं है। किसी भी चीज की जरूरत पड़ने पर मैं हारून से कहूँगी, हारून ही इन्तजाम कर देगा। हालाँकि कुछ बातें कहते हुए मुझे शर्म आती है, फिर भी कहना ही पड़ता है—मुँह पर लगाने की क्रीम खत्म हो गई है, सैनिटरी नैप्किन लाना होगा !

जरूरत की बातें बोलते ही हारून कहता है—दोलन आज बाहर जा रही है, उसे कुछ सामान खरीदना है। जाते समय उसे पैसा दे दूँगा। तुम्हें जो कुछ चाहिए, लाने के लिए बोल दूँगा। हारून मुझे सब कुछ दे रहा है, फिर कुछ दे भी नहीं रहा है ! मेरे जीवन से सब कुछ छीन ले रहा है।

अफजल साँवले रंग का है, दाढ़ी बनाने के बाद नीली पड़ गई है ठुड्डी, गाल। उसने अपना गाल मेरे मुँह पर रगड़ दिया। उस दिन छाती पर चुम्बन का दाग कर दिया था।

उस रात हारून से कहा था, 'एलर्जी' है। हारून ने शक नहीं किया। मैंने तय किया है कि दस से सोलह तारीख तक अफजल के वीर्य से वीर्यवान रहूँगी।

पहले महीने में दस से सोलह, दूसरे महीने भी। बीच में सिर्फ बन्द का दिन छूटा जिस रोज सेवती की छुट्टी थी।

मेरे इस गोपन अभिसार की किसी को खबर नहीं, मुझे विस्मय होता है—घूँघट डाले

घर लौटती हूँ, मेरी बच्चेदानी में गैर मर्द का क्लेद है और हारून अपने बनाए सतीत्व के पिंजड़े में मुझे डालकर उसकी सुगन्ध लेता है, उसे इसकी भनक तक नहीं। अफजल के आडिक्लोन की महक मुझे सुलाती है, कहती है–झूमुर, मेरी झूमुर रानी, तुम सो जाओ।

प्यार करते समय अफजल अपने लम्बे, आकर्षक शरीर से मेरी देह को ढकते हुए कहता है–मेरी गुड़िया, मेरी रानी, मेरी ! मुझे बहुत अच्छा लगता है। हारून का आवेगरहित, निरुत्ताप सम्भोग मानो ऑफिस की जरूरत पूरी कर रहा है, अफजल की तुलना में निष्प्राण लगता है, सोचने से अरुचि भी होती है। मेरे भीतर एक अद्‌भुत अहसास काम करता है। मुझे एक बार भी यह अहसास पाप नहीं लगता। बल्कि लगता है, मैं हारून को उसका बकाया लौटा रही हूँ। यह ठगना नहीं है, व्यभिचार भी नहीं, सिर्फ बकाया लौटाना है। कहने को पति का 'देय', जो वह समझता है। जिस तरह एक परिवार में दिन पर दिन स्वजनहीन, बन्धुहीन जीवनयापन किया है, जिस तरह सिर्फ पति और उसके रिश्तेदारों को खुश रखते हुए मैंने खुद को अकिंचन एक वस्तु में तब्दील किया है और मेरे पति सोचते हैं कि यही मेरा प्राप्य है तो मैं भी क्यों न शौक से उसकी एक और प्राप्ति बढ़ा दूँ ?

हसन का पाँव प्लास्तर किया हुआ है। सेवती लगभग हर रोज आकर उसे देख जाया करती है, तरह-तरह की डॉक्टरी सलाह देती है। इसीलिए सासूजी सेवती की काफी खातिरदारी करती हैं, आते ही उसे क्या खिलाएँगी इसके लिए तत्पर हो उठती हैं। सेवती से मेरी दोस्ती को वे मुग्धभाव से देखती हैं। कहती हैं, सेवती बहुत अच्छी लड़की है ! पता नहीं, यह भी सोचती होंगी कि ऐसी लड़की उनकी पुत्रवधू होने के लायक होती ! हालाँकि उसके पुत्रवधू होने पर खानदान की देखरेख कहाँ जाकर ठहरती, यह काबिले गौर है। कानों में स्टेथेस्कोप लगाकर लड़की जात रोगी की नब्ज देख रही है, यह देखने में बहुत अच्छा लगता है लेकिन पुत्रवधू होकर नब्ज देखना ? व्यक्तित्ववान लड़की जब दिन-रात की परवाह किए बिना रोगी देखने अस्पताल जाएगी, चेम्बर की ओर दौड़ेगी, तब अच्छा नहीं लगेगा। नदी के उस पार सर्व सुख है, यही सबको लगता है।

मैं कहती हूँ कि सेवती के यहाँ जा रही हूँ, पर दरअसल में जाती तो हूँ अफजल के पास। कोई बहुत ज्यादा नहीं, महीने में सिर्फ सात दिन–दस से सोलह तक। अफजल ने मुझसे पूछा था–तुम गिन-गिनकर महज कुछ दिन मेरे साथ सहवास करती हो, इसकी वजह क्या है ?

–यह तुम नहीं समझोगे !

अफजल मुझसे लिपटकर कहता है–मैं तुम्हें जिन्दगी-भर के लिए चाहता हूँ।

मैं हँसते हुए कहती–मैं तो उस ऊपरी मंज़िल से बँधी हुई हूँ। कैसे पाओगे तुम मुझे ?

–डिवोर्स देकर चली आओ मेरे पास !

–ऊँहूँ ! मैंने हारून से प्यार करके शादी की है।

—तो फिर मैं क्यों ?

—तुम अच्छे लगते हो !

—पति से जरूर तुमको शारीरिक असन्तुष्टि है !

—थी कभी, अब नहीं है।

—तो फिर मैं तुम्हारे किस काम आ रहा हूँ ?

—यह तुम नहीं समझोगे !

दरअसल, यह मेरे सिवा कोई और नहीं समझेगा। मैं किसे समझाऊँगी अपना दमित गुस्सा—अपनी सच्चाई का क्रोध, अपने सतीत्व का क्रोध !

सिर्फ तीन महीने में ही 'घटना' घट गई। चौथे महीने मुझे माहवारी नहीं हुई, दो हफ्ते बीतते ही मेरे सिर में चक्कर आने लगा, उल्टी होने लगी। हारून को मैंने इसके बारे में बताया, वह खुशी के मारे मुझसे लिपट गया। काफी, काफी दिनों बाद हारून ने अपनी व्यस्तता और तनाव, पारिवारिक-व्यावसायिक सफलता-असफलता को झटककर मुझे अपने सीने से चिपकाए रखा। मैं उसके उल्लास भरे शरीर के दबाव से दबी हुई थी। मेरी आँखें हारून के लिए करुणा और कृपा से बरबस भर आईं। कितना जबर्दस्त उच्छ्वास है उसके अन्दर ! लम्बे समय से अपने किसी दोस्त के घर तक वह मुझे नहीं ले गया। वह जानता है कि मैं उसके पिंजड़े में करीब साल-भर से बन्दी थी, मैंने अपने पिता के घर जाने के लिए भी कोई दिलचस्पी नहीं दिखाई। मेरे कोई माँ-बाप, बहन या रिश्तेदार आदि भी हैं, यह मुझसे लगभग भुलवा दिया गया। किसी ने भी, खासकर हारून ने उनके प्रति कोई उत्साह नहीं दिखाया, इसलिए मैं भी उदासीन रही। हारून अन्दाज लगा सकता था कि मेरा व्यक्तित्व किसी से कम नहीं, अन्दाज लगा सकता था कि मुझे अपमानित करने का बदला मैं अवश्य लूँगी। इस घर में मैं धीमे कदमों से चलती रही हूँ, यथासाध्य सास-ससुर की सेवा की है, परिवार के सदस्यों को खाना बनाकर खिलाती रही हूँ, मुँह बन्द किए हारून का सारा निर्मम व्यवहार सहा है, कभी कोई विरोध नहीं किया। हारून को सोचना चाहिए था कि मेरे माता-पिता ने मुझे इसलिए नहीं पढ़ाया-लिखाया कि मैं बन्दी जीवन बिताऊँ, पति के रिश्तेदारों के स्वाद की तृप्ति के लिए जन्म लिया हो, इतना अकारथ नहीं है मेरा जीवन। पिताजी मेरी ऐसी जिन्दगी देखकर दुखी होंगे इसीलिए मैंने उस घर से सम्पर्क रखने की इच्छा नहीं जताई। हारून के घर में एक वर्ष का दुस्सह और व्यर्थतापूर्ण जीवन बिताने के बाद पहली बार उसे उल्लसित देखकर खुद को मैंने सफल महसूस किया। किसी तरह के क्षोभ और किसी तरह के दुःख की आग ने मुझे और नहीं जलाया।

हारून ने घर के सभी लोगों को बता दिया कि झूमुर माँ बननेवाली है। हारून को इतना ज्यादा उल्लसित होते घर के किसी आदमी ने कभी नहीं देखा। उस दिन वह दफ्तर नहीं गया, अलाउद्दीन से बीस किलो मिठाई मँगाई। हबीब के हाथ में पाँच सौ रुपए देकर बोला—फूल ले आओ, हबीब ढेर सारे रजनीगन्धा के फूल ले आया। सब मेरे लिए था। इतने दिनों में मैंने सबकी नजर को आकर्षित किया। रात में हारून ने

कहा—अपनी सहेली और उसके पति को कल रात हमारे घर खाने पर बुला लेना। उस दिन रात को मैं और हारून, सेवती और उसके पति ने एक साथ सास के हाथ का पकाया पुलाव और मांस खाया। यह पहली बार घर में हारून के अलावा किसी अन्य पुरुष के साथ मैंने एक टेबुल पर खाना खाया। टेबुल पर अफजल की बात उठी। सेवती के पति ने कहा—हमारे साथ मेरा एक भाई रहता है।

—पुणे से एम.ए. करके आया है। मेरे चाचा आस्ट्रेलिया में रहते हैं, सोच रहा हूँ उसे उनके पास भेज दूँगा !

—इतना बड़ा मकान और आप सिर्फ दो लोग—सूना-सूना नहीं लगेगा ?

—नहीं, क्योंकि सेवती की बहन यहाँ आ रही है। यहाँ रहकर पढ़ाई करेगी।

—वाह, तब तो अच्छा ही होगा ! बीच में मैं बोल पड़ी।

—हाँ, तुम्हें एक और साथी मिल जाएगा ! हारून स्नेहपूर्वक मुस्कुराया।

खाना-पीना खत्म होने के बाद सेवती ने कहा—चलिए, झूमुर के लिए 'विश' करते हैं ! हारून भाई के लिए, बेटा चाहिए या बेटी ?

हारून ने हँसते हुए कहा—यह तो अल्लाह की मर्जी है।

—अल्लाह की मर्जी-वर्जी कुछ नहीं, यह सारा खेल क्रोमोजोम का है। फिर भी हमारे 'विश' करने में क्या हर्ज है ! यह कहते हुए सेवती के पति ने टेबुल थपथपाई।

सेवती सोच भी नहीं पाई कि अफजल के साथ मेरा सम्बन्ध कहाँ तक बढ़ा है। मुझे थोड़ा डर भी लग रहा था—अफजल कहीं भाँडा तो नहीं फोड़ देगा ! वह लड़का खुले गले से अंग्रेजी गाना गाता है, चित्रकारी करता है, कहीं सेवती से कह न दे कि खाली घर में हम लोग क्या-क्या करते हैं ! कहीं इस घर में बेनामी चिट्ठी तो नहीं भेजेगा, हारून को लिख देगा—आपकी पत्नी के साथ...?

नहीं, मुझे यकीन नहीं होता। अफजल को मैं सबसे कम जानती हूँ, फिर भी वह सच्चा प्रेमी ही लगता है। जब वह मेरी देह का स्पर्श करता है, उसकी उँगलियों में प्यार रहता है। एक लड़की ही यह समझ सकती है कि पुरुष के किस स्पर्श में प्रेम है और किस स्पर्श में नहीं। प्यार आदमी को और ज्यादा इंसान बनाता है, जंगली जानवर नहीं बनाता। जंगली जानवर बनने पर ही वह बेनामी चिट्ठी लिखेगा और एक सुन्दर सम्बन्ध पर पोतेगा कलंक का कालिख।

पता नहीं क्यों, मुझे यह विश्वास नहीं होता कि अफजल के भीतर कोई दुष्ट आदमी छिपा हो सकता है। शायद इसलिए कि चुम्बन लेते समय जिस तरह गर्दन का नर्म स्पर्श करता है, रोम-रोम का चुम्बन लेता है, या फिर काम खत्म होने पर पलटकर सो नहीं जाता। बल्कि लगता है कि वह एक अच्छा प्रेमी पुरुष है, वह चाहे और जो भी करे, अपने प्रेम को बेइज्जत नहीं करेगा।

इस घर में अभी मैं एक बेहद महत्त्वपूर्ण व्यक्ति हूँ। मैंने उनके उत्तराधिकार को गर्भ में धारण किया है। हारून दूध, फल-फूल, चाकलेट, ड्रिंक्स आदि खरीदकर ले आता है। घर पर मेरे लिए रोज 'चिकेन सूप' बनाने का इन्तजाम किया गया है। सेवती

नियमित रूप से जाँच कर रही है, इसके अलावा बाहर के डॉक्टर के पास भी हारून मुझे ले जाता है। मुझे अब और रसोईघर में नहीं जाना पड़ता। रानू को ही रसोई का कामकाज सँभालना पड़ता है।

अनीस छह लाख रुपए लेकर जो गया तो फिर लौटा ही नहीं। दोलन से मैंने पूछा—क्या बात है, सुमैया के अब्बू नहीं लौटे ?

दोलन ने मुस्कुराते हुए बताया—खत लिखा है। चट्टग्राम में एक और पार्टनर मिल गया है। जहाज से माल लाने और भेजने का कारोबार। समझीं न ? वह काफी ब्रिलिएंट लड़का है न, पार्टनर लोग उसे बहुत मानते हैं !

—क्या माल जाएगा, कहाँ जाएगा, और क्या आएगा ?

—इतना सब नहीं जानती। बिजनेस अचछा चलने से ही हुआ।

उसके आते ही मैं अपनी सास से मिलने जाऊँगी। कितने दिन हो गए, उन्हें देखे हुए।

मैं अब नीचे नहीं जाती, क्या अफजल इन्तजार करता होगा ? शायद करता हो, फिर भी नीचे जाने का मेरा मन नहीं होता। वह आस्ट्रेलिया चला जाए, इसी में भलाई है।

सम्पर्क लम्बा होने पर कम खतरा नहीं है—हो सकता है वह दबाव डाले कि डाइवोर्स ले लो, चली आओ ! नहीं, मर्दजात का कोई भरोसा नहीं। अफजल हो सकता है कि शादी कर ले, लेकिन उसके बाद भी वह सन्देह करेगा कि जरूर मैं दूसरे लोगों से मिलजुल रही होऊँगी क्योंकि यदि हारून की पत्नी होकर उसके साथ मेलजोल कर सकती हूँ तो अफजल की पत्नी के आ जाने के बाद भी मेरी आदत नहीं बदलेगी ! मन ही मन में कहती—अफजल, तुम खुश रहना ! और, हो सके तो मुझे भूल जाना।

महीना बीतता जा रहा है, मेरा शरीर फैलता जा रहा है। बिस्तर पर पड़ी-पड़ी पत्रिकाएँ पढ़ती रहती हूँ। हारून ही खरीदकर ले आता है, कहता है—तुम तो पढ़ना पसन्द करती हो ! मैं पढ़ना पसन्द करती हूँ, यह बात इतने दिनों बाद उसके जेहन में आई।

हबीब दिन-रात यह जानना चाहता है—तुम्हें कुछ चाहिए ? मुस्कुराती हुई 'ना' मैं सिर हिलाती हूँ।

दोलन पूछती है—कुछ खाएँगी, शरबत बना दूँ ?

बोलती हूँ—बना दो !

रानू आती, बगल में बैठती और गाल फुलाकर कहती—दीदी, तुम पढ़ी-लिखी लड़की हो न, इसीलिए सब तुम्हारी इतनी खातिरदारी करते हैं।

—क्यों, तुम्हारी नहीं करते ?

—कहाँ करते हैं, बोलो ? बाहर जाते समय क्या तुम्हें बुरका पहनना पड़ता है ? मुझे पहनना पड़ता है।

—तुम भी मत पहनना !

—उपाय क्या है ?

—तुम्हारी तो उम्र कम है, तुम और पढ़ सकती हो !

—अरे ये लोग नहीं पढ़ने देंगे। एक खबर सुनी है ?

—कैसी खबर ?

—अनीस दूल्हाभाई को पुलिस ने पकड़ा है। चिटागांग के स्मगलरों के साथ पकड़े गए हैं।

रानू ने लम्बी साँस छोड़ी—भाभी, तुम लोगों का दिया खा-पी रही हूँ, हारून भाई तो आदमी नहीं देवता हैं। वैसे मैं होती तो अपने पति को इतना सब नहीं करने देती। तुम्हें गुस्सा नहीं आता ?

—पता नहीं ! मेरी आवाज में उदासीनता थी।

—अपना अलग परिवार बसाने का मन नहीं होता ? मेरा तो होता है।

मैं मुस्कुराती हुई रानू का हाथ अपने हाथ में लेकर उसकी पतली-पतली उँगलियों से खेलने लगी। और मन ही मन बोली—मेरा क्या सिर्फ अलग घर बसाने का सपना था, मेरे तो और भी ढेर सारे सपने थे ! एक खुशनुमा जिन्दगी का सपना था। मेरे लिए एक खुला आसमान होगा, उस आसमान में प्यार भरा होगा। और, अभी इस परिवाररूपी पिंजड़े में जो भी थोड़ा-बहुत प्यार मिलता है, वह पूरा का पूरा बनावटी है।

रानू मेरे बालों में उँगलियाँ फेर देती है। बहुत मीठी आवाज में बोली—बड़े भाई से 'उन्हें' पैसे देने को कहना, अपना ही तो भाई है। और उधर देखो, दूसरे के लड़के अनीस को बिना माँगे लाखों दे दिए। और इधर अपना भाई पैर तुड़वाकर घर में बैठा हुआ है।

रानू को बोली—तुम्हारे बड़े भाई खुद ही सबके लिए सोचते हैं। उन्हें कुछ कहना नहीं पड़ता।

—फिर भी तुम्हारे कहने का तो एक महत्त्व है ?

—इस परिवार में मेरी कोई कीमत नहीं। अभी सब मेरी देखभाल कर रहे हैं। लेकिन मेरे लिए नहीं, मेरे पेट में पल रहे बच्चे के लिए। मैं और तुम, एक ही हैं। इस दुनिया में लड़की जात की कोई कीमत नहीं।

—तो फिर दोलन का इतना रोब क्यों है ?

—उसका रोब उसके बड़े भाई का पैसा है !

—जानती हो, उसकी ससुराल में उसे घुसने नहीं देते। सुना है कि वहाँ सबसे झगड़ती है। सास के सिर पर थाली फेंककर मारी थी। उसका सिर फट गया था।

रानू लगातार बात करती रहती है, फुसफुसाकर बोलती है, मुझे नींद आ जाती है। इधर मुझे नींद बहुत आती है।

सेवती मेरी जाँच के लिए आई है। काफी देर तक बैठी रही—अपने पति के बारे में, अफजल के बारे में बात करती रही। अफजल आस्ट्रेलिया चला जा रहा है। वीसा

पाने की कोशिश कर रहा है। मैंने पूछा—अफजल मेरे बारे में कुछ कहता है ?

सेवती ने सहज ढंग से कहा—नहीं।

—जिस दिन जाएगा, बताना—मैं उससे मिलूँगी।

चले जाने से पहले अफजल को एक बार देखने का मन करता है। उसका चेहरा रह-रहकर भूल जाती हूँ। बरामदे में खड़ा होने पर अब वह दिखाई नहीं पड़ता। वह बहुत रूठा हुआ है। मैं क्या कर सकती हूँ ! अफजल को प्यार करके कोई घटना-दुर्घटना घटाने की मेरी इच्छा नहीं है। क्योंकि मैं सोचती हूँ—शादी चाहे हारून के साथ हो, अफजल के साथ या किसी रहीम-करीम या जदू-मधु के साथ, वही एक ही घटना घटती है। वही एक ही तरह के कोल्हू के बैल जैसा संस्कार की बातें करते-करते मरना पड़ता है। अफजल शायद मुझे गलत समझेगा, लेकिन भला उसकी गलतफहमी दूर करने की मेरी क्या हैसियत है ! फिलहाल तो मेरे शरीर के अलावा मेरी कोई पूँजी नहीं है। यह शरीर ही मेरे पति और उसके रिश्तेदारों के लिए मुख्य सम्पदा है, शायद अफजल के लिए भी। फिर भी अफजल के प्रति मेरे अन्दर एक तरह की उदासीनता और एक तरह का आकर्षण रह ही गया।

हर महीने डॉक्टर के पास जाती हूँ। हारून डॉक्टर के पास पिता होने की सन्तुष्टि के साथ बैठा रहता है। डॉक्टर जो-जो कहते हैं, सब ध्यान से सुनता है। घर लौटते हुए रास्ते में कहता है—सुना है न, डॉक्टर ने क्या कहा ? चलना-फिरना होगा, ठीक से खाना-पीना होगा, सोना होगा !

हारून घर लौटकर मेरे फूले हुए पेट पर कान लगाकर आहट लेता है। बोलता है—अपने बबुआ के हिलने-डुलने की आवाज जरा सुनूँ तो ! पेट पर अपना नाक-मुँह रगड़ देता। मैं पूछती—क्या चाहते हो, लड़का या लड़की ?

—जो होगा, वही ! मेरा बच्चा जो भी होगा वही मुझे कुबूल है। मैं मन ही मन बोली—मुँह से चाहे तुम कुछ भी कहो लेकिन लड़का ही चाहते हो हारून, लड़का !

लड़का होने का क्या मजा है, यह तो तुम बहुत अच्छी तरह जानते हो। तुम खुद जो सुख भोग रहे हो, जरूर चाहोगे कि तुम्हारा लड़का भी वही सुख भोगे। लड़की होने की पीड़ा तुम मुझसे कम नहीं जानते। लेकिन मैं लड़का या लड़की जैसा कुछ खास नहीं चाहती, यह सन्तान दरअसल मेरी चाहत की सन्तान नहीं है। यह मेरे प्रतिरोध-प्रतिशोध की सन्तान है। यह मेरे सपने का नहीं, मेरे क्षोभ और पीड़ा का भ्रूण है। यह मेरा सुख नहीं, शान्ति नहीं, यह मेरे दुख का एक और नाम है—यह मेरे दुखों की दुनिया है।

हारून से बोली—मेरे माता-पिता को खबर भेज दो, या फिर तुम जाकर उन्हें ले आओ ! एक दिन शाम को हारून गाड़ी से मेरे माँ-पिताजी यहाँ तक कि नूपुन-नूपुर को भी ले आया।

मैं उनके साथ बातें कर रही थी—बचपन की बातें ! नूपुर से बोली—देख तो, मेरा शरीर बड़ा बेढंगा-सा लग रहा है या नहीं ? नूपुर हल्के-से मुस्कुराई। माँ मुझसे आड़ लेकर रो रही थी, मुझे दिखाई पड़ गया था—माँ रह-रहकर आँचल से आँखें पोंछ रही

थी। पिताजी भी बहुत गम्भीर थे। मैं उनको बोली—पिताजी, आप मेरी चिन्ता न करें ! मैं एक दिन अपने पाँव पर जरूर खड़ी होऊँगी। एक दिन मैं आपकी तरह मास्टरी करूँगी, मैं आपकी काबिल लड़की बनूँगी। बस, और कुछ दिनों की बात है ! यह कहते-कहते मैं उन सबके सामने सुबककर रो पड़ी। कितने समय के बाद मैं माँ से, पिताजी से लिपटकर रोई। उन लोगों ने सोचा कि काफी दिनों के बाद मिली हूँ, शायद इसीलिए रो रही हूँ। नहीं, इसके लिए नहीं, मैं रोई अपने जैसी लड़कीजात की बेबसी के लिए। पिताजी ने मुझे पढ़ाया-लिखाया और आज मैं—पिताजी क्या खा रहे हैं—क्या पहन रहे हैं, उनको कोई तकलीफ है या नहीं—यह खबर तक नहीं ले सकती ! बचपन में पिताजी मुझे पैंट-शर्ट पहनाते थे, कहते थे—मेरा बेटा है, इसे बेटे की तरह पालूँगा। यही बेटा मेरे बुढ़ापे का सहारा होगा !

मैं एक अभागी लड़कीजात, मुझमें खुद को देखने की क्षमता नहीं तो मैं अपने पिता को क्या देखूँगी ! नहीं, मेरा कोई रिश्तेदार यह नहीं सोचेगा जिस लड़की का पति अच्छा पैसा कमा रहा हो, उसको खिला-पिला रहा हो, गर्भ में एक बच्चा भी दे दिया हो—उसे और क्या परेशानी हो सकती है ? लड़की तो सुखी ही होगी ! पर मेरे पिता, मेरे आदर्शवादी पिता कम से कम इस स्थूल सुख को सुख नहीं समझेंगे ! पिताजी कभी यह भी नहीं चाहेंगे कि मैं उन्हें खिलाऊँगी, कपड़े दूँगी, या मेरे पैसे से उनका परिवार चलेगा। पिताजी को मैंने शुरू से ही देखा है कि वे बहुत स्वाभिमानी व्यक्ति रहे हैं। एक बार उनको पैसों की जरूरत आन पड़ी थी पर हैरानी की बात कि उन्होंने किसी रिश्तेदार से उधार नहीं माँगा, बल्कि पानी के मोल हमारी एक जमीन बेच दी। मैंने पाया है कि पिताजी ने स्थिर, अविचल और अटल रहकर अपने मजबूत व्यक्तित्व को बनाए रखा। हमसे कहते थे, तुम लोगों ने लड़की होकर जन्म लिया है इसलिए कभी यह मत सोचना कि तुम लोग लड़कों से किसी भी मामले में कम हो ! पिताजी हमें कभी गहने नहीं पहनने देते थे, रसोईघर में भी नहीं जाने देते थे। ऐसे अद्भुत व्यक्ति थे हमारे पिताजी। कहते—पढ़ो-लिखो, ज्ञान से ही तुम्हारी चमक बढ़ेगी, सोने-गहने से नहीं ! और, यह खाना बनाना तुम्हारा काम नहीं है। मैंने किसी लड़की के पिता के मुँह से यह नहीं सुना कि लड़की को उपदेश देते हैं कि जब भी चलोगी सीधे तनकर चलोगी, इधर-उधर मत देखना, रीढ़ की हड्डी सीधी और मजबूत रखना ! अगर लफंगे लड़के तंग करें तो पलटकर थप्पड़ लगा देना। पिताजी ने मुझे और नूपुर को यह सब सिखाकर बहुत हिम्मती बनाया। सो हम किसी बात की परवाह नहीं करते थे, प्रतिकूल परिस्थिति का मुकाबला करने की ताकत हममें थी। ऐसे पिता की बेटी होकर मैं एक धर्मान्ध, कुसंस्कारों से ग्रसित परिवार की किस तरह पारम्परिक बहू नाम की योग्य वस्तु बन गई हूँ। एक दिन गुस्से में उन्होंने कहा था—या तो हारून से शादी करो या फिर आने-जाने के लिए मना करो ! इसका मतलब यह नहीं कि तुम उससे शादी करके खत्म हो जाओ, तुम अपना व्यक्तित्व मिटा दो।

पिताजी कहते थे कि अपने पाँव पर खड़ी होओ, अपने पैरों पर खड़े होने से

आत्मसम्मान बना रहता है—अपनी मर्यादा, अपने सम्मान की हिफाजत खुद ही करनी पड़ेगी। पिताजी अपने स्वार्थ के लिए यह नहीं कहते थे, कहते इसलिए थे कि जीवन में आनेवाले तरह-तरह के तूफानों को झेलने की मुझमें हिम्मत हो।

आदमी के सामाजिक सम्बन्ध उसके लिए उसकी आखिरी मंजिल नहीं होने चाहिए। जो सम्बन्ध आदमी के स्वाभाविक अधिकारों का हरण करते हैं, वे कभी कल्याणकारी नहीं हो सकते—यह मेरा विश्वास है। यह विश्वास हारून से शादी करने के पहले भी था—हारून खुद भी यह जानता है क्योंकि जिन्दगी को लेकर हारून से मेरी लम्बी बहस हुआ करती थी।

हारून कहता—तुम्हें मैं अपना बनाना चाहता हूँ !

मैं उसकी गलती सुधार देती—तुम, तुम हो और मैं, मैं हूँ। प्यार कभी किसी को एक-दूसरे की सम्पत्ति नहीं बना देता !

शादी की बात आने पर हारून ने बहुत ही कुशल वकील की तरह कहा था—शादी में 'देनमोहर' कितना होगा ?

—एक पैसा भी नहीं !

—क्या कहती हो तुम, लड़कीवाले तो देनमोहर ज्यादा से ज्यादा बढ़ाना चाहते हैं !

तुम्हारा और मेरा जीवन रुपए-पैसे से नहीं जुड़ा हुआ है, प्यार के साथ जुड़ा हुआ है। जिस दिन प्यार नहीं रहेगा, सम्बन्ध टूटकर बिखर जाएगा। अगर तुम मुझे प्यार नहीं करोगे तो क्या तुम्हें इस बात का यकीन होता है कि मैं तुमसे देनमोहर के पैसे का दावा करूँगी ?

यह सुनकर हारून बहुत खुश हुआ था। कहा था—तुम दूसरी तरह की लड़की हो, इसीलिए तो तुम इतनी अच्छी लगती हो !

पिताजी ने मुझसे कहा था—जल्दी-जल्दी आती रहना, मुझे देख जाना ! पर हारून मेरे माता-पिता से ज्यादा अपने माता-पिता से मेरी घनिष्ठता बनाना चाहता है। शायद इसीलिए मेरे माता-पिता के आने पर हारून उतना खुश नहीं होता, जितना कि मैं होती हूँ। हाँ, जो उत्साह या आवेग मैंने इतने दिनों तक अपने भीतर दबाए रखा था उसे मैंने आजाद पंछी की तरह चारदीवारों की हवा में उड़ा दिया। हारून और उसके रिश्तेदारों ने शायद मुझे माफ कर दिया क्योंकि मैं उनके वारिस का वहन जो कर रही हूँ।

इसी बीच एक दिन सेवती ने आकर खबर दी कि अफजल कल चला गया।

—मुझसे एक बार मिलना नहीं चाहा ?

—नहीं !

—तुमसे एक बार पूछा तक नहीं कि मैं कैसी हूँ ?

—नहीं !

—जाते समय वह दुखी था ?

—नहीं, बहुत खुश था। इसीलिए तो इतनी तकलीफ हो रही है ! उसके लिए इतना

कुछ किया और वह खुशी-खुशी नाचते हुए चला गया। गैर कभी अपना नहीं होता !

मैं लम्बी साँस छोड़कर खिड़की की ओर देखती रही। वह एक टुकड़ा आसमान ही मेरे दिन-भर का साथी है।

सेवती बोली—एक बार कहा था कि झूमुर तुमसे मिलना चाहती थी, उसे बुलाऊँ ? बोला—कौन झूमुर ? मैंने कहा—वाह ! झूमुर को तुम नहीं जानते ? वह बोला—नहीं ! इस नामवाले किसी को मैं नहीं जानता। बोली—ऊपर की मंजिलवाली ! उसने कहा—जो लोग ऊपरी मंजिलवाले होते हैं वे हमेशा ऊपरी मंजिल के ही होते हैं, वे नीचे क्यों उतरेंगे ? मैं बोली—वाह ! इतने दिनों तक नीचे नहीं उतरी क्या ? बोला—वह तो अपने काम से उतरी। काम निकल जाने पर जिस मंजिल के लोग हैं, वहीं रहते हैं—न उतरते हैं, न चढ़ते हैं !

मेरे समूचे चेहरे पर शर्म से मानो खून जम गया, मैं अपमान से सराबोर आँखें बन्द किए काफी देर तक पड़ी रही। सेवती ने मेरी नब्ज देखी, पेट की ऊँचाई नापी, बच्चे के हृतपिंड की धुकधुकी सुनी। मैं बिस्तर पर निश्चल पड़ी रही, खुद को बिलकुल सुन्न और निढाल महसूस कर रही थी। अफजल को नहीं पता कि मैं ऊपरी मंजिल का इंसान नहीं हूँ—मैं माटी में कबड्डी और इक्का-दुक्का खेलनेवाली लड़की घुटनों तक धूल में सनकर गोल्लाछूट खेलती रही हूँ, गुलाब-कमल का खेल खेला है। मैं सीढ़ियाँ चढ़कर ऊपर आई हूँ, मेरी देह में अभी तक मेरे बचपन की धूल की महक और किशोरावस्था के कीचड़-पानी की गन्ध है। ऊपरी मंजिल के टाइल्स लगे बाथरूम में झरने के नीचे भले एक साल पार करके दूसरा साल आ जाए, तब भी मेरे शरीर से माटी की महक नहीं जाएगी। ऊपरी मंजिल के लोगों ने मुझे जकड़कर रखा है, उनकी जकड़ से बचने के लिए ही मैंने नीचे धूल में साना है अपना साफ-सुथरा शरीर। मैं ऊपरी मंजिल की नहीं हूँ, अफजल ! मुझे एक ऊपरी मंजिल पर रहना जरूर पड़ता है, लेकिन नीचे की प्रकृति कितनी सुन्दर है, नीचे फूलों का बगीचा कितना खूबसूरत है—यह मैं ऊपर की मंजिल में रहकर भी जानती हूँ। यह ऊपरी मंजिल मेरी नहीं, दूसरों की है। मैं यहाँ एक परावलम्बी लता-पात भर हूँ। परजीवियों का क्या कोई अपना जीवन होता है ?

मुझे क्लीनिक में भर्ती कराया गया—गुलशन की एक क्लीनिक में। हारून से कहा—नूपुर को आने के लिए बोलो, और मेरी माँ को भी ! वे तुरन्त आ गईं। उनके कन्धों का सहारा लेकर मैं क्लीनिक के लम्बे कारीडोर में पूरी शाम टहला करती। पूरे वक्त थोड़ी चिन्ता और थोड़ी खुशी के साथ वह मेरी देखभाल में जुटा रहता—छोटी-छोटी गुदड़ियाँ, गर्म पानी से भरा फ्लास्क, हॉटवाटर बैग, रूई, डेटाल वगैरह सब कुछ बैग में भरकर वह क्लीनिक में ले आता। यह सब देखकर मुझे बहुत खुशी होती।

हारून के माँ-पिताजी, भाई-बहन सभी आते हैं। आकर 'कब क्या चाहिए, कब क्या खाऊँगी, क्या-क्या खाना ठीक होता है, बिस्तर पर किस करवट सोऊँगी, किस तरफ दर्द होने पर डॉक्टर को बुलाऊँगी' आदि-आदि के बारे में बता गए। मैं भी बड़े ध्यान से उनकी बातें सुनती रही। हारून की माँ दो ताबीज लाकर हाथ में बाँध गईं। मैंने भी

रोका नहीं। उन्होंने एक कागज पर दारूद (मन्त्र) लिख दिया, बोलीं—हमेशा मन ही मन इसे पढ़ती रहना ! मैंने उस कागज को तकिए के नीचे रख दिया, बोली—ठीक है !

पहली बार मैंने पाया कि हारून की माँ मेरे बारे में सोच रही हैं, यह भी मेरे लिए एक तरह की खुशी है। इतने दिनों तक तो यही देखा कि हबीब, हसन और दोलन के लिए सोच-सोचकर उनकी भौंहें सिकुड़ी रहती थीं।

वे मेरी देखरेख कर रही हैं, लेकिन बड़े ध्यान से देखने पर पाती हूँ कि हारून के सामने ही वे ज्यादा चिन्ता दिखाती हैं। मुझे लगता है, उनके भीतर एक तरह की शंका काम करती है—कहीं हारून अपने बीवी-बच्चे में ज्यादा न खो जाए, बच्चे के मोह से पत्नी के वशीभूत न हो जाए, हारून कहीं परिवार के सदस्यों के प्रति उदासीन न हो जाए ! हारून किस ओर झुक सकता है, इस बात में मेरी अब कोई दिलचस्पी नहीं। मैं प्राण बिछाए बैठी नहीं हूँ कि हारून एक बार मेरी ओर देखे, मेरे एकाकीपन की ओर—मेरे दुस्सह खालीपन की ओर ! अब मेरा एकाकीपन खत्म हो गया। अब मेरी पूरी दुनिया में घुटनों के बल घूमेगा मेरा बच्चा। अब हारून जहाँ मर्जी चला जाए ! शादी के तुरन्त बाद उसकी थोड़ी-सी निगहवानी या सहानुभूति की आशा में मैं व्याकुल थी—अब उसकी क्या जरूरत ? सही वक्त पर प्यार न मिले तो बेवक्त पर उसका स्वाद कड़वा हो जाता है। अभी जो हारून प्यार जताने आए तो यह मुझे उसका इतराना लगेगा। मैं यह सोच सकती हूँ कि अब हारून समय और साल गुजर जाने, उम्र पार कर लेने के बाद मेरे सामने घुटने टेककर कहेगा—झूमुर, मैं तुम्हें प्यार करता हूँ ! डॉक्टर के जाँच पर आते ही हारून बेचैन होकर पूछता—बच्चा ठीक है न, मैडम ?

डॉक्टर हँस देती है, कहती है—आप खुद बहुत घबड़ाए जा रहे हैं ! इस समय अपने को मजबूत बनाए रखकर पत्नी को हिम्मत दिलाइए !

हारून डॉक्टर के पीछे-पीछे जाता है, बोलता है—मैडम, सिजेरियन की जरूरत तो नहीं होगी ?

हारून को इस तरह मिन्नतें करते देखकर मुझे बहुत हँसी आती है। मन करता है कि अचानक उससे कह दूँ—किसके लिए तुम इतना तड़प रहे हो—किसके लिए ? यह तो तुम्हारी सन्तान नहीं है। अपनी सन्तान को तुमने खुद मार डाला। और, जिससे प्यार करते हुए इतना बेचैन हो रहे हो, वह रत्ती-भर भी तुम्हारा नहीं है।

सिजेरियन की जरूरत नहीं पड़ी। प्रसव कक्ष में भयानक दर्द से सिकुड़ते-ऐंठते हुए मैंने एक पुत्र को जन्म दिया। हारून ने खुशी से उसे लपककर ले लिया—मेरी सन्तान को ! मेरी और अफजल की सन्तान को वह कपड़े में लपेटकर छाती से लगाए रखता, यह देखकर मुझे बहुत खुशी होती है। सच कहती हूँ, बहुत खुशी होती है। परम सन्तोष से मैं आँखें मूँद लेती हूँ।

जैसे नारियल की खोल को खरोंचा जाता है, मेरी बच्चेदानी से उसी तरह खरोंचकर डॉक्टर ने एक दिन निकाल लिया था हारून की सन्तान को ! मैं कुछ भी भूली नहीं हूँ, मैंने ऑपरेशन थिएटर के दरवाजे से बेचैन नजरों से हारून की ओर देखा था। मेरी

आँखों से टप्‌टप्‌ आँसू टपक रहे थे। लेकिन उसकी नजरों में थी—धमकी, सन्देह और हिकारत। मेरी आँखों में थी प्रार्थना—मुझ पर तुम एक बार भरोसा करो हारून, यह तुम्हारी ही सन्तान है ! यह हमारे विवाह की पहली खुशी है, यह तुम्हारी ही सन्तान है। अभी भी आँख मूँदने पर मुझे बच्चेदानी खरोंचने की आवाज आती है—डॉक्टर नहीं, नर्स नहीं, मानो खरोंच रहा है खुद हारून ही। उसके नाक-मुँह पर पसीना चुहचुहाया हुआ है—आँखों में खून, बत्तीसी निकालकर हँसते हुए जी-जान से खुरच रहा है। मुझे तकलीफ हो रही है, कहती हूँ—रुक जाओ ! लेकिन हारून रुकने का नाम नहीं ले रहा है।

डॉक्टर को बोली—मुझे नींद की दवा दीजिए, मैं थोड़ी देर सोना चाहती हूँ। पोस्ट ऑपरेटिव रूम से केबिन में लाते-लाते नींद आ जाती है, मुझे यह देखने का दुर्भाग्य नहीं हुआ कि बच्चे को लेकर हारून का अतिरिक्त आवेग कैसा था।

सभी कह रहे थे, हारून भी कह रहा था—बच्चा बिलकुल हारून पर गया है, उसकी तरह नाक-आँखें-माथा और मेरी तरह ठूडडी-बाल-हाथ और पाँव ! सुनकर मुझे हँसी आती है, गुस्सा भी आता है, क्योंकि नन्हे गुड्डे के चेहरे में मुझे अफजल का ही चेहरा नजर आता है। मैं छूने जाती तो हारून कहता—अरे धीरे-से छूना, चोट लग जाएगी।

एक दिन हँसकर बोली—मुझसे ज्यादा तुमको माया है न ?

—वह तो होगी ही। बाप जो हूँ !

मैं हारून की आँखों में झाँककर मन ही मन उपहास भरी हँसी हँसती हूँ।

—लड़के का नाम क्या रखेंगे ?

—मैंने तय कर लिया है !

—क्या तय किया है ?

—मेरा असली नाम फजलुल कबीर है, इसका नाम होगा रफायतुल कबीर। और, घरेलू नाम हिमेल !

—घरेलू नाम भी अपने नाम से मिलाकर रखा है ?

हारून हँसता है। हँसेगा भी क्यों नहीं, जब वह सोच रहा है कि उसका ही बेटा है तो फिर मेरा हक ही क्या है जो मैं अपने नाम से मिलाकर नाम दूँ। मैंने कहा—मेरे नाम से नहीं मिलाओगे ?

उसने कहा—पिता के नाम से मिलाकर ही तो बच्चे का नाम रखा जाता है, फिर तुम्हारे नाम से मिलाने की जरूरत है ? और फिर तुम्हारा असली नाम पापिया सुलताना, तो क्या इसका नाम रफायतुल सुलताना रखा जा सकता है, बोलो ?

—लेकिन मैं इसे 'आनन्द' कहकर पुकारूँगी।

—वह तुम पुकारना !

हारून ने मुझे 'आनन्द' नाम से पुकारने की इजाजत दी है। घर के सभी लोग 'हिमेल-हिमेल' कहकर पुकारते हैं। हारून के अत्यधिक उत्साह के चलते सभी उत्साहित हैं। दोलन कहती है—सुमैया के अब्बा ने अभी तक बच्चे को नहीं देखा।

—वे अभी हैं कहाँ ? मैंने पूछा।

—पूछो मत भाभी ! लाखों रुपए का मामला है, बिजनेस में अच्छा मुनाफा हुआ है, वह सब छोड़कर अभी आ कैसे सकते हैं ! कल मनीऑर्डर से मुझे पैसा भेजा है। मेरी सास को भी भेजा है।

टाँका न सूखने तक क्लीनिक में रही। हारून सहारा दे-देकर बाथरूम ले जाता, गर्म पानी और डेटाल बढ़ा देता, सिलाई के घाव पर मरहम लगा देता है। दफ्तर से उसे इतनी छुट्टी कैसे मिल गई, मैं समझ नहीं पाती। रात-दिन वह क्लीनिक में पड़ा रहता। रात में मेरे सिरहाने बैठा माथे पर और बालों पर हाथ फेरता रहता। एक-दो दिन मैंने कहा भी कि तुम घर पर आराम करो, रात में नूपुर या माँ मेरे साथ रह जाएँगी। हारून राजी न होता, बोलता—उनको तकलीफ होगी ! और फिर बच्चा जब मेरा है तो तकलीफ भी मुझे ही उठानी चाहिए !

हारून के प्रति क्या मेरे मन में एक बार सहानुभूति होनी चाहिए ? मैं उसकी मुग्ध नजर की ओर देखते हुए सोचती—क्या मुझे एक बार पश्चात्ताप करना चाहिए, कहूँ कि क्षमा कर दो ! नहीं, जिस अपराध के लिए उससे क्षमा माँगूँगी, उस अपराध की सजा तो वह मुझे पहले ही दे चुका है ! एक अपराध के लिए दो बार सजा क्यों काटूँ ?

घाव सूखने पर घर लौटी। हारून की गोद में बच्चा, मुझे सीढ़ियाँ चढ़ने में दोलन ने सहारा दिया। मेरे प्रति उनका इतना ख्याल—मुझे पहली बार अहसास कराया कि मैं भी उनके परिवार की एक सदस्य हूँ। इस बच्चे के जरिए मैं इस परिवार में समा सकी।

हबीब, घर का जो सदस्य सबसे कम घर में दिखाई देता है, वह भी आनन्द को गोद में लिए बरामदे में टहल रहा है। यह देखकर मैंने कहा—गाना गाकर उसे सुला दो।

हबीब हँसते हुए बोला—मेरे गाने तो नींद से जगाने के लिए हैं, यह जाग जाएगा।

मैंने पूछा—तुम्हारी पढ़ाई-लिखाई की क्या खबर है ?

—वह सब ताक पर है !

—और संगीत ?

—ठीक चल रहा है। हमारे बैंडशो का नाम तो जानती हैं न ! 'डिफरेंट टच'।

—अच्छा, बैंडशो के नाम आमतौर पर अंग्रेजी में क्यों होते हैं ?

—यह तो मैं नहीं जानता !

हबीब बेहद सहज, सीधा-सादा लड़का है। हारून बोल रहा था—वह संगीत को लेकर ही पड़ा रहता है, बर्बाद होता जा रहा है। उसे अगले साल अमेरिका भेज देंगे ! हालाँकि हबीब की विदेश जाने में खास दिलचस्पी नहीं।

हसन सचमुच विदेश जा रहा है, इस बार हारून उसे सउदी अरब भेज रहा है। रानू बहुत खुश है, कहती है—वहाँ रहने का इन्तजाम करके वह उसे ले जाएगा।

मैंने कहा—हमें छोड़कर चली जाओगी ? दुःख नहीं होगा ?

—नहीं भाभी, अपने घर में ही सबसे अधिक खुशी होती है ! दूसरों के घर में अच्छा खाने-पहनने को मिल सकता है लेकिन शान्ति नहीं मिलती।

—हसन तुमको बहुत प्यार करता है ?

—पता नहीं, प्यार करने की क्या जरूरत ? अपना परिवार होगा—खाना बनाऊँगी, दिन-भर का काम-काज करूँगी, पति का इन्तजार करूँगी। एक साथ खाएँगे, सोएँगे, बच्चे होंगे। फिर प्यार तो पहले ही हो चुका, जब स्कूल से भागकर बड़ी बहन की साड़ी पहनकर 'बालिग' बनकर शादी पर बैठी थी।

—अच्छा, शादी में कैसे बैठा जाता है, बोलो तो ? क्या तुम शादी के दिन कहीं बैठी थीं, और, हसन खड़ा था ?

रानू खिलखिलाकर हँस पड़ी, बोली—नहीं, ऐसी बात नहीं ! हम दोनों ही बैठे थे, काजी के दफ्तर में। लेकिन शादी हो रही है तो लड़कियों का शादी में बैठना और लड़कों का शादी करना ही तो कहते हैं !

—यह फर्क क्यों है रानू ?

रानू बोली—शादी के बाद लड़कियाँ घर पर 'बैठती' हैं और पति लोग बाहर काम करते हैं, इसलिए !

आनन्द को खिलाने, नहलाने, सुलाने आदि के काम में मैं लगी रहती हूँ। अब रसोई घर की जिम्मेदारी रसूनी की है। नोआखाली से ससुरजी लौट आए हैं, आनन्द को गोद में लिए नीचे बगीचे में टहलने जाते हैं, दोलन सुमैया को भी साथ में भेज देती है—जाओ, नानाजी के साथ जाओ ! ससुरजी बहुत कम बोलते हैं, परिवार के किसी झमेले में नहीं रहते। अकेले कमरे में बैठे धार्मिक किताबें पढ़ते रहते हैं। पाँच वक्त मस्जिद में जाकर नमाज पढ़ते हैं। परिवार में कहाँ क्या हो रहा है, किसे क्या सुख या दुःख है—इन सब बातों को लेकर वे खास चिन्तित नहीं रहते। शायद इस नश्वर संसार से उनका जी ऊब गया है। अब ध्यान पारलौकिक सुख की ओर चला गया है।

एक दिन सासूजी ने मुझे अपने कमरे में बुलाकर पूछा—हारून कब चिटागांग जाएगा, जानती हो बहू ?

—नहीं तो ! इस बारे में उसने मुझसे कुछ नहीं कहा ?

सासूजी बिस्तर पर लेटी हुई थीं, उठकर बैठ गईं। बोलीं—अनीस की जमानत कराने की कोशिश हो रही है, उसके तो चिटागांग जाने की बात थी ! लौटकर हिमेल का 'अकीका' (नामकरण की रस्म) भी करना होगा, खानदान में पहला लड़का है, थोड़ी धूमधाम से तो करना ही होगा ! है कि नहीं ? मैं मन ही मन बोली—हाँ, धूमधाम तो होगी ही। आज अगर लड़की हुई होती तो इतना कुछ करने की जरूरत न पड़ती। उनसे कहा—हिमेल के पिता तो लड़के के नाम पर पागल हैं। लड़के को छोड़कर वे चिटागांग में ज्यादा दिन रह पाएँगे ?

आनन्द हारून को 'पापा' बोलता है—साफ-साफ पापा। हारून बहुत कम ही उसे 'हिमेल' कहकर पुकारता है, कहता है—"पापा मेरा"। हारून उसे तीन महीने की उम्र से 'पापा-पापा-पापा' सिखा रहा है। लगता है मुझसे ज्यादा हारून उसे प्यार करता है। उसे किसी तरह की परेशानी नहीं होने देता। आनन्द बिस्तर पर हम दोनों के बीच में

सोता है—जन्म से ही रात में वह जितनी बार रोया, हारून ने उठकर उसे सुलाया। गीले तौलिए बदल दिए। पैरम्बुलेटर में लेकर पूरी शाम मैदान में घुमाता। हारून रात में उठकर अपने बच्चे के लिए दूध तैयार करता। आनन्द के बदन में तेल लगा देना और नहलाना भी वह सीख गया। आनन्द की मुझसे ज्यादा देखभाल वही करता। दरअसल मैं खुद उसे यह सब करने का मौका देती। बच्चे के रोने पर मैं करवट बदलकर सो जाती ताकि हारून अब रात की नींद छोड़कर आनन्द को गोद में उठाए 'नहीं-नहीं, रोओ मत !' कहते हुए टहलेगा। फीडर में दूध भरकर बड़ी सावधानी से उसे दूध पिलाता।

यों हारून ने यह सब करते हुए कभी नाराजगी नहीं जताई। उलटे सुबह वह बड़े गर्व से कहता कि रात में अपने हाथों से 'ये-ये' किया है। सुनकर मैं भी बड़े अभिमान से बोलती—लड़का जब तुम्हारा है तो इसकी देखभाल तो तुम्हें ही करनी पड़ेगी।

—क्यों, लड़का तो तुम्हारा भी है !

—असल में यह जितना मेरा है, उससे ज्यादा तुम्हारा है !

यह कहकर मैं हारून की ओर देखती। हारून मुस्कुराता, वही सन्तुष्टि भरी मुस्कान। हारून लड़के के लिए तरह-तरह की चाबीवाली गाड़ियाँ खरीदकर लाता है। सुमैया बगल में आकर खड़ी रहती है। मैं समझती हूँ, दोलन के मन में एक विचित्र ईर्ष्या काम करती है।

आनन्द ने 'माँ' बोलने से पहले 'पापा' बोलना सीखा था—पापा थाऊँगा, पापा थाऊँगा, पापा दोदी, पापा झूला, पापा दूध ! ये सारी तोतली बातें सुनने के लिए हारून दफ्तर से लौटते ही आनन्द को गोद में लिये-लिये पूरे घर में घूमता रहता है। मैं जानती हूँ, यह देखकर दोलन को खूब ईर्ष्या होती है, सासूजी को भी थोड़ी होती है, क्या ? शायद ! क्योंकि घर के अन्य सब लोगों—हबीब, हसन या दोलन आदि से ज्यादा हारून आनन्द के बारे में ही बात करता है। आनन्द की अस्फुट बातें सुनकर घर के सभी लोगों को बुला-बुलाकर कहता है—देखो, यह क्या कह रहा है !

मैं अब हारून को, चूँकि नाम से पुकारना मना है, इसलिए 'हिमेल के पापा' कहती हूँ। हिमेल के पापा भी इससे कम खुश नहीं होते। उनके होंठों पर पिता का अहंकार झलक उठता है।

देखते ही देखते आनन्द बड़ा हो गया। उसे हारून और मैंने मिलकर एक अच्छे किंडरगार्डेन स्कूल में भर्ती कर दिया।

एक रात हारून के पिता हृदय रोग से परलोक सिधार गए। रानू सउदी अरब चली गई। हबीब को वहाँ अच्छी नौकरी मिल गई। दोलन अपने पति को तलाक देकर घर पर ही है, वह धीरे-धीरे असामान्य होती जा रही है। उल्टी-पुल्टी बातें करती है। एक दिन सुमैया के स्कूल की किताब-कापी फाड़कर बाथरूम की बाल्टी में डुबो दी, आनन्द को अकेले पाकर गाल पर थप्पड़ मारा और उसके गले की चेन निकालकर खिड़की के रास्ते में फेंक दी।

निचली मंजिलवाली सेवती का परिवार इस मकान को छोड़कर चला गया है। जाने से पहले वह मिलने आई थी। खुद ही बताया—अफजल ने आस्ट्रेलिया से पत्र लिखा है, शाली कर ली है। वहाँ की सिटिजनशिप भी मिल गई है। मैं मन ही मन बोली, कांग्रेचुलेशन।

सासूजी दोलन के लिए हर रात रोती हैं, नमाज के बाद 'मोनाजात' (अल्लाह की प्रार्थना) में जायनमाज पर सिर झुकाए पड़ी-पड़ी रोती हैं।

मेरे सिर से पल्लू उतर चुका है। अब जब मर्जी घर से अकेले निकलती हूँ, 'वारी' भी अक्सर जाती हूँ—माँ-पिताजी की तबीयत कैसी है, मन ठीक है या नहीं, खबर ले आती हूँ। अक्सर आनन्द को माँ के पास छोड़कर मीतू और एली के घर घूमने चली जाती हूँ। सुभाष और अरजू से भी भेंट हो जाती है।

एक दिन हारून से बोली—अपने दोस्तों को घर पर बुलाऊँगी, तुम खुद बाजार कर आना। हारून बाजार से जरूरत की सारी चीजें ले आया। मेरे दोस्त लोग आए, दिन-भर सबने 'आनन्द' के साथ हुल्लड़बाजी, हारून और मैंने दोस्तों के साथ खूब बैठकबाजी की। एक साथ खाने बैठे। खाने पर बैठे-बैठे मैं ध्यान से हारून को देख रही थी, वह पहले की तरह—शादी से पहले की तरह, सुभाष से घुल-मिलकर बात कर रहा है। वे सब पहले काफी हैरत में थे, सोच रहे होंगे इतने दिनों बाद अचानक यह खातिरदारी क्यों ! हारून चाहता तो बहुत पहले से ही यह दोस्ती बनाए रख सकता था, हारून की अनिच्छा के कारण ही यह अलगाव हुआ था, वे इस बात का अन्दाजा बखूबी लगा रहे थे। एली ने तो मुँह पर कह ही दिया—हारून भाई, इतने दिनों बाद अचानक हमारी याद आई ? हमने तो सोचा कि आप हमें भूल ही गए !

—नहीं, भला ऐसा क्यों ?

—आपका भी पता नहीं और झूमुर की भी खबर नहीं !

—झूमुर गई नहीं। हमने उसे जाने से रोका था क्या ?

सुभाष ने कहा—या फिर शादी के बाद एक साल तक हनीमून में बीत गया ? हारून हँसा। सुभाष भी हँस रहा था। दोनों ने सिगरेट सुलगाई। हारून ने सुभाष से उसके फार्म के बारे में पूछा-जाना। मैं गौर से दोनों को देख रही थी। मुझे समझ में नहीं आ रहा था कि हारून की आँखों में अब भी वह अविश्वास—जो वह मुझे सुभाष या अरजू से बार-बार जोड़कर देखा करता था—है या नहीं !

—कम से कम सुभाष के साथ तुम्हें सम्पर्क बनाए रखना चाहिए था ! यह कहते

हुए मैं खुद समझ रही थी कि मेरी आवाज में एक जिज्ञासा थी, क्योंकि तुम दोनों में एक अच्छी अंडरस्टैंडिंग थी ! दरअसल, हम दोस्तों में बाकी हिसाब-किताब नहीं समझते थे और न ही बिजनेस वगैरह, सिर्फ समझता था तो सुभाष ही। इसीलिए जब हम सब मिलकर गाना गाते हुए यमुना की लहरों में हलचल पैदा कर रहे होते तो सुभाष सिगरेट का कश लेते हुए हारून के साथ बातें करने में मगन रहता था। हारून भी उसकी काफी तारीफ करता था। हारून को व्यक्ति के रूप में कोई भी नापसन्द नहीं करता था। वह बहुत खुशमिजाज इंसान था। कम से कम हम लोगों को तो ऐसा ही लगता था, या फिर हम लोगों के बीच आसानी से घुलमिल जाने के लिए उसने वैसा तरीका अपनाया रहा होगा—अब तो वह सब उसकी चालाकी ही लगती है। क्योंकि फिर कभी न तो वह मुझे जंगल घुमाने ले गया और न कभी बोला कि चलो, दोनों मिलकर वह गीत गाते हैं—'दूर कहीं दूर-दूर, मन भटकता घूम-घूम !'

हारून ने पहले की तरह उनके साथ मौज-मस्ती की, सिर्फ मुझ पर आखिरकार यह तोहमद आई कि मैं ही जानबूझकर दोस्तों को भूली हुई थी। चूँकि मैंने खुद इस घर के सभी तौर-तरीकों को आत्मसात कर लिया है, मन-प्राण से खुद को जोड़ लिया है, चूँकि एक वैध (?) सन्तान का उपहार दिया है—इसलिए इनकी डोर थोड़ी ढीली पड़ी है। अब सोचा कि इतने दिनों बाद जब पिता के घर जाना चाहती है तो जाए ! जब दोस्तों को दावत देना चाहती है तो एक दिन खिला-पिला ले !

पतंग की डोर तो अब हारून के हाथ में है, एक दिन ढील देने में कोई हर्ज नहीं, बल्कि ढील देने का मजा देख-देखकर वह खुश होगा। हारून यही कर रहा है, मैं जानती हूँ। और, मैं भी उसे समझाना चाहती हूँ कि डोर में ढील देने से कहीं कोई हर्ज नहीं होता। सुभाष के साथ वास्तव में मेरा क्या सम्बन्ध है, यह भी मौका पाकर समझाया जा सका।

मैंने सुभाष से पूछा—क्यों रे, तेरा बीवी तलाशने का काम पूरा हुआ ?

सुभाष थोड़ा शरमाया बोला—यह तो तुम लोगों को देखना है ! बीच में मीतू बोली—मिनी भाग गई !

'भाग गई'' शब्द पर हमने खूब मजा लिया।

''आज नहीं तो कल या परसों, विभावरी का सूर्य उगेगा, खिलेंगे आसावरी के फूल''—यह गीत मैं गा उठी, मेरे साथ सुभाष भी। बचपन में सुभाष, सुजीत, नूपुर और मुझे अपने पास खींचकर पिताजी यह गीत गाया करते थे। मैंने सुभाष के चेहरे की ओर देखा—कितना बड़ा हो गया है वह लड़का ! ट्यूशन करता है, नितुन काका की पेंशन का पैसा लाकर घर का बोझ उठाए हुए है सुभाष। बहुत दिन हो गए, पिताजी भी कुछ खास मदद नहीं कर पा रहे। इन सबके लिए मुझे बड़ी दया आती है—सुजीत मर गया, एक बार मिलने भी नहीं जा सकी। एक बार मन में आया कि सुजीत की बात छेड़ूँ, लेकिन नहीं ! सुभाष आज हँस रहा है, बात कर रहा है—उसे और ज्यादा स्मृति के दुख के बोझ तले पिसता नहीं देखना चाहती। मन में आशंका होती

है—सुभाष क्या फिर अपनी माँ को लेकर देश छोड़ने की बात सोच रहा है ! क्या मुझमें यह सान्त्वना देने की क्षमता है कि यह देश तुम्हारा भी है ! सभी जानते हैं कि सुजीत सड़क-दुर्घटना में मरा, लेकिन नहीं—अरमानीटोला के मैदान में वह शाम को खेल रहा था, दो लड़के उसे बुलाकर मैदान से ले गए, वे सीधे मस्जिद गए, मस्जिद के पास पहुँचकर हमउम्र दोनों जाने-पहचाने लड़कों से सुजीत ने पूछा—यहाँ क्यों लाए हो ?

उन्होंने कहा—यहाँ तुम मुसलमान बनोगे, बोलो—'ला इलाहा इल्लल्लाह मुहम्मदुर रसूलिल्लाह।'

सुजीत ने मुँह फेरकर कहा—नहीं !

—तुम्हें बोलना पड़ेगा !

—नहीं, मैं हरगिज नहीं बोलूँगा !

सुजीत की उम्र ही क्या रही होगी। सोलह या सतरह ! वे भी उसी की उम्र के थे। उसके बाद वे सुजीत को दूसरी जगह ले गए—नदी के किनारे, वहीं उसे कटारी से काटा गया।

सुभाष अपने सारे दुख छिपाकर रखता है। मिनी नाम की एक लड़की को लेकर उससे काफी हँसी-मजाक हुआ। घर में उसकी माँ बीमार है, पर किसी से उसने नहीं कहा। उस दिन पिताजी को जब पता चला तो उन्होंने डॉक्टर भेजा था। मन ही मन मैं बोली—सुभाष, तुम यह देश छोड़कर मत जाना, यहाँ नितुन काका की स्मृति है, बूड़ी गंगा के पानी में सुजीत का खून मिला हुआ है; इतना प्यार, इतना सन्त्रास छोड़कर कहाँ भागोगे तुम ?

फिर अरजू ने सबकी तस्वीरें खींचनी चाहीं, वह एक कैमरा लेकर लाया है। मुझे हारून के साथ काफी सटकर बैठना पड़ा। मैं पुराने दोस्तों को पाकर उल्लास से भर उठी या नहीं, पर हारून के गले से लिपट गई। यह देखकर सुभाष ने कहा—तुम तो खूब जँच रही हो ! एली भी बोली—बहुत अच्छी लग रही हो। पूरे समय खुश रहकर मैंने हारून को समझाना चाहा कि इनका साथ मिलने से मेरी उदासी कम होती है, समझाना चाहती हूँ कि परिवार के बाहर भी आदमी की एक जिन्दगी होती है, जो निहायत फालतू नहीं होती।

उस दिन शाम को ड्राइंगरूम में चाय के समय मैंने एक नया प्रस्ताव रखा, बोली—मेरे प्यारे प्रति, प्रिय पुत्र और प्यारे दोस्तो, मेरे गाल पर यदि कोई थप्पड़ मारे तो मैं उसके गाल पर दो थप्पड़ मारती हूँ—भले ही वह एक साल बाद ही क्यों न हो, या फिर एक अरसे बाद ! क्या मैं यह गलत करती हूँ ? जमी हुई महफिल में सबने एक साथ कहा—बिलकुल नहीं ! फिर मैं बोली—मेरे हाथ में यह कागज देख रहे हो, यह मेरा अप्वॉयंटमेंट लेटर है—भिखारून्निसा नून स्कूल में मास्टरी का, कल सुबह नौ बजे मैं नौकरी करने जा रही हूँ !

सबने एक साथ ताली बजाई, हारून को छोड़कर।

यह नौकरी मुझे बहुत आसानी से मिल गई हो, ऐसी बात नहीं। लाइन में लगकर मैंने दरख्वास्त की, परीक्षा दी और वायबा बोर्ड में आत्मविश्वास संजोकर टिके रहने की कोशिश की।

रात को हारून से बोली—लगता है, तुम्हें खुशी नहीं हुई ?

—यदि तुम ठीक समझती हो...मैं सोच रहा था, मेरे बेटे को तकलीफ होगी, लड़के का स्कूल आना-जाना !

—क्यों ! हबीब है, तुम हो, मैं भी बीच-बीच में लाने-ले जाने जाया करूँगी।

—लड़के का नहाना-खाना...

हारून साफ-साफ कुछ नहीं कह रहा, यह नहीं कह रहा कि नहीं, तुम नौकरी नहीं कर सकतीं। कह नहीं पा रहा क्योंकि अब वह मुझे पहले की तरह उतना लाचार नहीं समझ रहा। मैंने कहा—और फिर लड़का सिर्फ तुम्हारा ही नहीं है, मेरा भी है। लड़के का बुरा-भला तो मैं भी समझती हूँ, मैं जरूर उसका इन्तजाम करके करूँगी। तुम्हारी माँ तो घर पर ही रहती हैं, वे यदि दोनों वक्त बच्चे पर थोड़ी निगरानी रखें, तो फिर असुविधा किस बात की ? और नहीं तो नौकरानी तो है ही।

—तुम्हें क्या रुपए-पैसे की कमी पड़ रही है ?

—रुपया-पैसा ? वह तो तुम दे ही रहे हो—तुम्हारा पैसा ! पर अपनी कमाई कैसी होती है, क्या उसका स्वाद लेने को जी नहीं करता ? कभी मेरा भी तो मन करता है कि मैं अपने पैसे से तुम्हें कुछ गिफ्ट करूँ, आनन्द के लिए कुछ करूँ, माँ के लिए करूँ। मेरे पिता रिटायर्ड हुए हैं—उन्हें भी मुझे देखना होगा, अपनी माँ को भी। यह मेरी जिम्मेदारी है।

हारून भला क्यों मानेगा, वह है तो मर्द जात। उसके पास पैसा है, पैसे से उसने अपनी इंडस्ट्री में साढ़े आठ सौ कर्मचारियों को रखा है। इनमें से कोई भी उससे नजर मिलाकर बात नहीं कर सकता। हारून जो कहता है, वे लोग वही सुनते हैं। हारून यदि किसी से कहे कि तुम आज दाहिने नहीं जाओगे या आज बाएँ नहीं जाओगे, तो वह नहीं जाएगा, यदि कहे कि तुम आज दिन-भर दरवाजे के सामने बैठे रहो तो वह बैठा रहेगा। जो आदमी इस तरह के आज्ञाकारी लोगों को देखने का आदी हो, वह भला क्यों चाहेगा कि पत्नी नामक लड़की जात अचानक बन्धनहीन हो जाए; जहाँ पत्नी को ही सबसे ज्यादा आज्ञाकारी समझा जाता है ?

सही है कि मैं हारून की पत्नी हूँ, लेकिन हारून के समस्त सुख के लिए मैं खुद को घर की दासी के रूप में तो तब्दील नहीं कर सकती—ऐसी दासी जो पुरुष के लिए सुबह-शाम खाना बनाएगी, पुरुष के बच्चे का पालन-पोषण करेगी और पुरुष की सारी शारीरिक-मानसिक प्यास बुझाएगी।

ऐसी किसी भी शर्त के आधार पर मैंने हारून से शादी नहीं की। पिताजी ने एक दिन कहा था—तुमने अपनी पसन्द का जीवन चुना है, मुझे इस पर कुछ नहीं कहना। लेकिन असल बात क्या है, जानती हो ? अपना व्यक्तित्व बना रहे, इस तरह से जीने

की कोशिश करना !

पति के पैसे पर खा-पीकर अपने व्यक्तित्व को बनाए रखने की मैंने कोशिश की है—नहीं होता।

दरअसल, यह सम्भव भी नहीं है, कोई मुझे पालेगा और मुझ पर धौंस नहीं जमाएगा—ऐसा होता है क्या ? पिताजी की सभी बातों से मैं सहमत नहीं हूँ। मुझे अब लगता है कि मैं हारून के साथ घूम-फिर रही थी इसलिए उससे शादी करनी पड़ेगी—पिताजी का यह आदेश किसी भी दृष्टि से ठीक नहीं था। आखिरकार मुक्त मन के लोगों में भी बिलकुल अवचेतन में कुछ 'संस्कार' तो रह ही जाते हैं !

दूसरे दिन सुबह 'स्कालास्टिका किंडरगार्डेन' में आनन्द को पहुँचाकर मैं बेली रोड के अपने स्कूल में आई। हेडमिस्ट्रेस के रूम में बैठकर मैंने अपना काम समझ लिया। एक अद्‌भुत खुशी से मन भरा रहा। आज पहली बार मुझे अहसास हुआ कि मैं बेकार नहीं हूँ—मैं एक शिक्षित लड़की हूँ और सभी अर्थों में सचेतन लड़की। सिर पर पल्लू डालकर घर में पति-सास-ननद की सेवा करके समाज में अच्छी बहू बने रहने से पति और सास को लाभ होता होगा, लेकिन खुद की बर्बादी के सिवा और क्या होगा ? मैं जो अपने पैरों पर खड़ी हो रही हूँ तो हारून जानेगा कि अब मैं उसकी परवाह नहीं करूँगी, क्योंकि किसी भी चीज के लिए मैं उस पर आश्रित नहीं हूँ—अपने खाने-पीने का इन्तजाम मैं जब चाहूँ, कर सकती हूँ। हारून से मैं प्यार करती हूँ, लेकिन प्यार करने का मतलब यह तो नहीं कि मैं उसके लिए अपना जीवन न्यौछावर कर दूँ—मेरी सारी उम्मीदों की मौत हो जाए ! मुझसे प्यार करके हारून ने तो अपना सब कुछ न्यौछावर नहीं किया। प्यार करने का अर्थ सब कुछ बलिदान कर देना नहीं होता।

आनन्द को जन्म देने के लिए मुझमें कोई अपराध-बोध नहीं है, कभी होगा भी नहीं। यह दरअसल अपमान का प्रतिशोध है। मैं इतनी नाचीज इंसान नहीं हूँ कि कोई मेरा घोर अपमान करके मुझे धूल में मिला देगा, और मैं उसे सिर पर उठाए उसकी पूजा करूँगी ! आनन्द को जब हारून 'पापा'-'पापा' कहकर प्यार करता है तो मेरे अन्दर उस वक्त सुख का झरना प्रवाहित होता है—वह जो मैं हारून के सन्देह की आग में जली थी, लम्बे समय तक जलती रही थी, उस आग को, मुझे जलानेवाली आग को मैं अब सुख के जल से बुझाती हूँ।

भँवरे, जाकर कहना!

पिताजी ने बड़े धूमधाम से मेरी शादी की थी। लड़का देखने में सुन्दर है, चरित्रवान है और शराब या औरत का नशा नहीं है। अच्छी नौकरी करता है, मुहल्ले में काफी नाम है। भला ऐसा लड़का पसन्द न करने का कोई चारा है ! तब मैं हायर सेकेंडरी का इम्तहान दे चुकी थी। देखने में सुन्दर ! लोग कहते थे, फिर खुद भी आईने में देखती थी–रंग गोरा, तीखा नाक-नक्श, आँखें बड़ी-बड़ी, चिकने होंठ। ऊँचाई पाँच फुट पाँच इंच। और क्या चाहिए ! बचपन में खाला लोग कहतीं–हीरा को क्या चिन्ता ! अच्छा दामाद मिलेगा। मेरे घने-लम्बे बाल पीठ के नीचे तक आते। माँ रीठा से बाल धो देती और कहती–ऐसी लड़की लाखों में भी एक नहीं मिलेगी ! मैं जो अच्छी कीमत पर बिकूँगी, यह मुझे बारह साल की उम्र से ही बता दिया गया था। मेरी एक फूफू मुझसे दो साल बड़ी थीं, वह अक्सर लम्बी साँस छोड़कर कहतीं–तुम्हारा तो पढ़ाई-लिखाई न करने से भी चलेगा !

मैं कहती–क्यों ?

फूफू कहतीं–तुम्हारी तो अच्छी शादी होगी ही। भाईजान कहते हैं, अभी से तुम्हारे लिए बड़े-बड़े रिश्ते आ रहे हैं। फूफू चाहती थीं कि उसकी शादी हो जाए ताकि पढ़ाई-लिखाई का झमेला खत्म हो। लेकिन चाहने भर से क्या होता है। फूफू थीं–नाटी, काली और ऊपर से दाँत निकले हुए। फूफू की शादी होने में देर लगेगी, यह फूफू जानती थीं।

मैं कुछ ज्यादा ही खूबसूरत थी, इसलिए स्कूल-कॉलेज में मुझे अकेले न जाने दिया जाता। मैं सोचती थी, कब मेरी शादी होगी और मुझे इन पहरों से आजादी मिलेगी। सबने अलताफ को पसन्द किया तो मेरे एतराज करने की कोई वजह नहीं थी। और फिर एतराज करती ही क्यों, किसके लिए ? ऐसा तो कोई था नहीं जिसके लिए घरवालों की पसन्द पर पानी फेर दूँ। बादल से थोड़ी-बहुत जो भी बातें होतीं वह सब आँखों-आँखों में ही। वह मुझसे एक क्लास आगे पढ़ता था। मुझे अपने से ही 'नोट' भेजता, सालेहा के हाथों। उसकी छोटी बहन सालेहा मेरे ही क्लास में पढ़ती थी। उसके 'नोट' के भीतर एक छोटी-सी चिट्ठी रहती थी। 'मुझे प्यार करके उसका मर जाने को

जी चाहता है,' यही सब लिखा होता था चिट्ठी में। मैंने कभी जवाब नहीं दिया। बादल मुझे अच्छा लगता रहा हो, ऐसी बात नहीं थी, असल में मुझे बहुत डर लगता था। पिताजी के डर से रास्ते के लड़कों की ओर देखना मना था। कहते थे—सीधे कॉलेज जाओगी, सीधे आओगी। किसी ओर देखना नहीं है। इस तरह चलोगी कि लोग अच्छा बोलें। कोई किसी तरह बदनाम न कर सके। अलताफ से शादी होने पर जिन्दगी-भर मैं रानी बनकर रहूँगी, मेरे नाते-रिश्तेदारों का यही कहना था। अड़ोस-पड़ोस के लोग भी यही कहते थे। महारानी बनने की मुझमें बहुत ललक रही हो, ऐसी बात नहीं थी। लेकिन माँ-पिताजी और दो बड़े भाइयों का सपना मैं तोड़ दूँ, ऐसी इच्छा मेरी कभी नहीं हुई। इसलिए जिस दिन उन लोगों ने मुझे अच्छी लड़की की तरह मंडप में बैठने को कहा, मैं बैठ गई।

अलताफ पी.डब्ल्यू.डी. का इंजीनियर है। गुलशन में अपना मकान है। बहुत दिन हुए, फूलों से सजी गाड़ी में बैठकर मैं इस्काटन से गुलशन चली आई। अलताफ निहायत एक खूबसूरत लड़का है, यह मानने में मुझे कोई इनकार नहीं। शादी से पहले उससे मेरी कोई बातचीत नहीं हुई। पिताजी ने देखा है, घर के सभी लोगों ने देखा है, मुझे देखने की क्या जरूरत ! सिर्फ तस्वीर देखी थी। फूफू ने कहा—तुम्हारा दूल्हा कितना सुन्दर है, क्या बताऊँ ! दोनों की जोड़ी खूब जमेगी। हम दोनों की जोड़ी अच्छी होगी, यह मैं भी मन ही मन खूब जानती थी। सुन्दरता के प्रति मेरा हमेशा से झुकाव रहा है। लेकिन शादी के महीने-भर के भीतर जब मैं सूटकेस लिए पिता के घर वापस चली आई तो सबने हैरानी से पूछा—अलताफ कहाँ है ?

—नहीं आया। मैं अकेली आई हूँ। मेरा उदासी भरा जवाब था।

—अकेले ? अकेले क्यों ?

इसका जवाब मैं नहीं जानती थी। धनवान और चरित्रवान पति को छोड़कर पिता के घर अकेले चले आना उचित नहीं हुआ, यह बात घर के सभी लोगों ने किसी न किसी रूप में मुझे समझाई। पिता के घर मैं अधिक दिनों तक नहीं रह पाई, सासूजी खुद जाकर ले आईं। बोलीं—शादी के बाद जल्दी-जल्दी पिता के घर आने पर लोग बुरा-भला कहते हैं ! मेरे माँ-पिताजी ने भी कहा—वे लोग जब आने को कहें तभी आना ! अपने मन से फिर मत आना। शादी हो चुकी है, अब वे लोग जो कहें, जैसा करने को कहें, उसी तरह चलना ! नहीं तो लोग अच्छा क्यों बोलेंगे ? मेरी माँ हमेशा लोगों से तारीफ सुनना चाहती है। लोग कहीं बुरा न कहें, इसलिए किसी भी इच्छा को अहमियत नहीं दी जा सकती। पति और सास-ससुर की सेवा करने से लोग अच्छा कहते हैं, इसलिए मन लगाकर उनका ख्याल रखना चाहिए। वे मुझसे किसी भी सूरत में असन्तुष्ट न होने पाएँ।

सास-ससुर मुझसे खुश हैं या नहीं, मैं ठीक से समझ नहीं पाती। जो कमरा मिला है, हमें यानी मुझे और अलताफ के सोने के लिए, उसी कमरे में मेरा अधिकांश समय बीतता है। शादी के बाद अलताफ ने मुझसे कहा—शुरू-शुरू में थोड़ा आराम फरमा लो,

इसके बाद तो पूरी जिम्मेदारी तुम्हें ही लेनी है ! शुरू-शुरू में आराम कर लूँ इसके बाद फिर आराम नहीं कर पाऊँगी, यह बात मुझे बहुत सोच में डाल देती थी। फिर मैं पूछती—अच्छा, सारी जिम्मेदारी मुझे ही क्यों लेनी पड़ेगी, आप नहीं लेंगे ? अलताफ हँसते हुए कहता—बुद्धू लड़की, मुझे बाहर-बाहर रहना पड़ता है न ? तुम घर पर रहती हो, तुम ही तो घर की पूरी जिम्मेदारी लोगी ?

—कैसी जिम्मेदारी, सुनूँ तो जरा ?

—जैसे, सामान मँगवाना, रसोईघर का काम करवाना, घर की पूरी देखभाल, फिर मेरी देखभाल। अब भी क्या माँ ही मेरा काम करेगी, बोलो ? अब घर की बहू आ गई है। फिर मुझे किस बात की चिन्ता !" यही सब कहते-कहते अलताफ मेरी कमर को दोनों हाथों से जकड़ लेता।

मैं रह-रहकर खुद से सवाल करती—अच्छा, अलताफ के घर मैं क्यों रहती हूँ ? सवाल का जवाब खुद ब खुद मिल जाता था, मसलन अलताफ को मुझे सुख देना होगा—शारीरिक और मानसिक सुख, अलताफ के घर की मुझे शोभा बढ़ानी होगी। खुद से ही फिर सवाल करती—मेरी शोभा कौन बढ़ाएगा ? मेरी शोभा तो मेरी त्वचा के रंग और चिकनेपन में, मेरे बालों की लम्बाई, मेरी कमर, नितम्ब और वक्ष की बनावट में है—जिसकी अपने अन्दर ही अन्दर मुझे ही हिफाजत करनी है, शादी के बाद इसी प्रक्रिया को घसीटते हुए ले जाना है ! पति मुझे शोभा बढ़ाने के सामान यानी साड़ी, गहने, कास्मेटिक्स वगैरह देगा। बदले में मुझे अपने जीवन का सर्वस्व उसे देना होगा। अपनी मान-मर्यादा और व्यक्तित्व यानी सब कुछ ! उस वक्त मेरी कोई अपनी अलग इच्छा या चाहत, मेरे किसी सपने या शौक का कोई मायने नहीं होगा। यों भी भला कब अपनी इच्छाओं को अहमियत मिली ? मैं जो शादी के मंडप में बैठी तो मेरी पढ़ाई अचानक बन्द कर दी गई और मैं जो एक स्थिर जीवन में प्रवेश करने के लिए जरा भी विचलित नहीं हुई तो केवल इसलिए कि यह दस लोगों का सिखाया हुआ है। मैंने अपनी दादी-नानी, माँ-खाला और फूफू से सीखा है कि लड़के जो चाहेंगे वही करेंगे और लड़कियाँ वही करेंगी जो लड़के उनसे करवाएँगे। दादी-नानी-माँ आदि कभी अपने पति की इजाजत के बिना घर से एक कदम भी बाहर नहीं निकालती थीं। मुझे भी वे यही सिखाना चाहती हैं ताकि मैं भी उनकी तरह बनूँ—समाज की और दस औरतों की तरह बनूँ। वैसे मैं इसी विचारधारा में पली-बढ़ी, सो इसी तरह मेरी विचार-बुद्धि का दायरा बन रहा था। लेकिन धीरे-धीरे इस दायरे को पार करने की इच्छा मुझको हुई। कैसे हुई, क्यों हुई, मैं समझ नहीं पा रही हूँ। हाँ, इतना समझती हूँ कि 'चलो !' सोचते ही पति के घर से निकल सकी। अकेले पिता के घर पहुँचकर मैं यह कह पाई—हाँ, अकेले आई हूँ ?

क्यों आई यह सवाल सामने आया। आधी रात तक घर में बैठक करके इस सवाल पर सबने दिमाग खपाया। मैं कुछ नहीं बोली। चुप रही। मेरे चुप रहने पर उनकी जिज्ञासा का अन्त नहीं। उनके आश्चर्य की सीमा नहीं। फिर जब पति-सास मुझे लेने

आए तो आने का मेरा मन नहीं था। पर आना पड़ा, क्योंकि किसके पास रहूँगी मैं ? माँ-पिताजी और भाइयों के पास ? वे लोग भी तो मुझे रखने को तैयार नहीं। वे ही तो मुझे जबरन पति के घर भेज रहे हैं।

अलताफ शराब नहीं पीता, लड़कियों का चक्कर नहीं लगाता। यह मैं मानती हूँ। क्या वह मुझसे गाली-गलौज करता है ? नहीं, यह भी नहीं करता। बल्कि छाती से लगाकर कहता—वो मेरी हीरा ! वो मेरी अच्छी बीवी ! दफ्तर से लौटते ही—हीरा-हीरा-हीरा ! हीरा पास बैठो ! हीरा हँसो, हीरा चेहरा उठाओ ! लेकिन हीरा कहाँ चेहरा उठाती ! हीरा का तो चेहरा उठाने का मन ही नहीं करता। हीरा, तुम्हें क्या खाना पसन्द है ? चलो, आज 'सोनारगाँव' जाकर खाना खाते हैं ! चलो, कहीं लांग ड्राइव में चलते हैं ! लेकिन हीरा को जाने की इच्छा कहाँ होती है ! उसे तो कुछ भी अच्छा न लगने की बीमारी हो गई है। वह क्यों जाएगी ?

मेरी माँ आती है। उसकी आँखों में आशंका की रेखाएँ झिलमिला रही हैं। माँ मुझे थोड़ा अलग हटकर बुलाती है, पूछती है—अलताफ क्या तुमसे बुरा व्यवहार करता है ? मैं खिड़की के पास उदास खड़ी जवाब देती हूँ—नहीं !

—तुम्हारे सास-ससुर ! वे क्या तुझे प्यार नहीं करते ? माँ फुसफुसाकर पूछती है।

—करते हैं ! मैं उँगलियों से खिड़की पर जमी मैल को खुरचते हुए बोली।

—और अलताफ ?

—अलताफ भी ! मेरी आवाज काफी स्थिर थी।

—ठीक समय पर दफ्तर से लौटता है ?

—हाँ, लौटता है !

—क्या तुमसे खाना-वाना बनाने के लिए कहता है ?

—नहीं। यह सब तो काम करनेवाले करते हैं।

—घुमाने-उमाने ले जाता है ?

—हाँ, ले जाता है। उस दिन चिटागांग गए थे।

—तो फिर तुम रहना क्यों नहीं चाहतीं ? तुम्हें हुआ क्या है ?

इसका कोई जवाब मैं नहीं दे पायी। मैं समझा नहीं सकी कि मुझे क्यों अच्छा नहीं लगता। क्यों अलताफ जैसे अच्छे आदमी को मैं प्यार नहीं कर पा रही हूँ। क्यों एक असहृदय और चरित्रवान पति का घर छोड़कर मैं बार-बार चली जाना चाहती हूँ।

पिताजी भी एक दिन गुलशन के हमारे मकान में आए। गम्भीर चेहरा। उनसे कहा—बैठिए, मैं चाय लेकर आती हूँ। नहीं, वे बैठेंगे नहीं। मुझसे जरूरी बात करेंगे।

—क्या बात है ?

—तुम्हें प्राब्लम क्या है ?

—प्राब्लम मतलब ?

—तुम घर जाने के लिए रोना-धोना करती हो ?

—जी, करती हूँ !

—क्यों ? क्या तुम्हें खाने-पीने की तकलीफ है ?

—नहीं।

—जो भी जरूरत है, अलताफ क्या नहीं देता ?

—मतलब ?

—मतलब यही कास्मेटिक्स, साड़ी-कपड़ा ! जब जिस चीज की जरूरत हो—रुपया-पैसा ?

—हाँ, देता है !

—तो फिर ?

इसका कोई जवाब मैं नहीं दे सकी। पिताजी ने जाते समय मुझसे कहा—"दरअसल, प्राब्लम तुम खुद ही हो ! इतना अच्छा एक लड़का मिला है फिर भी तुम्हारा मन नहीं भर रहा है। अलताफ हीरा है हीरा, उसे पाना भाग्य की बात है। पूरा ढाका शहर ढूँढ़कर एक भी ऐसा लड़का निकालो तो ! तुम्हें किस बात का इतना घमंड है ? ज्यादा सुख में हो न, इसलिए पता नहीं चल रहा है। अब भी समय है, खुद को सुधार लो !

मुझे खुद को सुधारने लायक कुछ नहीं नजर आया। मेरी किसी बात पर अलताफ ने अब एक एतराज नहीं जताया। मैं शादी होने के एक महीने के भीतर पिता के घर चली गई थी, इस बात को लेकर भी अलताफ ने कुछ नहीं कहा। एक बार भी नहीं पूछा कि क्यों गई थी। बल्कि लौट आने पर शायद हैरान ही हुआ था। हैरान होने की बात तो है ही। दरअसल जितनी भी टोकाटोकी या मनाही है, मेरे माता-पिता और सास-ससुर की है। क्या तो दिन-भर मैं मन मारकर बैठी रहती हूँ, खाना नहीं खाना चाहती, ज्यादा बातचीत भी नहीं करती। सजती-सँवरती नहीं, अच्छी साड़ी नहीं पहनती—शादी के बाद बहुओं के थोड़ा सज-धजकर नहीं रहने से क्या अच्छा लगता है। सासूमाँ अक्सर अलताफ से कहतीं—क्यों रे, तेरी बहू को हुआ क्या है ! तबीयत खराब है ?

अलताफ कहता—नहीं तो ! तबीयत क्यों खराब होगी ?

—दिन-भर अकेले कमरे में सोई रहती है। कहती हूँ कि वीसीआर देखो, गाना अच्छा लगे तो सुनो। कुछ भी नहीं करती !

—ऐसा कुछ नहीं है। घर की याद आती है, इसीलिए !

—यह भी कहा ! इस्काटन जाकर भी क्या तो यही हाल रहता है ?

—ठीक हो जाएगी। इतनी छोटी-छोटी बातों को लेकर इतना मत सोचो !

सासूमाँ की उम्र हो गई है। दिन-भर घर पर बैठकर 'ताजकिरातुल औलिया', 'बहिश्ती जेवर' और 'मुकरसदुल मोमिनीन' पढ़ती रहती हैं। पाँच वक्त नमाज पढ़ती हैं और आखिरात के लिए जिन्दगी को तैयार करके रखती हैं। यों दुनियादारी की ओर उनका बिलकुल ध्यान न हो, ऐसी बात नहीं। वे अक्सर अमेरिका जाया करती हैं। बड़े लड़के के यहाँ छह महीने रहकर वापस आ जाती हैं। अभी तक शरीर से बहुत पुख्ता हैं। सुबह पार्क में टहलने जाती हैं। शाम को नियमपूर्वक फलों का रस पीती हैं। सेहत अच्छी है, आँखों से भी ठीक दिखाई देता है। हाथ में 'तस्बीह' लिए टहलती और बड़बड़ाती रहीं—ठीक होने लायक तो कुछ देखती नहीं। उस दिन पड़ोस की लड़कियाँ आई थीं। 'भाभी-भाभी' कहकर पुकारती रहीं। बहू ने तो कोई जवाब ही नहीं दिया। कमरे का दरवाजा बन्द करके सो गई। मैंने उन सबसे कहा—बहू की तबीयत खराब है, और किसी दिन आना !

अलताफ ने सुना लेकिन कुछ बोला नहीं। मेरी समझ में नहीं आ रहा था कि मुझे क्या करना चाहिए। क्या मैं पहले की तरह हँसूँ-खिलखिलाऊँ ? पहले की तरह—शादी से पहले जैसे खनखनाती हँसी हँसती थी, बात करती थी ! लेकिन जबर्दस्ती क्या यह सब होता है ! अलताफ मेरा मन ठीक करने के लिए मुझे अपने दोस्तों के घर ले जाता है। सोहेल, रकीब, लतीफ, मंजूर के घर। सबका बस एक ही कहना है—भाभी, हमारे साथ कम बोलने से नहीं चलेगा ! आपकी आँखों के नीचे काला निशान पड़ गया है ! क्या बात है, अलताफ आपको सोने नहीं देता क्या ? हा ! हा ! हा ! सभी हँसते हैं, मेरी ओर कनखियों से देखते हैं।

मन ही मन बोली—यह क्यों नहीं सोने देगा ! यह तो मुझे सोने ही देता है, मुझे ही नींद नहीं आती। अलताफ दोस्तों के साथ रहस्यभरी हँसी हँसता है। गोया वह सचमुच मुझे सोने नहीं देता, मुझे रात-भर जगाए रखता है। रात-भर मुझे प्यार करता है। गोया उसका प्यार पाकर मैं शरीर और मन से परिपूर्ण हूँ। मानो मैं एक तृप्त-तुष्ट स्त्री हूँ। मुझे कोई तकलीफ नहीं है। किसी से कोई शिकायत नहीं है।

अलताफ के दोस्त और उनकी बीवियाँ मेरे पीछे पड़ गईं—शायद नई-नई शादी हुई है इसलिए। मैं क्या खाना पसन्द करती हूँ, कौन-सा संगीत मुझे अच्छा लगता है, मुझे कैसा कपड़ा पहनना पसन्द है—सब कुछ उन्हें जानना है। मेरी आँखों के नीचे काला धब्बा पड़ने का दूसरा अर्थ लगाया गया। मैं या अलताफ में से किसी ने इसकी सफाई नहीं दी कि मेरी आँखों के नीचे का धब्बा मेरे रात-भर जागने के कारण है। लेकिन यह दूसरी तरह का निशान है। यह मेरे कष्ट सहने का निशान है। यह मेरी दुखपूर्ण रात की रागिनी है। रात-भर मैं अलताफ के सोए हुए सन्तुष्ट शरीर से सटी हुई अनिद्रापूर्ण रात काटती हूँ। मैं उसे अपने साथ और गहनता-गहराई में चाहती हूँ, पर पा नहीं सकती। कितनी ही रातों में अलताफ को जगाकर कहा है—तुम अकेले-अकेले कैसे सो लेते हो ! मुझे तो नींद नहीं आती !

अलताफ कहता—मैं क्या कर सकता हूँ, बोलो ! तुम भी सोने की कोशिश करो, नींद आ जाएगी। मुझे तो सुबह उठकर दफ्तर जाना है, तुम्हारी तरह जागते रहने से तो मेरा नहीं चलेगा !

अलताफ सो गया। मेरे सोने का कोई उपाय किए बिना ही वह सो गया। मुझे कहने में शर्म आती है कि नींद क्यों नहीं आती। अलताफ समझता जरूर होगा लेकिन हावभाव ऐसा करता है, जैसे कुछ समझता ही नहीं कि मेरा 'इनसोमेनिया' का मामला क्या है। वह कुछ भी न समझता हो, यह मुझे विश्वास नहीं होता—सब कुछ जानता-समझता है। सब समझता है सोया हुआ वह सुदर्शन पुरुष, मेरे सामने चाहे जितना नासमझ बने रहने का नाटक करे।

अलताफ अपने दोस्तों से क्रेडिट लेता है। ऐसे क्रेडिट लेता है मानो वह बहुत अच्छा 'प्लेयर' है ! मैं धीरे-से मुस्कुराई। भेद नहीं खोला। पति की कमजोरी उजागर करूँ, मैं इतनी अकृतज्ञ पत्नी नहीं। सती-साध्वी पत्नी को यह शोभा नहीं देता। पतिव्रता होने से समाज में मान-मर्यादा बनी रहती है। अलताफ और उसके दोस्तों ने मुझे 'अच्छा' कहा। मैं यदि हमेशा इसी तरह चुप्पी साधे रही तो लोग भी कहेंगे—ऐसी अच्छी लड़की नहीं मिलती। ऐसी लक्ष्मी बहू कम ही देखी है। लड़कियों के जीवन में इन बातों का महत्त्व कम नहीं है। इससे बड़ी प्राप्ति भला स्त्री के जीवन में और क्या है ! माँ अक्सर कहती—इस परिवार में लड़कियों को लेकर कोई स्कैंडल नहीं हुआ है। देखना, पति के साथ कभी गड़बड़ न हो ! माँ भी समझाना चाहती है—पति के साथ कुछ होने पर मुझे लेकर स्कैंडल होगा, पति को लेकर नहीं।

रात-भर अलताफ क्या करता है मेरे साथ ? क्या कुछ कर पाता है ? कुछ तो नहीं करता, करने की कोशिश भर करता है। शादी के बाद कई दिनों तक मैंने उसकी कोशिश में सहयोग किया है। वह बोला—ऐसा ही होता है, सभी लड़कों के साथ !

—लेकिन मुझे 'ऐसा' क्यों लगता है ? मेरा सवाल ढेर सारी सहजताओं से भरा हुआ है।

—कैसा लगता है ? अलताफ ने पूछा।

—ऐसी बेचैनी-सी ?

—वह तुम्हारी प्रॉब्लम है !

—मेरी प्रॉब्लम ?

—हाँ !

अलताफ जब कहता है यह मेरी प्रॉब्लम है तो मैं समझ नहीं पाती कि प्रॉब्लम मेरी कैसे हो सकती है। बहुत शर्म आती है। मेरे भीतर एक अपराधबोध काम करता है। किसी भी काम में मन नहीं लगता। रात में भी जब बत्ती बुझाकर मैं सोने जाती हूँ तो पाती हूँ कि मेरी साँस तेज चलती है। अपराधबोध के चलते मेरे अन्दर एक तरह की सहमे रहने की भावना काम करती है। अलताफ मेरे लेटते ही मुझसे लिपटकर कहता है—मेरी अच्छी रानी, मेरी सोना रानी, मेरी हीरा, मेरी हीरा जैसी बीवी ! यह सब बोलते हुए मेरे होंठों का गहरा चुम्बन भी लेता है। जब वह चूमता है तो मेरी समझ में नहीं आता कि 'ऐसा' क्यों लगता है ! कहीं पर कुछ कैसा तो बहुत अच्छा लगता है। जब वह कहता है—हीरा, बदन पर तुमने यह क्या लपेट रखा है, खोल दो ! मुझे खोलना नहीं पड़ता, वही खोल देता है—वह खुद ही खोल देता है। खोलते ही लम्बे समय से भूख से तड़पते भिखारी की तरह, सामने गर्म भात पाकर वह जिस तरह भखोरता है, वैसे ही वह भी मेरे समूचे शरीर को 'खाता' है। मेरी समूची देह सिहर उठती है—शर्म, डर, अपराधबोध कुछ भी नहीं रह जाता। कहीं, कैसा तो अच्छा लगता है मुझे। मैं उसे दोनों बाँहों में लपेट लेती हूँ। जब वह मेरे दोनों स्तनों पर मुँह रगड़ता है, मैं खुद ही हैरान होती हूँ—अवचेतन में अपने मुँह से निकली 'आह-आह' की आवाज सुनकर। मुझे इतना क्यों अच्छा लगता है ! अलताफ भी कराहता है—कराहते-कराहते मेरे समूचे शरीर पर वह हाथ फेरता है, चूमता है। मुझे लगता है कि मुझमें कहीं कोई जलस्रोत प्रवाहित होता है, मैं पसीने में नहा जाती हूँ, लथपथ हो जाती हूँ। मैं उसे और भी गहनता से लपेट लेती हूँ। वह मेरे बदन में समा जाना चाहता है लेकिन तभी क्या हो जाता है उसे, मेरे कुछ समझ पाने से पहले, वह मेरे ऊपर निढाल हो जाता है। तब भी मेरी साँस तेज-तेज चल रही होती है, तब भी मेरे शरीर में एक भीषण समुद्र गरजता होता है। अलताफ करवट बदलकर सो जाता है। और मैं, छटपटाती रहती हूँ। करवटें बदलती रहती हूँ। मुझे बेचैनी होती है। अलताफ की नाक बजने लगती है। मेरी प्रॉब्लम कहाँ है, मैं ढूँढ़ती रहती हूँ लेकिन नहीं मिलती। रह-रहकर लगता है कि यह जो बेचैनी है, शायद यही प्रॉब्लम है। मुझे शान्त होकर सो जाना चाहिए ! लेकिन मुझे तो नींद नहीं आती !

तो क्या प्रॉब्लम यह नींद का न आना ही है ! अलताफ के खर्राटे की आवाज सुनती हूँ और मेरी बेचैनी बढ़ती है। मन करता है कि उसकी तरह आराम से सो जाऊँ—उसकी तरह तृप्त होकर। उसकी तरह किसी ओर देखे बिना। कौन सोया या नहीं सोया, इस पर सोचने का जैसे उसको समय नहीं, काश मुझे भी समय न मिलता। काश मैं भी निश्चिन्त हो सकती।

अलताफ सुबह नींद से उठते ही मेरा माथा चूमता है। उस समय मुझे इतना अच्छा लगता है कि रात में खामखाह नींद न आने के कारण खुद पर ही गुस्सा आता है। उठकर उसके लिए पराठा-मांस बना देना, कपड़े-जूते आदि सामने रख देना, दरवाजे पर

खड़ी होकर उसे ऑफिस जाते हुए देखना मुझे बहुत अच्छा लगता है। गोपन में उस आकर्षक युवक के लिए एक अद्‌भुत अच्छा लगने का भाव पैदा होता है।

अलताफ मुझे करीब-करीब यह समझा चुका है कि ऐसा ही होता है। पति-पत्नी के बीच ऐसा ही घटता है। लेकिन मेरी जो बेचैनी है, यह सब मेरा दोष है। मैं अपना दोष दूर करना चाहती हूँ—बेचैनी कम करना चाहती हूँ। पर बेचैनी तो कम नहीं होती, अलबत्ता मैं छिपा-छिपाकर नींद की गोली लेती हूँ। दफ्तर में ज्यादा काम-काज होने के कारण अलताफ जिस दिन सो जाता है, मैंने पाया है कि उस दिन मुझे कोई तकलीफ नहीं होती। मैं आराम से सो जाती हूँ। दरअसल, मुझे उसके न चूमने पर, कपड़े उतारकर पूरे बदन में तप्त हाथों का स्पर्श न मिलने पर मेरे भीतर का समुद्र—बिलकुल गोपन में उभरनेवाला समुद्र, जागता ही नहीं। और, उसके न जागने से मुझे नींद की समस्या नहीं होती।

ऐसा काफी समय तक, बहुत सारी रातों तक चलता रहा। इस तरह का एक अबूझ, अपुष्ट सम्बन्ध अलताफ के बढ़े हुए हाथों-होंठों के जरिए मुझे अँधेरे की ओर धकेल देता है। मैंने उस दिन कहा—मुझे अच्छा नहीं लग रहा है, बेवजह शरीर पर हाथ मत लगाओ !

—मतलब ? मेरे व्यवहार से अलताफ चौंक गया।

—मैं सोऊँगी ! करवट बदलकर मैं शान्त स्वर में बोली।

—और थोड़ी देर बाद सो जाना ! दोनों एक साथ सो जाएँगे ! अलताफ मुझे अपनी ओर खींचते हुए बोला।

—नहीं, तुम्हें पता नहीं कि तुम जो अकेले सो जाते हो, मुझे नींद नहीं आती—झल्लाहट होती है।

—क्या कह रही हो ?...यानी तुम्हारी समस्या खत्म नहीं हुई है !

—समस्या मेरी है या तुम्हारी, पहले तुम अच्छी तरह सोचकर देखो !

मैंने पाया कि मेरी आवाज में पहले जैसी नरमी और विनम्रता नहीं थी, थोड़ी कठोर सुनाई पड़ी थी यह बात। अलताफ ने कहा—तुम अपने बदन पर हाथ लगाने से मुझे मना कर रही हो ?

उसकी आवाज ऐसी थी, जैसे मैंने कोई असम्भव बात कह दी हो।

—हाँ, मना कर रही हूँ। मैंने करवट बदलते हुए आँखें मूँदे जवाब दिया—फिजूल की इस चीज से सो जाना अच्छा है, यही समझाना चाहती हूँ !

अलताफ मानने को तैयार नहीं। पूछा—क्यों ?

—मैं नहीं जानती !

—तुम्हें जानना होगा ! अलताफ ने झिड़कते हुए कहा। मैं चुप रही। और, अलताफ जबर्दस्ती खींचकर मेरी साड़ी उतारने लगा। एक झटके से उसका हाथ हटाते हुए मैं बोली—यह सब मुझे अच्छा नहीं लगता !

—मैं तुम्हारा पति हूँ—माइंड इट ! यह सब अच्छा लगना ही होगा ! अलताफ की

आवाज में कड़ाई थी।

मैं कहाँ इनकार कर रही हूँ कि वह मेरा पति नहीं है। यह भी सच है कि वह मुझे अच्छा लगता है। जब वह दफ्तर जाने के लिए तैयार होता है, कपड़े-लत्ते पहनता है, नाश्ते की टेबुल पर बैठता है या जाते समय हाथ हिलाकर हँसते हुए निकलता है तो मुझे देखते रहना अच्छा लगता है। जब लौटकर आता है, बात करता है, हँसता है—तब भी अच्छा लगता है। लेकिन उस वक्त अच्छा नहीं लगता जब मेरे शरीर को उँगलियों से छूता है। बदन पर हाथ लगाते ही मेरा शरीर बेचैन हो उठता है—बेचैनी मुझे क्यों अच्छी लगेगी ? अपनी देह को सताया जाना बर्दाश्त करने की क्षमता मुझमें नहीं है। इतनी सहनशीलता मुझमें नहीं है। यदि मैं सो जाती हूँ, तब तो नींद में यह नहीं कहती कि मुझे यह चाहिए—वह चाहिए, लेकिन यदि मुझे जगाते हो तो जगाने पर मुझे बहुत कुछ चाहिए ! मैं 'नहाऊँगी'-'खाऊँगी'-'घूमूँगी'—'खेलूँगी'। यदि सारी चीजों का इन्तजाम नहीं कर सकते तो दया करके मुझे मत जगाओ।

हर रात मैं जितना ही अलताफ से कहती हूँ—मुझे मत छुओ, वह हाथ लगाएगा ही। बिना छुए उसे चैन नहीं। छूने से मुझको बेचैनी और न छूने पर उसको बेचैनी। एक बेहद असहनीय स्थिति से गुजरना पड़ता है। जब वह सोने के लिए बिस्तर पर जाता है, मैं ड्राइंगरूम में अधलेटी कोई पत्रिका या पुस्तक पढ़ती रहती हूँ। सोने के लिए न जाने का बहाना ढूँढ़ती हूँ। अलताफ काफी देर तक बिस्तर में इन्तजार करने के बाद ड्राइंगरूम में आता है।

—क्या बात है, तुम सोओगी नहीं ? वह सिर्फ एक लुंगी लपेटे रहता है। उसका नंगा बदन देखने से मुझे घिन आती है। कितनी बार कहा है कि सोते समय ट्राउजर पहनो और टी शर्ट या सैंडो गंजी। लेकिन नहीं, उसका लुंगी के बिना नहीं चलता। और खाली बदन। अपनी छाती पर हाथ फेरेगा और कनखियों से मुझे देखेगा। दूर से ढेर सारा गोश्त देखकर कुत्ता जिस तरह जीभ लपलपाते हुए होंठ चाटता है, अलताफ भी शायद मन ही मन अपनी लार निगलता है। शायद वह अपनी लार भरी लोलुप जीभ बार-बार चाटता है।

अलताफ के बार-बार बुलाने से मैं चिढ़कर कहती हूँ—मैं अभी नहीं सोऊँगी, मुझे नींद नहीं आ रही है !

—बिस्तर में आओ, नींद आ जाएगी।

अलताफ दाँत निकालकर हँसता है। गोया बिस्तर में कोई मजेदार चीज है कि नींद आए बिना रह ही नहीं सकती !

—तुम सोओ, मैं बाद में आऊँगी। मैं किताब से नजर हटाए बिना ही बोली।

अलताफ बेडरूम में चला जाता है। मैं उसके सो जाने का इन्तजार करती हूँ। उसके सो जाने पर बिल्ली की तरह दबे पाँव जाकर सो जाऊँगी ताकि उसकी नींद न खुले और वह जागकर मुझे सारी रात जगा न पाए। रात करीब दो बजे मैं सोने गई। अलताफ तब तक जाग रहा था। मुझे देखते ही बोला—अब सोने के लिए क्यों आईं ? रात तो बिताकर ही आई हो !

उसके गुस्से की वजह मैं समझती हूँ, लेकिन खुद को अच्छा न लगने पर मैं क्या कर सकती हूँ। वह मेरे भीतर सिर्फ आग जला देगा, बुझाएगा नहीं—यह मैं कैसे कुबूल कर सकती हूँ ? आग बुझाने का तरीका तो मैं नहीं जानती, जानती होती तो मैं ही कोशिश कर लेती। मैं दूसरी ओर पलटकर सो गई। अलताफ की बात का मैंने कोई जवाब नहीं दिया।

—क्या बात है, बात भी नहीं कर रही हो ?

—बात करने का मन नहीं कर रहा है !

उसकी आवाज जितनी तेज है, मेरी आवाज उतनी ही धीमी। मैं बिस्तर के एक किनारे—अलताफ के शरीर से मेरा शरीर न छुआने पाए—इस तरह लेटी रही।

—तुम्हें क्या हुआ है, बोलो तो ? अलताफ ने गम्भीर आवाज में पूछा।

—कुछ नहीं !

—'कुछ नहीं' कहने से ही चलेगा ? तुमको कुछ तो हुआ है ! तुम मुझसे छिपा रही हो। तुम मेरी अनदेखी कर रही हो !

—शायद कर रही हूँ !

—मैं दिन-भर किसके लिए खटता रहता हूँ, बोलो ! इस परिवार के लिए, तुम्हारे लिए ही तो ! और, घर लौटकर यदि तुम्हारा उदास चेहरा देखना पड़े तो क्या अच्छा लगता है ? तुम्हें किस बात का इतना दुःख है ?

इसका कोई जवाब मैं नहीं दे सकी—शर्म आती है, झिझक होती है। क्यों मन उदास रहता है—समझती हूँ, दुःख का कारण भी समझती हूँ, लेकिन समझा नहीं सकती। अलताफ रूठकर नाराज होता है। करवटें बदलता रहता है। मेरे स्थिर शान्त शरीर की ओर प्यास भरी नजर से देखता है। मैं खुद को रोकती हूँ। पानी के लालच में समुद्र के पास जाऊँगी और वह मुझे समुद्र के हहराते खारे ज्वार में अकेला छोड़कर चला जाएगा, मुझे तैरना नहीं आता—डूबूँगी, उतराऊँगी, मुझे अकबकाहट होगी, बेहद तकलीफ होगी—यही सोचकर मैं खुद को रोकती हूँ। अपनी प्यास को रोकती हूँ। मैंने बहुत धीमी आवाज में कहा—कल से मैं दूसरे कमरे में सोऊँगी !

—क्यों ?

—मेरा मन करता है !

एक बिस्तर पर सोने से मैं पाती हूँ कि अलताफ की साँस की गर्मी मेरे बदन में लगती है, मेरी देह गर्म हो जाती है। देह गर्म क्यों होती है ? नहीं भी तो हो सकती थी ! न होती तो उस सुन्दर युवक को मैं और ज्यादा प्यार कर पाती। उसके और करीब जा सकती—देह के न सही, मन के करीब। मन के करीब होने के लिए तो कोई बाधा नहीं होनी चाहिए ! मन ही तो सबसे बड़ी चीज है, मन के आगे शरीर तुच्छ है। फिर भी न जाने क्यों, मैं बोल पड़ी—मेरा मन नहीं करता तुम्हारे साथ सोने को। मुझे प्रॉब्लम होती है।

अलताफ चुप रहता है।

उस पर मुझे तरस आती है। तरस आने के कारण यदि मैं उसके सिर पर हाथ फेरने जाऊँ तो वह मुझसे लिपटकर चूमने लगेगा। अँधेरे में प्यार का एक स्पर्श धीरे-धीरे मेरे शरीर को शिथिल कर देगा। अलताफ को मैं प्यार करना चाहती हूँ, लेकिन इसी वजह से नहीं कर सकती। लिपटना, चूमना आदि मुझे इधर बहुत असमंजस में डाल देता है। बड़ा ही अस्थिर कर देता है।

काफी देर तक चुप रहने के बाद अलताफ मुझे ठेलते हुए कहता है—तुम कुछ ज्यादा ही कर रही हो, हीरा !

—क्या ज्यादा कर रही हूँ ! उसके ठेलने से चौंके बिना ही बोली।

—बहुत सेक्स क्रेजी हो गई हो !

—अच्छा ? यदि यही बात है तो तुम्हें परेशानी क्यों है ?

—थोड़े से तुम्हारा मन नहीं भर रहा है। तुम्हें बहुत ज्यादा चाहिए !

—वह तो तुम्हें चाहिए। मैं तो कुछ भी नहीं चाह रही हूँ। मैं तो दूसरी करवट सोयी रहना चाहती हूँ। तुम मुझे 'डिस्टर्ब' मत करो, बस !

—मैं तुम्हें छूता हूँ तो तुम डिस्टर्ब फील करती हो ?

—हाँ, डिस्टर्ब फील करती हूँ।

—क्या बोल रही हो तुम ? अलताफ एकाएक उठकर बैठ जाता है। कहता है—तुम मेरा अपमान कर रही हो, हीरा !

—हाँ, कर रही हूँ।

अलताफ की साँस तेज-तेज चलने लगी। फिर मुझे झकझोरते हुए बोला—क्या तुम भूल रही हो, मैं तुम्हारा पति हूँ ?

—नहीं, बिलकुल नहीं ! भूलूँगी क्यों ? बल्कि बहुत अच्छी तरह याद रहता है।

—तो फिर मुझे तुम क्यों नहीं सह पातीं ? क्या मैं तुम्हारा गैर हूँ ?

—पति होने से ही क्या कोई अपना होता है ?

अलताफ बिस्तर पर बैठा था, उठकर खड़ा हो गया। कमरे में टहलने लगा। उसके गुस्से की फुँफकार सुनाई पड़ रही थी। बोला—तो तुम्हारा अपना कौन है, सुनूँ जरा ? क्यों तुम किसी अपने को छोड़ आई हो ? मुझे तुम गैर समझ रही हो, मैं तुम्हारा पति हूँ और मैं ही तुम्हारा गैर ?

मैं पलटकर सिरहाने का तकिया छाती से लगाकर लम्बी साँस छोड़ती हुई बोली—मुझे सोने दो, इतनी रात गए तुम्हारी उल्टी-सीधी बातें मुझे अच्छी नहीं लग रही हैं ! अलताफ बाथरूम में जाकर मुँह पर पानी के छींटे देता है। टेंशन होने पर वह ऐसा ही करता है। मैं सोना चाहती हूँ। अलताफ भले सारी रात जागता रहे। मेरा क्या जाता है ! मैं जब जागती रहती हूँ तब क्या वह मेरे बारे में सोचता है ?

अलताफ पूरे कमरे में चहलकदमी करता है और कहता है—तुम क्या चाहती हो, बोलो ? क्या पाकर तुम्हारा मन भरेगा ! तुम्हारे लिए मैं सब करूँगा। सिर्फ एक बार जुबान से कह दो !

—तुम बहुत अच्छी तरह जानते हो, मैं क्या चाहती हूँ !

—कल मार्केट चलो। जो मन में आए खरीदो। लेकिन तुम मेरे साथ ऐसा मत करो।

—मार्केट से मेरे लिए क्या लाना चाहते हो ? सुख मिलता है ? मिलता है सुख तुम्हारे न्यू मार्केट में, गउछिया में ? गुलशन में ? मौचाक में ? सुख मिलता है ?

मेरे अन्दर लावा की लपट देखकर अलताफ चुप हो जाता है। चुप होने के सिवा वह क्या कर सकता है ! उसे क्या करने को कुछ है ? मैं उसे दोष नहीं देती लेकिन वह मुझे तड़पाकर क्यों मारेगा ? क्या मेरे लिए पाने को कुछ नहीं ? क्या मुझे इस खालीपन को ही अपनी मंजिल मान लेना होगा ? रात बढ़ती गई। अलताफ एक बार बिस्तर पर सोता है, एक बार उठता है, वह फुफकारता रहता है। मैं सो गई।

सुबह नींद खुलते ही मैंने देखा कि अलताफ कमरे में आराम कुर्सी पर बैठा हुआ है। आँखें खिड़की की ओर। खिड़की के उस पार ढेर सारे देवदारु के पेड़ हैं। देवदारु का भी अपना आकर्षण है। सुन्दर सुडौल वृक्ष। मैं बिस्तर से उठे बिना ही रात की ओस से धुले वृक्षों को मुग्ध दृष्टि से देखती रही। क्या अलताफ सारी रात सोया नहीं ? मैं उठकर उसकी कुर्सी के पीछे खड़ी हो गई। उसके बालों पर मैंने हाथ फेरा। उसके बाल कितने सुन्दर हैं। घने-घने। लड़कों के बाल इतने घने होते हैं ! मैंने उसके बालों में उँगलियाँ फेरीं। अलताफ ने मेरे स्पर्श को समझा। रियेक्ट नहीं किया। जैसे बैठा था वैसे ही बैठा रहा। मैं उसके बालों में हाथ फेरती हुई बोली—तुम मुझसे नाराज मत होओ। रात होते ही मैं दूसरी तरह की हो जाती हूँ। रात में न जाने मुझे क्या हो जाता है।

अलताफ एक बच्चे की तरह मासूम लगता है। उसके बिना सोए रात बिताने की बात सोचकर मुझे भी तकलीफ होती है। कितनी ही देर तक बगल में खड़ी रही। उसने मेरे लिए एक शब्द भी खर्च नहीं किया। सुबह अपने हाथों से उसके लिए मैंने नाश्ता बनाया। चाय दी। वह चुपचाप खा-पीकर उठ गया। बात तक नहीं की—इतना गुस्सा ?

अलताफ ने बात नहीं ही की। जूते की खट्-खट् आवाज करता दफ्तर चला गया।

—ये लो, मैंने तुम्हारे जूतों का फीता तक बाँध दिया।

जाते समय बोली—थोड़ा-सा हँसो ! फिर भी वह नहीं मुस्कुराया। गेट में खड़ी होकर मैंने हाथ हिलाया, पर एक बार मुड़कर भी नहीं देखा।

दोपहर में फोन पर उसने अपनी माँ से बात की, मेरे साथ बात नहीं की। शाम

को नहीं लौटा। रात में आया। सासमाँ के पास ड्राइंगरूम में बैठकर बात कर रही थी, कमरे में घुसते ही अलताफ बोला—इतनी रात तक आप जाग रही हैं ? अलताफ की माँ ने हँसते हुए कहा—तुमने इतनी देर लगा दी, बेटे ?

—मत कहिए ! एक दोस्त की शादी थी।

—अच्छा।

मैं बगल में बैठी माँ-बेटे की बात सुनती रही। एक दोस्त की शादी है लेकिन मुझे एक बार बताया तक नहीं। शादी-बाड़ी में जाना और खाना-पीना तो छोड़ ही देती हूँ, मैं जो एक लड़की बैठी हुई हूँ उन लोगों की कुछ लगती हूँ—ऐसा लगा ही नहीं ! कौन दोस्त, उसका नाम, किसके साथ शादी हुई, लड़की बहुत अच्छी है, पढ़ी-लिखी है, बड़े परिवार की है, पिता इंजीनियर है, लड़की के भाई-बहन कनाडा में रहते हैं आदि-आदि बातें अलताफ ने अपनी माँ से कीं। वे दोनों ही मेरी उपस्थिति को भूल गए थे। मैं चुपचाप उठकर कमरे में चली आई—सोने के कमरे में, यही मुख्यतः मेरा कमरा है, क्योंकि यहाँ मैं पति को साथ लेकर सोऊँगी। मेरा तो एकमात्र काम है सोना। मैं कमरे की बत्ती बुझाकर सोई रही। अलताफ ने कमरे में घुसते ही ट्यूब लाइट जला दिया, मेरी आँखों पर अचानक रोशनी पड़ने से मुझे बहुत गुस्सा आया। बोली—लाइट बन्द करो !

—मैं अँधेरे में कपड़े बदलूँगा ?

—मैं नहीं जानती। तुम लाइट बन्द करो !

अलताफ ने बत्ती जलाकर शर्ट खोली, लुंगी पहनी, लुंगी को दाँतों में दबाए-दबाए पैंट-अंडवियर खोला। मैं देखती रही और मुझे गुस्सा आता रहा। बत्ती जलाकर ही वह बाथरूम चला गया। बाथरूम में जाकर गाना गाने लगा अलताफ—'इक प्यार का नगमा है...।' गाने की धुन मुझे बहुत अच्छी लगी। गाना गाते-गाते वह कमरे में आया। मैं उस समय आँखें बन्द किए लेटी हुई थी। वह गाना गाता ही रहा। बत्ती भी नहीं बुझाई। अलताफ के गाने ने मेरे सारे गुस्से को पानी कर दिया। मैं कमरे की रोशनी में ही सोने की तैयारी करने लगी।

मैंने पाया कि अलताफ मुझसे बात नहीं कर रहा है। मुझे वह छू भी नहीं रहा। सुबह होती है। वह दफ्तर चला जाता है। मैं उसके अगल-बगल साए की तरह घूमती रहती। मुझे देखकर भी वह नहीं देखता। अपने माँ-पिताजी के साथ जमकर बैठकबाजी करता है। घर में मैं भी एक प्राणी हूँ, इस बात को वह भूल जाता है। या फिर ऐसा दिखता है कि वह मुझे भूल गया है। असल में भूला नहीं है। वह जो नहीं भूला है, क्या मैं यह बात समझती नहीं हूँ ? खूब समझती हूँ लेकिन कुछ कहती नहीं। पर कितने दिनों तक चलेगा ऐसा ? कितने दिनों तक ? रात-भर मेरे बगल में लेटा अलताफ छटपटाता रहता है। वह दिन पर दिन बदलता जा रहा है, यह मैं समझती हूँ। मुझे तकलीफ होती है, अलताफ से सहानुभूति होती है। एक बार तो मन में आता है कि उसे ही दोषी ठहराऊँ, फिर लगता है कि गलती शायद मेरी ही है। पर गलती चाहे जिसकी हो, हम

लोग क्यों एक-दूसरे से मुँह फेरे रहेंगे ? सम्बन्ध सुधारने की पहल मेरी ओर से ही ज्यादा रहती है। एक दिन सासूजी ने मुझे अपने कमरे में बुलाया—अलताफ इस तरह चुपचाप क्यों रहता है, बहू ?

—पता नहीं !

—पता नहीं मतलब ? सासूजी ने उलटे पूछा। मेरा कोई जवाब न पाकर वह फिर बोलीं—तुम्हें ही तो जानना होगा। तुम्हारे सिवा और कौन जानेगा !

—वे क्यों चुपचाप रहते हैं, यह बात तो उनसे ही पूछ सकती हैं। मुझे क्या उनकी सारी बातें पता हैं ?

सासूमाँ बहुत गुस्सा होती हैं। गुस्से से उनकी साँस तेज-तेज चलने लगती है। गोरा चेहरा लाल हो गया। शायद उन्हें समझ में नहीं आ रहा था कि मैं उनके सुपुत्र के प्रति यह अनुचित व्यवहार क्यों कर रही हूँ। भारी-भरकम शरीर की महिला, गठिया के दर्द से अक्सर कराहती रहती हैं, बाँह में घड़ी के चेन जैसा पता नहीं क्या बाँध रखा है, कलाई में पीतल की एक चूड़ी है। एक रात दर्द से कराह रही थीं, जाकर हाथ-पाँव दबा देने के बजाय मैं बोली—यह सब क्या बाँध रखा है, इसको खोल दीजिए ! मुझे तो लगता है, यह सब बाँधने से दर्द और बढ़ता है।

—क्या बोली ? सासूजी ने आँखें लाल करके मेरी ओर देखा था।

मैं ऐसी ही हूँ। जो कुछ भी मन में आता है, बोल देती हूँ। कुछ कहने-बोलने से पहले आगे-पीछे सोचूँ, यह सब मुझमें नहीं है। सासूजी का असली सवाल है कि अलताफ को हुआ क्या है, इतना चुलबुला लड़का ऐसा उदास क्यों हो गया, क्यों घर में इतना चुपचाप रहता है। मैं मन ही मन समझती हूँ कि क्यों वह कम बात करता है—इसलिए नहीं कि मैंने उसे अपने को छूने से मना किया है, बल्कि इसलिए कि वह भी बहुत हद तक तकलीफ से बचता है। मुझे बेचैन कर देने से यह तो एक तरह से बचना ही है !

लेकिन अलताफ ज्यादा दिनों तक संयम बनाए नहीं रख सका। मुझे वह छूता है, उसे छूना ही पड़ता है। मैं उसकी चुलबुली उँगलियों को देखकर समझ गई कि वह एक स्त्री शरीर को छूने के लिए कितना बेचैन है। एक दिन बैठी हुई थी, सोने का मन नहीं कर रहा था। गुनगुना रही थी—आमार इच्छे करे तोदेरे मतो मनेर कथा कई, बोलो सोई ! (मेरा मन करता है कि तुम्हारी तरह मन की बात कहूँ, ओ सखी !) अलताफ शायद ध्यान से सुन रहा था, वह इस उम्मीद में बैठा था कि मैं उसे खाना खाने के लिए बुलाऊँगी, जैसे सास-ससुर को बुलाती हूँ। मेरा उस दिन किसी को बुलाने का मन नहीं कर रहा था। इच्छा हो रही थी कि बस गाती रहूँ। खाने का भी मन नहीं था। खुली हुई खिड़की से चाँदनी उमड़कर कमरे में आ रही थी, मेरे चेहरे पर उसकी रोशनी आ पड़ी है—बेशुमार रोशनी। मेरा न खाने का मन हो ही सकता है ! सबको अच्छा लगने की जिम्मेदारी मेरी ही क्यों होगी। अलताफ अकेले ही जाकर खाना खा आया। मुझसे बोला भी नहीं। न बुलाने का मुझे बहुत दुःख हुआ हो, ऐसी बात भी नहीं। मैं जैसे बैठी थी वैसे ही बैठी रही। पूर्णिमा की चाँदनी में अकेले ही नहाती रही।

खाना खाकर अलताफ बिस्तर पर लेट गया। लेटकर बेड स्विच आन किया। चाँदनी भरे कमरे में ढीठ की तरह अचानक धमक पड़ी बिजली। मैं आरामकुर्सी पर अलसाई-सी बैठी रही। अलताफ ने ही अचानक पूछा—खाना-पीना भी छोड़ दिया है क्या ? इतना गुस्सा ?

—गुस्सा ! मैं भला क्यों गुस्साने लगी ? वह तो तुमने किया है, मुझसे बात करना ही बन्द कर दिया!

—इस सबका कारण तो तुम ही हो !

—अच्छा ?

मेरी आवाज में शिकायत थी। अलताफ की आवाज में भी। बोला—गाना गा रही हो कि मन की बात कहने का मन हो रहा है। किसके साथ बात करने का मन कर रहा है, सुनूँ तो ? सखी या सखा ? एकदम भूखा रहकर मन को लगा है शायद ?

अलताफ की बात का जवाब देने को जी नहीं चाह रहा था। बस आँखें बन्द किए सुनती रही। अलताफ के खुश रहने पर मेरी इस घर में पूछ होती है, उसके उदास होने पर मैं नाचीज-अनचाही वस्तु बन जाती हूँ। यह कैसा नियम है ?

—खा क्यों नहीं रही हो ? अलताफ अचानक पूछता है।

—भूख नहीं है इसलिए।

—भूख क्यों लगेगी ? दिन-भर बैठे रहने पर कहीं भूख लगती है ?

—क्या करूँगी, बोलो ? पढ़ने-लिखने का मन करता है। उसमें तो समय कटता !

—समय काटने के लिए तुम्हें कुछ नहीं मिल रहा है, ताज्जुब है ! करना चाहो तो घर में क्या कम काम है ? मैं यह नहीं कह रहा कि तुम कपड़े फींचो, घर पोंछो, पर छोटे-छोटे काम तो कर ही सकती हो !

—इसका मतलब कि तुम मेहरबानी करके हल्के काम करने को कह रहे हो, यों मुझे भारी काम ही करना चाहिए था !

—तुम जैसा समझो।

मैंने जवाब में कुछ नहीं कहा। कहने को है क्या ! उसके साथ शादी के समय ऐसी तो कोई शर्त थी नहीं कि मैं घर के किसी काम-काज में हाथ नहीं लगाऊँगी। बल्कि घर के सभी लोगों ने हाव-भाव के जरिए पति की सेवा करने की बात ही मुझसे कही है। रात बढ़ने लगी। मेरा अच्छा न लगना भी बढ़ता गया। बिस्तर पर जाकर सोने को भी मन नहीं कर रहा था। अलताफ भी नहीं सोता, उसके न सोने की वजह समझती हूँ—वह चाह रहा है कि मैं जाकर सोऊँ, और वह फिर मेरे ऊपर कूद पड़े। सोचने भर से मेरा शरीर सिहर उठता है।

खुद को रह-रहकर समझाती हूँ कि जब वह पति है तो पति जो चाहता है उसे पूरा करने की जिम्मेदारी तो मेरी ही है। उसकी इच्छा के आगे मुझे अपना शरीर तो परसर ही देना होगा, यहाँ तक कि मन को भी। आरामकुर्सी पर सो गई थी, खिड़की के बाहर से रातरानी की महक आ रही थी। यह महक मुझे बड़ा अधीर किए दे रही

थी। तभी एक स्पर्श मेरी तन्द्रा या निद्रा को तोड़ता है। बहुत ही जाना-पहचाना स्पर्श। बड़ा ही परिचित-सा एक आलिंगन। प्यार और आह्लाद भरा। मैं उस स्पर्श की महक लेती हूँ, जैसे रातरानी की तेज महक ले रही थी। यह स्पर्श बड़े प्यार से मुझे बिस्तर पर ले गया और सुला दिया। धीरे-धीरे, हल्के से, मेरे नींद में अलसाए कपड़ों को हटा दिया। इसके बाद यदि मैं नदी हूँ, तो कोई मेरी देह में तैरना चाह रहा था। जी-जीन से तैरना चाह रहा था।

उसकी साँस गहरी और तेज होती है। वह कभी तैरना जानता भी था, मुझे नहीं लगता। वह तैरने की इतनी कोशिश कर रहा है ! मैंने बताया—तुम इस तरह से तैरो, इस तरह पाँव चलाओ, इस तरह हाथ मारो ! वह सब कुछ करना चाहता है, उससे नहीं हो सकता। तेज साँस जब पड़ रही थी उसकी, तक एक बार तो दया आई कि बेचारा चाह रहा है लेकिन उससे हो नहीं रहा। फिर एक बार गुस्सा भी आया कि उससे नहीं हो सकेगा और मेरे पानी को नाहक गन्दा करेगा, मैं भला उसे क्यों स्वीकार लूँ ?

पता नहीं कितनी रात तक अलताफ तैरने की कोशिश करता रहा। मैं झुँझलाना नहीं चाह रही थी लेकिन मेरे शरीर में ही झुँझलाहट पैदा हुई। मेरी देह ने ही उसमें तैरना न जाननेवाले शरीर को धकेलकर हटा दिया। उसे हटा देती हूँ मैं ! इस पर अलताफ से कुछ कहा नहीं गया। वह करुणा भरी आँखों से मेरी ओर देखता है। चाँदनी में उसकी आँखों की पुतलियाँ दूर के नक्षत्र की तरह टिमटिमाती हैं।

सुबह उठकर अलताफ मेरी ओर नहीं देखता। मानो वह काफी व्यस्त है, इतना व्यस्त कि उसे देखने की फुर्सत तक नहीं। मैं हँसते हुए बोली—क्या बात है, आज इतना भाग-दौड़ कर रहे हो ? लगता है टिफिन भी नहीं लोगे !

—पूर्वानी में लंच कर लेंगे।

—तुम्हारे पास इतना पैसा है, सरकारी नौकरी क्यों करते हो ?

—यह सब तुम नहीं समझोगी !

—ओ !

अलताफ ने बात की लेकिन मेरी तरफ बिना देखे। जरूर नजर मिलाने में शर्म आ रही होगी ! हड़बड़ाता हुआ दफ्तर चला गया। उसे दफ्तर जाते देखकर मेरा भी दफ्तर जाने का मन करता है। एक दिन मैंने अलताफ से कहा था—काश, मैं भी सुबह उठकर दफ्तर जा सकती !

अलताफ बड़े जोर से हँस पड़ा। हँसने की ही तो बात है। घर की बहू जिसे घर-परिवार का अच्छा-भला देखना है, जो देखने में सुन्दर है और इसीलिए बहू बनाकर लाई गई है, वह अगर घर-परिवार छोड़कर नौकरी करना चाहे तब तो हँसी आएगी ही ! सासूमाँ ने उस दिन वीसीआर में फिल्म देखने की इच्छा जाहिर की। रमजान से एक फिल्म का कैसेट मँगवाया—'रूप की रानी चोरों का राजा।' नाम देखकर मैं मुँह बिचकाकर बोली—धत्, यह बेकार की फिल्म है ! सासूमाँ ने हँसते हुए कहा—अरे नहीं-नहीं, तुम देखो न !

जब फिल्म चल रही थी उस समय सासूमाँ के हाथ में तस्बीह (जपमाला) भी थी, वे फिल्म का आनन्द ले रही थीं ! मैं अचरज से सासूमाँ की मुस्कुराती आँखों और चेहरा देख रही थी। वे पूरी दोपहर फिल्म देखती रहीं। मैं लेटे-लेटे उनके बिस्तर पर ही सो गई। रात में नींद नहीं आती, इसलिए दोपहर में मुझे नींद भी आती है, फिर इस तरह की फिल्मों में मुझे जगाए रखने की खूबी नहीं होती।

शाम को फिर अलताफ सुबह की अपेक्षा सहज है। बोला—चलो, आज 'साभार' चलते हैं, मैं खुद ही गाड़ी ड्राइव करूँगा, ठीक है ? साभार में घूम-फिरकर 'जय' रेस्तराँ में खाना खाकर लौटेंगे, ठीक है ?

मैंने कहा—चलो !

मैं समझती हूँ कि अलताफ मुझे खुश करने के लिए यह प्रस्ताव रख रहा है। दिन-ब-दिन मैं जिस तरह चिढ़ती जा रही हूँ, मुझे खुश नहीं करने से उसका चलेगा कैसे !

हम दोनों को एक साथ बाहर निकलते देखकर सासूजी के चेहरे पर भी खुशी की झलक दिखाई दे रही थी।

जब गाड़ी तेजी से भाग रही थी, उस समय मैं नदी, तालाब, पेड़ और लोगों को देख रही थी। अलताफ बकबक करता जा रहा था। वह बहुत बातूनी है, लोग हमें कहते हैं—बहुत अच्छी जोड़ी है। कहते हैं, पहले से प्रेम-व्रेम था क्या ! अलताफ गाड़ी अच्छी चलाता है, फिर भी कहता है—क्यों, डर तो नहीं रही हो ? मान लो ऐसी दुर्घटना हो कि दोनों मर जाएँ तो ?

—मर जाएँगे ! मैंने शान्त स्वर में कहा।

मैं मरूँगी, यह सुनकर अलताफ पुलकित होता है। मैं अलताफ के साथ मरने के लिए मरूँगी, बात दरअसल ऐसी कतई नहीं है, अलबत्ता मैं उसे समझा नहीं पाई। उसने सोच ही लिया कि मैं उससे प्यार करती हूँ। साभार में हरे-भरे पेड़ों की कतारें मेरे भीतर अच्छा लगने की एक अद्‌भुत भावना को जन्म देती हैं। मैं इस प्रकृति की सन्तान हूँ ! इस हरियाली में निवास करना शायद बहुत सुखकर है। गुलशन का मकान छोड़कर काश यहाँ रहना सम्भव होता ! जब मैं सोच रही थी, तभी अलताफ ने कहा—'साभार' में मेरी जमीन है, जानती हो न ? यहाँ पर एक 'बागान-बाड़ी' बनाऊँगा। हम लोग बुढ़ापे में यहाँ रहेंगे, ठीक है ? मेरे वनवास की एकान्तिक सोच में अलताफ की इस सांसारिक सोच ने मुझे आहत किया। जंगल में क्या ईंटों का मकान बनाकर रहना चाहिए ?

रास्ते-भर अलताफ ही बोलता रहा, मैं बस हरियाली देखती रही। दोनों आँखें भरकर हरेपन का उपभोग करती रही।

रात में डर के मारे खाना खाया। खाते-खाते अलताफ ने कहा—क्या तुम कभी मुझे छोड़ जाओगी हीरा ?

—अचानक यह सवाल क्यों ?

—कभी-कभी डर लगता है !

मैंने हँसते हुए पूछा—डरने की वजह तो बताओ ?

—तुम पहले जैसा व्यवहार नहीं करतीं !

—पहले यानी ?

—शादी के बाद। शादी के दिन तो तुम मुझसे लिपटकर सोई थीं ! अभी क्या सोती हो, बोलो ?

—हमेशा क्या समय एक-सा होता है ?

—क्यों, होता क्यों नहीं ?

—आदमी बड़ा होता है। उसकी समझ बढ़ती है। दिन बदल रहा है, मैं भी बदल रही हूँ !

मैं बदल गई हूँ, यह सुनकर अलताफ ने फिर कोई सवाल नहीं किया।

इसके अलावा मैं कह भी क्या सकती थी। यदि उससे लिपटकर सोने का मेरा मन नहीं करता तो मैं क्या करूँ ! अपनी इच्छा के साथ कितने दिनों तक छल करूँगी। 'साभार' से लौटकर दोनों जब बिस्तर पर हाथ-पाँव पसारे लेटे हुए थे तब मैं बोली—अगर मैं ब्लू फिल्म देखना चाहूँ ?

—ब्लू फिल्म देखोगी ?

—हाँ ! मेरी आवाज डर या हिचक से जरा भी नहीं काँपी।

—ब्लू फिल्म देखना चाहती हो ? यह सब किसने सिखाया तुम्हें ! छिः-छिः, तुम इतना नीचे गिर चुकी हो, मुझे नहीं पता था ! अलताफ के होंठ नफरत से भिंच गए।

—पति-पत्नी ब्लू फिल्म देखें तो, इसमें बुराई क्या है ? मैंने हँसते हुए कहा।

—फालतू बात मत करो ! अलताफ ने मुझे झिड़क दिया। पैंट उतारकर उसने लुंगी पहनी। लुंगी के ऊपर से जाँघों के सन्धि-स्थल पर खुजलाया। कमरे में उसके मोजे उतारने की दुर्गन्ध फैली हुई थी। सासूजी के कमरे से हिन्दी फिल्म की आवाज आ रही थी। अलताफ ने चीखते हुए कहा—ब्लू फिल्म के बारे में तुमने कहाँ से सुना ?

—ताज्जुब है ! ब्लू फिल्म देखी नहीं तो इसका मतलब कि नाम भी नहीं जानूँगी, तुमने यह कैसे सोच लिया ? तुम क्या समझते हो, मैं आसमान से टपकी हूँ ? कुछ नहीं समझती, कुछ नहीं जानती !

उसने आँख-नाक सिकोड़ते हुए पूछा—ब्लू फिल्म देखना चाहती हो, मुझे तो लगता है ब्लू फिल्म तुमने पहले भी देखी है !

मैंने कहा—देखी नहीं है लेकिन देखने की बहुत इच्छा है।

—इसका फिर कभी नाम मत लेना, मैं तुम्हें सावधान किए दे रहा हूँ। अलताफ उत्तेजित हो गया।

अचानक एक झटके से उसने मुझे अपने पास खींच लिया। मैंने खुद को उससे छुड़ाना चाहा। बोली—तुम कुछ नहीं करोगे, हाँ !

—क्या नहीं करूँगा ?

—चूमना मत ! कपड़े मत खोलना।

—क्या शादी से पहले तुमने कोई प्रेम-व्रेम किया था ? अलताफ की आँखों की पुतलियों में पेंडुलम की तरह सन्देह लटक रहा था।

—नहीं !

—झूठ बोल रही हो। अलताफ की लोमविहीन छाती पर ओस की तरह पसीना चुहचुहा आया था।

—मैं झूठ नहीं बोलती।

अलताफ ने संड़सी की तरह मेरी दोनों बाँहें जोर से पकड़कर कहा—जरूर तुम्हें उसकी याद आ रही है !

—किसकी ?

—और किसकी ? अपने प्रेमी की !

लोग जैसे ठहाके लगाते हैं, मैं जोर से हँसती हुई बोली—बिलकुल नहीं।

—यदि तुम्हारे माँ, पिताजी से यह कह दूँ तो ?

—झूठा क्यों कहोगे ?

—मैं सब समझता हूँ !

—समझते तो यह सब न कहते।

—मुझे तुम सहन नहीं करतीं। क्यों नहीं कर सकतीं ? मैं स्मार्ट नहीं हूँ ? ठीक से बात नहीं कर सकता ? मैनर नहीं जानता या तुम्हें कपड़े-लत्ते और गहने नहीं खरीद लेता ? तुम्हारी अनदेखी करता हूँ, बोलो ?

—बिलकुल नहीं !

—तो फिर ?

'तो फिर' का जवाब मैं अलताफ को नहीं देती। जवाब देने की इच्छा नहीं होती। शुरू-शुरू में लगता था, एक दिन सब ठीक हो जाएगा—बेचैनी और छटपटाहट नहीं रह जाएगी। हम दोनों एक साथ सो पाएँगे। एक सोएगा, एक जागेगा—ऐसा नहीं होगा। लेकिन दिन बीते, साल बीता, जैसा था, वही रह गया। ठीक वैसा ही। हर रात एक बिस्तर पर अलताफ के शरीर से सटकर मुझे सोना पड़ता है। न सोने पर चीख-चिल्लाकर पूरे घर को सिर पर उठा लेता है। उसे शरीर सौंपे बगैर नहीं चलेगा। मुझे कुछ मिले या न मिले, उसे तो पाना ही है। उसका 'भूखा' रहना कैसे चलेगा ? अलताफ को किसी तरह के त्याग में विश्वास नहीं। उसे 'पूरा खाना' चाहिए, दूसरा कोई खाए या न खाए। उसे 'पूरा पाना' है, और किसी को कुछ मिले या न मिले। मैं अलताफ को ठीक से समझ नहीं पाती। इस बारे में उससे जितनी बार कहती हूँ, वह कहता है—तुममें ही कमी है। मैं हर बार चौंक उठती हूँ—मुझमें कमी कहाँ है ! अलताफ कहता है—तुम कोऑपरेट नहीं करतीं हो इसलिए ऐसा होता है।

—मैं कोऑपरेट नहीं करती ?

—नहीं !

—क्या कह रहे हो तुम ? और किस तरह कोऑपरेट किया जा सकता है ? तुम

जो कहते हो, मैं तो वही करती हूँ। उस दिन तुमने उलटने को कहा, मैंने वही किया।

—हाँ किया, लेकिन तुम्हारा ध्यान कहीं और होता है। तुम दूसरा कुछ सोचती हो !

मैं अचानक चुप हो गई। क्या सचमुच मैं कुछ और सोचती हूँ। मैं अलताफ को पूरी तरह से पाने के बारे में ही सोचती हूँ। मैं उसे पूरा-पूरा पाना चाहती हूँ। पर पाना चाहने से क्या होता है ? मैं सिर्फ उम्मीद की राह में खुद को बिछाए रखती हूँ।

वह सोने के लिए आता है। मैं समझ सकती हूँ कि मेरी खामोशी का काफी मजा लेता है अलताफ। मुझे दोषी ठहराकर वह मन ही मन एक सन्तुष्टि पाता है। वह गलत कह रहा है, झूठ बोल रहा है—अपने मन में वह महसूस करने पर भी मेरे सामने वह सच्चाई कबूल नहीं करता। ब्लू फिल्म बुरी लड़कियाँ देखती हैं, जो लड़कियाँ देखती हैं वे विकृत मानसिकता की होती हैं, उनके जैसी मैं कभी न बनूँ क्योंकि मैं कुलीन घर की लड़की हूँ, मुझे 'परबर्शन' में नहीं जाना चाहिए—यही सब वह कहता रहा। मैं सो गई। अलताफ की बातों ने मेरी नींद के लिए पार्श्वसंगीत का काम किया।

एक दिन दोपहर में अलताफ के दोस्त की बीवी रूबीना मेरे पास गपशप करने आई। पास में ही रहती है। पति दुबई गया हुआ है। खाली वक्त कटता नहीं। मेरे साथ अपना खाली वक्त गुजारने आई है।

रूबीना अपने होंठों में हँसी दबाए हुए बोली—भाभी, बच्चा-वच्चा पैदा करने का इरादा नहीं है ! और एन्जॉय करने के बाद लाएँगी ?

—एन्जॉय मतलब ?

—रूबीना थोड़ा हकबका गई। पति-पत्नी के एन्जॉय का मतलब क्या है, यदि विवाहित होकर भी नहीं समझ सकती तो उसके कहने को कुछ नहीं ! उसने अपने को सँभालते हुए कहा—हूँ, छिपा रही हो ! रूबीना से मैं 'सोयासदी', 'वीडिओ कनेक्शन' 'स्काई रूम' का खाना वगैरह के बारे में बात कर रही थी। सामान्य बातचीत। इन बातों पर ध्यान न देकर वह पतंग की डोर ढीली छोड़कर मुझे उड़ाती है। आँख दबाकर हँसती है। कहती है—अलताफ भाई क्या रात में आपको बहुत तंग करते हैं ?

लम्बी साँस छोड़कर बोली—हाँ !

रूबीना बिस्तर पर आराम से बैठ गई। पूछा—कितनी देर तक ?

—मतलब ?

—मतलब कब सोने देते हैं ?

हँसकर बोली—घड़ी नहीं देखती।

—इसका मतलब काफी देर तक चलता है ! मंजूर तो एक घंटा से पहले खत्म नहीं करता। रूबीना के होंठों के छोर पर मुस्कान झलकती है—अलताफ भाई कितना समय लेते हैं ?

वह कुछ रसीली बातें मेरी जुबान से सुनना चाहती थी। लेकिन ये बातें कैसे कही जाती हैं, किस तरह इनको बताया जाता है, मैं नहीं जानती। अलताफ ने मुझे कुछ सिखाया ही नहीं। मैं चुप रही। रूबीना मेरा हाथ खींचकर अपने करीब कर लेती है। बोलती है—इतनी शर्म क्यों ? हमारे साथ रहोगी तो देखना शर्म कहाँ भाग जाती है। मेरी जुबान तो फिर भी बहुत अच्छी है, लिपि भाभी के पल्ले पड़ोगी तब देखना तुम्हारी क्या हालत होती है। वह इतना स्लैंग जानती है ! रूबीना जोर से हँस पड़ी। मैं हैरानी से उसका मुँह ताक रही थी। उसके चेहरे पर कितनी सन्तुष्टि का भाव था !

अचानक मैं पूछ बैठी, हालाँकि वह सवाल करने के लिए मैं खुद भी तैयार नहीं था—अच्छा, आपने 'एक घंटा तक' क्या किया !

रूबीना चाय की चुस्की लेती हुई फिर हँस पड़ी और बोली—मिनिमम आधा घंटा, मैक्सिमम एक घंटा तो होता ही है !

—क्या होता है एक घंटा ?

—और क्या ? जो एक मर्द करता है ! मुझे भी 'पिक' पर आने में आधा घंटा-एक घंटा लगता है। और कभी-कभी दस-पन्द्रह मिनट में भी हो जाता है !

—'पिक' मतलब ?

—आरगाजम !

—आरगाजम माने ?

—आरगाजम नहीं जानतीं ?

—नहीं तो !

मेरी आँखों में अपार कौतूहल था। मैं रूबीना के और करीब हो गई। उसकी भौंहें सिकुड़ गईं। बोली—इज इट ?

मैंने सिर हिलाकर कहा—हाँ !

—ओ ! सो क्यूड यू आर। अलताफ भाई ने कभी कुछ नहीं कहा ?

—नहीं !

—क्या आप आरगाजम का मतलब समझ नहीं पा रही हैं ? अरे वही, जो पूरे शरीर में एक तरह की अनुभूति होती है। उसे एक 'बहुत अच्छा लगना' कह सकती हैं। उसके बाद नींद आ जाती है !

—लेकिन मेरे तो पूरे शरीर में एक तरह की बेचैनी होती है, नींद नहीं आती। रात-भर छटपटाती रहती हूँ !

रूबीना चौंक गई। बोली—क्या कह रही हैं, भाभी ! आप छटपटाती हैं और अलताफ भाई क्या करते हैं ?

—वे तो आराम से सोते हैं !

रूबीना की हैरानी दूर नहीं होती। गोया वह कोई भूत की कहानी सुन रही हो। काफी देर तक चुप रहने के बाद 'बेचारी' कहकर मुझे गले से लगाते हुए जीभ से उसने 'चुह्-चुह्' की आवाज की। खुद को मैं बड़ी बेबस महसूस कर रही थी। बहुत अकेली। बहुत वंचित।

फिर उसने पूछा—वैसा नहीं होता ? पूरे बदन में एक 'अच्छा' लगना ? कभी ऐसा नहीं हुआ ?

मैंने बेबस सिर हिलाया—ना ! 'अच्छा' लगने की किसी अनुभूति से मैं कभी परिचित नहीं हुई। मुझे अलताफ ने ऐसा ही सोचना सिखाया कि यह मामला एकतरफा उसके आनन्द के लिए है। इससे और किसी चीज की प्राप्ति भी होती है, अलताफ ने कभी नहीं कहा। क्या अलताफ जानते हुए भी जिक्र नहीं करता या जानता ही नहीं, मैं समझ नहीं पाती।

रूबीना जाते समय बोली—आप लोग डॉक्टर को दिखाइए भाभी ! अलताफ भाई से कहिएगा—डॉक्टर को दिखाना जरूरी है।

मेरे दिमाग में यह बात घूमती रही। घूमती ही रही। मुझे इससे छुटकारा नहीं मिला। मेरा और किसी चीज में मन नहीं लगा।

अलताफ के आते ही मैं मनुहार करती हुई बोली—मेरी एक बात मानोगे ?

—कौन-सी बात ?

—पहले बोलो, मानोगे या नहीं !

—पहले सुनूँ तो !

—चलो, डॉक्टर के पास चलते हैं !

—क्यों, डॉक्टर के पास क्यों ?

—हम दोनों को ही डॉक्टर को दिखाना चाहिए !

—तुम्हारा मन हो तो तुम जाओ, मुझे कोई जरूरत नहीं !

—मुझे लगता है, प्रॉब्लम तुम्हारी ही है। डॉक्टर को दिखाने से यदि ठीक हो जाए तो हम क्यों न जाएँ, बोलो ?

—हीरा, प्रॉब्लम दरअसल तुम्हारी है। तुमने क्या सोचा है ? घर-परिवार में तुम्हारा मन नहीं। दिन-भर एक ही चिन्ता। दफ्तर से लौटकर तुम्हारा मुस्कुराता चेहरा कितने दिन देखने को मिलता है, बोलो ! मैंने तो तुम्हें ऐसी लड़की नहीं सोचा था। तुम इतनी खराब लड़की हो, यह मैं शादी से पहले नहीं जानता था। असल में तुम्हें मेंटल प्रॉब्लम है। तुम्हें साइकाट्रिस्ट को दिखाना चाहिए। कम पढ़ी-लिखी हो, विद्या-बुद्धि है नहीं। दिन-भर बस सेक्स-सेक्स और सेक्स ! सब फालतू बातें !

अलताफ का आँख-मुँह लाल हो गया। मैंने मन ही मन कहा—इससे तो अच्छा है, तुम मुझे छूना मत ! तुम मेरे भीतर के घर-द्वार में आग लगा देते हो, बुझाते नहीं। मैं सिर्फ जलकर मरती रहती हूँ।

अलताफ चिल्लाने लगा—तुम क्या समझती हो मैं जानता नहीं कि तुम क्यों ऐसा करती हो ? क्यों तुम इस चीज के बारे में इतना जानती हो, तुम्हारा इतना अनुभव क्यों है !

—बताओ, क्यों करती हूँ ? मैंने ठंडी आवाज में पूछा।

—इतने दिनों तक सबकी शिकायत कि लड़की हमेशा उदास रहती है, पता नहीं क्या सोचती रहती है, मैंने अनसुनी कर दी। पर अब समझता हूँ तुम्हें पहले से इसका अनुभव है। वह तुम्हारा एक्सपोजर था। अब भी तुम्हें सावधान कर रहा हूँ—गन्दी लड़कियों की तरह गन्दी चीजों के बारे में मत सोचो। कम से कम मेरे घर में तुम्हारी यह गन्दी हरकत नहीं चलेगी !

मन ही मन बोली—मैं तो सोचना नहीं चाहती, तुम्हीं मुझे हर रात सोचने के लिए मजबूर करते हो ! तुम मुझे सोचने के लिए बाध्य नहीं करोगे तो मैं फिर पहले की तरह हँसूँगी। बरामदे में खड़ी होकर तुम्हारा इन्तजार करूँगी कि तुम कब लौटोगे ! कब आकर कहोगे—मेरी हीरा, मेरी अच्छी हीरा ! मैं तुम्हारे लिए पूरे कमरे में रजनीगन्धा के फूल सजाकर रखूँगी। तुम बहुत खुश होगे, कहोगे—मेरी अच्छी बीवी, तुम मेरी जान हो, तुम्हारे बिना शायद मैं मर ही जाऊँगा ! लेकिन तुम मुझे प्यार करते हो यह दूर से कहोगे, पास नहीं आओगे—छुओगे नहीं मुझे ! मैं तुम्हारे स्पर्श के अलावा बाकी सब कुछ चाहती हूँ। फिर मुझे कोई प्रॉब्लम नहीं होगी !

रात में बिस्तर पर सोने की इच्छा नहीं हुई। अलताफ ने नहीं माना। वह पास आकर खड़ा हो गया। बोला—'उठो !' उसकी आवाज में आदेश था, उठना ही पड़ेगा ! आँखों में खून उतारे पति खड़ा है तो खड़ा रहे। मैंने कहा—मुझे बहुत नींद आ रही है।

—आने दो, फिर भी उठो ! शादी अलग बिस्तर में रहने के लिए नहीं की है।

अलताफ ने मेरा हाथ पकड़कर मुझे खींचकर उठाया। बगले के कमरे में बिस्तर पर ले गया। मैं एक झीनी-सी नाइटी पहने हुई थी। एक झटके में खोल दिया। शादी के तुरन्त बाद कुछ दिनों तक यही स्पर्श कितनी जबर्दस्त खुशी देता था मुझे—पूरी न सही, थोड़ी-सी भी तो देता था ! लेकिन अब अलताफ के वही हाथ, वही स्पर्श मेरे अन्दर एक भीषण घृणा जगाते हैं। अलताफ के सिहरने-कराहने की आवाज ऐसी लगती है जैसे कीचड़ पाकर कोई सूअर 'घोत्-घोत्' कर रहा है। वह चूमना चाहता है, मैं मुँह हटा लेती हूँ। मैं यह सब नहीं चाहती, यह सब मुझे अच्छा नहीं गलता—मैं अपनी शारीरिक निर्लिप्तता से उसे यह महसूस करा देती हूँ।

उसने अपने शरीर की पूरी ताकत से मुझे मसल डालना चाहा। मुँह से भकभकाती दुर्गन्ध आ रही थी। बड़बड़ाते हुए बोला—तुम्हारी हिम्मत देखकर मैं हैरान होता हूँ। क्या नहीं किया तुम्हारे लिए ? यार-दोस्तों के घर घुमाने ले गया, बाहर घुमाने ले गया, चायनीज खाना वगैरह। सोचा था बैंकाक-सिंगापुर भी घुमा लाऊँगा। इतना सब करता हूँ और यह कहती है—मुझमें कमी है !

मैं जबड़े भींचकर बोली—तुममें ही कमी है। मैंने रूबीना भाभी से सब जाना-सुना है !

—मंजूर की बीवी आई थी ?

—हाँ ! बोली कि मंजूर तो काफी देर तक ठहरता है !

—मतलब ?

—लड़कियों का भी कहते हैं कि आरगाजम होता है !

—यह सब क्या वही औरत सिखाकर गई है ?

मैं कुछ नहीं बोली। अलताफ की बातों से लग रहा था, गोया दोष उसमें नहीं, बल्कि दोष रूबीना का ही है। रूबीना के बहकावे से ही हम दोनों के बीच कहासुनी हो रही है। अलताफ झट से बिस्तर से उठ खड़ा हुआ। तिरछी नजर से मैंने देखा, उसके भीतर एक तीव्र बेचैनी थी। बाथरूम में घुसकर उसने शावर खोल दिया, सिर धोया। सिर पर पानी डालने से कहते हैं कि मन शान्त होता है, शायद इसलिए ! अलताफ मन को शान्त करता है। लड़कियों में आर्गाज़्म होता है—शायद अलताफ ने पहली बार जाना ! क्या अलताफ को ही वह सब होता है जो रूबीना कह रही थी ? क्या पता, समझ नहीं पाती ! वह कुछ कहता भी नहीं। मुझे वह सब जानने की बड़ी इच्छा होती है। सब कुछ धुँधला-सा लगता है। मानो पति-पत्नी के बीच कोई अद्‌भुत घटना घटती है ! बड़ा ही रहस्यमय है सब कुछ। यदि यह कोई दीवार है तो मैं इसे भेद नहीं पाई हूँ। मुझे सब कुछ अभेद्य लगता है। मैं वहाँ तक पहुँचना चाहती हूँ, सब कुछ दूर का लगता है। मैं अलताफ से समझना चाहती हूँ। ऐसा भी हुआ कि मैंने उससे कहा—मैं तुम्हें पूरा देखना चाहती हूँ।

—मतलब ? क्या देखोगी ?

—तुम्हारा शरीर ! मैं जरा भी शर्म के बगैर बोली।

—मेरे शरीर में देखने का क्या है ?

—है।

अलताफ मेरी बात से नाराज होता है। कहता है—मैं समझता हूँ, यह सब रूबीना का ही काम है ! उसने तुम्हें क्या कुछ उल्टा-पुल्टा पढ़ाया है। गन्दी औरत !

—पति का शरीर मैं नहीं देख सकती ? पत्नियाँ क्या नहीं देखती हैं ?

—तुम क्या कहना चाहती हो, क्या मैं समझ नहीं रहा ?

—हाँ, समझते हो ! आजकल थोड़ा ज्यादा ही समझते हो, तुम !

अलताफ कसकर लुंगी पहनता है। सिगरेट सुलगाता है। जोर-जोर से कश लेता है। कमरा धुएँ से भर जाता है। कमरे में एयर कूलर चल रहा था, फिर भी अलताफ पसीना-पसीना हो रहा था। एक मक्खी कमरे में भिनभिना रही थी। रात में मक्खी कहाँ से आई ! कान के पास मक्खी भिनभिनाती ही रही। मैं उसे कहाँ भगाऊँ ! इस कमरे में ही वह चक्कर लगाएगी। भिनभिनाती हुई घूमेगी।

अलताफ को मैंने देखना चाहा। चाह ही सकती हूँ ! उसके इतना गुस्सा होने की

क्या बात है ! या फिर शर्म, या कि डर ! एक के बाद एक सिगरेट वह सुलगाता रहा। मेरे क्या करने से अलताफ खुश होगा, मुझे पता नहीं। फिर उसे खुश करने की पूरी जवाबदेही मेरी ही क्यों होगी ? मैं भी तो यह सोच सकती हूँ कि मैं जो चाहती हूँ उसे अलताफ कितना पूरा कर रहा है ! जेहन में यह भी एक सवाल उभरता है, आखिर अलताफ ने इस तरह क्यों रिएक्ट किया ! उसके सारे अंग-प्रत्यंग देखने का क्या मुझे हक नहीं है ? मेरा तो सब कुछ उसने देखा है—मसला है, कुचला है ! तो फिर !

अलताफ को मैं ठीक से समझ नहीं पाती। उस दिन रात-भर वह नहीं सोया। उसे अपने को दिखाने को कहा था, दिखाया भी नहीं। काफी दूर हटकर सोया रहा। समझ में नहीं आता कि देखने में उसका हर्ज होता ! नपुंसक तो नहीं है वह, पत्नी की भावना का थोड़ा-सा मोल भी उसने नहीं दिया। मुझे सन्देह हो रहा है। अलताफ में कोई शारीरिक गड़बड़ी है क्या ? मेरी दुश्चिन्ता दूर नहीं होती। लेकिन एक बात समझती हूँ कि अलताफ मुझसे कुछ छिपाता है। अचानक एक दिन बाथरूम में घुसकर मैंने देखा कि अलताफ कुछ छिपा रहा है—शीशीनुमा कुछ। पूछा—तुम्हारे हाथ में क्या है ? बोला—वो कुछ नहीं, यूँ ही ! कैसे कुछ नहीं ? मैंने साफ-साफ कुछ देखा। मुझसे छिपाकर अलताफ उन शीशियों को लेकर कुछ करता है, ऐसा मुझे लगा था। बाद में गौर किया कि सोने से पहले वह बाथरूम में काफी देर तक रहता है। कितनी बार पूछा है, तुम उतनी देर तक बाथरूम में क्या करते हो ? अलताफ गम्भीर बनकर कहता—क्या करता हूँ यह दिखाने के लिए अब से तुम्हें साथ लेकर बाथरूम जाना होगा, है न ?

अलताफ पर मुझे सन्देह होता है। वह डॉक्टर के पास क्यों नहीं जाना चाहता ! वह मुझे अपना शरीर क्यों दिखाना नहीं चाहता ? उसे कोई शारीरिक प्रॉब्लम है ? मेरी दुश्चिन्ता दूर नहीं होती। उसका जो कुछ भी है, मैं क्यों नहीं जान सकती ? मैं तो धीरे-धीरे अपना सारा सुख-दुःख उसे बता चुकी हूँ। यदि मैं पूरी तरह अनावृत हो सकती हूँ तो उसको परेशानी क्यों है ?

डॉक्टर के पास जाना चाहिए। अलताफ जब दफ्तर चला गया तो मैंने तय किया कि जब वह नहीं जाएगा तो मैं अकेले ही जाऊँगी। रूबीना के घर फोन करने से डॉक्टर का पता मिल गया। नयापल्टन में चेम्बर है, सुबह वहाँ दिखाया जा सकता है। नया पल्टन जाकर उस डॉक्टर का चेम्बर मैंने ढूँढ़ निकाला। ज्यादा देर तक इन्तजार नहीं करना पड़ा। डॉक्टर ने पूछा—रोगी कौन है ? रोगी असल में कौन है, मैं समझा नहीं

पाई। बूढ़े-से डॉक्टर के अलावा कमरे में और लोग भी थे। काफी शर्म आ रही थी बोलने में कि किसकी बीमारी है, क्या बीमारी है ! हिम्मत जुटाकर डॉक्टर के पास पहुँच तो गई थी लेकिन क्या और कैसे ये सब बातें बताई जा सकती हैं, मैं समझ नहीं पा रही थी। उन्हीं लोगों ने मुझसे पूछा—मैं मैरिड हूँ या नहीं। मैरिड हूँ, यह जान लेने के बाद पूछा—पति कहाँ हैं, वे आए क्यों नहीं ? इस तरह के और भी कई सवाल करने के बाद डॉक्टर के असिस्टेंट ने मेरी समस्या जाननी चाही। कुछ जोड़ी कान मेरी समस्या सुनने के लिए चौकन्ने थे। मैं असहज महसूस कर रही थी। इतनी निजी समस्या क्या इतने लोगों के सामने बताई जा सकती है। थूक निगलते हुए, टेबुल का किनारा नाखून से खरोंचते हुए नजरें झुकाए जो कुछ मैं बोली, वह इस तरह था—रात में पति के साथ जो होता है, वह मुझे अच्छा नहीं लगता। डॉक्टर ने पूछा—क्यों अच्छा नहीं लगता ? बताने में झिझक हो रही थी। तभी रूबीना भाभी की बात याद आई, उन्होंने कहा था—डॉक्टर को अपनी सारी लाज-शरम छोड़कर बताइएगा। सो थोड़ा रुककर, थोड़ा खाँसकर गला साफ करते हुए बोली—मुझे कोई सुख नहीं मिलता ?

—पति का क्या 'इरेक्शन' होता है ?

डॉक्टर की बात का कोई जवाब नहीं दे पाई। क्या जवाब देती 'इरेक्शन' का मतलब ही मैं नहीं समझ पाई थी। चुप रहने पर डॉक्टर ने मुझे समझाकर बताया कि इरेक्शन का क्या मतलब होता है ! मैंने कहा—मुझे पता नहीं, उसका यह सब होता है या नहीं।

डॉक्टर ने प्रेसक्रिप्शन लिखने के लिए कलम निकाली थी, फिर बन्द करके बोले—पति को आना होगा।

—वे तो आना नहीं चाहते !

—रोगी के न आने पर ट्रीटमेंट कैसे होगा ! हमें तो दोनों की जाँच करके समझना होगा।

मैं सिर हिलाकर चली आई। घर लौटते ही सास ने पूछा—अकेले-अकेले कहाँ गई थी ?

—डॉक्टर के पास।

—क्यों ?

—कुछ परेशानी थी।

—बीमार होने पर अलताफ तुम्हें ले जाएगा। तुम घर की बहू हो, अकेले क्यों जाओगी ? फिर मुझे बोलकर क्यों नहीं गईं ?

—आप सो रही थीं !

—सोए रहने पर अकेली चली जाओगी, यह कैसी बात है ?

मुझे चिन्ता नहीं होती ? कहाँ गई, क्या हुआ—नहीं हुआ !

—मैं तो रमजान को बोलकर ही गई थी कि जरूरी काम से बाहर जा रही हूँ !

—तुम्हारे बोल देने-भर से तो नहीं होगा। हमें देखना होगा कि तुम्हारा बाहर जाना

उचित है या नहीं। फिर डॉक्टर के पास ही क्यों जाओगी ?

मैं कुछ कहे बिना ही सोनेवाले कमरे में चली आई। गोद में तकिया भींचे सोई रही। शाम को अलताफ के लौटते ही यह सूचना दी गई कि मैं अकेले घर से बाहर गई थी। सासूजी ने यह भी कहा, बहू की शायद तबीयत खराब है। तबीयत खराब होने पर डॉक्टर के पास तुम नहीं ले जा सकते ? घर की बहू है, उसे क्या डॉक्टर के पास अकेले जाना चाहिए ? लोग क्या कहेंगे !

अलताफ बिना कोई जवाब दिए कमरे में आया। आते ही पूछा—कहाँ गई थी ?

—नयापल्टन।

—क्यों ?

—डॉक्टर के पास !

अलताफ का चेहरा गुस्से से लाल हो गया। बोला—डॉक्टर के पास, मतलब ? तुम बीमार हो क्या ?

मैं कोई जवाब दिए बिना अलताफ के भिंचे हुए जबड़े को देखती रही। कुछ देर बाद अलताफ ने अपनी नजरें झुका लीं। उस रात वह भी दूसरी ओर मुँह फेरकर सोया। मैंने ही उसे हल्के स्पर्श से जगाया। पूछा—तुम नाराज हो ?

अलताफ कुछ नहीं बोला। वह नाराज तो है ही। मन में आया, उसे प्यार से समझाऊँ कि यदि यह कोई बीमारी है तो बीमारी का इलाज होना चाहिए। आवाज में अपनत्व के साथ बोली—मैं तो हम लोगों की भलाई के लिए ही डॉक्टर के पास गई थी।

अलताफ ने अचानक चिल्लाकर कहा—तुम अपनी बीमारी ठीक कराने गई थीं। हमारी बीमारी क्यों कह रही हो ? मेहरबानी करके 'हम लोग' शब्द मत बोलो ! ये बातें वह इस तरह दाँत पीसते हुए बोला कि उसके शरीर से मेरा हाथ हट गया। मेरा सारा उत्साह खत्म हो गया।

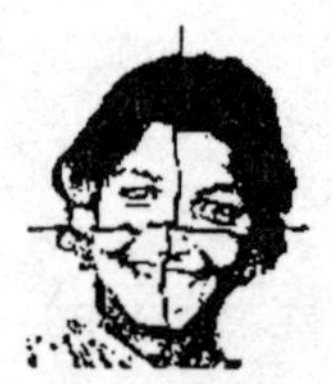

मेरे बाहर निकलने को लेकर अलताफ ने कभी एतराज नहीं किया था। लेकिन आज जब बोली कि मैं गुलशन मार्केट जाऊँगी तो अलताफ ने कहा—मैं शाम को आकर ले चलूँगा !

—क्यों, क्या मैं अकेले नहीं जा सकती ?

—जा क्यों नहीं सकतीं ? तुम तो बहुत कुछ कर सकती हो !

—फिर अकेले जाने से मना क्यों कर रहे हो ?

—मेरी मर्जी !

—तुम्हारी मर्जी ही सब कुछ है ? मेरी कोई इच्छा नहीं होनी चाहिए ?

—तुम्हारी इच्छा में कमी कहाँ रह रही है, सुनूँ जरा ! साड़ी-गहना आदि चीजों से तुम्हें लाद नहीं दिया है ?

—साड़ी-गहना क्यों लाते हो ? मैंने तो नहीं कहा वह लाने के लिए। उसके बिना मैं मर जाऊँगी !

—मुँह से न कहने पर भी मन में इच्छा होती है, मैं जानता हूँ !

—गलत जानते हो। यह तुम्हारा गलत ख्याल है। सोचते हो, सभी लड़कियाँ साड़ी और गहने के लिए पागल होती हैं। देते हो इसलिए उसी सबमें डूबी रहती हूँ।

—डूबे रहने के लिए और क्या है लड़कियों के पास ? घर-परिवार सँभालेंगी, बच्चों को पालेंगी और सजना-सँवरना तो पड़ेगा ही।

—क्यों करना होगा यह सब ? बिना सजे-सँवरे क्या मैं हीरा नहीं रहूँगी ?

—शायद रहोगी। लेकिन खूबसूरती की एक कीमत तो है ही। खूबसूरती के कारण ही तो...

—खूबसूरती का मतलब ?

—अपनी सुन्दरता को तो बनाए रखना होगा। लड़की हो, समझती नहीं हो ?

—सुन्दरता न बनाए रखने पर क्या होगा ?

—शादी नहीं होगी। लोग पसन्द नहीं करेंगे !

—क्या लोगों की पसन्द के लिए ही लड़कियाँ होती हैं ?

—मैं पसन्द न करता तो तुम्हारी क्या दशा होती ?

—कुछ जरूर होता !

—होता, वैसा ही होता ! इतना ऐशोआराम नहीं मिलता। दिन-भर चूल्हे के पास रहना पड़ता। पति और सास के हाथों पिटती रहती।

मैं लम्बी साँस छोड़कर बोली—हाँ, अभी तो पति और सास का प्यार पाकर मरी जा रही हूँ। तुम लोग तो बहुत सुख दे रहे हो न मुझे ! इतना सुखी होकर मेरा दुखी होना क्या शोभा देता है ! मैं बहुत गन्दी लड़की हूँ। बहुत लोभी-लालची। है न ?

इस बात पर अलताफ चुप हो गया। मैंने फिर बात छेड़ी—क्या तुम नहीं चाहते कि मैं कहीं अकेली आऊँ-जाऊँ ?

—नहीं !

—ठीक है, मुझे मेरे पिता के घर छोड़ आओ !

—क्यों, वहाँ क्यों जाना चाहती हो ?

—वहाँ मैं कुछ दिन रहूँगी।

—पूरी जिन्दगी तो वहीं रहकर आई हो ! फिर वहाँ रहने की क्या जरूरत आ पड़ी ?

—यह मैं ही जानती हूँ। तुम तो अपने घर से बाहर नहीं रह रहे हो, तुम क्या समझोगे !

—कितने दिन के लिए जाना चाहती हो ?

—जितने दिन रहने की इच्छा होगी ! मैं थोड़ा गुस्से में ही बोली।

—तुम्हारी जो मर्जी होगी, वही करना चाहती हो ?

—मर्जी के मुताबिक करना क्या बहुत बुरी बात है ? मेरी इच्छाएँ इतनी बुरी तो नहीं हैं !

—अच्छा तो नजर नहीं आता।

अलताफ बात करते हुए इधर-उधर टहल रहा था। सासूजी के कमरे में गया। वहाँ उनमें गोपनीय बातचीत हुई। फिर पता नहीं कब दफ्तर चला गया। मुझसे बोलकर भी नहीं गया। शाम को उसके लौटने पर मैंने कहा—आज रूबीना भाभी के घर जाऊँगी !

—क्यों ?

—जाने का मन कर रहा है।

—फालतू चीजों की इच्छा फिर नहीं होनी चाहिए। वह औरत तुम्हें बिगाड़ रही है।

—उसका कोई दोष नहीं है !

—दो शैतानों ने मिलकर गन्दी बातों की महफिल जमाई थी। और कह रही हो—दोष नहीं !

मेरी और बात करने की इच्छा नहीं हुई। क्या बात करती ? अलताफ दूर, बहुत दूर का कोई आदमी लगता है। वह मेरा नजदीकी—कोई अपना महसूस ही नहीं होता। अलताफ का हाव-भाव, बात-व्यवहार सब कुछ बदल गया है। वह गुस्साने पर कितना कुरूप हो सकता है, कितनी अश्लील जबान में बात कर सकता है, उसे गुस्सा न दिलाने पर नहीं जाना जा सकता था। अकेले एक कमरे में मेरा दम घुटता है। सास-ससुर भी मुझसे कुछ खास बोलते-चालते नहीं। उन लोगों ने मान लिया है कि बहू घरेलू लड़की नहीं है, घमंडी, मनहूस, और नकचढ़ी है। सासूजी के कमरे में गई तो मुझसे बोलीं—लगता है, नमाज-वमाज तो पढ़ती नहीं हो। पढ़ना जानती भी हो या माँ-बाप ने कुछ नहीं सिखाया ! मैंने कहा—सिखाया है, लेकिन मैं नहीं पढ़ती। मन नहीं करता ! वे गुस्से में आकर बोलीं—इतना उजड्ड होने से कैसे चलेगा। मैं चुपचाप लौट आई। नमाज-रोजा न करने का मतलब उजड्ड होना है, मैं यह नहीं मान सकी। सास के सोच से मेरा सोच नहीं मिलता, मैं मिला नहीं पाती। काफी फासला महसूस करती हूँ। घर पर फोन ही मेरा एक मात्र साथी है। माँ-पिताजी, भाई-भाभी, पुरानी सहेलियों से बात करती हूँ। माँ-पिताजी कहते हैं—थोड़ा समझौता करके चलने की कोशिश कर। सब ठीक हो जाएगा ! भाई कहता—शुरू-शुरू में 'एडजस्ट' होने में मुश्किल आती है, बाद में सब ठीक हो जाता है। सम्बन्ध दरअसल अभ्यास की बात है। सहेलियाँ कहती हैं—सुना है तुम बहुत सुख में हो, सुन्दर पति मिला है। कितना हैंडसम लड़का है ! रूमा नाम की एक सहेली ने कहा—तुम्हें बहुत प्यार करता है, न ? सुन्दर बीवी को प्यार करेगा क्यों

नहीं ! मेरे जैसी साधारण लड़की का पता नहीं क्या होगा !

विवाहित सहेलियाँ घुमा-फिराकर उसी बात पर आ जाती हैं—एक दिन में कितने बार होता है रे तुम लोगों का ?

उनका सवाल सुनकर मेरे अन्दर फिर वही भावना जागती है, शरीर से थक्का बन-बनकर दुःख गले में जमा हो जाता है। बोलती हूँ—कितनी बार ! पता नहीं !

सहेलियों में शरमिन से मेरी बहुत गहरी दोस्ती है। वह हँसकर कहती है—छिपा रही हो ?

—छिपाने का क्या है ! यह सब चर्चा करना मुझे अच्छा नहीं लगता।

—क्या बोलती हो, अभी तक बच्चा नहीं हुआ और ये सब बातें अच्छी नहीं लगतीं ! शादी के बाद कम से कम पाँच-छह साल तक तो यह काफी आनन्ददायक लगता है !

—कैसा आनन्द ? मैं आनन्द-वानन्द नहीं जानती !

—मतलब ?

—मतलब नहीं जानती ! सिर्फ तकलीफ होती है !

—तकलीफ होती है ? तो फिर डॉक्टर को दिखा ! तकलीफ तो होनी नहीं चाहिए !

—अलताफ डॉक्टर को नहीं दिखाना चाहता। जिद पकड़े हुए है। अपने को मैंने दिखाया था। उसी से नाराज हो गया है।

—क्या कहती हो ! हम लोग तो भई सुखी हैं। इस तरह की कोई परेशानी नहीं है। हालाँकि दूसरी परेशानियाँ हैं !

—कैसी परेशानी ?

—पढ़ना चाह रही हूँ, हसबैंड पढ़ने नहीं दे रहा। नौकरी करना चाहती हूँ, इसके लिए भी मना कर रहा है। दिन-भर घर में बैठे रहना अच्छा नहीं लगता !

—मुझे भी अच्छा नहीं लगता। चलो, दोनों मिलकर कुछ करते हैं। पढ़ाई-लिखाई या फिर दूसरा कोई कामकाज !

—बहुत अच्छा रहेगा। अपने पति से बोल, मैं भी कहूँगी ! घर में बैठे-बैठे लगता है, शरीर में जंग लगता जा रहा है।

दिन-भर यही बात दिमाग में घूमती रही। काश ! कोई काम किया जा सकता, या फिर पढ़ाई। अलताफ के दफ्तर से लौटने पर उससे बोली—सुनो, दिन-भर घर बैठे रहना अच्छा नहीं लगता। मुझे कुछ करना चाहिए !

बिस्तर पर लेटे हुए अलताफ ने बेनसन एंड हेजेज सिगरेट सुलगाई। होंठों में सिगरेट दबाकर बोला—क्या करना चाहिए ?

—बी.ए. में दाखिला ले लेती हूँ !

—ये फिर किसकी सलाह से हुआ ? रूबीना आई थी क्या ?

—नहीं, मेरी सहेलियाँ जिनकी कम उम्र में शादी हो गई थी, वे लोग फिर पढ़ाई-लिखाई शुरू कर रही हैं। कॉलेज-विश्वविद्यालय में जा रही हैं।

—वाह, शौक कितना है ! चींटी के भी पर निकल आए हैं।

मैं कंघी कर रही थी, कंघीवाला हाथ हल्का-सा काँप गया। मानो सीने में एक कटोरी ठंडा पानी उड़ेल दिया गया हो ! शान्त स्वर में बोली—तुम बहुत बदलते जा रहे हो !

—बदलूँगा नहीं ! जैसा देवता, वैसी पूजा ! शब्दों को चबाते हुए अलताफ कह रहा था।

अलताफ जानबूझकर चुभनेवाली बातें करता है। मुझे लगता है, वह चाहता है कि उसकी बातों से मुझे चोट पहुँचे। उसका दिया खाती-पहनती हूँ इसलिए न चाहते हुए भी बिस्तर में उसके लिए शरीर बिछा देना पड़ता है, ताकि अपनी इच्छानुसार वह उससे खेल सके। मैं दिन पर दिन एक जड़ वस्तु बनती जा रही थी। मेरा सोच, मेरा भावावेग सब कुछ लुप्त होता जा रहा था। अलताफ से प्यार के नाम पर मेरे मन में कुछ नहीं बचा था। सिर्फ एक तरह की पास रहने की आदत रह गई थी। किसी के ही साथ तो रहने की आदत डाली जा सकती है। किसी भी जीव या आदमी के साथ। अलताफ को उनसे अलग जरा भी महसूस नहीं कर पाती मैं। वह कोई भी नपुंसक या पशु हो सकता है। मेरे लिए वह कोई अपरिहार्य नहीं लगता। मुझे लगता है कि उसके न होने पर भी मेरा जीवन चलेगा। मेरे जिन्दा रहने में यानी कि जैसी हूँ, वैसा रहने में मामूली दरार भी नहीं आएगी।

एक दिन मेरा एक ममेरा भाई मेरे घर घूमने आया। रतन। मेरा हमउम्र। दोस्त की तरह था वह।

—क्यों रे, बड़ा गृहस्थी चला रही है ! दस दिन की छोकरी इतनी जिम्मेदार कैसे बन गई ? पूरा घर घूम-घूमकर देखते हुए रतन ने कहा।

—लड़कियाँ गृहस्थ नहीं होंगी तो करेंगी क्या ! मेरा उदासी भरा जवाब था।

रतन के साथ बचपन की बातें हुईं। एक बार रतन मेरे खातिर अमरूद तोड़ने के लिए पेड़ पर चढ़ा था, गिर जाने से पैर टूट गया था उसका। उसके लिए कितना रोई थी मैं !

—अच्छा, तुम्हें टुटुल की बात याद है ? कैसी पिटाई पड़ी थी ! क्या मामाजी अब भी रात में 'भूत-भूत' कहकर चौंक उठते हैं ? मेरी आँखों की पुतलियाँ नेस्टाल्जिया में नाच रही थीं।

रतन बहुत चंचल लड़का है। यूनिवर्सिटी में पढ़ता है। दो-तीन लड़कियों से उसकी जान-पहचान हो गई। उनको कैसे प्रेम-जाल में फँसाया जा सकता है, यही मौका ढूँढ़ रहा है। इस बात पर हम लोग खूब हँसी-मजाक कर रहे थे। रतन ने होंठ बिचकाते हुए कहा—असली बात क्या है, जानती हो हीरा ! थोड़ा खर्च-वर्च करने से लड़कियों को पटाया जा सकता है !

—कैसा खर्च ?

—जैसे कैंटीन में चाय-समोसा खिलाया। चायनीज खाना खिलाया। कुछ गिफ्ट वगैरह दे दिया।

—अरे नहीं, लड़कियाँ यह सब मिलने से ही खुश क्यों होने लगीं ! वे इतना लालची होती हैं क्या ?

—तुम लड़कियों को नहीं जानतीं, वे बहुत दुष्ट होती हैं !

—दुष्ट ही अगर होती हैं तो फिर प्रेम क्यों करना चाहते हो ?

—चाहता हूँ ! क्योंकि प्रेम तो करना ही पड़ेगा।

—दुष्टों से प्रेम करना पड़ेगा ?

—इसके अलावा चारा ही क्या है !

—यानी उनके बिना तुम्हारा चारा नहीं !

रतन ने जाना चाहा। मैंने ही उसे रोक लिया, बोली—खाना खाकर जाना !

दोपहर में हम दोनों ने एक साथ खाना खाया। रतन ने कहा—तुम बहुत सुख में हो !

—सुख किस चीज का नाम है ? बड़ा-सा मकान, गाड़ी, अच्छा खाना, टेलीविजन-वी.सी.आर., डिस एन्टेना...इसी सबको क्या सुख में रहना कहा जाता है ?

—यह तो है ही ! जो भी चाहो, वह पा रही हो !

—काफी चीजें इस मकान में जरूर हैं लेकिन जो चाहती हूँ, वह पा रही हूँ—यह बात सही नहीं है !

—कहते हैं न, ज्यादा सुख आदमी को काटने दौड़ता है ! तुम्हें वही रोग लग गया है। रतन ने नाराजगी जताई। वह चाहता है कि उसकी बहन सुख में है तो सुखी रहे। इस सुख में कभी कोई दुःख डेरा न डालने पाए। रतन दोपहर में खाना खाकर, चाय-वाय पीकर बोला—दूल्हाभाई से भेंट करके जाने का मन कर रहा है। लेकिन शाम को एक जरूरी काम है रे ! मुझे जाना पड़ेगा ! तुम दूल्हाभाई के साथ घूमने आना ! घर में तुम लोगों की खूब चर्चा होती है। तुम दोनों की जोड़ी खूब जमी है आदि बातें होती रहती हैं। कुछ समय हाथ में लेकर आना ! ठीक है ?

अलताफ के घर लौटने पर मैंने रतन के बारे में बताया कि वह आया था, दोपहर को यहीं खाना खाकर गया है !

अलताफ ने भौंहें सिकोड़ते हुए पूछा—कौन रतन ?

—वही इनायत मामा का लड़का। पहचान नहीं रहे ! कुछ दिन पहले तुम्हें शर्ट

प्रेजेन्ट किया था।

—अच्छा ! क्या कहा उसने ?

—बातें-वातें कीं।

—क्या बातें कीं ?

—वही बचपन की बातें। फिर अपनी यूनिवर्सिटी की बातें !

—और ?

—और क्या, यही सब !

—घर पर बचपन की बातें करने आया था ?

—ममेरे भाई के साथ बचपन की ही बातें तो होंगी। और जब, साथ-साथ पले-बढ़े हैं। मैं तो दस साल की उम्र तक ननिहाल में ही थी !

—बड़ी उम्र की कोई बात नहीं हुई ?

—बड़ी उम्र, मतलब ?

—यही कि जैसे तुम्हारा पति कैसा है, तुम्हें वह अच्छा लगता है या नहीं ! सहन होता है या नहीं ! उसे छोड़कर चले जाने का मन करता है या नहीं !

—तुम्हारे बारे में कोई बात ही नहीं हुई।

—अच्छा ! इसका मतलब है कि अपने में ही रमे रहे। मुझे भूल ही गई थीं !

—तुम्हें क्यों भूलूँगी ?

—मुझे कैसे यकीन होगा ?

—यह सब कहने से मुझे क्या फायदा, बोलो !

—जरूर फायदा है। फायदा न होने पर कह क्यों रहा हूँ ?

—तुम क्या बोल रहे हो, मेरी तो समझ में नहीं आ रहा !

—समझोगी कैसे ? तुम्हारा तो दिमाग खराब हो गया है !

सचमुच मेरे सिर में चक्कर-सा आ रहा था। अलताफ खाने पर बैठकर बार-बार बोलता रहा—ममेरे भाई-वाई की नजर बहुत ठीक नहीं होती ! वह फिर आएगा क्या ! बहुत जरूरी न होने पर...आने की क्या जरूरत है ?

रात-भर मुझे नींद नहीं आई। दम घुटता हुआ-सा लग रहा था। धीरे-धीरे वह मुझे कहाँ धकेलता जा रहा है ! अलताफ चाहता है कि रतन फिर कभी न आए। मुझे उसकी यह बात माननी ही पड़ेगी। क्योंकि यह घर अलताफ का है, मौके-मौके पर यह बात वह जता देता है। अपने किसी रिश्तेदार को मैं चाहूँ तो इस घर में नहीं बुला सकती, यह बात भी उसने बड़े कायदे से समझा दी। मेरा किसी भी चीज पर कोई हक नहीं। न सम्पत्ति पर और न स्वतन्त्रता पर !

ममेरे भाई की नजर ठीक नहीं होती—यह कहने का मतलब क्या है ! क्या रतन मेरी ओर बुरी नजर से देखता है ! अलताफ बेवजह शक करता है, मैं समझती हूँ। इस बेबुनियाद शक की वजह क्या यह है कि वह सोच रहा है मैं किसी के प्रति आकर्षित हो रही हूँ ? रतन के प्रति ? एक शाम अलताफ के तीन दोस्त घर आए। उनसे मेरा

परिचय है। अलताफ उनके घर मुझे ले जा चुका था। जब वे लोग ड्राइंगरूम में जमकर बैठकबाजी कर रहे थे तो मैंने सोचा कि उस कमरे में जाकर मैं भी बैठूँ, साथ में चाय पीऊँ। बालों में कंघी करके जाने ही वाली थी कि अलताफ अचानक कमरे में आया, और बोला—मैंने कह दिया है कि तुम बीमार हो, सोई हुई हो !

—क्यों, मैं बीमार तो नहीं हूँ ! बड़े अचरज से पूछा।

—उनसे कह दिया है कि तुम बीमार हो। तुम्हें उसे कमरे में जाने की जरूरत नहीं। वे लोग बहुत ठीक नहीं हैं।

—तुमने तो खुद ही कहा था कि मंजूर, हैदर, लतीफ तुम्हारे बहुत करीबी दोस्त हैं !

—अरे छोड़ो, वह सब बेकार की बात थी ! अलताफ ने भौंहें सिकोड़ते हुए कहा।

—क्यों, उन लोगों ने क्या किया है ?

—ये लोग कोई ऐसा बुरा काम नहीं जो न करते हों !

—मेरे साथ तो नहीं किया !

—इसका मतलब कि तुम मेरी बात नहीं मानोगी ? तुम वहाँ अपना बदन दिखाने जाओगी !

—बदन दिखाने जाऊँगी, तुम्हें ऐसा लगता है ?

—हाँ, लगता है !

—तुम इतने 'मीन माइंड' हो ! छिः-छिः।

—जितना 'छिः-छिः' करना है, कमरे में करो। उस कमरे में मत जाना।

उस कमरे से हँसने की आवाज आ रही थी। वे लोग शराब पी रहे थे। अक्सर शाम को वे लोग स्कॉच व्हिस्की की बोतल खोलकर बैठते हैं। मैं कमरे में अकेली पड़ी रहती हूँ। खुद को बड़ा अकेला पाती हूँ। मानो दुनिया-जहान में मेरा कोई नहीं है। मुझे सबने अलताफ को अपना मानना सिखाया था—परिवार के लोगों ने, पास-पड़ोस के लोगों ने, जाने-अनजाने, सबने ! उसे तो अपना सोचती भी थी, लेकिन यह कैसा अपना आदमी है जो अकेले मौज-मस्ती करता है, मुझे छोड़कर ! मुझे कमरे में अकेली छोड़कर ! अचानक मैंने पाया कि मेरी आँखें आँसुओं से डबडबा रही हैं। रोक नहीं पाई। तकिया भीग जाता है।

रात में अपने दोस्तों को छोड़ने के बाद अलताफ आया। मुँह से शराब की बू आ रही थी। मेरी नाक महक से जलने लगी। अलताफ की जुबान लड़खड़ा रही थी। बोला—लेट मी लव ! लेट मी लव, हीरा !

मैंने अपना शरीर किनारे कर लिया। अलताफ ने झटके से मुझे खींचा। जोर से मुट्ठी में पकड़े रहा मेरा हाथ। मैंने छुड़ाना चाहा, उसकी ताकत के आगे कमजोर पड़ गई। उसने मेरा हाथ मरोड़ दिया। मैं कराह उठी, बोली—खबरदार, जो मुझे छुआ !

अचानक अलताफ ने जोर से मेरे गाल पर तमाचा मारा। मैं चौंक गई। अलताफ—मेरा पति, मुझे मार रहा है ! पहले तो यकीन नहीं हुआ। झड़प होती है, ठीक है। लेकिन अन्ततः उसने मुझ पर हाथ उठाया ! मुझे और भी हैरत में डालते हुए मेरे

दोनों गालों पर एक के बाद एक थप्पड़ मारने लगा। मैं अपनी सारी ताकत लगाकर भी खुद को छुड़ा नहीं सकी।

अलताफ ने घर में ऐलान कर दिया कि मैं कोई फोन रिसीव न करूँ। घर के बाहर जाना मना हो गया। मेरा कोई रिश्तेदार इस घर में न आ सके। अलताफ के यार-दोस्तों के सामने जाना मना हो गया। छत पर जाने की मनाही हो गई।

—नहीं मानेगी तो घर से निकल जाना होगा !

—तुम मुझे घर से चले जाने को कह रहे हो ?

—हाँ, कह रहा हूँ !

अलताफ दिन पर दिन रस्सी तुड़ाए साँड़ की तरह होता जा रहा था। वह मुझे नोंच डालना चाहता है। दाँत काटना चाहता है। मैं ऐसा नहीं करने देना चाहती। लेकिन ताकत में कमजोर पड़ जाती हूँ। एक दिन माँ-पिताजी दोनों आए। उनको खबर देकर बुलाया गया। मैं माँ-पिताजी से कुछ छिपाए बिना ही बोली—मैं यहाँ नहीं रहूँगी !

माँ चौंक गई। कहा—पागल हो गई क्या ? अभी भी क्या बच्ची हो ? बड़ी हो गई, अकल और बुद्धि आ गई। पागलपन मत कर, बेटी !

—मैं नहीं रहूँगी ! नहीं रहूँगी !

—क्यों नहीं रहोगी ?

—अलताफ मुझे मारता है !

—मारता है ? माँ-पिताजी दोनों ही घबड़ा गए।

—हाँ ! मैंने साफ-साफ बता दिया।

—क्या कह रही हो ! माँ-पिताजी दोनों ही गम्भीर हो गए।

तभी अलताफ आता है। माँ-पिताजी के पाँव छूता है। कहता है—तबीयत तो ठीक है, अब्बा ? अम्मा, सुना है कि आपको डायबेटीज हुआ है !

—हाँ बेटा, तबीयत ठीक नहीं रहती !

—मेरा एक दोस्त डायबेटीज अस्पताल में डॉक्टर है। कल सुबह मैं गाड़ी भेज दूँगा। आप 'काइगुली' चली आइए। मैं खुद आपको लेकर अस्पताल चला जाऊँगा !

—अच्छा बेटा ! माँ ने इत्मिनान की साँस ली।

अलताफ ने ही बात छेड़ी। बोला—हीरा को क्या हो गया है, जरा पूछिए तो ! उल्टा-सीधा काम कर रही है। आप लोग अब उससे ही सब सुन लीजिए, और जो ठीक

लगे, कीजिए।

—तुम्हीं बताओ। तुम्हारी पत्नी है वह। माँ ने धीरे-धीरे कहा।

—मेरी पत्नी है तो क्या हुआ ? पत्नी होने की कोई जिम्मेदारी निभाती है यह ? इससे ही पूछिए न !

माँ बोली—क्यों रे हीरा ! अलताफ क्या कह रहा है, सुन रही हो ?

—सुनूँगी क्यों नहीं ? बहरी तो नहीं हूँ...

—अपनी जिम्मेदारी नहीं निभाती ! क्यों नहीं निभाती, बोल ? माँ ने पूछा।

—मेरे बूढ़े माँ-पिताजी इस घर में रहते हैं। अपनी बेटी से पूछिए, उनकी कोई खोज-खबर लेती है यह ! वे क्या खाते हैं, कब खाते हैं, किसी बात की खबर रहती है इसे ?

—मेरी खबर भी तो कोई नहीं रखता ! मैं दाँतों से नाखून चबाती हुई बोली।

—मतलब ? तुम क्या चाहती हो कि मेरे माँ-बाप तुम्हारी खबर रखा करेंगे ? और तुम, महारानी की तरह खाट पर पाँव चढ़ाए बैठी रहोगी ?

—इतना पूछने-पाछने का क्या है, जिसको जो खाने का है, वह खा लेगा ! मैं तो खबर रखती हूँ कि तुम्हारे माँ-पिताजी के लिए स्पेशल खाना बन रहा है, यह रमजान के जिम्मे है। कोई परेशानी नहीं हो रही है ! और फिर वे लोग जब-जब बुलाते हैं, तो मैं जाती ही हूँ !

—घर में मेरी पत्नी के रहते हुए रमजान क्यों यह जिम्मेदारी निभाएगा ? अलताफ ने मेरे माता-पिता की ओर देखते हुए यह सवाल किया।

—क्योंकि मुझसे वह यह सब ज्यादा अच्छा जानता है ! फिर एक वजह और भी है...। मैं अलताफ की ओर देखती हुई बोली।

—क्या वजह है ?

—वजह यह है कि तुम्हारे माँ-पिताजी की नौकरानी बनने के लिए मैंने तुमसे शादी नहीं की।

—शादी तुमने मुझसे कब की ? शादी तो मैंने तुमसे की है ! मैं जो कहूँगा, तुम्हें मानना होगा।

—मैं नहीं मानूँगी। क्या कर लोगे तुम ?

—देखिए, अपनी लड़की की हिम्मत देखिए !

पिताजी बोले—हीरा, तुम कुछ ज्यादा की बदतमीजी कर रही हो !

अलताफ ने तो कोई भी बात गलत नहीं कही।

माँ ने भी कहा—सास-ससुर की सेवा किए बिना पति का प्यार मिलता है क्या ! मुझे तो देखा ही है कि मुर्गा बोलने के समय पर ससुर को 'आयुब का पानी' देने के लिए उठ जाती थी। सासूमाँ तीन साल तक बिस्तर पर पड़ी रहीं। अकेले मैंने सब कुछ सँभाला। तुम मेरी लड़की होकर...

—तुमने किया है तो क्या मुझे भी करना पड़ेगा ?

—यही नियम है। नियम बदल दोगी क्या ? जैसा होता आया है, वही तो करना पड़ता है !

—मुझे जो अच्छा नहीं लगता, वह मैं नहीं करती !

—सुनो हीरा, तुम्हारी मर्जी से यह घर नहीं चलेगा ! अलताफ की आवाज में कड़ाई थी।

—क्यों नहीं चलेगा ? कहते तो हो कि यह मेरा घर है ! अक्सर कहते रहते हो कि अपने घर का कामकाज खुद करो। यदि मेरा ही घर है तो मेरी मर्जी से क्यों नहीं चलेगा ! काम के लिए मैं और मर्जी के लिए, ऑर्डर के लिए तुम ?

—जबान सँभालके बात कर बेअदब लड़की ! अलताफ का असली रूप सामने आ गया।

मेरे कुछ बोलने से पहले ही माँ-पिताजी ने कहा—तू चुप कर !

मुझे चुप रहना होगा। मैं बेअदब हो गई हूँ। बाहरी लड़कों के साथ अड्डेबाजी करना चाहती हूँ। मैं घरेलू नहीं, अच्छी लड़की नहीं ! लुक-छिपकर ममेरे भाई से सम्बन्ध रखती हूँ। अलताफ मेरा पति है—मेरे लिए यह समझ पाना मुश्किल है, क्योंकि पति की बात तो मैं मानती ही नहीं, ऊपर से जुबान लड़ाती हूँ ! वह यार-दोस्त, नाते-रिश्तेदार के सामने मुँह नहीं दिखा सकता। माँ-पिताजी जाने से पहले मुझे बुलाकर दूसरे कमरे में ले गए। मैंने पूछा—क्या कहना है, इतना अकेले में क्यों बुलाया ?

पिताजी बोले—दामाद जैसा कहता है, उसी तरह चल ! जुबान मत लड़ाना। तुम्हारा भी कम दोष नहीं। अपने आसपास देखो, बंगाली बहू-बेटियाँ क्या करती हैं, तुम्हारी माँ ने क्या किया, तुम्हारी दादी-नानी क्या करती आईं। किसी का अपने पति से तो कोई विरोध नहीं हुआ ! तुम्हारे साथ ही क्यों हो रहा है ! जब तुम्हारे साथ ही यह हो रहा है तो सोचना होगा कि तुममें ही कोई गड़बड़ी है।

—गड़बड़ी जो है, वह उसी में है। मुझमें नहीं !

—उल्टा-सीधा मत बोल। सभी कहते हैं, अलताफ बहुत अच्छा लड़का है।

—सबके कहने से क्या होता है। उसके बारे में मैं जितना जानती हूँ, उतना तो और कोई नहीं जानता !

—तुम्हारा दिमाग अभी ठीक नहीं। बाद में समझोगी। फिर रतन यहाँ क्यों आता है ?

—क्यों आता है, मतलब ? रतन के आने में हर्ज ही क्या है ?

—अलताफ को जिसका आना पसन्द नहीं, उसके आने की क्या जरूरत ?

—लेकिन क्यों पसन्द नहीं करता, यह तो जानना होगा ! मान लीजिए आप लोगों का आना भी वह पसन्द न करे तो आप लोग भी नहीं आएँगे ? और मैं इसे भी मान लूँगी ?

—तुम कुछ ज्यादा ही बोल रही हो हीरा ! हम तुमसे ज्यादा समझते हैं। हमने दुनिया तुमसे ज्यादा देखी है। जो कह रहे हैं, सुनो ! अब से भी अच्छा बनकर चलने

की कोशिश करो।

—इससे अच्छा मैं बन नहीं पाऊँगी।

—अपना नसीब अपने हाथों बर्बाद मत करो ! हीरा, मेरी लड़की होकर तुम्हारी यह गिरावट ! दामाद घर बुलाकर लड़की के बारे में शिकायत करे, इससे ज्यादा शर्म की बात और क्या हो सकती है ! छिः-छिः !

माँ-पिताजी उदासी भरा चेहरा लिए चले गए। मैं उनको कोई तसल्ली देनेवाला वादा नहीं कर सकी। मैं उनसे यह वादा नहीं कर सकी कि आगे से मैं अच्छी लड़की बनकर रहूँगी और पति-सास की बात मानूँगी। अलताफ के सिर पर हाथ फेरते हुए बोले—सुखी रहो बेटा ! उनके चले जाने के बाद अलताफ बड़ा छाती फुलाए मुझसे सट-सटा अकड़ता हुआ चल-फिर रहा था। उसने समझा दिया कि हर हाल में ही इज़ राइट !

घर की बैठक में तय किया गया कि मैं टेलीफोन छू नहीं सकती। फोन तो मैं कर ही नहीं पाऊँगी, रिंग होने पर भी सासजी ही फोन पकड़ेंगी। घर के मेन गेट पर ताला लटका दिया गया है ताकि मेरा परिचित कोई अन्दर न आ सके। चाबी सासजी के पास रहेगी। अलताफ का नया नियम यही है। लेकिन इस इन्तजाम को मैं बर्दाश्त करनेवाली नहीं हूँ। मैं कुछ कर नहीं पा रही थी और विवश आक्रोश से छटपटा रही थी।

किसी को मेरा फोन करना जरूरी हो, ऐसी बात नहीं लेकिन मैं चाहने पर फोन क्यों नहीं कर सकूँगी ? मुझे क्यों रोका जाएगा ! यह रोक लगाना नहीं, अपमान—सिर्फ अपमान है। मैं क्या इतनी गई-गुजरी इंसान हूँ जो मेरे जैसा ही एक आदमी आराम से मुझे अपमानित करता रहेगा और मुझे चुपचाप यह सब सहना होगा ! अलताफ बातों ही बातों में कह चुका कि मैं उसका दिया खाती-पहनती हूँ। इसलिए उसकी बातें मुझे सुननी होंगी ! किसी का खाने-पहनने से यदि उसकी सारी ज्यादती शरीर से, मन से बर्दाश्त करनी पड़ेगी तो मैं नहीं भी खा-पहन सकती हूँ उसका। खुद के रोटी-कपड़े का इन्तजाम करने में क्या बहुत मुश्किल होगी ! अगर होगी भी तो थोड़ी-बहुत होगी। जो भोग रही हूँ, वही कौन बड़ा अच्छा है ! मुझे जो रोटी-कपड़ा दे रहा है उसकी कीमत क्या मुझे अपनी सारी इच्छाओं को कुर्बान करके अदा करना पड़ेगा।

मुझे ऐसा भी लगता है कि असल में मैं ही खुद को अपमानित कर रही हूँ। मैं यदि किसी के द्वारा अपने को अपमानित होने देती हूँ तो इसका मतलब है कि मैं ही अपना अपमान कर रही हूँ। अलताफ के जीवन में तो कोई बदलाव नहीं आया। वह

जैसा था वैसा ही है। इस बीच फायदा यह हुआ कि रात में उसे खेलने के लिए एक जीता-जागता साबुत शरीर मिल गया है। पर मुझे क्या मिला ! पिता के घर रोटी-कपड़ा मिलता था, यहाँ भी मिलता है। लेकिन पिता के घर में शारीरिक यातना नहीं झेलनी पड़ती थी, जो इस घर में है। इसलिए मुझे यह नहीं लगता कि मेरे पिता का घर मेरे लिए कोई बहुत अच्छी जगह थी। क्योंकि उसी घर में मुझे इस घर के लिए बनाया गया है। और कुछ भी नहीं किया गया। मैं अच्छा खाना बना सकूँ, अच्छी सजधज सकूँ, अच्छा घर सजा-सँवार सकूँ—यही सब ट्रेनिंग मुझे दी गई। मैं अपने पति को खुश कर सकूँ, सन्तुष्ट रख पाऊँ, मैं झुक सकूँ, दब सकूँ—इसी बात की शिक्षा मुझे दी गई। और मैंने भी यह सब न समझते हुए सीखा। सोचा कि शायद यही असली सुख है। लेकिन कहाँ ? सुख तो मुझे नहीं मिल रहा ! मुझे लग रहा है, यह मेरे वास्तविक सुख का रास्ता नहीं है। सुख के लिए दूसरों पर निर्भर रहना ठीक नहीं। पति अगर सुख देता है तो मिलेगा, नहीं देता तो नहीं मिलेगा—यह बात मुझे चैन नहीं लेने देती। खुद को मैं एक जड़ पदार्थ-सा कुछ समझ रही थी।

अलताफ तो सुख में ही है। चैन भी है उसे। जब जैसी मर्जी, कर रहा है। खा रहा है—पी रहा है, नौकरी कर रहा है, अड्डेबाजी कर रहा है। उसे रोकने-टोकनेवाला कोई नहीं। मेरी उसे रोकने-टोकने की हैसियत नहीं, क्योंकि मेरा दिया न वह खाता है, न पहनता है—सीधा-सीधा हिसाब है। सिर्फ खाने-पहनने की स्थिति पर कितना कुछ निर्भर है, यह सोचा भी नहीं जा सकता !

अच्छा, क्या ऐसा नहीं हो सकता कि मैं अपने रोटी-कपड़े का बोझ खुद उठाऊँ। हो भी सकता है, क्यों नहीं हो सकता। आदमी क्या नहीं कर सकता ! आदमी के जीवन में सब कुछ सम्भव है। घर का यह बन्दी जीवन धीरे-धीरे मेरा दिमाग खराब किए दे रहा है। कभी-कभी सोचती हूँ—चुपचाप निकल जाऊँ, कोई नहीं जान पाएगा, कहाँ गई। दूर कहीं जाकर कुछ कर लूँगी, दुनिया में क्या काम की कमी है ! फिर सोचती हूँ—ये जो लड़कियाँ 'हाउस वाइफ' बनकर घर पर रहती हैं वे तो बहुत सुखी दिखाई देती हैं। किसी को कोई शिकायत नहीं। क्या सचमुच वे सुखी हैं या सुखी दिखने का नाटक करती हैं !

एक शाम, तब तक अलताफ लौटा नहीं था, लतीफ हमारे घर आया। सासजी ने रमजान को भेजकर गेट खुलवाया। लतीफ अलताफ का दोस्त है। लतीफ घर में घुसते ही 'भाभी-भाभी' कहकर पुकारने लगा। मैं उसकी पुकार सुनकर बोली—आप बैठिए, भीतर थोड़ा काम है, मैं करके आती हूँ।

—क्या बात है, लगता है एवायड कर रही हैं। लतीफ ने हँसते हुए कहा।

मैं थोड़ा हड़बड़ा गई। असल में अलताफ की मनाही के बारे में सोच रही थी कि कहीं वह लतीफ के सामने क्यों गई इस बात को लेकर झमेला न करे ! बेवजह लतीफ का अपमान हो जाएगा।

—आजकल आपको क्या हो गया है ? आप हमारे घर नहीं जातीं ! फिर यहाँ आने

पर भी सामने नहीं आतीं। सुना है कि बीमार हैं ! आर यू कैरिंग ?

मैंने कोई जवाब नहीं दिया। कहने के लिए कुछ है भी तो नहीं !

लतीफ फिर बोला—हम लोग आपको बहुत 'मिस' करते हैं, भाभी !

मैंने लम्बी साँस छोड़ी।

—क्या बात है, कुछ बोल नहीं रहीं ?

मैंने फिर लम्बी साँस छोड़ी।

बचपन में माँ-बाप के डाँटने पर जब मन बहुत खराब होता था तो कहीं जाकर अकेले बैठी रहती थी, गले के पास आकर सारा दुःख जमा हो जाता था, पीठ पर किसी के हाथ रखते ही रो पड़ती थी। लतीफ की बात पर मुझे रोना आया। रोके रही।

—भाभी, हम लोग तो आपके गैर नहीं हैं ! बोलिए न, क्या हुआ ! आप इतनी अच्छी लड़की हैं। आपका चेहरा इतना मायूस रहे, इस तरह मुरझाया हुआ, यह हम लोग कुबूल नहीं कर सकते ! आखिर आपको हुआ क्या है ?

—नहीं तो, क्या होगा ! घर में किसी भी चीज की कमी तो नहीं है।

—कमी क्या सिर्फ सामान की होती है ? और किसी चीज की नहीं होती !

मैं चुप रही। कमी कितनी चीजों की है, यह मैं खूब समझती हूँ। मेरा हाड़-मांस जानता है कि कमी मेरे शरीर को कितना प्यासा रखे हुए है।

लतीफ हँसते हुए बोला—अलताफ की यह खूबी बहुत अच्छी है।

—कौन-सी खूबी ?" पूछना पड़ा तो पूछ लिया। यों उसकी खूबियों के बारे में जानने की मेरी दिलचस्पी नहीं। जिसमें खामियाँ इतनी हों, उसमें खूबी क्या हो सकती है।

—वह किसी लड़की को आँख उठाकर नहीं देखता। शादी से पहले हम लोग उससे कहते थे कि तेरी शायद कभी शादी करने की इच्छा नहीं होगी।

—वह क्या कहता था ? मैंने पूछा, क्योंकि उसकी इस विचित्र खूबी ने मुझे आकर्षित किया।

—वह हँस देता। हँसने का कोई अर्थ नहीं होता था।

—तो फिर शादी ही क्यों की ?

—अचानक सुनने में आया कि उसके पिताजी शादी के लिए बहुत जोर दे रहे हैं—लड़के को शादी करनी ही होगी। वह तो लड़कियों को देखकर दस कदम दूर से चलता था। हम लोगों ने सोचा कि शादी हो जाने के बाद ठीक हो जाएगा। इसलिए हम लोगों ने भी शादी के लिए कोशिश की।

मैं बड़े ध्यान से सुनती रही। बहुत चौंका देनेवाली बात थी। लतीफ ने हँसते हुए कहा—जैसा हमने सोचा था, शादी होते ही सब ठीक हो गया। वही हुआ भी !

—क्या वही हुआ ? मैंने भी हँसते हुए पूछा।

—हुआ या नहीं, यह आप ही सबसे ज्यादा जानती हैं। देख नहीं रही हैं, कैसा बीवी का गुलाम बन गया है !

मैं चुप रही। लतीफ को अलताफ की 'प्रॉब्लम' की बात बोल नहीं सकती थी। अपनी उँगली में आँचल का छोर लपेटती रही।

मेरी दो गलत आदतें नहीं छूटतीं—नाखून कुरेदना और उँगली में आँचल का छोर लपेटना। मेरी तकलीफ कुछ ऐसी है जो दुनिया में किसी आदमी से नहीं कही जा सकती। माँ-पिताजी जानना चाहते हैं, मैं कह नहीं पाती। लतीफ को भी कुछ नहीं समझा सकती, मेरी जबान लाज-शरम से भारी हो जाती है।

घर में घुसते ही अलताफ ने देखा, मैं लतीफ के साथ बात कर रही हूँ।

—अरे ! क्या बात है, तू कब आया ? गर्मजोशी से अलताफ ने पूछा।

—काफी देर हुई। भाभी से गपशप कर रहा था।

—क्यों हीरा, लतीफ को चाय-नाश्ता नहीं कराया ?

—नहीं ! आप लोग बैठिए, मैं अभी लाती हूँ।

खुद ही चाय बनाकर ले आई। अलताफ ने कहा—वाह ! लतीफ के 'ऑनर' में मैं अपनी बीवी के हाथ की बनी चाय पी पा रहा हूँ। लतीफ, तू अक्सर आ जाया कर !

अलताफ ने चाय की चुस्की ली और मेरी ओर मुग्ध भाव से देखा। अलताफ के भीतर उस भयंकर रूप का लेशमात्र भी नहीं। यकीन नहीं होता कि इसी आदमी ने मुझे किसी से बात करने को मना किया है। देखने से तो लग रहा है कि इतनी देर तक मैंने लतीफ का साथ दिया, इसके लिए वह आभारी है।

—भाभी को लेकर किसी दिन हमारे घर आओ न ! लगता है, भाभी बहुत बोर फील करती हैं। अकेली पड़ी रहती हैं।

—इसके लिए बहुत अफसोस होता है। लेकिन क्या करूँ, बोल ! मैं तो इसे समय ही नहीं दे पाता। बेचारी को कहीं ले भी नहीं जा पाता !

अलताफ की बातों से मुझे और ज्यादा अचरज हुआ। इसे हुआ क्या है ! जो आदमी आज सुबह मुझे धमका गया कि मेरे घर में रहकर तुम अपनी मनमर्जी नहीं कर सकतीं, अपनी मनमर्जी करनी है तो इस घर को छोड़कर कहीं और जाकर रहो, उसी आदमी में अचानक यह बदलाव कैसे ? तो क्या अलताफ को अपनी गलती का अहसास हो गया ? हो सकता है, आदमी हमेशा तो जानवर नहीं रहता ! आदमी का जानवर जैसा स्वभाव एक न एक दिन दूर हो जाता है, वरना आदमी किस बात का ! लतीफ बोला—किसी लड़की को देखकर तुम जो दौड़कर भाग जाते थे, भाभी को बताया है !

अलताफ ने हँसते कहा—भागता क्यों नहीं ? शादी करके बीवी को प्यार करूँगा, इसीलिए तो सबसे बचकर रहता था !

हा-हा-हा !!

अलताफ ऐसा नाटक कर रहा था, गोया बीवी को बहुत प्यार करता है।

—क्या भाभी, जरा रस्सी ढीली छोड़िए ! यह तो पूरी तरह कुएँ का मेंढक बन गया है !

अलताफ ने हँसते हुए कहा—शादी मत करना ! अपना भला चाहते हो तो शादी मत करना। आदमी हो, एक साबुत गाय बन जाओगे।

—अरे बाप रे ! फिर तो मैं उस रास्ते नहीं जाता। अच्छा अलताफ, तो क्या बीवी गुलाम बनाकर छोड़ती है ?

—बेशक ! अलताफ ने हँसते हुए कहा।

—भाभी, यह आप ठीक नहीं कर रही हैं। बाद में मेरी बीवी भी देख-देखकर सीख जाएगी। तब क्या होगा, बताइए !

अलताफ ने सिगरेट सुलगाई। धुआँ छोड़ते हुए बोला—बीवी से हारने का एक अलग मजा है लेकिन !

अलताफ हल्के-हल्के मुस्कुराता है। अगर वह मेरा पति न होता तो मैं सोचती कि ऐसे पति पर प्यार से शायद मरा जा सकता है !

—इसका मतलब है कि पूरी तरह 'सरेंडर' करना होगा ! अलताफ ने आँखें नचाते हुए कहा।

—ऐसा न करने पर किच-किच, झाड़ू की मार !

दोनों दोस्त जोर से हँस पड़े। मैं खामोश बैठी रही। अपने कानों पर विश्वास नहीं कर पा रही थी, मैं यह सब क्या सुन रही हूँ ! अलताफ तो ऊपर से नीचे तक एक ठग की तरह बात कर रहा है।

लतीफ चला गया। दोनों ने दरवाजे पर खड़े होकर हाथ हिलाकर विदा किया। दरवाजा बन्द करते ही अलताफ ने पूछा—कब आया था लतीफ ?

—चार बजे !

—मैं घर आता हूँ पाँच बजे, तो वह चार बजे क्यों आया था ?

—यह मैं कैसे बता सकती हूँ !

—तुम जरूर जानती हो, क्योंकि तुमसे वह बात कर रहा था।

—वह जब आया तो रमजान ने गेट खोला था। माँजी ने ही कहा था। मैं उसे जानती हूँ, इसलिए बैठाया था। उससे बातचीत की। इसमें गलत कुछ किया हो, मुझे तो ऐसा नहीं लगता !

—क्या-क्या बोल रहा था, मैं भी तो सुनूँ !

—और क्या ! तुम्हारे बारे में ही बात हुई।

—मेरे बारे में ? मेरी बुराई कर रहा होगा शायद !

—बुराई क्यों करेगा ?

—तो क्या तारीफ कर रहा था ? तुम दोनों करीब बैठकर मेरा गुणगान कर रहे थे ?

—करीब बैठते तुमने कब देखा ?

—मेरी आँखों में धूल झोंकना चाहती हो ?

—धूल झोंकने की बात कहाँ से आई, मैं तो समझ नहीं पा रही हूँ। लतीफ तुम्हारा

दोस्त है। तुमसे मिलने आया था। चूँकि उसने मुझे बुलाया, तो मैं बात कर रही थी। इतना व्यवहार तो रखना ही पड़ता है।

—रहने दो अपना व्यवहार। लतीफ क्यों आया था, सही-सही बताओ ! पहले से प्रोग्राम था ?

—मतलब ?

—मतलब नहीं समझतीं ? दूधपीती बच्ची हो तुम ?

—दूधपीती बच्ची न सही लेकिन तुम्हारी बात मेरे पल्ले नहीं पड़ रही है !

—पल्ले पड़ेगी। वक्त आने पर ठीक पल्ले पड़ेगी !

—क्या बोल रहे हो तुम ?

—इस लोफर से तुम्हारी इतनी दोस्ती कैसे हो गई, तुम सोचती हो कि मैं नहीं समझता ?

—उससे मेरी दोस्ती क्यों होने लगी ? देखो, तुम अनाप-शनाप बोल रहे हो !

—मैं ठीक कह रहा हूँ। तुम्हारी यह बेहयाई मेरे बर्दाश्त के बाहर है।

अलताफ दफ्तर के कपड़े उतार कुर्ती और पाजामा पहनकर बरामदे में कुर्सी लगाकर बैठ गया। उसकी ओर ताकने में भी मुझे शर्म आ रही थी। मुझे लग रहा था, सचमुच शायद लतीफ के साथ मेरा प्रोग्राम था। मुझे यह भी लग रहा था कि शायद सचमुच मैंने लतीफ के साथ बेहयाई की है।

वह बरामदे में अकेला बैठा रहा। और मैं, पूरी शाम खिड़की के पास अकेली खड़ी रही। शाम बीतने पर अलताफ कमरे में घुसा। बोला—क्या बात है, कमरे की बत्ती नहीं जलाई ? किसी की बहुत याद आ रही है शायद !

मैं कोई जवाब दिए बगैर खिड़की के पास से हट गई।

—रमजान को बुलाकर चाय पीनी पड़ी। लतीफ को तो तुमने ठीक चाय पिला दी।

—तुमने तो चाय के लिए कहा नहीं !

—कहना क्यों होगा, तुम समझ नहीं सकतीं कि मुझे चाय की जरूरत है ?

अलताफ को कब चाय चाहिए, मुझे समझना होगा। क्यों समझना होगा ? मेरी जरूरत को कौन समझेगा। मुझे भी तो चाय की तलब होती है ! क्या अलताफ ने यह जानना चाहा है कि क्यों मेरा मन इतना उचटा हुआ रहता है ? क्या कभी मेरी पीठ पर हाथ फेरकर एक बार भी उसने पूछा—हीरा ! तुम अपनी तकलीफ मुझे बताओ ?

—और क्या-क्या किया तुम लोगों ने ? बिस्तर पर अधलेटे अलताफ ने पूछा।

—तुम कहना क्या चाहते हो ? मैंने पूछा।

अलताफ मेरी बात पर होंठ बिचकाकर हँसा, फिर बोला—सिर्फ बातचीत ही की ? और कुछ नहीं किया ?

—मतलब ?

—मतलब तो समझती ही हो। तुम्हें तो मर्द का शौक है न, इसलिए पूछ रहा हूँ। मुझसे तो तुम्हारा होता नहीं है !

—क्या नहीं होता ?

—शरीर को चैन नहीं मिलता।

—हाँ, वह तो नहीं मिलता ! मैंने कड़ी आवाज में कहा।

—इसलिए मर्द जात के साथ मेरे ही घर में तुम रँगरेलियाँ मना रही हो। कितनी हिम्मत है तुम्हारी ! अव्वल तो कोई मुझसे मिलने आया है तो मेरे न रहने पर चला जाएगा। और कहाँ तुम मेरे ही दोस्त को घर पर बैठाकर उससे मजा ले रही हो !

मुझे यह सब बातें सुनने में अच्छी नहीं लग रही थीं। मैंने अपने कान हाथों से दबाए रखा। अलताफ ने यह क्या शुरू किया है। वह मुझे गलत समझ रहा है। मुझ पर शक कर रहा है ! मैं कैसे उसकी गलतफहमी दूर कर सकूँगी ! कैसे इस नाग के दंश से बच पाऊँगी ! मैं खुद को बड़ी अकेली महसूस कर रही थी। इस दुनिया में मेरी तरह रिक्त और असहाय कोई होगा, मुझे नहीं लगता।

लतीफ एक दिन फिर आया। अचानक शाम को। बोला—भाभी, आज आपके साथ गप लड़ाने आया हूँ।

—मेरे साथ ? मैं हैरान होती हुई बोली—मेरे साथ कैसी गप ?

—बहुत खाली-खाली-सा लग रहा था, इसलिए !

—खाली-खाली क्यों ! यार-दोस्त नहीं हैं ?

—हमेशा यार-दोस्त अच्छे नहीं लगते। लतीफ ने सोफे पर आराम से बैठते हुए कहा।

मैं उससे क्या बात करूँ, समझ नहीं पा रही थी। एक बार सासूजी झाँककर देख गईं कि कौन आया, किसके साथ बात कर रही हूँ। मैं अजीब मुसीबत में हूँ। लतीफ हल्ला करता हुआ घर में घुसता है। 'भाभी-भाभी' पुकारता है, मुझे लाचार होकर सामने आना ही पड़ता है। कुछ बोलना पड़ता है इसलिए कहती हूँ—शादी क्यों नहीं कर लेते ? शादी कर लीजिए। बीवी के साथ घूमेंगे-फिरेंगे, अकेलापन महसूस नहीं होगा !

—शादी ? लड़की कहाँ है जो शादी करूँगा ? मेरा क्या अलताफ जैसा नसीब है ? चाहा और सुन्दर लड़की मिल गई !

लतीफ की बात मुझे अच्छी नहीं लगी। उस दिन अलताफ ने जो कहा था कि लतीफ एक लोफर—एक लुम्पेन लड़का है, शायद लतीफ वैसा ही है। वरना इसने मुझसे क्यों कहा कि इसे खाली-खाली-सा लगता है ! तो क्या यह अपना खालीपन भरने के

लिए मेरे पास आया है ? लतीफ अलताफ की तरह लम्बा नहीं, उतनी अच्छी सेहत और चेहरा भी नहीं इसका। फिर भी देखने में बुरा नहीं लगता। हँसी में एक चमक है। सेव किए हुए गालों की हरी आभा उसे एक दूसरी तरह की चमक दे रही है। अलताफ तो इतना आकर्षक पुरुष है लेकिन उसके भीतर शायद इसके जैसा पौरुष नहीं। मैं लतीफ को एकटक देखती रही। लतीफ भी मेरी आँखों में मुग्धभाव से देखता रहा। मैं भूल ही गई कि अलताफ ने मुझे लतीफ के साथ बात करने, इसके सामने आने से मना किया है। मैं क्यों इसके सामने न आऊँ ? क्या मैंने कोई गलती की है ? अलताफ ने मुझे खरीद लिया है ? मैं क्या उसकी दासी हूँ, गुलाम हूँ ?

—क्यों भाभी, मन खराब है क्या ? लतीफ ने धीरे-से मुस्कुराते हुए पूछा।

लम्बी साँस छोड़कर मैं बोली—नहीं, मन क्यों खराब होगा !

—क्या आप यूँ ही कम बोलती हैं ?

—शायद !

—मजाक कर रही हैं।

—लतीफ भाई, असल में मेरी तबीयत ठीक नहीं है। बुखार-बुखार-सा लग रहा है। थोड़ा लेटती हूँ। असल में जितनी तबीयत खराब है, मन उससे कहीं ज्यादा खराब है !

अचानक उठकर लतीफ ने मेरे माथे पर हाथ रख दिया। कहाँ बुखार है ? बुखार तो नहीं है ! मैंने अपना सिर नहीं हटाया। लतीफ ने कहा—यह आपके मन का बुखार है !

मेरे माथे पर लतीफ का स्पर्श बना रहा—उसकी गर्म हथेली का स्पर्श। अलताफ तो कितना छूता है मुझे, पर शरीर तो इस तरह सिहर नहीं उठता कभी ! मैं उठकर खड़ी हो गई। बोली—आप बैठिए, अलताफ अभी आ जाएगा। मैं बल्कि उठती हूँ, थोड़ा आराम करूँगी।

अलताफ देखने से गाली-गलौज करेगा, इस तरह का कोई डर मेरे मन में नहीं आया, अलबत्ता लतीफ के व्यवहार ने ही मुझे घबराहट में डाल दिया था। मैं उठने को सोच ही रही थी कि तभी अलताफ आ गया। उसे छोड़कर मैं बेडरूम में चली आई।

अलताफ लतीफ से बातचीत करके जब कमरे में आया, मैं लेटी हुई थी। शाम कमरे में बिताना मुझे अच्छा नहीं लगता। अच्छा न लगने पर भी कमरे में ही रहना पड़ता है। पति के बिना बाहर निकलना मना है और पति ने मुझे कहीं ले जाना-ले आना बिलकुल बन्द कर दिया है। कमरे में घुसते ही उसने कहा—क्या बात है, आज तो मुझे देखते ही भाग आईं ? पकड़ी गईं, इस शर्म से ?

पहले समझ नहीं पाई कि वह कह क्या रहा है। बाद में समझी कि लतीफ के सामने से उठकर चली आई, इस पर ताना मार रहा है।

—मान लो ऐसा ही ! मेरी आवाज में अद्‌भुत निर्लिप्तता थी।

—आज तो तुम लोग सोए थे, है न ?'

—सोए थे मतलब ?

—लतीफ के साथ सोईं नहीं, यह कहना चाहती हो तुम ?

—फालतू बात मत करो !

अलताफ की आँखों से आग निकल रही थी—उस दिन तो लतीफ ने कहा था कि वह मुझसे मिलने आया था। आज किसके लिए आया था ? क्या कहना चाहती हो, आज भी मेरे लिए ही आया था ? तुमने ही उसे बुलाया होगा।

—मैंने नहीं बुलाया !

—झूठ मत बोलो। मैं तुम्हारी जीभ खींच लूँगा ! तुमने क्या सोच रखा है ? मुझे बहुत भोला आदमी समझती हो ? क्यों, सोई थी उसके साथ ! बोलो ?

मेरे बाल पकड़कर अलताफ ने झटका दिया। बोला—हरामजादी, तूने मेरी जिन्दगी बर्बाद कर दी ! मेरे सुन्दर घर को तूने मिट्टी में मिला दिया। तुझे मैं जिन्दा नहीं छोड़ूँगा !

मैंने अपने बाल छुड़ाने चाहे, लेकिन नहीं छुड़ा सकी।

अलताफ ने दाँत पीसते कहा—सोई कि नहीं ? लतीफ के साथ सोई थी या नहीं, बोल ! इसी बिस्तर पर सोई थी ? वह बिस्तर के चादर को ध्यान से देखने लगा कि कहीं कोई सोने का दाग है या नहीं। मुझे इतना दर्द हो रहा था, इतनी तकलीफ कि मैं समझ नहीं पा रही थी कि मुझे क्या करना चाहिए, क्या कहना चाहिए। रुआँसे गले से बोली—मैं नहीं सोई उसके साथ, मेरा यकीन करो !

मेरी आँखों से आँसू फूटकर बहने लगे। फिर भी मेरे बाल पकड़े मुझे घसीटते हुए अलताफ ने खाट से नीचे उतारा, पूरे कमरे में घसीटता रहा और चिल्लाकर कहा—सोई थी क्यों, बोल ! तू मेरी बीवी है, तू दूसरे मर्द के साथ क्यों सोएगी ? वेश्या कहीं की ! एक वेश्या को मुझे पालना पड़ रहा है ! खूब मजा मिला न, उसके साथ सोकर ! खूब मजा मिला है ? मैं तेरा मजा निकालता हूँ ! मेरे साथ मजा नहीं आता, मजा लेने के लिए चुपके से आदमी बुलाती हो ! तुम सोचती हो, मैं समझता नहीं ! मेरे साथ सोते हुए तुम्हारी नाक क्यों इतनी चढ़ी रहती है ? मेरे ही घर में दूसरा मरद बुलाकर वेश्यावृत्ति कर रही हो !

अलताफ यह कहते हुए रोने लगा। जोर-जोर से रोने लगा। यह कैसा विचित्र रूप है इसका ! अलताफ रो रहा है। जब रोने लगता है तो मेरे बालों से हाथ हटा लेता है। बालों की जड़ों में बहुत दर्द हो रहा था। फिर भी मेरे अन्दर क्रोध क्यों नहीं पैदा होता ? ऐसा क्रोध कि मैं अलताफ को अपनी पूरी ताकत से जमीन पर पटककर कुछ लात जमा सकूँ। गला दबा दूँ ताकि उसकी साँस बन्द हो जाए। अलताफ पर मुझे दया भी आ सकती थी, लेकिन ऐसा भी नहीं हुआ। रोते हुए उसके फूलते-पिचकते शरीर को नोंचती हुई बोली—हाँ सोई थी ! सोई थी मैं, क्या करोगे तुम ? उस आदमी के साथ सोई थी। सौ बार सोऊँगी, हजार बार सोऊँगी मैं ! तुम अब रोओ, और रोओ, रो-रोकर मर जाओ !

अलताफ टेबुल पर सिर झुकाए हुए था। मेरी बात सुनकर सिर उठाकर

कहा—इतनी देर में सच बात निकली ! कितने दिनों से सो रही हो, बोलो ? कहाँ गया अलताफ का रोना-धोना ! वह जानवर की तरह दाँत-नाखून निकाले मुझे पर झपटने के लिए लपककर आया।

—बहुत दिनों से। जिस दिन पाया कि तुम नपुंसक हो, उसी दिन से सो रही हूँ। क्या करोगे तुम, और मारोगे ? मारो !

अलताफ पहचाना नहीं जा रहा था—जंगली जानवर की तरह उसके नाखून-दाँत-आँखें !

—कितनी बार सोई हो, बोलो ! मेरी दोनों बाँहों को जोर से दबोचकर पूछा उसने।

—बहुत बार। कोई हिसाब नहीं है। मुझ पर भी जिद सवार हो गई ! सोने से क्या होता है, मैं भी देखकर छोड़ूँगी ! खुद में तो सहवास करने की ताकत नहीं, और चला है दूसरे के साथ सहवास रोकने ! स्वार्थी, कुटिल, जटिल, क्लीव कहीं का !

—सिर्फ लतीफ के साथ या और भी किसी के साथ ? अलताफ के चेहरे पर और आँखों में ईर्ष्या का भाव उफन रहा था। मुझ पर भी जिद सवार थी। बोली—और भी बहुत सारे लोगों के साथ।

—तू इतनी फालतू लड़की है ! बाजार की रंडी तू ! और मुझे समाज में तुझे अपनी बीवी का दर्जा देना पड़ता है। अभी तुरन्त घर से निकल। इसी वक्त। मेरी आँखों को तुम्हारे जैसा पापी, बदचलन का चेहरा न देखना पड़े। बदजात औरत, चल निकल ! चल निकल, मेरे घर से !

—ठीक है, जा रही हूँ !

मैंने कपड़े-लत्ते लेने के लिए आलमारी पर हाथ रखा। अचानक पीछे से पीठ पर उसने जोर से एक लात मारी। सँभल न पाने के कारण आलमारी की कड़ी लकड़ी से सिर टकरा गया। सिर सन्न रह गया। पूरा शरीर सुन्न पड़ गया।

अलताफ तेज-तेज साँस छोड़ रहा था। गुस्से से वह काँप रहा था। मैं एक छोटे-से बैग में कुछ कपड़े डालकर बोली—जा रही हूँ !

मुझे जरा भी ऐसा नहीं लगा कि पति का घर छोड़कर नहीं निकलना चाहिए। अलताफ के लिए, अलताफ के माता-पिता के लिए, इस मकान के लिए मन में कोई दया-माया नहीं आई। बल्कि लगा कि इस नरक से निकल पाने पर मैं जी सकूँगी। मेन गेट खोलकर मैं निकल गई। किसी ने भी मुझे नहीं रोका। बाहर कदम रखते हुए मुझे बहुत हल्कापन महसूस हुआ। मानो इतने दिनों में अब मुझे राहत मिली। मैंने सीने में भरकर साँस ली। बाहर की रोशनी और हवा का जितना हिस्सा अब तक खिड़की की जाली से होकर अन्दर आता था, उतना ही मैं पा सकी थी। इतना बड़ा-सा एक आसमान कितने दिनों से मैंने नहीं देखा ! इतनी बड़ी दुनिया है, यहाँ अब मुझ पर अंकुश लगानेवाला कोई नहीं। मेरा जैसा मन होगा, मैं चलूँगी। पीछे पलटने को मेरा जी नहीं चाहता। पीछे मैं नहीं लौटूँगी। मैं सामने की ओर चल पड़ी। कितने दिनों तक मैं निकली नहीं। कितने लम्बे समय तक मैं एक बन्द कमरे में कैदी जैसा जीवन गुजारती रही ! सोचती हूँ तो तरस आता है, खुद पर तरस आता है। चलती रही। आगे जाकर

जरूर कोई सवारी मिलेगी। फिर जी भरकर साँस ली। खुद को एक मुकम्मल इंसान महसूस कर रही थी। हाथ का बैग तक भारी लग रहा था। इसे लेकर आना ठीक भी नहीं हुआ। इसे कहीं फेंका नहीं जा सकता ? रास्ते में ? अपने को भार-मुक्त रखने का मन हुआ। धत् तेरे की, क्या है इसमें—दो-चार कपड़ों के अलावा ! दूर फेंक देने का मन हुआ। फेंक ही दूँ ! क्या होगा ? क्या होगा इन मामूली सांसारिक चीजों का ?

सचमुच मैंने कपड़ों का वह बैग फेंक दिया। हाथ में अब और कोई बोझ नहीं। मन में भी नहीं। मुक्त हूँ मैं, मुक्त हूँ मैं—शरीर और मन से। ऐसा ही तो चाहा था। ऐसा ही मुक्त, भार-मुक्त जीवन। ऐसा ही स्वतन्त्र, स्वस्थ जीवन। आह ! कितना अच्छा लग रहा है ! मेरे एक मामा वामपन्थी राजनीति करती, जेल भी गए थे एक बार। एक साल तक जेल में रहने के बाद जिस दिन वे बाहर आए थे, सिर्फ चारों ओर ताक रहे थे। क्या देख रहे हैं मामा, यह पूछने पर उन्होंने कहा था—दुनिया कितनी सुन्दर है न ?

मुझे भी वैसा ही लग रहा है। पास में कोई नहीं होता तो मैं भी कहती—बाहर इतनी बड़ी दुनिया को छोड़कर मूर्ख के अलावा कोई और रहता है उस अँधेरी कोठरी में ! इतनी रोशनी को छोड़कर कोई पड़ा रहता है अँधेरे में ? इतने लोगों को बाहर छोड़कर, कोई पड़ा रहता है उस तरह अकेला, जैसे मैं थी ! यह आसमान अब मेरा है। मेरा ही तो है ! यह जो रास्ता है, इस रास्ते पर मैं जैसी मर्जी, चलूँगी। जिधर मर्जी, मैं उधर जाऊँगी। अँधेरा उतर रहा है। मुझे कहीं लौटने की जल्दी नहीं।

पिताजी ने कहा है—अलताफ अच्छा लड़का है। वह तुम्हें क्यों मारेगा ? माँ बोली—जब उसने मारा है तो कोई वजह जरूर होगी ! मैं उनकी बेवकूफी पर हैरान हुई। विरोध करने का मन नहीं हुआ। फिर भी मुँह से अनायास निकल गया—दोष उसका ही है।

माँ-पिताजी, यहाँ तक कि भैया ने भी मुझसे कहा—कोई वजह न होने पर अलताफ तुझे मारेगा क्यों ? गलती न करने पर कोई किसी को मारता-पीटता है ? अलताफ तो अनपढ़ लड़का है नहीं !

रात में ही टेलीफोन करके अलताफ ने पिताजी से कह दिया था—कैसे हैं अब्बा ! आप जैसे आदर्श इंसान की बेटी ऐसी क्यों निकली, यह मैं सोच भी नहीं सकता। गेरे फ्रेंड्स सर्किल में भी लोग इस बात को जान गए हैं। सभी मुझसे पूछ रहे हैं। मैंने तो कह दिया कि यह सब सच नहीं है। फिर मेरी पत्नी का मामला है, मैं समझूँगा। पर कितने दिनों तक यह सब कहकर मामले को सँभाल पाऊँगा, पता नहीं ! मैं भी तो इंसान

हूँ, आप क्या कहते हैं ? लतीफ के साथ वह सोई। यह काम वह कैसे कर पाई, समझ में नहीं आता।

माँ-पिताजी मुँह सुखाए बैठे रहे। देर रात तक घर पर मीटिंग चलती रही। मामा लोग आए, चाचा लोग आए—सभी एक नतीजे पर पहुँचे कि मुझे अलताफ से माफी माँगनी होगी। यह फैसला मुझे सुनाया गया। मैंने कह दिया—मैं माफी नहीं माँगूँगी !

मैं क्यों नहीं माफी माँगूँगी ? इतनी हिम्मत मुझमें कहाँ से आई है ? यह सब मुझसे जानना चाहा। मैंने कहा—पता नहीं कहाँ से मिली यह हिम्मत ! लेकिन हिम्मत तो मिली। हिम्मत होना तो अच्छी बात है !

घर में सभी हैरान रह गए, लड़की तो ठीक ही थी, पिछला कोई बुरा रिकॉर्ड नहीं। इसका चरित्र कब और कैसे इतना खराब हो गया ? मेरा चरित्र जो खराब हो गया है, इस बात पर सभी बिलकुल निश्चित थे। मेरे नसीब में सुख नहीं टिक सका, इस बात को लेकर वे काफी दुखी भी हुए।

मैं किसी को समझा नहीं सकती थी—अलताफ के प्रॉब्लम की बात। माँ से कहा जा सकता था, लेकिन मुझे बताने की इच्छा नहीं हुई। उसने तो मान ही लिया है कि दोष मेरा ही है ! जो इंसान मुझ पर इतना अविश्वास कर सकता है, उसको अपनी इतनी गोपनीय समस्या बताने की मेरी इच्छा नहीं हुई। हो सकता है कि यह सब सुनने के बाद वह कह दे, दोष मेरा ही है। उसे तो एक नपुंसक के साथ जीवन नहीं बिताना पड़ा, रात-दर-रात नींद गँवाकर नहीं रहना पड़ा। वह कैसे समझेगी कि एक सक्षम स्त्री को शारीरिक पीड़ा कितनी बेचैन करती है। समूचे शरीर में कितनी भीषण प्यास रहती है एक अतृप्त स्त्री के, वह सन्तुष्ट स्त्री कैसे समझेगी ! इस घर में भी मैं पूरे दिन एक कमरे में अकेली पड़ी रहती हूँ। यहाँ भी मुझे बड़ा अकेलापन महसूस होता है।

फूफू भी पहले की तरह मेरा लिहाज करके मुझसे नहीं बोलतीं, उनकी आवाज में दुत्कार की बू आती है। एक दिन बोलीं—तुम्हारे भविष्य के बारे में सोचकर दुःख होता है।

मैंने कहा—दुखी होने का क्या है ?

फूफू बोलीं—सोचती हूँ कि तुम्हारे पति ने यदि तुमको कुबूल न किया तो तुम्हारा क्या होगा !

—पति कुबूल करना चाहे भी तो मैं चली जाऊँगी, यह तुमसे किसने कहा ?

—पति के घर नहीं जाओगी तो कहाँ जाओगी ?

—जहाँ भी जाऊँ, लेकिन उस घर में फिर वापस नहीं जाऊँगी !

घर में कानाफूसी होने लगी—पति के दोस्त के प्रेम में पड़कर घर छोड़कर चली आई है। उस लड़के से अब शादी करना चाहती है। दिन-भर मैं उस लड़के के ख्याल में खोई रहती हूँ। मैं पहले की वह चंचलता खो चुकी हूँ। घर का कोई आदमी मुझे अच्छा नहीं लगता। फोन पर भी शायद मैं उस लड़के से सम्पर्क रखती हूँ। आदि-आदि।

पिताजी ने एक दिन मुझसे पूछा—वह लड़का कौन है ?

मैंने कहा—कौन लड़का ?

—जिस लड़के को लेकर इस झमेले की शुरुआत हुई।

—किस लड़के को लेकर झमेला हुआ ?

—लतीफ ! लतीफ या क्या नाम है।

—नाम तो जानते ही हैं। जब सब जानते ही हैं तो फिर पूछ क्यों रहे हैं ?

—अब हम लोग समाज में कैसे मुँह दिखाएँगे ? तुम्हारा भी क्या होगा ! पिताजी ने चश्मे का काँच पोंछते हुए गम्भीर आवाज में कहा।

—मैं फिर से पढ़ाई-लिखाई शुरू करूँगी। कॉलेज में दाखिला लूँगी।

—कॉलेज में पढ़ोगी, अलताफ जानता है ?

—उसके जानने की क्या जरूरत !

—उसके न चाहने पर पढ़ोगी कैसे ?

—मैं अपने लिए पढ़ूँगी ! उसके न चाहने से मैं नहीं पढ़ूँगी, यह कैसी बात है ?

—यही बात है ! शादी के बाद पति की इजाजत के बगैर कुछ नहीं किया जा सकता।

—मैं तो उस घर में कभी नहीं जाऊँगी। यहीं रहूँगी। मैंने बहुत जोर देकर यह बात कही।

—यहाँ तुम्हें रखेगा कौन ?

—क्यों, भगा देंगे क्या ?

—तुम्हारी बदतमीजी बहुत बर्दाश्त की गई। अब और नहीं बर्दाश्त की जाएगी। कल अलताफ तुम्हें लेने आएगा। बिना एक शब्द भी बोले चुपचाप गाड़ी में जाकर बैठ जाना ! कोई झमेला करोगी तो मैं तुम्हारा गला दबाकर मार डालूँगा। ऐसी लड़की के रहने से न रहना ही अच्छा है ! गुस्से से पिताजी के जबड़े भिंच गए।

—मैं कल अगर न गई तो क्या होगा ?

—तू जाएगी। तेरा भूत जाएगा ! पिताजी ऐसे लहजे में बात कर रहे थे कि उन्हें पहचानना मुश्किल हो रहा था। क्या सचमुच ये शख्स मेरे पिता हैं ? मुझे जबर्दस्ती एक ऐसे घर में भेजेंगे, जहाँ मैं खुश नहीं रहती—यह जानते हुए भी ? केवल इसलिए कि शादी हुई है ? शादी क्या इतनी भयानक चीज है कि मुझे सब कुछ छोड़कर—अपना बचपन, अपनी जवानी, अपने सपने सब कुछ उस पर कुर्बान कर देना होगा ? दिन-भर कमरे में अकेले इस बारे में सोचते हुए मुझे लगता है कि किसी भी रिश्ते में दरअसल कोई शर्त नहीं होनी चाहिए। शर्त रहने का मतलब है अविश्वास, शर्त तोड़ने की इच्छा। सम्बन्ध होगा उदार—आसमान की तरह ! आसमान के साथ बादलों की क्या कोई शर्त होती है कि उन्हें इस गति से उड़ना है ? वे हवा के साथ-साथ घूमते रहते हैं। अगाध सुख में विभोर रहते हैं।

अलताफ आएगा, यह सुनकर घर में खूब तैयारी शुरू हो गई। उसके लिए मुर्गी का रोस्ट, पुलाव, कोरमा, कबाब, कोफ्ता आदि तरह-तरह का खाना बनाया गया। रसोई में माँ और फूफू दिन-भर लगी रहीं। पिताजी ने कहा है—दामाद आएगा ! घर पर कुछ

और लोगों को आने के लिए कह देता हूँ। अलताफ आएगा, इसलिए मामा और चाचा लोग भी आ गए। सभी एक साथ खाएँगे। उसकी इतनी खातिरदारी क्यों, मैं समझती हूँ—ताकि अलताफ मुझे ले जाए, मैं फिर से अच्छी लड़की की तरह पति के घर रह सकूँ। मेरे सिर पर एक छत बनी रहे, मेरी सुरक्षा कायम रहे ! लोग खराब बात न बोल सकें ! पति का घर बसा पाना लड़कियों की सबसे बड़ी काबिलियत मानी जाती है न !

अलताफ शाम को आया। काफी सज-धजकर ही आया था। सूट-टाई में। बतौर लड़का देखने में वह बहुत अच्छा है—यह शायद एक बार याद दिला देना ही उसका मकसद है। माँ-पिताजी, चाचा-मामा आदि सबके पाँव छूकर उसने सलाम किया। वह उनसे नजर मिलाकर बात तक नहीं करता। सोफे पर दुखी-सा चेहरा बनाकर बैठा रहा। माँ-पिताजी उसके आते ही व्यस्त हो गए। बोले—बेटा, तुम हमें माफ कर दो ! लड़की को ले जाकर घर में ताला बन्द करके रख दो। वह अब तुम्हारी ही है। शादी के बाद भला हमारा कोई हक रह जाता है ! तुम उसे अपने काबू में रखो। पहले लड़की हमारी थी, अब तो तुमको सौंप दिया है। गलती करे तो तुम टोकेगे, सुधारोगे। उसे आदमी बनाओगे। उम्र कम है, जो कुछ किया है, बिना सोचे-समझे किया है। समझाने-बुझाने से समझ जाएगी। नादान है...

अलताफ ने लम्बी साँस छोड़ते हुए कहा—उसके लिए मैं क्या नहीं करता ! उस दिन भी 'वायतुल मुकर्रम' में जाकर एक जोड़ा गहनों के सेट का ऑर्डर दे आया था। यह देखिए...। कहते हुए अलताफ ने जेब से एक ज्वेलरी दुकान की 'स्लिप' निकालकर दिखाई।

मुझे बहुत हँसी आई। वह मुझे सोने का नेकलेस बनवाकर देगा इसलिए मुझे ताउम्र उसकी दासी बनकर रहना होगा ! अलताफ का व्यवहार देखकर मैं हैरान रह गई। वह सबसे इतनी विनम्रता के साथ बात कर रहा था, इस तरह 'गंगा जल से धुला हुआ' बना था कि मुझे भ्रम हुआ कि मैं ही गुनहगार हूँ ! मेरी ज्यादती के कारण ही शायद अलताफ ने मुझे घर से भगा दिया था।

अलताफ ने खाया-पीया, सबके साथ समाज, राजनीति, परिवार आदि विषयों पर गम्भीरता से बातचीत की और मैं सुनकर हैरान थी कि बातचीत में अलताफ की बातें ही सबसे ज्यादा तर्कसंगत एवं विवेकपूर्ण थीं। सबसे विदा लेकर अलताफ मेरे पास आया। बोला—हीरा, चलो !

उसकी आवाज में प्यार था। मन ही मन अलताफ को मैंने शाबासी दी। इतने दिनों तक यह प्यार कहाँ था !

—चलो, मतलब ? मैंने पूछा।

—चलो। अब से ठीक से रहोगी, इसी शर्त पर ले जा रहा हूँ। अब्बा-अम्मा ने तो यही कहा कि तुम अब से मेरी बात मानकर चलोगी। अपनी गलती समझ गई हो।

माँ-पिताजी दरवाजे के बगल में खड़े थे। अन्दर आकर बोले—बाल-वाल ठीक कर ले। अच्छे से रहना होगा। इसके बाद यदि किसी तरह की गड़बड़ की बात सुनी तो

खैर नहीं ! अलताफ के सामने माँ-पिताजी का अपराधी चेहरा। गोया मुझे वह ले जाने को तैयार है इसलिए वे धन्य-धन्य हैं। लतीफ के साथ मेरे प्रेम करने के बाद भी इस घर में आकर अलताफ ने मानो बड़ी उदारता का परिचय दिया है।

मैं लेटी हुई थी। लेटे-लेटे ही बोली—मैं नहीं जाऊँगी !

—जाना होगा !

—कह दिया न, नहीं जाऊँगी ! 'मेरी' आवाज में एक अद्‌भुत दृढ़ता थी। नहीं जाऊँगी तो नहीं ही जाऊँगी। मुझे खींचने-घसीटने से भी कोई फायदा नहीं हुआ। मैं आखिरकार नहीं उठी। मैं नहीं जा रही हूँ, यह देखकर अलताफ का शरीर गुस्से से काँप रहा था। अपना घर होता तो मुझे नोंच डालता। इस घर में सिर झुकाकर माँ-पिताजी से उसने कहा—ठीक है, आप लोग उसे बाद में ले आइए। यदि आगे से ठीक रहे तो मैं भला क्यों एतराज करूँगा, बोलिए ! मैं तकलीफ झेल लूँगा। मेरा और क्या है। मेरे जीवन का मोल ही क्या है। मैं तो उसके लिए ही हूँ। उसे कैसे खुशी मिलेगी, यही सोचता रहता हूँ। उसे कोई तकलीफ न हो यही कोशिश दिन-रात करता रहता हूँ। कहते हुए अलताफ की आँखों में आँसू आ गए।

अलताफ के लौट जाने के बाद मुझ पर नए ढंग का अत्याचार शुरू हुआ। माँ रुआँसी आवाज में बोली—इस लड़की को जन्म देकर मैंने पाप किया है ! सोचा था कि लड़की सुखी होगी, सबको गर्व से बोल पाऊँगी—मेरी बेटी इंजीनियर की बीवी है।

माँ बड़ी महीन आवाज में रोती रही।

पिताजी ने मुझसे बोलना बन्द कर दिया है। मामा और चाचा लोगों ने कहा—शादी के बाद पति का घर ही असली घर होता है। थोड़ा-बहुत ताना-उलाहना तो चलता ही रहता है, बाद में सब ठीक हो जाएगा। इधर मैंने मन ही मन फैसला कर लिया कि इस घर में भी नहीं रहूँगी। कहीं और चली जाऊँगी। यह घर भी, जिसे मैं जन्म से जानती-पहचानती थी, मुझे अनजान लगने लगा, पराया लगने लगा। रहने लायक नहीं लगा। अलताफ के साथ न जाकर मैंने बहुत बड़ी गलती की है, यह मेरे घर के लोगों ने बहुत अच्छी तरह महसूस करा दिया। मैं खुद को असहाय पा रही थी। भीतर ही भीतर छटपटा रही थी।

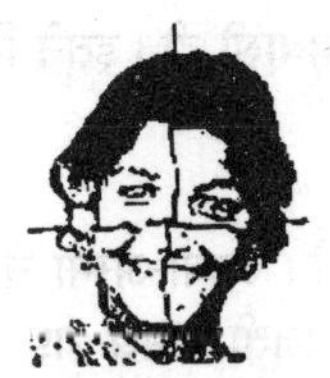

मैं नौकरी ढूँढ़ने लगी। जान-पहचान के कुछ लोगों से बोली—कहीं कोई मेरे लिए काम-काज मिले तो...! सभी हैरान होते। कहते—तुम क्यों नौकरी करोगी ? तुम्हारी तो

शादी हो चुकी है !

मैं कहती—शादी हो जाने के बाद नौकरी नहीं करनी चाहिए क्या ?

—सुना है, पति इंजीनियर है !

—पति का इंजीनियर होना उसका मामला है, मेरा नहीं।

—तुम्हारा भी कुछ होना चाहिए क्या ? उसका पैसा क्या तुम्हारा पैसा नहीं ?

—उसका पैसा मेरा पैसा क्यों होने लगा ? किसी भी तरह उसका पैसा मेरा नहीं है।

—क्यों, क्या वह रुपया-पैसा नहीं देता ? ये वो चीजें खरीदकर नहीं देता ?

—वह सब क्यों नहीं देगा ? देता है ! लेकिन वह तो उसका दिया हुआ कहेंगे, मेरा खुद का तो कुछ नहीं !

—अपना क्या अलग से कुछ करना पड़ता है ?

—जरूर करना पड़ता है। इसलिए कि मैं एक अलग इंसान हूँ।

किसी से कोई मदद नहीं मिली। उल्टे तरह-तरह के, अजीबोगरीब सवालों का जवाब देना पड़ा। मैं खुद भी हैरान हुई कि मेरे अन्दर आखिर इस भावना का जन्म कैसे हुआ कि मुझे एक अलग इंसान बनना होगा ! मेरे घर के वातावरण में इस भावना के पैदा होने का सवाल नहीं उठता। तो क्या यह सब अपने भीतर ही पनपा है ! खुद-ब-खुद ! या फिर अलताफ के स्वामित्व ने मुझे सचेत किया है कि 'स्वामित्व' का एक और नाम 'प्रभुत्व' भी है ! और मैं उसके प्रभुत्व को मानने के लिए तैयार नहीं थी इसीलिए मेरे भीतर अवचेतन में ही पैदा हुई अपने वजूद को हासिल करने की ताकीद!

घर से निकली। बहुत दिनों तक यहाँ एक बँधे हुए अन्धकार में बैठी हुई थी। यहाँ भी दम घुटता-सा लग रहा था। धानमंडी में पापड़ी का घर है, रिक्शे से उसके घर गई। सहेलियों में वही मुझे ज्यादा हिम्मती लगती थी। इसी उम्र में अकेले इंडिया घूम आई है। उसके पिताजी कहते हैं—बाहर अकेले घूमने का अभ्यास रहना चाहिए। लड़कियाँ घर में बैठे-बैठे चूहे की तरह हो गई हैं। दुनिया के बारे में वे कुछ नहीं जानतीं। मुझे सुनकर बहुत अच्छा लगता है। पापड़ी के पिता की तरह मेरे पिताजी क्यों नहीं हैं ? मन ही मन यह सोचकर मुझे बहुत दुःख हुआ।

अलताफ के यहाँ से चली आई हूँ, यह सुनकर पापड़ी ने कहा—कोशिश करके देख ले, रहा जा सकता है या नहीं !

मैंने कहा—नहीं रे, एक इम्पोटेंट आदमी के घर रहने से गाय-बकरी के साथ रहना ज्यादा अच्छा होता है।

—क्या कहती है तू ! इम्पोटेंट आदमी से शादी क्यों की ?

—क्या मैं जानती थी कि वह इम्पोटेंट है ?

—यह बात तो है। तुम्हारे जानने की बात तो नहीं है ! अपने माता-पिता को बताया है ?

—वे लोग पहले ही इतना उल्टा-सीधा बोल चुके हैं कि कुछ कहने-बताने का मन

नहीं हुआ। उन लोगों ने मान लिया है कि मैंने एक लड़के से प्रेम करके घर छोड़ा है।

घर में मुझे लेकर कितनी अश्लील और अनर्गल बातें होती हैं, यह सोचकर पहली बार मैं पापड़ी के घर आकर रोई।

पापड़ी ने मुझे गले से लगा लिया। बोली—डोंट वरी, बी हैप्पी ! तू यदि सचमुच किसी के साथ चली आती तब भी क्या किसी को कुछ बोलने का हक है ? चियर अप ! वह मेरे बालों में हाथ फेर देती है ! कहती है—तेरा जीवन अभी शुरू ही हुआ है, अभी से पीछे के झमेले को लेकर क्यों सोच रही है। अलताफ के घर से निकलने के बाद अब तक किसी का थोड़ा भी स्नेह-स्पर्श मुझे नहीं मिला। पापड़ी के इस 'बी हैप्पी' शब्द से मुझे अविस्मरणीय खुशी हुई। काफी दिनों तक मैं यह भूली हुई थी कि आनन्द या खुशी क्या है !

पापड़ी यूनिवर्सिटी में पढ़ती है। अंग्रेजी में आनर्स है। मैंने पूछा—यदि मैं भी पढ़ना चाहूँ ?

—पढ़ना चाहो तो पढ़ो !

—पढ़ाएगा कौन, बोल ? पिताजी तो पढ़ाना नहीं चाहते। फिर से उस स्काउंडेल के घर जाने के लिए कह रहे हैं।

पापड़ी बोली—तू ट्यूशन करके पढ़ने का खर्च निकाल। माला क्या कर रही है, देखती नहीं ? उसके पिताजी का देहान्त हो गया, भाई खर्च नहीं देता। वह दो ट्यूशन करती है और पढ़ रही है ! पापड़ी के घर के लॉन में बैठकर बात कर रही थी। थोड़ी-थोड़ी देर में चाय आ जाती थी। मैं कौन हूँ, किस चीज के बारे में बातचीत हो रही है, यह जानने के लिए कोई ताक-झाँक नहीं कर रहा। पूरा दिन बिताकर शाम से पहले मैं घर लौटती। लौटकर देखा कि माँ-पिताजी बेचैनी से बाहर टहल रहे हैं। मैं कहाँ गई, घर से किसी का हाथ पकड़कर भाग तो नहीं गई, यही सोच रहे हैं।

—क्या बात है, कहाँ गई थी ? पिताजी का झिड़की भरा सवाल।

—पापड़ी के घर।

—झूठ क्यों बोल रही हो, तुम लतीफ से मिलने गई थीं !

—यदि ऐसा सोचते हैं तो यही सही ! मैंने बिलकुल ठंडा जवाब दिया।

—इतनी हिम्मत तुममें आई कहाँ से ?

—मैं नहीं जानती। मेरा स्वर शान्त था।

—'नहीं जानती' कह देने से तो काम नहीं चलेगा ! बताना होगा। लतीफ से शादी करना तुमने तय किया है ?

—यह भी नहीं जानती !

मैं कपड़े बदले बिना सो गई।

माँ-पिताजी का सोचना है कि मैं प्रेम में दीवानी होकर दुनिया-जहान सब भूल चुकी हूँ। मेरा दिमाग ठीक नहीं है। वे लोग बहुत रात तक जागते हुए मेरे भविष्य के बारे में सोचते रहे। और मैं, रात में जागती हुई यह सोचती रही कि कैसे अपनी पढ़ाई शुरू

कर सकूँ ! कैसे ट्यूशन का जुगाड़ करूँ। किस तरह इस गन्दे परिवार-रूपी माहौल से मुक्त हुआ जाए ! कुछ समझ में नहीं आ रहा था। 'रुक्कैया हाल' में माला से मिलने पर शायद वह कोई रास्ता बताए। यह सोचकर फिलहाल निश्चिन्त हुई।

दूसरे दिन सुबह जब बाहर जाने के लिए तैयार हुई तो माँ इस आशंका से घबड़ा गई कि शायद उनकी बेटी लतीफ के साथ भागने की तैयारी कर रही है ! पूछा—कहाँ जा रही हो ?

—रुक्कैया हॉल !

—क्यों ?

—काम है !

—क्या काम है ?

—है एक काम !

—'काम है' कहने-भर से नहीं चलेगा। हमें बताना होगा कि तुम किस काम से बाहर जा रही हो। जाना ही है तो किसी को साथ ले जा। कोई तुम्हारे साथ जाए !

—साथ क्यों जाना होगा ? क्या मैं रास्ता नहीं जानती ?

—रास्ता जानने-पहचानने से भी तुम्हें अकेले नहीं जाने दिया जाएगा !

—मैं जाऊँगी ही, हो सके तो आप लोग रोक लें।

माँ को हैरानी में डालकर मैं सीधे घर से निकल आई। यह घर भी ससुराल जैसा रूप लेता जा रहा है। कौन कहता है कि नरक दुनिया से बाहर कहीं है ? अपने माता-पिता ही मुझे अपमानित कर रहे हैं, इससे बुरा और क्या हो सकता है ! आँखों में आँसू छलक आए। कुर्ते की बाँह से आँखें पोंछकर चल पड़ी। रुक्कैया हॉल में माला नहीं मिली। डिपार्टमेंट में जाकर मैंने उसे ढूँढ़ निकाला। कुछ भी लुकाए-छिपाए बिना सीधे बोली—मुझे दो-चार ट्यूशन दिला दे। कॉलेज में दाखिला लेना है। मुझे फिर से पढ़ाई-लिखाई शुरू करनी ही पड़ेगी। इंटरमीटिएट रहने से कोई नौकरी नहीं मिलेगी। और यदि जानना चाहो कि पति के रहते नौकरी क्यों करूँगी तो मैं यही कह सकती हूँ कि पति देखने में सुन्दर जरूर है लेकिन उसको शारीरिक और मानसिक दोनों तरह की प्रॉब्लम है। वह कम्प्रोमाइज करना चाहता है, मैं किसी कम्प्रोमाइज में जाना नहीं चाहती।

माला उस दिन कुछ नहीं बता पाई। बोली—दो-चार दिन बाद मिलना, मैं देखती हूँ क्या किया जा सकता है ! समय की कमी के चलते दो ट्यूशन छोड़ देने पड़े। वहाँ तुम्हारे लिए बात करके देखती हूँ।

मन ही मन 'हुर्रे' बोल पड़ी। कभी सोचा भी नहीं था कि अपने लिए खुद ही कुछ किया जा सकता है। सम्पन्न पिता के परिवार से निकलकर सम्पन्न पति के घर रहने गई थी। वे लोग रोटी-कपड़ा देंगे और बदले में मुझे जो नहीं सो बोलेंगे ! थोड़ा-सा खाना और कपड़े के लिए मैं खुद को अपमानित होने दूँगी ?

माला से बात करते-करते लाइब्रेरी के गेट के पास रुकी। कुछ भी सोचे बिना एक

रिक्शा लिया। रिक्शा 'दोयल' की ओर चल पड़ा। घर लौटने के बारे में सोचते ही मन दुखी हो गया। काश ! कहीं और जाया जा सकता। कहीं दूर। इस जाने-पहचाने माहौल से दूर कहीं किसी दूसरे शहर में ! जब रिक्शा 'प्रेस क्लब' पार करके बढ़ रहा था, तब तक मुझे पता नहीं था कि मैं मनजू चाचा के दफ्तर जाऊँगी। अचानक मनजू चाचा की याद आई। मेरे दूर के रिश्ते में चाचा हैं, उनकी मोतीझील के पास इंडस्ट्री है। वे अमेरिका में थे। देश लौटकर इंडस्ट्री लगाई है। अब देश में रहने के बारे में सोच रहे हैं। पाँच-छह वर्षों से उनसे कोई सम्पर्क नहीं है। उनकी याद मुझे नहीं आनी चाहिए थी, उनके पास जाने का भी कोई इरादा नहीं था।

अचानक मन में आया कि थोड़ा समय बिता आती हूँ। घर लौटने पर तो फिर वही चुभनेवाली बातें ! मुझे हमेशा 'परिवार-परिवार, पति-पति' की जुगाली अच्छी नहीं लगती। सब बकवास लगता है। पति के साथ अगर मुझे सुख नहीं मिलता फिर भी माँ-बाप की लाज रखने के लिए मुझे पति के घर पड़े रहना होगा ! मानो मेरी जिन्दगी से उनकी लाज का मोल ज्यादा है !

'मोतीझील' में मनजू चाचा मिल गए। मुझे देखकर चाचा हैरान रह गए—तुम यहाँ ?

—जी हाँ, आ गई ! कुछ करने को नहीं मिल रहा था, इसलिए।

—आओ, बैठो-बैठो ! घर में सभी ठीक तो हैं ? तुम्हारे हस्बैंड का क्या समाचार है, सुना है तुम्हारी शादी हुई है ! हम लोगों को दावत नहीं मिली !

मनजू चाचा की उम्र पचास के आसपास होगी। लेकिन मन से अब तक नौजवान हैं। बेटे-बेटी सब विदेश में हैं। वे कहाँ क्या पढ़ रहे हैं, बताया। मैंने कहाँ तक पढ़ाई की है, पूछा। शर्म आ रही थी यह कहते हुए कि इंटरमीडिएट तक पढ़ी हूँ। बोली—बी.ए. में दाखिला लूँगी। साथ में ट्यूशन करूँगी !

—क्यों, ट्यूशन क्यों करना पड़ेगा ? एनी प्रॉब्लम ?

मैंने सिर हिलाया—जी, प्रॉब्लम है ! हाँ यह प्रॉब्लम ही तो है। पिता के घर से कोई मदद नहीं मिलेगी क्योंकि मैं पति के घर से चली आई हूँ। इसलिए ट्यूशन करना होगा।

तब मनजू चाचा ने हँसते हुए कहा—ट्यूशन से कितना पैसा मिलेगा ? मेरी कम्पनी में नौकरी कर लो !

—आपकी कम्पनी में नौकरी ? क्या कह रहे हैं ? मैं कर सकूँगी ?

—सिखा देंगे। मुश्किल किस बात की है ?

अथाह जल में समाते आदमी को हाथ के पास यदि जमीनी किनारा मिल जाए तो शायद ऐसी ही खुशी होती है। मैं ऐसी ही खुशी के मारे काफी देर तक स्तब्ध बैठी रही।

चाचा से बोली—आप यह बात घरवालों को मत बोलिएगा।

—क्यों, मतीन भाई नहीं जानते कि तुम नौकरी करोगी ?

—नहीं ! मुझे घर में बन्द करके रखने का प्लान कर रहे हैं। आप यदि नौकरी दे दें तो मैं प्राइवेट से बी.ए. का एक्जाम दे दूँगी। मेरी सहेलियाँ हैं, उनसे नोट-वोट

ले लूँगी। कोई दिक्कत नहीं होगी !

—देखो, जैसा ठीक समझो !

खुशी से चमकती मेरी आँखों को देखकर शायद मनजू चाचा समझ नहीं पाए थे कि मैं एक बहुत बड़ा फैसला लेने जा रही हूँ। इस वक्त मुझे एक नौकरी की सख्त जरूरत थी। उनमें एक और बात मुझे बहुत अच्छी लगी, वह यह कि एक बार भी उन्होंने मुझसे नहीं कहा कि पति के घर लौट जाओ, समझौता कर लेने की कोशिश करो, ये सब फालतू बातें छोड़ो, या फिर तुम्हारे पिता के न चाहने पर तुम नौकरी कैसे करोगी, वगैरह-वगैरह।

मनजू चाचा अपने काम में व्यस्त हो गए। मैं उनके कमरे के सोफे पर बैठी रही। वे बीच-बीच में मुझसे बात करते रहे। बोले—शुरू-शुरू में कम तनख्वाह मिलेगी। धीरे-धीरे बढ़ेगी। एतराज नहीं है न !

मैंने हँसते हुए कहा—कोई एतराज नहीं है। यहाँ जो मुझे इतना मिलेगा, इसकी तो मैं कल्पना भी नहीं कर सकती थी। आपकी मैं अहसानमन्द हूँ।

तय हुआ कि अगले शनिवार से मैं नौकरी करने जाऊँगी। अचानक सब कुछ हो गया। घर लौटते हुए सोच रही थी कि क्या इतना जल्दी किसी का नसीब खुलता है ! मैं तो फूटी किस्मतवाली लड़की हूँ। मेरे नसीब में क्या इतनी कम योग्यता रहते नौकरी मिल पाना मुमकिन था ! पता नहीं क्यों, यकीन नहीं हो रहा था कि सचमुच मुझे नौकरी मिल गई है। क्या मैं वह कठिन-कठिन काम कर पाऊँगी ! वैसे मनजू चाचा ने कहा है—काम कठिन नहीं होता। लगन होने से सब होता है।

दरवाजे पर ताला लगाकर मुझे बन्दी बनाकर रखा गया है। पिताजी ने कहा है—मेरी लड़की होकर जैसा-तैसा करती फिरेगी, यह मैं बर्दाश्त नहीं करूँगा।

दरवाजे का ताला खोलकर माँ मुझे तीन वक्त खाना दे जाती है। यह कितनी असहनीय दशा है, इसे मेरे सिवा कोई नहीं समझ सकता। मुझे आजकल रुलाई भी नहीं आती। बल्कि अपने अन्दर एक भयानक जिद होती है मेरे अन्दर। इस अत्याचार के खिलाफ डटकर मुकाबला करने का मन होता है। दरवाजा तोड़कर निकल जाऊँ, इतनी ताकत तो नहीं है मुझमें। दैहिक बल से नहीं तोड़ सकी, लेकिन मानसिक ताकत से मैं कब का दरवाजा खोलकर निकल गई—निकलकर नौकरी-चाकरी करती रही, पढ़ाई-लिखाई की, जैसा मन—वैसे रही, जैसी मर्जी—वैसे जी लिया !

शनिवार निकल गया। मेरा निकलना नहीं हो सका। मुझे लगा कि अलताफ की सलाह से मुझे बन्द करके रखा गया है। मेरे माता-पिता मेरे मामले में निर्मम हैं, लेकिन इतना निर्मम होंगे—मुझे यकीन नहीं होता। मैं कितने दिनों तक इस तरह बन्द रहूँगी, मुझे तो निकलना ही होगा ! घर में कानाफूँसी शुरू हो गई कि चूँकि मैं लतीफ नामक एक लड़के के साथ भाग जाना चाहती हूँ इसलिए मुझे बन्द करके रखा गया है ! इन बातों का किसी तरह विरोध करना भी मुझे नागवार लगता है। उनकी गलतफहमी एक दिन जरूर दूर होगी, बशर्ते उनके भीतर मन जैसी कोई चीज हो। तब जरूर वे

पछताएँगे। कमरे में पड़ी एक-दो किताबें पलटती रहती। पढ़ने में भी मन नहीं लगता। लिखने में भी नहीं। लिखते हुए कलेजा फटकर लम्बी साँस निकलती है—किसे लिखूँ, कौन है मेरा अपना ! बेहद दुखी रात में किसकी बातें याद करके आँसू बहाऊँगी ! इतना खाली-खाली, इतनी अकेली हूँ मैं। मुझे इस सभ्य देश के एक सभ्य परिवार में ताला बन्द करके रखा गया है—बात करने, चलने-फिरने के सारे अधिकार छीन लिए गए हैं।

एक दिन दोपहर को कमरे में माँ के खाना लेकर घुसते ही, तब तक कमरे में बन्दी जीवन के मेरे सात दिन बीत चुके थे, मैं माँ को एक झटके से हटाती हुई कमरे से बाहर निकल आई। बाघ के चंगुल से छूटकर जैसे हिरन भागता है, उसी तरह मैं बेतहासा भाग चली। कहाँ जाऊँगी, किधर जाऊँगी, यह सोचे बिना भागती रही। मेरी पोशाक गन्दी थी। रास्ते के लोगों की आँखों में जिज्ञासा उभरी—एक लड़की इस तरह क्यों दौड़ रही है ! मैं पीछे नहीं मुड़ी। कहीं मेरे पीछे जंगली भैंसों का कोई झुंड तो नहीं आ रहा, मैंने पलटकर नहीं देखा। एक आटोरिक्शे से सीधे पापड़ी के घर जा पहुँची। पापड़ी हैरान नहीं हुई, सब कुछ जानने के बाद बोली—नो प्रॉब्लम, तू कुछ दिनों तक मेरे घर पर रह ! मेरी जिन्दगी में जिस तरह दुर्गति बार-बार आती है, न जाने कहाँ से सफलता भी उसी तरह अचानक मुट्ठी में आ जाती है। जब सब तरफ के लोगों ने मुझसे मुँह फेर लिया, तब मैंने देखा किसी का प्रसन्न चेहरा। सबने जब आँखें फेर लीं, गहरे अँधेरे में तब किसी ने बढ़ाया प्यार का हाथ। पापड़ी के पिता शिक्षित, सुसंस्कृत आदमी हैं। मुझसे कहा—जब हिम्मत कर ही चुकी हो तो बीच रास्ते में रुक मत जाना। मंजिल तक पहुँचने की कोशिश करो ! इरादा हो तो क्या नहीं होता ! रुकावटें तो हर पल आएँगी। आगे तो बहुत से लोग बढ़ते हैं लेकिन रुकावटें पाकर अधिकतर लोग पीछे हट जाते हैं।

दूसरे दिन सुबह मोतीझील गई। नौकरी की मुझे बहुत जरूरत है। मनजू चाचा ने मुझे बिठाते ही एडमिनिस्ट्रेटिव अफसर जलाल साहब को अप्वाएंटमेंट लेटर बना देने के लिए कहा। छोटा काम है, रिश्तेदार है इसलिए कोई खातिरदारी नहीं ! टेलीफोन ऑपरेटर-कम-रिसेप्शनिस्ट। तनख्वाह बहुत ज्यादा नहीं—तीन हजार रुपया !

मनजू चाचा ने पूछा—इतने कम पैसे में तुम्हारा काम चलेगा तो ?

मैं खुशी से पागल हो गई। कभी क्या इतना पैसा मैंने कमाया है ? इससे ज्यादा पैसा मेरे हाथ में मिला है लेकिन वह था दूसरे का पैसा !

मनजू चाचा ऊपर से नीचे तक भले इंसान हैं, उन्होंने मुझे 'विश' किया ! दफ्तर के एक आदमी को बुलाकर मुझे काम समझा देने को कहा। मेरे जीवन में बेशक एक बड़ा परिवर्तन आ गया। एडवोकेट मतीन चौधुरी की बेटी; इंजीनियर अलताफ हुसैन की बीवी एक फर्म में टेलीफोन ऑपरेटर-कम-ऑफिस असिस्टेंट का काम कर रही है—लोग हैरान भी होंगे, होते रहें। लोग तो केवल हैरान होना ही जानते हैं !

जब मैं एक अक्षम पुरुष के आलिंगन में छटपटाती थी, तब तो कोई हैरान नहीं होता था। जब मैं पति के थप्पड़ और लात खाती रही, तब हैरान होनेवाला कोई आदमी

नहीं मिला। जब मुझे पराए आदमी से प्रेम के आरोप में कमरे में बन्द करके रखा गया, तब कौन हैरान हुआ ?

मैं नौकरी करने लगी। लेकिन मुझे डर लगा रहता कि पिताजी कभी भी खबर पाकर दफ्तर में चले आ सकते हैं और मनजू चाचा को इस सबके लिए कसूरवार ठहरा सकते हैं। मनजू चाचा को लेकिन इस बात की फिक्र नहीं है। वे बोले—तुम जो ठीक समझती हो, वही करो ! घर के लोगों को चिढ़ाकर अन्ततः नौकरी कर पाओगी या नहीं, सोच लो। अभी कह रही हो नौकरी करोगी, फिर कुछ दिनों बाद कहोगी नहीं करोगी—यह ठीक नहीं होता। मैंने उनसे कहा है—मैं जो करने जा रही हूँ, वह खूब सोच-समझकर ही। मेरे फैसले में बदलाव आने की कोई वजह नहीं है। नौकरी तो मिल गई, लेकिन अब समस्या रहने की है। पापड़ी के घर रहते काफी दिन हो गए। अब चलने की तैयारी करनी चाहिए। नौकरी-पेशा लड़कियों के हॉस्टल के बारे में ही सोचती हूँ। चाहा और मिल गया—यह मामला इतना आसान नहीं है। फिलहाल माला के कमरे में कुछ दिन ठहर जाऊँगी, यही तय किया। माला ने मुझे निराश नहीं किया। दफ्तर से कुछ पैसे एडवांस लेकर कुछ जरूरी सामान और कपड़े-लत्ते आदि खरीद लेती हूँ। सारा इन्तजाम हो जाता है, होगा कैसे नहीं ! बल्कि एक सहज खुशी भी मिलती है। इसको कुछ लोग एडवेंचर कह सकते हैं लेकिन मेरे लिए ऐसा कुछ नहीं है। मेरे लिए एक जिन्दगी की सार्थकता की तलाश है। जिन्दगी कहाँ कितनी दूर पड़ी हुई है, उसे ढूँढ़ निकालना और परत-दर-परत देखना। जीवन बेहद रहस्यमय है इसमें कोई दो राय नहीं। कुछ दिनों पहले मैं जिसकी कल्पना भी नहीं कर सकती थी, आज देख रही हूँ वही मेरी मुट्ठी में है। मुझे कहीं कोई रोक नहीं पा रहा है।

हॉस्टल में सीट के लिए पापड़ी को साथ लेकर कोशिश करती रही—नीलखेतवाला हॉस्टल। पापड़ी की जान-पहचान की दो सीनियर लड़कियाँ वहाँ थीं। उन्होंने फार्म वगैरह ला दिए। मेरा इंटरव्यू लिया गया—क्यों यहाँ रहना चाहती हूँ, मैरिड हूँ या अनमैरिड, यदि मैरिड हूँ तो फिर पति कहाँ है, क्या करता है, वगैरह-वगैरह। मैंने साफ-साफ कह दिया—पति है जरूर, लेकिन उसे छोड़ रही हूँ। उसके साथ रहने का मेरा कोई इरादा नहीं है ! क्यों ? यह पूछने पर बोली—वह आदमी ठग है ! ठग किस मायने में, क्या उसने कोई और शादी कर ली है ! रुपए-पैसे लेकर भाग गया है ? इन सवालों का एक भी जवाब 'हाँ' में नहीं हुआ। वे लोग समझ नहीं पाए कि और किस तरह का ठग हो सकता है। मेरा भी मन नहीं हुआ कि अपने दुःख की बात उनको विस्तार से बताऊँ। फिर जिसने यह तकलीफ न भोगी हो, वह किसी भी तरह महसूस नहीं कर सकता कि यह कितना पीड़ादायक है, इसे मैं खूब समझती हूँ। आखिरकार सीट मुझे मिल गई। जो कुछ भी चाहा, सब मिल गया। नौकरी मिल गई। रहने-खाने की चिन्ता दूर हो गई। दफ्तर का कामकाज सीखने में मैं काफी दिलचस्पी लेने लगी। मेरे पीछे दोनों घरों में क्या हो रहा है, यह मैं सोचना नहीं चाहती। जो होता है, होता रहे, मुझे क्या ! पीछे छोड़ आए किसी भी आदमी के लिए मेरे मन में कोई दया-माया नहीं आती।

एक दिन पापड़ी ने बताया—तेरे पिताजी ने फोन किया था !

—तुमने क्या कहा ?

—मैंने पूछा कि हीरा घर से क्यों चली गई ? वह घर से भागनेवाली लड़की तो नहीं थी ! इस पर उन्होंने कहा, कि तुम्हारा कैसा तो दिमाग खराब हो गया था !

मैं जोर से हँस पड़ी। वे लोग मुझे पागलों की तरह ढूँढ़ रहे हैं, यह जानकर मुझे जरा भी सहानुभूति नहीं हुई। इसीलिए मैं अपनी बहुत करीबी सहेलियों के घर नहीं गई कि मिल जाने पर जोर-जबर्दस्ती करेंगे, बेवजह झमेला होगा ! और फिर मेरी सहेलियों के घर पर ढूँढ़ना तो उनको शोभा भी नहीं देता, वे लोग तो मुझे लतीफ के घर ढूँढ़ेंगे ! लतीफ कहाँ है, मेरे साथ कहाँ घर बसाया है—यह सब छानबीन जरूर उन लोगों ने की होगी। बेचारे !

मनजू चाचा की इंजीनियरिंग की फर्म है, यहाँ ट्रांसफार्मर बनता है। वे देश-विदेश में भाग-दौड़ करते रहते हैं। हो सकता है अपनी व्यस्तता के कारण या फिर मेरे अनुरोध के चलते उन्होंने मेरी खबर घर पर नहीं दी। पता नहीं है। एक बार पता चलते ही दबोचकर पिंजड़े में डाल देंगे। पिंजड़े में रहने की तकलीफ मुझे खूब पता है। जीतेजी मैं उस रास्ते पर फिर नहीं जाऊँगी। हॉस्टल में खाने-पीने की तकलीफ है—नपा-तुला खाना है, फिर भी लगता है कि क्या यह काफी नहीं ! यह मेरी पहली कमाई है। ताउम्र दूसरों के पैसे से मांस-मछली खाने के बजाय अपने पैसे से दाल-भात खाना कहीं ज्यादा अच्छा है। कोई मुझे खाने के बहाने ताना नहीं मारेगा, किसी के आगे मुझे सिर नहीं झुकाना होगा, कोई मुझे चाहने भर से मार नहीं सकता, कोई मुझे जब मर्जी घर से निकाल नहीं सकता ! जब मर्जी मेरे शरीर से बिस्तर में खेल नहीं सकता, जिस खेल के बाद एकतरफा मेरी ही हार होती है। मैं ही हारूँगी, मैं ही मार खाऊँगी, फिर भी मुझे उनके हाथों में कैद रहना पड़ेगा क्योंकि वे मुझे अच्छा बोलेंगे। इसलिए कि वे मेरा गाल टीपकर 'अच्छी लड़की' कह सकें। जैसे एक गुड़िया को सजा-धजाकर अच्छा कहा जाता है, वे मुझे वैसा अच्छा कह सकें !

ऑफस में कुछ खास काम नहीं है। टेलीफोन रिसीव करना, फाइल वगैरह ठीक से रखना, एम.डी. के कमरे से साइन कराके लाना आदि-आदि। यह सब कोई मुश्किल काम नहीं। इसी सबके बीच मैं बी.ए. का इम्तहान देने की बात सोचती हूँ। हॉस्टल में काफी लड़कियाँ हैं, कई लड़कियों से दोस्ती हो गई। मुझे अकेलापन बिलकुल नहीं महसूस होता, गोया अपने आपमें यह एक दुनिया है। हॉस्टल की बहुत सारी लड़कियाँ नौकरी के दौरान पढ़ाई भी करती हैं। मैंने कुछ किताबों की जुगाड़ की। मेरी जिन्दगी में इतनी व्यस्तता पहले कभी नहीं आई। सुबह नौ बजे दफ्तर—पाँच बजे लौटना, कभी रुक्कैया हॉल तो कभी पापड़ी के घर अड्डेबाजी करना—समय किस तरह बीत जाता है, पता ही नहीं चलता।

लेकिन सब कुछ के बाद जब मैं रात में सोने जाती हूँ तो मेरा शरीर उजले बिस्तर में जाग उठता है। किसी समर्थ पुरुष का स्पर्श पाने के लिए मेरा शरीर तड़प उठता

है। हॉस्टल में सूफिया नाम की एक डिवोर्सी लड़की है। वह मौका पाते ही अपने अतीत की बातें छेड़ देती है। उसके पति को उसके शरीर की बहुत ज्यादा चाह थी, उसकी वासना की आग इतनी अधिक थी कि सूफिया के लिए उसकी प्यास बुझा पाना सम्भव नहीं होता था। पति वेश्या के यहाँ भी जाता था, इसी बात को लेकर झगड़ा, और झगड़ा बढ़ते-बढ़ते अलगाव। सूफिया के ठीक उलट मैं थी, काम की आग ने मुझे ही जलाया। उस आग में जलकर आज मैं राख हुई हूँ या खरा सोना !

इस लड़के से मेरा पहले से परिचय था। मितुल नाम की मेरी एक सहेली थी, यह उसका चचेरा भाई होगा। एक दिन अचानक मैंने देखा—हॉस्टल के गेट पर खड़ा है। पहले तो मुझे उसका नाम याद ही नहीं आया था।

देखते ही मैंने पूछा—क्या बात है, आप यहाँ ?

—हाँ ! लेकिन तुम यहाँ कैसे ? उस लड़के ने कहा।

—मैं यहीं रहती हूँ।

—अच्छा, तो ये कहो न। मितुल से अभी उस दिन भी पूछा था—हीरा आजकल कहाँ है। उसने कहा—पता नहीं ! फिर भी मैं तुम्हारे बारे में कई दिनों तक सोचता रहा।

बात करते-करते नाम याद आया। कैसर ! सीधा-सपाट चेहरा। हल्की-हल्की उगी हुई दाढ़ी। लेकिन आँखें देखने लायक, सुन्दर। उन आँखों से मैं अपनी नजर नहीं हटा सकी। कैसर से मुलाकात मितुल के घर पर हुआ करती थी। एक-दो बार बातचीत भी हुई थी। पर याद रखने लायक खास कुछ नहीं।

—आप यहाँ क्यों आए हैं ? मैंने पूछा।

—मेरी बहन इस हॉस्टल में रहती है !

—आप क्या मोहसिन हॉल में ही रहते हैं ?

—अरे वाह, आपने अभी तक याद रखा है, मैं किस हॉल में रहता हूँ। मैंने मन में सोचा—हाँ, मुझे तो खाक याद था ! सब कुछ तो भूल बैठी हूँ। नाम तक याद नहीं आ रहा था। किसी से थोड़ी-सी जान-पहचान रहने पर ही वह मुझे बहुत अपना-सा लगने लगता है। यह लड़का मुझे पसन्द करता है, मितुल ने बातों ही बातों में कई बार मुझे यह बोला था। मुझसे जान-पहचान की आशा में यह मितुल के जन्मदिन पर आया था। कैसर पोलिटिकल साइंस के अन्तिम वर्ष में पढ़ता है। मैं गेट पर ही खड़े-खड़े बात कर रही थी—उसने कहा—चलो, टहलते हुए बात करते हैं।

क्या बात करूँ ! मितुल की शादी तय हो गई है, उस दिन की याद आती है जब मितुल के घर पर शर्म के मारे इसके साथ बात ही नहीं की थी, इसकी बड़ी बहन बैंकाक में नौकरी कर रही है—यही सब बातें। मैं छोटी-सी नौकरी करती हूँ, यह बताने पर कैसर हैरान होता है। इतनी कम उम्र में नौकरी कर रही हो ?

नौकरी कर लेती हो ? तुम तो उस दिन की छोटी-सी लड़की हो ! कैसर हँसता है।

मैं भी हँस पड़ी—क्यों, मैं मूर्ख लड़की हूँ ?

कैसर की बहन गेट पर आ जाती है। हम लोग फिर मिलेंगे जैसा कुछ कहने से पहले ही हट गए।

इसके बाद से कैसर को अक्सर गेट पर खड़ा पाती हूँ।

एक दिन उसने कहा—आज मैं तुम्हारे लिए आया हूँ !

—मेरे लिए ? मैं हैरान हुई।

—क्यों, तुम्हारे लिए नहीं आ सकता ? तुमसे कुछ बात करनी है। बात यह है कि तुम्हें अभी नौकरी नहीं करनी चाहिए। यूनिवर्सिटी में दाखिले के लिए आवेदन पत्र की माँग की जा रही है। तुम अप्लाई करो।

—मेरा नौकरी न करने से कैसे चलेगा ?

—चाहे ट्यूशन करो। फिर भी दाखिला ले लो।

—आप मेरे लिए इतना क्यों कर रहे हैं ? मैंने तो नहीं कहा।

कैसर चुप हो गया। बोला—सॉरी !

उस दिन और कोई बातचीत नहीं हुई। मैं रूम में आकर चुपचाप लेट गई। कितने दिन पहले माँ को धकेलकर घर से निकल आई। जिन्दगी में कितना कुछ होता है। उन लोगों को पता तक नहीं है। या फिर अलताफ कोई गहरी चाल चल रहा है। अचानक किसी दिन मुझे उठा ले जाएगा ? डर लगता है। अकेले कमरे में मैं सहम जाती हूँ। मनजू चाचा ने कहा—अच्छा काम करने पर दो महीने बाद मेरी तनख्वाह बढ़ा देंगे। नौकरी बुरी नहीं है। फिर हॉल में रहकर यूनिवर्सिटी में पढ़ूँ, यह सलाह भी बुरी नहीं।

एक थकान भरी शाम को कैसर ने गेट से बुलावा भेजा। मेरे लिए गेट पर कोई विजिटर इन्तजार कर रहा है, यह सोचने में भी अच्छा लगता है। कैसर दाखिले का फॉर्म लेकर आया है। नजर मिलते ही हँसते हुआ कहा—तीन ट्यूशन कर लो, हो जाएगा !

—नौकरी छोड़ दूँ ?

—क्या बाद में फिर नौकरी नहीं मिलेगी ? नौकरी करते हुए तो तुम्हें क्लास करने का वक्त नहीं मिलेगा !

कैसर की आवाज में प्यार का अहसास हुआ। मैं दाखिला लूँ चाहे नहीं, इसमें उसका क्या जाता है लेकिन मानो यह उसका फर्ज है कि मुझे इस बारे में समझाए। कैसर टहलते-टहलते बोला—पॉल साइंस में दाखिल होने पर तो कोई दिक्कत ही नहीं होगी। मैं तो हूँ ही !

कैसर का यह वाक्य 'मैं तो हूँ ही' मुझे अन्दर ही अन्दर कँपा देता है। मैं भी टहलते-टहलते बोली—अच्छा एक नियम बन गया है आपके साथ शाम को टहलना।

—तुम्हें अच्छा तो लगता है न ?

—मैंने कहा—खूब !

कैसर के चेहरे पर मुस्कान तैर गई, बोला—चलो, किसी दिन रिक्शे से घूमने चलते हैं, हवा खाने में मजा आएगा।

मैंने भी सिर हिलाया। मुझे यदि अच्छा लगता है, तो क्यों नहीं जाऊँगी ? जरूर जाऊँगी ! कैसर का ढीला शर्ट, बिना कंघी किए बाल, उदासी भरा चलना-फिरना—सब कुछ मुझे अच्छा लगता है। लगता है कि शाम अगर कैसर के साथ बात करते हुए यों ही गुजर जाए तो बुरा क्या है ! हम लोग मुँह से कुछ नहीं बोलते लेकिन जानती हूँ कि शाम होते ही कैसर जरूर आएगा, मैं उसके साथ बात करने के लिए रास्ते में निकलूँगी। कभी क्रिसेंट लेक के किनारे जाकर बैठूँगी तो कभी किसी रेस्तराँ में एक दिन टहलते-टहलते हम लोग शाहबाग के एक रेस्तराँ में जाकर बैठे। चाय—समोसे खाए। कैसर ने बिल चुकाया। मैं बोली—अगली बार मैं आपको खिलाऊँगी !

मेरा अपना पैसा है, मुझे कौन रोकनेवाला है। दूसरे दिन शाहबाग पार करके हम मोतीझील के 'काफे झील' में गए। दोनों ने पराँठे और चरपरा फ्रायड खाया। मेरे बिल चुकाने के बाद कैसर ने कहा—नेक्स्ट मैं खिलाऊँगा, ठीक है ?

रिक्शे पर बैठा कैसर मेरी पीठ के पीछे हाथ रखता है। कैसा अजीब-सा लगा। एक अजीब-सा आनन्द। कैसर की आँखों में आँखें डालने पर मैं भीतर ही भीतर टुकड़े-टुकड़े हो जाती हूँ। अचानक मेरे भीतर यह घटना नहीं घटी। मैं धीरे-धीरे अपने आपसे सवाल करती रही कि आखिर मैं क्या चाहती हूँ, कैसर के बुलाते ही चली आती हूँ। वह क्यों बुलाता है, और मैं क्यों चली आती हूँ ? क्या यह 'दो दिन का मोह' है, कुछ समय बाद छँट जाएगा ? जवाब मिला—कैसर के प्रताड़ित न करने पर यह लगाव क्यों खत्म होगा ? अगर वह स्वस्थ समर्थ पुरुष है तो भला प्यार धूमिल क्यों होगा ?

एक शाम कैसर टी.एस.सी. के मैदान में खड़े-खड़े बोला—लगता है, मैं तुम्हें अरसे से जानता हूँ !

—अरसे से मतलब कितने समय से ?

—जन्म से !

मैं फिर सिहर उठती हूँ। मन हुआ कि टी.एस.सी. के चहल-पहल भरे मैदान से निकलकर कहीं दूर चली जाऊँ, सामने बहती किसी नदी के किनारे जाकर बैठ जाऊँ। तारों से भरा आसमान देखूँ और गाऊँ—'पिपासा हाय नाही मिटिलो' (प्यास, हाय नहीं मिटी !)

प्यास तो मेरी मिटी नहीं है। मेरे शरीर में, मेरे मन में प्रचंड प्यास है। क्या कैसर मेरी प्यास मिटा पाएगा ? अगर न मिटा पाया, अगर अलताफ जैसा नोंच खानेवाला

इंसान हुआ तो ? सिर्फ तकलीफ दे, सुख न दे !

कैसे जानूँ जाँचने-परखने का उपाय क्या है। जाँच-परखकर जान लेने की इच्छा होती है। कैसर को लेकर मेरे मन में एक अजीब-सी अनुभूति होती है। उसे छूने का बड़ा मन करता है। कितने दिन हो गए, किसी को छुए बिना। मेरी उँगलियाँ प्यासी हैं कितने दिनों से। कितने दिन हो गए बिना पानी के, कितने दिन हो गए किसी पुरुष को छुए हुए ! कितने दिन क्यों, मैंने कब छुआ ही है किसी को ? अलताफ को पहले छूना अच्छा लगता था, लेकिन जब धीरे-धीरे उसकी प्रॉब्लम जान गई तो उसे फिर छूना अच्छा नहीं लगता था। लगता था कि जड़ वस्तु का स्पर्श कर रही हूँ। टेबुल-कुर्सी जैसा कुछ ! कभी-कभी अलताफ पर मुझे तरस आता है। बेचारा ! फिर यह सोचकर गुस्सा भी आता है कि उसने शादी ही क्यों की ? मैं अलताफ को माफ नहीं कर पाती। उन दिनों की बात सोचने पर मेरे शरीर में अंगारे धधकने लगते हैं। मैं उस निष्ठुर, स्वार्थी आदमी को माफ नहीं कर सकती।

रात में बिस्तर में अकेली सोई थी। क्या कैसर मुझसे प्यार करता है ? लगता तो है, करता है ! उसके बुलाते ही मैं छूटकर जाती हूँ, उसके लिए मेरे अन्दर भी कुछ-कुछ होता है—एक आवेग। यह शायद कैसर समझता होगा। मैं क्यों सँभलकर चलूँ। क्या मैंने अपने को किसी के पास गिरवी रख दिया है जो खुद को संयत करूँ, खुद को बन्द करके रखूँ—किसी अदृश्य पिंजड़े में ! कौन है मेरा, जो मैं उसके लिए सोचूँ, जो मुझे लगे कि मैं गलत कर रही हूँ ! बल्कि मुझे तो लगता है कि और पहले अलताफ के घर से निकल आना चाहिए था। यदि मैं और पहले उस प्रताड़क-प्रवंचक से अपना सम्बन्ध तोड़ लेती तो अपने लिए मुझे काफी समय मिल जाता।

कैसर मुझसे प्यार करता है, यह मुझसे वह छिपा नहीं सका। वह जानता है कि मैं विवाहित लड़की हूँ और अब तक अलताफ से सम्बन्ध कायम है, इसके बावजूद कैसर करीब आता है, उसकी कितनी प्राप्ति है, जाने बगैर ही आता है। यह प्यार आखिर कहाँ जाकर ठहरेगा, पता नहीं। कभी-कभी लगता है, उसे लौटा दूँ। लेकिन लौटा भी क्यों दूँ ! मैं क्या अलताफ के पास लौट जाऊँगी जो मुझे कैसर को नकारना पड़ेगा ! वह आए, मुझे प्यार करे, मैं उसके प्यार में अपने बदन को भिगोकर नहाऊँगी। मुझे कौन रोकेगा, अलताफ की क्या हैसियत है जो मुझे रोक लेगा ! ज्यादा-से-ज्यादा वह कानून दिखा सकता है। तलाकनामा भेज दूँगी, फिर कहाँ जाएगा कानून ! इन सारे मामूली कागजी रिश्तों में कोई दम है, मुझे नहीं लगता। कागज से किसी को रोका जा सकता है, अगर मन न चाहे तो ! मैं रह-रहकर भूल जाती हूँ कि अलताफ नाम के किसी आदमी की बीवी हूँ, मैं लम्बे समय तक उसके घर पर रही हूँ। सोचती हूँ तो हैरानी होती है कि एक आदमी तरह तरह के बहाने से मुझ पर आरोप लगाता रहा और मैं भी बिना सोचे-विचारे उसके सारे झूठे आरोप मानती रही ! जितना विरोध किया है वह करना, न करने के बराबर ही था। जब जोर से थप्पड़ लगाना चाहिए, तब मुँह फुलाए रखने से चलता है ! मैं झुकती रही इसीलिए मेरी यह दुर्दशा हुई। सबने मान

लिया कि इससे जो मर्जी वही करवाया जा सकता है। यह तो सब कुछ मान ही लेगी।

मनजू चाचा ने बताया, पिताजी ने उनके दफ्तर में फोन किया था। आएँगे। मेरे बारे में कोई बात नहीं हुई है। लेकिन मैंने अनुमान लगाया कि पिताजी सब जानकर ही आ रहे हैं। इसी बीच मैंने सोच लिया कि काजी के दफ्तर जाकर तलाकनामा के कागजात तैयार करूँगी और उस दिन को सेलीब्रेट करूँगी। तलाकनामा पाकर अलताफ को कितना गुस्सा आएगा, यह सोचकर ही मुझे बहुत खुशी हो रही थी। वह जरूर गुस्से से फुँफकारेगा। हाथ मलेगा। पूरे घर को सिर पर उठा लेगा। उसकी माँ कहेंगी—लड़की में हिम्मत कितनी है, पहले ही कहा था—लड़की खराब है ! अलताफ की माँ यही मानेंगी कि उनका लड़का सच्चा, सही और समर्थ आदमी है, मैं ही चरित्रहीन हूँ। यों उससे मेरा कुछ आता-जाता नहीं। क्योंकि अलताफ तो जानता ही है अपने कसूर और कमजोरी के बारे में ! वही जानता है उसको मेरे छोड़ देने का कारण ! जिस दिन तलाक मिल जाएगा, मैंने सोच लिया है कि उस दिन जश्न मनाऊँगी। बहुत दिन बाद साड़ी पहनूँगी, सजूँगी। उस दिन यदि साथ में कैसर रहा तो उसके साथ पूरा शहर घूमूँगी। दोपहर में कहीं खाना खाएँगे।

जिस दिन मैंने यह सब सोचा, उसके दूसरे दिन दफ्तर से लौटकर देखती हूँ कि कैसर मेरे इन्तजार में खड़ा है। वह मेरे लिए ट्यूशन ठीक करके आया है। तीन ट्यूशन से ढाई हजार रुपए मिल जाएँगे। नौकरी छोड़ देना ही ठीक रहेगा, मुझे यही समझाने वह आया है। नौकरी में ज्यादा वक्त चला जाता है, इस पर उसे एतराज है। उस दिन कैसर के साथ चलते-चलते 'काँटावन' के मोड़ तक चली गई। उसने मेरे लिए अंजुरी-भर रजनीगन्धा के फूल खरीद दिए, इतने सारे फूल, फूलों की इतनी सुगन्ध मैं कहाँ रखूँगी। याद आया, कितनी बार अलताफ से कहा था कि दफ्तर से लौटते हुए रजनीगन्धा लेते आना। अलताफ कहता था—धत्, उसमें कीड़े होते हैं। मैं कहती—होने दो कीड़ा, खुशबू तो मिलती है ! मौत है इसलिए क्या हम जीना छोड़ देते हैं ! ग्रहण करने का सुख अलताफ बिलकुल नहीं जनता। अलताफ ने मुझे अपने अपार धन और सुन्दरता से जीतना चाहा था, नहीं जीत सका। और, कैसर ने अपनी साधारण शक्ल-सूरत और बगैर पैसे के ही मुझे जीत लिया है।

मैं दिन पर दिन उसके व्यवहार से अभिभूत होती गई। एक तरफ कैसर तो दूसरी तरफ पूरी दुनिया ! मेरे सामने बाकी सब धूमिल हो चला था। मैं कई दिनों तक ठीक से कंघी नहीं करती थी, अच्छे कपड़े नहीं पहनती थी, लगता था इस सबकी क्या जरूरत है ! जिन्दगी तो खत्म हो गई—पछतावा भरा जीवन ! लेकिन ताज्जुब है कि वही मैं—बालों में शैम्पू करके लहरा दिया, बाजार से कपड़े खरीद लाई, आईने के सामने खड़ी होकर खुद को देखा करती थी—कैसर की नजर से देखती। एक दिन कैसर ने कहा—तुम बहुत सुन्दर लग रही हो ! सुनकर मुझे शर्म भी आई और अच्छा भी लगा। मुझे अच्छा लगने की कोई हद नहीं रही। रात-दिन मैं प्यार में डूबी रहती। मैं समझ रही थी कि अपने दायरे से बाहर जा रही हूँ। यह भूल रही हूँ कि मैं परम्परावादी परिवार

की लड़की हूँ। मेरा एक पति है ! अभी भी कानूनी तौर पर मैं उससे जुड़ी हूँ, वह चाहे तो अभी तुरन्त मुहल्ले के लोगों के सामने से मुझे घसीटते हुए ले जा सकता है ! उसे रोकने की मुझमें हिम्मत नहीं। लोग कहेंगे, जब वह पति है तो उसे अपनी बदतमीज बीवी को किसी भी तरह ठीक करने का हक है।

इसी बीच पिताजी मेरे दफ्तर आए। मुझे देखकर जितना हैरान होना चाहिए था, नहीं हुए। मुझे, लगा, उन्हें पता है कि मैं इस दफ्तर में काम करती हूँ। उनकी नजर से मेरी नजर मिली। नजर हटाकर वे सीधे मनजू चाचा के कमरे में चले गए। आधे घंटे बाद कमरे से बाहर आए। मैं एम.डी. के कमरे के बगलवाले कमरे में ही बैठती हूँ। मैंने सोचा था, वे मेरे सामने आएँगे और मुझे किसी ऑड सिचुएशन का सामना करना पड़ेगा। मैं किसी भी सवाल का जवाब देने के लिए तैयार थी। यदि वे मुझे उठकर अपने साथ चलने को कहेंगे तो मैं नहीं जाऊँगी। यदि वे अलताफ के बारे में कुछ कहना चाहेंग तो कहूँगी कि मैं उसे डायवोर्स दे रही हूँ। यदि वे कहें कि नौकरी नहीं कर सकती तो मैं कहूँगी—नौकरी तो मैं करूँगी ही। मैं बालिग लड़की हूँ ! मुझे क्या करना चाहिए और क्या नहीं करना चाहिए, मैं खूब समझती हूँ। यदि वे कहें कि घर चली आओ, हॉस्टल में नहीं रहना है तो ऐसी हालत में मैं कहूँगी—जिस दिन मेरा मन करेगा, उस दिन जाऊँगी ! जबर्दस्ती करने पर मैं नहीं जाऊँगी। मुझसे जबर्दस्ती होगी तो मैं भी करूँगी। शारीरिक शक्ति भी जितनी आजमा सकूँगी, आजमाऊँगी ! यदि डराना चाहें तो क्या डराएँगे ? इस दफ्तर के और दफ्तर के बाहर के लोग पिताजी के तर्क मान लेंगे, यह मैं जानती हूँ। कहेंगे कि पिताजी तो मेरे भले के लिए ही यह सब कर रहे हैं। तब भी मैं नहीं मानूँगी। अभिभावक लोग एक तय दायरे में रखकर लड़कियों का भला चाहते हैं। उस दायरे में मैंने खुद को रखकर अपना काफी अपमान किया है। पिताजी या किसी अभिभावक में इतनी योग्यता नहीं कि वे समझ सकें आखिर वह अपमान किस दर्जे का था। मैं यदि कहूँ कि पति मुझे वह 'सुख' नहीं दे पाता जो 'सुख' मैं उसे देती हूँ तो यह जवाब भी मिल सकता है कि क्या जरूरत है उस पार्थिव सुख की ! लड़की जात होकर इतने सुख की इच्छा रखना शोभा नहीं देता। अशालीन और अश्लील सुनाई देता है। यानी निर्लज्ज लड़कियाँ ही पति के सुख के अलावा अपने सुख के बारे में सोचती हैं ! मैं क्यों नहीं सोचूँगी ? मैं यदि अपने सुख के लिए उतावली होती हूँ तो वह शोभा नहीं देता और जब अलताफ मुझे मसलकर थोड़े-से सुख के लिए उन्मादित हो उठता है तब तो कोई उसे बुरा नहीं कहता ! बल्कि मेरे रोकने पर कहेगा कि तुम्हें रोकना नहीं चाहिए। क्या सिर्फ पत्नी की ही जवाबदेही है पति को सुखी रखने की ! यह नियम चाहे कितने ही बड़े विद्वान ने बनाया हो, मैं मानने को तैयार नहीं। दोनों में यदि प्यार न हो तो सिर्फ इस डर से 'लोग क्या कहेंगे' मैं उस प्यारविहीन नरक में निवास करूँगी—यह मुझसे कभी नहीं हो सकता। 'लोग' एक वेग टर्म हैं। 'लोग' का हवाला देकर लड़कियाँ जो करना चाहती हैं, वह नहीं करने दिया जाता। इससे कुछ नपुंसक, अर्थलोभी, स्वार्थी, ईर्ष्यालु, जड़ पुरुषों को ही फायदा होता है। इससे ज्यादा

कुछ नहीं। मैं हैरान रह गई कि पिताजी मेरी टेबल के पास रुके बिना ही चले गए। बाद में मनजू चाचा जब कमरे से निकले तो उन्होंने भी मुझसे कुछ नहीं कहा। लेकिन मैंने अन्दाज लगाया कि मुझे नौकरी से हटा देने का आदेश या अनुरोध मेरे पिता द्वारा किया गया होगा। इस बीच मैंने काम सीख लिया है। मनजू चाचा मेरे बारे में क्या फैसला लेंगे, पता नहीं। चाहे जो भी फैसला लें लेकिन मैं किसी भी हालत में खुद के भरोसे पर डटी रहूँगी, अपने भीतर ऐसा पक्का इरादा कर लिया।

उस रोज दिन-भर बारिश होती रही। शाम को पानी में भीगता हुआ कैसर आया। मैं हॉस्टल के कमरे में बैठी नौकरी के बारे में सोच रही थी। मनजू चाचा ने अभी तक कुछ कहा नहीं है। चाहे कुछ भी कहें, मैं डरनेवाली नहीं हूँ। मैं अपने फैसले पर कायम रहूँगी। यही सब सोचती हुई कैसर से गेट पर मिलने गई। उससे कहा–आज चले जाओ, आज कहीं बैठकर बात करने की जगह नहीं है। कैसर बोला–उह ! इतने अच्छे मौसम में तुम्हें छोड़कर अच्छा ही नहीं लगेगा। चलो, दोनों भीगते हैं !

भीगने की बात सुनते ही मेरा मन खिल उठा। बोली–चलो !

दोनों रास्ते के तमाम लोगों की अचरज भरी निगाह के सामने से होते हुए चल पड़े। चलते-चलते मोहसिन हॉल के सामने पहुँचने पर कैसर ने कहा–चलो, रूम में चलकर सरसों के तेल में मिलाकर भुना हुआ चावल खाते हैं।

मैंने कहा–साथ में चाय भी, ठीक है ? कैसर ने हँसते हुए कहा–जरूर ! हो सकेगा तो सूखी खिचड़ी भी बनाकर खा लेंगे।

मुझे बहुत अच्छा लगता है। कैसर की इच्छाओं से मेरी इच्छाएँ बहुत मिलती हैं। वह गाना भी अच्छा गा सकता है। चाय पीते हुए उसका गाना सुनना भी अच्छा रहेगा। एक सिंगल खाट, टेबुल पर बिखरी हुई किताबों का ढेर। मच्छरदानी लटकी हुई है। मैं खड़े-खड़े कैसर का कमरा देख रही थी।

एक तौलिया हाथ में लेकर उसने कहा–सिर पोंछ लो, सर्दी लग जाएगी !

तौलिया हाथ में लेती हुई मैंने कहा–चाय पिलाओ और गाना सुनाओ !

कैसर ने हीटर पर केतली चढ़ाई और भरी हुई आवाज में गाना शुरू किया–"एसो-एसो, अमार घरे एसो ! अमार घरे, बाहिर होए एसो..." (आओ-आओ ! मेरे घर में बाहर से होकर आओ...)

टेबुल के किनारे से सटी मैं किताब के एक-दो पन्ने पलटने लगी, और कैसर के चाय बनाने की तैयारी देखती रही। अपने घर आने का आह्वान वह इतनी गहराई से कर रहा था कि सुर-ताल में शायद बहुत शुद्धता न होने के बावजूद मैं उसके गाने में जान ढूँढ़ पाई। दो कप चाय हाथ में लिए उसने कहा–क्या बात है, अभी तक तुमने सिर नहीं पोंछा ? जब बुखार आएगा, तब समझना !

मैंने कहा–होने दो, मुझे तेज बुखार हो जाए। तुम मुझे देखने आओगे। मेरे माथे को छूकर बुखार नापोगे। पास बैठोगे, कहोगे–ठीक हो जाओ ! मुझे सुनकर बहुत अच्छा लगेगा। होने दो न, खूब बुखार होने दो मुझे !

मेरी आवाज में पता नहीं क्या था कि कैसर मुग्ध आँखों से मुझे देखता रहा। एकटक मेरा भी बुखार का नशा तब उतरा, जब उसने मेरे दोनों हाथ पकड़कर बिस्तर पर बैठाया। उसका भीगा हुआ शरीर। सीने से चिपका हुआ भीगा शर्ट। मेरे हाथ से तौलिया लेकर उसने मेरा सिर पोंछ दिया। सिर से चेहरा, चेहरे से छाती—मेरा पूरा शरीर उसने तौलिए से पोंछा। मेरे भीगे शरीर पर उसके तपते हाथों का स्पर्श लगा। आँखें बन्द किए हुए मैंने उसकी गरमाहट का आनन्द लिया। बार-बार सिहर उठती थी। वह मेरे होंठों का गहरा चुम्बन लेता है। फिर मैं खुद को अपने आपमें समेटकर नहीं रख सकी। अपने को फैला दिया, जैसे गुलाब खिलते हुए अपनी पंखुड़ियों को फैला देता है। कमरे में और कोई नहीं। सिर्फ हम दोनों। पसीने की महक से अस्त-व्यस्त बिस्तर पर शरीर जाग उठा। मैंने उसे अपनी दोनों बाँहों में लपेटकर उसके भीगे सीने पर मुँह रखकर गहरी साँस ली। क्यों नहीं लूँगी ? कौन रोकेगा मुझे ? प्यार के आगे, अपनी गहरी चाहत के आगे खुद को समर्पित कर पाने के योग्य तो मैं हूँ ही। मूसलाधार बारिश के साथ मिलकर प्यार एक ऐसी मादक महक लाता है कि मैं उस सुगन्ध से परे चेहरा नहीं उठा सकी। कैसर के रोएँदार सीने से अपना चेहरा उठाने का मेरा मन नहीं कर रहा था। उसने मुझे और भी सघनता के साथ जकड़े रखा। इसके बाद क्या हुआ, मैं कुछ समझ नहीं पाई, दो व्यक्ति प्यार करते-करते कहाँ खो गए ! खोते हुए महसूस कर रही थी कि मेरी प्यास बुझ रही है। प्यास बुझ रही है मेरी।

मेरा शरीर वर्षों से कुछ माँग रहा था, सूखे पड़े जीवन के लिए माँग रहा था थोड़ा पानी, और अचानक बिन माँगे ही सुख की मूसलाधार बारिश मिल गई। प्यास बुझी है मेरी। एक पूरी देह-भर प्यास। ऊसर जमीन पर पानी के गिरने की आवाज, फसल की झूमती हरियाली—मैं एक अनजानी दूसरी दुनिया में खो गई। मेरी देह के भीतर क्या कुछ हो गया, मैं समझ नहीं पा रही। प्यास क्यों बुझ रही है, वह भी नहीं समझ रही। प्यास के बुझते वक्त प्रचंड सुख के मारे मैंने जोर से कैसर की पीठ को जकड़ लिया। चरम सुख : उसकी पीठ पर मेरी दसों उँगलियों के निशान पड़ गए।

●●●